四季芳草地

SIJI FANGCAODI

曹廓·著

黄雀

中国出版集团
研究出版社

图书在版编目（CIP）数据

四季芳草地 / 曹廓著. -- 北京：研究出版社，
2022.9
ISBN 978-7-5199-1331-1

Ⅰ.①四… Ⅱ.①曹… Ⅲ.①中篇小说 - 小说集 - 中
国 - 当代②长篇小说 - 中国 - 当代 Ⅳ.①I247.5

中国版本图书馆CIP数据核字(2022)第172612号

出 品 人：赵卜慧
出版统筹：张高里　丁波
责任编辑：范存刚
助理编辑：何雨格

四季芳草地
SIJI FANGCAODI
曹廓　著
研究出版社出版发行
（100006　北京市东城区灯市口大街 100 号华腾商务楼）
廊坊市伍福印刷有限公司　新华书店经销
2022 年 9 月第 1 版　2022 年 9 月第 1 次印刷
开本：145 毫米 ×210 毫米　1/32　印张：20
字数：427 千字
ISBN 978-7-5199-1331-1　定价：136.00 元（全两册）
电话（010）64217619　64217612（发行部）

序 一

赵统斌

每一个行当，都有一大批极其执着的追求者。正是因为有了他们，才使得此类行当风生水起、风起云涌、风雷激荡，在社会中，张扬、昭示着一个无法漠视的独特群体的存在。曹廓就是文学这个行当中一位极其执着的追求者。

写小说是曹廓一生的梦想和执念。

执着因热爱而生，且大多是由沉迷阅读引发的创作冲动。不少写作者，似乎都有这样的经验——无论处女作，还是有了一定的写作经历而又搁置了一段时间之后，其创作的冲动往往会因阅读而萌发。当我们在一部书或一篇文章中，由于其中的一个场景、一个人物、一个细节而产生共鸣的时候，原生的文学情愫就会蹦跳出来，就有了一种急欲表达的兴奋。于是，写作的动力、写作的实践、写作的成果，便也"源源不断""风飞浪舞""层出不穷"。

从小学、中专到大本，从民师、公教到校长——即从学生、教师到教育管理者，曹廓对小说的热爱，从来都不曾减少。古今中外大量的文学名著，在滋养了他文学心灵的同时，也引发了他创作的冲动。还在改革开放之初，他就亲聆过《牡丹》文学杂志主编朱希江先生的教诲。一直被我称为"菏泽当代文学保姆"的朱先生，学养深厚，待人热诚，诲人不倦。在朱先生等文学先辈的引领下，曹廓对文学及小说的认知，由懵懂初开到豁然开朗，获得了质的飞跃和提升。之前的不舍昼夜、稿纸如山——只有热情却无厘头的涂写，至此才真正成为文学理论层面上的"创作"。不过这些早期的所谓"创作"，大多还是"比着葫芦画瓢"的"临摹"和仿造。

然而，此一时，彼一时也。曹廓曾因教学和管理，中止小说写作二十几年。退休后，他再次拿起笔来，以"火山爆发"式的创作，惊得人们一时回不过神来。时尚的内容，鲜活的表达，引人的情节，可信的人物，让每个熟识他的人都惊诧不已。一般来说，早期的生活和创作，会固化为一定的模式，影响着后期的创作。特别是在长时间的"中断"之后，"复出"的作品中，往往有着"复制"的印痕。然而，曹廓不然。他几乎让自己的每一篇作品，都展现出全新的风貌。这固然有"现场"生活的激发、"即时"技巧的采纳，但根本原因是他小说的心河从来不曾断流。中断写作，正好使之如画家石涛一样——"搜尽奇峰打草稿"，给了他充分的素材积累、明晰的分析判断、精心的人物塑造、巧妙的故事编织、深入的主体提炼等"沉淀"的功夫。明白了这一点，曹廓的"井喷"也就不足为奇了。

正是由于这种"井喷"，曹廓在较短时间内获得了大量的创作"成果"，但这些收获也因缺少精耕细作而显得良莠不齐。

曹廓出生在东明，这是一个有着独特地域色彩的地方。黄河从这里入鲁，滩区的风情，鳞栉的油井，还有那些无法复制的方言乡音……都会成为无尽的滋养和素材。愿曹廓以黄河般的胸襟，从大处着眼，小处着手，就在这里深挖一口小说创作之井，依然执着地以自己愈来愈宏大的叙事，源源不断地"喷珠吐玉"，为人们送去涤荡心胸的不竭清流。

文末，以小诗一首赠之——

文苑耕耘若许年，历经风雨志尤坚。

涓涓细水源根脉，一去大河波浪宽。

二〇二二年三月十二日于菏泽

（赵统斌，中国作家协会会员，菏泽市作家协会主席）

序 二

蒋九贞

　　我和曹廓先生相识缘于网络。多年以前，我还没有接手《华文月刊》，忘记是他加的我还是我加的他，反正我们就成了微信好友。他写小说，我也写小说，亦写评论，评论小说是我们结下友谊的"桥梁"。曹先生的小说在众多的小说中能使人眼前一亮，有一种非同一般的功力，且生活气息浓郁，繁简得当，描写和叙事均恰到好处，这已经不是一个业余作者所能具备的了，总之，我的印象是，他是一个经过了训练的小说作家，是一个真正的小说家。

　　要成为一个小说家，并非易事，除了作者的努力，还有诸多因素，如天赋、机遇、遇独具慧眼的"伯乐"，更有我们几乎都不相信的"命运"……和平年代，吃穿无忧，人们如何填满更多的时间，寻求精神寄托就成为第一需要。找信仰，找坐标，找自己的方式，为人生画出圆满来，这是人人都为之奋斗的方向。这时的小说，恰在危机之中找到了喷发口，随着侠义文化的普及和提高，于是一个几乎人人都想成为小说家的时代到来了。人人都想成为小说家，可是对无数跃跃欲试的爱好者来说，成为小说家的门槛是非常残酷的，"醉卧疆场君莫笑，古来征战几人回？"与此景象似乎可有一比——真正能够成为小说家的，凤毛麟角。

曹先生自云，他自幼喜欢文学，喜欢读书，上小学四年级开始迷上小说，借阅了欧阳山的《三家巷》《苦斗》，冯德英的《迎春花》，周立波的《暴风骤雨》……只要哪个同学有书，他就去借。他还善于讲故事。小时候与伙伴割草，身边常围一群人听他讲；当教师后给学生讲；离开学校给身边人讲；退休回家给儿子、孙子讲。他把所有时间都花在了读书和讲故事上，又把所有业余时间都献给了小说创作，从1973年起，他就不断沉浸于写作、思考和整理笔记。他曾向当时能找到的所有"高手"学习，做足了一个小说家所应有的素质和技术等准备。2019年，以在《当代小说》上发表短篇小说《黄雀》为新起点，曹先生迎来了他的创作黄金期。

这两部《黄雀》《风雪夜归人》就是他在这段时间里的收获。

小说的最高境界是什么？文艺界围绕小说开展的许多争论都与之有关。境界一说，中国古代文论中经常涉及，在艺术的意义上，它与意境的关系十分密切，或者也可以"模糊"（哲学）地认为，境界是比意境更为宽阔的意象界域。除了具有意境的指向以外，它的"边界"似乎更明晰。固然，这里的"明晰"仅是相对而言。因为，我们说的"境界"，前提是艺术，而不是其他领域的问题。

在小说里，人物和故事是两个不分伯仲的重要因素，它们如同两根柱子，加上细节和结构艺术，支撑起小说这个金碧辉煌的大厦。有论者强调人物，认为人物描写要下重笔，要圆形化，要有独特的性格，要有思想，要有自己的行动方式。这无疑是十分正确的，我们必须下狠功夫写活我们笔下的每一个人物。但是，如果认为人物才是小说写作的唯一追求，那就值得商榷了。自然，没有人物的小说是罕见的，同样没有故事的小说也不多见。而有的论者则相反，认为故事比人物更重要，故事才是构建小说大厦最基本的材料，从而淹没了人物创造，把人物摆在次要的位置。这两种倾向其实都是犯了盲人摸象的错误。

与其在这个问题上纠缠不清，我们为什么不能从融合它们的角度思考呢？其实二者本来就是一体的，都是为表现一个思想服务的。在这个中心、主题和思想的"点"上，它们殊途同归，"无缝对接"，最终成为"一"而不是"二"。如果我们把小说再规范一下，尽可能"正宗"一些，将其本质抽象出来，这样的小说权宜叫作"正小说"（我之"正小说"与网上"正小说"是有区别的）吧！"正小说"的形态其实由两部分构成，两条线互动，一部分是人物命运过程，另一部分是故事发展脉络，人物命运推动故事发展，故事发展展示了人物命运的形成，两条线互相交融，互相促进，共同铸就了小说的成长。这是传统小说的写法。这个写法被证明生命力长盛不衰。

我利用作序机会说了这么多，诚然，与曹廓先生的小说不无关系。我读过曹先生的不少小说，总的印象：他的小说好看，人物形象鲜明逼真，栩栩如生；故事情节生动活泼，跌宕起伏；语言也简练、老道，一般不急不缓。曹先生的小说很好地解决了围绕"一点"，两线互动、交融、互相促进的问题。

曹先生的小说人物和故事是同时进行的，互为里表，有些可能表面看写的是人物，其实故事已经包含在人物行动里了，到最后，还是一个故事的结局，不过只是写作过程中对哪一点稍有偏重而已。《阳华》《决杀十分钟》《沙皮狗儿子》《那片桑林》……莫不如此。

曹先生小说形成的这个特点，是所有现实主义小说家基本都有的，但是长期以来，他们被某些理论家给忽悠了，老是在人物还是故事这个迷惑人的命题里转，以致让一些初学者无所适从。

品读曹先生的这两部小说，收益颇多，我在这里仅说此一点，相信对广大读者和初学者是有一定好处的，对于所有喜欢读小说的人来说，也有裨益。希望曹先生踩着巨人的肩膀，通过自己的不懈努力，创作出更多更好的作品，以无愧于时代和人民，也对得起自己一以贯之的爱好。

是为序。

（蒋九贞，中国文艺评论家协会会员、中国当代文学研究会会员、中国小说学会会员，知名作家、评论家）

目 录

CONTENTS

微信朋友

一

我一度喜欢上了加微信朋友，主要因为我写东西常常自己看不出毛病，让同学、朋友提意见吧，他们往往心不在焉地夸几句。于是，我便想加个文学挚友。

我在几个文学群显摆了一下以前发表过的小说，很快招来了主动加我为好友的人。但不少人是做广告的，或者是宣传怎样赚钱的，还有软缠硬磨给我表达挚爱的，我都即时删除了。

一条加好友的信息吸引了我。他的微信头像：黄头发，蓝眼睛，鹰钩鼻，满脸胡茬，年纪有四十多岁。咦，看样子像是个外国人。信息显示他是来自同一文学群的群友。我还没有外国好友，猜想与他接触也许能看点西方最新小说啥的，便加了他。他很快来了信息："亲爱的兄弟，我是你的好朋友詹姆斯，我多次加你微信，你咋躲着我？"我感觉他说话有点"飘"，也学着欧美小说中人物对话的口吻回道："亲爱的詹姆斯，认识你很高兴，以前我把大哥当成推销小姐了。"我微信头像是不久前才照的身着白衬衫的图片。我退休已经五年，标标准准一个小老头，叫他大哥，自觉有点滑稽。他一点儿也没觉出我的幽默，很快回了许多话。大意说他很不幸，父母双亡，没有兄弟姐妹，很孤独。希望我千万不要抛弃他……他还问我，工作那样忙，咋又迷上了写小说？嘱咐我注意身体。还夸我干啥啥行，写小说也成了行家里手……

我感觉他好像很了解我，很是疑惑，我从来没有外国微信朋友。在写小说方面，我的态度一直都很谦虚。因为我悟性差，常常怀疑自己不是写小说的"料"，因此很愿意听取别人的指导意见。但这并不代表我一点儿也听不了表扬话。一般人都觉着自己的"孩子"好，说实话，他的夸奖还是很让我受用的。我回："亲爱的詹姆斯，谢谢您的鼓励！对你的身世我深表同情，能结识你这位兄弟我备感荣幸！"

这以后，俺俩早晚问安，互通信息。刚开始，我还对他保持警惕，怕他存有坏心，以致上了他的当。后来，随着接触的时间变长，我感觉他的思维逻辑好像有点不太正常，因为他不断地在三更半夜来信息，反复求我不要抛弃他。我觉着有点儿搞笑，两个刚认识不久的老爷们儿，不存在谁抛弃谁的问题啊。相传，僵尸专吃人脑子，我感觉他跟僵尸在一块儿肯定安全，因为他脑子像是空的。这反而让我能安心与他交往了。在我的请求下，他终于发来一篇他国的小说，我读了受益匪浅。我让他给我的小说提意见，他说，他是医生，只懂医学，不懂文学。有一天，他竟然给我挑出个错别字，脑溢血的溢写错了。我很感激，因为我写东西常有这毛病，无论多熟的字，只觉着自己的文章是可爱的小宝宝，顺着惯性思维，看不出错字来。

一天晚上十点，他给我发来条信息，让我用微信给他转五百元钱。当时，我犹豫了。转吧，既不是亲戚，也不是同学或朋友，只不过是通过微信接触，从来未曾谋面的好友。不转吧，从经常通信的情面上考虑，好像有点儿说不过去。数额又不大，用媳妇拿着钱或别的理由搪塞，好像有点儿小题大做。我的各种念头，聚成了含混不清的麻团，犹豫再三，我快刀斩乱麻，回道："兄弟当着医生，咋会连五百元都没有啊？我明天去银行往微信里充些款再转去。"发完信息，我"把自己扔到"床上。我感觉，我们之间已经有了斧头在木桩上劈过的断痕了。

第二天，他照常问好，我照常回应。他不时地发一些孤独痛苦之类的话，我每每好言相劝：人生不如意事十之八九，相信兄弟一定能渡过难关——我考虑地球那边的人一般信奉基督教，最后又加上一句，神爱世人，他会保佑你的，兄弟。

与他交往，我脑海里会不可抑制地跳出几个字眼：国际犯罪、间谍……想想，我禁不住偷笑了：就凭我的智商，会被一个脑残的外国人骗了？

一个月后，我正睡午觉，他来条信息：兄弟，我正在比利时开会，会议要给家人发些礼品，我没有一个亲人，请发来你的电话号码和你的详细住址，好给你把东西邮寄过去。

这条信息马上引起了我的警觉：比利时是西欧国家，这个时候还在深夜，咋会处理邮寄东西的事情？于是回道："亲爱的詹姆斯，谢谢你把我当成你的亲人，有赠品时还想着我。忘了告诉你了，我是个退休教师，退休费足够我用。每天只是潜心写作，心无旁骛，不追求过多的口欲之俸，谢谢，心领了！"我有一种担心，这种担心就像一个人行走在荒芜的山野里，担心随时会遇到跑出来吃人的野兽一样，脑袋因恐怖而变大。

他反复来信息，催促我回信息。他的破绽就像黑夜中房屋内隐藏的杂物，随着亮起的灯光，在我眼前一点儿一点儿暴露出来了。我感觉无论结交本国还是外国的好友，都要以不让对方有压力为前提。詹姆斯的要求像用一把老虎钳子卡住了我的心，所以，我果断地把他删了。这样做有点儿像拔河比赛，当对方正较着劲时，我这一方突然撒手，似乎也有些不妥。

这以后，詹姆斯不断邀请加我为好友：你为何拒绝我的爱？次数多了，我加上他，忙回话：亲爱的詹姆斯，我只是写作，只求有一个安静的写作环境，我真的帮不上你什么……又删了他。他又换成花石头的微信头像加我，我一眼就能看出是他，因为他写的话含有软缠硬磨的味儿，对他我一概不予理睬。他发来的加好友信息多了，就加上他回一条信息："我只想写写小说，我需要一个安静的环境，求你放过我吧……"发后立即又把他删了。最后，对他开启了"抹黑"模式，把他当作脏抹布扔到垃圾桶里，再也不要了。

过了一段时间，我终于把詹姆斯彻底地"抛弃"了。

二

我仍然盼望能寻找到新的文学挚友，随着向文学群发推文，仍不断有人加我的微信。我有了先前的经验，先看看他的朋友圈显示的内容，如果有文学作品就接受，是介绍产品的，一律拒之门外。

又一条加我微信好友的信息引起了我的兴趣：曹老师你好！读了你的小说，便想结识你。他夸我的小说写得好，夸我优秀，夸得我心里暖烘烘的，几乎飘飘然了。他的微信名叫江风，微信头像是一个与我一样穿着白衬衫的老头背影，坐在伸向水中的断桥头上，下面是波光粼粼的水面。我查看了他朋友圈公布的内容，有清新的诗歌，优美的散文，离奇的小说。我猜他一定是个喜欢孤独的文人老头。我加了他，给他回了条信息：江老师你好！谢谢你的鼓励，请多对我的小说批评指正。他回信息：千万别称我老师，我只能做你的学生。后来，他还真的给我的小说提了几条意见，我觉得提得非常在理，马上对他肃然起敬。说实在话，原先让他提意见，只不过是说句客套话，想不到他还真有水平。

一来二去，我们便成了文学挚友。他写的小品文让我给他指导，我写了小说让他给我把关。我们都能以诚相见，绝不掖着藏着。慢慢地，我们成了无话不谈的朋友了，感情几乎到了水乳交融的地步。我感觉，从俺俩都喜欢穿白衬衫这一点上，就能看出俺俩的性格有很多相同之处。我唯一对他不满的是，他早晚爱发一个拥抱或亲吻的图片。一个大老爷们，看背影比我年龄好像还大些，再像个二十来岁的女孩那样撩拨人心，让我心中有点儿反感。我给他回：兄弟，我们都是顶天立地的男子汉，我可不喜欢同性恋哟！他回：哈哈！彼此彼此。

我整天躲在书房里写作，瞎忙活，胡嘚瑟，把自己都活丢了。过了燠热的暑天，他约我去湖北宜昌旅游，我欣然答应了。很像一匹天天耕耘的马儿，干得久了，累了，就想到外面撒撒欢儿。我想，文友见面谈谈文学创作，再逛逛三峡大坝壮丽的美景，是很有意思的事情。美好的想法铺成一个多彩的扇面，强烈地吸引着我。我们定了旅游地点：三峡。见面地点：宜昌火车站出站口。我说，你发个正面相片，见了面好找啊。他说，不用，我认识你。我想，有电话，有微信，有见面地点，有见面时间，还怕见不到微信文友。我说，我六十五了，身体健康，你没有"三高"吧，兄弟？他回：我比你年轻，身体好得很，放心。

三

我们要见面游玩，为了给他个惊喜，我特意脱去常穿的白褂子，换上青底蓝隐格衬衫，戴上眼镜、口罩，背上出行背包，带些随行物品，按时出发了。

从俺家到宜昌有直达动车，挺方便的。我坐在火车上，看着车窗外的秋景，止不住想笑。人家小年轻加微信聊熟了，男女恩爱见面。我们两个小老头聊熟了也要见面，还挺赶时髦的。

路上，我给江风发了铁路两边的秋景画面，问他到哪儿了。他回：俺家就在宜昌，先邀你来俺家坐坐，咱再一块儿游三峡，如何？我回，太好了。

第二天上午九点，我到了宜昌火车站。随着人流出了检票口，廊道上戴口罩的人熙熙攘攘的。我出了站门故意停停，没人招呼我。来到站前广场，只见售票大厅、候车大厅的连体楼很气派。广场上的人川流不息，没见到接我的白衬衫老者。我很担心被人捉弄了，来时还担心那老头儿会与我拥抱呢！因为无论男女，我都不习惯拥抱的礼节。看来我的担心纯粹多余。我打他电话，他挂了。我看看微信，有一条信息：我在出站口等着你，没见白衬衫老头儿呀？我回：我穿青底蓝隐格衬衫，右手拿黑色大嘴猴不锈钢杯子。我又折回到出站口，一边晃着黑茶杯，一边四下观看，站的人中仍没有白衬衫老头儿。

一个二十多岁的女孩（也可能是年轻媳妇），口罩上面的面部流动着红晕的光泽，带着浅浅的微笑问我："你是曹廓老师吗？"她身穿如蝉翼的白衬衫，本来就显青春的脸庞被衬得白生生的，更显青春美丽。我疑惑地点点头。她说："曹老师，我在这儿等你快一个小时了。"我问："是你爷爷让你在这儿等我的吗？"她说："不好意思曹老师，江风就是我。"我很是吃惊，有点儿不高兴了，说："你这位姑娘，大学毕业了吗？咋冒充男人给我开'国际玩笑'？"她说："我

并没说我是男人啊！是俺妈想见你，吵着闹着硬叫我加你微
信的。"我哈哈大笑："你这调皮的姑娘，说着说着更不着
调了，咋又扯出你妈来了？""真的……"她急得都掉了泪。
她说："俺爸在外国，因病去世了。俺妈想他想得发了疯，
总说爸爸没有死，是甩了她。她偶然在一个文学群上，看了
你的小说，你微信头像很像俺爸爸，她加你微信你不理睬她，
她冒充俺爸爸好朋友詹姆斯，用他的头像加你微信，给你聊
天，编谎话让你说出详细地址，她好去找你，可你把她删了。
她就逼着我……"

　　我吃惊得张大了嘴巴，真想不到就我这模样，竟还有人
像我的，诚心讨人厌不是？再说，我是兴冲冲来旅游的，一
路上幻想着，见了老江，俺俩像两只老猴子似的东跑西逛的。
哪知此时，内心像被浪水一波一波拍打成了千疮百孔的礁石，
一片荒芜，游兴尽失。

　　我问："你到底想干什么？别捉弄人！"江风说："我
想让你见见俺妈，让她自己确定，你不是俺爸。还求你告诉
俺妈，说你刚从外国回来，去年亲眼见俺爸爸死了，是你把
他的骨灰帮着邮寄到俺家的。"

　　我感觉很为难，如实地讲，我撒谎是外行，平时说话只
要稍微与事实有点儿出入，就眼光飘忽不定，脸红得像老红
布。她拉住我胳膊："求你了曹老师！若能把俺妈的精神调
节过来，你就是俺家的恩人，先谢谢你了！"

　　我好像搁浅在水边的鱼，干张着嘴说不出话来。犹豫一阵，
最后说："这恐怕不行。"我感觉走还是上上策，她用力拽

住我："曹老师，你总不能眼看着俺母女陷入困境，却不帮一把吧？"

我看看她，像雨后的梨花，泪痕斑斑的，同情心促使我脚步沉重地上了她的车。

四

江风领我上了她的汽车，然后驾车出了火车站广场，拐了几个弯，又顺着一条大道走了一程，进了一个小区，再乘电梯到了一个房门前。

江风打开房门，屋内宽敞明亮，地面纤尘不染。

客厅里沙发上坐着一个四十多岁的女人。她清癯的脸黄且浮肿，眼睛像枯井一样，疲倦而无光泽。整个面孔像个出了毛病的香瓜，美中又有些别扭。但感觉这比喻也不够恰当。她听见门响，抬头看见了我，两眼射出热辣辣的光亮。她站起来哭着扑到我怀里，又拍又打，道："江波啊！你可回来了！你可回来了！我就知道你不会甩了俺娘俩的。"哭一阵又看看我说："看看，你咋老恁快呀？"

我像根木桩，杵在客厅里。对于她这种发烧级的动作一点儿都没男女私情的激动，年轻时第一次拉女孩手想入非非的激情早随着时间的流水漂跑了。相反，却是生出无尽的感慨：多执着的女子啊！我想："人死不能复生，猴子再努力，也打捞不出井水中的月亮。"眼泪止不住流出来，我怕江风看到，忙擦了。

　　江风说："妈，您先歇歇，让曹老师喝口水。"

　　我坐下来，那女人紧紧抓住我的手，像生怕我随时会跑了似的。我被抓得极不自然，又很担心，倘若这时江风的叔叔或舅舅突然闯进屋内，会不会揍我一顿也很不好说。她丝毫不顾及我的感受，连续追问："我在微信上见了你，你为啥不加我？我知道你与詹姆斯是好朋友，我冒充他与你交往，你为啥也把我删了？我想去找你，你为啥不告诉我详细地址？"

　　我坐着，不知道说什么好，内心好像每一分钟都被钝刀"咔嚓咔嚓"地狠劲砍着。吃午饭时，那女人不住地给我夹菜，弄得我满头大汗。

　　饭后，她给我冲了茶，又到厨房忙活去了。趁这机会，我跟江风商量，想马上给她妈说实话。江风说，你把持点，便到厨房去叫她妈。

　　我呷了口茶，看着紧挨我而坐的女人，把人生的注意力，一股脑儿全放在对她心灵的救助上。我郑重地对她说："我根本不是你的丈夫江波……"

　　那女人激动了，又扑过来，拍打着我："别胡说！你要不是江波，那他哪去了？你是不是不想要俺娘俩了？"

　　我努力克制住不会撒谎的心虚，装着一本正经地说："事到如今，我也不能再隐瞒你了。江波在外国患新冠肺炎死了，他死后是我看着火化的，骨灰盒是我给邮寄到你家的……"

　　她瞪大眼睛看着我："你真的不是江波？"

　　"真的不是。"

她逼我脱去衬衫，仔细看了我的脊背，看后自言自语：“不是，真的不是……他真的死了？”

"真的死了。"

"我的江波啊……"她放声痛哭，哭着哭着没了声音。我担心她的脚迈进了"无间道"的门口，催促江风快打120急救电话。江风往她妈嘴里塞一粒药，说："俺妈一哭就会短暂性昏厥……"俺俩连呼带叫，过好几分钟她才慢慢睁开了眼睛。"我的江波啊——"接着又一阵号啕大哭，江风也陪着哭。像有一束箭镞射穿了我的心，本来无亲无故的，我也止不住陪着落泪。那女人哭了好大会儿，才停住。她一哭，可能是吐出了久积心中的郁气，头脑反而清醒了。头脑一清醒，目光灵活了，那张香瓜脸有了正经颜色，简直可以称为风韵犹存了。

我松了一口气，心情"晴朗"了不少：她能活着就好。看看客厅餐桌旁支架上的宜昌紫砂多肉盆景吊兰，叶子细长，颜色新绿，叶子边沿呈金黄色。书架上放着个鱼缸，里面的鱼儿自由自在地游动。窗台上花盆旁，竟然有个鸟巢，斑鸠正喂养两只小斑鸠呢。

多半天的时间就这样飞快地过去了，我看看表，已是下午两点一刻，心里生出完成使命后的悠闲。该走了，否则，便会打破她娘俩生活的安宁。有些情谊来得快，去得也快，该结束就得结束。杀伐决断取决于我一人。我说，我来宜昌就是想游三峡的，现在就乘轮船去。她娘俩劝我住下，我想象着晚上江风妈有可能发起疯来把我摁到床上，

不由得倒吸一口凉气。我坚持要走。她娘俩要陪我游三峡，
也被我劝住了。

　　她俩用汽车把我送到三斗坪码头轮船购票处，江风为我
买了票。离开船还有二十分钟，我让她俩回去，她俩坚决不走。
江风妈给我一身西服，说游三峡凉，让我加件衣服。我刚要
解释自己背包里有，江风给我使个眼色，我接了。江风妈又
给我一兜吃的，我刚要张口。江风说："这是俺妈亲手制作
的俺爸喜欢吃的京果条、春卷、豆腐干、卤肉、香肠，可好
吃了，曹老师您一定得收着。"我也接了。江风妈又给我一
捆人民币，这回我说什么也不能要了。我又不是知名大夫，
总不能收"出诊费"吧？江风给我使个眼色，我只好又接了。
江风妈一副很愉快的神色。临上船时，我背着江风妈要把钱
还给江风，江风闪闪眼睛，调皮地说："这钱你先拿着，俺
妈看见我要回了钱，她会生气给我吵架的。如果你怕钱咬手
的话，回到家用微信转给我也行。"

　　我最后再看看那张好看的香瓜脸，脚步沉重地上了游轮。
为了能再看见她俩，我上到二层甲板上，给她娘俩挥挥手。
轮船启动了。岸边，江风妈摇着手在三峡坝道上随着轮船往
前跑，江风在后面紧紧地跟着。我估计她一定喊着江波的名
字哭，泪水再次涌出了我的眼眶。

　　轮船通过峡口，由高水位到低水位，我听着"哗哗"的
水声，看着两边渐渐升高的陡峭的大闸，轮船像落到了山涧
中，顿时生出了面对雄壮景观时的激动。

　　过了大闸，轮船顺流而下。我站在甲板上，回头望望，

只能望见远处她娘俩模糊的豆点身影。

　　我心情十分沉重，像只久离故土的鸟儿，嘴巴仍然坚定地指向了家乡……

阳 华

一

这次能乘车去阳华市采风，全是老康的功劳。

老康，五十来岁，络腮胡须，深眼窝中的两只小眼睛眨着贼亮的光。他是很受欢迎的偏重写养生报告文学的作家，受文联指派，去阳华采访一位养生专家。由于我俩都长得"老成"，又都注重养生，他便力荐我同行。

火车穿过一望无垠的大平原，在暑气未尽的胶东半岛绿野上行驶。临近海洋的风，明显比内地凉爽了许多。铁道旁的棵棵景观树向火车后方飞驰，一座座连绵的青葱小山远远来迎，遍地翠绿的秋禾尽收眼底。

"啧啧！老曹你看，那个老太婆是咋保养的！看看咱俩年龄没多大，我满头星星，你一额川壑，与她相比，我们都无颜活在世上了！"老康眨着小眼睛由衷地赞叹。

我顺着他手指望去，只见斜对面坐着一个女人，后脑勺挽个广场舞大妈常留的卷型发髻，身着六十多岁老太婆常穿的黑色休闲服。可她和善的眼神闪着灵动的光波，再看脸皮、眉毛、眼睛、身材，完全是三十来岁女子的模样。她正打电话，黑密弯细的眉毛不住地扬落。兴许有什么难为情的事，脸上泛出一层红晕，她忙用手遮住带笑的口角。她旁边坐着一个虎头虎脑约八九岁的男孩，那孩子正静静地看她打电话。

"爷爷说什么呢？"小男孩露出两颗明晃晃的小虎牙。

她摆摆手，示意莫作声。

老康小声赞叹："看那老太婆，六十多岁的人保持着三十岁的身材！长着一张青春俊秀的脸庞！老曹，她一定有养生妙招，我们问问她咋保养的，说不定能写出有轰动效应的文章呢！"

我怦然心动。自己虽然刚过知天命之年，可额上的皱纹、头上的"濯濯童山"早已让中学生喊"爷爷"了。若能向她学点儿养生之法，让自己变成而立之年的相貌，实在是求之不得的。可刮大风吃炒面——不好开口啊！

"奶奶，我爷爷咋说的？"

"他不让咱俩去了，说华医生讲的，差这一样药无大碍。"

"咱还去吗？"

"治病是天大的事，咋能不去呀！我问一下列车员，去平坝从哪站下车……"后面的话被推车售货员的叫卖声掩没了。

她走后，老康用胳膊肘碰碰我："老曹，你去问问孩子，看能不能旁敲侧击学点儿妙方，也改变一下咱俩的老成面貌……"

我想"一夜变成小青年"的愿望比老康还强烈，美好的愿望促使我走过去，坐在那小男孩旁边，亲热地抚下他的头：

"孩子，几岁了？"

他晃下脑袋，摆脱了我的手，警惕地看着我："九岁了。"

我暗中盘算，那老太太有这么大的孙子，少说也得五十多岁了。

"刚才的人是你奶奶吗？"

小男孩上下打量着我："老爷爷，你是干什么的？"

"孩子，我不是坏人，也没坏心，就想想了解你奶奶是怎样保养的。她洗脸后抹什么东西吗？是不是经常吃些什么药……"

"不……不清楚……"小孩龇龇亮晶晶的虎牙。

"虎子，下一站是平坝站了，我们准备下车。"

我感觉自己有些唐突，忙起身回到了原座。

小男孩给黑衣老太太耳语几句，老太太一边收拾东西，一边附在男孩耳边说了句什么，两人都会心地笑了。

火车到站后，那黑衣老太太领着"小虎牙"下了火车。

老康十分肯定地说："若能问问黑衣老太太，一定能学到宝贵的养生妙方！唉！机不可失，时不再来。"

"那是……可惜……"我心里也很遗憾……

二

阳华是个濒临黄海的县级市。楼房不像内陆城市那样几十层高，四五层楼房居多，大多是青瓦蓝砖，再有茂密的阔叶麻栎树映衬，给人一种敦厚秀气的印象。

下午五点，我们在距火车站不远的阳华宾馆下榻。漂亮的服务生温和地说："本馆免费供应当地祖母绿茶水，晚餐让客人无偿品尝齐岛梨，海鲜食品味美价廉……"

老康问："你知道养生专家华大夫住哪儿吗？我俩想去拜访他。"

"他可是位名人，在阳华市第一人民医院上班，我不知道他的住址。对了，距晚餐还有一个多小时，你俩不如去一下天尽头的成山岛，岛离这儿不远，挺美的！到那儿欣赏一下风景，再顺便打听一下华医生。"她详细地为我们指明了路线。

老康说："我们去看看。"

石径路曲曲弯弯，成山岛就在花草树木环绕处。

傍晚，蜿蜒的古垛口石墙下，海水汹涌澎湃；一望无垠的碧海上，舰船影影绰绰。石墙两旁，海岸曲折，鸥鸟翔集……秀丽的岛上依然游人如织。穿着姑娘装的老太太在跳青年舞，小伙模样的老头在健身。年轻的想更年轻，强壮的盼更强壮……

老康兴趣盎然地读着碑文："成山岛是胶东半岛伸向黄海中最东端的部分，古人叫此岛为天尽头。天尽头就是天边的意思，这里世称中国东方的好望角。成山岛距日出最近，站在岛上每天清晨可最先看到日出时第一缕绚丽的霞光。"

"老康，看，海上救难纪念碑！"我读了碑文，"20世纪初，成山岛东面，一渔船遇风侧翻，军民共同救助，事迹催人泪下……"

老康远望大海，面色涨红。他这人爱激动，报告文学作家兼有着诗人的气质。他伸展开双臂做个拥抱大海的姿势："啊，黄海，你真美！啊，半岛，你真是钟灵毓秀！这里能出个养生专家华大夫真不足为奇了！"

我猜测着，华医生的影响区域一定很广，火车上遇到的那个黑衣老太太说不定也是学到了华医生的养生妙招，不然她绝不可能六十岁像三十来岁的女子那样年轻！那些影视女明星可能也有用华医生灵丹妙药的……

老康问了一个散步的老人："老人家，您知道养生专家华医生吗？"老康向老人介绍了我俩此行的采访任务。

老人停下身来："他是位医生，今年一百○二岁高龄，在阳华第一人民医院上班……"

老康说："他住哪儿呢？明天星期天，我俩去医院能见到他吗？"

"市政府专门安排，周末把华医生藏起来，让他休息。你们是作家，问我算是找对人了。明天上午你们到红村打我电话，我领你俩去见他。"他详细讲了去红村的路线，留下电话号码走了。我看着他迈着轻快的步子，心想："这老者说不定也用了华医生的养生妙方呢！"

三

第二天，我们乘公交去了红村。

红村在阳华市南郊的绿茶山下，这里到处都是茶树。村头、路旁、山下、田里，长满低矮而齐整的细条碎叶茶树丛。

打了昨天那位老人的手机，他领我俩到了华医生"藏"身的地方——红村西头山坡下的一个院落。木质门楼外的路旁，停放着许多电动车。铁栅栏院内，一座青砖蓝瓦的低矮民房掩映在几棵挂着青果的核桃树下。进大门靠右侧是一道长廊，长廊尽头八仙桌后的罗圈椅上，坐着一位鹤发童颜、目光炯炯的老者，他正给长条沙发上挨号候诊的人号脉、诊断。

领路老人以颔示意："他就是华医生，身板硬朗得很……"

老康问："周末了，华医生咋没藏好啊？"

"这些看病的人都是近邻，是藏不住的。上班时间看的病人大多都是从几百里、上千里乘车过来的。"

领路老人要去通报，老康阻住了他："我们先随便看看。"

宽敞的院子四周全是健身器材，几个人正在锻炼。"智能电动深层肌肉理疗器"与"静音健身车"我是第一次见到。

一个六十多岁的老汉坐在皮凳上，双手紧握横杆，双脚蹬着踏板，随着双臂的拉动，反复做着脸部贴住膝盖再回到原位的动作。

老康问："老先生，这台是何器械？"

那老汉松开拉杆，道："叫舒筋器，主要用来活动筋骨的。"

老康"啧啧"赞叹："筋拉长一寸，寿命长十年。像你不长寿才怪呢！"

"哈哈！但愿吧！"

我也暗自佩服，平时锻炼压腿时，我头向下弯不到四十五度，腿早疼得厉害了！而他竟然如此轻松自如地将脸部贴住挺直的前腿，真不像六十多岁的人。

带路老人领我俩在院中心大核桃树下圆桌旁的藤椅上坐下，为我们沏了茶："这是华医生最爱喝的成山岛绿茶。"

我说："你好像对华大夫很熟悉？"

"当然了，他是俺亲三爷。"

老康眨着锃亮的眼："你家与汉末华佗有亲缘关系吗？"

"据可靠史料记载，我们正是他的后裔！"

"您今年高寿？"

"八十二岁，比俺三爷足足少二十岁呢！

"啧啧！您真不像八十多岁的人呢！最多六十多岁。您是咋保养的？有什么养生妙招吗？"

"你们大老远来了，还是听俺三爷爷讲讲吧。我是蚂蚁小便——识（湿）不深！"

看病的人渐渐散去。我俩正要起身去拜见华医生，一个身着黑色休闲服的老太太带着一个小男孩，从门外走进来。

"是她！"老康张大了眼睛，"真应了现代人很时髦的话——地球村很小，不用绕赤道一圈，也会二次遇到见过的人！"

我一看，可不！还真是昨天在火车上遇见的那位黑衣老太太！她梳着后卷发髻，长一张漂亮的年轻女子脸。孩子也还是昨下午见的男孩，红扑扑的脸蛋，两颗亮晶晶的小虎牙。

"华大夫，药都全了，俺又到平坝找到了香附子。"

华医生打开药包逐一查看，又放鼻子上闻闻："好好！

吃上这几服药，再结合十二号食疗方，你们家石墩出海打鱼再不会腰疼腿麻了！"

黑衣老太太扬扬眉毛感激地说："谢谢华大夫！"说完走向那个拉杆锻炼的老头："石墩，你出海才回来，歇歇吧！药俺找齐了，咱回家吧！"

"爷爷，走吧！"

叫石墩的老汉敏捷地跳下皮凳，虎着脸："我说阳华呀！说不让你们去拿药，偏去，得找好几个地方，出了事咋整！害得我昨天一夜睡不着觉！"

"还是俺石墩疼人！"黑衣老太亲热地拍一把他宽阔结实的脊背，与小男孩揽着石墩老汉走了。

老康碰碰我，我明白他的意思，忙随他们出了大门。我想，说什么也不能让请教保养妙方的机会失之交臂了。我赶忙说："请留步！"

三人站住了。黑衣老太太面带微笑看着我。

"我与老康昨天下午与您和孩子同乘一列火车……让你们见笑了。我想请教一下老太太返老还童的秘方……"

黑衣老太太笑弯了腰，说："你去请教华大夫吧，我天天向他求变老的方子呢！"

这回答让我更是疑惑。

四

华大夫善良平和，开朗健谈，在百忙中接受了我俩的采访。

中午在华大夫家用了餐，又与他谈了一个下午。老康脸色涨红，边听边记，收集了许多他需要的材料。我也收获颇丰。

夕霞烧红了西半天。

我俩恋恋不舍地离开了华大夫的家。

在告别华老时，老康眨着小眼握了握华大夫的手："华大夫，要分别了，求你把健身养生绝招告诉我俩一二呗！你一百多岁了还这样健康，一定有……"

华大夫朗声大笑，用手指梳理一下银白的头发："要说绝招嘛，还真有！阳孕万物而不争，海育众生而奉献，秘方都在阳华这个地方蕴含着呢！"他看我俩迷惑，就笑着说，"直白地告诉你俩吧！绝招就是养生先养心，健身先健魄……"

我心中一颤。

老康小眼睛放出光亮，飞速在记事本上写字，很专业地问："华老，经你救治调理的病人，养生健身效果最好的人是谁？"

"今天上午锻炼的那个叫石墩的人效果就是最好的！他是俺红村人。十年前的冬天，他出海打渔。有一条渔船出事了，他跳进冰冷的海水中救出了一个叫阳华的姑娘。回到家后全身瘫痪了，吃饭靠喂，走路靠背，天天躺着睡觉。经过三年康复理疗锻炼，他竟然奇迹般地恢复了健康，五年后又下海捕鱼了。有时候他腰痛腿麻，这本来是六十多岁的人很正常的现象。可他坚持吃药，长期锻炼，身体壮得像头牛！"

我说："他妻子效果应该是最好的吧！六十多岁的人了，

还像三十来岁女子的模样，不知你教给了她什么养生秘诀？"

华大夫又一阵朗声大笑："她实际年龄就是三十来岁，从来不求养生变年轻，天天给我要相貌变老的方法，就怕别人说她与石墩不般配。"

"啊！"老康吃惊地张大了小眼睛，"三十来岁咋嫁给六十多岁的老头呢？"

华大夫解释说："那女子叫阳华，就是十年前被石墩救下来的那个姑娘。石墩瘫痪后，他儿子与儿媳妇都在外地工作，老伴前几年又去世了，无人照顾石墩，阳华就嫁给了他……"

沙皮狗儿子

一

这几天，寡居老汉张箩头，经常抱着他的沙皮狗，嘴里念叨着"娃啊娃啊"地落泪。

二歪嘴笑话他："狗是你娃，俺箩头婶子是母狗吗？"

张箩头狠狠瞪他一眼："啥母狗？你小子知道啥！想当年我媳妇叶子，论美在咱村数一数二，那时你还在太平洋游泳呢！"

张箩头是个不轻易落泪的人。他的沙皮儿两天没进食了，只慵懒地伏在屋当门靠西墙的沙发上，连尾巴都懒得摇，不吃不喝，搁铁打的汉子也受不了啊！

对旁人来说，那沙皮狗吃不吃东西就像邻居家死个雏鸡一样是小事一桩，可对张箩头来说却是天大的事了。

张箩头四岁丧父，八岁丧母，无亲无故，吃百家饭长大。他从小不爱说话，被人们误认为"是九个心眼"。三十三岁前，张箩头一直没受到过姑娘的青睐，孤苦伶仃的。三十三岁那年，他撞上了桃花运，在路上捡了个漂亮媳妇。

那年春天，他在黄河大堤上干"灌泥浆"的重体力活。

三月初三那天，一轮红日没入西天际，田野里只剩下几缕微弱的红光。张笭头从工地上回家，走到下大堤路口的桥边，见一个二十多岁的女子带着一只沙皮狗呆坐在路旁。"天这么晚了，她怎么……"张笭头狐疑了一下就走过去了。

"饿……馍……"背后传来乞讨声。张笭头转过身来看，那女子脏兮兮的很可怜，他就把在工地上吃剩的半个窝头给了她，继续往家走。她狼吞虎咽地吃着跟在后边。他进院，她随着进院；他进屋，她跟着进屋；他赶她走，她跟他要馍吃。他可怜她，给了她馍，又喂了她的嗷嗷待哺的沙皮狗。她吃了馍就睡他床上了，沙皮狗吃饱了就卧他院里的柴垛上。张笭头铺个草苫子睡到地上，看看天色已晚，打算天明再送走她。半夜里，她钻他被窝里，拽他往她身上拉。他喘着粗气问她叫啥名，她好像说叫叶子。

第二天，张笭头没能送走她。因为早饭后送走，晚饭前她又回来了，还受了伤，她的沙皮狗脖子也伤了几处。一连送几天，都没能送走她。邻居说，张笭头，你一人孤苦伶仃的，就让她给你做伴吧。

这话说到他心眼里了，张笭头有了出双入对的幸福生活。白天，他上工，叶子领着沙皮狗在旁边玩。晚上，他做饭，她烧火，他躺下，她陪他睡觉。慢慢地，她学会扫树叶、割草、挖菜，还会给他做疙瘩汤。再后来，叶子知道梳头了，走路利索了，看人的眼光灵动了。她穿上了张笭头给买的新衣服，洗净脸，原来是个很漂亮的年轻媳妇。半年后，叶子怀上了张笭头的孩子，她面色红润，简直漂亮得迷人。张庄人都说张笋头拣个了大便宜，人家花"三转（手表、自行车、缝纫机）一拧（录音机）"的钱都娶不到这么好的媳妇。

料峭的春风吹进乡政府给建的小院里，吹得院里的白杨树叶哗哗响。小院是他的归宿，他不喜欢敬老院的热闹，他的生活里有沙皮狗儿子就足够了。沙皮狗是通人性的。张笋头站着，它给他拉裤角、挠痒，亲得像个媳妇；张笋头坐着，它伏他膝上，亲密地舔他手，乖得像个儿子。

此时，眼前的沙皮狗，与他妻子带来的那个简直是从一个模子里倒出来的，都是一身黄色沟沟坎坎的松皮，齐黑的嘴头，额上像雕刻上去的他根本不认识的字。叶子的沙皮狗不见了，眼前的这只沙皮狗伏在沙发上，浑身的每条沟纹都流露着痛苦。特别是那双泪水汪汪的眼睛，似在诉说着难以忍受的苦痛。这种苦痛让张笋头的心如刀割般难受。

他一刻也不能再等了，必须马上去镇上给它看医生。早饭后，张笋头毫不迟疑地拿出枕头下的破棉袄，把破棉袄平铺到电动三轮的车斗里，把沙皮狗抱到棉袄上，出了家门。

柏油公路两旁的紫叶梨花紫中带红，红中透白，油菜花金灿灿地溢着芳香。张笋头没半点赏花的雅兴，没感觉出风景的美，他的心全在沙皮狗儿子身上。张庄距集镇只有三里多路，张笋头很快到了集北街的兽医站。鬓角花白的兽医检查了一番后说："是狗瘟热。"张笋头紧张地问："大夫，它没事吧？""这种病治愈率很低。"张笋头忙从车斗的破棉袄袖管里抓出一个塑料袋。解开袋子，从里面掏出一个黑棉布袋。打开黑棉布袋，拿出一沓面值不等的钞票与一个农民养老金卡。他扬起钱和卡用力摇摇，像在证明自己很有钱，又像表明一种态度：为救沙皮狗儿子他可以倾其所有。他拖着哭腔说："大夫，求您救救它！我不能没有沙皮儿，求你给它用最好的药，让那个什么'驴'高点。"他坚信，只要沙皮儿在，叶子一定会回来，叶子一回来，他的未见面的儿子也就回来了。

"那就尽人事听天命吧。"老兽医熟练地用一次性针管吸好了药液，一手抓住沙皮狗的额头，另一只手迅速将针头扎进沙皮狗脖子里。沙皮狗拉着凄惨的长调"吱——吱——"地叫着。张箩头觉着那只大手分明抓的是自己的脑瓜皮，针头也实实在在地扎进了自己的脖子里。他用药棉球按着狗脖子上的针眼，把它抱在怀里。他看见沙皮狗流了泪，他吹着狗脖子，也心疼得流了泪。

老兽医说："回家后只能让它喝水，千万别喂它东西吃！"

"好！好！"张箩头连连点头，像看大救星一样虔诚地看着老兽医。他听着老兽医嘱咐时肯定的语气，坚定地认为他是沙皮儿的救星，换句话说，他也是张箩头的救星。

回到家，沙皮儿不再慵懒地睡了。它明显有了精神，摇着尾巴去了食盆。张箩头忙倒掉盆里的豆奶粉糊糊，涮净后倒上清水。沙皮儿贪婪地一气便喝光了。沙皮儿喝完水，美美地舔舔嘴角，又在小院里悠然地转了两圈，然后卧在沙发上，亲热地给他摇尾巴。

张箩头心里像大暑天吃了一根老冰棍，生出一阵清心的爽快。他感觉叶子正坐在沙发上，为沙皮儿搔痒。沙皮儿眯着眼睛不停地摇着尾巴。它摇呀摇，摇得张箩头心里一痒一痒的，舒服极了。

晚上，张箩头起床抚摸沙皮儿好几次。沙皮儿都在沙发上安稳地睡觉，看见他就亲昵地摇两下尾巴。

张箩头又带着沙皮儿连续打了两天针。这两天打针，沙皮儿只是颤抖了两下，默默地承受了疼痛。但张箩头仍感觉自己的头皮被那大手狠狠地抓了两次，脖子被针深深地刺进了两回。看着沙皮儿痛苦的样子，张箩头仍然心痛地落了两次泪。每次打过针，沙皮儿精神都会好很多，回到家都是贪婪地喝水，然后悠闲地转两圈才爬到沙发上睡，看见他就摇尾巴。每次他都看见叶子抚它的头，晚上仍是照看沙皮儿好几次……

二

那年春天，叶子吃过早饭带着沙皮狗到野地拾柴，一去就真的成了一片落进草丛里的叶子，再也见不到了。张箩头四处打听，八方寻找。有人说晌午时见有骑自行车的一老一少俩男人把她带走了，沙皮狗对那两人还直摇尾巴呢！人们猜测应该是被她家人接走了。

叶子走了，张箩头要着饭四处找了三年，整个人好像由三十多岁一下子变成了五十多岁。而叶子像狐仙变成了一缕青烟在人间杳无踪迹了。

从此张箩头又成了光棍一条。光棍的他便喜欢上了养沙皮狗，他对沙皮儿的感情是一个丈夫对他心爱的叶子、一个父亲对他未出生儿子的感情。如今，沙皮儿病了怎不叫张笤头揪心！

叶子走了，张笤头坚定地相信她会回来的，她回来，他未见面的儿子也就跟着回来了。

到第四天做早饭时，张笤头想："沙皮儿好几天没吃东西了，不能全听医生的，医生也有说错话的时候，应该少喂它点儿吃食。"他给沙皮儿煮了个鸡蛋，把鸡蛋放冷水中浸渍一会儿，剥好蛋壳用舌头试试热凉，把鸡蛋送到沙皮儿嘴边。沙皮儿懒洋洋地用牙齿挂了一点儿，摇摇尾巴，又眯上了眼睛。再喂，它懒得连眼皮都没抬一下。

张笤头一碗饭没喝完，就带着沙皮儿去了镇兽医站。老兽医看看狗鼻子说："你带它去县城阳光宠物医院输输液吧，一直不吃东西可不中。""好！好！"张笤头盼着，只要沙皮儿在，叶子一定会回来，叶子能回来，他的未见面的儿子也就回来了！他不能失去沙皮儿。

他连忙骑电动三轮车去了县城。按老兽医的指点，又问了好几个人，才找到了那家宠物医院。县宠物医院比镇上的兽医站大多了，临大街的敞院中几棵开得正艳的梨花树下，立着好几根吊针杆。挂吊瓶的有猪、羊、狗、猫，甚至还有袋鼠与荷兰兔。

"大夫！大夫！"他一进阳光宠物医院大门就高声喊叫。眼镜男兽医过来问："几天了？""五天了。"眼镜男用一个纸条擦擦沙皮狗的鼻子，又把纸条蘸蘸小瓶子里的水，"细

小病毒引起的血性肠炎。""没事吧,大夫?"眼镜男说:
"要一得病就来这儿,保证能治好!耽误的时间长了就不好
说了。""大夫,求求你救救它吧!用最好的药,我有钱。"
张箩头两腿一弯一弯的,几乎想跪下来。眼镜男说:"好吧,
我尽最大的努力。"眼镜男配好了药剂,给沙皮儿戴上狗嘴
套,让张箩头抱住,用皮管扎紧狗前腿,细细的长针头扎了
进去。沙皮儿哆嗦一下,张箩头忙把脸扭向一旁不忍再看,
这针头比扎进自己身上都让他疼痛。换第二瓶药液时,沙皮
儿躬起腰"吱——吱——"地叫,浑身的毛都竖了起来。张
箩头一只手抱着沙皮儿,另一只手不停地抚它的头,按它的
肚子。沙皮儿用力一抖一抖的,"呱——"呕了一片黏液,
"噗——"屙了一摊血水。张箩头吓坏了,发疯似地喊:"大
夫!快来!你看我的沙皮儿咋了?"眼镜男过来看看:"打
针后胃肠蠕动增强的原因,没事。回到家可别让它吃东西!"
沙皮儿过一会儿恢复了平静。

　　打完针回到家快晌午了。沙皮儿一被抱下车,就急忙向
食盆走。张箩头赶在它前面,忙换了清水。沙皮儿头也不抬,
一气喝干了。过一会儿,它又躬起身子"吱——吱——"叫,
叫得特别响,特别刺耳。张箩头吓坏了,出了一脸汗。他一
会儿抚沙皮儿的头,一会儿按它的肚子。那沙皮儿仍不停地
抖毛,不停地惨叫。张箩头转身向村卫生室跑去,路上摔了
好几跟头,弄得浑身是泥,累得脸皮蜡黄,气喘吁吁地说:
"医生!医生!我的沙皮儿快不行了,求你去救救它吧!"

　　"大叔,我不会给狗看病。"

"就当给人治吧，它比人还精呢，求你救救它吧！"张笋头真的"咚"的一声双膝跪下了。他坚信，只要沙皮儿在，叶子一定会回来的！叶子回来，他的未见面的儿子也就回来了！

医生被缠得没法，极不情愿地跟着到他家，沙皮儿却不见了。

张笋头东找西寻，找了很长时间，到后来才找到了。原来那调皮鬼躲到院里柴垛边没事人似的安稳地睡觉呢。张笋头抱住它又是哭又是笑，像是见到了久别的妻子与他未出生的儿子。沙皮儿摇着尾巴不住地亲他的脸。

医生不知何时早走了。张笋头迷迷糊糊地看到叶子在厨房里烧火，燃着的柴都烧到灶门口了，他忙进了厨房。这才记起还没吃午饭呢。

又连续去县城挂两天吊瓶，每次回到家，沙皮儿不呕、不拉、不再贪恋沙发了。还不时地在小院里走走，去食盆的次数越来越勤，或者摇着尾巴盯着它吃饭的碗，一副馋巴巴的样子。

到去县城的第四天，打完点滴，眼镜男说，明天不用再来了，到家可让它吃一些稀软的食物。"沙皮儿好了吗？"张笋头兴奋地问。"只能治这样了。"眼镜医生漫不经心地说。张笋头的心一下子轻松了，好像一块压在心底的沉重的石块终于卸了下来。交药费时，张笋头慷慨地退回了找来的七元零头，千恩万谢地说，全当是为感谢医生买了盒香烟。

从城里回家时，他像第一次发现，县城两旁的楼那么高大，花园那样漂亮，公路那么宽敞，道旁树那样美丽！别的他也不会用什么词说。他想唱两句歌，却不会调；他想吟两句诗，但不会词。他放开喉咙"啊——"了一声。这一声"啊——"拉得很长，喊得很响，这喊声吐出了他久郁的闷气。后边过来两个骑两轮电动车的姑娘，经过他身边，回头看看就飞快地逃了去。张箩头看着其中一个像极了叶子，忙加速追赶。她们并没回头，张箩头猜可能是认错人了，真是叶子，她会跑过来抱住他的。

张箩头割了斤把肉，上午为沙皮儿做了精美的肉汤，还泡上一个馒头。沙皮儿吃得津津有味，连菜汤都舔得精光。到晚上沙皮儿又喝了一碗甜面汤。张箩头没等涮好锅，眼皮就止不住打架了，这几天他实在太累了。他似乎看见叶子正抚摸着沙皮儿的头，便放心地睡去了。梦中，他觉着自己正穿着大裤衩子，在黄河大堤顶上灌泥浆，他满身泥水，别人也满身泥水。叶子领着沙皮儿走过来，其他人都邪性地笑着拉直嗓子发出"哦——哦——"的长调。一会沙皮儿变成了一个胖小子，那小子黑不溜秋的像他，还甜甜地叫他爸爸呢！"唉！"他把应声故意拖得老长，故意向旁人炫耀：怎样，我张箩头有媳妇，有儿子，不孤单，我活得快活着呢！

他被"沙沙"的挠门声惊醒了，见自己仍睡在那张睡了几十年的床上。门是沙皮儿挠响的，这家伙干净得很，它是要出外方便了。张箩头忙下床为它开了门，并将门留一道缝，好让沙皮儿方便完再回来进屋睡觉。虽然已是仲春，有病的沙皮儿在院中还是顶不住夜间凉，留门是必要的。张箩头又赶忙重新躺下来睡，好接着做那个美梦。

<h1 style="text-align:center">三</h1>

伴着雄鸡的啼叫，张箩头半睁开眼，就着门上头方窗射进来的下弦月的银光，往沙发上瞅了瞅。他没看到沙皮儿，往沙发旁看看，也没寻见。他猛地坐起来，睡意全无。他拉开电灯，仔细找寻。沙发旁、柜子边、床底下，屋里全找了个遍，都没见到沙皮儿。以往的日子常常都是这样，他只要见不到沙皮儿，就觉得屋子成了空壳，空得像一个原先盛过柴油的破空铁桶，一敲便会发出空洞洞的响声。

他赶忙到院里寻。下弦月透过杨树枝叶，在院地上撒下花花打打霜似的冷光。仲春的夜，仍有深深的寒意。柴垛、厕所、东西墙根，都找了个遍，却不见沙皮儿的身影。他觉着，小院突然间扩大了好多倍，空荡得像拆了戏台的大场地，原先还热热闹闹的，一下子冷清得让人心凉。

他出了院门，房前屋后，仍看不到沙皮儿。他一边找一边唤："沙——皮——儿——沙——皮——儿——"声音很凄厉。在月光融融、浮光霭霭、冷冷清清的静夜里，给人平添几分野狐阴森怪叫的瘆人感。

他不能失去沙皮儿！他不止一次地想，只要沙皮儿在，叶子一定会回来的，叶子回来他的未见面的儿子也就回来了！

他来到院西边的南北大街，两旁的房屋、树，都还在睡梦中。早年的时候，叶子常带着沙皮狗，从这里向村南头池塘旁的杨行里扫落叶，去小河北面的田里挖野菜。听人谈论，他的叶子就是在小河北面的东西公路上被人用自行车带走的，那时候东西公路还是土路。他现在的沙皮狗也喜欢到村南去，也爱在公路上溜达，还喜欢在田里多管闲事地捉耗子，或在村南的水塘旁与黑花白母狗恋爱。

他先到小河北的东西公路上，一边找，一边喊。柏油公路在月光下显得光光的、静静的、迷迷蒙蒙的，看不到尽头。他又来到田野上唤着寻找，出穗打包时的麦子在月色里呈墨绿的颜色，昏昏苍苍的，望不到边际。

张箩头走过麦田，寻过杨树行，来到池塘边。他没停止呼唤，一声比一声悲伤："沙——皮——儿——"声音愈加沙哑而凄厉。

池塘岸边，旧草软软地铺在底下，新草婷婷地立在上头。他虽然耳朵有些背，还是听到一阵低泣的呜呜声从塘底传来。他快步走过去，只见经常与沙皮狗一起嬉戏的那只黑花白母狗，正后翘着白臀，趴着前腿，朝着塘水吠叫。他顺着黑花白狗吠的方向望去，只见塘底的烂泥水里有一个像狗一样的东西躺在那里。他再仔细看看，那狗一样的东西又很像是他的沙皮儿。他不顾一切地蹚过去，泥水很快没了小腿，又到大腿深，冰凉冰凉的。他拼命快步跑过去，"扑通"倒在泥水里。他又爬起来，淋淋漓漓弄了一身水。但他并没觉得冷，只是焦急地前去看清泥水中的那个东西。近了，从外露的沟沟坎坎的狗身体上认出真是他的沙皮儿。沙皮儿的头都没在水里。"沙——皮——儿——"他忙抱起它。沙皮儿满头污泥，泥水顺着狗头狗身往下淌。张箩头一手抱住它，一手颤抖着为它抹下烂泥。月光下，狗牙仍是银白色，狗眼珠好像转了一圈。狗尾巴也似亲热地扫了他一下，狗鼻子却没有了一点儿气息。"我的沙……皮……儿……啊……"他一腚坐到了泥水中，"你走了——还叫我咋活啊——"他没哭完，只觉眼前黑了一下……而后看见叶子带着沙皮狗，从空旷的天边向他走来，越走越近，越来越大……他像飞一样跑过去笑着抱住了叶子与他的黑不溜秋的儿子……

四

第二天早饭时，黑花白母狗家主人找狗时，见张箩头倒在塘坑底里，喊二歪嘴几个人把他拉出来。张箩头紧紧地抱着沙皮狗，一脸幸福的微笑……

解　脱

一

"我走在没有你的夜里……"深夜，我被手机彩铃惊醒。一个女人的声音从电话中传出来："请问你是曹廓老师吗？"

"是。"

"吴金豆得严重肺炎了……"

"你是……"

"嘟——"对方挂了。

我的意识由对陌生女人电话的好奇，极快地转到了吴金豆的病上。黑夜中，我仿佛看到两个青面獠牙的妖魔正拖着我的初中好友吴金豆一步步向阎罗殿走去。

吴金豆，我村后街人。他一岁丧母，父亲瘫了，童年是在他姥姥家黄村度过的。初中时回到了俺村曹庄，与我同班。那时我常找他玩，他与瘫爸住两间土坯房。

他小时很帅气。长大后，我在电视上看周杰伦唱歌，感觉吴金豆浓浓的眉毛，忧郁的眼神，绷直的嘴唇，如明星的可人。可他的命运并不尽如人意。初中毕业学木工，手艺不错，做柜子、打沙发事事都会，我的书橱就是他做的；砌砖墙、叠屋脊也样样在行，俺家堂屋是他建的。可偏偏他给人做家具时不小心锯掉一截大拇指，上梁时掉下房架摔跛一条腿。金豆二十八岁才娶了他木工老师的女儿辛梅。辛梅低低个，臃身材，生一副胖娃娃相貌。结婚三年，只播种不出苗。收养一女，接着生一女一子。养女叫春燕，苗条俊秀聪慧善良，中学时我教过她。亲生女儿叫夏燕，我也教过。她仿辛梅容貌，人老实，爱学习。小儿子叫曙光，只上了小学。瘦小的他十八岁了才一米二高，像个八九岁的孩子。金豆每次见我都唉声叹气："两闺女成家了，剩这个侏儒儿咋办呢！"如今吴金豆又……

明天是周末，上午监考完，下午我开车回了曹庄。

金豆家大门口停了好几辆电动车。他收留的两只流浪犬"大黑"与"二黄"，正在门旁吃食，见了我亲切地摇摇尾巴。院里满是人。吴金豆正抚着膝上的黑花狸猫，坐堂房前廊下的茶桌旁与众人说话。我走过去，泪痕未干的夏燕搬来个凳子。

金豆朗声笑着给我倒茶，"伙计，这几天把我吓坏了。春燕在外地工作没回来，夏燕与女婿带我到省城医院检查了一趟，这不刚到家。真是一级有一级的水平，省医院确诊是支气管炎。"他咳嗽几声给众人让烟，"都别担心了，感冒引起的小病。"

辛梅也笑着说："都怨他，感冒刚轻点就去建房，建房一累又犯了。"

二

看望吴金豆后的第二天夜晚，我正统计学生试卷分数，手机响了，还是昨夜来电的女人："曹老师吗？"

"是。"

"上次吴金豆去省医院复诊，他女儿女婿提前找了人……一个好端端的生命，如果能及时手术仍有从黄泉路上拉回来的可能……就像咱当教师的，眼看着学困生在困境中行走，却帮不上忙……"

"你是……"

"嘟——"那边又挂了。

打电话的女人是谁？我敢断定绝不是吴金豆家人，他家人的声音我都熟悉。我的注意力还是被吴金豆的病扯去了。我看看课程表，明天下午三四节才有课。人命关天，我决定明天上午请假再回一趟老家。

第二天上午，我没往家拐，直接把车停金豆家大门口。我敲敲暗锁的院大门，吴金豆的儿子曙光开门领我到了堂屋客厅。里面光线暗淡，烟味呛人。金豆年迈的舅父，在乡镇上班的曙光舅舅，还有一个不认识的汉子与金豆家人正愁眉苦脸地坐着，估计他们是商量给吴金豆治病的事。我一看金豆不在场想抽身。辛梅擦把泪说："春燕请假回来了，正好你参考下意见吧！"我坐下来。

金豆舅用苍老的声音说："人活百岁也是死，外甥家里不宽裕，给他多买些补品好生养着吧。"

陌生汉子说："你年纪大了，糊糊涂涂的。这事曙光他舅才是掌尺的，该他拿意见。"

曙光舅扫视了一下众人："不听老人言，吃亏在眼前。我认为大舅意见很务实，比较稳妥。"

陌生汉子问辛梅："表嫂，你是木工领线的，关键还得你拿主意。"

辛梅抹把泪，道："我想让做手术，他操持家辛辛苦苦几十年，有一线希望也得治。可一会儿想想，救不了人再背一屁股债，以后咋过呀！"

看身份，那汉子应该是金豆表弟。他又问："春燕，你是老大，说说你的意见。"

春燕眼泪成串下落："父养儿千辛万苦，儿救父责无旁贷。手术、化疗、烤电再加上其他费用估计得五六万。我拿四万，夏燕拿两万，就不让俺妈出钱了。坚决治！"

这春燕原是辛梅姐家的三女儿，她姐家盼小子避计划生育罚款，就把春燕给了结婚三年未育的辛梅。听辛梅说，一次，春燕大了走姥姥家，与姐姐一家遇到一起。辛梅指着姐让春燕叫妈，春燕偏叫姨。金豆让春燕给她亲爸端饭，春燕端一碗送给了金豆，哭着说："爸，你们不想要我了？你就是我的亲爸！"又拉着辛梅的手，"你就是我的亲妈！"一说起春燕，金豆辛梅常掉泪："俺这闺女养得值！"

"夏燕、曙光也表个态！"

夏燕低着头说："俺赞成大姐的意见。只要舅姥爷、大舅与俺妈决定动手术，俺把麦子、玉米都卖了，再不够就是头拱地也拿钱！"曙光看看这个，看看那个，只是落泪。

辛梅朝我说："老曹，你在城里工作见识广，动手术到底好不好？"

我说："患任何病，不能绝对地说治好或治不好，有人手术后五六年还很健康呢。这事得让金豆自己拿主意，他哪儿去了？"

辛梅说："让他休息，他说小病没事，家里用钱的地方多着呢，又去给人建房了。"

我说："病拖不得，快打电话叫他回来，我给他谈谈。"

金豆表弟说，金豆在二岭家盖房，忙打了电话。不多时，金豆咳嗽着带着大黑、二黄回来了。他一进门忙敬烟倒茶："感冒发烧，惊动得四邻八家不安生，连老舅都来了，外甥实在不过意。"

我说："可不能轻视感冒。县人民医院我有熟人，你带着片子，我领你去看病，好好治治。"其他人纷纷附和："去吧！去吧！"吴金豆极不情愿地被春燕推着上了我的车。

已是阴历二月下旬，人民医院花圃里的杏树，在大叶女贞与丝棉木绿叶映衬下开得十分灿烂。但美景并未使我欢快，相反，我似乎感觉冷气袭人。

我先到住院部找到呼吸内科主任蓝大夫，让他看了吴金豆的"ＣＴ片"。蓝大夫指着片子："肿瘤在左叶肺上部，左肺得全切除，并且已经有了向右肺转移的迹象。要治就抓紧，马上手术再化疗、烤电……不治的话……"我说病人有知情权，你委婉地给他讲一下。我叫了吴金豆，春燕陪他进了医生办公室。金豆进门时一边咳嗽一边说："我说没事偏偏……"随着蓝大夫的讲解，金豆的脸变得蜡黄，浑身颤抖，坐电梯下楼时腿都迈不开了，几乎是被我与春燕拖着才坐到了副驾驶座上。

我一上车，他头抵住我胳膊颤抖得像料峭春风中的树叶，呜咽地哭着说："老曹啊！我不在了曙光咋过呀！"我的心像刀割一样，强忍着泪不停地安慰他："没事……不少人手术后都康复了，还有的手术后十年了仍健在呢……"春燕在后座扶着金豆肩膀哭了一路。

回到金豆家，我反复强调，医生说了要抓紧时间手术治疗。金豆抱头抽泣，黑花狸猫弓身扬尾不停地蹭他腿，大黑、二黄犹疑地望着他。一家人都围着金豆哭，哀声一片，惊得门檐下的燕子双双飞去。我从小就受不了悲痛场面，便到车里偷偷擦泪。

三

过了一周，周日早晨，我还没起床，手机响了，一看还是那女人的号："曹老师，我求你个事，万望答应！"

"你说，只要我能……"

"咱俩加微信，我转给你五万元，请以你的名义快送给吴金豆，催他马上动手术！"

"有附加条件吗？"我心里出现了诸如"诈骗""讹人"

等字眼。

"有，你是教师，要像给学生做思想工作那样，用两面论、正反证、发展观等方法，一定要耐心说服他，催他快做手术！"

我警觉地问："你是慈善机构？"

"不是。"

我说："我得见见你！"

她停一会儿，叹口气："好吧，你要有时间的话，早饭后我在南湖公园水上花亭等你。我穿枣红线衣，拿《当代小说》杂志。"

我草草吃了早饭，急急地步行往南湖公园赶。南湖公园就在我城里家西边，路不远，步行一会儿便到。

三座花亭都在碧水中，由曲曲折折的水上廊道相连接。第一座亭上坐着几个逗鸟的退休老人，第二座花亭里有两对带娃的年轻夫妇，第三座花亭里站着几位向远处游船指指点点的男女学生。在第二座与第三座花亭相连的水上廊道拐角处，站着一个手拿刊物的穿枣红线衣的女人。她向我招招手，我警惕地走过去。她五十来岁，短削发，长眉毛尾梢微微上扬，眼神忧郁。我手扶栏杆距她两米远站下。她说："曹老师，你不认识我吗？"

我仔细看看她，似曾相识，但不记得在哪儿见过。

她说："我可认识你，省里刘照如老师在市文联会议室讲小说创作时，你坐我前排。"

哦，我松口气，努力回忆，终于记起来了。她叫皇甫娜，是距我庄不远的黄村人，县五小语文教师，热爱写作。我们一起参加过文学创作研讨会。

她说："吴金豆是我表哥，小时候表哥在俺家住过十多年，他处处让我，时时疼我，俺俩形影不离。咱都是教师，说了不兴笑话人！"她看看我，我郑重地点点头。她接着说："直到现在……我都喜欢他！那时俺妈想撮合俺俩结成姑表亲，可俺爸坚决反对。一次，我剪完头发，让表哥给吹吹脖子里的头发茬儿。我爸远看着像表哥吻我，大发雷霆，丝毫不顾及我的感受，强行把表哥撵回了你们村。"

她碧水中的红衣身影不断地被动荡的水波拉长，化成苗条的红衣少女。她旁边似乎出现了吴金豆的身影。说真的，他俩无论是长相还是个头，都挺般配的。我不免为鸳鸯被棒打而深感遗憾。

皇甫娜深深叹了口气："我表哥不容易……从他被查出病，一有事表嫂就给俺爸打电话。我弟弟皇甫军跟俺表哥在一个木工队搞建筑，他的病况我第一时间就能知道。现在问题出在俺表哥身上，你带他去医院回家，俺表哥睡了两天，又上了一天网，最后决定不治了，说治也是白扔钱。其实他是怕花了钱再治不好病，让曙光娘俩日子受连累。任凭谁劝都说不到他心里去。曹老师，只有你才能劝得了他。现在咱俩加微信，我转你五万，拜托了！"她眼含泪水深深给我鞠了一躬。这一躬鞠得我心里酸溜溜的，忙搀住她："这可使不得！我马上回去劝他，等做好工作你再转款也不迟。"

与皇甫娜分开，我开车飞快地去了吴金豆家。大门虚掩着，我进到院里。辛梅从东厨房出来，往堂屋努努嘴："把孩子都吵走了，你去劝劝吧。"

我推门进了客厅。吴金豆坐在沙发上，黑花狸猫团着身子在他膝上打"呼噜"，大黑二黄卧在他脚边。他脸蜡黄，微微发喘。他见了我，让座："老曹啊！这些天我一睡着就做噩梦。梦见从高高的楼架上一直往下落，落到深深的悬崖下。有时梦见巨蟒缠我，群狼追我，无论藏到哪儿，它们都能找得到。我总想找到解脱的办法，要是会飞，把病甩掉就好了。假如有霍金说的时间黑洞，我情愿跳进去。"

我说："你快住院做手术吧！钱不是问题，有人愿意出五万，我也能帮你。"

他咳嗽一阵："我知道是谁愿出钱。我不能给亲人幸福，决不能再给他们带来灾难。实话告诉你，不怕你笑话，我与辛梅根本没有爱，一直爱着另一个人。辛梅……除了会嫉妒……没啥本事，我不在了……别说给曙光娶媳妇……就他娘俩生活都是个事……"大滴的泪珠顺着他那翕动的鼻翼流到嘴角，再滴到前衣襟上。

我心中很是酸楚："你还是先顾顾病吧！"我列举了两个肺癌手术成功的病例。

他长长叹口气："人，不怕死的很少，但我知道，治病就像做家具一样，大衣柜框架坏零散了，就没必要再白费材料了。网上有专家医生说，有的人不动手术还能多活些日子，一动手术反而走得快了。我还见了一个资料说，有个病人，没做手术到外地旅游了一些日子，病却好了。我想到外面散散心去。"他说的我何尝不知道，但是否有科学依据就不好讲了。我搜肠刮肚寻找词句努力想说服他，他低头叹息，一言不发。

辛梅提水壶进来倒上茶："他这人天生的不习劝，十三省加一外国也找不到这个老鳖一，就像古戏文里那个老财主，挨县官板子还叫掀起大衫子，舍命……"

"叭——"吴金豆狠狠拍下桌子，脸成了猪肝色："说的啥狗屁话！你这个傻女人！我为的谁？咳……咳……"吐了两口血，大滴的泪水成串落下。我忙起身递去纸巾。黑花狸猫吓得一下跳到了里间，大黑、二黄怯怯地夹着尾巴去了屋外。我深深感喟自己言辞的苍白无力。

回到城里，我打电话把情况告诉了皇甫娜，她那边只是叹气唏嘘。

四

过了几天，皇甫娜打电话告诉我，春燕打着旅游旗号诓吴金豆住进了北京一家肿瘤专科医院，手术时间都定好了，吴金豆从医院偷跑了。

又过了几天，我在微信朋友圈上，看到了吴金豆与春燕在内蒙古大草原上的图片。吴金豆身着古装，骑着红马，满脸微笑。不久，在朋友圈又浏览到吴金豆与女儿春燕在布达拉宫前的彩照，他一脸幸福的微笑。

五一假期我回了一趟老家看望父母，刚要出老家院大门，想去探望吴金豆。只见辛梅骑电动三轮车载着吴金豆从村东头过来。吴金豆脸庞红润，身板直挺，端坐后座，像凯旋的将军。街边人向他们打招呼："到外面转转气色好多了！"金豆不作声，辛梅不住地笑着回应："好多了！就是好多了！"我刚要去打招呼，他们过去了。"放松心态旅游，还真能抑制癌症？"我满心疑惑去了吴金豆家。

吴金豆已经回到了家，在条桌里面的躺椅上抱着黑花狸猫半躺着，大黑与二黄热情地舔他的裤管。他的几个徒弟坐在当门客厅的条桌旁喝茶。金豆向我点点头，伸着手指亲密地给身旁的曙光比画着说话，嗓音沙哑得几乎听不清字音。

五

见他的下一天早晨，我还在睡梦里，皇甫娜在电话里泣不成声："我表哥昨晚喝药走了……"我猛地坐起来，摸半天都没找到衣服。春燕来了电话，断断续续地说，她爸昨晚酒喝多了。我回到老家才知道，吴金豆是喝了掺药的酒死了。

出殡那天，我作为吴金豆生前的好友最后一次为他送行。我恨自己无回天之术，只能在默哀的三分钟里反复念叨：愿老同学一路走好！

皇甫娜病倒了，让她儿子为吴金豆献了花圈纳了礼金。

喇叭呜咽，横笛凄悠。白色的杨花漫天飘飞，像惨白的雪。

黑花狸猫在金豆家东屋檐上来回走着哀叫，大黑与二黄趴他家大门外柴草垛上朝天狂吠。

　　辛梅被几个妇女围着，岔腿坐着，双手拍打地面，惨声哭号，眼泪鼻涕扯到前襟。春燕头戴白尾帽，身穿满是泥土的孝衫，手捧吴金豆遗像哭晕了好几次。夏燕满脸泪水与鼻涕。

　　吴金豆遗像是放大的年轻时的相片：深邃沉郁的目光流露出无尽的忧虑，紧绷的嘴唇似在同命运作顽强的抗争……

　　低矮瘦弱的侏儒吴曙光与高高的白纸幡柳杆极不相称，他哭得死去活来，朝棺盖上摔瓦盆怎么也够不着棺顶，被架他的人抱着摔几次才摔烂。

　　抬棺的男人都落泪了，看殡的年轻媳妇与年迈的老太太泪如泉涌。

　　出殡的队伍伴随着阵阵哀乐，在白纸钱飘飞的路上缓缓行进。

　　初夏的阳光普照着麦浪滚滚、白杨絮缭绕的大地，把无疆的大爱洒向人间……

画 圈

一

吴刚主任在老伴去世后，就产生了娶个年轻伴侣的美好愿望。他估摸着，去外地旅游也许会添个胜算筹码，意外收获也不是没有可能。

七点半钟，他按约定时间来到了万福公园大门对面的齐鲁旅行社门口。马腾飞突然来电话，说他有急事去不成了。这次旅游原本是马腾飞约他去的，钱交上了，这老小子说变卦就变卦，弄得吴主任心里很不是滋味。

马腾飞原是东城县一中数学教师兼教务员，上课画圆不用圆规，随手就能画个状如满月的圆，师生都叫他"画圈圈先生"。他这人就是月亮的性格，圆后便缺，就是缺少令人信服的稳定性。

吴主任与马腾飞一直是竞争对手，自己总是输的一方。在吴主任看来，唯一能胜过老马的地方就是在东城县一中他是教务主任，老马是教务员。可随着自己提前"退二线"，这个优势也成为过眼云烟了。话说回来，他与老马还有合作的一面：两人都爱下象棋、品茶、旅游，退休前后几乎天天泡在一块儿……

这次老马临时一变卦，吴主任就得形孤影单地转悠四五天，就像古人拿着个鸡肋骨，弃之可惜，食之无味。

吴主任忙打通了原高中同学许彩云的电话，约她一块儿去。可她回电话说，你与老马去旅游，我掺和个啥。"嘟——"挂了。吴主任仿佛看到了许彩云眯着双眼拒人千里之外的神情。

"一个人也去！"吴主任狠狠下了决心，生气地甩下手，一人上了旅行社安排的出租车。他一旦不如意或下决心干某件事时，最爱做这个狠甩手的动作。

副驾驶座上坐着一个四十多岁穿白衬衣的女人。从后面看，绛红色柔顺的披肩发给人一种舒服的感觉。可往上看，头顶上有些毛茸茸的乱发，就让人略感不适了。吴主任最讨厌女人有乱发，妻子在世时没少挨他的训斥。在他看来，有乱发的女人，最易让人生出刚与人睡过觉，或者自己本身邋遢、作风随便的联想。他把目光移向窗外的秋野，一片片绿禾匆匆划过，他叹口气："唉！一个人去旅游就是有点儿孤单！"

到牡丹市集合地点，早有一辆大巴车停在路边。导游接他上了车。大巴车里坐满了人，后面有俩空座。吴主任把背包放行李架上，挨车窗坐了。同来的白衣女人坐到他旁边。吴主任瞥了一眼，她脸庞红润，眼睛上翘，像以往有过交往，但一时又掐断了往昔的景象胶片。

一道道风景线在窗外呈现。

前座花裙烫发妇女高声赞美："好美哟！典型的北国风景的了！"浓重的南方口音让他听得有点儿别扭。"是的了！""好好漂亮哟！"那花裙烫发妇女马上赢来十多人的随声附和。

一个青隐格衬衫外束腰老头用纯鲁西南口音很内行地说："前面是白云大峡谷，我们住在大平原城市里，根本见不到峡谷幽险奇秀的景致，那才真叫'美美哒'呢！""就是，就是，美得很！""乡下人不稀罕，咱稀罕。"立刻得到了几人的应和。

这些对话，让吴主任头皮一麻，更是加重了他的孤独感。他从小生活在农村，参加工作后才住进了县城，但他始终认为自己就是乡下人。当有人说乡下人怎么着时便觉不爽，仿佛遭了一番白眼。他瞟一眼身旁的白衣女子，见她眯眼仰在靠背上。吴主任心中止不住暗暗猜测：不知她是城里人还是乡下人，看样子是个孤傲美女，与她不会有多少共同语言。他叹口气：若老马来了，可谈些共同关心的话题，或评论风景什么的，就有趣多了。即使是缺乏美女形象感的老伴陪着，也不至于这样孤单。

上午在一家酒店吃饭，十人一桌。吴主任见青衬衫老头坐的桌只三个人，便凑了过去。青衬衫老头起身点点头："对不起，我们同来的正好一桌。"另一桌是花裙南方人，吴主任甩下手，在一张空桌边坐下来。白衣女子坐在了他旁边。一个衣着整洁的老头坐在他另一边。导游指着他这一桌说："零单出游的人都坐这一桌，固定了。"

他重重叹口气："要是有个伴儿就好了！"

二

吴主任随着旅游团，看了沙漠、草原、寺庙。集体用餐都与白衣女人一桌，晚上和整洁老头睡一个房间。整洁老头说话也爱"整洁"，让吴主任旅游时必要的谈话兴致锐减。导游让游人单独活动，吴主任本来打算勉强与整洁老头做伴，可见他与一个干净的老太婆在一块，虽然整洁老头对他还算客气，但吴主任怕外人产生"三角恋"的误会，只好自己落单了。白衣女人也是单独行动。他们二人是同一县城来的，多多少少还是有了一些交集。走沙漠时，白衣女子没水了，吴主任忍渴把仅剩的多半瓶矿泉水给了她。在大草原，吴主任骑马不小心崴了脚，白衣女子给他作了按摩。按摩还挺有效，第二天就感觉好多了。在摩罗什寺院前，她为他拍了照，又提出与他合影。他乐得开心，她笑得甜蜜。

排除孤独是吴主任的第一要务，旅游缓解孤独感是暂时的，他迫切需要有个长期伴侣。吴主任细心观察，表面看白衣女子端庄高傲，实际上她热心善良，她的声音也甜润得让人心悦。但年龄的悬殊让他马上扔掉了跃跃欲试的奇思妙想。

行程第四天，旅游车到了被称为中国第一村的新疆禾木村。一行人站在标志性建筑物禾木桥上看：上面白云飘在蔚蓝的天空，轻拂着头顶苍碧的天石；下面清澈的禾木河水溢着凉爽的水汽，滋润着两岸绿色的植被。

村里大都是用原木搭建的尖顶木屋，夕阳照耀着白桦树，白桦树掩映着木屋，木屋与白桦树相映成趣。江南花裙朝着同伴赞叹："完全是不一样的美哟！""要得哟！"青衬衣男子对着同伙感慨："我们真应该在这里安家！""那是。"

安排好住宿，导游让自由活动一个半小时。吴主任孤零零地走上村旁的小山，在白桦树下木亭子里的长条木椅上坐下来。残阳似血，染红了绿树，炊烟如带缠绕着禾木村的塔顶木屋。在眼前的诗情画意里，他总觉得缺少点什么。

"喂！我说。您咋单人旅游？咋不带上阿姨？""她上着班。""在哪个单位？还没退休？""在天堂，正式工。""对不起，提你伤心事了！"

"没关系，习惯了——你为何一人来，没带上那一位？"

"他……看不上我，领人……跑了……"

"看不上你，真是瞎了鼻子烂了眼了！"吴主任说的是真心话，几天旅游的观察，他能感觉出白衣女子是个令人喜欢的那种女人。

"我看你年龄没多大，没打算再找一个？"白衣女子关切地瞟他一眼。

"六十多了，儿女反对，还找啥！"这回吴主任说的绝非心里话，事实上，他正努力追求许彩云。

上高中时，许彩云爱穿红秋衣外罩，衬得她原本红润的脸庞更显红润，明亮的眼睛微微上翘，给人一种拒人千里的印象。那时，他追求她，她是城里人，他是乡下人；她家是职工家属小独院，他家是农村茅草屋。那时，彩云一点儿也不嫌弃他。一次，他俩正在树丛里亲吻，突然，她哥闯进来，毫不客气地揍了他一顿。原来是马腾飞叫来了她哥，后来彩云被家人强迫去了另一所高中。

吴刚上了大学，本来与班花都到谈婚论嫁的程度了，半路里又杀出个马腾飞，又被他"抢"去了。现在吴刚主任与许彩云都成了单身，并且她对他有点儿意思。他知道，许彩云能填补他失去老伴的空虚。可偏偏老马也成了单身，也"追"许彩云。不是冤家不聚头，在吴主任走上幸福的道路上又平添了一道"坎"。当然，这只是他内心所想，不便说出口的。

白衣女子走过来，坐他身边，挽住了他一只胳膊，望着红彤彤的晚霞："我就想找一个年老的、坚实的肩膀……靠一辈子，省得再领旁人跑了。"她望望他，拍了个二人并肩坐的照片。照片上，两人的脸庞都红红的。

吴主任的心"咚咚"跳了几下，而且跳得厉害，他很多年没这样激动过了。只记得当年与许彩云、与大学班花在一起时心这样剧烈地跳过。他不可抑制地吻了白衣女子的脸颊，她力量适中地推开了他，不知道是真推，还是半推半就。他挺直身子向不远处的禾木桥望去，涂着彩漆的桥楼与栏杆，在霞光里熠熠放光，连同桥面上身穿五彩缤纷衣服的游人，俨然构成一幅美丽的画卷。吴主任外表是平静的，可内心却翻江倒海。他想，若能娶到这个四十多岁的白衣女子，要远胜过追求到许彩云。许彩云虽然保养得脸庞红润，显着年轻，看着漂亮，但与眼前的白衣女子相比，还是有点儿逊色了。

吴主任突然有些心怯了：难道叫吴刚的都能遇到嫦娥？他感觉白衣女人不可能这么快就对他上心。他甩下手平静地说："你还年轻，别难过，一定能找个如意郎君！"他俩加了微信，留了电话。

晚上，戴台帽的图瓦族老人端上了热腾腾的羊肉、羊耳朵，穿红色长袍的图瓦族女主人倒上了驼奶与奶酒。

白衣女人依然挨着吴主任坐，给他敬了两次酒，夹了几次菜。

晚上，禾木村很凉爽，甚至可以说有点儿冷。吴主任一晚上都浑身燥热，辗转反侧，难以入眠。半睡中，他觉着牵着白衣女人的手走上了红地毯……

三

旅游结束回到家，吴主任给儿子、儿媳、孙子发了纪念品。儿媳为他准备了可口的晚餐，儿子为他斟酒，孙子为他夹菜。他清楚，在这个家里只要不娶老伴儿，他还是挺受欢迎的。儿子儿媳公开表示过，他可以在外面与人搭伴过，但家里再也容不下任何形式的妈了。

老伴在世时，吴主任也并没感觉出她是个多重要的角色；自从她长眠后，心里便生出一种从未有过的空虚感来。他看书，他觉着她正沏茶；他吃饭，他觉着她正端菜从厨房出来；他睡觉，他觉着她还躺在身旁。当寻找时，又不见了踪影。他查资料，估计自己是患了"单身空虚症"了，必须想法尽快地走出这种空虚来，去过正常人的生活。其实走出空虚的办法并没多复杂，只需找个两情相悦的配偶就行了。

吴主任晚饭后在自己房间小声给许彩云打了电话。许彩云问他："旅游开心吗？""要是你在身边就开心了！""少贫，我辅导孙子学习呢！""你找个能听电话的地方，我有话说。"

"稍停……行了，说吧！"

"咱俩的事你考虑得咋样了？……这次旅游了我启发，只要你同意了，咱俩就去新疆禾木村一块儿生活，那里风景……""美的你……我考虑好后再说。"

吴主任挂了电话，心里感觉有种热乎乎的凉。

"嘟——"手机来了一条短信，他一看是白衣女子发的："明天上午八点半，想与你在万福公园长廊拐弯处见面，有时间吗？"

"有，有时间！不见不散！"他马上回复。

吴主任心里一阵窃喜：看来许彩云有点不热不冷的，若白衣女人真与他有缘分，真的对他有意，他决不能再婆婆妈妈的，失去追求幸福的机会了。他激动得一晚上没睡好，又做了好几个与白衣女子在一起说笑的美梦。

第二天，吴主任早早吃了早饭，刮了胡子，穿上了儿媳才洗过的白衬衫，准时到了白衣女子约定的地方。

长廊西边湖水澄碧，湖边玫瑰五颜六色。吴主任远远看见白衣女子面朝南坐在长廊拐弯处的连椅上，披肩发瀑布似的垂落身后。她身旁坐着个熟悉的身影。吴主任仔细一看，竟然是马腾飞！这可让他吃惊不小："他俩咋搅到一块儿了？"忙躲到不远处的玫瑰丛后。

"……那老头儿……嘀嘀……"柔脆的笑声，"马老师，上高中时我对你佩服得五体投地，您带我们走进了数学王国……"

"幽莲啊，四十多了，小嘴还像姑娘时一样甜。我托你的事办了吗？""老师嘱托，怎敢违命。"

"把你与吴主任的照片传给我，我要彻底揭穿他伪君子的面纱！""你要照片到底干啥用？是不是传到网上？不伤害了我吗！"

"哪儿能呢。"马腾飞干笑两声，"放心，我只发给一个可靠的人，只让她一人看看，对你绝对无妨碍！""我花剩的钱给你……"

"拿着，是你替我办事的报酬……"

吴主任心里生出一股冰窖里冒出来的那种冷气，万万没想到白衣女子竟然是马腾飞派的"间谍"，他早就认为董永巧遇七仙女，只会发生在神话中。

他逃离了万福公园……

四

吴主任昏昏沉沉回到了家里，一头扎到书房的小床上睡了。

手机响了。吴主任没动，他懒得接。过一会儿电话又响了，大有不接电话就不罢休的意思。他不耐烦地接了："谁呀？还让人安静不！"

"怎么，听不出声音了！我发两张照片看你认识不？"电话里传来许彩云的声音。"嘟——"来了微信，是两张他与白衣女子的合影，"老吴，这就是你对我的真情……"吴主任知趣地挂了电话。

往事历历在目。上高中时，他因为追许彩云被揍得鼻青脸肿；上大学时，他谈了个班花，一个天高月黑的夜晚，被马腾飞抛弃的女孩把他叫到花树丛里，拉着他的手哭诉，恰巧被"班花""闯"见，自己的脸结结实实挨了两巴掌……事后，他查清楚，原来是马腾飞让那个女孩找他"哭诉"的，又是马腾飞叫来了"班花"。

退休后，两人的老伴都去世了，又同追许彩云，没想到历史剧竟然重演。

"真卑鄙！"吴主任暗骂了一句。他愤愤地甩下手，真想去找马腾飞，狠狠抽他两耳光。他知道这次又败给了"画圈圈"先生，并且败得很惨。旅游的全过程，从上出租车那一刻起，自己就成了被别人操纵的木偶。甚至连木偶都不配当，直接被人推进了陷阱里。

失败的痛苦让他浑身无力，他明白这时采取任何报复行动，都是徒劳无益的，只会让自己更丢人现眼！他是个经受多次失败的人，他清楚，被人算计后最高明的做法就是吃个哑巴亏，像任何事情没发生一样。否则便会用墨画眉——越描越"黑"。

手机再次响了。

吴主任一看又是许彩云的，他猜测许彩云不是骂他就是羞辱他的，他将无言以对。他红着脸说："彩云，真的对不起！"

"我知道都是马腾飞给你画的圈，他这人很不地道。"

"你咋知道？"

"白衣女子是我娘家侄女，是我派她去观察试探你俩，让她帮我拿主意嫁给谁的。本计划，先让你了解真相，再让你与马腾飞唱出好戏，可你没去万福公园……"

吴主任大吃一惊，心想："后面还有画圈人呢！我说看着白衣女子咋面熟呢！"他气恼得直想笑……

"你俩一个奸诈狡猾，一个见异思迁；一个巧言令色，一个虚情假意。都统统见鬼去吧！"

断响的哨子

一

从事教育工作后，我最大的愿望就是当上一把手，成为一名正科级中学校长。爱妻说我是走火入魔般地喜欢上了一个哨子，死心眼，一根筋。

产生这个愿望的原因是多方面的。主要是我认为，经过二十多年教学生涯的磨炼，自己像长江里的石头——经过风浪的人，已经具备了当好一把手的才能与资格。我教的语文课学生满意，竞赛成绩名列前茅；最关键的是我先任教研组长，后任教务主任，又任副校长，算是一路坦途；由中教二级到一级，再到中教高级，可谓顺风顺水。我经历了十一个一把手，他们施政的得失，我心里明镜似的。对于治好一个学校，不谦虚地说，我早就胸有成竹。我做梦都企盼能得到一个独当一面、施展才能的机会。

在翘足引领的期望中，一个提拔的契机如期而至了。那年冬月，校一把手告诉我一个让人振奋的消息：县里要选聘几个初中校长。他问我是否有意。他分析：你应到初中当个鸡头，不该留在高中做个凤尾。与其在高中担副职，不如去初中任正职。并说我有治理好一个县直中学的能力。

　　直白地说吧，在十一个一把手中，无论从哪方面比照，我最不服的就是他。由于正副差别，还不得不听命于他。他从政府部门调来，才三十多岁，"聪明绝顶"的脑袋上几根疏发，真有点儿凤毛麟角般的珍贵。他干教育外行，玩权术内行，校内大事小事都爱指手画脚的。同事知道，我这人是"老别筋"，曾"顶"过他两次。对他的话，我常常怀疑是给我挖的陷阱。我仔细审视一下他的表情，感觉从他眼镜片里射来的是诚恳的光波。对他刚才的话，我还是比较受用的，说句心里话，我也认为自己当中学一把手绰绰有余。在这一点上，俺俩意见比较一致，算是英雄所见略同吧！

　　这消息让我内心翻江倒海：他比我年轻十多岁，想熬过他当上正职，就像高树下面的小树一样难以抬头。到初中当个一把手，能施展我的才能，又能摆脱他的控制，何乐而不为呢！但外表上还得装出一副波澜不惊的大将风度："多谢领导的信任，请允许我与贱内商量一下。"对外人措辞还是要讲究的，只能说商量，总不能傻帽一样说请示吧！不怕你笑话，诚恳地讲，我这人还真有点儿惧内。但我并不认为怕媳妇是什么可耻的事！刚结婚时，我一点儿也不怕她，俺俩天天磨牙。不怕归不怕，可诸如刷锅洗尿布之类的家务都归我干。后来"怕"了她，每天她给我端着吃。傻帽呀？搁你，你也怕。惧内咋了？惧内自有惧内的理由，惧内有饭吃呗！

　　下了晚自习，我回到家，给"另一半"使个眼色，把她叫到书房里。她不满地白瞪我一眼："我还得辅导孩子学习呢! 你着的哪门子急! 这屋里又冷……"我摆摆手表示不是那个意思,压低声音迫不及待地把令我欣喜若狂的消息告诉了亲爱的她。爱妻教化学,是在分子原子层面上研究物质组成的。平时,她处事的理念更注重事物的自然属性,绝不像我教语文爱海阔天空地幻想。她冷静地说:"我看你是饭后溜大圈——撑的了! 咱俩在一个单位工作有利于培养后代,现在不挺好吗? 没必要再加什么催化剂了吧!"想当一把手对我来说是原则问题,我做人也是有底线的:原则问题决不让步,宁肯我的屁股再被拧青一回! 见笑了,我敢举起右手发誓:她拧青我屁股的事,绝非家常便饭,家丑不能外扬哈! 我讨好地望着她,仍坚持自己的意见。像古代的谏臣那样理直气壮,如千仞之瀑势不可遏地慷慨陈词……她狠狠剜我一眼:"既然你的决定不可改变,那就鼓捣呗!"我知道她爱把化学实验说成鼓捣,意思是批准我试验一下。我不失时机地亲了她一小口:"谢谢爱妻的理解!"真没想到,热脸却凑个冷屁股,被她狠狠推开了,可我一点儿都没敢表现出丝毫不满,习惯成自然了呗!

第二天一上班,我就到一把手办公室汇报了我最新思想动向:经过一夜思考,认为领导睿智多识,自己愿意一试。他坐转椅上转一圈,从后书橱里拿出招聘文件让我看,映着窗户光亮的镜片一晃一晃地当场表态:大力支持我,批给我一周假,学校的什么工作都不让我做,叫我静心复习。最后拍拍我肩膀:曹副校长定能如愿以偿,大展宏图。他的话语就像墙角空调吹来的热风,让我心里暖洋洋的。出了他办公室的门，迎面碰见来一把手办公室的几位主任，他们纷纷说，选聘一把手老曹副校长是最佳人选……我感觉室外的冷风仿佛变了，心里充满和煦的温暖。

我把自己关进书房里，不顾天寒地冻，手捧爱妻送来的热水袋，查阅资料，认真备考。其实对《教育学》《心理学》《管理学》这些教育界招聘必考的科目，我大可不必郑重其事。上大学时我都熟记于心；任校领导后，我又不断研究，勤于实践。这样大言不惭地对你说吧，就连书本上没有的关于"仁治"与"法治"管理的"黄金比例分割"问题，我都能说出个"子丑寅卯"来。

招聘考试那天，北风呼啸，大雪纷飞。县城的建筑物与风景树全在冬天里耸肩缩颈，瑟瑟发抖。

人事局大会议室里，热气腾腾。好多名符合条件的"校长坯子"都来了，由于拉开距离考试，连主席台上都坐得满满的。教育局、人事局领导佩戴监考证，如临大敌，十分警惕地来回巡视。整个考场鸦雀无声，比高考考场气氛还严肃许多。我考试状态良好，看题、分析、回忆、判断，笔答，简直可以用挥洒自如形容。出了考场，几个熟人唏嘘不已。我咽了口冷风，表面上附和着装出一副苦瓜脸，连连报怨试题太难。其实心里偷着乐个不停，暗暗嘲笑他们，过了这个季节，恐怕连喝西北风的机会都没有。

到人事局大门口，爱妻正站在廊檐下，衣帽上满是冰雪。她给我穿上雨衣，我顿觉全身温暖，用一句电影台词形容——心总是热的！我清楚，在外场上，妻子都是装得像个温顺的小花猫，母老虎的威风是在没外人时专门耍给我与儿子的。

从考试结束到公布成绩需要一个星期。同事见了我就说，曹副校长肯定考得好！他们越这样说，越让我感觉这一个星期时间漫长，简直比一年都过得慢！考试后的第六天下午，我在办公室煤火炉旁正心神不宁地看教务处报来的月考工作总结，一把手笑容可掬地走进来："恭贺！贺喜！曹兄笔试成绩全县排名第三！再过了面试关，任县直中学一把手就是板上钉钉的事！"我感觉他的态度充满真情，连忙起身让座，倒茶。听了喜讯，高兴得真想像小时候一样跳高欢呼，再连打两个车轱辘。四十多岁的人了，我不会这样轻狂。这种轻狂的兴奋大都被我喜不形于色的涵养克制住了，但仍然能感觉到，自己的嘴角还是不争气地露出了一点儿笑意。

回到家，我热情地给爱妻一个拥抱，并不失时机地把大好消息报告了她。她推开我："去！去！以后少拿这鸡毛蒜皮的事烦我！"对于她矫揉造作的"清高"，我备感亲切。

二

接下来的日子，我便期盼尽快面试，好像一个打扮入时跃跃待嫁的姑娘，已是急不可耐了。我坚定地认为，距理想变成现实，已为期不远矣！用计日程功来形容就十分确切。

面试是在县政府小会议室举行的。我一进去，便立刻生出一种不可名状的压抑感。最前排坐一溜领导，教育局一、二把手，抓教育工作的副县长，我面熟。其他全是生面孔，他们都凛若冰霜，一副高高在上、拒人千里之外的表情。面试提问怪诞刁钻，例如，"假如你所在中学拖欠教师工资怎么办？""假如中学教育环境不好怎么办？"我刚开始回答问题时心里发怵，有点结巴，回答两条后，像平时讲课一样有了激情，根据自己的实际工作经验，简直可以说是对答如流。看领导的神态，都是一副像很满意又像很不满意的高深莫测的模样。反正，我对自己的应答，还是颇为满意的！我像在大会上作了一通畅快的演讲，或者是完成了一节满意的观摩课，心里美滋滋的。出了门，脸上还热辣辣地直冒热气。

绚丽的阳光照在缀满雪花的小松上，寒冷中透着暖意。我刚到大门口，见爱妻在小松旁迎着我，便笑吟吟地走过去。她从风衣内羽绒袄里掏出热水袋，递过来。我像受到恩赐的大臣，感动得一塌糊涂！

再有十天就是元旦了，除了上课，我得批改学生上墙报专栏的文章，还得指导师生在庆元旦联欢会要上演的文艺节目。无论干什么，总是不由自主地想着当一把手的事。以前我很少去"老一"办公室，有事都是他直接找我，或者他派人叫我。提干的这些日子，无论多忙，我去他办公室的次数明显多了。那天，一把手刚从教育局开会回来，我就跟着进了他的办公室。他带来了应聘综合成绩，我是全县第二名！他满面红光："据可靠消息，第一名留教育局工作，局长打算派你去县二初当校长。单等问卷调查、公示结束，元旦过后你就走马上任。现在你应该着手调查一下县二初的情况，理清一下工作思路，再考虑一下咱校业务校长人选问题。"

我听后内心突突直跳，好像自己已经是县二初一把手了，不知不觉坐沙发上的腰杆挺直了许多。千真万确，理想的曙光已经照到了我的脸庞。

走在校园里，老师们纷纷祝贺我取得综合"榜眼"成绩，我心里乐开了花，走路的脚步都是轻快的，表面上还装出一副心如止水的模样。

爱妻对即将成为"校长夫人"好像并不怎么在意，当我把综合成绩告诉她时，她现出一副冷若冰霜的神情。其实我心里清楚，她冷冰冰的样子是装给我看的，是向我表明，她不愿做我的附庸。真实的情况，她内心说不定有多高兴呢！这种猜测有例为证：一是她与我的"热身运动"变被动为主动了；二是做饭照顾了我的口味；三是她还不止一次地对儿子说，咱往后对你爸要好点，别让他当了官把咱忘了。我心里甜蜜蜜的，这种示弱的模样要比女强人的嘴脸受用多了！

接下来，我便不由自主地陷入如何治理好县二初的苦苦思索中，走路、吃饭、睡觉，满脑子都是县二初问题。还有个"兴奋点"也赶热闹似的挤着往脑子里钻。县二初有我的初恋，那时她父母嫌我一身"坷垃味"，硬是棒打鸳鸯，使快刀砍海水——难分难舍的我俩，劳燕分飞了。当然，与爱妻结婚后，我再也没与初恋接触过。不是没有那个贼心，主要是有爱妻管着，不敢有那个贼胆。这次去那里当一把手，情况就不一样了。爱妻在高中教化学，我在另一个中学当校长，她总不能时刻盯着我吧！只要有自由的空间存在，说不定故事情节会怎样扑朔迷离呢！

那天午后，我把自己包裹得严严实实，骑上妻子买菜用的自行车，围着县二初转了两圈。看着红墙里面的大楼、冬树，听着里面的歌声、笑声，思考着，以后在这个时候，自己要背着手在教学楼上多转转。对县二初的大门，我颇有微词：大门应加宽增高，一边应有个"火箭奔月"图案的建筑。大门两边外墙面，应写上校风校训之类的内容。院墙前边，应种上冬青类的绿色植物……

"叮——零——零——"，一辆自行车停在我旁边。一看那件绿色羽绒袄与那苗条的身影，我就知道，她是我的初恋，县二初的女教师。她没脱衣帽，没摘口罩，声音还像以前那样温柔："听说你要来县二初当一把手了？"我也没摘口罩："没有的事。你消息蛮灵通的！喜欢我来吗？""不喜欢！""反语修辞吧！""美的你！"她碰了我一下骑车走了，让我心跳了好一阵。

第二天，果然来了两个开座谈会调查我情况的县委领导。在正式调查前，一把手不失时机地先召开了"协助调查预备会"。入会人员都是我校"戴纱帽翅"的，最低级别也是骨干教师。我应邀列席了会议。会上，一把手做了重要指示："曹副校长业务精湛，思想过硬，作风正派，能力强劲。他担任一把手，对促进我县教育事业的发展，将起到不可小觑的作用。希望各位在考评时能如实反映情况！"我感觉，一把手讲的话绝非浮夸之词，那些词语用来形容我还真是恰如其分。我心里禁不住美滋滋的。散会时，大家都热情地嚷着要喝我的庆功酒。我谦卑地笑笑："八字才刚有一撇……"

心里早有了与他们不再是一个"级别"的优越感。

<h1 style="text-align:center">三</h1>

考评后，一把手透露，单位里好像有点儿"杂音"。我碰到几个老师在一块窃窃私语，看到我马上散开了，心里更是不安。回想一下，我平时有点傲，有点小抠，但工作上还是任劳任怨的，对同事也是开诚布公的。单位"杂音"来得有点儿不可思议吧！这次不得不动用"小金库"，背着爱妻慷慨地请了一个在县政府上班的大学同学。当然目的是打探单位人员对我的评议情况。在包间的浅红色灯光下，几瓶啤酒一吹，经不住我旁敲侧击地多方询问。他吞吞吐吐的，大体意思是考评成绩不错。他压低声音说，有人反映你有男女作风问题。我的脸"腾"地红了，幸好有酒后的脸红罩着。前面说了，在与爱妻结婚前，我与县二初的那个初恋女教师确实谈过恋爱。亲密的程度连拥抱都没有过，更不用说"劈腿"了！真的，熟人都知道，我这人有点儿胆小。有两次我鼓起勇气抓了她的手，她很快就缩回去了。仅凭这一点就说我有作风问题，我不是比窦娥还冤吗！

我赶忙去找一把手汇报了此事，在官场，他有的是门路。他说："别慌，我问问情况。"

在等待消息的时间里，我如坐针毡。下班后，我常常心神不宁地看电视剧，把声音调得震天响。电视里武侠们打得难分难解，我连一个镜头都没看清，一个字也没听懂。因为影响了儿子学习，好几次都挨了爱妻"友好"的臭骂。

那天晚上，我似睡非睡的时候，一把手来了电话："是有人写了匿名信，组织上已经调查核实了，反映的问题纯属捏造！放心，没事！"我如释重负，长长地舒了一口气，理想的曙光就像卧室的小夜灯一样，在我眼前时明时暗的。我看看身旁熟睡的妻子，壮着胆兴奋地叫醒了她，告诉了她这个喜讯。她怒冲冲地转身向墙："我看你真是有点儿非理性亢奋！沉迷到哨子里不能自拔了！"她的教训，除了给我增添怯意之外，丝毫没影响我的兴奋。我迷迷糊糊地睡着了，睡梦中又见到了我的初恋，苗条秀气的她站在桃花盛开的地方，我漫步追赶，追呀追，始终有那么一点点距离……

公示如期举行，单等公示七天后，我便能如愿以偿，当上中学校长！接下来的事情便像一把手说的那样，便可大展宏图了。

公示第五天下午快放学时，一把手慌慌张张地来我办公室："你是不是属马的？腊月二十三出生？"我头皮一麻，极不自然地点点头。一把手说："有人告你实际年龄比应聘规定的年龄大一个月！你想想会是谁告的，今晚上抓紧时间化解，让他明天证明一下所反映情况有误，就过关了。"大学毕业填档案时我少报了年龄，档案年龄完全符合规定要求，真实年龄确实大一个月。谁知道这事？谁会告我？我逐一排查，在同学中有一关系最铁的哥们，他知道我的真实年龄，并且他也参加了应聘，难道会是他！要真是这位仁兄，可真让我感叹画虎画皮难画骨了。我又想到了俺庄上一个贼眉鼠眼的家伙，他应聘校长的名次排在了我之后。如果我下去，他就有可能上来，所以这位"贤弟"也值得怀疑。我猛地一惊，一把手也值得怀疑，他与俺庄的那位贤弟有沾亲带故的关系。因为分课，我曾与一把手"坦率地交换过意见"。他这人我最了解，最擅长用怀柔的手段整人，让你一边挨整一边再对他感恩戴德。譬如这次，他极有可能明里是帮助我、推举我，暗地里是不是想赶我走，也实在让人捉摸不透。还有，总不该是我的初恋吧！那个原来秀气现在仍然漂亮的资深美女，我知道她是非常善良的。但无论如何，恋爱时也不该告诉她我的真实年龄。世上的事往往就像看一部武打剧，里面任何一个蓬头垢面、弯腰驼背的家伙，都极有可能是一个关系到全局胜负的武林高手。可怀疑的对象很多，分析得我脑袋都大了。

晚饭没吃好，我与爱妻商量破解的办法。在大是大非问题上，她很多时候都比我镇定，比我有主见。妻瞪我一眼说："你读过富兰克林的《哨子》吗？富兰克林说，当我看见一个人醉心于名望，无休止地投身于政界的纷扰中，我说，他的确为了他的哨子付出了过高的代价。这话说得不是你吗！你这人就是沉迷上哨子了，有必要嘛！"

我没听爱妻的劝阻，因为我知道，富兰克林所说的人沉迷上了哨子，指的是人们陷进膨胀的私欲里了。我想当校长，是要治理好一个中学，多多培育人才，造福一方，这能算是无餍的私欲吗？我草草吃了几口饭，丝毫不顾妻子劝阻，还是为平息事端跑了几家重点怀疑对象。我一家一家拜访，反复地说着同一内容的话："如有冒犯，请多多包涵！"直到天太晚了人家不给开门为止。一晚上，我不停地默默祈祷：但愿闯过此关，实现我的人生理想！

公示的第六天晚上，一把手打来电话，无奈地通知我，由于告家坚持，组织部调出了我的户口，实际年龄比招聘文件规定的年龄确实大一个月。经研究，取消了我的应聘资格……

我只觉得天昏地暗，手脚冰凉。我的理想的肥皂泡就这样被无情的现实击得支离破碎，顿感生活失去了全部意义。你见过拦水堤坝轰然坍塌吗？面对惨遭打击后带来的巨大失败，我不知道是哭好还是骂人好。心想，日后如若查出告家，我一定与他当面理论一番：你蝙蝠身上插羽毛——算个什么鸟！我年龄大一个月担任一把手，是影响你家孩子考大学了，还是阻碍国家高铁行程了？

不远处传来几声猫头鹰的悲叫，愈发加重了我的悲苦。我想痛痛快快地哭几声，又挨了妻子一顿"亲切"的臭骂。可怜的人呢，我连哭的权力都没有！

等儿子睡着后，妻子抱住了我："放心吧，亲爱的！你当不当一把手，我都爱你！就算你瞎了瘸了，我永远都是你的人！"我深深感叹爱妻对我的真情实意，我看看她，在电灯光下，她眼中的泪水，像断了线的珠子一个劲儿往下落。我才明白，她女汉子的背后，还有我喜爱的初恋所具有的温柔的一面。我真服了戏文里包公的唱词"论吃还是家常饭，论穿还是粗布衣。知冷知热结发妻……"我附在她怀里，哆嗦得像大风中得到庇护的一棵孱弱的小树。

四

事后，人们见我都远远躲着走，我也没任何兴趣与大家说笑。过了很长时间，我仍面若冰霜、心如止水，无法从理想破灭的阴影中走出来。每次都是爱妻一遍又一遍地安慰我，开导我，劝我大可不必为断响的哨子悲哀！

直到十年后，当我能够正确面对那次失败时，一次闲聚，在县政府上班的同学无意间告诉了我告状者的姓名——谷正红。什么？绝不可能，这简直是天方夜谭，打死我都不信！忘了告诉你了，谷正红是我爱妻的名字。

回到家，我很是狐疑，也有些懊恼，但还是装出一副笑脸问她："那时是你告的？"她略一迟疑，很快恢复了正常，平静地说："是的。""我想知道告的理由？"她狠狠瞪我一眼："理由很简单，就是担心你当了一把手与二中那个女教师好上了，把我甩了！"

…………

决杀十分钟

一

夏天一个周日，上午八点五十分，我最后下了决心，别无选择地当回"刽子手"。刚才孙子的哭声和妻子与儿媳的泪水，让我感觉像有把刀在割我本来就痛苦的心。

行刑的对象，是我家的芦花老公鸡。芦花公鸡有着黑中透红花的脖翎与高高红冠的头颅，浑身白色羽毛布着黑色线条纹路，像极了秋后飘扬在芦苇顶上的花穗。如今，它的一条腿被麻绳无情地系着，绳的另一头是一只老掉牙的旧式皮鞋。鞋的旁边摆放着一个盛有些许食盐的红花蓝边老瓷碗，瓷碗下面铺着一张席子大小的塑料布。准确地说，这里正是它的刑场。

阳光透过葡萄架绿叶的缝隙洒在塑料布上，反射出丝丝刺眼的冷光。

人常常有许多无奈。我对芦花公鸡动刀，从我与家人的角度说，是一万个不忍、不舍、不甘。客观情况像一把"老虎钳子"，把事情"卡"这儿了，芦花公鸡被宰没了一点儿回旋余地。

芦花公鸡太具有美味条件了。到佳木繁荫的仲夏，它已八岁多了。八岁的公鸡作为生命的载体已不再青春靓丽，但它的营养价值却弥足珍贵。

昨天傍晚，我刚要进院门，小区门口新世纪酒店的老板追我到大门口，说要招待贵宾，愿拿二百元买我家的芦花公鸡。我当场表态：不卖！他十分惋惜地说，像老曹家这只八年多的公鸡，温中益气，生精增髓，宜五脏，补肾虚……实在难得！他无意间的一句话，对芦花公鸡的被宰起到了推波助澜的作用。

恰巧这话让刚下班的儿子的顶头上司丁主任听到了，他跟儿子说明天上午来我家吃饭……这句话对芦花公鸡的命运起了决定作用。昨天晚饭时，儿子吞吞吐吐说明天上午丁主任点名要吃芦花老公鸡。我推开没喝完的半碗面汤，心里像灌了半桶冰水。不是我患有泼留希金的吝啬病，要知道芦花公鸡是我的好友！好友变死敌的逆转，真的是"执手相看泪眼"的不舍啊！

我能掂量出事情的轻重，对掉泪的妻子与儿媳耐心安慰：公鸡毕竟是鸡，鸡一出生大抵就注定了要成为人口中美食的宿命，芦花公鸡的被宰被食实在是命中注定而又无可奈何的事。

吃鸡容易，可杀鸡却是件"棘手"的事。儿子被丁主任叫去加班，儿媳说她晕血（可能是托词），八岁的孙子别说杀鸡，就连早晨拎鸡一条腿都连哭带闹的。千斤重担毫无疑义地落在我与妻子肩上。我极力赞美妻子长期做烹饪工作，切起肉来像庖丁解牛那样游刃有余，劝她执刀。妻子当时嘴噘得能拴个公驴，说我长期教学，有知识，并且力大如牛，与人摔跤我大都身居上位，杀个鸡像吃碟小菜一样容易。我让邻居杀，没人动手；叫新世纪酒店伙计杀，他们说高价不卖，杀鸡没空。有一种无奈叫微笑，我一个文士只好微笑着当一回"冷面杀手"了。

二

上午八点五十分，要与老友芦花公鸡诀别，我最后一次为它撒了两把颗粒状的希望牌饲料。那芦花公鸡拖着绳子昂着头走两步，侧眼看看两旁，发出"咕咕"的叫声，引得笼里的几只母鸡探头向这边观看，同时"咕咕"地叫着与它应和。

八点五十一分，我拿出磨刀石，蘸了水坐在小凳上十分认真地磨那把铮亮的尖刀。芦花公鸡在我家已经生活八年了，"八年"可不是个小数字，这期间家人与它产生了深厚的感情。我左思右想，认为对鸡友的宰杀应该严格遵循古人行刑之道。古人对"有交情"的人犯行刑，把刀磨得飞快。据说，人的知觉时间是零点二秒，飞快的器刃再配上娴熟的刀法，让命犯在零点一九秒内毙命，这样便毫无痛苦，也许可称为安乐死吧。对舍银"无关系"的命犯，就使用钝刀，即便连砍三刀，头颅仍长在颈上，并且还不住地晃动……我把刀磨快纯粹出于对芦花公鸡的怜悯，好让它走得毫无痛苦。当然把刀磨得锋利无比，还必须用上昨晚跟电视学的"胡一刀"刀法。

我一边磨刀一边看着芦花公鸡。它没有进食，圆睁着两目，眼里似乎蓄满了委屈的泪水。也许它已经知道将不久于人世，因而要把最后的美食留给最爱的女友。我的猜想绝非空穴来风，它绝对是位能够为女友奋不顾身的主儿。

那次，斗完鸡得胜还朝，我奖赏它两把美食。芦花公鸡蹬着翅膀"咯咯"地唤来几只母鸡，让母鸡们享用，自己叨两粒再甩过去。当时，丁主任家的老黑（狗）赶来凑热闹，龇着牙"呜呜"地吼着，逼近了母鸡。母鸡们吓坏了，"咯咯嗒嗒"地叫着飞去了。芦花公鸡却如泰山岿然不动。它抖起黑中透红的脖翎，扬起血红的红冠，伸出尖硬的嘴壳，与老黑眈眈相向。我惊呆了，紧张得张着嘴忘了"发表意见"。老黑根本不把芦花公鸡放在眼里，当然它对芦花公鸡也大可不必如临大敌。无论从体重还是从个头诸方面考量，虽说芦花公鸡在鸡类里属于高高胖胖的大汉，可与黑狗相比，俨然不在一个级别上。并且黑狗与附近的狗掐架，掐遍周边无敌手，是个"常胜将军"。黑狗抖动黑毛，步步向芦花公鸡紧逼，芦花公鸡面对老黑毫不退缩。黑狗猛地一扑，只听见"扑棱棱"一阵响动，下面飞落几片芦花鸡毛，狗带着芦花公鸡跑出了我家院门。我这才缓过神来，连忙向外追去。我赶到街口一看，原来芦花公鸡两爪紧紧抓着黑狗毛，附在老黑身上，尖嘴死死叼着老黑的头皮。黑狗"吱吱"地叫着，早夹着尾巴认怂了。芦花公鸡从狗头上跳下来，蹬蹬翅膀，显露着"人若犯我，我必犯人"的气魄。那时，我抱起了芦花公鸡，狠狠打它一巴掌：你不该死叮丁主任家的"老黑"。我担心地四面瞅瞅，丁主任太太嗔怒的脸一把能拧下水来。丁主任瞪了芦花公鸡半月白眼，那眼分明含着尖刀一样的冷光，让我禁不住心惊肉跳。

八点五十二分，我试试刀刃，刃还滑溜溜的。在试刃方面，不谦虚地讲，我有丰富的经验。小时候割草，我磨铲子时，父亲教过：试刃时有麻凉的感觉就是磨成了。现在刀刃还滑滑的，大约还得再磨一分钟，我决不能用钝刀残杀好友"芦花"。

眼前的芦花公鸡"咯咯"叫了几声，笼子里的母鸡胡挤乱撞，但无法出来。望着鸡们咫尺天涯团圆难的场面，我打开鸡笼放出那几只母鸡。母鸡们快乐地跑到芦花公鸡跟前，并没急着吃食，而是贴近芦花公鸡，用头顶，用翅扇，大有"佳期如梦，柔情似水"的缠绵。芦花公鸡像完成了最后一桩心愿，满足而骄傲地昂起头颅，以胜利者的姿态"咯咯"地叫着。

望着鸡们的欢乐，我心里有种酸楚的滋味。

三

八点五十三分，我回到磨刀石旁，坐到低凳上，蘸了水，继续"噌噌"地磨那把尚未锋利的雪亮的尖刀。

"你咋把母鸡放开了？别让它们跑了！"妻子把厨房门拉开一道缝说。我说："不会的，让鸡们最后享受一下美好的生活吧！""我真担心咱儿子提正科级的事……"她叹口气忙关了门。"胡说啥！"我叱她一句。

八点五十四分，我试试刀刃，刀刃麻麻的，凉凉的。我知道尖刀锋利的火候到了。我站起身来，又试着比画了几遍"胡一刀"技法，向芦花公鸡走去。我从内心瞧不起自己微微抖动的小腿，更瞧不起大幅度颤动的大腿。真没法子哟！大腿尚动，何况小腿乎！

"爷爷，你干什么呢？"孙子从二楼窗口里探出头来问我。我忙藏起了雪亮的尖刀，温和地说："没事，喂鸡呢，你做作业吧。"他说："不嘛，我也喂鸡！"随后，是被他妈喊住的声音，他妈妈的声音里有浓浓的悲凄味儿。八年前，儿媳的妈妈送来几只鸡，眼下只剩这只芦花公鸡。去年亲家母去世，儿媳妇对芦花格外照顾，并常常看着芦花公鸡发呆，我猜她一定是睹物思人。

杀鸡这场面决不能让孙子看见，芦花公鸡是他最好的朋友。孙子出生三个月，亲家母送来几只绒毛鸡，本来是让孙子观赏的。孙子一岁时，特别喜欢芦花公鸡，挑最好的食物喂它。孙子两岁，我闲暇无事，常带着他抱着芦花公鸡与邻家斗鸡。

我们的小城与汴京不远。许是大宋朝斗鸡的遗风影响了这一带，这里盛行斗鸡。我与孙子带着芦花公鸡，斗败了小区所有的公鸡。真是人怕出名，鸡怕壮。只从芦花公鸡"举区闻名"之后，也像当年霍元甲完胜"大力士"一样，来比武的"高手"接踵而至。于是，我家院门的街口，每到周日，便成了斗鸡场，常常招来许多看客。弱小的公鸡来了，芦花上场后就与它交着脖子亲热，根本不上口。惹得看客很是气愤，就连妇女也都跺着脚："叨……叨……"个头硕大、精神抖擞的公鸡来了，芦花公鸡总是等被对方叨两嘴后才还击，很有"不开第一枪"的君子之风。喜人的是，无论黑鸡、黄鸡、大鸡、小鸡、家鸡、洋鸡，任何挑战者，全不是芦花公鸡的对手。

最惨的是与市里来的大黑公鸡的那次决斗。那天，一个黑汉子，开着黑车子，抱一只个头硕大的黑公鸡，直奔我家。他说他的公鸡斗遍全市无敌手，扬言两个回合就能把芦花公鸡斗得丢毛弃血，落荒而逃。的确，那大黑公鸡高出芦花一头。当时，我的芦花公鸡已经五岁。如果以鸡十年按人百岁计算，芦花公鸡也算是到了知天命之年。而黑汉子的黑公鸡才两岁多，正值青春年少。我真为芦花公鸡捏一把汗。斗鸡前，孙子喂了芦花公鸡最爱吃的谷子、小麦。

斗鸡开始，我的芦花公鸡一上场，就被黑公鸡叨了两嘴。芦花抖动颈翎，开始反击。两鸡相见，分外眼红，各抢先机，互不相让。一进一退，跳跃腾飞。一上一下，嘴嘴带毛。一开始黑公鸡占着"大块头"的上风，专叨芦花公鸡的头颅。芦花公鸡毫不示弱，煞是敏捷，躲过一叨，专拧黑公鸡的爪子。

人们看得直了眼，连最爱咋呼的妇女都张着嘴巴忘了发声。

大约斗了十分钟，不分输赢。两鸡都翎毛脱落，鸡头、鸡脖鲜血淋淋。黑公鸡越战越勇，芦花公鸡渐渐占了下风，腿脚略显迟缓，被黑公鸡拧倒两回。我的孙子随着公鸡的进退，不住地晃动着身子，很像在帮芦花作战。我屏住呼吸，心提到了嗓子眼，与黑大汉商量："让两鸡暂且休战，明天再战如何？"黑大汉握着拳说："此时休战，算谁胜家？分不出胜负，挑灯夜战何妨！"就在我俩说话的工夫，我孙子挥着拳头："芦花，芦花，飞它身上叨它头！"芦花公鸡像通人性，说时迟，那时快，猛地飞起，飞到了黑公鸡身上，死死地叨住了它的黑鸡冠。那大黑公鸡扇动翅膀，"扑扑啦啦"，上蹿下跳。芦花公鸡两爪子牢牢抓住它的身子，血嘴死死叨住，像极了咬人不松口的"老别筋"的乌龟。黑公鸡转两圈没甩掉芦花，就一头撞向东面砖墙，再看时，它已满嘴流血，气绝身亡了。芦花公鸡被甩出老远，昏迷不醒。人们都为斗鸡震撼的场面与令人悲怆的结局而"啧啧"叹惋！

孙子忙抱起死了一般的芦花公鸡，一把鼻涕一把泪地哭泣。黑大汉跑去抱起死去的黑公鸡，涨红着脸喘着粗气："人指挥是耍赖！"我孙子站起身子瞪着眼："你耍赖！你耍赖！"黑大汉气嘟嘟地说："我好男不跟孩斗。"悻悻地开车走了。孙子不依不饶追着车喊："我好孩不与你斗！不与你斗！"

一家人都看着芦花公鸡难过，直到晚上八点钟它才苏醒过来，孙子蹦跳着喂了它自己最爱吃的蹦蹦豆。

事后我才知道，那黑汉子竟然是丁主任的表弟，禁不住报怨芦花："你可以叨败别的鸡，好不该对丁主任表弟的黑公鸡也不留一点情面！你'不看汉面得看丁面'！"

从此，我再没让芦花公鸡与别鸡相斗，省得这个不知天高地厚的家伙一路狂叫，给农民出身的我惹下祸端。

四

八点五十五分，我用嘴咬住尖刀，准备行动。我看看二楼，二楼静悄悄的。今天周日，儿媳妇专门哄孙子，让孙子在二楼写字或看漫画书。至于芦花公鸡被杀之后，孙子一定会连哭带闹，那就由他去吧，没法子的事！

院里很静。阳光泼墨似的洒在绿油油的葡萄架上，在塑料布与红花瓷碗上映出点点翡翠一样的光辉。

我浑身颤抖着，慢慢地、轻轻地、一点一点地踩住系芦花公鸡的绳子，小心翼翼地向前移动，敏捷地抓住了芦花公鸡。我知道芦花公鸡决不会延颈就杀的。昨天午后杀鸡不成反蚀一把米的经历，明确地告诉我对芦花行刑决不能掉以轻心。

昨天周六，初夏的太阳暖烘烘的。孙子与对门丁主任的儿子"二牤牛"在我家院里葡萄架下玩。二牤牛是我送他的雅号，那小子又黑又胖，壮得活像早先乡村老家的黑牤牛。二牤牛的爸爸与我儿子同在县科委工作，当科委主任，是我儿子的顶头上司，平时戴着眼镜，一副学问渊博的模样，决不会给儿子取什么"二牤牛"的混蛋名字的。

二牤牛与我孙子逗芦花公鸡玩，还不时发出如山涧清泉般的笑声。我坐在葡萄架下的小桌旁，一边品茶一边看书。

两个孩子因为喂鸡发生了争执，孙子被二牤牛推倒了，躺在地上哭泣。瘦瘦的他哪是二牤牛的对手，就像我儿子不是二牤牛爸的对手一样，从各方面看，都不在一个"层面"上。二牤牛平时最爱光着，也许芦花公鸡把二牤牛那玩意儿当成了一个飞动的蝗虫，或者看成了在水汊处游动的虾米，就叼了一嘴。我忙跑过去，拉起了孙子，又哄了哭着的二牤牛。看时，二牤牛的那个家伙红红的，挺起老高，像对芦花公鸡提出"抗议"。我给那个"抗议"的家伙涂上消炎水，又拿糖块哄了他俩。我暗骂芦花，你给我惹的祸还少哇！丁主任家的"老黑"，丁主任表弟的黑公鸡，特别是这次，丁主任家的公子，是你想叼就叼的吗？我出离愤怒了！到厨房抄起一把菜刀冲向芦花公鸡。芦花公鸡绕着墙根转，累得我气喘吁吁。我到厨房抓了一把米，脸上努力挤出一丝假惺惺的微笑，装着很友好地撒给它。芦花公鸡一边叼食，一边警惕地提防着我。我猛地一抓，它轻快地飞到院墙上，一闪不见了。

下午下班后，丁主任就通知我儿子明天上午来我家用餐，点名要吃芦花公鸡的肉。我想，芦花公鸡不谙世事，不知深浅，实在是活到头了！我感叹：阎王叫你午前死，你小命难活偏太阳……

我小心翼翼地抓紧了芦花公鸡的双翅，另一只手轻轻地抚摸它的头，抚摸它的脖子，以示安抚。以前，芦花公鸡每次凯旋，我都这样抚摸它。不过前后抚摸，根本不可同日而语。这次不是安抚，不是褒奖，而是充满杀机。

我提起芦花公鸡，它"咯咯"叫了两声，没做过多的反抗。看着芦花老公鸡红红的鸡冠与惊愕的双眼，许多不靠谱的想法像初洒沙滩的雨儿，点点滴滴。我思考自己究竟是什么角色？是勇士吗？在芦花公鸡战败了无数公鸡之后，我完胜于它，从而证明我勇冠群鸡。芦花公鸡在鸡与狗面前是强者，而在人类有预谋的尖刀面前，却软弱得不堪一击。我心里像打翻了五味瓶。

我两只手抱住芦花，再次看看它。它现在还是一条鲜活的生命，两分钟之后，不，或者说一分钟后，我们便阴阳两隔了。我仔细审视了它的眼，眼仍是圆圆的，面对着我嘴里咬着的阴冷的明晃晃的尖刀，没有血贯瞳仁的仇恨，没有"以牙还牙"的愤怒。它眼里含的像无可奈何的苦痛，像求生不能的无奈，又像对一个最信任的朋友，反而回头再把它置于死地的哀伤。

厨房门开出一道缝，随即又关上了。

八点五十六分，我重新紧紧地抓紧了芦花公鸡的双翅，另一只手，抖抖索索地抓住了嘴里含着的尖刀把柄。我似乎看到了丁主任刀似的眼神，看到了酒店老板的不满，看到了孙子的哭泣和妻子与儿媳的泪水，心里生出一种带有"大漠、孤烟、冷月、衰草"意象的凄凉。今天是星期天，十二点，丁主任与加班的儿子准时来家赴宴。我握紧尖刀，最后一次回忆了"胡一刀"技法，蹲下身子，眯起双眼，把心一横，向芦花公鸡的脖子刺去。只觉得大拇指一麻，又听见"扑棱棱"一阵响动，芦花公鸡落到了地上。我看看尖刀，刀尖上分明有血；再看看芦花公鸡，它大模大样地"咯咯"地叫着在地上叨食；我看看抓鸡的那只手，大拇指背上，有一个半厘米长的小口，小口在殷殷地冒血。妻子忙从厨房跑出来，找了个白布条，又在白布条上撒了药面，一边给我包手，一边不住地小声抱怨："你……你……咱儿子升科长的事就要泡汤了……"我狠狠瞪她一眼："净瞎说！"

五

八点五十七分，妻子叹口气要过那把尖刀，另一只手狠狠地提起了芦花公鸡的脖子。芦花公鸡拍打着翅膀"吱啦吱啦"地惨叫。刀子狠狠地向鸡脖扎去。她的动作勇猛、敏捷，真真是人不可貌相，一个文弱妇女，竟然有梁山孙二娘娴熟的杀技！我忙闭上了眼，只听"扑啦啦"一阵响动，接着是尖刀"当啷"一声落地的声音。再看时，只见那芦花公鸡惨叫着，在塑料布上不住地扑腾，妻捂着眼发抖。芦花公鸡的叫声惊动了楼上的孙子，他哭着跑下楼来，儿媳妇一边叫着一边在后面紧跟。芦花公鸡慢慢地不动了，身子侧躺着，脖子处流的血，染红了浑身的芦花羽毛。

八点五十八分，孙子跑下楼来，抱起芦花公鸡"呜呜"地哭，儿媳也摸着芦花公鸡的羽毛落泪。我走过去看看芦花公鸡，它耷拉着长脑袋，瞪着圆眼，像是抱怨，又像是仇恨。我悲伤地翻开它的羽毛，它脖子的一侧有一个一厘米长的口子。我忙拿来了剪刀，剪去了芦花公鸡鸡脖子血口处的羽毛，在伤口处敷了药，又缠上了纱布。那血慢慢止住了。

八点五十九分，芦花公鸡慢慢抬起了脑袋，并加倍睁大了眼睛，简直是目眦尽裂，眼里射出刀似的光，刺得我不寒而栗。我知道，它对我怀有刻骨铭心的仇恨，这也是不难理解的。是我做出了处死它的决定，是我两次拿刀屠杀它。我从心里泛起一阵寒意，忙挺起身子，后撤一步。那芦花公鸡突然"扑啦"一声扇动翅膀，挣脱孙子的怀抱向我飞来。它双爪牢牢抓住我的前胸衣襟，扬起尖锐的大嘴，朝着我的眼睛狠狠啄来。这实在是我始料未及的，一切都晚了，我无法躲避，甚至连抬手的机会都没有，只能闭上眼睛接受这突如其来的报复。

过了五秒钟，我的眼睛竟然一点儿也没疼。我睁眼一看，那芦花公鸡把它长长的脖子搭在了我的前肩，把那红冠高起的头颅伏在我的耳边，它的双翅完全展开盖住我的前胸，这分明是与我拥抱啊！

七夕雨潇潇

今年的七巧节，织女哭得格外伤心。天还没放亮，泪水便化作倾盆大雨。

这两天，刚毅的王大妈犯了难。人都有犯难的时候，她是有了大难：耳朵"嗡嗡"响，眼睛"飞蝴蝶"，说话咬舌头，嘴巴一边歪；她一人单过，无人做饭，肚子饿得"咕咕"叫，口渴得直冒烟。

她强睁开眼，望着那扇彩钢板门，盼有人来。她很担心自己在谁也不知道的情况下就稀里糊涂地走了。她看到靠门口的墙壁上有颗长钉，钉头上挂一件蓝色的中山服褂子。衣服一鼓，出来个四十多岁的男人。他浓浓的眉毛，和蔼的笑容，是她的"老王头"，别人称他王老师。王大妈生气地说："我不能动弹了，你就不兴做碗饭？"她看见老王头朝她撇撇嘴。

她与老王头在一个庄长大，从小一块儿玩耍，长大结为夫妻。他任民办教师，她当公社社员；他英俊，她端庄；他温和，她贤淑；他主外，她主内。两人一块儿生活，天天都是情人节。

二十年前的七巧节晚上，她与老王头躲在院中的梅豆架下，偷看牛郎织女相会。她扯开梅豆叶，说："听说牛郎、织女星像箩筐一样大，今晚会碰一块儿。"老王头很内行地说："你懂啥！牛郎、织女今晚迈着太空步，在天河上的鹊桥亲嘴哩。"她拍他一巴掌："就你懂得多哦！"

就在那个晚上的后半夜，老王头突然不省人事，在医院抢救无效，三天后离她而去了。王大妈哭哑了嗓子，哭红了双眼。要不是挂念儿子轩子，她早跟老头子去了。她一直在门口墙壁上挂着他的褂子，就像老王头仍在家中一样，她活着才有劲头。

王大妈想："我知道你死了，撇什么嘴！"她生气地拿个东西投过去，"哟！"胳膊与腿没抬动，就"嚯嚯"地喊疼了。她猜测，可能自己的"老寒腿"病犯了。得这病跟老王头去世早很有关系，他撇下一家人走了，为了供应儿子上学，她风里来雨里去，寒冬酷暑，片刻没安闲过。这会儿她觉着自己正忙活着：一会儿播种，黑黑的云气下，她手扶楼把，驴子在前边走得歪歪斜斜的；一会儿耘田，天黑魆魆的，分不清地里是豆子还是棉花；一会儿掰棒子，玉米无边无际，叶子"哗哗"作响，可就是找不到穗头；一会儿又骑着三轮车飞跑，车上装满纸褂子、酒瓶子；一会儿又在烈日下割麦子，毒辣辣的太阳晒得皮肤都开了裂；一会儿又去浇麦田，水冰凉冰凉的，冻得她直打寒战，……打水草……她啥苦没吃过？经年累月落下了"老寒腿"的毛病。

她再次强睁开眼寻找，还是想吃口东西。王大妈看到男人褂子下有一箱方便面与一兜鸡蛋，才记起那是二狗妈与三孙媳妇送来的。

"婶子，吃了吗？"二狗妈说，"给你送箱方便面，我给你烧好了开水，您老泡着吃。……别给人说俺来看你了！"

三孙媳妇端着饭拿着鸡蛋来看她两趟。来时偷偷摸摸的，像做贼似的，"王奶奶，你有儿子有孙子的，管您的事别人说闲话……"王大妈说，"我……没事……"

王大妈想下包方便面，加个鸡蛋，可她就是起不了床。她想喝口水，手也动弹不得。

王大妈听着屋顶上"哗哗啦啦"的响声，看看彩钢房顶。房顶上有的地方"吧嗒吧嗒"地往下滴水。她想起来了，自己住在村小学旧院子的彩钢房里，那边有老王头以前的办公室。这间房子原先好像给学生烧开水用的。她有房子，三间大瓦房，两间配房，一个小院，让老王头拾掇得挺好的。后来，她"主动"让儿子轩子卖了。

屋里靠门口的墙面上挨着那件蓝褂子，挂着一个镜框。镜框里面是儿媳妇的照片：一头洋气的棕色头发，眼睛大大的，脸皮红扑扑的。嘴片有点儿薄，薄嘴片人巧，她喜欢。

媳妇旁边是儿子轩子的照片。轩子大学毕业留在省城工作，又在省城娶了个媳妇。媳妇叫"丹丹"，你看看镜框，名字同相片一样漂亮，她是省城的人。

王大妈到过省城，是儿子结婚时去的，结婚是在丹丹娘家。丹丹妈烫发头，戴"三金"——金戒指、金手镯，特别是那条金项链，金灿灿的链子下边还缀个发光的绿宝石珠子。

丹丹妈口红涂得比丹丹还红，像丹丹的姐姐。丹丹妈也是薄嘴片，嘴撇着，给人一种高高在上瞧不起人的神气。丹丹爸大肚子，戴眼镜，在王大妈住他家的三天里，他打着"官腔"说了两句话，"来了哈？""走哇哈？"别别扭扭不像播音员讲的那种普通话。儿子在他们家明显就是"倒插门女婿"，地位最低，甚至比不上她家的"藏獒"。轩子对"藏獒"也是毕恭毕敬的。

人在屋檐下，怎敢不低头。儿子省吃俭用要买房，想彻底翻身做主人。那次回家来说买房钱不够，王大妈当即就让儿子把房子和宅基地都卖了，连同她的"积蓄"，都给儿子了。这也是尽了她做母亲的"心意"。"儿行千里母担忧"，心意尽了，房子没了，王大妈就临时住在村小学旧院子这儿了。她感觉这儿院落宽敞、安静，便于想老王头。

她糊里糊涂的，不知道这时候是早晨还是晚上。她努力想坐起来，可手脚就是不听使唤。她看到那箱方便面旁边有个红色暖水壶，暖水壶旁边有一袋白面，记得是村支书与村主任来时带的。支书说："婶子，俺老师不在了，您不该卖房子，再说，轩子也是拿工资的人……"

她说："是，是，俺懂。"

她迷迷糊糊地记得，村支书与村主任说，他们好像给轩子打电话了，说她病了，可无人接。给他发信息了也没人回。村委员们要告轩子呢！王大妈苦苦哀求："看在你老师的面上千万别告！轩子忙，不忙早回来了……"

王大妈看到了枕边的大个手机，盼孙子来个电话，想听听他的声音。人一病就想亲人了。老手机坏了，一坏就听不到孙子泉子说话了。"泉子"，听着名字都好听。这名字是丹丹根据"天下第一泉"起的，就是希望他能"天下第一"。王大妈感觉泉子最像她的"死老头子"。那虎头虎脑的模样，那又黑又明的大眼，那诚实、热心、好说话的脾气都像，蛮让人喜欢的。

泉子六岁那年回来了，"奶……奶……"扬着两只胳膊像小鸟展着翅膀飞到了她的身边。她给他切块西瓜，他一口咬个月牙儿……

泉子十二岁那年回来给了她一个手机，说想奶奶了能说话。自从卖了房子，泉子来电话说爸妈不让他回老家了，叫他专心学习。手机一坏，不光见不到孙子，连声音也听不到了。

七月七还是暑天，黄河中下游平原在暑天经常阴雨连绵，又赶上牛郎织女相会的日子，雨一会儿大一会儿小，一会儿紧一会儿慢，下得沟里壕里都是水。风夹着雨，雨携着风，弄得满地枯枝败叶，大暑天竟然完全像晚秋了。

可王大妈一点儿都不冷，反而热得慌，头疼得很，胸闷得厉害。

王大妈迷迷糊糊感觉自己走了很长很长的路，要到很远很远的地方去。去什么地方她不清楚，反正去了就能见到她时常牵挂的"老王头"了。路上到处都是沙子，火烫火烫的。她嗓子直冒烟，衣服好像被燃着了。终于，她看到了老王头。他还是穿着蓝色中山装，憨厚地笑着，嘴一揪一揪地给她使眼色。她想跑过去，可门太窄，怎么也挤不进。

　　她又听到了孙子远方的呼唤："奶奶——"她可犯了难，一边是老头子，一边是孙子，两边都叫她。她喜欢老头子，更喜欢乖孙子。她扬起手"狠狠"向老王头打去。老头子拉住她的手不放。她又"狠狠"地踢他一脚："今年你都六十多了，咋还像年轻人一样！没听到咱孙子叫我吗？"她向孙子喊的方向走来。

　　"奶奶——，奶奶——"

　　声音由小变大。她强睁开眼，真的是孙子泉子！她想咬咬手指头，看是真还是梦，可手抬不动。她用力咬咬牙，牙关紧紧地。她知道，牙关紧就说明眼前是真的。她分明看到孙子眼泪汪汪的。她想给他拭泪，问谁欺负你了？她记得那次孙子回家来就被二狗打哭了，也是眼泪汪汪的。二狗是三孙媳妇的儿子。

　　"奶奶——你怎么了？病几天了？"

　　"啥病不病的，还不是老寒腿……兴许还有点儿小感冒啥的……过几天就好——"她迷迷糊糊地想。

　　"奶奶——打电话，你咋关机？"

　　"傻孙子，要不是手机坏了……奶奶咋忍心……不给你说话……"

　　她想解释，嘴发不出声音。

　　"奶奶——我看爸的手机，才知道您老病了。有人发信息，说要去法院告爸妈呢！"

　　"告啥告！你爸还不是工作忙……当老人的懂……"

　　王大妈迷迷糊糊地觉着孙子喂她水，她忙咽了，实在渴得不行。她觉着孙子喂她饭，又忙咽了，还真饿坏了。后来她安心地"睡"了，因为有孙子在身旁。

渐渐地，王大妈又被一阵吵闹声惊醒，好像是泉子的声音："爸爸妈妈，我问你们，你们是咋长大的？"王大妈直想笑，泉子小时候就问她，他是从哪儿来的，她哄他，说是从垃圾桶里捡的……

"为啥卖了房子让我奶奶住这儿？"

王大妈努力想说："乖孙子，房子是我让卖的，不怪你爸。住这儿不挺好的吗……院子又宽敞又亮堂……""哦，看病……看啥病……还得花钱。我这小病小秋的……挺几天就好——了呗——"

"你们还要不要我奶奶？"

"泉子，别犯傻！我们啥时说不要了……"

王大妈记得孙子那次回来，两胳膊向外张开，说："我长大要买个好大好大的房子，让我奶奶住。""好大好大"这四个字的声调随着他的比画，变得又长又响。

"起来吧，泉子！别跪着了……"是大虎嫂还是二狗妈说的，王大妈一时分辨不清，她俩声音相似，都怯着牙根拉着柔和的慢腔调。

"别哭了，泉子！"是三孙媳妇。

屋里还有人抽泣。她记得老王头死时，十多岁的轩子就是这样抽泣着哭。

"多好的孙子呀！"王大娘流了泪，她想扶起孙子，可动不了，"傻孙子……别跪麻了腿……奶奶的命值几个钱！"

"轩子！我大婶是怎样把你拉扯大的……"

那时她拉着地排车往家拉粮食，拉柴草，村里老婆婆都叹息："一个寡妇拉扯个孩子，难呢！"

"我早让轩子回来接，他这人，呆子气。"

那时王大妈擦把汗说："吃苦养儿还不是应该的，有啥难！"

"小乌鸦……喂老乌鸦，你们工作人员……"

"我没说嘛，咱应该把老妈接城里来，城里房子宽敞。可轩子说老妈嫌城里吵闹……"

"唔唔——"是轩子的哭声，这声音王大妈再熟悉不过了。老王头下世早，轩子每次受了委屈都是这样压抑地哭。有一次，三个孩子打轩子，轩子躲在屋后呜咽着哭……没有了爹的孩子哟，她多少次一边哭着一边为儿子拭去泪花花。"别哭了儿子……娘心疼啊！"

"那边你嫂子，这边——"后面的声音小得听不见了。

"你们不要，我要奶奶！"

"起来，泉子！"

"小孩子尽说傻话，不要老人从何说起呢！"

"哇……唔……哇……唔……"

传来救护车鸣笛声。"起来吧……乖孙儿，看看出人命了不是！"那次救护车来接老王头也是这声音，一听这声音她就哆嗦。当时，白大褂把老王头抬到车上。老头子住了两天两夜院，她守了两天两夜，到底还是没能拽住他……

夜墨墨的黑，风凄凄的冷。老王头在那边亲昵地向她挤眼、招手，这边她听到泉子大声喊："奶——奶——"她狠狠打老王头一巴掌，他扯住了她胳膊。天河真宽，清清的水映着他俩的身影：两人悠悠地跨着大步子，在飞。

"唰唰唰——"

她说："你听，老王头，天界也下雨！"

"哪呀，晴天！"

"晴天，咋黑洞洞的？"

一会儿，王大妈觉着与泉子坐汽车后座，轩子在前面开车，丹丹坐轩子旁。"上来，老王头，我们要去省城了……"

天色迷迷茫茫的。

王大妈似乎见许多人为她送行，她流着泪向送行的人群连连招手："老家空气新鲜，老家有老姊妹……"她望两眼"彩钢房"与众乡邻，泪水再次模糊了双眼。

她紧紧地揣着老王头的那件蓝褂子，一会儿感觉是老王头的胳膊……

黄金证

一

退休后，我迷上了旅游与聚会。老同学李长江来电话说，有企业资助免费两日游，约好的与范长生一块儿去。真是想瞌睡送来个枕头，我爽快地应下了，想体验一下免费旅游是怎么个游法。

说走咱就走。仲夏时节，我们五人乘车去F市。路两旁是麦收后齐刷刷的麦茬，麦茬垅里刚长出碧绿的玉米苗，像巨大的黄金毯上饰以绿色翡翠的点缀。

我与李长江并肩坐。他，瘦高个，黄面皮，细眼睛，一副"很快乐"的模样。他平时喜欢组织活动。俺俩不仅是高中同学，还是退休前教毕业班的老搭档，关系用一个词形容——"铁"。我爱参加他组织的活动，常常受他感染，与他一起"快乐"。

高中同学"铁哥们"范长生，是退休的乡镇企业厂长。他偏分短发，再配有浑圆的鼻头，给人沉稳敦厚的印象。这次免费旅游有他跟着我很放心。

年轻的店长（不知何店）开车，副驾驶座上坐着李长江的舅舅。

四小时后，汽车在"福客来大酒店"停车场停下。

大厅门前，两排礼仪小姐亭亭玉立。居中，站着一位挂有"董事长"红布条的年轻人。他瘦高个，短平头，大大的眼睛闪着智慧的光芒。他身后站着两个光头墨镜大汉。

店长在前，我们随后，一行人从礼仪小姐队前经过，受到了"领导莅临"般的欢迎。我感觉自己的"级别"无形中升了两格。

午宴，宽敞的大餐厅稀稀落落坐着几桌与我们"同类"的老头老太太们。董事长挨桌敬酒，人们纷纷举杯回敬，气氛很是热烈。李长江东道主似的不断给俺俩倒酒夹菜。

"各位店员，中午好！"

"董事长中午好！"

"为了大家财源滚滚，干杯！"

"干杯！干杯！"

饭后被安排在"福客来酒店二分店"午休。标准间客房整洁卫生，壁挂空调吹的风凉爽宜人。我与李长江同室，出于好奇，问他："这个公司叫……"

他喝口茶，晃着二郎腿，笑着道："福客来公司，全省有名。免费让咱旅游，就是让咱宣传他们公司的。"

"董事长是……？"

李长江眯着眼朗声大笑，笑声中含有美国人竟然不知道拜登，英国人竟然不知道约翰逊般的讥讽："他是咱省著名的企业家陈福来，福客来总公司董事长，网上能查到的。"

下午三点，我们被安排参观了福客来公司的几家分公司。总部大楼巍峨挺拔，富丽堂皇；开发公司建的楼群，美轮美奂。

而后，我们参观了F市"两战纪念馆"。见到了抗战时期游击队员握过的大刀、长矛，八路军用的手榴弹、汉阳造步枪；鬼子用的迫击炮、三八大盖枪。见到了解放战争时期支前民工推过的独轮木车，解放军使用过的轻机枪；蒋匪军开过的重型炮车。让我激动的是，参观了"战争实况馆"。我们走上了高高的圆盘大观台，坐在一排排软座皮椅上。随着转台的慢慢旋转，周围战争画面尽收眼底：延绵的山岭，迂回的河水，残破的村落，交错的战壕，冲锋的战士，固守的敌军，弥漫的硝烟，俯冲的飞机，震耳的枪炮声……如同亲临战场那样震撼人心，我对李长江耳语："不虚此行啊！"他笑着附我耳朵边唱："该出游，就出游，风风火火闯九州哇，依儿呀……"

领队又领我们游玩了"红石公园"。路阶、假山、怪石、几凳，全都红得像少女娇羞的脸蛋。夕阳照耀，给人一种"烟光凝而暮山紫"的圣洁感，进而让我联想到红星、国旗，与眼下如玉兰香气、荔枝蜜甘甜样的幸福生活。

李长江笑着问我与范长生："两位老同学玩得咋样？"我说："好得很！"感觉真的好得很，没见有啥"异常情况"。

晚上九点，陈董事长亲自给每人送了一包高钙奶和两个苹果。无微不至的关心，让我白天游玩的轻松一扫而空，继而产生了"有事要发生"的顾虑。我说出了担心："我们来参观的人就算替他们宣传，能给公司带来多大的效益呢？恐怕天上不会掉馅饼吧？咱得提防地上挖好的陷阱呀。"李长江哈哈大笑："你这人最爱杞人忧天。我参加了好几次福客来公司安排的资助游，最远的是'新马泰十日游'，只交两千元，回来公司赠每人一枚六克重的金戒指。短短的两日游，还能打劫了你不成。"我感觉自己很有可能是把楼下盛开的虞美人疑神疑鬼地当成"食人草"了。

我对他说，看了战争纪念馆感触颇深，想想烈士，我感觉人不该太贪心了。他哈哈大笑，你这人就爱拐弯抹角地说人，我认为谁都不怕钱咬手，贪钱不违法就行。

我打个哈哈，进了洗澡间……

二

一晚无事。次日早饭后，我们被安排参加了"福客来总公司黄金公司"成立大会。会上，黄金公司刘经理戴金丝眼镜，腆着大肚子讲话。大意说，福客来公司在吉林夹皮沟买了个金矿，黄金资源量超过二十吨，达到大矿规模标准。那人的模样与他讲话的架势给人一种他有一肚子黄金的感觉。

夹皮沟这名字我并不陌生，京剧《林海雪原》第二场，座山雕在那里疯狂地抢劫过，不承想那里竟还藏有金矿。刘经理的讲话让我联想到了金灿灿的元宝，"哗啦啦"的人民币。

会后，福客来公司把"老店员"原来的投资连同利息，按市场黄金价格的九折，折合成了黄金克数，颁发了"黄金持有证"。

李长江舅舅满面红光："外甥，我没骗你吧？吃定心丸了吧？你投资多少？给你的黄金克数值多少？"

李长江笑容可掬："回家请舅舅喝两杯。"

蓝玻璃窗下大街上，人流熙攘，车队井然。红花吊顶大厅内，掌声阵阵，笑声滔滔。

主持人手持话筒（不用话筒也完全听得清）："各位新老店员大家好！"

老头老太太们挥着"证"齐喊："好！很好！非常好！明天更美好！"回应声像庆典上的唢呐大合奏那样高亢、嘹亮，最后拖个长而激奋的尾音。"啪啪——啪啪——"掌声整齐震耳。这整齐划一的声音，给人一种训练有素的节奏感。

"大家拿到'黄金持有证'高兴不高兴？"

"高兴！很高兴！非常高兴！明天更高兴！"李长江舅舅秃头顶泛着红光喊得最响。

"幸福不幸福？"

"幸福！很幸福！非常幸福，明天更幸福！"李长江摇着"证"大吼，吼声甚至压过了邻桌的几位"女高音"。记得那时学校开联欢会时，他唱了一曲"二黄导板""朔风吹，林涛吼……"，声音就这样洪亮。

我木然地坐在会场里，无动于衷。用伟人诗句形容，我是"冷眼向洋看世界"，他们是"热风吹雨洒江天"。一人静多人动，鲜明的对比反衬出我极不合群，我新老店员都不是。

陈董事长讲了话："……福客来公司发展了，大家都能赚到大钱。我要住了监狱，你们的钱就打水漂了。我一定带领大家走幸福之路，决不当大骗子……说什么呢？忘了……"他挠挠头，一脸诚实，显着极不善言辞的样子。身后站立的两个戴墨镜的光头，莹莹放光。我感觉陈董事长是大智若愚的伪装，他内心掩盖着明显的虚假，他的讲话里就预示着什么。

"相信你！相信你！"

厅外，长空朗朗；厅内，喊声阵阵。

我要过来李长江的"黄金持有证"看看，上面写着：编号××，李长江，身份证号××，持黄金贰仟克整，加盖着福客来黄金公司大红印章，另有明显的福客来公司钢印阳文，下面写着×年×月×日。

一种不祥的预感袭上心头："凭此证，就能从福客来黄金公司足量领取出黄金？鬼才相信！"我拍拍李长江的肩膀，拉他离开了会场，到外面大厅里的一棵伞枫树旁，让伞枫枝叶遮住柜台里值班人员的视线，小声问他："你投资多少？"

"三十万。"

我了解他，前几年，父母住院，办丧事；近几年，盖房，孩子结婚。他本人虽有退休金，肯定不会是大款。我问："你退休后攒的钱还不少呢！俩儿子给你添钱了吧？"

"养老金十万，贷款二十万。"

"咱俩是铁哥们，又是老搭档，恕我直言，我担心你上当了……"

"舅舅一开始找，我也是这样想的，跟他们旅游几次，试投一万，真的月月发钱。关键是陈董事长是知名人士，为人诚实，又有十多家分公司担保，我断定他不至于为了钱毁了自己声誉。有福同享嘛，我才让你俩来的。"

我从心中生出一种悲哀：一个有知识的人，这么明显的骗局，他竟身陷其中，执迷不悟……

店长叫俺俩回去吃饭，我也感觉责任已尽，无须多说了。他拍拍我的肩，说："放心吧，老同学，有两个局级退休干部各投一百万，现在每人都变成二百万了。"

大厅里，饭菜满桌，很是丰盛；餐桌上，人们相互碰杯，煞是热闹。

"吃菜！喝酒！"主持人说，"下面告诉大家一个好消息。经黄金公司研究决定，即日起，投九千六百元，当一万元。每月返一千元利息，每月再送十斤大米，十斤白面，三月后退还本金。今天入会人员有意者先交一百元定金。"

"我投三万。""我投五万。"

主持人摆摆手："凭身份证，一人只准投一万，名额有限。"

"能替亲戚投资吗？"

"写上身份证号可以预定。"

人们放下杯子、筷子，有的忙着打电话问亲人身份证号，有的人扬着票子向收费处挤，生怕抢不到名额。

望着窗外寥廓的天空，我心情十分沉重，感觉见识了什么叫"财迷心窍"，止不住叹息：都是一大把年纪的人了，阅历可谓不浅，咋无一点儿警惕性？

"投一万吧。"李长江拍拍我俩的肩膀,"保证赚钱,亏了我赔。"他拍拍胸脯说,"你俩知道我说话作数。"

范长生看看我,用手机给李长江转了钱。我无动于衷,不是在乎"钱",而是在乎"理"。我作为一个智商不算太低的退休教师,总不能让人耻笑"脑袋进了水"吧!我拉拉他俩,附他们耳边说:"骗局是明显的,投资肯定会打水漂,你俩……"

范长生说:"你没办过企业,不知道其中的难处,我这钱全当是……"后面的话被人们的吵嚷声淹没了。

李长江拍拍我的肩膀大声说:"你这人我最了解,办事总爱唯唯诺诺、瞻前顾后的,真是被嫂子培养成模范丈夫了。这次放一百个心,亏了我赔你。"

呜呼!我无话可说。交九千六百元,全当是这次的旅游费吧!否则,就毫无悬念地证明我真的是个唯唯诺诺的"模范丈夫"了。

回家的路上,人们谈笑风生,我沉默寡言,感觉像吃进了醋泡的铅块,心中酸溜溜、沉甸甸的。

三

一月后,李长江按时给我送来一千元利息、十斤大米与十斤面粉。他爽朗地笑着说:"什么叫真正的友谊?真正的友谊就是有钱同赚。"我没有一点儿高兴的意思。

下月依旧。但我仍然高兴不起来,我为他那肉包子打狗——有去无回的三十万元而担心。

第三个月后，李长送来了利息钱与白面、大米。过几天让我去他家领一张一百克的"黄金持有证"。

我说："我要本金。"其实我是想看看福客来公司的庐山真面目。

"你咋恁抠？小抠当管家是好样的。公司答应一年后还本金，外加五分息。"我不好再说什么了，总不能让人指着鼻子说"小抠"吧！

一周后，李长江来电话，让我去他家，说与范长生一块儿聚聚，喝点小酒。

前边说了，退休后，我不但爱旅游，还养成了爱聚会的习惯，一接电话我便应约前往。一进他家门，便看见李长江夫人正拿着一张纸让众人看，哭得鼻涕一把泪一把的："不让他投资偏投资，这纸能当饭吃还是能当衣穿？这日子叫俺咋过啊……"

嫂子这哭相，哭得我毛骨悚然。几个妇女围着她不停地劝："他长江叔省吃俭用，又勤快，想赚点钱也不是什么坏心，再说，也不一定会打水漂的……"

李长江坐当门沙发上，面色灰黄，但眯着双眼依然显得很"快乐"。他摊开双手："这老娘们儿头发长见识短，井里蛤蟆没见过多大的天。"

我倒感觉他媳妇是个头发长见识也长的人，但现在需要的是熄火，不能在他后院的火上再浇些油了。我安慰他妻子，说，嫂子不必多虑，你看我不也投资了吗？再说还有两个退休局长也投了呢，真被骗了他们也会有办法的。然后拍拍长江的肩膀，"放心兄弟，有困难找我，帮你个十万八万的没问题。"他这人要面子，爱较真，真担心他三十万泡汤了会出什么大事。说帮他绝不是"打哈哈"，老同学有大难时拉他一把完全是应该的，并且真能做到。

他说，昨天我捎来了你的黄金证，给你。我说，你随便处理了吧。

李长江抬头正眼看着我，郑重地说："你放一百个心，我会负责到底的！"

我估计刚才的话很有可能伤了他的自尊，这实在让我感到可悲，也感到很可笑，染房还能倒出白布来？于是笑笑说："你随便处理了吧！"坐下喝口茶，想走。他拦住我，诚恳地说，你别走，长生一会儿就过来，咱仨品两盅。我感觉今天环境与喝酒气氛不太合，就推说有事离开了。

四

一年时间一晃过去了。一年里，我们"高中群"同学聚会两次，大家每次都觥筹交错，喜笑颜开。又自费游了一次云台山，面对奇峰飞瀑，老同学观赏拍照，其乐融融。

暑后的一天，早饭后，我先当保姆，送孙子上学；再当园丁，为屋里院里的花花草草剪枝浇花；又当起了"书法家"，挥毫写书。李长江来了，他面色红润，眼含喜气。我忙放下笔，让座，倒茶。他说："给你道喜了！"

我怔了一下说："喜从何来呢？"

他说："你猜。"

"退休人员工资上调了？"他摇头用英语回答，"耨（No）！耨！"

"你二小生个二小？""耨！耨！"

我很是疑惑。

他从提包里掏出个信封，从信封里掏出一捆一百元的人民币，外加一沓一百元的散币，朗声笑着说："这是你投资的一万元，这是利息，收着。"

我更疑惑，把钱推给了他："是别人设的骗局，别说利息，本钱都要不回来。我还不了解你吗，打肿脸，充胖子。一定是你自己的钱。"

他一脸诚恳地说："是福客来公司的，真的。我们几个老店员拿着黄金持有证，把他告到了F市的公安局和法院。经过公检法审理，最后定性福客来公司犯有'非法集资'罪。经济法庭变卖了福客来公司几家分公司，赔了老人们的本金与合理利息。领钱那天，我们见了陈董事长，一个大老爷们呜呜地哭，泪水像阴沉天空的雨滴，扑簌簌地往下落。他说是搞开发建楼，资金链断了，濒临破产，寸步难行了，才出此下策，结果变卖分公司损失更大……我们看他蛮可怜的，交了'黄金持有证'，只领了本金……"

这个结果是我万万没预料到的，心中有种说不出的滋味，依旧高兴不起来。我愣了愣神问："那咋还有利息？"李长江拍拍胸脯说："你还不知道我？说赔就得赔，利息当然归我出。"

我把利息钱甩给他:"咱俩谁跟谁,你太小看我了。"我握着那一万元,像握着一块烫手的山芋,感觉弃之可惜,拿着烫手。

李长江拍拍我肩膀:"你这人拿着钱还耷拉着脸,天天都是一副世界末日来临前忧心忡忡的样子,就不会像我一样乐观一点儿吗?"

我犹豫了一阵,最后果断地说:"麻烦你把这一万元返给陈董事长,全当是我对他眼下困难的一点儿资助吧。"

"范长生也叫我把钱送回去,你们俩真是的,葫芦里到底卖的什么药?投资时清清楚楚,收钱咋又糊里糊涂了?打官司时,我真顾虑在你俩面前说不起话,本来想叫你俩发点儿小财哩。"

我没回答他的话,拿起毛笔看看前面写好的,"非分莫强求,心静无贪念。"接着写"老大有所为,夕阳也灿烂……"我知道,他爱书法,并且写一手好字。

"欧体呀,内紧外松,左收右放,好字!好字!"他大笑着说,"老同学,你这字是不是打算送给我的呀?——俺几个要回了钱,在百滋味餐馆海吃一顿。几个老弟兄都说,天上不会掉馅饼,以后静心过好退休生活,再也不想着赚什么大钱了。"

我长长舒了口气,向窗外望去——天空湛蓝似海,太阳明丽如画……

飞起来的中巴

要不是我去他家找他儿子租车，无论让我发挥怎样丰富的想象都不会想到，原来富甲一方的金得易，在人们钱袋子普遍鼓起来的时候，会混得十分寒碜。

我要带教师去英大市参加教学研讨会，需要包一辆中巴汽车，我马上想到了20世纪80年代教过的学生金志勇。金志勇正是金得易的长公子。

上学时，金志勇与他妹妹金志兰，都是我的"重点培养对象"。我不断地剪去他们身上的"枝枝杈杈"，使他们成为有用的梁檩，所以对他俩印象特别深刻。去年春节，他们班聚会邀请了我，宴上，金志勇给我敬酒时说，需要用车去找他。一查手机，无联系方式，我决定去他家庄南洼村。

南洼村距我单位约十里之遥，顺双行道柏油路驱车往东走。路旁美女樱在阳春三月开得正艳，异彩纷呈，煞是喜人。

南洼村我并不陌生，金志勇家我也相当熟悉。金志勇爸爸叫金得易，他妈叫谢二爱，他还有一个妹妹、一个弟弟。

在我们这一带金得易孝顺，忠厚，为人实在，是个知名人士，十里八村的人大都知道他。金得易父亲原是逃到台湾的国民党军官，20世纪90年代叶落归根。人们说，金得易父亲把钱装在布腰带里，回来后说，自己身无分文。金得易当时并不宽裕，就借钱供他父亲吃喝。他父亲看他靠得住，就把腰带给了金得易。当时，我教金志勇与他妹妹金志兰语文，任他们班主任。他俩戴手表，穿白球鞋，显示出他们在那个年代优越的经济条件。记得金志勇父亲金得易宴请过我们，席面高出当时一般人宴请的标准。

南洼村坐落在一〇三省道南侧，原先它确实是下雨白茫茫的南洼。如今村内，街道宽阔平整，楼房鳞次栉比，彰显着21世纪新农村人民生活的幸福。

我经过一家福利厂往南走，到了一个十字街口，可是记不清哪家是了，只记得金志勇家在福利厂南边的十字街处。这里的别墅楼一座比一座漂亮，我犹豫了一下，在一座最漂亮的楼边停下车，问路边闲坐的老人："请问，这是金志勇家吗？"

一个白胡老头不屑地朝那边呶呶嘴："金志勇住城里，那儿是他家老院……"

我顺着老人所指望去，颇为惊愕：破门楼，破院落，与新农村色调极不协调。

近前看，哦！我记起来了，门额扁上"幸福人家"四个隽秀大字，那时在周围矮房的衬托下显得格外醒目；如今字蒙灰尘，云瓦脱落，院落显得很是落伍。

大门虚掩。我按按门铃，不响。用力敲了敲门，好一会儿才慢慢地走出一个女人：圆剪发几乎全白，且乱蓬蓬的；

目光呆滞，嘴唇松弛。我仔细瞅瞅，从那干瘪混浊的柳叶眼上，还能辨出她是金志勇的母亲。那时，她油光可鉴的圆剪发乌黑柔顺，脖子上戴着的金项链闪闪发光，柳叶一样的眉目隽秀灵动，眼波流转，薄嘴唇翻卷上翘，现在与那时比，真是判若两人了。

"你是——"她无血色的双唇机械地动了动。

"我是金志勇以前的班主任，想用车。"

"哦——"她面部努力挤出一丝笑意，"他住城里，前天来家送了菜又回去了。他爸知道电话，你屋里坐。"

走进大门，映入眼帘的，还是原先一排六间前有宽阔走廊的堂房，可如今房顶长草，瓦垄断缺。院中剥落的水泥路上，几条涩拉秧胡乱地躺在那里。园圃的砖砌花墙，东倒西歪，里面杂草丛生。那时精神抖擞的剑麻，如今像个久病未愈的老人，无精打采地耷拉着大耳朵。那时非常华贵的廊柱，眼下红漆剥蚀，伤痕累累。原先"青青园中葵"的情景荡然无存，让人顿感蛮荒般的死气沉沉。

客厅里，原来能映出人影的实木长条饭桌如今开了裂；那时给人视觉上美美享受的大红黑花真皮沙发，眼下极不雅观地露出了一块块破旧的黄色海绵。

"金志勇老师来了。"

"哦——哦——你是曹老师？"金得易认出了我，笨拙地按住沙发扶手艰难地站起身来，零乱的长发盖住了他半个耳朵。原先他西装革履，面放红光；现在"起身划圈"，嘴巴左偏，涎水下滴，真真不见了原有的活力，差别大到让人感慨同情的地步。

我隐去了来时的惬意神态，换上了一种适时的面部表情，忙上前搀扶了他："你——怎么了，这是？"

"倒霉！我，脑血栓——她，乳腺癌——"他说着话，流出的口水拉了很长，满脸都是化不了的忧愁，"曹老师，不瞒你——说，俺俩天天都给——鬼推磨。"

"生活有困难吗？"

"有志勇、志兰管着，还有农民养老金，困难倒没有。就是还得照管着二小……"志勇妈提起旧暖壶倒茶。

我说明来意。金志勇爸翻了一阵大号的"诺基亚"，递给我志勇的号："俺志勇可孝顺了！"

我一肚子疑惑，真感叹他现在的生活是原来生活的另一种形态！原来富甲一方的金得易，在新时代人们都在康庄大道往前奔的日子里，原先的领头羊咋成了落后尾的"胡髶郎"？我张口想问，又觉不妥，咽下了满满的疑虑。谢绝了不便相送的二位，走出了原来美轮美奂而今破旧落伍的院落。

来到街上，一肚子疑惑都爬了出来。我信步走到不远处的小广场上，给正健身的老人敬了烟，扯了几句"闲篇"，然后装着漫不经心地问："金得易家原来是有名的富户，现在咋落伍了？"

几位老人大概对我戴眼镜、外束腰的行头存有顾虑："噢，没，没什么，金得易给孩子舍得花钱，自己身体不好还侍候他父母熬药喂饭，擦身接尿……"

我表明自己既不是记者明察，也不是领导暗访，是原来教过金志勇的老师，想用车，随便问问。

一个老人吐了口烟显出几分得意："前天晚上西庄几个人赌博，被公安带走了，听说现场搜到很多钱——"

"男人一有钱，好往坏里变……东庄有个年轻人找个小三，被人逮个正着，脸没找到搁的地方，让人把屋顶掀了——"

另一个老头小声说："听说有人赌博气走两床媳妇，又抢劫，进去了——可惜呀！把钱都败坏光了！"

一个老太太伸长脖子挤挤眼压低声音说："俺娘家有一个媳妇天天摇着蒲扇撵树凉，满地是草也不薅，听说——她找个小白脸……"然后"咯咯"几声干笑。

"胡说八道！你见了？"她身旁的老头儿胡子一撅一撅地厉声断喝，"我最厌恶背后东家长李家短的，有意思吗？不说话能把你当哑巴卖了！"

老太婆吓得缩回了头，忙打圆场："没——没有的事。听说——我可啥也没说哟——"

一声断喝全都哑了场。

我感觉很是尴尬，他们云山雾罩的对话，是说的金得易还是另有所指？一肚子疑惑没弄清楚。考虑马上走不好，就问了金志勇的情况。老人这才另起了话头："志勇这孩子有志气，能吃苦，心眼实在！"

"他原先在县发电厂当技术员，后来治理污染，电厂倒闭后下了岗，又买车送客。"

"这孩子孝顺，三天两头往家跑。金得易两口子住院都是他拿的钱。前不久他奶奶过三周年，他爸没钱，也是他和他妹妹出钱操办的。"

…………

我与志勇通了电话，订了车。

那天清晨，我与十多位老师如期乘上了中巴，沿日东高速出发了。

东升的旭日明媚耀眼，初夏的路花姹紫嫣红。坐上白色的中巴车前行，如同登上了蓝天里一朵飘起来的白云，轻盈快捷地飞。

我的学生金志勇，眉毛还像上学时那样浓，眼睛还像那时一样亮。

到英大市的晚上，一行人住在了环境优雅、房间宽敞的白湖宾馆。我特意安排与志勇住了双人间，明里是便于一叙别后师生之谊，暗里是想打破砂锅问（纹）到底。但决非想写点花边文字，来哗众取宠什么的。我只想从生活中发现点儿"东西"，看能否写出点儿警示人的小文。

我们的谈话是从他上高中开始的。他挠挠头说："老师，上学时我不爱学习，总是找各种理由请假。你说我是班内最多灾多难的一个学生，到现在我都记得。你严格要求我，我一直感激您，师恩难忘！"

他回忆了我那时给他的许多教诲，如"贫穷志不短，富贵不淫乱""人一生肩负两大使命：家庭，养老教子；社会，卫国利民""当你尚未出世的时候，艳阳在高照，江河在奔流；当你死去若干年后，艳阳依然在高照，江河依然在奔流"……

我身为语文老师，教书育人是天职。再加上我在学生面前爱舞文弄墨，几十年的教学生涯，给学生讲过许多有针对性的"至理名言"，但过后大都忘却了，难得他还能记得如此清楚！

只记得他那时很淘气，爱打架，不爱学习，没少让我磨嘴皮子。他妹妹很娇气，有美好的理想总是缺少必要的行动力，并且泪腺分泌旺盛，也让我操了不少心。后来，他俩的进步如同丰产的麦粒装满了我记忆的仓库。那时，我发现金志勇爱好打球，就让他担任了体育委员，发挥他的特长。记得当时他跳木马如同猱猿，三步上篮恰似矫燕。后来他考上了专科体育学院。他妹妹志兰喜爱文学，我"提拔她"当了语文课代表。那时她作文字体隽秀，语句优美。后来她考上了我市师范专科学院，毕业后当了教师。

金志勇看着我："老师，我一直都忘不了高中时您对我的教诲！体校毕了业，我本来能当一名体育教师，可不知让驴踢了哪根神经，竟去了县发电厂。先是当了车间主任，后来管理技术科，电厂被撤销后，我自谋职业，就跑车拉客。让我庆幸的是，我得到了咱班卫生委员梁翠萍的青睐，结婚后我们相敬如宾，恩爱和睦……"他脸上洋溢着满满的幸福。

我先夸他有志气，又转述了村人对他的赞扬，才问到他的家庭。

他重重地叹了口气："人说富不过三代，我爸连一代都没过。按理说子不言父过，给老师说说权当闲聊了。我爷爷被国民党抓了壮丁，一去杳无音讯。奶奶对我父亲只是溺爱，缺少必要的严格教育，这样，他养成了好吃懒做的习惯。我爷爷带回不少钱,可他老人家嗜赌。于是全家人都赌,你想多少钱够输的呀?再加上父亲不知道理财——唉!其实,我爸我妈都是十分善良的人。"

"家中最麻烦的是俺弟弟。由于是老小儿,从小在家里被惯着,他生性调皮,不爱上学,整天胡混。长大后因赌博把第一个媳妇儿气跑了,我操心给他又娶一个,还是赌,又气跑一个。我爷爷奶奶过丧事,爸爸没钱,他不拿一分钱也就算了,还把乡亲送的礼金全拿去赌博了——"

"出了事还得管,谁让他是我弟弟呢!"

我说了他爸妈的身体情况。

他叹口气,说:"家家都有本难念的经。让爸妈跟我们到城里住,可他俩担心我弟弟无人照管会饿死,怎么也不住城里。无论给他俩多少钱都不够我弟弟输的。我只好往家给他们送吃的。那座破院子我弟弟早就惦记着卖了还赌债。我敢打赌,我头天翻盖了,他第二天就会卖掉去赌。"

"听人说······你弟弟犯事了?"

"赌······抢······还不如让他在监狱呢!在里面住三年,出来两年了。我给他安排个活,他跑出去赌博,守不住岗不说,还三天两头喝醉打人。我真是一点儿辙都没有。"他眉毛聚成一个疙瘩,"唉!"

我问起梁翠萍的情况,志勇眉头舒展开了,说:"她平时管财务,老师用车,我考虑得亲自开车送您。她招呼着公司的事。"他见我疑惑,解释说,"咱县鸿达汽运公司您知道吧?"

我说："怎么不知道呢！是一家知名的私人企业。"

"那公司是我的。"

这确实让我吃惊不小。只知道鸿达汽运公司老板叫金志勇，真不知道彼金志勇是此金志勇！上高中时，金志勇那样顽皮，实在无法把他与大公司的董事长建立起某种联系！我从教几十年，教学生五六千人。不管是见到普通学生，还是遇到带什么"长"的学生，我早就养成了波澜不惊的习惯。但对金志勇，确实是个例外，春节聚会当有学生称他董事长时，我还认为是开他玩笑呢！真让我有士别三日，当刮目相待的感慨。眼前的金志勇非吴下之阿蒙了！

我又问起他妹妹金志兰。

"他们夫妇都是中学优秀教师，我两个孩子都交给她了。经历了社会上的很多事，我明白一个道理，对孩子的学校教育真的不可或缺，关系到他们一生……"

…………

时间无声流去，我们停止了谈话，他很快响起了均匀的鼾声。卫生间毛玻璃墙壁透出的灯光照着他那张刚毅的脸。

窗外，下弦月挂上了西梧桐，夜很静谧。楼下的街灯恰是火树银花。

我辗转反侧难以入眠，本来富裕的一个家庭，各人的命运却差别巨大……一眨眼我做了个梦，梦见金得易开着车东歪西斜，险些侧翻，车上坐着的是他的妻子和孩子……

第二天，会议研讨的主题是：提高国民素质，要从娃娃抓起……

杨老六豆腐脑

一

今天早晨，我的理想具体化了，就是想喝碗杨老六的豆腐脑。五点半我与老伴儿吵了嘴，赌气离开了家。我计划先跑跑步，路线是：先看看镇南的万亩荷塘，回来再顺便到集镇南头的杨老六豆腐脑店去吃饭。哪知一跑步，喝豆腐脑的事出现了"岔劈"。

其实，我平时不跟老伴儿吵架也爱喝杨老六豆腐脑，一般一周一到两次，这已经是多年的习惯了。

杨老六豆腐脑在我们梧桐镇一带美名传扬，南来北往的路过此处，谁不喝上一碗？人们都爱说，到梧桐镇不喝杨老六豆腐脑，就等于没到过梧桐镇。一是他的豆腐脑卫生达标。他的小店里，无论锅碗瓢勺，还是门窗桌凳，即使你用世界上最干净的纸巾擦拭，保证都不会出现半点脏痕。二是他的豆腐脑嫩而不散，白而滑溜；配料香而不腻，咸而含辣，饭后余味无穷。特别是有权威资料说明：豆腐脑清热解毒，生津健胃，舒筋活血，降压降脂，并且还具有防治癌症的功效。

早晨的阳光格外明丽，雨后的空气异常清新，黄鹂的欢唱分外悦耳，公路两旁的垂柳轻抚着我的脸颊。这一切把我与老伴儿的"气"赶跑了。

南荷塘美丽的荷花迷住了我：碧水清澈，风荷挺举，荷花娇艳，出泥皎洁，濯涟不妖。荷塘边，恰巧又遇着了南邻张山与北邻李凹，我们便一同指指点点地观赏荷花。在荷塘栏杆处见到两个老同学，我们说起了儿时上学时天真烂漫的学习生活，进而回忆吟咏了课文中描写荷的经典美句"……叶子出水很高，像亭亭的舞女的裙……"观荷亭上碰见一个诗友，于是赶紧向他请教我的咏荷诗新作的平仄。文友妻来电话说："八点了咋还不回来吃饭……"我一拍脑袋，这才猛地想起喝豆腐脑的事，便加快脚步向"杨老六餐馆"赶。

二

杨老六豆腐脑卖相极好，晚去一会儿就极有可能与美味无缘。当我饥肠辘辘来到时，这儿的早餐已经进入了尾声。

两竿子多高的太阳斜照到饭馆外清脆欲滴的梧桐树上，从梧桐树密密的扇形叶的缝隙透下点点金光，点点金光花花打打地洒在梧桐树下洁净的餐桌上。餐桌旁稀稀拉拉坐几个食客，他们津津有味地享受着美食。

杨老六身着洁净的白大褂，稍驼的脊背上搭着雪白的羊肚毛巾，白皙的面部洋溢着一脸温和的微笑。

他的小儿媳妇正端着一碗豆腐脑坐在靠近纱橱的桌旁美美地吃着，他的娇妻在水龙头下的大盆里刷着碗筷。

"老曹，没回家吃呀？""咋才来呀？"前邻居张山、后邻居李凹热情地招呼我。

"没呢，刚才你俩往回走，我在南荷塘碰见个诗友，一说话就忘吃早饭的事儿了。"我应答着走到杨老六身边，"杨师傅，来碗豆腐脑，两叶壮馍。"

杨老六谦和地笑笑："你喝八宝粥吧，豆腐脑卖完了。"

在杨老六面前，一溜写有"八宝粥""胡辣汤""小米粥"字样的新式饭缸，在纱窗橱罩里微微冒着热气，队形整齐，充满活力。他身后写有"豆腐脑"字样的老式瓷缸，像被爱情遗忘在角落里的单身汉一样形单影只、死气沉沉的。

我猜想："他小儿媳妇正喝着呢，缸里一定还剩些。"我了解，杨师傅这人做买卖实在，经营饭品特别讲究，常常最后剩的一两碗锅底饭就不卖了。其实锅底饭营养一点儿也不差。小时候我最爱戗锅饹馇吃。我不甘心失去这次"防治癌症、强身健体"的机会，走到豆腐脑缸前揭开盖一看，里面虽然确实所剩不多，但至少还有两碗加着老鸡汤已经调好的豆腐脑，并拌有鼓鼓的黄豆、绿绿的海菜丝。一掀缸盖，诱人的香味便扑鼻而来。我说："老六兄，热天饭不凉，就这缸底的来一碗也是挺好的。"

杨老六赶忙转过身盖上盖子温和地说："这豆腐脑都碎了，不卖了。"

这时我肚子"咕咕"地叫得更响。早晨离家时给"那一半"赌气说，不吃你做的饭了！家中即使剩点饭食，只怕早让她送给那只哈巴狗享用了。我坚持说："豆腐脑碎点没关系的，节省牙力，喝着顺溜，我喜欢！杨师傅，你不会是给谁留的吧？要没有别的安排，就给我……"

杨老六说："没给谁留，就是……不……卖……反正不能卖了。老曹，你还是换换口味吧。"

我是老客户，可以说是杨老六豆腐脑的忠实粉丝，如今却受到了"不公正的待遇"，心里未免有点不是滋味儿。

南邻居张山说："老六兄弟，你今天咋老牛撞南墙——不知道拐弯了。顾客是上帝，你应该全心全意地满足群众的要求。"

北邻居李凹也帮腔："不就是一碗豆腐脑吗？咋能说不卖就不卖呢！"

杨老六的脸涨红了，结结巴巴说不出话来，一幅有苦难言的模样。

我也奇了怪了。敦厚老实的杨老六今天犯了哪门子邪了？他一定另有隐情，肯定是要把"宝贝饭"留给谁的。原先听说杨老六每做好豆腐脑，必定把第一碗留给自己的父母，可他二老早就驾鹤西游了。我猜想，难道能是留给现今的镇书记或者镇长？可杨老六没这个惯例呀。再说书记、镇长也到上班时间了，他们总不能笑着对其他干部说："对不起，各位！会议你们先开着，我们友好地接见一下杨老六的豆腐脑去。"是留给村支书、村主任？也不对，我回来的路上明明见他俩家的家人提着饭盒走了。

我四下一瞅，心里便明白了八九分，哦，八成是留给他媳妇的。杨老六媳妇干净利索，穿着白大褂，看上去颇有医院主治大夫的稳重。染黑的头发显得人年轻漂亮，虽是徐娘半老，但风韵犹存。在梧桐镇谁人不知杨老六患有严重的"妻管严"，媳妇叫他向东他不向西，叫他打狗他绝不会撵鸡。

常言说得好，"惧内则损，损则家失和也"。

我很为杨老六家阴阳失和而不以为然。我猜想，人高马大的杨老六论啥也不至于会处在女人的下层吧？他怕媳妇怕得确实有点过度。我心想，杨老六媳妇要嫁给我，呀呀呸的！话说回来，嫁给我……凭她的美貌，说不定训我两句，我伸伸脖子咽了也不是没有可能。

胡想啥！我转过来仍考虑豆腐脑的事："这一碗就算留给他的娇妻，可还有一碗多呢，那一碗留给谁？"

难道是留给他小儿媳妇的？他小儿子去年年底刚结婚。看他小儿媳妇模样还是挺标致的，肩后飘着红绸条带系着的金发，看见她的金发就让人联想到"飘柔"广告里那种金色的柔发波浪。她上身穿件一扬手就露肚脐的时髦短衫，下身穿着露出粉红肉色丝袜的超短裙。听说杨老六夫妇特别疼爱小儿媳妇。果然，一碗豆腐脑都给她留着，看宠成啥样了！她已经喝上一碗了，手里还拿着壮馍，还要再喝上一碗，倘若有人背后议论"炮不大还装药不少哩！"，确乎有点儿大不雅观吧。

三

对于杨老六不卖豆腐脑的事，我心里虽然不大满意，但又不好发作，仍不忘保持"绅士风度"，文人嘛，总得儒雅点，话说得尽量平和些。我压低声音缓慢地说："杨师傅，缸里还有两碗多呢，给嫂子留上一碗，不还剩着一碗吗？我家里人都吃过饭了，我这会儿还饥肠辘辘的。反复说吃，有些不大雅观……"

杨老六脸上出了汗，手有点儿哆嗦了，"可……可……"可了半天也没说成一个完整的句子。

他小儿媳妇停下来，先是静观，见我情绪有点儿激动，走过来笑笑说："大叔，今天胡辣汤做得特别有味道，您老就别喝豆腐脑了，来碗胡辣汤吧！"

我心想："不少人夸奖杨老六小儿媳妇不光洋气，还知书达礼。实际上呢，她的内心与漂亮的外表多少有些不一致吧！……咋净想着……"

杨老六媳妇停下刷碗，也笑盈盈地走过来说："老曹兄弟，你要不想喝胡辣汤，我给你盛碗小米粥吧，再来盘水煎包，包你满意！"

我感觉杨老六媳妇漂亮是漂亮，但有点儿虚伪，自家卖的豆腐脑，话说得拐弯抹角的，比唱的都好听，却一心替自己……

我真不知道这一家人吃错了哪门子药？这样扭七别八的！可我平日里爱这样，你越不让我怎样，我偏要怎样，要不街里人咋叫我"一根筋"呢。这样说罢，我想喝豆腐脑的欲望，一时半会还执拗地不愿"退居二线"。

张山不失时机地走过来，仗着是老顾客、老熟人，半开玩笑地说："老曹想喝碗豆腐脑，也是想着帮你发展经济，杨老板，我来帮你盛。"

李凹也笑着说："就是，就是，多大点儿事呀？你卖就行了呗！"

杨老六媳妇说："老曹哥实在要喝，就免费请他喝好了。"

杨老六忙用手捂住缸盖，脸也红了："说不能卖，就是不能卖，真的不能卖了！"

张山推开杨老六："杨师傅忙了一大早，就不劳你的大驾了，我来盛！"他掀开缸盖，左手端碗，右手把勺，满满盛上一碗，又特意多盛些胖嘟嘟的黄豆、绿油油的海菜丝条，递给我。

我舒畅地接过碗来，又随手端起杨老六盛好的壮馍盘子，走到一棵大桐树荫下，坐在洁净的桌子旁津津有味地吃起来。我一边吃着，还一边看着张山、李凹高声赞美："杨师傅的豆腐脑真的很好喝，谢谢哈！"

杨老六搓着手嗫嚅着："这……这……"

面对杨老六的窘相，我心里那个乐哟，简直无法用语言形容。就像中国观众看到国足踢进一个球，像小伙子向心上人多次求婚终于得到了应允，又像一个人在大热天干渴难耐时喝到冰糖凉开水那样，由衷地感到满足、欢快、幸福。

太阳升得更高，阳光更加灿烂，我边吃边欣赏梧桐镇的街景：宽阔洁净的街衢，葱茏成行的梧桐树，鳞次栉比的别墅，井然有序的车辆，络绎不绝的行人，梧桐镇标志性建筑物"花都小学"塔顶上的红字牌熠熠放光……一切的一切，都显得那样的清新、安详、美丽。我想起了宋代李之仪的诗句："天淡云闲晴昼永，庭户深沉，满地梧桐影。"

四

不远处，杨老六媳妇与她小儿媳妇一边洗碗筷一边亲密地说话，声音像静夜中由远处传来的美妙笛声，时有时无的。"……俺爸说，离路西边的洗手间再远也得用纱布罩住。你想……从那边飞来……落进碗里……他说……"

"……你说的在理……人吃了就是不好……你跟你公公一个魂儿，爱干净……"

我听着这话心里有点儿不大舒服，幽美笛声像变成了打磨锅的声音。我一看她俩，两人声音小得又听不到了。

我吃完了早餐，结账时，吃饭的人都走完了。

杨老六语气里充满愧疚："老曹，十里八乡的都知道，俺杨老六别的不敢说啥，食品保证卫生。只要有问题，我说啥也不会再卖了。这你相信我。"

"这还用说嘛，要不人们咋都来喝你的豆腐脑呢！"

"你看看，俺的饭缸、碗筷都罩着纱窗橱哩，一般情况下是不会出问题的，真的！"

"那是……"

杨老六抱歉地说："买卖，没有买，就没有卖。老曹，对不住了！今天早饭不要钱了。"

我爽朗地说："家家有本难念的经，有时候身不由己也是可以理解的，人之常情嘛！至于饭钱，我是一定要付的，哪有吃饭不交费的道理呀！"

他吞吞吐吐地说："老曹，刚才不卖给你……"

"没事，杨师傅，想照顾一下自家人也是可以理解的。"

他接着说："当时人多，我不便明说，怕影响生意，其实我这人也有私心……"

我朗声大笑："杨师傅，孟子不是说过吗，'食色，性也'。作为凡夫俗子，有点儿私心，情有可原！情有可原！"

杨老六捧起手掌："实在对不住！实在对不住！那两碗豆腐脑，本来是卖给人的……可不知咋那么巧，偏偏一掀帘子就飞进来两个绿眼货，偏偏落进了盛好的那两碗里……我看见后马上就挑出来了，把调好的豆腐脑倒进缸里，想着回家喂猪，可你偏偏要喝……"

"呀！呀！——呕！呕的！"我是个有"洁癖"的人，顿时一阵恶心涌上心头，忙跑到一旁，蹲下身子呕吐……杨老六忙送来水："老曹兄弟你别生气，不卖给你是怕碗里剩个苍蝇腿儿啥的……"

我摆摆手，示意他不要再说，吐一阵，漱漱口；又吐一阵，再漱漱口。

杨老六媳妇拍着我的背："大兄弟，你爱干净，真对不起了！"杨老六小儿媳妇也关切地扶着我说："大叔，要不行，去医院吧……"

慢慢的，我竟然莫名其妙地好了，不呕吐了，还生出一种满足感来。这种满足感就像早晨领略到了像南池塘碧水中荷花一样的洁净，又像阳光照耀下的梧桐一样的高尚……

纯真的往事

一

初夏的一天，我正在麦太隆广场压腿，朱红丽走过来神神秘秘地对我说："魏玉萍想见你，你要有意就联系我。"

我脑海里立刻浮现出她的肖像：圆剪发，两弯烟眉，齐眉刘海，红扑扑的瓜子脸，一双似喜非喜水汪汪的大眼睛，给人一种很秀气的感觉。她与朱红丽是好朋友，这么多年了，她俩竟然还有联系。

我退休后，人们常说的"老窝、老底、老伴、老友"一应俱全。闲暇无事，写写文章，游游山水，有时免不了空虚。这一下勾起了我想见她的愿望。现在时兴同学聚会，见了面，正好在她面前显摆显摆，我绝非昔日的穷小子了。

我上学晚，十三岁才上四年级。那年春节后，魏玉萍转到了我们班。听说她爸妈离婚，她随母亲住在临近我们村的双道岭姥姥家，属借读生。她说话有明显的河南（我们这黄河北岸就是河南省）口音，多用四声，让人感觉挺新鲜的。她的长相，读了《红楼梦》后，我感觉她像林黛玉那样可爱。她坐我前排，上课总爱倒背着手，大声读书或回答问题，一点儿也不像我们乡下的学生，吊儿郎当的；她的衣服挺"洋气"，一点儿不像我们，破破烂烂的。下课后我们都爱围着她，听她说话，欣赏她唱歌。其实，那时我们并不懂得什么叫欣赏，大概就是喜欢吧？

她一脸高傲，就像连环画里"骄傲的小公主"。她的到来，让学校、让我们班蓬荜生辉。我们教室前有棵枝繁叶茂的老椿树，有些调皮的男生好捉树上的毛毛虫吓她。屋后农家喂的老母猪，常拱开教室的秫秆泥墙"光临寒舍"，冬天取暖夏天乘凉。对此我都深感抱歉，感觉椿树上的毛毛虫与教室后的猪洞都委屈了她。

她很快得到了老师的认可，当上了学习委员，我当班长，同任班委，接触自然也就多了。我经常帮她收发作业，她也常帮我做些管理工作。我喜欢叫她名字，她也喜欢叫我名字，后来她叫我廓哥。下午放学后，我们仍不回家，在教室里继续学习。很多时候她问我的都是她已经会了的题，这一点我能从她"胸有成竹"的表情上感觉出来，但仍不厌其烦地讲给她听。我常常也故意问她一些题，她也耐心辅导我。常常让在教室外等她的朱红丽抱怨与催促。

站队，她爱挨着我。抬水，我喜欢跟她在一块儿，把桶移得靠近我。我给她做个红缨枪，她给我一个花橡皮。一次跳远，我刚起跳，她随后就飞来，像天外飞碟一下子砸我身上。我咧嘴摸着磕疼的头，愤怒地吼："谁找事儿？敢压迫我！"她说："对不起，廓哥！"我一看是她，连说不疼，觉得被"压迫"也十分幸福。

光阴像只幸福的小鸟，一年多的时间飞驰而过。一年多来，学校是我感到幸福的场所，生活是甜滋滋的蜜桃，学习成绩像爬竿的猴子"嗖嗖"地往上窜。老师没找我谈话，同学没说我们是"早恋"。事实上，那时候的我们单纯得很，只是觉得在一块儿好玩。

分别，是在下年的三月三。那天，早饭后我因为干家务，到预备铃响了才进教室。一踏进门口，我立刻感到气氛有些异常，同学都看着我笑，还有人指我的书包。朱红丽说："魏玉萍她爸接她去老家上学了，她哭着要见你，买了包糖块放你书包里，被她爸拉走了。"我心一沉，掏掏书包，果然有包糖，往前排看看，她的座位空空的，心里立刻感到空荡荡的。同学们伸着手嚷："喜糖！吃喜糖！"

我木然地坐着，内心一片空茫。上课铃响了，教室静下来。老师讲得眉飞色舞，可我一句都没听清。

下了课，我拿起那包糖，跑出了教室，跑过了校园的土围墙，顺着麦苗绿毯中间的土路，一口气跑到黄河渡口。

村西北黄河渡口空无一人，只见到几个"红灯记"牌空烟盒、三三两两的"一头拧"烟头与一片杂乱的脚印。黄河水，浪涛滚滚，哗哗东流；河面上，水鸟翩翩，上下翻飞；河岸边，杂草缕缕，丝丝晃动。我想哭，又想唱。那时刚看了歌剧《白毛女》，不由唱起了杨白劳的词，"漫天那个风雪，一片唉白……"，长长的调子，很能抒发当时的情绪。那天上午何时回家，何时吃了午饭，都忘却了。只记得由于无故旷课，下午被罚了站。

时间是个好东西，它能在人不知不觉中冲淡一切；生活是个坚强的汉子，它于人失意时仍能继续前行。

二

上初一时初夏的一个夜晚，晚饭后，我摘下蛐蛐儿笼子，掐一朵北瓜花塞进笼子里。这个笼子是用高粱秆皮编制的，米字花形，与小伙伴们的一样美观。那时候也许是听了《聊斋》"促织"的故事，我们都喜欢上了养蛐蛐儿，觉得它"得啦得啦"叫得十分动听。

"廓哥。"我隐约听见有人叫我，忙跑出来，没见人影。正疑心是狐仙临门，从屋后蓖麻稞里跳出个女孩来。借着初升的月亮，能看清她瓜子面脸，两个不长的辫子搭在前胸的白花褂衣襟上。我惊喜地认出，她是长大了的魏玉萍。诸多话语挤向喉咙，竟无语凝噎，只是搓着手笑。她拉起我胳膊就向西跑，我忙随着跑，随她跑到村西由东南通向西北双道岭的林荫小路上。这条小路白天都少有人走。

风很清爽，不时传来麦浪的"唰唰"声。一轮圆月从村树梢上升起，夜很静，很安详，不时传来黄鹂的歌声。我们像黄山上的"连理松"一样站在小路边，我问了她的学校，她问了那棵老椿树与教室后墙的猪洞。

"日落西山红霞飞……"歌声从西北小路方向传来，渐响渐近。她慌忙躲到了树丛里。过来的是我同班的铁哥们儿大国子，他是从双道岭姐姐家抄小路回家的，唱歌一定是为了壮胆。他狐疑地问我跟谁在一起，躲这里是捉迷藏还是打土坷垃仗？我一时不知如何搪塞，就说："别问了，明天我再告诉你。"那时我是班长，有一定的权威，他很服从我的"命令"，便唱着歌一蹦一跳地走了。

"出来吧。"我小声说。她从树丛后闪出身来，我们走到柳林深处，找了个干燥土台。我脱鞋坐下，她掏出手绢展开铺在土台上与我并肩坐着。我们从天上的嫦娥，谈到河里的龙王；从远古变人的类人猿，说到亚洲巨人穆铁柱。

月上高空，她姥姥喊她回家，她忙跑走了。我跟着她跑，她转过身来摆摆手又挥挥手，我站住了，直到听不见她姥姥骂她的声音才回了家。

那以后，一年多没再见过面，只是从朱红丽口中知道，她每次来看她姥姥都问到我。

后来我去县城上了高中。一个星期天我到代销点买东西，代销员给我一封信，见邮戳是河南省的，便拆开看，只见一纸娟秀的字：廓哥，遥在黄河北岸，天高地远，禁不住向你发出亲切的问候……你的身体健康，学习进步，生活愉快！……信中谈到了她的学习，说她爸是人民公社社长，她妈是医生，在她的努力下，二人复了婚，很幸福云云。最后说很想在她学习的北坝中学见到我。

我立刻回了信，选择自认为最美的文字和最激情的语言表达了最诚挚的友谊。过星期天，我步行二十多里回了家，心里盘算着去北坝中学的事，乘船钱、礼品，这额外的费用都没有着落。正巧，在部队的二哥探亲回家。那时候，我很敬佩他，感觉他就是电影《侦察兵》里的连长，便毫无保留地把我俩的事告诉了他。他是军人，的确富有雷厉风行的风格，当即决定第二天过河。我高兴地翻了两个跟头。二哥像作战前动员一样有力地挥了一下手："你们现在还小，应努力学习。婚姻、爱情受到现实生活的各方面影响，咱家不富裕，你要先立业再成家。你们发展友谊是可以的，别误学习。"我压根儿没想过立业，也没想过成家，更没想过爱情以及爱情与诸多方面千丝万缕的联系。

我让同学给班主任捎去了病假条，第二天二哥骑自行车载着我早早地出发了。自行车小轮发出的"得得"的响声，听着也格外清脆悦耳。

玉萍的学校在黄河对岸的北坝镇，离我们村直线距离不过十多里路，只是由于隔着黄河，交通不便显着远了。乘船去时感觉黄河水浪并不大，河道并不宽。我和二哥下了船，沿大堤往西走二里多路，下大堤路口东便是北坝中学。木大门旁竖挂的白底黑字木牌处，坐了一位戴红袖章的老头儿。二哥对他说从部队探亲回来，要见一下叫魏玉萍的亲戚。那时候"全国人民学习解放军"，解放军很受欢迎。老头儿马上派学生去叫，不一会魏玉萍便跑出来。她看见我，蝴蝶振翅似的扬扬胳膊笑了，又见我身边站个军人，便收住了笑。我说这是我二哥，她点点头。

二哥让俺俩单独说说话，她领我上了学校南边的大堤。横贯东西的大堤两边长满了柳树，堤坡上开满了红绿黄紫的野花。水红花开得最艳，把大红大紫的花穗张扬地举到头顶。

我们在分洪大闸栏杆处停住了脚步。她跑到堤坡上采一把野花，闻了又闻，说："站堤坝上就能看到南岸模糊的村庄，可是收到你的信得四五天，咱俩养个讯鸽就好了。"我感到养鸽子的想法很可笑，也很有意思。临分别时，我把二哥送我的写着"友谊之树常青"的笔记本，还有一支英雄牌红杆银帽钢笔赠给了她。她很喜欢，爱不释手。

离别时，我二哥要给她几元钱，她不要。我二哥又与她单独谈了话，至于说了什么我全然不知，估计无外乎先立业再成家之类。我们返回时，她直接回了学校，没与我告别。

返回的船行到河中心，天空布满了乌云，又起了大风，浪涛把三桅大船一会推向峰顶，一会又拖入谷底。感觉河道很宽，浪涛极险。上了岸，二哥说："天上乌云滚滚，不一定能下雨。"我不知道他说的是那天的天气，还是另有含义，只是觉得他对我与玉萍的关系，没有赞美，也不作评论，感到有点儿失落，继而有些生气。

三

高中毕业后，响应"知识青年到农村去接受贫下中农再教育"的号召，我家本来在农村，就毫无异议地回到了家乡。那时候高中生还比较稀缺，我先在生产队打面机房当了三个月会计，麦收后在我们村联办初中担任民办教师。魏玉萍来信说她在北坝医院当了医生。

冬天的一天下午，我下班到家门口，见一个面容有些熟悉而又陌生的中年妇女在我家屋后看。我兄弟仨，老大分了家，二嫂随了军，我只有三间土坯房。母亲说今天上午，一个干部模样的中年妇女来咱家东瞅西望的，大概是发救济款的。我说，可能吧，也没放心上。

第二天晚饭后，我像往常一样去学校备课。刚出家门，听见有人叫我廓哥，一看是魏玉萍。她仍像小时候一样，拉起我就跑。我赶忙甩开她的手，因为我已经是大小伙子了，怕被外人看见。在农村，舆论的威力是很吓人的，有时候，舌头真能"嚼死"人。她仍然坚持拉住我的胳膊，我只好随她快跑。幸好，我家住村西南头儿，一会儿就跑到那条小路了。她拉我到柳林里放声痛哭，哭得我汗毛都立起来了，茫然不知所措。

夜幕黑乎乎的，夜风吹着秃树枝"沙沙"地响动，不远处好像有马蹄的声音。我有点控制不住地颤抖，心里"咚咚"地跳。

借着月光，我看见她汪汪的泪眼。她说："我爸不管，我妈嫌你家……""哦……"，我长长地出了口气，这消息并没有让我有多震惊，因为我那时想得最多的是"扎根农村，艰苦奋斗"。只是觉得我们的友谊很深。过了一会儿，她说："明天我妈从县城坐汽车到郑州去，你送送她，好好表现一下，看能不能让她回心转意"。我说："行。"真的，如果不是她提出这个计划，我还真没想过好好表现博得她妈好感促成婚事的问题。直到那时才想到我已经二十岁，与玉萍友谊深厚，结成夫妻也不失为一个美好的选择。

　　我请了一上午假，向学校会计借了六元的半月工资，借了我大哥的大金鹿自行车，早早地在村西南官道上等。

　　北风吹得路旁麦苗不安地晃动。

　　不大会儿，见前天在我家转悠的那个中年妇女走过来。细细打量，的确与玉萍相像。不对，准确地说，应该是玉萍很像她。我赶忙献殷勤，以大娘呼之。她问了我姓名，坐上了车，一路上详细询问了我家的人员，我的工作收入。到汽车站，我买了二斤点心，让她带着。她说："只要你俩合得来，我没有意见。"我"嗯嗯"应了两声，不知话如何说是好。

　　送玉萍妈第二天是星期六，那天午饭后，玉萍乘渡船回家。我远远地看见她随人上了船，远远地看船挂上了帆。东北风"呼呼"地吹，岸草"吱吱"地响，河水"哗哗"地流，船到了对岸，人影散尽……

　　送玉萍第二天，逢大集日。我在赶集的路上，遇见魏玉萍的两个妗子，便客气地给她俩打了招呼，快步走过去。过五六步远时，听她大妗子说："教个初中，玩个蛤蟆蝌蚪，咋配得上咱外甥女。小蠓虫吃天鹅蛋——心高妄想。"这句话深深刺痛了我。那时我教初中，虽然没觉得了不起，但也从来没自卑地认为自己是小蠓虫。

　　一个月后我收到了魏玉萍很长的来信，大意是她非常爱我，但由于家人极力反对，只好下辈子再结合了。信纸上能见到她的点点泪痕。我很礼貌地复了函，大意是说，我也很爱她，世间有两种爱，一种是同志间的爱，另一种是超出同志间的爱。既然得不到第二种爱，那就永远珍惜第一种高尚纯洁的爱吧。我烧了她所有的来信，决心彻底地忘掉她。我虽然有因她唤起的"失恋"的痛苦，但绝没有因为失恋而痛苦得死去活来。第一次恋爱，让我明白了经济基础的重要性，并进一步激起了我奋斗自立的决心。

自那以后，我们便彻底失去了联系，只偶尔从朱红丽那里听到她的一些情况，嫁了个公社干部，当了院长之类。随着年龄的增长，我变得越来越成熟，明白了不属于自己的不能强求的道理，更何况，俺俩的家庭也不在一个层面上。我很快忘了她，因为生活不因人的情绪而停止，并且各人有各人的生活。

恢复高考后，我考上了师范大学，毕业后教高中，娶妻生子。由一级教师转为高级教师，由教研组长转为教务主任再到校长，学生几千人，奖金工资绰绰有余。退休后身体健康。但生活大抵都得画一个圆，也应该是一个封闭的圆。偏偏魏玉萍仍没忘我，偏偏我也想见她一面。这也许就是人们所谓的"人生环形结构定律"吧？

四

与朱红丽见面后，我很兴奋，便确定了见魏玉萍的日期。那天早饭后，我开车准时到了黄河大桥收费处。朱红丽头包丝巾一闪身开门坐在了车后排，很有点像战争片地下工作者的模样。

初夏的风很凉爽。汽车沿着宽阔平坦高高悬起的黄河大桥行进。

黄河还是那条黄河，飞动的水鸟依旧，可不见了当年的渡船，只望见近旁的吊桥高柱、粗壮的钢缆与桥下远处渺茫的河水，它们把天空衬托得格外高远。

我们到了北坝医院，问了医院办公室的人。一位很年青的姑娘说，县里领导来看望魏院长，她正在小会议室接待。朱红丽让她通报了我们的姓名，然后我们便在办公室等。

上午十一点钟，几个大肚子坐车走了。一个像魏玉萍模样的人，给身边人说了几句什么，便走过来。真的是她：仍有小时候的模样，只是鬓角有了白发，个头比我上中学时没高多少，瓜子脸，下颚比那时略丰腴了些，面皮发黄，鼻洼里明显增添了那时所没有的黑痣。她微微向我点点头，与红丽亲切握手说笑，却把我晾在一边，使我激动的心凉了半截。她坐办公桌上打电话："老高呵，南沿姥姥村来两个同学看病，你去黄河湾酒楼安排四个人的饭菜，十二点去陪客人吃饭。好，挂了。"她给我俩倒了水，说有事需安排一下，让我们先喝茶。

她去后，我很尴尬地坐在沙发上，有点儿后悔贸然来见她。原想着她会亲热地与我们单独会面，抚今思昔，共话友谊。实际情形却与我想象的大相径庭。我小声对朱红丽说，咱们走吧。朱红丽却以"与她说好了，不妥"为由拦住了我。

上午十二点，她招呼我们吃饭。她的车在前，我们的车随后。欧式建筑黄河湾酒楼依水傍堤，处在各类游玩设施中，显着很别致，很另类。

刚进酒楼大厅，一位银发背头干部模样的人迎上来。玉萍说："这是我们家老高。"然后又介绍了我俩，他使劲握住我的手，像久违的老友。席间，魏玉萍与朱红丽喋喋不休，似乎在谈论老年人的"三高"。老高一边劝酒一边说话，夸魏玉萍如何优秀，他俩如何幸福。话是他多我少，他又从钓鱼岛说到南海，从扩大内需谈到中美货易战，能看出他是个很有水平的、热情健谈的干部。

饭后，我与老高、魏玉萍都互通了联系方式。

返回时，我感觉无论从哪个角度讲，此行都像一碗白开水——淡而无味，并且很有被冷落的感觉。最重要的是，我没有"显摆"成，反被别人"显摆"了一通。我再次后悔不该多此一举。到黄河大桥收费处，朱红丽扎上头巾，匆匆骑两轮电动车走了。

过了两个月，我收到魏玉萍一条短信："廓哥，多年不见，甚盼单独会面一次。"我犹豫再三，根据上次会面情形权衡着还有没有必要再回信息，回信息又该如何措辞。犹豫一阵后还是回了："该过去的就让它过去罢！"

又过一个月，她又来条信息："甚盼你来北坝医院，见上一面，这是我最后的请求。"

正赶上那几天文友有活动，忙完之后，又犹豫几日，最后决定，还是与她单独见上一面罢。我给她发了条信息，说明天见她，让她定时间定地点，连发两遍，等了三小时，没有回音。又打了电话，"您拨打的电话已停机"。我决定仍然去一趟。

第二天，天气阴沉，还下了几滴雨。八点半钟我到了北坝医院办公室，接待我的还是那位年青姑娘。我问："你们魏院长呢？"她偏偏脸然后回过头来问我："怎么，您还不知道？""知道什么？"弄得我一头雾水。

"她走了。"

"去哪儿了？"

"办退休后走了，不知住址。"

"啊！怎么可能？两个星期前她还给我来信息呢！"

"她得肝癌两年多了，两口子长期不和，魏院长总是把气憋在肚里。你们上次来那天，她正安排去北京住院。第二天她病情就加重了，去北京三〇一医院住了两个月院，坚决要求回北坝医院，治疗一段后办了退休手续走了！"她递给我个盒子："魏院长嘱咐我，若您来一定当面交给您。"

我打开看，原来是我那时送她的英雄牌红杆银帽钢笔。里面还有一张纸条：真的难忘你！

我张开的嘴巴很难合在一块儿了。

棘 手

一

我刚参加工作就遇到个棘手的事儿。三年前我干的第一份工作是在西城开发区司法所当人民调解员。堂叔是区（镇级）书记，看我大学毕业后高不成低不就的，就给安排了这份临时工的工作。

刚上任时，我雄心勃勃，想象着自己一定能成为像电影里那样明察秋毫的大法官。

这个司法所在城西甸子街路南，地处偏僻。两间门面房，门旁挂着"西城开发区人民司法所"字样的木牌，白底黑字的司法所标牌被街旁的风景树遮掩着很不显眼。司法所长由区党委宣传李干事担任，平常值班的就我一人。对此我颇为得意：副所长、司法助理、司法调解，各种权力集于一身，我也真真是个"实权派"了。我猜想，如果照照镜子，我坐在办公室喝着茶水，看报纸、材料的样子定准是一幅"小人得志"的面孔。

院中有棵黑槐树，我常看着墨绿色枝叶缝隙的路口，盼望有人"击鼓鸣冤"，我好"升堂问案"。可实际上，上班两个月，我除了学点法律知识或被临时抽调干些区政府的"中心工作"，真正属于司法所处理的案件一件没干过。这很让我产生了古代诗人"怀才不遇、壮志难酬"的感慨，真觉得沧海一粟般的司法所，实实在在地淹没了我卓尔不群的才能。

我上班第十周的周三下午，窗外绵绵的春雨淅淅沥沥地洒着，槐树枝叶不住地晃动。

"有人吗？"

塑料门帘一掀，进来个五十多岁的红衣女人。她中等身材，圆剪发，皮肤暗黄，眼泡红肿，红衫上衣湿漉漉的。她放下雨伞："看你们司法所挺清闲的，我有事想请你调解……"她扫视一下四周，又观察一下我的表情，而后压低声音："你能为我……保密吗？"

我心里忍不住生出一种"终于开张"了的窃喜，忙抑制兴奋的情绪，连连郑重点头："为群众案情保密是我们司法工作人员的基本纪律。"说话的声音尽量往嗓子后部靠，显出很有"官样"的派头。然后不失身份地客气让座，拿纸杯给她倒水，展开案情记录本，一幅公事公办的模样："您是要通过司法所走法院程序诉讼呢，还是想通过我们调解呢？""我们"这两字说得特别响亮，以表明本司法所人员的众多与"后盾"的坚强。

"我想调解。"她重重叹口气，"我愿意出双倍的调解费。"

"司法调解不收费——你有相关材料吗？"

"没，我口述吧……"她再次环顾一下四周，确定屋里再无旁人后压低声音说，"我叫李晓幻，上学时喜欢上了同村的一个叫耿方的男孩，他的长相、身材、性格，连说话的声音，没一处不可我心的。直到如今他仍然英俊洒脱。那时候，从他热辣辣的眼光里感觉到他也喜欢我。从小学到初中，我们都好得像一个人似的……"她停下了。

"后来呢？"她的陈述引起了我的注意。

她接着说："我初中毕业了，俺爹俺娘身体不好，家里不宽裕，他们不让我再跟他一块儿上高中了。一是怕邻居的唾沫星子会淹死人，二是没钱供应，想给我找个活儿挣些钱贴补家用。村主任来俺家说，他能给俺一个进县纺织厂当工人的指标，条件是让我嫁给他儿子。俺父母很乐意，硬逼着我嫁到他家。我坚决不同意，哭得擦泪的手绢都能拧下水来……"

"后来呢？"她的陈述激起了我强烈的同情心，对于棒打鸳鸯的做法一般人都是反对的。

她含泪接着说："后来还能怎么样，我一个姑娘家，经不住爹娘的哭闹，最后只能同意了……"

我暗自埋怨："你也太不坚定了，当时就该坚持呀！"想想又叹口气，就我见到的学生时代的男欢女爱真能结成夫妻的原本不多，婚姻往往被现实所左右。

"我虽然当了纺织女工，可并不幸福。村主任儿子在纺织车间当清洁工，他心眼不全，相貌让人看了恶心，与耿方比简直一个天上一个地下。后来我听说耿方大学毕业娶了个媳妇虽有工作，但个儿低，粗轱辘，同学都私下里评价他爱人是猪八戒的妹妹。俺俩的婚姻让我心里始终遗憾：好汉没好妻，赖汉娶个花哩哩……

"三十多年的日日夜夜在泪水与哀叹中度过。前年我对象离世了，我听说他爱人也走了，我感觉这是上天给的良机。我主动约见了他，他见了我高兴得简直像小时候一样连蹦带跳的。当然，那蹦跳只是象征性的动作。俺俩商量好了决定冲破重重阻力，老了老了再破镜重圆。

"我们接触几个月后，他慢慢地对我冷淡了，前天他竟然说俺俩在一块儿生活不合适，不愿再跟我继续下去了……我痛苦伤心，吃饭无味儿，失眠多梦……我……"她望望窗外，泪水成串地往下滴落。

"他花你钱了吗？"

"没有。"

"你们结婚领证了吗？"

"没有。"

对这个多愁善感的妇女，我不由得生出深深的同情。对那个老男人不免有了几分反感：嘟，大胆耿方！你想当个陈世美，我非让你成为耿世丑不可。我安慰她说，您放心，我们会努力调解的。便记下了耿方的联系方式，让红衣老太太在叙述材料上签了名：李晓幻。也留下了她的联系电话。

第二天八点上班，我拨通了耿方的电话，拖着瓮声瓮气的官腔一板一眼地说："这里是西城区司法所，李晓幻对你有民事诉讼调解要求，望接通知后三日内到司法所接受询问调查。有情况可打此电话联系。"

那边的他沉吟一下说:"我处理完手头急事,便去司法所。"

二

被区政府临时抽调干了两天"中心工作",那天,我八点上了班,打扫了卫生,擦了办公桌,为桌上自养的吊兰浇了水。

"请问,有值班人员吗?"

"我就是。你是……"

"我叫耿方,昨天来一次了,没人值班……"他高个子,微驼背,头发明显有染过的痕迹,眼睛不算小,眉毛有点杂白。我感觉耿方老头虽然不算难看,但绝没有李晓幻夸的那样英俊。

我拿出李晓幻的叙述材料,真想拍下惊堂木,可惜没有,只是象征性地用手拍了下桌子,拖着长腔:"你叫耿方?""是。""你认识李晓幻吗?""我们原来是关系很好的同学。""你们近年有交往吗?""一年前,她联系了我,相处几个月了……""小时候感情好,老了又交往这么长时间,再跟她分开,你认为妥当吗?告诉你,我最厌恶朝三暮四的人了!"

他难为情地看看我:"其实,我……也并没真想离开她,只是感觉现在的她与年轻时的她完全成了两个人……唉!

我……太喜欢原来的她了。那时候，我们是同班同学。她砂壶盖剪发，红苹果脸蛋，天真、活泼、热情、善良……我们同村，上下学天天在一起。要是哪天没见面，即生出如隔三秋的伤感……初中毕业后，有一天她来俺家找我，哭着说，她爸妈逼着让她做村主任呆儿子的媳妇……我像晴天遭到了霹雳……"

他皱了皱眉，横川字额纹动了动："我到死都不会忘记她出嫁的前一天晚上，我放年假回家。窗外，凛冽的北风像匹脱缰的野马在空荡荡的田野上奔驰，枯树枝发出凄厉的响声。我整整哭了一晚上，泪水打湿了枕头，枕巾被冻得僵硬。天明，我眼睁睁地看着她罩着红布头上了村主任家的马车，头也没回一下……"他眼角滚下几颗泪珠。

我故作老成地说："你们小时候感情那样深厚，现在退休了，双方又有重新组家庭的条件与意愿，就该好好珍惜这份感情啊！"

他说："我知道你们民事调解员的心是好的，想化解矛盾，让生活更美好。可……"他下了很大决心似的，"我不能辜负你的美意，我再试着与她继续下去吧。"他说了一通感谢话，走了。

处理完这件事，我感觉做一个司法员挺好玩，对自己第一次调解民事纠纷的表现还是比较满意的。最起码能证明，我当个公正大法官的理想绝不是仙山幻影般的缥缈。

三

我的日常工作又进入了平静，平静得如同无风的湖面。两个月里，叫李晓幻的红衣老太太来了司法所两次，对我说了不少感谢话，夸我有责任心，能力强。我当时忙表现出"实不敢当"的谦虚，可内心就像被室外的春阳照到了一样，暖洋洋的。一幅"区区小事，何足挂齿？有事您说话"的大气表情。我当时正信心满满地在系统里学法律知识，打算考个律师资格证，日后好实现我的人生理想，当个合格的大律师。我感觉生活是美好的，就连司法所外的黑槐树叶也是鲜亮的，常常盼有人来"打官司"，否则便白白地浪费了我这无用武之地的英雄的美好年华了。

那年秋天槐树叶零落时，李晓幻老太太又一次红着眼来到了司法所，泣不成声地说："我爱他，真的离不开他。可他说与我一起生活极不合适，又无情地提出跟我分手……"

"你没啥事儿让他……"

"我一心对他好，若能把心掏出来，我情愿给他看看。他说提出我分手后，我吃不下饭睡不着觉，吃了西药吃中药，真担心会吃傻了或者会病死……"

我认真地打量她，她面容憔悴，眼里布满血丝，眼皮比第一次见我时红肿得更加厉害，明显一幅精神备受折磨的模样。我不禁暗暗感叹："真是个痴情女子，都一大把年纪了，咋还这样看不开事儿，竟然钟情于一个朝三暮四的男人！"

听着李晓幻老太太的哭诉，我不由自主地恨起那个无情无义的耿老头来。我真想一拍惊堂木："嘟，大胆毛贼！姓耿，耿吗？叫方，方吗？"刚才我只是心里所想，并未说出口。我宽慰她："您老放心，我不会坐视不管的！"

李晓幻老太太感激地说："烦劳你费心，再给俺俩调解调解吧！"

李晓幻老太太离开后，我马上给耿方打了电话，可对方关机。我猜想他极有可能是故意不接电话。我当即发去措辞严厉的信息：如若不到司法所接受调解，便走法律程序云云。信息连发几次，都像泥牛入海毫无回音。

愤愤不平的心情迫使我立即采取行动与内心相呼应，可我没有像戏文里那样掷下一支令箭，派两个捕头"将那斯拿来"的威风，只好亲自动身，找到了城东顺河路耿方居住地——和平小区的居委会。接待我的是一位戴红袖章的居委会老太太。我出示了证件亮明了身份，询问耿方的相关情况。居委会老太说："我们小区有三个叫耿方的，最小的十岁，上小学四年级。中龄的三十来岁，在市里一家什么公司工作，只有周末才回来看望他母亲。还有个年龄大的六十多……"

"我找的就是他！"

"他呀，他是一位退休教师，前年老伴儿走了，平日里很少出门。几天前去他儿子工作地福州市了。他没犯啥事吧？"居委会老太太现出一幅急于掌握第一手材料的神态。

"没犯啥事，我只是随便问问，想了解一下他退休后的生活状况。"

"听说他退休后爱写点文章什么的，又与原来的同学混在了一起……出了门天天绷着脸，像谁欠他八百块钱似的……"

我考虑民事纠纷不宜张扬，闹得满城风雨的，便告别了居委会老太太。我明显感觉自己身不由己地陷入了进退两难的处境：不调解吧，没法给痴情李晓幻老太太交代；调解吧，耿老头不到场，又是极普通的民事感情纠葛事件，不能用法律手段强迫任何一方怎样。到这时候，就连该不该调解我都拿捏不准了。

当李晓幻老太太又一次找我时，我如实向她摊牌，你们的关系不受法律保护，说自己确实无能为力……李晓幻老太太哭成了个泪人。我的心里像被人灌进一碗辣椒水，辣疼辣疼的。

四

到司法局参加了两天司法学习会，我没打起多大精神来。

那年的冬天来得早，刚进入阴历十月，刮了场大北风，天气骤然变冷。乌云一铺开，便纷纷扬扬地下起小雪来。

上午上班后，我慢悠悠地喝口茶，随随便便翻两页《法律基础知识入门》读。

"有人吗？"皮门帘一掀，进来一个人。我一打量，来人正是耿方老汉。我恨不得抽他两巴掌，但故意用漫不经心的语调叙述严重的事态，自认为这样能收到不怒自威的效果。

我问："你知道拒绝司法传唤多少天了吗？你知道这样做的后果吗？别人已经打算走法律程序了，你就安心等法庭的传票吧。"

他不住地搓手："实在对不起！那天我正洗脸，在福州工作的儿子来电话说我孙子得病入了院。我一惊把手机掉脸盆里了，捞出来忙擦干，急忙乘火车去了福州。在火车上，我拨几个电话也没打通，才知道手机进水后坏了。这些日子光愁孙子了，等回到家，居委会张嫂说你找我两趟……"

我严肃地说："我想听听你再次离开李晓幻的理由，你不至于是个见异思迁的人吧？"

他嗫嚅着："我心里一直……忘不掉原先的她，等找到了如今的李晓幻，刚开始感觉很好的，有了再婚资格，我想着若能重新组合个家庭，一定会很幸福。可谁知……我喜欢静心写作，她喜欢絮叨说话。我有事儿一天不见她，她便……胡乱猜疑我，说我又去约会别的女人了。俺俩不在一块儿时，她一会一个视频，我要是接的略微晚点儿，她便生气，见面后不管鼻子不管脸地乱发一通脾气。一开始我认为她心里有我，没在意。次数多了，我就产生了联想，想起了年轻时善解人意的她。那时她红扑扑的脸蛋，满脸纯真热情的微笑；现如今一脸怒气，阎王奶奶似的。小时候她银铃似的笑，让人感觉清脆悦耳；现如今她"呵呵"地笑，给人一种看透了一切世故而又十分贪婪的印象。小时她很体谅人，现在她总无缘无故发怒。"他长长叹了口气，"我这人脾气倔，俺妻子长相一般可脾气好，她活着时啥事都顺着我；李晓幻脾气暴，爱发火。我想，我要与她长久生活在一起，一定会受一辈子气。六十耳顺，一个人年龄大了就不想再受委屈了……"

"俺俩这次交往前，我就听知情人说她信佛，爱给人看病啥的。我想她原来是个纺织工人，退休了再学点医术救死扶伤也不是什么坏事……直到一次，我见了她给人看病的情景：插上香，眯上眼，口里念念有词，绣花鞋不住挪动，手还随着头的晃动在空中一遍又一遍地划着弧线……我吃惊地想起《小二黑结婚》里小芹她妈——三仙姑。我无论如何都不能把一个纺织女工与三仙姑混为一谈，更不能把现在的她与小时候文静的幻儿联系在一起，真的判若两人了！我多次说她，她不听……"

耿方老汉比第一次来司法所时明显消瘦了，眼睛里布满红血丝，嘴唇颤抖着，眼含泪水："我认真地盘算过了，我喜欢的是小时候天真无邪的幻儿，并不是现在的她。我们三观不同，在一块儿生活真的不合适。既然不打算与她长相厮守，我感觉就不应该再跟她深入发展了……"

窗外的黑槐树绿叶全部脱落了，只剩些空空的枝条随风不安而又无奈地摇动。

开始对他的恼怒渐渐变成了同情，确切地说，我被耿方的一席话打动了。我无奈地想：幻儿，这名字有意思，爱情大都含有虚幻成分，可婚姻家庭却现实得很。我不得不感叹，复杂的爱情与婚姻不是简单地靠法律就能调解得清楚的。夕阳红常用来比喻晚年，夕阳也会有被云霭遮住的时候。

望着耿方老汉的一脸无辜，我竟无言以对……

五

"老耿啊，你还算是个爷们儿吗？"

俺俩刚陷入沉默，随着哭声，李晓幻老太太掀开皮门帘进到屋内。她扬着眉毛、不住落泪红肿的眼睛喷着火："老耿呀！这些日子你藏哪去了？我天天守着和平小区门口等你，你想一躲了之，天下哪有这样便宜的事！"

耿老汉颤一下身子站起来："我……孙子病了住了医院，去了一趟福州……"

"编，再编！最好还是换个骗法吧，你分明是要甩掉我……"

"咱俩不合适，你……"

"什么？咱俩刚见面你咋说的？现在说不合适不是太晚了吗？咋说变就变，比六月天还快？"

"我……现在才明白了，我爱的是年轻时的幻儿，不是现在的李晓幻。我最后一次问你，你爱我还是爱菩萨？"

李晓幻老太太很为难："人与菩萨咋能相提并论呢……都爱。"

"这……就没啥话说了，坚决分手。"

"我哩个娘唉！我……咋活呀！"李晓幻老太太鼻涕拉了有半尺长，一屁股坐到司法所的地上拍着水泥地大哭起来，"我真的想去死哟！"

我忙拉她劝她："起来吧，地上凉。想开点，离开他你不照样生活吗？"我耐心地劝解。

"我哩个娘唉！"

"老耿啊！她这么爱你，你应该珍惜这份感情啊！"

"我爱的是小时候的幻儿，不是现在的她。我们三观不同，真的不合适！"耿方眼睛里布满红血丝，嘴唇颤抖着，眼里含满泪水。

"咋了？出啥事儿了！"院里一会搅来一群妇女，她们叽叽喳喳吵个不停，好像有人捅了个乌鸦窝……

"这……这……"我搓着双手无计可施。我彻底认怂了，我根本不是个什么卓尔不群的人物，对民间感情纠葛的事情我无能为力，只有逃跑的份儿。我拔腿离开了司法所，去区政府去找李所长……

…………

正赶上教师招聘，繁杂的生活现实让我彻底明白，我决非当明察秋毫的大法官的料儿，并深刻认识到了美好理想与骨感现实之间的天壤之别，于是我参加了应聘。

不久，我考了个中学教师编制，便逃也似的离开了司法所，生怕痴情、忧郁、悲伤的李晓幻老太太再找到我，也害怕看见耿老汉布满红血丝满含委屈泪水的双眼……仿佛他俩都有理，唯独无理的是我自己。

我的新工作单位是东城区中学，每当周末回家我都绕远路躲过西城区司法所，因为离司法所老远我就忐忑不安地心跳。

有一天，家住西城区的一个老师突然说了个爆炸新闻：

西城区一个叫什么幻的老年妇女犯精神病了，整天在司法所门前哭着找一个叫什么方的老头………我没发表任何议论，但心里感觉自己像是个罪人。

下一年高一新生报到时，我正接待新生，看见一个妇女来了，我撒腿就想跑。那妇人笑吟吟地叫住了我："多谢曹司法员去年为我们的事操心！"那老年妇女正是李晓幻老太太，后面站着不好意思与我对视的耿方老汉。

李晓幻老太太说：我们送老耿的孙子入学呢。去年我想不开患了精神病，老耿安排我入院治疗，病愈后，他提出与我正式办了结婚手续……

我长出一口气，眼睛有些湿润。我感叹李晓幻老太太的痴情，觉得耿老汉不愧是又耿又方的男人，唯独我什么都不是，能改纷繁事情结局的只有自然法则。

胡站长

黑压压的人群全都表情庄重地为胡刚印站长送行，我与王老五也无比悲痛地走在送行的队伍里。胡站长的死，与我跟王老五做买卖有间接的关系……

一九八〇年国庆节前夕的周日，王老五找我"下海"。王老五不是卖钻石的，是学校与我关系很"铁"的体育教师。他会些武术，懂点格斗的皮毛。他动着很肉的嘴唇说，如今开放搞活了，许多人下海经商赚得盆满钵满的，咱俩趁假日也下海扑腾一下，捕几条小鱼小虾，贴补家用。他说了具体情况：公社兽医站急需中药壳砂仁，广西柳州农贸市场壳砂仁八元一斤，有四元差价。王老五的岳父是"干群关系"非常融洽的村支书，与公社兽医站胡刚印站长是老棋友，这才揽下了这桩买卖。

当天晚上，王老五岳父领俺俩见了胡站长。映着办公室里不太明亮的电灯光，看到胡站长，高胖子，光脑袋，面瓜脸，粗立眉，大肚子。我第一秒就想到了《闪闪的红星》里的胡汉三，继而出现了"凶狠、歹毒"的字眼。胡站长拿出几颗壳砂仁让我俩看。壳砂仁杏核状，古铜色，带绒毛。他再三叮咛：壳砂仁虽好辨认，但很容易与宜子仁相混。他又拿出几颗宜子仁说："宜子仁与壳砂仁的不同是它的皮光滑，无绒毛。"胡站长把两种中药给我们当样品，当场订货一百市斤，一斤十二元。

说了会儿话，他俩摆上了"车马炮"。俺俩回来在我家厨房里就着醋馏白菜品着老白干，像首长决定一场重大战役前那样反复商讨。从职业角度、商业角度反复考量。王老五认为，假期里有时间，有货源，有销路，一次赚的钱就是半年多工资，不干就是二憨子了。我说出了内心深处的忧虑，怕赚了钱也拿不到手，咋看胡站长也不是善茬儿……王老五说，快闭上你的乌鸦嘴，这样保把的生意，有俺老泰山做后盾，没事儿。我被王老五说得像拨云见日，一片光明。仿佛看到了赚到手的一捆"大团结"，心里乐滋滋的。最后决定，各借四百五十元，小试牛刀，向柳州进发。

从县城坐汽车到郑市火车站。候车室里乱睡的烟蒂，胡躺的纸片，拥挤的人群，无端地让我生出惴惴不安的情绪。

火车过长江到武昌，站台纤尘不染，剑麻条叶斜指，站台上身着蓝制服的工作人员亭亭直立，我顿感耳目一新。火车广播放着歌唱家李光羲动听的《祝酒歌》"……朋友啊请你干一杯……"。愈南行，愈觉走进了画里，我的心情渐渐变得轻松了：蓝天、青山、碧水、绿叶、红花、担挑的村姑、灵动的水鸟……无论从何角度观赏，无论向哪处看，窗外都是帧帧诱人的图画。北方暮秋的田野只有棉棵与麦苗，江南却仍像停留在春天。广播歌曲一停，我憋不住哼两句"二黄"："祖国的——好山河哦——""哦"音拖得老长，惹来乘客齐刷刷的目光。我得意地猜想：也许他们是被我的唱腔所折服而成了我的粉丝呢！

第二天上午八点到柳州，一下火车，便热得俺俩汗流浃背。街上熙攘的人群明显与"北侉子"不同。年轻男生留着长发、青春女士穿着短裙，老年人穿花里胡哨的方格衬衫还外束腰，在八十年代的北方早被人笑"死"了。

王老五问路，一汉子用竹叶草帽盖我一下前胸过去了。我很疑心：又不与谁对"暗号"，他"盖"我一下"盖"得毫无厘头。后面一个戴竹叶草帽"交通员"装束的老人走过来，说了一大通我不懂的话。他指指走过的人，做个夹钱的动作。我这才明白他是好意提醒防范"小偷"。我禁不住感叹：真是哪里有"坏人"，哪里就有眼睛雪亮的"革命群众"。不过担心是多余的，钱全由"高手"王老五保管。我不名一文，不好意思，让"三只手"白忙活了。

问了路，我们乘公交车去柳州农贸市场。街旁、楼边、公园，到处都是北方见不到的劈裂条叶的椰子树，像走进了电影《闪闪的红星》的场景里一样新奇。

农贸市场街道宽广，琳琅满目的商品数不胜数。俺俩走走问问终于找到了药材市场。人参、当归、陈皮……见到了许多壳砂仁摊位。问了好些摊主，都是十二元一市斤。我坐街旁的石阶上叹气，希望的火苗像遇到了暴雨一样一下子熄灭了。我提议买卖不做了，胡站长的信息根本不靠谱。白白让咱搭上路费，咱自认倒霉，总不能赔钱卖豆腐——净赚吆喝吧？王老五很内行地说，老胡不会胡说，我估计这些摊位都是零售，我们得找大批发点才能赚差价。

一个长发小伙凑过来，用地方特色普通话说，如果批发药材，可去他们仓库跟老板洽谈。我打听有没有壳砂仁，他说壳砂仁很多，十六元一公斤的了。王老五决定去看看。长发小伙问要多少，王老五说一百斤。他说，你们一人提两袋，一袋二十五市斤很轻松的。他说话拖着"广西电视台"播音员的尾音。长发小伙一边走着一边用"大哥大"打电话。我感觉他业务很繁忙，牛哄哄的。俺俩随他穿过两条大街，进了个僻静胡同，到了一个药材多得让人眼花缭乱的大仓库。留着隶字胡的小伙子坐办公桌后品茶，我们进去后他倒了两小盅茶。我"大瓢直灌式"喝水惯了，享受不了这副县级待遇，没动杯。还疑心他在水里动了手脚，正要阻止，王老五大大方方品一小口。隶字小胡子说一句"鸟语"，从两边闪出来四位墨镜长发汉子，分立我俩身后。我汗毛竖起，脑海里极快地划过"抢劫""凶杀""喋血"等瘆人字眼。我扫视一下王老五，他握紧两拳，筋骨发出练功时才有的"咯咯吱吱"的响声。我脑子飞快转动，想到一开始钱应该我带着。我从小擅长逃跑，十三岁被狗追，我撒丫子就跑，愣是没让瘸狗撵上。这时我先跳出圈外逃之夭夭，由人高马大威武不屈的王老五殿后，方为上上策。他一人能敌三人是不争的事实，可我，身材"节约"得有点嶙峋，手虽有缚小鸡之力，但与一个利索的墨镜比画，被拳头"亲密接触"得体无完肤一定是在所难免。紧张时刻，王老五抓起桌上两个又大又硬的干核桃，用力一握，核桃破裂成碎块。

静持两分钟后，我估计他们被王老五"镇"住了，小胡子一挥手，四汉子从里面抬出两箩筐壳砂仁。王老五递我一碎核桃，他一边吃着，一边验货。我也行家似的上前察看，货与我们带的标本一模一样。小胡子用能敲破马桶的声音，说了一大堆令人费解的"深奥道理"，最后经过一番讨价还价六元成交。我完全被六元的差价乐坏了，但心有余悸，紧张得没好意思笑出声音来。只想笑王老五普通话的"坷垃味儿"。六元一斤运到家，只要货一出手，除了本钱，一人稳赚二百多块，是我多半年的工资。

四墨镜当面装四袋绒毛壳砂仁，让俺俩标了称，再称量，又到桌后套上了四个手提袋。王老五付了款，两墨镜一人提两袋，送我们上了公交车。俺俩很快到了柳州火车站，顺利买票坐上了返程火车。我长长舒了口气，到这时，才晓得肚子闹起了情绪。

火车鸣笛，像祝贺我们凯旋。一路上，俺俩吃着鸡蛋大米盒饭，品着甜中含酸的大柚子，指点着江南如画的风景，有说有笑，完全是凯旋的快乐。我问王老五："当时你怕吗？怎么敢喝他的茶？"他厚嘴唇动着："怕啥！我只是闻闻，根本没沾嘴唇。你没看见吗？隶字小胡子长着一张骗子脸，却有着一副热心肠哈！老胡也是个好人，没骗咱哈！"

回到家乡的县城，我心里喜滋滋的。若照照镜子，我猜自己的表情一定有"见过大世面"的沾沾自喜，还有"我的事情我做主、在我老家我怕谁"的地痞相。王老五与我商量，先到县药材收购站看看，如价高就先卖了，再整一趟才送给老胡。我算算假期时间还能赶个来回，就学句电影台词：高，高，实在是高！

县药材收购员四十来岁，戴眼镜，一幅"老中医"派头。王老五打开一包，收购员拿出几颗看看，掐掐，闻闻："十二元一市斤。"我与王老五相视而嘻："卖。"他过了称，不多不少整整一百斤。我偷着乐：真没想到，赚钱就像笼屉里拿馍一样容易，怪不得很多人踊跃下海呢！

收购员领俺俩进了一个充溢着生铁一样坚实中药味的大仓库，让把壳砂仁倒在床被单上。我先倒一袋，收购员双手一抄脸沉下来，简直怒目而视了："年轻人，咋搞欺诈？啥觉悟！看看，都是宜子仁。"俺俩一看，傻眼了，可不，全是光光的皮，像和尚的光头一样一点儿绒毛都没有。俺俩忙打开其余三袋，都是上面有一层壳砂仁，下面清一色宜子仁。我禁不住感叹：这"调包计"调换得，竟然比王熙凤还娴熟。王老五握起了拳，发出"咯咯吱吱"的响声。收购员说，看你俩也不像坏人，这样吧，我也不揭发了，你们挑出壳砂仁按十二元一斤，宜子仁按一块四一斤分开卖。

我们商量后决定，还是让王老五岳父把"货"送给胡站长，听从老胡的"发落"吧。

作为失败的典型，我垂头丧气地回了家，如实给妻子说了赔钱的事。她哭哭啼啼："你这猪脑子，不让去硬逞能。一个月才三十多元工资，咱们得还十个月的账，你让一家人喝西北风啊！"我心如刀割，示意小声点儿，别被年迈的父母听到。并嘱咐她，一定严守"机密"。妻子骂骂咧咧："该死的胡站长，扫帚星。"

我很后悔，不该不听妻子劝告，的确不该逞能给胡站长买药，从心里感到对不住年迈的父母，也对不起孩儿他妈。

我赔钱的消息还是不胫而走了。几个借给我钱的亲戚、邻居，先后到我家拐弯抹角地要账，把我娘都急病了。王老五把他父亲卖猪的钱拿来让我还了欠账。

那以后，我与王老五整天像霜打的茄子一样耷拉着脑袋。星期天回到家，吃着"亲爱的"从娘家带来的食物，一改原来盛气凌人的"夫相"，童养媳似的羞愧得连大气都不好意思出。

一次吃着饭，妻子"扑哧"一声笑了："你现在的模样我喜欢。哪天我再找胡站长，看看还要不要壳砂仁，真希望你再去做一趟买卖……"我窝窝囊囊回一句："别哪壶不开提哪壶哈。"同行、同学、邻居见了我就笑着说，听说去南方做买卖没少赚，哪天喝你发财酒哇？我红着脸忙远远躲了，羞于回答这十分别扭的话题。

一个星期天的下午，王老五没进我家院门就大声喊："老曹，好消息！好消息！"像极了鲁迅小说里杨二嫂的出场，未见其人先闻其声。我迎他进了屋。他喜气洋洋地甩给我三百元钱，外加一块中山牌手表。我很疑惑，简直有点丈二和尚——摸不着头脑。他说：胡站长认为咱俩赔钱是他的责任。他说，如果他不要壳砂仁，咱就不会去柳州；如果不去柳州就不会受骗；如果……这种推理促使他把咱的药给保本处理掉了。他觉着咱俩吃了不少苦，一人送了块手表。"俺俩同时伸出手掌"叭"地一击："哇——"

王老五笑得很开心："胡站长又送咱一人一张裱好的毛笔字。"展开看，是刚柔并济的隶书：美丑相生，势也；去丑留美，则也。我爱不释手，忙挂当门墙上，真是蓬荜生辉。我特别珍爱这幅玻璃镶框的书法条幅，隶书字体，蚕头燕尾，方圆相济，一波三折。在雪白墙面的映衬下，它放着润玉般的荧光。来我家串门儿的人总爱夸几句。我显摆：这是胡刚印站长的真迹。

俺俩不仅喜欢裱字，更喜欢胡站长送的手表，认为这才是"赚头"。对返回的本钱感觉是理所当然的。俺俩私下讨论，认为，胡站长虽然没派出所所长"威风"，但毕竟是一站之长，把那宜子仁向各站一分，又是让牲畜吃，驴马是吃不出壳砂仁与宜子仁的差别的，凭那"胡汉三"嘴脸，说不定赚了多少黑心钱呢！

第二天开始，我与王老五的时间观念明显增强了。无论上课、下课，还是与人说话道别，都爱抬起胳膊捋起袖子看下手表——显摆呗。

下一年清明节，公社通知让八中学生参加追悼会，我们老师带领学生去了会场地——公社戏院。

戏院里，回荡着扩音器播放的哀乐。戏台前柱上悬条横幅：沉痛悼念胡刚印同志。条幅下挂着一个人的遗像：大秃顶背头，胖胖的脸，厚厚的嘴唇……两边摆满花圈。

我吃惊得忘记了抬下巴，心急地拍拍王老五："这不是咱卖药的胡站长吗？学校距集镇只几里地，啥时的事？"

他说："前天我听说兽医站碰死个医生，不知道是他呀！"

我甚至想说句花黑心钱没好下场的风凉话，感觉人死为大，不能太尖酸了。

追悼会开始，公社赵书记宣布了胡站长的事迹："前天，一匹病马在灌药时突然受惊，撒蹄狂奔。胡站长为救兽医站门口的孩子，死死拉住病马，被撞倒在电杆上壮烈牺牲了……"

被救的五个孩子中最大的九岁，最小的三岁，三个男孩，两个女孩。他们在家长陪同下给胡站长遗像鞠躬。最大的女孩子嗓子沙哑地哭着说："我们在兽医站大门外……跳皮筋，突然……跑出来一匹马，胡伯伯……使劲向一旁拽，被惊马带着……撞向了电杆。当时他……头冒鲜血……"

胡刚印双鬟星星的父亲在会台上泣不成声："俺儿有肝病，虚胖，身体不好。可年年领奖状……孝顺……还爱帮人……去年他让俩教师给兽医站里买药……结果药假了……俺一家人吃了多半年咸菜才补上了站里的亏空。他总觉得亏欠两位老师，把俺在南京工作的女儿送给他夫妻俩的两块钟山牌手表，又送给了那俩老师……自从出了赔钱的事情，他干啥事儿都是差三落四的，拴病马竟然没系好梅花扣……这次又救了……俺觉得值……"

啊……竟是这样！我先是惊讶、自责，继而难过，泪落不止。我拉拉身旁的王老五，附他耳边说：咱……咱咋报答胡站长的情义呀……他的眼红红的。

胡站长遗像在前：大背头，胖胖的脸，粗眉毛，目光明亮而忧郁，厚嘴唇紧蹦着，露出一幅战士般的刚毅。遗像后面，胡站长双鬓星星的父亲含泪抱着他三岁的孙子慢慢地跟着，那小孩哭得像刀子一样直剜人心。胡站长四十多岁的妻子挽着六十多岁的婆婆，哭着随遗像前行……在场的人纷纷落泪，不少学生痛哭出声……一股悲痛的潮水再次涌向我的心头，止不住哭出声来。王老五，眼睛红红地叹息："永生的该是胡站长！该死的应是那些害人精！"

参加追悼会那个周末回到家，我用玻璃镜框镶裱了胡刚印站长的书法真迹……

犬婚泪

在一个县城遇见在这里工作的妻侄冷方正，他讲了大学毕业后婚姻爱情的艰难经历。

一

毕业前那个明月高悬的夜晚，在凉亭里，我与女友娟讨价还价"谈判"了半夜。我叫她来咱家乡的四线城市发展，娟让我去她们小县城工作，互不相让。当时，我甚至想给她来段栓保的唱词："恁娘愁，俺娘也愁……"我有栓保的坚持，可她没银环的改变，两人便赌气各奔东西了。

回到家，我在一家动漫公司上了班。早上八点上班，下午三点下班，七小时工作制。我有大把的业余时间。因为失恋心中苦闷，从小时候就喜欢狗的我决定再次养狗。

公司人事主管大狐送了我一只狮子狗。狮子狗头上有"王"字的黑花斑纹，它还会像猫一样躬腰扬尾扫人。大狐说，这狗极有个性。他家原养着一只巴哥犬，后到的狮子狗只能吃残羹冷炙。许是不甘屈下，它绝食抗争。大狐不得已把它送给了我。

爸骂我不成熟，妈说我没正型，近三十的人了还玩物丧志。其实他们不懂年轻人的活法。娟离开了我，我需要转移精神压力才养狗的，总不能陷进失恋的苦痛中而不能自拔吧。

半岁的狮子狗刚来我家时，还是个又小又瘦的线团。虽是白狗，身上沾满灰尘，在院中皑皑白雪映衬下，俨然像个黑花猫。我给它剪了毛洗了澡，又给它穿上黄底黑花马夹。狮样的狗头眯着猫样的狗眼，比猫画虎，取名"赛虎"。

受《喜羊羊与灰太狼》启发，我制作了《袋鼠与狮犬》的动漫。您知道，制作动漫是非常艰苦的工作。上班后，除午饭小憩半小时外，我都埋头工作。每天下班，头晕耳鸣，眼现重影。我对小年轻喜欢的"派对""一夜情闲聊"什么的不大感兴趣，大部分时间都用来逗狗玩。

听妈说，我上班后，小赛虎冻得龟孙子似的瑟瑟发抖，仍蹲卧在大门后的褥子上，侧耳细听，若有所待。只要我一到家，它便欢快地迎接，拉我裤脚，吻我脚尖，打滚，作揖。我坐沙发上，它跳我膝上，眯眼团身，乖的似只猫。我睡床上，它爬上床来，在我身旁，侧脑挠爪，可爱得像个娃娃。赛虎，本来与袋鼠风马牛不相及，却成了我动漫里的主角。

记得在大学时，一次，我出校园办事，说好的不误午饭。碰到几个校友也在市里玩，非让在外面的餐馆吹两瓶啤酒不可，等我回到学校食堂，娟还守着两份饭等着我。分开后我仍然思念她的好。

我爸退休后练书法打太极，妈退休后跳广场舞打棒球。

在家中，他们只想着抱孙子，没人理解我，赛虎是我失恋后的唯一，它让我减少了思念娟的次数。

我家两套院。原西邻卖房，父母便买来预备给我结婚用。买房时爸妈让我毕业后一定在本市工作，用他们的话说，就是"决不能让自己养的鸭子飞走了"。"鸭子是没飞"，可"母鸭"没跟来，只好把两院墙打通，中间安个小铁门。白天我在东院吃饭，晚上与赛虎在西院就寝。本来赛虎有专铺，可它偏要跟我共枕眠，一会在床那头舔我脚板，一会又来床这头挠我脸颊。冬天的夜晚，窗外大雪纷飞，雪竹吱呀；屋内暖风徐吹，我俩的幸福挤满了卧室。

爱犬的出现，减少了我失恋苦痛的浓度。

二

些许小事毫无预期地平添了我的烦恼。因为我长得比较老成。公司的几个小姑娘竟喊我伯伯。当时我大吃一惊，不知自己何时成熟到了如此地步。再加上父母不停地唠叨，说某某人家二十三岁的儿子都有了儿子；你都二十八了，我们的孙子还杳如黄鹤……父母无休止的唠叨，让我坐不稳钓鱼台了。于是，我给娟发了条微信，简要地汇报了分别后的情况，当然不乏炫耀之辞，甚至说老板计划提拔我当副经理云云。同时显着很随意地介绍了家乡胜景——牡丹园、庄子观、孙膑古城……热情邀请她来此一游。她很快发来夕阳艳照图片：碧波漾漾，垂柳依依，鸥鸟翩翩，下面一个哭脸和两个字：你来。寓意明显，俺这儿更美，妥协没门，想我你来。

我的苦恼很快被赛虎抚平了。

临近春节，公司举办年会酒宴。席上我喝醉了，不知怎么回的家，觉着已经睡到了自己床上，床上还有亲爱的娟。后来被爸妈喊醒，才知道我原来躺在了院大门旁的雪堆上，当时都冻僵了。妈说，赛虎从门口到窗下来回穿梭，疯一般狂吠，才惊起了他们。人不能无感恩之心，我抱着救命恩狗亲了好长时间。从此爸妈也改变了对赛虎的态度。

我与赛虎感情破裂是冬天过后的春天。

春天花儿姹紫嫣红，煞是美丽。赛虎也"狗大十八变"，更加俊秀了。白色的长毛褪成鹅黄，袖珍球体增高拉长两倍，王字额头露出青春的光亮。它的美貌引来了众狗的青睐，一个豆青布袋狗进入了我的视线。它尖尖的脑袋常常瞅地猫似的朝地，大大的耳朵时时凶狠样的朝天，透着黑色斑点的青皮，光秃秃的无一根长毛，尾巴耷拉得无精打采。我知道，它就是南院黑瘦夫妇的赖皮青狗。

青春赛虎恋爱了。恋爱对象如果是常往我家跑的英俊的黑狗或漂亮的白狗勉强也能让人接受，可偏偏是赖皮青。假如把赛虎比作美丽的公主，赖皮青最多是个下三烂的瘌三儿。然而它死皮赖脸向赛虎献殷勤，恬不知耻地对赛虎溜溜舔舔。许是桃李不言下自成蹊，赛虎竟然与它好上了。

大四时，一个膏粱子弟公开与我叫板，死皮赖脸追求娟。幸亏娟的审美能力强，专注于我。有感于学校恋情，激起我"是可忍，孰不可忍"的怒火。我打跑赖皮青，唤来赛虎，关上大门。赛虎毫不顾及我的感受，又偷偷跑去与它约会了。我恨透了赖皮青，视它为"情敌"，是它夺走了我的狗爱。每次见面，我都用剑似的目光指向它。它低头卧下身子眯上眼，装着对我毫无敌意的样子，不时地偷看我，从那不断张合的眼缝里可怜巴巴地挤出了两滴蛤蟆泪。我估计，它是企图用一副可怜相博得我的同情。这鬼把戏反而让我更加嗤之以鼻。

我明白馒头是从里面馊的道理，就苦口婆心地给赛虎讲，交狗如交人，飞禽尚能择良木而栖，何况你乎！反复强调，赖皮青没品没相，与它谈情就像凤凰与丑小鸭说爱一样不般配。赛虎对我善意的忠告不闻不问，依然我行我素。对此我十分恼火，终于逮个不是狠狠教训了它。

那天晚上，我请大狐、二狐喝酒。大狐就是在公司管人事，送我赛虎的那个人。二狐是他孪生弟弟，在公司管后勤。他俩相貌都是骨瘦，尖鼻，上宽下窄的狐狸脸，常常穿一样的衣服。他们是老板的外甥，当面对人哈哈笑，背后常常使绊子。在公司，我资历最浅，凭高学历拿高薪。常言道，木秀于林风必摧之。我清楚，要在公司占稳一席之地，不稳住这俩货是行不通的。

母亲做好了菜，我从小铁门端到西院客厅。俺仨根本不用制造热门话题，便放肆地抽烟，疯狂地吃喝，任性地吹牛。

席间，赛虎蹭蹭我腿，也想享受烧鸡骨头的美味。由于我对它与赖皮青不能划清界限早有成见，基本上对它已经不屑一顾了，就故意把它晾在一边。赛虎悻悻地去了。过一会儿东院传来父亲愤怒的叫骂声，说赛虎恶毒地撕毁了母亲为他裱好的"线条艺术"。我们忙跑去看个究竟，只见毛笔字条幅上几个狗牙印痕，赛虎无事狗似的摇头晃尾。我出师有名，狠踹它一脚，赛虎一瘸一拐地跑到西院花畦旁呜呜地哭了。在院中电灯光下，我清楚地看到赖皮青屁颠屁颠地跑去为它舔臀部，还舔得得意扬扬。我最看不惯这种故意挑拨我与赛虎矛盾的卑鄙伎俩，感觉自己的脚很适合赖皮青的屁股，直踢得它鬼嚎般地逃出下水道，仍余怒未消。

大狐手捧裱字，连夸父亲的字有古代柳公权刚柔并济的遗风，说倘若收藏，百年后定然价格不菲。连我都能听出这纯属将山药头夸成天鹅蛋的恭维，可父亲却以为终于遇到了书法界的知音，拿出一瓶珍藏二十多年的平坝酒，又让加了两个"硬菜"。

三

淡漠了对赛虎的感情，娟的身影便不断出现在我梦里：学校图书馆里，共同讨论问题；公园里，俺俩挽手并肩赏花捉蝶；如今，我估计她顾影自怜，我茕茕孑立……

五月的一个午后，正是热老虎猖獗的时候。我下班到家，一钻出车，烫人的热浪就扑面而来。我刚要去卧室打开空调休息，见大门旁树荫里，站两个大嫂与几个孩子，他们在指指点点地评论。我一看那场面便面红耳赤了。赛虎丝毫不顾及必要的礼仪与休养，在炎炎烈日下，正与赖皮青亲热。英俊的黑狗与漂亮旳白狗在一旁很不服气地吠着。

我怒发冲冠，四下寻找，抄起一根长长的树枝朝赖皮青头上猛打。一位大嫂说："母狗不摇尾，公狗不上前，怎么不打你家母狗？"我又狠心打了赛虎，它们"呜呜"地叫着，才恋恋不舍地分开了。

赛虎两天没回家，到第三天晚饭时才怯怯地进了院门。其时我正在母家客厅吃饭，故意将脸扭向一旁。母亲倒给它一碗肉汤，泡了一个馒头，赛虎狼吞虎咽地吃起来。我没好气地说，饿死它！

我又一次想到了娟。那时在大学里，自从与我谈恋爱后，又有两个俊男靓仔向她献殷勤。她像猫一样围着我转，从来没见异思迁过。她与赛虎相比，简直是一个天上，一个地下，完全不可同日而语。

赛虎的皮毛慢慢变得更加光亮了，身材也丰满了许多。许是知错抱愧，它不再出门了。我上班它卧大门后，我回来它羞羞答答欲迎还怯，惺惺作态。渐渐地，我们的裂痕弥合了许多。

有两天，赛虎不吃不喝，还抖抖地吐。我担心它患了狗流感，让二狐联系了一家动物医院。二狐的医生朋友让做 B 超、 验血、查尿常规，最后确诊：高危性附件炎。他再三叮咛，这种病不可小觑，得挂几天吊瓶。由于没时间陪护，我让医生给它打了一针就回了家。可赛虎仍吐个不停。

母亲凭她多年行医经验，估计赛虎有了身孕。她联系到另一家动物医院，下班后，我忙开车带赛虎去了。这家动物医院很正规，分许多科部。我带赛虎看了母狗科，做了几项必要的检查，结论证明母亲的判断是正确的。按医生安排，我从医院买了许多营养狗膳。

暑天过后，天气渐渐转凉。金秋是一个收获的季节，我的动漫《袋鼠与狮狗》取得了成功。我敢断言，不久的将来，这个动漫便会家喻户晓，它的影响不会亚于《喜羊羊与灰太狼》。这个判断能从老板笑逐颜开的脸上猜出几分。老板发给我一定数目的奖金。更让我喜出望外的是老板竟然还批给我一个月的带薪休假。

发奖金那天晚上，我不失时机宴请了两位狐兄。说实话，我能取得一点儿成绩，与两位狐兄没有背后捅刀有直接关系。席间愉悦，扬脖畅快，大哥二哥王三麻子，你好我也好。

宴毕，送二狐兄出院门，见赛虎衔草往花畦里去。二狐说，赛虎预产期到了，要弄个好产窝。大狐凭着前狗主人的身份，积极响应。我更义不容辞。聪明的赛虎铺草的地方是在屏风后面，父亲为存放杂物还在上面搭了两块石棉瓦。在大狐指导下，我找出旧棉被褥，铺到干草上，又在周围拉了一圈窗帘。

第二天我一起床就到狗产窝观看动静，让我大吃一惊的是，别说狗崽子，连赛虎也下落不明了。

我把这紧急情况报告了父母，求二老帮助寻找。父亲八点要去书画院参加书法比赛，母亲八点要去参加广场舞会演。我在家休息，可找狗经验不足，便打电话叫了两位狐兄。两人实地察看一番，断定赛虎钻出排水洞，去院西边产崽儿了。我的心立刻绷紧了，因为院西是拆后待建的区域，夜间经常听到有群狗干仗的撕咬声。如果赛虎隐蔽工作做得不好，刚刚面世的狗崽子极易成为无辜的牺牲品。

俺仁来到西区，从南头开始寻找，找遍了角角落落，都没有赛虎的踪影。

回到家里，爸妈正兴致勃勃地谈论着各自的比赛成绩。我沮丧地说了赛虎的情况。父亲说，我只关心与孙子有关的消息。母亲说，赛虎移窝是怕生人伤着狗娃。放心，产后它就会回家吃东西了。

晚饭后，我坐院子里等赛虎归来。狗洞里一闪进来个影子，就着院中电灯光，我看清是赖皮青。我瞪眼看它，它脸扭向一边，慢慢地卧在花畦旁，像替赛虎值班看家。我把脸扭向一旁，它趁机衔个骨头跑了。我猜它是给赛虎找吃的，忙随后追到大门外。可它一闪身不见了。根据赖皮青的行动，我估计赛虎未遭不测。

我继续等候赛虎。秋风吹叶"沙沙"有声，月上东天，月里的猴子不安地捣米。我心中泛起一丝凄凉。

"嘟"，娟发来条微信。她说，想我了吧？我回，你猜。她发个哭脸，我回个笑脸。看着碧天的圆月，想着远方的娟，感觉圆月离我愈来愈近了，慢慢成了娟的脸蛋儿，丝丝凄凉化成绵绵的幸福。幸福的绵柔比得上舒伯特的"小夜曲"。

四

第二天，我早早起床，见下水道边有几根赛虎鹅黄色的

狗毛，估计它产后回来找吃的了。忙跑去东院，见肚子瘪瘪
的赛虎正大口大口地吃着狗盆里的剩饭。

赛虎吃完摇摇尾巴走了，我紧跟其后。它出大门，随赖
皮青从排水洞钻进了南院。我赶快按南院门铃，向两位老人
说明情况。黑瘦夫妇帮忙在他家菜园找到了产窝，里面有两
黄两青四个胖乎乎的狗崽儿。我用老人递来的纸箱盛了小狗，
送到我家西院的"高级"产窝。俩大狗很担心似的紧随。

爸妈爱抚地看着狗崽说，要是孙子就好了。

晚饭后，狐兄俩挂心赛虎，前来探询。家来贵客，酒菜上桌。
我们眯着眼睛品酒，筷子毫无节奏地夹菜，天南海北地吹牛。

夜间散场，他俩关心地察看狗窝。赖皮青蹲花畦外，赛
虎在产窝内，它们十分警惕，发出"呜呜"的吼声。

后半夜我睡得香甜。听到院子西边狗吠得极凶，似乎还
夹杂着赖皮青的惨叫。那里狗掐架是常有的事，赖皮青夹尾
被咬也是司空见惯的。我翻身安心地睡去。

第二天早上八点，我刚放下碗，妈从西院回来说，赛虎
与狗崽儿都不见了。我忙到南院寻找，没有。又跑到西区，
见一群狗正恶狠狠地朝着一处吠。我循声望去，见一家院墙
半倒的屋角里，躺着两只狗。赖皮青在前，怒目圆睁，浑身
是已经凝固的紫血，龇着的牙齿里衔着烂狗皮。后面倒的是
赛虎，它也伤痕累累，嘴里满是黑白狗毛。我一摸，它已浑
身冰凉。里面四个狗娃，两个无头，一个无腹，另一个仅剩
不全的狗腿。

我的泪下来了。感叹两狗欠考虑，如果在家，尚可狗仗

人势。在弱肉强食毫无法律意识的犬界，仅凭二狗之力怎能敌过群恶。强烈的疼痛像一把尖刀直插心脏，又像熊熊烈火在心底燃烧。我找到一根合手的栓子，要为赛虎为赖皮青伸张正义，为四个无辜的狗娃报仇雪恨！抡起的棍子朝向狗群"呼呼"生风，那些受伤的狗向我狂吠。幸好，两位狐兄找我，及时助阵。大狐的木棒打住一只狗腿，那狗三条腿一颠一颠地逃了。二狐的砖头砸住了一个狗头，那狗晕晕地窜了。其他狗也四处逃散。

我叫来瘦大爷夫妇，带上铁锨，来到事发现场。爸妈也闻讯赶来。

瘦大爷抚着赖皮青老泪纵横。爸爸观看现场后，还像以前上课时那样，慷慨激昂地说：二狗与群狗作了殊死搏斗，直至生命的最后一刻，表现了一个爷们儿应有的英勇气概……

妈妈与瘦大娘抚着狗娃，落着泪大骂挨千刀的恶犬。

经过两家协商，决定将坚贞不屈的狗夫妇连同它们的孩子合葬。挖坑时我看着伤痕累累的赖皮青感到十分羞愧——它虽然颜值不高，看上去猥琐卑微，但在爱妻与孩子受到威胁时能挺身而出，生死一搏，深感自己没有资格做它的敌人或者朋友。

埋葬狗后，两位狐兄要借一步说话。他俩神秘兮兮地说，有个朋友要买我动漫的版权，不用经过老板，卖的钱平分。由于当时我正沉浸悲痛中便予以回绝。几天后我收到公司辞退函，被辞理由是我偷卖了属于公司的知识产权。

失去工作后，我万分痛苦。一个同学给我透露了娟的秘密，原来她唯一的亲人——母亲半身不遂，她不忍心离开妈妈……我给爸妈讲了塞翁失马的故事，说，若干年后，我一定带回一匹母马与一只马驹子。爸妈笑得很开心。

那天早饭后，我辞别了爸妈，去小县城找娟。临行时我来到狗墓旁，哀悼良久，沉思良久……

他讲完落了泪，我心情也久久不能平静。

玉婚风波

一

张万福夫妇之间注定要产生一场"风波"。他受够了那婆娘的窝囊气，已经忍无可忍无须再忍了。他决定今天给王蕙兰摊牌，坚决摘掉压他多半辈子"怕老婆"的帽子，这帽子戴他头上不雅观，不适合，不爽心。

今天是张师傅与妻子王蕙兰结婚三十五周年玉婚纪念日。早上，窗外枝上的喜鹊对着天空铅块般的乌云"喳喳"地叫，叫得张师傅心乱如麻。

早饭后提篮出门的王蕙兰回头对他没好气地说："今天不准你打棒球了，咱吃完这顿纪念饭，该说道说道了。"

"中。"张师傅心中盘算："早该说道说道了，窝窝囊囊的日子见他娘的鬼去吧！"他想，摊牌后最坏的结局无非是自己净身出户。出户后的落脚点他早预备好了，狡兔还有三窟，何况他是个健全的人呢！可他只有两窟，或者叫两块"根据地"，比起别人来，他也算够可以的了。他关了空调，锁上门随手放了钥匙，也往楼下走去。楼道闷热得让汗珠像群着急出教室的孩子，瞬间"涌"了出来。

　　"张叔，给我捎个肉夹馍。"对门的三憨子，说话的声音也是憨憨的。他穿着橘黄衣服，身子弓着，又是瘦瘦的身材，看见他，让人极容易想到驼背的大河虾。

　　张师傅转身笑笑："中。"

　　对门的菊姐站门口说，别听他瞎咧咧，我也去买菜，他馋吃的我给他买。

　　张万福师傅原先可是个赫赫有名的人物：县城国营翻砂厂工人，翻砂车间主任，技术一流。他用铸铁法能铸造出各种各样的零件，并且还能在车床上做进一步的细加工。妻子王蕙兰，只不过是县中医院的小护士。那时候，一个护士能嫁给国营厂幽默帅气的车间主任，实在是高攀了。两人结婚后恩恩爱爱，甜甜蜜蜜，亲亲热热。王蕙兰处处看着男人脸色说话，背地里常向人炫耀：我们家老张，要人品有人品，要技术有技术，上级一派下来需要高端技术的零件活，都离不开俺家老张……

　　自从工厂倒闭待业，张师傅在家的地位一落千丈，由"领导阶级"变成"被领导阶级"。王蕙兰咋看他咋不顺眼，常嘟囔他，没出息，窝囊废……张师傅装出四处寻找的样子："我原来的人品、能力哪去了？咋只剩下窝囊废了……"

　　再后来张师傅领了退休金，地位稍有提升。儿子大学毕业远走高飞后，家里就剩老夫妻俩，本来该过甜蜜的日子了，可两人还是过不到一块儿去。先是因爱好不同产生了摩擦：张师傅喜欢打棒球，经常参加县市级比赛，这本不是个事儿，关键的关键是张师傅的"初恋"也在棒球队；王蕙兰迷上了广场舞，这也算不了什么，要害是王蕙兰当年的心仪人是舞蹈队长；还有个最大的问题，两人各自的私房钱与结婚前的"私密信"都不翼而飞了。于是便互相猜忌，生气磨牙，使家庭出现了严重的裂痕。

这种情况没有风波才不正常呢！

二

整栋楼静悄悄的。

楼梯口响起急促的脚步声，王蕙兰急急慌慌赶回来："死老头子，离家连门都不关？"

王惠兰拉开抽屉："这老东西又偷我钱了！"她记得清清楚楚，吃早饭时，她把一沓纸币放抽屉里了，怎么刚出门就不见了。不是他拿走难道会是外星人不成？对死老头子这种偷偷摸摸的行为，她恨得牙根痒痒：这样做，简直不是人。

王蕙兰进到里间，拉开枕套，一股怒气冲上脑门："越来越不像话了，我枕头里的钱也敢拿！拿给谁了？是给周小妹了还是给西邻居了？"王蕙兰重重地坐到床上嘟囔，"你自己咋花都行，送给相好的，绝对不行，这日子确实没法过了！"她一边吵吵着一边去了客厅。

"吱——"门开了。张师傅声音虽低但也气鼓鼓的："刚才说啥呢？谁拿你钱了？"

"谁拿谁知道，我要不是想着最后给你买件降价衣服，还不知道少钱呢。你啥人呐？还有没有点素质？"王蕙兰声音抬高了八度，嘴皮发青，唾沫星子乱飞。

"你把我看成啥人了？老凤祥金店八折优惠，我回家取钱想最后给你买个项链。不管咋说，咱俩过大半辈子了，临分手也得留个纪念不是？"他说着进到卧室关上门，弯腰一看，那双当作"小金库"的皮鞋被丢在床边，明显有动过的痕迹。他忙数钱，还真的少了。他心中十分懊恼。

"嘭！"卧室门开了，王蕙兰走进来："你……皮鞋里还藏着钱！今天我才算认识你，你说，你藏的钱是不是打算送给你相好的？"王蕙兰脸色苍白，嘴唇随着说话不住颤动。

张师傅自知理亏，坐床上点了根烟想平息一下情绪。据他了解，他认识的男人中，大多数都有"小金库"。他自嘲说："像我长这么困难的，谁稀罕跟我相好。"

"呸！"王蕙兰撕碎了他的烟，"我问你，昨天下午你跟周小妹坐万福公园的亭子里，那么黏糊干啥啦？"

张师傅怔住了，昨天下午练完球，他与周小妹的确约会去了。可他很纳闷，明明见王蕙兰去广场了，咋会见到这一幕？其实他们约会也没啥情况发生。年轻时他是车间主任，周小妹中学毕业做了他徒弟。那时候，周小妹曾多次向他示爱，张师傅碍于师生情面，怕别人说三道四，影响自己政治进步便没接受。他一直心存愧疚，感觉亏欠了周小妹。去年周小妹丈夫去世，今年她儿子考上了大学急需钱，自己能不帮帮吗？昨天，夕阳的余辉映着周小妹红红的面颊，他还像年轻时那样抚抚她的头，头发没那时滑顺了；摸摸她的脸，脸没那时细腻了；握握她的手，手没那时柔软了。但这种情况他是绝不能认账的。张师傅摆摆手："你认错人了，根本没影儿的事。"

"没影儿的事？我当时就给你发个空信息，就是白瞪你的意思。"王蕙兰冷笑一声，"实话说吧，从昨天到现在，我都强忍着，原想着过了今天再做个了断。你越来越出息了，偷钱，藏小金库，出轨……我一分钟都忍不了啦！"

"出轨？我卧轨还差不多。"张师傅自嘲一句，不再言语了。自从下了岗，远方的亲戚都认为他是这个家的头儿，实际上近邻都知道，他是头，可王蕙兰是脖子，脖子朝哪拧，他头就得向哪转。他在外边常说，"在俺家就原子弹的问题我说了算，其他的事儿都是她说了算"。二十多年了，他都忍气吞声，他给王蕙兰不止一次说过"你别认为我怕你，我是免生气。叫干啥我干啥中，让我怕你，门儿都没有！"他们夫妻之间早就暗流涌动，风波到来是迟早的事。他习惯性地又燃上一根烟，想稳下情绪。眼下他需先静观事态的发展，瞅准王蕙兰的破绽再出手。

"一天到晚就知道抽！"王蕙兰劈手又夺走了他的烟，掐断踏碎，"叫你抽，抽！你老实交代，你跟周小妹到底是咋回事儿？"

"没啥事儿呀。"张师傅说的是现在没事儿，不包括三十多年前那天晚上。

三

那是三十多年前一个清幽温馨的夜晚，周小妹让他帮着写入党申请书。夜很静谧，能听到远处的狗吠。写好入党申请书已到了夜深人静的时候，他催她回家，她要他送，本来屋外就是刮了一阵轻风，用不着大惊小怪，可周小妹"啊"了一声，就顺势扑到他怀里。他当时心慌意乱，二人回到屋里，竟然有了"深入发展"的关系。

那几天偏偏有人介绍了小护士王蕙兰，偏偏王蕙兰那时苗条俊秀，偏偏他害怕娶了徒弟周小妹会影响自己进步，就与王蕙兰结婚了。想不到无情的岁月竟流来了王蕙兰的肥胖与辣燥，漂走了她的苗条与温柔。正是这个由静女变成母老虎的王蕙兰，几十年来让他威风扫尽。不变的是周小妹，依然善良、热情、少言寡语。特别是那双忧郁的眼睛，让人怜悯，叫他回味。

"你这个白眼儿狼，那时刚一认识，你一天给我写一封情书，说见到我才突然发现原来美可以这样具体，还说爱我海枯石烂心不变。如今海没枯石没烂，自从一领退休金，你是有钱就变坏，家菜没有野菜香，我具体的美就无影无踪了，你看我时鼻子都扬到天上。"

"没人扬鼻子，别人都很忙。"张师傅看着王蕙兰发怒的脸心里发怵，他想说句俏皮话缓解一下紧张的气氛，"告诉你，我整天喝纯净水，纯洁得很。"

"呸！"王蕙兰并没有觉得可笑，声音反而越来越高，"嫁给你我算倒八辈子血霉了！自从你下了岗，跑业务亏钱，开饭店赔本。儿子上大学都是我供应的，你除了能说会道还会干啥？"

张师傅心里怯怯的，自然声调比王蕙兰低两度："你收入高对家庭贡献大……我承认，我下岗后开加工车间、外出打工，给建筑工地看大门，虽没出息，但我挣的钱不都……交给你了？"

"钱是小事儿，我最烦你吃着锅里的惦着别人碗里的。我问你，你和西邻居菊姐是咋回事？"

张师傅嘴唇抖了抖："王蕙兰，过分了哈！菊姐是我师姐，我当车间主任都是她推荐的。人不能忘本。菊姐男人死了，三憨子又缺心眼儿，我帮她点咋了？"

"你偷我钱，藏我私人信件……你还有理啦，咱俩离婚……"王蕙兰鼻涕拉得老长，越说越气……

四

"轰隆"一声炸雷，外面下起了瓢泼大雨。

"够了！"张师傅终于反击了。他知道媳妇是弹簧，你弱她就强。张师傅决定摊牌。他估计，摊牌的后果无非有三：一，王蕙兰认错，夫妻关系平等，这是上上策；二，与王蕙兰离婚，与周小妹结合，补偿当年的亏欠；三，实在不行，就跟菊姐结合，菊姐会一辈子拿他当弟弟看的。当然，事情的结果现在还扑朔迷离。他现在首要的是不能再窝窝囊囊地活了，他要挺起腰板做人："王蕙兰，告诉你，我从来没有拿过你的钱，也从来没有相好的，你别贼喊捉贼，我问你，你是不是拿我的钱给侯院长了？你别以为我不知道，在给我介绍之前，你甘心情愿给他当小三儿……"说完张师傅感觉肚子里有些饿，腰带好像松了。他斜眼看着王蕙兰，拽下腰带，加扣两个扣眼。

这句话戳到王蕙兰的痛处，她怔住了，很像一架射得正猛的机关枪突然卡了壳。多少年来，这件事都是被他常抓的小辫子，也是她一块揭不掉的疮疤。王蕙兰"哇"地哭了，哭声如同开闸的洪水喷泻而出，吓得西邻居家的猫线团似地逃到了客厅，跳上阳台。这哭声让张万福有点发毛，心里直后悔不该揭她的"疮疤"。他心一横，在心里默唱了两遍"我们工人有力量"。他认为这回决不能妥协，对王蕙兰要像秋风扫落叶一样残酷无情。

王蕙兰哭的调子拉得很长，由高到低，再由低到高，像要与外面的雨声比赛似的。

"别哭了！"张万福大吼一声，"王蕙兰你听着，我提三个条件，你答应咱就过，不答应咱就离婚。"王惠兰停住了哭，像在听他开的条件。

"第一，周小妹是我徒弟，如今她有了难处，儿子上大学需要钱，我帮她你不许再胡说八道！你能做到吗？"王蕙兰用卫生纸擦擦泪抽泣了一声，茫然地看着他没说话。

"第二，西邻居菊姐对我有恩，我只是帮帮她，不许你说三道四！还有最后一条，以后咱俩平等，我是爷们儿，你必须尊重我！不答应咱俩就各奔东西。"张师傅一边说着一边摆出个要走的架势，他感觉这架势像极了明星在舞台上的亮相，很酷。他心里唱着"我们工人有力量"，感觉从下岗以来，他是第一次做了回"爷们儿"。

王蕙兰沉默了一分钟，看来她得用另一种眼光重新来打量这位一起生活了三十五年的熟悉的陌生人了。她想，如果这次败下阵来，以后就休想降住他了。她必须强势下去，来不得半点软弱与谦让："正好，我早想离了，走。"

"走。"张师傅拉住王蕙兰到客厅，"谁不离谁是龟孙子。"

王蕙兰犹豫了，毕竟过了几十年，她万没想到油嘴滑舌的老张头儿今天竟然成了一头犟驴。到客厅她岔开话头，想用个缓兵之计："咦！桌子下边药老鼠的馍片让老鼠吃了，非死几个不可……"

五

"我吃老鼠药了！"从床底下猛地窜出一个人来，"我吃老鼠药了！"

"唉哟！我嘞个娘唉！"王蕙兰一下躲到张万福怀里。张师傅也吓一跳，咋想都不会想到，大白天屋里会藏个大活人。

"谁？谁？"当看清是三憨子时，张师傅夫妇忙跟着跑到门外的楼道。

恰巧三憨子妈买菜回来了："咋了？咋了？"

三憨子撕着嘴跳着脚喊："我吃老鼠药了！我吃老鼠药了！刚才我进王阿姨家顺钱，看饭桌下面有黄油馍片，就吃了。"

三憨子妈刚从外面回来，打着伞仍淋得浑身湿透。她听到三憨子吃老鼠药了，脸顿时吓得煞白，手提的西红柿滚了一地。

王蕙兰跑出来，却惊人的冷静："三憨子，你说实话，我救你。你咋进俺家门的？""你家门钥匙放在门口旁的纸箱里，我知道。""你是不是拿俺家钱了？""顺了，顺了。"三憨子把身上的钱全掏出来，扔了一地。"以前拿过吗？"

"顺过，顺过。"三憨子慌慌张张从他床底下抱出木箱子，"有我妈的，还有你们的，快，快救我！"

箱子里面有很多钱，还有张师傅两口子的私密信件。一切都明白了，一切都是误会。

三憨妈说："快救孩子吧，这钱都归你们了。"

王蕙兰说："菊姐，别担心了，那老鼠药没事的，是我从网上学的灭鼠新法，面包片里面放了些避孕药，外加蜂蜜小磨油，这是维护生态平衡的最好的灭鼠法，对人没有伤害。"

三憨子妈想问："对三憨子生育有妨碍吗？"转念想一想自己儿子虽然有可能成个好丈夫，可现在还没个好妻子，也就把话咽回去了。

王蕙兰捡起地上的信件说："菊姐，箱子里的钱都归你了，再熬点绿豆汤，没事的。"

三憨妈把地上的钱拾到箱子里送到王蕙兰家，拉三憨子进了西屋。

张师傅张张嘴想说话，被王蕙兰拉进了屋。他怎么也不会想到三憨子某一天会成个"人物"，并且是问题症结所在的人物。就像《人有亡铁者》里找到了偷斧子的人一样，咋看王蕙兰咋不像个坏人。同时张师傅心中释然了，他冷笑一声说："王蕙兰，我没拿你钱吧？"

"没拿，没拿。"王蕙兰善意地看着张师傅，"我也没拿你钱呀。"

"我没藏你信件吧？"

"我也……"

这时，恰巧王蕙兰的电话响了："喂！阳阳啊，啥事呀？哦，咋没空呀，我跟你爸天天闲得发慌呢，好！好！"她挂了电话，"咱阳阳过两天要把孙子送回来，让咱俩带着，你说咋办吧？"

张师傅心里还有一根筋没有拧过来，他决心坚决摘掉"怕老婆"的帽子，仍嗔着脸："那都是小事，你就回答我，那三个条件答不答应？不答应就离婚！"

王蕙兰说："我也给你提三个条件，你不答应咱就离！"

"说。"

"第一，你帮周小妹时带上我，不许偷偷摸摸的；第二，菊姐有活让我干，我干不动时你才干，第三，以后咱俩平等了，你不许欺负我！"

"我同意！"张师傅忙举起右手。

"你同意我就同意。"

"这不结了,你还是原先懂事的媳妇儿。"。

"可你却不是原来知冷知热的丈夫了。"王蕙兰把两人原来的私密信件全烧了。

张师傅笑了,感觉自己终于摘掉了怕媳妇的帽子。

王蕙兰拉开窗帘,外面风停雨住,艳阳从云缝里露出来。

客厅很干净也很亮堂,丰盛的菜肴摆上了饭桌。

阳台大玻璃窗,映出一帧天然风景画:南环岛生机勃勃,绿树丛里"东方大酒楼"拔地而起,小河对岸的"商都登览台"古老而别致。这一切都让人联想到"晴日"的诗句与远方的尽头……

敲石头效应

新城广幅大街路北的"青春花店"里摆满各样花卉盆景，给人高雅、美丽、赏心悦目的审美享受。李强正与对象徐晓红侍弄花卉，接到同在林业局上班的小路一条微信：李强——强强强！今天有事要发生……

李强笑笑，对于小路不着边际的玩笑他还是很受用的。两年前，正当他为屡屡退婚而烦恼时，林局长说他有当领导的潜质，劝他在业余时间养花陶冶情操。他听了林局长的建议，还真的"强"了——心理情绪趋于稳定，暴脾气逐渐变得沉静。林局长当面夸他好几次：可造之才啊！

"咳咳……"进来个身着灰色休闲装，鼓着五印锅大肚皮，露着挺腹潜水腕表的老头。李强感觉他以前来过花店，便微笑着问好。老头东看看，西瞅瞅，盯着李强说，店里花好，可花店所处的环境不好，属于死地，最后肯定要关门大吉的……

李强心里很不是滋味儿，看样子，你不就是个老板吗？一大早尽说丧气话，还让人做买卖不！花店临着大街，人流量大；附近有学校，几个小区里年轻人多，生意好得很。他想起林局长嘱咐的话，深呼吸好几次，伸伸脖子把气咽了下去。他努力笑笑，说："谢谢您老的关心，我们会努力的。"

李强想起往事。两年前，自己脾气暴躁，不断与人"干仗"，谈崩了好几个对象。在他情绪低落时，林局长叫他到办公室，给他讲了"敲石头效应"：一块再硬的石头，只要反复被敲打，最终也会碎裂。人也是这样，反复被人说不行，最后或者一蹶不振，或者暴跳如雷。正确的态度应该是锻炼坚强的心理素质，走好自己的路。林局长说李强的短板就是经不住敲打，脾气暴……

还真让林局敲到"麻骨"上了。李强爸爸是军人出身的"雷神爷"，从小到大无论他怎么做，在爸爸眼里从来都是"糟糕透了"，因此，早早被敲打成了"小雷神爷"。

老头看看他，笑笑走了。

李强回头看看，徐晓红正给花草洒水，好像对老者的丧气话一点也不生气。她额头微微鼓起，再配上眯起的眼睛、挺直的鼻梁，给人一种刚毅沉静的印象。她才是花店店主，李强每天下班后或者周末，常隔三岔五地帮她种花卖花，纯粹是为修身养性的。但话说回来，他俩结了婚，这花店"嫁"给他也是早晚的事儿。

徐晓红看看手机说，我爸让你明天去俺家。李强心里高兴得一阵狂跳，谈恋爱一年多了，他几次提出去看望她家人，她总是推三阻四的。这信息明确告诉他，只要过了她家人的"关"，他这个准女婿就"转正"了。

"哇！看这花，看这草，真是美美的哟！"随着赞叹声，进来个身着黑西服内套白条衬衫的高挑女人。她在花店转悠了一圈，好像突然发现了李强似的，眯着眼说："弟弟，你站在这里很另类呀！"李强感觉她是来花店只转悠不买花的主，笑笑说："让领导视觉受委屈了。"那女人翘翘鼻子说："你的相貌，你的身材，你这个人，在花店里，既对不起花草，也对不起顾客，劝弟弟早早离开吧！"李强心里说，看样子你不就是个上班族吗，随便埋汰人，也不瞅瞅自己那豆芽样！他觉着心中燃起熊熊烈火……想起林局长的"敲打石头理论"，他赶忙向内心的烈火浇几桶冷水，说："只要花草美，你放心购买，我回避。"那女人说："你把空气污染了，买花就免了……"说完又看他一会儿，然后踩着高跟鞋，"嗒嗒"迈着猫步走了。

李强有种活鱼被油炸的感觉。看看徐晓红，她像没发生任何事情一样，似乎还溢出得意的微笑。李强抱怨说："今天难道摸住倒霉姑姑的屁股了，咋喝口凉水也塞牙！"晓红没接话荐，与他商量明天带礼物的事情。李强提出原则性意见："我不知道你家情况，有几口人，给每人都买份他们喜爱的礼物，大方些，我报销……"

"有好花吗？"一个衣着时髦戴着眼镜的小伙子进到店里。李强想让晓红接待，一看，她去花店里面了，赶忙迎上去，笑着说："欢迎光临！"小伙子转一圈，说："你们店卖的啥破玩意儿，要品位没品位，要色泽没色泽……"李强把他领到几盆君子兰跟前。这几盆君子兰是他与徐晓红在店院内"试验田"苦心培养的。每盆花都是二十多片宽阔厚实的扁带子样的墨绿色叶片，叶片排列整齐，脉纹闪耀着光泽。橙红的花朵好似火炬那样热烈，格外端庄、高雅、深沉……这几盆花可以说是"镇店之宝"，更是他与晓红爱情的象征。

那小伙瞅瞅，不屑一顾，说："啥东西，劣质品！"李强本来就对他不感冒，曾见过这家伙与徐晓红嘀嘀咕咕的，很怀疑他是他爱情方面的"竞争对手"，这时更是气得浑身发抖。于是大声怒怼道："你可以对花店说三道四，可以对我冷嘲热讽，但是，你绝不能侮辱我们的劳动成果，更不能侮辱俺俩的爱情……"小伙子昂起头说："根本不存在侮辱一说，懂行人一看便知，假冒伪劣！"李强握起了拳头，另一只手伸出两个指头，坚强地指着小伙子鼻子，厉声呵斥道："我最鄙视你这种不学无术的家伙！请马上离开本店，别弄脏了店面！"

徐晓红走过来，生气地说："你怎么这样跟顾客说话？请你马上给他道歉！"李强瞪着眼说："除非他先给我说声对不起！"小伙子冷笑一声说："哥，你厉害……"扭头走了。

李强气得好大会才消了怒火。徐晓红冷冷地说："你走吧，从今以后不要再来花店了！你这人涵养太差，根本成不了大器！"

李强一脸蒙圈，他悻悻地回到局里。小路神秘地告诉他："晓红是林局长的外甥女，今天到花店的有晓红的爸爸、姐姐、弟弟，是对你'审核'的。我不得不沉痛地告诉你，你没通过审核，提副科级八成也泡汤了……"

　　李强忙去找林局长，希望他能从中周旋，回天有术。林局长说："我让你修炼了一年多，你到底没养成当领导'山崩于前面不改色，海啸于后心思坦然'的品质，让我好失望啊！说到底你还是败给了'敲石头效应'……"

生死兄弟

探 秘

董经行是丹阳市知名企业"昆仑无线电器有限公司"的董事长，今天要去看望发小——丹阳市勇博房地产有限公司总经理马强，他俩是一对生死兄弟。他的发小昏死七天七夜，又奇迹般地还了"阳"，就像本该落地的黄叶又返绿还生了，不能不说是个奇迹。董经行隐约觉得，这里面似乎隐藏着一个商业契机。

显然，董经行去看望马强，实际上是一次探秘行动，这次行动出于他的猎奇与经商理念，关系到人的生老病死，当然也有对发小的一份情谊。

董经行有极强的商业头脑。商界人士都叫他"鬼见愁"，这个称谓连用脚指头想都明白，他是个精明得让人与他共事都担心会被他算计的主儿。在他的朋友马强总经理昏死的七天七夜里，董经行守护他，看望他。别看他是董事长，马强是总经理。论起效益来，他的公司根本没法与勇博房地产有限公司相提并论。

董经行来到了北城水岸小区，把路虎车泊在停车位，走进了马强花树盆景高雅美丽的小院里。东墙根铁笼里的狼犬狂吠两声，辨认出是董经行，连连摇起了尾巴。狼犬的存在，让人觉得院中的秋桂、秋菊、紫叶李，全笼罩在阴森的恐怖中。

马强正坐在宽敞明亮的健身房里的功能椅上做电动按摩。他面色苍白，浓眉下的怒目朝门口间或一轮，像能照彻黑夜的探照灯似的，显示着高管领导固有的威严。

寒暄，问候，叹惜，品茶。

九月，秋风的余烈使草木凋零，天地运行的规律让黄叶飘落。

马强望着窗外飘然落地的黄叶，长长叹了一口气说："有时候我想，活着的生命就像院中的冬青植物，生机勃勃。垂死的生命就成了窗外奄奄一息的落叶，老气横秋的。人一生都必将遭受灾难与顽疾的折磨，就像随时会遭到从笼中跑出来的恶犬攻击一样。我从死亡线上回来，非常关注黄叶由枝头脱落，飘摇到地面的那段时刻。"

董经行打开了他随身携带的记事本（这是他长期经商的习惯——善记、多察、勤思）："老同学不愧是坐着飞机摘星辰——不凡的高手，对人生概括得如此精辟。现在你的身体基本康复了，我很想听听你昏迷时的情形与感受，轮到我时也好有个照护啊。"

马强吁口气："不堪回首啊！"

闻　密

"那晚十一点五十分，我从'金梦垂钓园'回到家，本想喝杯茶、冲个澡去睡觉。突然，胸部剧烈疼痛，像飓风一样袭来。刚开始喊人怕失态，强忍一分钟后再想叫人竟然发不出声来了。我意识到了事态的严重性，估计自己可能患了心脑血管之类的病，迫切需要有人帮帮我。

"其间，小保姆给我冲过茶。她知道我的习惯，当我静坐思考问题时，旁人是不能打扰的。她一点也没有发现我脸色的异常，小心翼翼地退去了。"

董经行倒吸口凉气，心想："看来防病如防恶犬一样啊，它随时都会毫无征兆地从笼中出来把人咬得遍体鳞伤。平时要是感觉身体一有异常就得马上对身边的人说。"他这时才理解了有些老年人脖子上戴个药袋，药袋里面写着亲人电话的做法并非荒诞不经。

"妻子也来过客厅，给我盖了件衣服也轻轻地走了。她俩都很粗心，当时我的脸一定是蜡黄或者是青紫色，如果她们稍一留神便能发觉，可惜没有……当时，我盼望你会大驾光临，甚至盼望任何一个来访者……"

董经行暗自思忖："平时就得有个人互相关照着，特别是对老年人更有必要。"他体会到了古人一日三餐向老人问安，并非行孝的"面子工程"。

马强喝口茶："改改话题吧，挺伤感的。"

董经行起身给他倒茶:"就咱俩,没外人,说呗,我想听,对我以后自我防护有一定借鉴意义。"

"儿子寄宿在校读高三,深夜外人来救的概率几乎为零。我模模糊糊地想,如果不被人发现并及时施救,自己极有可能会像飘落在水流中的黄叶一样,无声无息地去了。于是我拼尽全力想喊、想骂、想起身,可都无济于事。我深刻地理解了健康是'一',金钱是'零'的道理。生命没有了,钱就真真变成'零'了。我当时想着努力保住'一',奋力一侧身,'扑腾'一声摔到了地毯上。

"这'招儿'挺灵,妻子与保姆跑出来,惊叫、捶背、拍胸,剧烈的疼痛让我有'苦'难言。"

马强喝口茶水说:"今天天气挺好的,不是吗?"

董经行好奇心越来越强:"说说你的病吧,我会保密的。这是一个高管对生命的思考。"

马强接着说:"当时迷迷糊糊听到了救护车鸣笛声,瞥见一群白大褂进来,像抬'死猪'一样把我抬上了车。在车上,我极不雅观地把裤裆弄黏糊了。打上点滴,白大褂像与我赌气似地都背过脸朝着窗外。我很尴尬,一个上市公司的总经理,若不是因为病我咋会如此不文明呢?

"我被抬到洁白炫目的病房里,衣服被脱光,几个人用纸擦。在众目睽睽之下,我暴露无遗,一个大公司总经理的尊严荡然无存。无人弯腰叫我马总,没谁毕恭毕敬地敬烟上茶。我习惯性地假装接听电话掩饰窘态,可手机没有,手臂难抬。一会儿我觉着穿上了衣服,一会觉着像条鱼,钻进了深水里。"

董经行在笔记本上写上：对垂死病人应维护他们的尊严。

"迷迷糊糊能感觉自己被推出，被抬起来。像死狗一样被随意摆弄。仪器堆满房间，床边站满白大褂。

"疼痛与胸闷像一对孪生兄弟，并伴有火烧般的灼热。我恨不得想大发雷霆，什么狗屁医生，他们竟然不懂得对垂死病人不能盖被子。我身子像燃烧的火球，感觉需要泼冷水，降室温，吹风扇。需要光着，如今面子已经不再是不可或缺的玩意儿了。还需要打开窗户，不是为了说'亮话'，只是想透透气，话是不能说'亮'了。老董你想啊，连医生都不知道垂死病人需要什么，这不是将逝者的最大悲哀吗？"

董经行缩个手指头，若有所思地点点头，飞快地写了几笔。

话头一扯开，马强像打开了话匣子，再也关不住了："我最不能忍受的是无枕可枕，痰堵住了喉咙，像拉一个被堵住风道的风箱一样。这群庸医，都是瞎忙活。竟然有人给戴眼镜的白大褂擦拭额汗。我当时昏昏沉沉地想，这绝对不合人道主义要求，难道他的汗比我的堵痰还重要？处理积痰是治疗垂死病人的刚需，憋闷距死亡仅隔半步之遥，比疼痛更难忍受。"

董经行又缩个手指头，记录几句。

"更可气的是耳边有个女护士像中伏天的知了，吵个不停，'你感觉怎么样……'怎么样，问的什么狗屁话？能怎么样，糟糕透顶！我要严正申明：对于这种讽刺性态度，我病好后只能用另一种立场来解释。要是我的员工，我此话一出口，一定会惶惶不可终日。可当时，我是凤凰落地，虎落平阳了。

"谢天谢地，眼镜忙完了，给我掩个枕头，又将我的头抹向一侧。总算能透点儿气了。当时我想，如能康复，日后定要查明，对此人一定重重感谢。至于枕边'知了'，康复后，我会考虑向院长反映她的问题。"马强看看窗外："老董，你的车子该换了。"

董经行又缩个指头：垫枕、侧头、吸痰……"我不想谈换车子的事情，只想听你拉病情。"他说道。

"老董，你没尝过死的滋味，我讲这些绝非开痛苦的玩笑，实际上与死亡相关的黑色幽默并不怎么轻松。活过来后，我有了一种大彻大悟的感觉，感觉自己的思想上升到了一个很高的境界。

"那时候，时而知道疼痛，时而失去知觉。断断续续的，我想到了儿子。在他面前，我敢拍着胸脯说，'我是农民的儿子。'在我面前，他只能说他是'富二代'。我'驾鹤仙游'后，对他的生活自然不用挂心，家中钱物由妻子掌管，她会悉心照管儿子的。让我担心的是长路漫漫，我稚嫩的儿子需要上下求索，因此我迫切想给他写份遗嘱，根据他的特点多写些警示的话：'努力学习是青年人立足之本，网络游戏会毁掉你的青春……'"

马强看着他的同学又写又画、神经兮兮的，他知道他就是这个样子。不过他有想表述的愿望，而且想一吐为快："我想到了妻子。她少我十岁，年轻漂亮。我死后，我的几套房子、几辆车子、妻子、票子，极有可能都归了别人，连儿子姓不姓马也只有天知道了，实在心有不甘！

"我想到老父亲，在这个世界上最让我牵挂的就是他了。老人家教学一生，辛苦一生。我妈下世早，他又当爹又当娘把我养大成人，我死后白发人送黑发人，他能不能抗住悲哀，坚强地活下去就很难说了。垂暮老人离不了儿女照顾呀！"

马强是久在商场打拼的人，平时极有城府，对人只讲三分话，给人一种高深莫测的印象。死而复生后，面对发小他不再遮遮掩掩："那时我听我们房地产董事长的，对同行公司拼命打压，千方百计提高自己公司的利润。我死后，商界朋友一定前来吊唁，吊唁时他们一定会想'谢天谢地，马强终于死了，我们少了一个强大的竞争对手……'我感觉那时对他们下手有点儿太狠了。

"对我们董事长如果写上'建言'什么的，容易落下'自命清高''自不量力'的嫌疑，因此，以'空白'为妙。

"那时我盛气凌人，对下属训骂有加，致使他们唯唯诺诺。到这时候我感觉有些愧疚了，在遗言上应写点儿道歉的话。这就是人之将死，其言也善吧。至于死后他们的'纳礼'，一定比我活着时要轻许多，轻就轻吧，权当'礼轻情义重'了。"

马强对老同学倾诉的欲望极强，像百米冲刺的脚步一点也停不下来了："我想到了政敌。下面的精英如同晴天夜空的星星，数不胜数。正应了我的口头禅'你牛什么牛？牛都让老虎吃了'。自从进了这个公司，每逢升迁，总有小人心怀叵测，频出阴招。竞争总经理职务时，一次，我喝高了在酒场上吹牛：什么招数都不能把我整垮，除非用'美人计'。当晚就有个美女袅袅送怀，我的'雅照'很快传到公司的网上，一时间公司内部，甚至在商界都闹得沸沸扬扬。我如梦初醒，沉着应对，立即把偷拍到的某君与'小三'热身照发到网上，以其人之道，还治其人之身。并及时写了他用'美人计'整我的检举信，附上人证材料，一并呈报董事会。很快形势逆转：我荣升为总经理，他名落千丈，降级为部门经理。可惜福无双至，我升了，他降了；我病了，他健康。老天实在不公，让我先死，我死不瞑目。在遗言中我一定写上：笑到最后的人，不一定都是好人家，例如某君。"

董经行对这些事情都了如指掌，他的兴趣点在于有所发现，利用人垂死这件事挣大钱，以至于财源滚滚。

"最后我想到了自己，是到盖棺论定的时候了。我认为自己绝不是吃粮食两千担，造粪一大车的人。不是见别人吃肉就吧唧嘴、对谁不满就半夜对谁家窗户吹喇叭的人。客观地说我也不能算是个合格的总经理，年年为公司创造利润。公正地评价，我是个有理想、有能力、听指挥、努力创造业绩积极进取的强者。老董，这评价没言过其实吧？在年富力强的时候，我过早成为'地下工作者'，心有不甘。当时只是心里想，可无法说出来……"

董经行这时记起来，他爸临去世时张着嘴巴说话，他把耳朵贴到父亲唇边，也没听清内容，直到现在还深感遗憾呢。

识 密

马强讲了他临死时的真切感受："黑夜像扇动的乌鸦翅膀，忽明忽暗。

"我现在回忆一下，死过去的情形大概是这样的。我感觉有很多人在我后面挤，人越挤越多，越压越重，突然桥面轰然崩塌。我觉着自己像一片黄叶飘飘下落，又飘然升起，飞到屋外，我看见了老父亲、妻子、儿子，还有我家的亲戚们。他们坐在抢救室门外，眼睛红肿。我同他们打招呼'大家好！辛苦了，我没事，放心'，没人理我。门外的两个公司领导，坐在廊道椅子上，窃窃私语，得意扬扬，好像我得病住院是一件天大的喜事。我像是一缕轻烟从两人身边经过，他们像压根儿不认识我一样。

"我犹如一片黄叶，翩翩地飞过城市，飞向田野。面对无限秀丽的山河，我深深感叹：美丽的生活太让人留恋了。如果职位、金钱、美人与健康活着之间可以选择的话，我宁愿抛弃前三样的全部，只换取世间生存的三分之一的零头。'咚'的一声，我被一个巨大的东西重重撞了一下，惨落地上……

"当我再次醒来，身边仍有一群白大褂。枕旁有人惊喜地说，醒了，七天七夜，真是奇迹。

"妻子、儿子、父亲，都穿着白大褂进来了，他们说七天下了七次'病危通知书'，我看看医生，心里泛起一股暖流……后来我给医生讲了我昏死后变成黄叶飞的事情，医生说，那是我昏迷后的臆想。

马强说了这么长时间的话，苍白的脸上泛起红晕，豆大的汗珠挂满额头。董经行递去茶杯，他端杯的手微微颤抖"我提的计划他们大概要实施了。""什么计划？""好，喝茶。"

董经行由衷地感叹："你大难不死，必有后福。"

马强笑笑："什么是福？现在我明白了，人最大的幸福不是金钱、地位、名誉……"

董经行用奇怪的眼光看着这位发小，昏死前，整天一副心事重重的模样，生死劫真让他成了世外高人。董经行说："你康复后一定会大有作为。"

"谈不上作为，以后做事只求脚踏实地无愧于心吧。"马强擦擦额上汗，"我想给中科院写封信，建议研制'心理测试仪'，用来测试临终病人的心理需求，最大限度地减轻将逝者的痛苦，再及时记下他们的遗嘱。另外……我还想给董事会打报告，建一座'黄叶关怀医院'我们公司的计划，千万别泄露！"

董经行有些疑惑："何为黄叶关怀医院？"

马强解释说："人一生最重要的无非生死，现在社会对'生'重视有余，可对'死'关心不够。"

董经行说："发展卫生医疗事业不是关心人'死'的问题吗？"

马强说："我的意思是说，对人的终极关怀不够。你想，人只要一出生，就必然要经历无法救治而走上死亡的痛苦时刻，让人在最后的日子里能够有尊严地活，或者让他们毫无痛苦地死，这是我复生后的最大心愿。"

董经行心头一颤，感觉这一条是他今天最大的收获。

成 密

董经行从马强那儿离开后，驱车行驶在宽阔的街道上。发小的话让他产生了一个"兴奋点"，他惊喜地发现了一个商机。作为丹阳市最大的无线电器有限公司的董事长，自然懂得鸡叫大天明的道理。

到公司后，他马上安排人员着手调查从死亡线上救回来的病人，了解他们病危时的感受、需求。根据调查结果，董经行及时召集组织医疗专家讨论对终极医院医疗方面的建房需求，迅速指派建筑专家设计了医院的建造图纸，并极快投入了施工。

同时，董经行还组织医疗专家与无线电器科技人员，研究制造"心理测试仪"。当三年后马强病愈上班，向丹阳市递上建造"黄叶关怀医院"报告时，董经行在丹阳市建造的"黄叶关怀医院"已经投入了使用。

黄叶关怀医院环境幽雅，设施齐全。医院的医务工作人员经过专业培训，都掌握一套独特适用的照顾临终病人的技能。

很多被判"死期"的危重病人，来到这所医院，都得到了暖心的关怀。有的延长了寿命，有的痊愈出院。就是那些死亡的病人，死前也全记下了遗言。急救时，医护人员都能根据仪器测出的病人的生理需求进行救治，使临终病人所受的痛苦十分轻微。病人死时的表情，全是幸福而安详的微笑。

好的疗效、周到的服务的消息不胫而走，很快形成了丹阳市黄叶关怀医院一床难求的局面。很多人家想安排重病病人入院，拉关系，走后门，就是想为自己的亲人谋到一个临终救治的机会。人们都夸奖董经行董事长不仅有超前的眼光，更有日进斗金的才略。董经行取得了巨大的成功，他看着账户金额一路飙升，欣喜之余内心感觉好像还缺了点儿什么。

他听说马强上班啦，还向丹阳市勇博房地产有限公司打了建造黄叶关怀医院的报告……可董经行想想"商人在商言商"的话，心里马上坦然了。过几天，马强给他来电话，说要为他朋友的父亲订张床位。董经行猜测，发小是因为恨他故意让他难堪呢，还是真的有求于他呢？但最起码遭到发小的打击是一定的。发小可是个狠角色，因而惴惴不安。

晚上，他带了重礼来看望发小，内心含有负荆请罪的意思。哪知马强还像平时一样热情地接待他。

马强给他倒上茶说："我想告诉你，一天早饭后，我打开健身房门去锻炼，听到'扑扑拉拉'一阵响动。一看，不知何时飞进房内一只白色的鸽子。那鸽子见我开门，拼命地拍打着门头上面明亮的窗玻璃向外飞。它向着光明飞行的动机是正确的，可它朝着玻璃外光明展翅的行动是徒劳的。我静眼看一会想，鸽子应该降低身子从开着的门口飞向广袤的蓝天啊！我拿起长把扫帚帮鸽子从高处降下来，那鸽子从门口飞走了。我从这一现象得到了人生启示，人应该放低身段。要不，我非骂你不可！"

马强喝口茶笑笑说："在外市工作的老同学给我来电话，想托我在黄叶关怀医院为他重病的父亲谋个床位，我才知道了你小子建造的黄叶关怀医院已经开始收益了。当时我有点生气，转念又想，老朋友建好了医院，也是了却了我的一个心愿，便转怒为喜了。"

董经行很激动，他真的感觉发小变了。他想到二犬为争一块骨头掐得死去活来的情形，他是其中的一只，马强是另一只，可马强竟然放弃了骨头。

马强又说："我病好上班，我们董事长考虑我身体情况，让我担任顾问会主任，让与我争总经理的某君顶替我的职务。要在以前，对于这样的安排，我一定会全力反击的。可我接到通知后内心平静得就像波澜不惊的湖面。我想：虽然笑到最后也不是好笑家，也让他笑去吧。担子轻了，我想利用富足的业余时间深入你的黄叶关怀医院调查研究。"

"好，好，热烈欢迎！"董经行认为，在对临终病人的关怀方面他俩的心情是一致的。并且这种关怀也同时受益于他们自己。

马强结合自己的生死体验，用一年时间编写了《临终病人的关怀》一书，书很畅销，一时间洛阳纸贵。

又过几年后的一个秋天，董经行不幸患了绝症，最后住在了自己建造的黄叶关怀医院里。

马强接到发小病危通知后，用最快的速度赶到了黄叶关怀医院。

病房里很静，门窗敞开着，室内空调吹着冷风。董经行光着身子侧头躺在病床枕上，两个风扇开着高档对着他的光身子吹。自动祛痰机、自动送氧机、自动翻身按摩机，全都按照电脑设计的程序正常工作着。心理测试仪有效、及时地反映出病人的内心需求，例如，左胳膊有点麻需活动一下了，或右腿内侧有点痒痒需要挠挠……护士都能根据文字显示的内容及时处理。最后又记录了他的全部遗言。最主要的，一是把黄叶关怀医院转交给发小马强；二是一句很伤感的话，"伙计，你先品尝了死亡的滋味，这回该轮到我了……"

当这片黄叶飘然落地时，董经行的妻子儿女哭得惊天动地，董经行的表情却幸福而安详……

马强双手托着发小的遗书与黄叶关怀医院托管书，心情十分沉重，该属于自己的会不抢自来的。此时，一片黄叶飘飘摇摇恰好落到了托管书上，马强感觉自己托着的不是普通的一片黄叶，而是发小董经行托付给自己的对即将遗世病人的最后一点关怀。

如山与晓岭

一

李晓岭十六岁就学会了开"四不像"运土车，感觉倍儿爽，终于可以在爸爸面前骄傲一把了。再说，开车挣的钱就像人们传说的"金元宝变成青蛙不停地往家跳"，哪有不爽快的道理？

他驾驶着又宽又大的"四不像"运土车，拉着满满一车土，顺着一段陡坡路，"轰隆轰隆"的冒着青烟，轻轻松松地上到了土台上。这"大块头"一般人不会开，也不敢开，但李晓岭会，还敢。可他在工地运土，常会发生些不顺心的事。例如，他正畅快地开着车，可只要一开快，爸爸立马就过来截住车，趁递矿泉水的工夫，铁青着脸吼他："慢一点儿，跑恁快抢元宝啊！"

"可不就是抢元宝吗！"有好几次了，李晓岭虽然强忍着没吱声，但感觉已经到了深恶痛绝的地步了。晓岭决定看在他是自己爸爸的份上，给他留次面子。以后面子留不留就看自己心情啦。

晓岭是从十五岁开始想跟爸爸干架的。小时候对爸爸是爱，十岁开始怕他，十三四岁怨他，再后来就恨了，恨到后来就想干架啦。

晓岭十分怀念小时候的日子。那时爸爸傍晚收工回来，见他下了学就抱他坐腿上，看着西半天的晚霞，悠悠地品着小酒，问他在学校学习的事情，给他讲大灰狼的故事。爸爸说自己上学时门门优秀，晓岭觉着爸爸就是电视中喷口雾气就能腾云驾雾的神人，尊重他，喜爱他，常想照着他以前的样子门门优秀。上小学时晓岭的奖状贴满屋墙。他常向同学炫耀：俺爸叫如山，学习像我一样优秀，本事大着呢！

十岁以后，他开始怕爸爸啦。受同学影响，他喜欢上了打游戏。调皮的他，哭着让妈妈给买副墨镜戴，天天想着当"老大"，谁不服从命令就给他来顿"现成的"。一次，他打了文岭的弟弟，文岭妈来他家"告状"，爸爸十分"友好"地给他上了堂"政治课"。一天，老师家访，说他在学校不好好学习，还骂人。老师走后，就倒了霉，挨了暴风雨般的"家训"。爸爸铁青着脸说，把"规矩"（木板子）拿来！接着自己屁股便与木板子来了一番亲密的"亲吻"。那天，他突然发现田麦婶子女儿的屁股很好玩儿，就亲昵地摸摸揉揉。前年冬天，田麦叔烧成灰"看麦田"了，田麦婶处处护着女儿，见女儿回家一哭，便来他家"说道说道"。爸爸吵他的声音像打雷，打他的力大得像轧钉。出手快，爆发力强，鞋底砸在身上，生疼生疼的。幸好患有高血压的妈妈伏他身上，像一把伞一样护着他，才结束了皮鞋底对他的热情的"接见"。过后，李晓岭十分生气，咋啦，田麦婶闺女的腚是老虎屁股呀——咋就摸不得了？

爸爸鞋底的亲密接触对晓岭的行为起到了一定的作用，他的学习成绩像雨后沾在泥地上的杆状植物，慢慢抬起头，渐渐往上长。初一第二学期期末考试，李晓岭考了个好成绩，还领了奖状。

那天，太阳从云翳中现出了头角。爸爸露出了微笑，十分难得地给了他好脸色。妈妈也喜笑颜开，给他做了许多好吃的——糖角、油条、鸡腿、鸡蛋、方块肉……爸爸咂着嘴品酒，脸色很温和，像弥勒佛。爸爸还让他喝了一小口酒，辣得他流眼泪。一家人吃了个快乐的晚餐。他高兴地唱了几句才学的校园歌曲《我心飞翔》："……欧雷我心飞翔……"妈妈笑出了眼泪，笑晕了腿脚，走路都走不稳了。爸爸笑着斥责他不像个"人形"。

晚上，妈妈给他洗了衣服，临睡时还轻轻抚摸了他的脸颊。可第二天早晨妈妈再也没能醒过来，患脑溢血走了。出殡时，大雨下得像天河水倒下来一样，晓岭哭得死去活来，感觉天塌了，头上的保护伞被大风刮跑了。在办丧事的三天里，李如山像个呆愣愣的木头人。下葬的晚上夜深人静时，他来到坟地里，趴在妻子坟前大放悲声：孩儿他妈，你走了……我咋过呀……晓岭又调皮……千斤重担都落我一人身上了……

二

晓岭握着方向盘嘴角蓄满得意的笑，车冒着青烟"嗡嗡"

叫着爬坡。他感觉，开车威武，开车爽心，开车比在工地上
干杂活凉快，轻松，挣钱多，他乐意开。可就在运第三趟土时，
运土车爬坡刚几步远，突然熄火趴窝了。晓岭忙拉上手刹，
接连打火，车像昏死过去了一样连气儿都不喘了。他扭头看看，
坡路后面一会就"卡"了几辆运土车 。

　　爸爸李如山铁青着脸走过来，递上一瓶矿泉水，接着便训
斥他："咋搞的？你干啥都毛手毛脚的！"李晓岭仰脖"咕
嘟嘟"灌几口水，拧拧头没理他。他想，你那张脸天天铁青
着，是专门给我看的呀？对麦田婶咋笑眯眯的！他决定看在
他是爸爸的份儿上，最后再忍一次。如若你再无端发火，别说
你是我爸爸，老天爷也不行！我就把憋在肚子里的话一股脑
儿全倒出来。他认为，爸爸已经多次踏破了自己的"红线"，
晓岭感觉跟他干架实在是在所难免了。他估计，田麦婶早就
盼着看他家的"好戏"了。

　　妈妈死后，晓岭最大的心愿就是盼望能见到爸的笑容。
过星期回到家，他给爸爸端碗，给他洗衣服。在学校他努力
学习，盼望考取好成绩博得爸爸一笑。也就是从妈妈死后，
爸爸更是没了好脸色，又多长个"乌鸦嘴"，整天吵得他心
烦。晓岭那时候怕他，不敢跟他对视，不敢跟他说话。好在
初二初三他考试成绩都是"人家骑马他骑驴，后面还有步行
哩"。爸爸对他的成绩虽然不太满意，但毕竟没发雷霆之怒。
晓岭仍然盼望他能笑一个，中等偏上的成绩在同年级中，往
后看还有一大片学生呐。可爸爸仍然没有笑的意思，他猜，
那笑一定是专门留给田麦婶的。他见过，有好几次爸爸看着

她甜蜜蜜地笑。

一次过周末，他从学校回到家，见爸爸还没下工，就在自己房间睡着了。夜里醒来听到爸爸与田麦婶说话，他趴门缝边偷看。电灯光下，瀑布样的长发铺在她的背后，她坐在桌子那边的沙发上说，我一人带个孩子挺难的，咱走一块儿吧。爸坐桌子这边的沙发上说："我身体……不能害你，等晓岭……考上大学了……看看日后的情况再说吧……"爸爸说话时带着明显的笑。晓岭心里泛起一股悲苦滋味：啥意思？你也会笑啊？盼我走，我碍你们事了？妈妈不在了，因为妮子屁股的事情，他一直对田麦婶怀恨在心，现在爸爸又被田麦婶缠上，他感觉自己是世界上最孤独最可怜的人……

晓岭对爸爸的惧怕中就增加了几分怨气，怨气味慢慢变浓。不光是不像小时候敬英雄那样敬他了，隐隐中还燃起了火焰。一次在语文课上听老师讲父爱如山的成语，他想，爸爸虽然叫如山，可他感觉，就是用生物课上的显微镜仔细寻找，也难寻见他的父爱。他看到的都是那张铁青的脸。

上完初中，晓岭考上了一所重点高中。邻居都夸奖如山儿子有出息，晓岭想，这回该看到爸爸笑了吧？可他又失望了，爸脸上的铁青只是减了些颜色，很难将那表情与满意建立起某种联系。他委屈，他抱怨，渐渐地这种怨气在心里扎下了根。

晓岭万万没有想到，进入重点高中却成了他人生的灾难。高一期中考试，他考了个班级中等偏下的成绩。阴历十月，本来才刚刚下场冷雨，爸爸的脸却早早地凝成了冰雪："再

给我考个倒数的成绩试试！"面对爸爸泼来的凉水，晓岭心
里不住抱怨：你以为在重点高中考个好名次像你喝杯小酒那
样容易啊！爸爸的叨唠反而让他锐减了学习劲头，到期末考
试，还真应了爸爸句话，他真考个倒数第十名。参加了家长
会，爸爸狠狠训斥了他：看看你考的，往前看站人一大片，
往后看连个人影都不见，你不能白白糟蹋我的钱……那声音
比怒吼的北风还响。

<h1 style="text-align:center">三</h1>

午后的太阳像烈火炙烤大地。

文岭修着车，对晓岭说："你啥时候理解了俺叔，你才
算真正成熟啦。"又回头说，"叔，您身体不好，眼下没活
儿，您先到树荫下歇歇吧。"爸爸狠狠剜他一眼：胡咧咧啥，
我硬朗着呢！那眼神完全是一种拒人千里之外的冰冷。

晓岭看到他这种眼神就不寒而栗。那次他考个班级倒数
第十名，跟爸爸回到家，一头扎到床上，晚饭没吃。在爸爸
拒人千里之外冰冷的眼神里，他感觉自己渺小得就像只不起
眼的蠓虫。

爸爸戒了酒，开始抽起闷烟来。晓岭知道，喜酒闷烟，
他能体会到爸爸心里的苦楚和劳累，也明白只有考好了，爸
爸才会快乐地喝点小酒，脸上铁青的颜色才能减去几分。他
抱怨爸爸咋就不理解人呢，重点高中与初中能比吗？重点高
中的学生一个比一个猴精，一个比一个努力，谁比谁高一个

名次都像翻一座高山那样艰难。一味地批评，反而让晓岭失去了学习的兴趣。

回到学校，为了缓减心里生铁块般的压力，他就忙中偷闲玩《王者荣耀》游戏。一玩心情是变轻松了，可学习却在不知不觉中耽误了。班主任说他是钓鱼的小猫，因为三心二意地追蝴蝶，丢了钓鱼的大事。到年后期终考试，他考了个全班倒数第五名。家长会上，班主任说他沉迷上了手机游戏。晓岭脸红得像块老红布，垂着头站在爸爸身边。爸爸气得浑身颤抖，当场"啪啪"甩他脸上两巴掌，恶狠狠地说："王八羔子，你太让我失望了！你要还是我儿子就考出好成绩来！"随着"啪啪"的巴掌声，教室里立刻安静下来，老师、家长、学生，眼光都齐刷刷地集中在他身上。晓岭感觉脸疼得像晒了教室外面毒辣辣的太阳，只想找个地缝钻进去。

说真的，晓岭当时就恼了，对爸爸不再怕了，由量变到质变，变成了仇恨。他想，这仇恨不在沉默中爆发，就让他在沉默中离家！他委屈地想，你是爹，在家咋打都行，当着那么多人，一点面子也不给我留！他想起一句成语，"是可忍，孰不可忍"。

四

正赶上放暑假，他回到家扔了书，说："不花你钱了，不上了，我自己养活自己。"爸铁青的脸上现出狰狞的笑，眼睛射出两把闪着寒光似的尖刀，说："好，明天就跟我去工地，你吃吃苦自然就知道上学的好了。"

爸爸没收了他的手机，晚上气得没吃饭，抽着烟，眼里好像蓄满泪水。晓岭心里也很不是滋味……

晓岭努力想在某一方面做得出色，超过爸爸，证明自己不是"孬种"，让爸没话说。可是理想很丰满，现实却骨感得让人同情。他十六岁，个有恁高，可力没恁大。在工地上，爸推得动的砖车，他推着光歪倒；爸往上能举起的泥盆，他举翻好几回，弄得一头一身都是水泥。两天下来腰酸胳膊疼，他就成了溃兵游勇啦。

他的堂兄文岭在建筑工地上有几部"四不像"运土车，雇人给工地拉土，晓岭就缠着跟他学开车。晚上，晓岭洗好身子，躺在床上，开着小风扇揉着红肿的胳膊，听到文岭来了，在客厅和爸爸说话。"叔，咋不开风扇？""不热""晓岭闹着学开车，他年龄太小了。""让他锻炼锻炼也好……我身体……"声音小得听不见了。"有您的话我就让他学了……"晓岭很高兴，夜里做梦开着大车飞……

晓岭学车一个月，就能在劳动场地运土了。爸爸力大能吃苦，这是不争的事实。爸十分肯定地说他上学时学习很优秀，可他小时候的事情自己无法知道。在这些方面晓岭自觉不能与他一较高下。爸爸不会开"四不像"车，村里许多人不会，他会，这不很长脸吗？再说，他开车一天的收入是爸爸打小工一天收入的两倍，这不让他自豪吗！爸爸偏偏像块热年糕，黏着他，在他眼前晃来悠去，还隔三岔五地训斥他。这很让晓岭心里像在干渴的暑夜里，喝了口辣椒水那样憋闷难受。晓岭几次都想说，有本事你开，不行了吧？正当他开车得意的时候，车出了毛病，让他很丢面子。

修车的文岭看一时半会修不好，擦擦汗，让晓岭解下后面车的钢丝绳，要用车拉走它。解钢丝绳还不容易，晓岭会。他用扳手熟练地拧后面车钢丝绳的方头螺丝帽，螺丝帽一拧下，再一抽，钢丝绳就顺顺溜溜出来了。

正干着，猛听得爸爸在背后大吼一声：滚开！接着，后侧背结结实实挨了一脚，身子摔出老远，还弄个嘴啃泥。晓岭恼怒地吐口吐沫，他无法再忍受啦，守着旁人爸爸再次无缘无故打他。他想，你再是爹，对不起，这架不干绝对不行啦！他声嘶力竭地大喊：我又做错什么了！你为啥踹我……

只听车前头的文岭声调都变了：哎呀！快跑……晓岭扭头一看，前面的"四不像"车往后飞快地滑动。爸爸刚用力踹了他一脚，自己却留在了两车中间。只听"咣当"一声，爸爸的头伸了出来，但后身子被两车夹住了……

火辣辣的阳光照耀着李如山扭曲的铁青面孔，他瞪着眼喷出一口鲜血，好像说了一句学习……又像是说努力……两只手晃了晃耷拉在车斗下面不动了……

送走了爸爸，文岭、田麦婶等众邻居劝慰晓岭。晓岭仍然止不住哭泣。他一边哭着一边整理爸爸的遗物。在放有存折的铁皮箱里，他吃惊地发现了爸爸的几张诊断单：肝癌！

他从田麦婶那里要来一张爸爸微笑的彩色相片，看一回哭一回……

趟过生死河的女人

一

周六下午。四十多岁的赵秀芬躺在床上考虑如何死的问题。

平时，她尖尖的下巴、微笑的明眸，再配上圆领露胸黑衫，给人耐看、年轻、精神的印象。她是丈夫的妻子、女儿的妈妈，年纪轻轻，却千方百计想离开美好的人间。一句话，她活腻了。她一合眼就做梦，一做梦就梦见跟一个年轻的姑娘争男人。

她设计了多种死法：先想到了喝药，她见过一个年轻媳妇喝了"敌敌畏"，洗胃灌进成桶的水。那年轻媳妇的惨叫，亲属的痛哭，让人惨不忍睹。这种死法很快被否决了。

她翻身朝里，想到了上吊。转念一想，吊死在家里怕吓着女儿；吊死在外边吧，又担心外人会骂她——吊死鬼放屁死了还恶心人！便很快打消了这个念头。

她想到了割腕，据说不太难受。但一是无妥当的地方，二是从小她就晕血。

"你这个花心的陈世美！是我帮你渡过了上大学的难关，

是我帮你开'畅达电器公司',没有我,你的千万资产怎么来?见年轻姑娘就变心,真后悔当初咋会看上你!"

上大学时,她喜欢上了山区来的李涛。他紧绷的嘴角透着刚毅,高瘦的身条儿显着朝气,看起来很像某电影男主角。秀芬爸是改革开放后第一批从农村到城市经商富起来的人,因此她对穷小伙儿并没有偏见。那时她身体孱弱,需要一个坚实的肩膀依靠。二人是老乡,再加上李涛关心照顾她,二人不断接触,便日久生情了。

大学明净的餐厅里,他躲在墙角就着咸菜吃馒头时,她端去热气腾腾的餐盘;她陪他卖报纸,一同做家教。收入归他,饭钱她出。她替他交学费,给他买衣服,来回出车费。

大学毕业后,她让李涛随她到了牡丹市的家,让爸帮着给他办了公司。二人携手走进婚姻殿堂,生活甜甜蜜蜜。

感情的转折是从她剖腹产,生女儿小菲开始的。产后秀芬被查出患有先天性染色体异常心脏病,心脏病专家皱着眉头说,若再生孩子后果不堪设想,她无奈做了绝育手术。

也就是从那时起,李涛少了言语,缺了欢笑,钱越赚越多,但在家时间越来越少。有人说,李涛与销售部经理杨萧眉来眼去,明来暗往,这事儿她能容忍吗?她哭过,闹过,李涛都矢口否认,对她却像深冬的冰凌,越来越冷……

她侧过来身,又想起了任性的女儿李小菲。赵秀芬想:你是我用生命换来的呀!我含在嘴里怕化了,捧在掌心怕摔了。你小时乖巧听话,年龄大了,咋就把妈忘了!那叛逆的性格像谁?你又倔强又任性不像你爸李涛吗?特别是上了大学，只知道在外打工挣钱，丝毫不顾及我的牵挂。一打电话说想你，你就不耐烦地把电话挂了，你想过妈的感受吗？

"最让我伤心的是你谈的那个对象，我绝不接受。我不是说小苏不优秀，我厌恶的是他爸老苏。这事无法给你说明。他爸爸叫苏金华，上高中时追过我。他酸溜溜的，天天瞪着眼，给人一种呆头鹅的印象。大学毕业后我进了保险公司，你爸没有合适单位，我就推荐他暂时进了苏金华的电脑公司。

"那天下午，苏金华来了条短信，要我去他办公室，说有要事商量。我还以为他要说你爸的事，犹豫再三还是去了。人都下班了，办公室红色的灯光照着老板桌上的金蟾，映红了苏金华的双眼。我从苏金华火辣的眼光中读出了异常，刚要转身离去，他喘着粗气猛地抱住了我。那个该死的！我狠狠甩去两耳光，夺门而去。我回到家中，慌乱、愤怒、委屈了很久，我恨死了他。我坚定不移地认为，果是由种子决定的，既然他爹花心，儿子也不会好到哪儿去。这事不好对你明讲，反正你跟苏金华儿子的婚事，百分之百的不行！

"那天我还没说反对，你嘴噘得能挂个油葫芦，说日子是你们过的。啥话！你的婚姻大事难道我就不能把把关了？我当时说不听我的就断绝母女关系，那是使了个杀手锏吓唬你的。可倔强的你甩门而去，一年不回家也不接电话。你这孩子像话吗！女儿呀！你妈我现在是在茫茫无际的海水中漂流，你是我最后一块救命木板，木板失去了，我活的希望不成泡影了吗？"

赵秀芬忽然想到了水葬这个很卫生的死法。她想，古代的屈原，现代的老舍，不都在干净的水中安身了吗！再说，水葬比较方便，出小区东大门，顺一〇六国道向北走十五公里，有座黄河大桥，只要越过桥栏轻轻一跃，便会结束烦心的日子。她决定葬身水底。当然要走就走得干净利索，穿上那件拉锁休闲衣，像屈原那样再揣上几块石头……

当一个人固执地认为死比活着还美好并且确定了遗世方式后，她的内心反而坦然了。至于何时去那片"乐土"，只是个时间问题，大可不必操之过急。

赵秀芬最后决定，死前她要去抓李涛与杨萧一个"现行"，最后再给他点儿颜色瞧瞧，看看事态发展再确定遗世的时间。

她猛地起床、换衣、梳头，开车出了家门，暗下决心，看能否逮住他俩，当面扇耳光。

二

这天下午，李涛与杨萧还真幽会了。他俩并不知道有人正等着抓"现行"。

下午下了班，李涛决定好好与杨萧谈谈，给她介绍个对象，让她稳定下来。

李涛陷入了沉思。他的老家，在距牡丹市一百公里外的山区。在猎奇的游人看来，层层叠叠的石头院落，高高低低的岭间小路，片片的山枣棘丛，都充满神秘的诗意。可久住的人都知道，那里是鸟不拉屎的穷乡僻壤。父母都是老实巴交的农民。上大学借钱完成了学业，毕业后两年才还清了账。李涛当时就很疑惑，高贵的赵秀芬怎么会看上他这个穷小子。是因为两人老家都在山区吗？人们的想象往往很美好，可现实常常是极残酷的。天仙配之类的事自古都是文人想象中把狼筋长到狗腿上的杜撰，他从未相信过。

他知道，是美丽要强的赵秀芬改变了他的命运。但是，他认为，这也不能成为她管控他的资本。他是个活生生的人，不是个物件！

毕业后，赵秀芬多方筹措给他办了个"畅达电器公司"。是他凭着自己的执着能干，才让公司由小变大的。经过十多年的打拼，他成了商业界赫赫有名的人物。但赵秀芬动不动就拿这说事儿，让他很没面子。他真想连本带息都还给她，像动手术那样把"软肋"切除，好挺起腰杆儿做人。

他富了，在山沟老家建起了第一座别墅，让父母享了福。可偏偏老李家三代单传，偏偏妻子又做了绝育手术，偏偏父母逼着要孙子。他本人也有一道迈不过去的坎儿：女儿出嫁了，百年之后，老家的房舍将变成一片废墟，他的万贯家产将移交外姓人！

销售专业的大学生杨萧进了公司，很快崭露头角，业绩一流。他提拔她当了销售部经理，这无疑是一个明智之举。在杨萧的策划下，公司效益连年增长。可以这样说，没有妻子，就没有畅达电器公司；没有杨萧，就没有畅达公司的畅达。杨萧少他二十岁，红扑扑的脸蛋泛着青春的光泽。她善解人意，喜爱文学，与他兴趣相投。闲暇时，他与她有说不完的话题，从意识流小说谈到现代主义文学的空筐结构，从国产的乡土文学谈到人性矛盾二律流派。

李涛忘不了杨萧进公司两年后的一天。那天，他俩在办公室聊天，杨萧谈了"大叔控"类小说，用欣赏的语调说："二十八岁女大学生嫁八十二岁大学教授，照样幸福。"

他当时无语。

杨萧说："我正爱着一个人，我耐心地等他。他英俊，潇洒，善解人意。可惜他妻子不能生育了，我愿……为他……生个……"她满脸红云，喘着粗气，声音越来越小，身子靠上了他。

李涛心跳加速，暗自窃喜，抱住了她。在她面前，他是个伟大的男人……

这天，他俩下午下了班。李涛约杨萧一块儿吃晚饭，决定好好跟她谈谈，给她介绍个对象。公司里的小张就很优秀，李涛要撮合二人，了却自己一桩心事。这样既给杨萧一个交代，又稳定了公司的人事。

李涛开车与杨萧出来，把车停牡丹公园大门口。两人先在干净的玻璃门快餐店吃了点儿东西，而后来到牡丹公园东北角波光粼粼的碧涧湖畔。

夕阳映红了半天鳞霞，碧涧湖畔垂柳依依。李涛与杨萧在垂柳下的红条石凳上坐下。近处的水滩石上站着一只翠鸟，它碧蓝的毛羽，红褐色的腿与嘴，呆呆地窥视着湖面。

李涛在静雅的环境，开始了与杨萧的谈话。他说："你很有能力，对公司做出了很大的贡献，我真诚地感谢你！"

　　杨萧静静地听着没说话，还不住地向水中投石子。石子激起了圈圈涟漪，吓飞了那只翠鸟。

　　他说："杨萧啊，你很美！你应该找个优秀的青年，小张就是个不错的人选。我愿做红娘，为你们牵线搭桥，希望你们俩建立幸福美满的家庭……"

　　杨萧愣住了，突然发疯一样扑到李涛怀里，身子颤抖得像风雨中的垂柳柔条。李涛不可抗拒地抱住了她……

　　赵秀芬开车到李涛爱去的地方转了一圈也没见丈夫踪影。她沿成阳路往东一拐在牡丹公园门口发现了李涛的奥迪车，便停车进了公园。她只找僻静的地方，在碧涧湖旁边，隔着绿竹丛，她先听到了哭声，循声走去很快看到了红条石凳上的一幕，这无疑是在她原本滴血的伤口上又捅了一刀。她眼睛通红，心里喷火，努力稳住情绪，努力收回了巴掌。她想：一个受过高等教育的人，能用毛蓝布衫黑嘴荏娘们儿的战术吗？赵秀芬夸张地咳嗽一声："嗯——咳——"。

　　李涛与杨萧同时看见了赵秀芬，"唰"地分开了。李涛懵了一下，这一幕正好被她撞见。感觉头像耧斗大："……完了……"

　　赵秀芬咬着牙指着杨萧骂："你个臭不要脸的！"又转向李涛，"你……快给我回家！"

　　李涛怔住了，他在努力搜寻着能为他挡驾的保护人，只有女儿小菲了。

三

　　五一那天，晚饭后，李小菲正在"腾飞教育"办公室值班。她是个要强的女孩，与热恋对象开了个辅导班，不仅仅是为赚钱，他们两家都不缺钱，主要是为了锻炼能力，能力才能陪伴自己一生。

　　李小菲认为自己是独生女，从小生活在全家人的呵护中并非好事。爷爷奶奶对她视若掌上明珠；爸爸妈妈头顶肩扛，说她人小乖巧；外公外婆送吃送穿，夸她聪明伶俐。李小菲觉着自己不能有独生子女的娇气，应该像爸妈一样优秀。

　　随着年龄的增长，她变得越来越成熟。她常望着那本"独生子女证"发呆。她明白，照顾一家老人是她一个人的责任。从上高中起，她就独立了。假期里，她不顾家人反对，网购、销售、打工、家教，干得不亦乐乎。她不止一次说："你们的成就不代表我的，我是李家独苗，趁上学我要锻炼能力，毕业后开公司挣大钱养活你们。"

　　爷爷奶奶、姥姥姥爷怨她不看望，小菲认为他们年纪大了可以理解，就亲切地安慰。妈妈也说想她，甚至落泪，过分的儿女情长让她感到可笑。

　　最让她心烦的是恋爱问题，她与苏诚是高中同学，五年来情投意合，直到大三才公开了关系。她不能理解，妈妈为什么蛮不讲理，那么优秀的人怎么就入不了她的法眼？她有意冷淡妈妈，小菲认为时间会冲淡一切，事情一定会有新的转机。

手机铃响，她接了没出声儿。妈妈大声说："你眼里如果还有我这个妈就快回家！""嘟"电话挂断了。从电话的语气里，小菲感到了事情的严重性，忙打通了爸的电话。爸说，我惹大麻烦了，快回家！小菲有种不祥的预感，作为爸妈唯一的女儿，她不能再与妈赌气了，连夜乘火车往家赶。

第二天上午十点，她回到了家，走进了那座新中式风格的别墅，走进了爸妈宽敞的卧室。只见妈妈躺在床上，披头散发，眼睛红肿。爸爸双手捧头蹲在床下的沙发边。

"妈，咋了？"

赵秀芬睁开红肿的眼睛，女儿是她最后一根救命稻草了，她要试试这根稻草还能不能抓得住，便一股脑儿讲了李涛对她的背叛，哭得一把鼻涕一把泪的……

小菲捂住了耳朵："妈，你都四十多了，烦不烦！"小菲松了口气，她原以为家里出了什么大事呢！

"我就知道你偏向他，我再问你一句，你与姓苏的断不断？"赵秀芬撩开羽绒被，挺起了身子。

"妈，你总得说个理由让我能接受吧！"小菲说。

"没有理由，就得给他断！"她脸色铁青。

"没有理由就不断！"小菲赌气地转向了窗外的玉兰树，捋了一下耳边不顺的削发"你当妈的总得讲道理呀！"，小菲没想到妈会提问跨度这样大的问题，她不假思索地回答。

"好，有你这句话就够了。我要休息了，你们走吧！"赵秀芬躺下闭上了眼睛，无论小菲说什么，她都不再说一句话。到晌午，小菲做了妈最爱喝的木耳鸡蛋汤，端进房间。赵秀芬不吃也不睁眼。小菲喂了她一口水，赵秀芬吐出来，还摔碎了茶杯。碎玻璃撒了一地。

李涛摆摆手，二人来到了客厅。李涛说："先让你妈冷静会吧。昨儿下午下了班，我给你萧姨介绍对象，被你妈撞到了。昨天晚上我说半夜好话，一点儿用没有。一会你再劝劝，等她消了气到晚上你给她做点好吃的。公司一大摊子事，我上班了。"李涛饭也没吃就走了。

小菲十分委屈地扫了碎玻璃，含泪给妈讲了一堆大道理，看她睡着了，就轻手轻脚来到自己房间。小菲从昨晚一直没合眼，迷迷糊糊抱着喜爱的布熊猫睡着了，眼角还挂着泪花。一切恢复了平静，殊不知一场大祸正在平静中悄然酝酿。

四

下午五点，赵秀芬悄悄起床，轻轻出门开了车，沿一〇六国道向北飞驰。她无意再看一眼栅栏式院门，也不想再观繁华的街景，因为她已心灰意冷。路上，她拾了两块石头，用大号休闲衣包好，很快到了黄河桥上。

适逢五一小长假，黄河大桥两边停满小车。桥栏杆处站着众多游人，有的人指指点点观看水滩上的鸥鸟，有的人忙着拍黄河壮丽的风景，还有的人在一块儿边吃着零食边闲聊。

赵秀芬找位置停了车，扶桥栏观望，黄河的水浪喷薄涌动，她的泪水夺眶而出。她感觉自己四十多年的人生经历与眼下的黄河浪涛十分相似：历经曲折险阻，从上游来到中游，当然离渤海湾入海口还有一段距离。生活的太多不如意迫使她不得不对未来的路重新考量。她认为，河水在此处停止要比继续前行美好许多。换句话说，她决定自己的生命到此结束。她打开支付宝，给父母存了些钱，算是最后一次尽责了。给女儿存了些钱，是做母亲的最后一次关爱。给保险公司发了条信息：身体不适，五一后续假三天。之后她关了手机，看看车里的衣服与石头，心想，一会游人走了，只要越过栏杆，就能消失得无影无踪。

赵秀芬身旁站一个挎包女人，领一群人看风景。她似乎看出了赵秀芬的异常，亲切地说："大姐，我看你好像有烦心事，可要想开些，"又像对旁边人说，"去年我带旅游团，见一个妇女跳河，打捞上岸，那女的光着身子，被水灌得像面包。"旁边有人问，她跳河没穿衣服吗？挎包妇女说，穿是穿了，可河水会脱去溺水人的衣服。

赵秀芬打了个冷战，才知道跳河也不是十全十美的死法，幸亏自己带着衣服、石头，一会要拉紧拉锁再扣上纽扣，腰带也一定扎紧。

挎包妇女对赵秀芬说："大姐，你不如参加我们的坝上三日游，美好的自然风景与人文景观能陶冶情操，也许一玩你就不心烦了。"

赵秀芬挤出一丝微笑，以示感激。但她不会去旅游，她只是在等待时机。这时候她不能跳河，一跳肯定会有人拍照传到网上，闹得沸沸扬扬。

太阳像中风老太太的双脚，挪得非常慢，游人不知哪儿来这么浓的兴致迟迟不归。赵秀芬急得来回踱步，好几次踩了别人的脚。

慢慢的，太阳红了脸，游人渐渐稀少。挎包妇女领那群人上了不远处的大巴车。赵秀芬早就急不可耐了，她写了个字条，注明李涛电话，夹在汽车的雨刷器上。接着慌慌张张地穿上大号休闲衣，塞进石块，拉上拉锁再扣好衣扣。她一迈步，石块从衣服下面露出来。赵秀芬忙退回车旁，把衣服外束腰扎紧，重新塞好石块，拉上拉锁，扣紧衣扣，锁好车门。她手扶桥栏，望望南方的天空，再次流出两行清澈的眼泪："年迈的父母，我在那边等你们！可恶的陈世美，不听话的李小菲，我走了，你们疯吧！愉快地过你们的如意日子吧！"她看看桥下，河水打着漩涡，溅着浪花，感觉有些眼晕，耳边像有许多人不停地说"死了好！死了好！"。她哆哆嗦嗦踩住了下面的水泥底座。这时候，赵秀芬不希望任何人发现她，特别是小菲与李涛。她战战兢兢爬上了桥栏，闭紧眼，一纵身……

李小菲太累了，昏睡中像有人催，醒醒！快给你妈做饭！她猛地睁开眼，一看手机，已是下午六点，赶忙洗手做了妈平时爱喝的蛋花汤，炒了俩菜端客厅里，叫妈吃饭。床上无人。到卫生间，健身房，都没有。她找遍了屋里所有她可能待的地方，都没有。又到院里车库找，发现车不见了。她打电话问姥姥，没去。她忙打电话告诉了爸爸。李涛很快回了家。

这时，大桥派出所给李涛来了电话，说："桥上停了辆车，有你的手机号，来看一下！"李涛与女儿忙开车去了。到黄河桥一看，就是妻子的车！车旁站两个警察，车内放着她的一件上衣。上衣边有张字条：我走了，你们疯吧！李涛吓得浑身打战，李小菲哭着大声向桥下喊："妈——妈——"李涛抓住警察的手："求求你们，快救我媳妇！"警察打了电话，很快来了一辆机舶游船与两艘公安快艇。李涛与小菲随警察下了大桥悬梯上了机舶船。

夜的大幕笼盖了原野，咆哮的河水泛着粼粼昏黄的微光。机舶船开了船灯，两道耀眼的光柱射向河面，并不时与公安快艇的灯光交织。警察与船工仔细搜索着河面。

李涛大声喊着："秀——芬——"哭声悲痛欲绝。小菲大声呼喊："妈——妈——"撕心裂肺的哭声漫延在苍茫的河面上，显得十分凄凉。

李涛站在船上，望着混浊的河水，一幕幕往事呈在眼前：大学明净的餐厅里，当他就咸菜吃馒头时，秀芬端来热气腾腾的餐盘；毕业后，为建公司她四方筹钱，心力交瘁；结婚典礼，喜气洋洋，两人挽手进入洞房；有女儿后，他俩哄抱逗笑，其乐融融；下班回家，妻倒茶端饭，洗衣拖地……泪珠大滴下落，打湿李涛前襟："多好的妻子呀！"

小菲边哭边喊，嗓音嘶哑，往事历历在目：小时候，妈给她扎小辫，给她买新衣；她上学了，妈顶风冒雪，按时接送；她感冒发烧，妈日夜守护，做可口饭菜；现在失去了妈妈，那时任性逞强，真后悔莫及。假如时光能够倒流，她一定会对妈妈关心体贴，不使性子。可树欲静而风不止，子欲孝而亲不待啊!

　　机舶船与公安快艇打捞了一夜,毫无发现。天明,小菲的舅舅、妗子来了,杨萧与公司的两个领导也来了。公安加派了快艇,扩大了搜救范围。岸边许多人帮着寻找。

　　傍晚,李涛与小菲筋疲力尽下了机舶船,一对白发夫妇叫住了他俩,让他们看一张照片,那是一个帅气的小伙子,目光炯炯。老妇人说:"他是我们唯一的儿子,十年前因为夫妻吵架,喝药走了!"许是自我倾诉,许是对他俩的安慰。他俩望着老人又一次哭了,白发夫妇也陪着落泪。李涛与小菲都在心中一遍遍默默祈祷,祈祷亲人千万不能像那小伙子那样永久离开人世,而是奇迹般地生还。

五

　　那天,赵秀芬纵身一跃,胸前的石块卡住了她。当她努力往上爬时,被飞跑过来的挎包妇女一下抱住了:"刚才我就看着不对劲,旅游车在等晚到的人,我一直都注意着你。大姐呀!人生是美好的,谁都有磕磕绊绊的时候,千万别做傻事!""大妹妹,别拦我,我活够了。"赵秀芬仍哭着往上爬。一车人都围过来,有的拽住,有的劝说。挎包妇女说:"大姐,活下去是一个人的责任。我们不能看着让你死,或者把你送回家,你还不如跟我们去旅游开开心呢!"

　　赵秀芬哭了一阵,见跳河不成,只能很勉强地被拉上了大巴车。车上正好有个空位,像特意给她预备的似的。赵秀芬上车后想，到外地找个悬崖跳下去，谁也不认识也许会更好些。

　　大巴车在第二天上午九点半到了内蒙古的"坝上"。他们下了车，赵秀芬被眼前的景色震撼了！这里是一个巨大的草原，没有高树，视野特别开阔。天空湛蓝如海，在蓝天与草原交际处，玉似的白云成圆球状、马鞍状、纱带状。广阔的草原与蓝天白云把人衬托得十分渺小。乌兰布统草原上，小路曲折，伸向无尽的远方。小路两边，低的草坪与稍高些的绿丛，相映成趣。沽源万亩花坪，黄花点缀着绿叶，紫茎陪衬着红蕾，让人领略到了什么叫花的海洋。草原五彩林，丛林是花，花也是树丛，色彩纷呈，别有风味。游人成群结队，指指点点，说说笑笑。当地的蒙古族姑娘，脚踏两轮溜地车，斜身挎包，流水似的行在绿草坪上。年轻的蒙古族小伙骑马飞奔，侧骑、倒骑、站骑，颇有古代骑士遗风。

　　在坝上游玩两天，住了蒙古包，吃了手抓羊肉，饮了马奶酒，体验了蒙古族民俗生活。两天来，赵秀芬感受到从未有过的放松，甚至可以说是心旷神怡。这里没有她可以跳的悬崖，她也不忍心死在这里，以至于给美丽的大自然留下败笔。

　　她打开了手机，霎时，手机都要爆了。李涛与小菲一条条呼唤的信息，年迈的父母微信留言，好友的，同事的，还有很多请求急转的寻人启事，启事上有她一脸幸福微笑的彩照……她后悔不该闹这么大动静，决定随旅游团回家，以正视听。

　　第二天上午十点，挎包妇女把她送回了先前厌恶，如今感觉亲切还有点别扭的家。客厅坐满了人，他们正商量给她办后事。赵秀芬故作轻松地微笑着和大家打招呼，所有人都吃惊地站起身来，像迎接久别的将军。

"妈——"小菲哭着紧紧抱住了她，像生怕她再跑了似的。李涛笑着笑着落泪了。年迈的父母浑身哆嗦着哭："我的儿啊！"

赵秀芬笑笑说："这几天心烦，趁假日我跟旅游团玩了两天。让大家挂心了！"

李涛说："秀芬啊！可得想开点，我的生活不能没有你呀……"

小菲哭着说："妈！妈！你的女儿真的离不开你！"

赵秀芬再也忍不住了，推开女儿，跪到年迈的父母面前抱住二老的腿大声哭了，随着号啕的哭声，她的满腹郁愤，一肚子委屈，像长江三峡开闸倾泻而出："爸——妈——不孝的女儿让二老挂心了！对不起！"在场的人纷纷落泪。

晚饭后，人们都散去，女儿也睡了。李涛抱着秀芬坐在阳台上，在他们眼前是万家灯火的海洋。李涛抱紧赵秀芬深情地说："秀芬啊，我决不让你离开我！"

赵秀芬轻轻推开李涛，郑重地说："李涛，这几天我想开了，我这个人吧，也太自我了，对不起！明天咱俩就离婚！让杨萧给你生个儿子，我诚挚地祝愿你跟女儿都能幸福！"

"什么！"李涛瞪大了眼，"开玩笑吧！"

"你看像吗？我决定的事，能改变的很少。"

夜深了，霓虹灯光闪烁不定……

补 缺

一

万没想到会出现这样的结果，教育局教研室主任方明不可抑制地生出一种深深的忧虑与悲戚，确切地说应该是像泰山压顶一样的担心。他担心自己会被卷进扯秧拉藤、无休无止的麻烦里，甚至再承担一份刑事责任。

以往的许多画面，像受惊群鸟的翅膀，瞬间随着他的思绪，一闪一闪地呈现在眼前。

艳春三月的一天，没风。那天，方明主任本来春光明媚般的心情，却被那人的两句话拽进了寒冬的风雪里。

方明主任承包了西城区民办"九年一贯制"的光明学校，把它作为自己进行教学改革的"实验田"。上午听完课，田校长说请他吃顿便饭，也就是他爱吃的葱丝肉沫炸酱面。在田校长家，那人陪同。那人典型的特征是眼神向上飘，厚嘴唇朝上高高地翘，嚼面条的节奏明显比常人快，还不时地发出"吧唧吧唧"的咀嚼声。方明主任很快联想到了妻子喂养的荷兰兔，荷兰兔吃菜叶时与那人相似，都是翘着嘴唇飞快地撮合，但缺少他的"吧唧"声的伴奏。那人咽口饭，扬扬拿筷子的胳膊，再晃动一下腕上的手表："如今语文课越来越难教了，年年增加新课文，册（删）去了不少老课文……"当时方明主任吃惊地看着他，忘记了咽下嚼好的面条。把"删去"说成"册去"，这种幽默的说法他还是第一次听到。但是方明主任并没感觉有多可笑，只是有种起鸡皮疙瘩的感觉。直到那人又说"人不能太贪楚（婪）了"的时候，方明主任放弃了再喝一碗的打算，仔细地审视他。他完全是一脸"不学也很有术"并且理直气壮的自信表情。再看看田校长扭脸偷笑的神情，才明白那人不是有意制造"幽默"，而是真的与"婪"哥们儿不熟悉，把它认成"楚"姑娘了。

那人去了洗手间后，方明向校长探问他的虚实。田校长说："他叫汪领，光明学校的'百事通'。如今小学二年级丙班语文老师请产假，他临时补了缺。"方明主任心想：他是补缺老师，可他的"缺"谁来补？他决定，下午听听小学二年级丙班的语文课再说。

上课铃响过，那人飞快地翻动着荷兰兔嘴唇介绍：欢迎老熟人县教研室方主任听课指导！方主任被学生热烈的掌声拍得很不自在，他不明白，一块儿吃顿饭咋就吃成老熟人了？好像听课与是不是老熟人没有什么密切的关联呀！那人拿着教鞭指着黑板教学生"笛"字，他撮着厚嘴唇声如洪钟般的拼读："d——i——苗。d——i——苗。"（他不认识笛字，把笛字当成苗字了。）一个七八岁的女孩怯生生地说："老师您读错了，应该读'd——i——笛'，我爷爷就爱吹笛子，他的笛子可好玩儿了……"那人勃然大怒，脸蓦地成了紫茄子颜色："你这孩子正处在豆冠（蔻）年华的时候，该有怀疑精神，书上的这个字连拼音都印错了。"方主任一下起了一身鸡皮疙瘩：把"豆蔻年华"说成"豆冠年华"，把女孩十三四岁的豆蔻年华理解成女孩七八岁的豆冠年华，假如这也叫怀疑精神，那么这种怀疑精神也忒不靠谱了吧！参加听课的老师都"哈哈"大笑。方主任气愤地想：把"笛"读成"苗"，把"豆蔻"说成"豆冠"，简直是"发烧级"的谬误，这难道很好笑？他内心生出一种不安与悲哀来：似乎看见一群天真烂漫的孩子被那人领着走进了荆棘丛里，让祖国的花朵衰败在了阴山背后的沟壑内……

课堂出现了小女孩提意见与听课老师大笑的"波折"，也许那人是为了证明自己的"实力"，也许是他上课就是这种"我的课堂我做主"的任性风格，索性放下课本天南地北地乱讲起来。他说话快得让人听不清音节，完全是"十万个都知道"的派头。什么"盆（盘）古开天、女娲造人"……还有学习好就能穿名牌服装、戴名牌手表。例如他，衣服是香奈尔的，鞋是迪奥的，手表是宝格丽的。买宝格丽手表时，他还硬要了个电子闹钟的饶头呢……简直可以用口若悬河、胡说八道来形容。方明主任听课的热情被碾压得成了粉渣，厌恶懊恼的情绪分摊在课堂的每一分钟里。

清脆悦耳的下课铃刚响起，方明主任马上鼓着一肚子气回到田校长办公室，派人把那人叫过来。那人又是倒茶又是敬烟，完全使用一种高规格礼仪。方明主任首先肯定了他上课胆大不怯场的优点，然后单刀直入地指出了他的几处字音错误，接着想说，给学生讲课把学习成绩与吃穿联系起来似有些不妥……那人完全是一副"最大的学问——无所不晓"的神情，很笃定地截住了方明主任的话头：我是故意读错字来提高学生纠错能力的。方明主任本来还打算直言"备不好课不能上课"的忠告，见他是这态度，便像挂在窗台的干鱼一样张着嘴发不出音来了。那人走后，方明主任对田校长说，二年级丙班补缺的语文老师应该先补补自己知识的空缺，让他去读小学的课程吧。田校长面露难色："这……这……"

二

不客气地讲，方明主任很厌恶那人。这种厌恶与个人恩怨无关。那人热情豪爽，方主任对他这性格还是颇为赞赏的。他主要厌恶他不学无术，还盲目自大的作派。担心他误了孩子的前程。方明主任有个执着的习惯：对自己安排的事总是十分关注落实情况。以后的日子，他一来光明学校就留心观察那人，没见他再上课，猜测田校长可能安排他去学习小学的课程了，心里便得到了一丝安慰。

两星期后的一个下午，方明主任搞了个"突然袭击"，到光明学校小学部教学楼转一圈。一看那人正教一年级小学生唱歌，或者说是正领儿童做游戏。方明主任从后门进了教室，见孩子们在教学楼过道上双手搭肩排成一队，舞动身躯学唱儿歌。那人教唱："火车火车呜呜响，呜呜（鸣鸣）响，一节一节长又长……"教唱一遍后那人说，"同学们，歌唱得好就能赢得众人的青睐（睬）。"方明主任头皮发麻了。他知道"青睐"这个词，没听说过"赢得青睐"的说法。他连忙用手机查了一下，没"青睬"这个词语。至于"青米"，网上解释是青藏高原的青稞米或"青米科技有限公司"，与"赢得青睐"是八竿子也打不着的关系。还有，他听过火车火车呜呜响的儿歌，真还没听过火车"鸣鸣响"呢。他疑心真有这歌，他看看黑板上的歌词还是"鸣鸣响"，禁不住有些恼火。那人知识如此匮乏，像突然亮起的白炽灯，让暗室内的东西毫无遮蔽地呈现了出来。"呜""鸣"不分，把"青睐"说成"青睬"，方明主任的舌头像被车轮碾过了一样，真不想再说什么了，他感到内心一片荒芜、一阵凄凉。方明主任到校长办公室问田校长，攀蜀道难还是让需要补课的老师下课难？田校长嗫嚅着：做个游戏……教个儿歌……不影响大局吧……方明主任斩钉截铁地说："教儿歌也不行！他的重要任务是先补补自己的课。"方明主任考虑回教育局向局长建议，让全县需要"补阙"的教育工作者全到师范学校补补个人的"短板"……

方明主任勤快得像采蜜的蜂，光明学校小学部楼里常有他转悠的身影。他再没见到那人上课，心里敞亮多了。教学改革的"实验田"，也长出了充满活力的"幼苗"，他常常为自己的收获而感到愉悦。

三

初夏的一个阴雨天气，方明主任的心情随着到光明学校检查变得阴沉了。他检查初中部教学楼时，看见那人正飞快地动着荷兰兔嘴唇在初一丁班上生理卫生课。方明主任大吃一惊：他进步得也够快的，几个星期就学习完小学课程教初中了。方明主任进到教室后排听他上课。那人眯着眼看着屋顶，表现出一副"胸有成竹"的派头。他看会儿课本说，植物生产后代叫繁殖，女人生产后代叫"分晚（娩）"。人口的增加与减少，受社会环境影响。《辛扭（丑）条约》签订后，使得我国人口……像这些知识点《试题荟卒（萃）》中都有专题练习……听到"分晚""辛扭条约""试题荟卒"，方明主任的心像被人用锥子戳成了筛子。也不全是被戳痛的感觉，而是从心底里燃起了一团烈火：竟还真有知识如此短板却仍然"目空一切"的补缺者！他又到了田校长办公室，非常友好地对田校长说，我准备向局领导打报告，反映你校合格教师严重短缺的情况，建议你校停止招生进行整顿。田校长唯唯诺诺："汪领是老板侄儿，刚谈个对象，姑娘看中了他的教师身份……"他连连保证今后一定不再让那人补阙上课了……

时间像一把大铁锹，把该掩埋的都掩埋了。方明主任再检查，在上课的教师里，没再见到那人的身影，心里宽慰了许多。过了一段时间，方明主任心里莫名地生出一种不安：

是不是对那人太不留情面了，毕竟上课关系到人家的婚姻大事……

<h1 style="text-align:center">四</h1>

六月份，方明主任到光明学校监考初三学生实验结业测试，临结束时，忽然停电了。恰好那人来请方明主任吃午饭。他"戒备森严"的脸像冷冻厂里冻得很久的板肉，脸皮拉得紧绷绷的，就连纹痕也是刻板的僵硬。那人机械地动着荷兰兔嘴说："多谢方主任多次向校领导反映我教课不行，校领导才让我当了办公室主任，今天上午我请客，由衷地对您表示感谢。"方主任心里像吃进个苍蝇一样感到恶心。他明白，在他俩之间已经有了一道很难弥合的裂痕。他不愿意违心祝福那人升迁，只愿用对待生满螨虫褥子的态度，把它晾在院子里。方明主任说："麻烦你叫来电工查查线路，看看停电是咋回事。"那人说："这个我懂，领导安排的工作我亲自去干。"

过一会儿，一个学生高喊："汪主任歪倒了！汪主任歪倒了！"方明主任与几个教师跑出实验室去看，见那人脸色铁青倒在走廊里。方明主任问："咋回事？"学生说，"物理实验室外面的电线断了，汪主任接线头，怕突然来电，派我在前边办公室看着。他嘱咐我，只要前边办公室灯泡一亮，让我马上喊他，他就随即停止接线，以免电流过来出现危险。我一见办公室灯泡亮了，就急忙喊，可他还是倒下了……"

室外像个大蒸笼，闷热得让人喘不过气来。

方明主任想：上过学的人都知道电的速度近于光速，一秒钟能绕地球赤道转七圈，从前面办公室到物理实验室这点距离怎会有抬手的机会……方明主任很难想象出自己此时复杂的面部表情：一定有惊讶，有苦笑，有无奈，但更多的是后悔……他后悔刚才由于厌恶那人，竟然让他去干这种"技术含量不算太低"的活。当然，自己有充足的理由推卸责任，是让他找电工接线并没让他亲自处理故障。但如果他"永久地倒下"了，那事故毕竟因自己而起，连带责任怕是很难推卸掉的。如果世上有卖后悔药的，方明主任宁肯花重金买上一车把自己肚皮撑破。

方明主任看着众人手忙脚乱的样子，无奈地苦笑。他清楚，现在的第一要务不是回顾往事，也不是唠唠叨叨地推脱责任，而是赶忙救助他。"关电闸！"方明主任经过几秒钟的迟疑思索，下了第一道命令，又忙拿起凳子准备推离他与电线的接触。一看，那人由于歪倒手已经自动脱离了电源。关电闸的人喊，漏电保护器跳闸了。"打120。"方主任下了第二道命令后，随即把注意力全部集中在对那人的直接施救上。他用手试试那人的鼻翼，尚有微弱的气息。方明主任忙掐他的人中穴、涌泉穴。那人的脸慢慢由青变黄，又泛起血色的潮红。过了一会儿，那人动动上翘的荷兰兔嘴唇"哼"了一声，慢慢艰难地睁开了眼睛。方主任高兴地伏下身子抱住了他，仿佛抱住了经过生死劫后的亲密战友。泪水、汗水模糊了方明主任的双眼："汪主任，你可把我吓坏了……"

方明主任一高兴，对那人的称谓换成了官称。对他的一切鄙夷、厌恶、敌意都云消雾散了。取而代之的是可怜、喜爱、友好的情感。

那人一副未卜先知的神情，声音微弱地说："我从家……来校时，在五里河桥边……见了个死鸡子……捡起来预备上午吃，再开车……该后退……挂了前进挡，该前进……挂了倒退挡，车尾碰住了……路旁铁围栏，我就预感到……今天会出事……"而后又很自信且泰然地说："幸亏我……安排了个学生看着前边办公室灯泡……若等电来了再抬手，想见阎王也不行……出了事……我绝不抱怨别人，只愿我……手抬得太慢了……"

方明主任被那人"愚蠢"的"大度"气笑了……

缺 月

一

白马扫去了老屋当门墙壁上爷爷奶奶遗像的灰尘，又在奶奶遗像下面钉个长钉，挂上了妈妈的遗像。他知道，妈妈遗像左边是日后挂爸爸遗像的位置。自己的应挂在爸爸的下面，可自己右边还缺个遗像的定主。

同家族白奶奶走过来："小哇，你爷爷奶奶下世后，那三亩多地俺家一直种着。几年了没见过你家人，这回承包费你带走！"

白马整理着行李箱说："回来吃您老的饭，那点儿钱，权当生活费了！"

白奶奶把钱塞到他皮箱里："吃饭还不该？钱你留着娶媳妇用！你爸妈都不能操心了，要不你就把媳妇娶到老家来吧！"

"行，您老放心，我会考虑的。"白马心里像有只一跳一跳要飞起来的鸽子。他最后看了一眼像块化石的老屋，乘乡村公交车返回了东江市。

二

家属院的房子，连同其他几处房产都被查封了，家里的几辆车也被抵押交了罚金。从"那个地方"出来的近几日，白马在市区租了个房子临时住着，出门都是挤公交。他回到出租房洗了个热水澡，躺在床上静静地想心事。

白马身高一米八二，脸庞英俊，眼睛漂亮得像盏彩灯，他上学时是许多女孩心中的白马王子。家庭的变故让白马一下子成熟了：过去对婚姻无休止的挑剔，就像一张白纸那样毫无意义。面对众多投怀送抱的女人，他不能再挑三拣四了，虽然他对那些靓妹们全都有着白璧微瑕般的不称心。几个月来生活的惊恐、孤独、痛苦，迫使他急于做出决定，立即选一个女孩结婚，再随便找份工作糊口，去过一个平凡人再平凡不过的生活。

经过遴选，他首先想到了金倩倩。金倩倩爸爸是开发银行行长，眼前的情况让白马产生了借这棵大树乘乘凉的想法。要在以往，这种低级的愿望他是绝不会有的。再一点，金倩倩敢甩给与他亲吻的宫姣姣一巴掌，也是深爱他的一个明证。还有一点就是她的相貌：穿黑衫，披散的长发和蚕眉明目，给人一种沉静聪颖的感觉。唉，可惜！美中不足的是，她笑时鼻洼的左弧线比右弧线高那么一点点！

他与她是在他第一次到开发银行上班时认识的。戴着金丝眼镜微胖的金行长笑眯眯地介绍："这是我的宝贝女儿金倩倩。以后你俩每周一上午上一晌班负责检查各处、室的卫生，将检查的情况打分上报。你俩要认真，要团结协作。"当时，她看着他笑了笑，鼻洼的弧线稍微显着不对称，让他有种美中不足的感觉。

那以后，他俩每周一上午检查一次卫生，见一次面，然后坐办公室喝着茶水聊天。后来两人每周一共进一次午餐，每次他都开着"劳斯莱斯幻影"爱车，与她到市西绿袖山下的"绿色美食城"享受一番美味。

一个晚上，白马跟几个朋友喝完酒回到家，在门口换拖鞋时听到客厅里有人说话，是金行长的声音，"俩孩子相处挺好的，倩倩妈说最好让孩子确定了关系！"白马听到爸爸拖着慢悠悠的腔调："二十一世纪了，我们还是多发扬点儿民主精神吧！对这个问题我还是十分重视的！经验证明，集中与民主哪一样都不能少。"接着是两人亲密的笑声。

白马对来他家点头哈腰的金行长感觉没有多少话说，进到客厅，问声"金伯伯好！"，给两人添了茶水，哼着曲儿回卧室打游戏了。

下周一上午在"绿美"吃午餐时，金倩倩毫不犹豫地扑到了他怀里，他疯狂地吻了她。在后来的亲密接触时，金倩倩多次催他结婚，怕会意外怀孕。但白马不满意那条弧线，就不置可否地打了几次哈哈："近段我很忙，事情终归要解决的……"惹得倩倩哭了好几场。她越哭得伤心，白马越觉得自己优秀。

在决定娶她为妻的晚上，白马做梦梦见与倩倩坐在"绿美"二号房里，他说："亲爱的，我现在一个人生活实在太孤独了，我需要你，咱俩结婚吧！"倩倩甜甜地笑了。他指着她左鼻洼的弧线："亲爱的，知道吗？这就叫作不对称的美！"她笑得很甜美。白马醒后心想："弧线高那么一点点，真的不会让美缺失多少斤两！"

第二天七点，白马给金倩倩发了条短信："亲爱的，今天上午老地方见！"她没回音。他知道，她不说不来，就是肯定会来的意思。

上午十点半钟，白马乘二〇三路公交车到了"绿美"。在这里，他一直是"重点服务对象"，虽然三个月没来用餐了，但馆里的人都认识他。白马仍同以往那样随意地喊："要二号。"女主管慢慢走出来，语气像厅外树枝上被秋风吹落的白霜："对不起先生，只有七号了……"白马不大满意"七、凄"谐音，徘徊了一会才踅进了屋里。这儿没洗手间，没双人沙发床，没绵绵的音乐……坐了一会儿他喊："上茶！"白马想，"绿美"作风咋变得这样拖沓？三个月前在这里他见到的是阳春三月的煦日，现如今态度像秋风一样刺骨。

他给倩倩发了短信："我到了，七号房。"十一点他又发了一次，她回："开会！"

他等了两个多小时，发了五次短信。她终于来了，可无半点别后重逢的欣喜。白马像以往那样，点了她爱吃的水果沙拉、鲤鱼肉丝丸子、松仁玉米……她只是象征性地动了动筷子。

白马说自己没多大问题出来了，只是没有亲人陪伴非常孤独，想马上和她结婚。她说哭就哭起来了，哭成了泪人。他想同以往那样握住她的手安慰，然后把她揽在怀里亲抚。她抽泣着挣开："我爸妈都反对……说咱俩并不……合适！还是……各奔前程吧！我爸日子也……不好过……让我通知你……原来你上班不符合程序……被除名了。"

白马明白，再好的链子也难拴牢一只想跑掉的爱犬。他想起了平时爸爸常对身边人说的话，"人生从宏观上看是很复杂的，从微观上你得学着去适应"，于是白马咬咬牙，绷紧嘴唇，目送倩倩出了门。当理性压倒感性的那一刻，他淡淡地笑了。

餐厅女主管拿着文件夹微笑着进门来："不好意思白先生，由于餐饮业不景气，请把过去一年的用餐账单结一下。"

白马愣了，原先他多次结账，经理每次都说结过了，啥情况？他拿出开发银行的工资卡递过去。女主管用收款仪扫描一下说："对不起先生！此卡被冻结了。"他又拿出几个从没动过的银行卡，全显示冻结。白马最后拿出在检察院上班的工资卡，这里有以前从没动用过的钱。主管刷完后递来小票，白马接了卡扔掉了小票，头也不回地踏着红地毯，出了玻璃门。

下午，白马到家属院与他家的其他几处房产看看，封条仍坚守着岗位。他回到了租处，躺床上重新考虑自己的婚事。金倩倩离他而去了，他并不沮丧，因为他是众多女孩的"白马王子"，他的"靓妹粉丝群"天天像雨后树林中的蘑菇。

三

缺月挂在院中梧桐树梢上，朦胧的光有些凄凉。

他没有半点睡意，苦苦地思索着娶媳妇的事，若在仨月前想这事，简直是天大的笑话。一个人影从一群靓妹中跳出来——宫姣姣。宫姣姣，圆卷发，一脸美丽灿烂的笑容，有着两个迷人的酒窝。见到她，让人第一印象感觉就像看到了一幅春光明媚的画，会从心底生出喜欢。这不仅仅因为她爸是江东市东方红星公司的董事长，还因为她虽是女孩，却有宰相般的胸怀。当两人有了"进一步"关系时，姣姣曾几次见他与别的美女亲热，但都能大度包容。

白马还记得有天晚上，妈妈出差了。姣姣妈带姣姣来他家串门。姣姣妈的目光闪着动物园铁笼里狼眼的绿色光亮。她说她与白马爸有重要事情要单独商量，让俩孩子在书房认真学习有关"世界动态资源关系"理论。

在书房里，白马与姣姣互通了姓名，两人海阔天空聊得很融洽。姣姣翻阅了白马书架里的书，有关政治、经济、军事、法律、科学、文学的……她的眼镜片闪着智慧的光，说都读过了。最后取了一本杰克·伦敦的《马丁·伊登》，说想再看看。这让白马很是吃惊，他天天守着这些书，对它们的面孔却感到陌生得很。

第二个星期的周三，白马到"东方红星集团"人事部报到，职务是办公室主任。他的任务是每周三上午与宫姣姣汇总一下各分公司的考勤情况。白马感觉以自己的能力还是绰绰有余的。他的正式工作是在市检察院上班，同时还兼任着好几个外单位的职务，对于困难与挫折，他一直缺少实践性的认识。

宫姣姣爱阅读，白马书房里有的是书。他俩每周三午饭后都喜欢去长江路东端的红石湖公园划会儿船。碧水映着蓝天，画船载着笑人，并肩欢悦的倒影晃动在蓝天画船的水景中。晚上，姣姣爱到白马家读书，为了方便学习与研究，她住下来也是常有的事。

一天晚上，他俩正在书房"啃书本"，金倩倩突然闯进来，巴掌极快地光顾了宫姣姣的脸。宫姣姣穿好衣服呜呜地哭，哭得让人心生怜悯。

随着长时间的相处，白马越感到了姣姣包容精神的可贵。两人的感情就不知不觉地增加了浓度。

白马记得有天晚上，两人正在书房说话，听到客厅里白马妈说："你家姣姣很可爱！"姣姣妈说："既然你喜欢，就让姣姣做你儿媳妇好了！"两人"咯咯"地笑得很开心。姣姣听后挤挤眼，笑着吻了白马好几次。白马深吻着她，脑海里闪现着公园里那朵娇艳的花朵，花朵旁有一双女孩漂亮的眼睛。他仔细观察过，姣姣眨眼有点儿快，仿佛每隔几秒钟就重重地挤一下。挤眼挤得让白马心里有点儿不舒服，就像一幅秀美的油画无缘无故多了点儿杂彩一样。

金无足赤，白马考虑到家庭出现变故的背景，娶了姣姣全当是牵萝补屋了！就在金倩倩离他而去的那个晚上，白马给宫姣姣发了条信息：亲爱的姣姣，有时间吗？明天上午红石湖公园划船如何？不一会儿姣姣回了：太好了！我正想见你呢！明天见！

夜里，白马做了一连串的梦，梦见的都是与姣姣一块生活的事，在梦里他的全部烦恼都一去不复返了。

第二天上午，他俩准时在红石湖公园见了面。还像以往那样，两人并肩坐到了游船上，船后泛起了美丽的浪花。

深秋，湖面上游船不多，几片零乱的树叶在游船周围胡乱地漂动。小船到假山旁停住了。姣姣满面欢笑："白马，告诉你个好消息！三天后我就要去美国留学了，作为好朋友，我想你一定会为我祝贺的！"

白马像只呆头鹅，愣愣地看着她。

姣姣仍是灿烂地笑着："你还记得杰克·伦敦的《马丁·伊登》吗？我不做罗丝，我希望你会像伊登那样成功，不希望你有他的悲剧！"

白马关心的是如何解决自己生活孤独的问题，对不认识的马丁没多大兴趣："姣姣，你不是急着想与我结婚吗？""你误会了！我可不想让爱情过早地进入坟墓！白马，你想啊！假如我没有远大的理想，怎么会反复研读美国作家杰克·伦敦的小说呢！好白马，你要是真心喜欢我，就等我二十年后从美国回来，再与我完婚，好吗？"

白马像吃饭噎住了喉咙，很长时间说不出一句话来。

宫姣姣神秘地笑笑："我舅舅金行长与表姐金倩倩都反对我与你结合。我爸让我转告你，由于你家的事，他现在很被动。不能再让你去红星公司上班了，省得给你增加不必要的烦恼！"

白马吃惊地看着她，感到在她们的背后不知还隐藏着多少夺命的陷阱。到了岸边，他下了船拖着沉重的双腿往回走。她在后面大声说："白马，别走！上午我请客！"

白马像遭霜打过的茄子一样耷拉着脑袋，他紧绷着嘴唇，头也不回地去了。

白马有些悲伤。他决不相信想过个普通人的生活会比爬雪山过草地还难！记得爸爸有一次在电视里讲话时，红光满面，信心百倍："工作中常常充满变数，这是客观的存在，我们主观上就是为了克服客观的困难而工作的！"于是白马重新有了力量。

午饭时，白马转到了与他关系亲密的女同事家门口，看见她刚关住不锈钢双开彩红大门，忙跟上去按响了门铃："莲莲，我是白马。"不一会儿里面传出一个老太太的声音："她出差了！"

下午下班时，白马找到了他在江东市中两个最要好的大学女同学。一个去幼儿园接女儿去了，一个抱着儿子迎接了他。

四

这天晚上，窗外的秋风吹得树叶"沙啦啦"响，缺月昏昏苍苍的，似乎在秋风中打战。白马辗转反侧难以入眠。他感觉圆月才美，月不应有缺，人也得团圆，例如他。可惜，此恨自古难全！他坚定地相信，等神州人造飞船升空后，定会有圆月银光让乾坤满满的一天！

他仔细回忆着，感觉在所有的靓妹粉丝中最亏欠的就数钟丽丽了。

钟丽丽是他在政法大学时的同学。现在想来，四年的大学生活简直是一首充满激情的诗。白马是个爱把自己的聪明建立在别人愚蠢之上的人。上大学时，他每场精彩的演讲，每次巧妙的司法辩论，都赢得了众多女生的青睐。"白马王子！""白马王子！"她们挥动着彩球疯狂地喊叫，会场的热潮似席卷而来的层层排浪。在众多追求他的女生中，钟丽丽是最忠实、最持久的一个。她小他两岁，温柔得像一潭暖洋洋的春水。那时，她如大姐姐般的照顾他：为他洗衣、买饭、倒水、抄写材料……毕业后，白马去市检察院报到，钟丽丽去了区检察院上班。两人像反贴的门神一样，永远没有对脸的时候。钟丽丽仍始终不渝地对他好，为他两次打胎都无怨无悔。白马嫌弃她是大众脸，且腰围粗了那么一点点儿，在一年里狠心地不接她电话，不回她短信，不再与她有任何联系，才算甩掉了一个沉重的包袱。

到这天夜里，白马才明白，过日子，钟丽丽才是最合适的人选。到这时才知道，其实自己内心还一直潜伏着娶她为妻的美好愿望。单说长相，别看她是大众脸，当穿上制服时，大盖帽下浓密的眉毛、明亮的眼睛，仍给人一种威风凛凛的美感，腰围粗点儿也并无大碍。再从精神层面讲，她的美甚至能超过金倩倩、宫姣姣……他犹豫了一下，先给她发了条微信，受限，又给她去了信息，一小时没回。他怀疑她原来的手机号停用了，就试拨了一下，还真通了，那边声音有些嘈杂。他平静地干咳一声："喂，丽丽！是我。明天上午我想见你，有时间吗？"稍停，那边静了，听到了钟丽丽低声的抱怨："一年了，你为啥不接我电话！为啥不回短信！为啥见我就躲！""丽丽，你听我说，有些事见了面我当面解释行吗？"白马心里有几分高兴，认为自己在钟丽丽心中尚有一席位置，因为爱之愈甚，恨之愈切嘛！钟丽丽沉默了一会儿，长长叹了口气："明天上午十一点你到江东市海洋餐馆见我……"

第二天是周末。上午十点半钟，白马下了公交车，嫉妒地看看停车场众多样式的小车，低头进了海洋餐馆大厅。这里人多得有点儿离谱，好些不认识的人，还有市里、区里检察院的同行都在。白马一眼瞥见人群那边有两个人，像是金倩倩与宫姣姣，两人一晃不见了。原先喜欢与他亲密交谈的漂亮女士许是没看到他，同他缺了必要的招呼。白马赶忙躲个僻静处，心想："如果这时再改约会地点从理论上讲有点儿说不过去。"

"来了！""来喽！"

白马从风景树后面往楼道尽头看，一女子身穿红色的婚纱被一个英俊的小伙子搀着款款向这边走来，后面两个像古代宫女一样的女士托着她长长的后衣襟。他心中暗想："这新娘子真够漂亮的！"

主持人手持话筒，大厅里回声响亮："各位女士，各位先生，今天是王石山先生与钟丽丽女士喜结连理的大喜日子……"

"啊！"白马感觉一阵眩晕。他是如何狼狈地逃到住处，又是怎样把自己灌醉的，一点儿都不记得了。

五

直到第二天凌晨三点，白马才从沉醉中醒来。他习惯性地打开手机，查看了微信、微博、QQ，一条手机短信引起了他的注意："根据白富起多次申请，经研究批准其家属于本月十三号下午三时探视。地址：秦城经石路四区。过期不候。"白马查看了日期，正是今天。

天明起床，白马乘坐五个小时长途汽车到了秦城，又步行一段山路，才找到了四区。他想着"四区"，四、死，有点不吉利哈！

下午三点，大铁门打开，他出示了身份证，被人领到一个厚玻璃墙前面的椅子旁。白马隔玻璃看了一下，里面放着一个圆凳子，没有人。他等了好长时间也不见人来，便问值班的警察："白富起咋还不来呢？""你以为说见就见呢！里面要走好几道手续！"严峻的态度让白马感觉自己"唰"地低了下去，低得像高山下壕沟里的蛤蟆草。

下午四点多钟，里面小门开了，一个黑瘦的人被架着坐到了圆凳上，那人看上去像一根嶙峋的拐棍。他的光脑袋失去了往日偏分的黑发，灰暗的额头缺少了先前红润的光亮。两人都戴上了耳机。里面的人红着眼，声音颤抖："孩子呀，你……怎样？""被……双开了……""你妈呢？""她……承认……那九千万是她的事……走了……"一个惊雷般的声音："白富起注意！你谈话内容受限，立即改变话题！"

原来风光无限的他哆哆嗦嗦地站起身来习惯性地举起右手："报告政府！白富起知罪！"表现出了他极其神速的"纠正态度"。

白马头皮发麻，浑身起了一层鸡皮疙瘩，也习惯性地举起了右手："报告……"

"孩子啊！你一定要守住你爷爷奶奶的老屋……我现在只想回老家种那几亩地……十分怀念小时候吃过的红高粱豆面窝头……那里才是……我最后的归宿……"

白马心情沉重地离开了四区。他抬头看一眼沿山而筑的高墙，望一下高墙上的岗楼，从心底感到了墙外生活的自由。

石子路两旁长满了枯草，路外面枯草旁边是让人惊心的万丈深渊。不远处的红石山给人一种温暖的慰藉。

天慢慢暗下来，车窗外灰白的缺月在碧蓝的天幕中显得极不和谐。

白马决定回老家去，就住在那个老屋里。那是爷爷奶奶生活了一辈子的地方，在他面前还有很长的路要走……

石豪大夫

秋雨连绵，黄叶飘零，周天顺望着县医院病房窗外的秋景，禁不住生出一种悲伤的情愫来。

周天顺名叫顺，命运却很坎坷，没有戏中的那个周天顺福分大，人家年轻时受了罪，后来做了高官。周天顺小时候受罪，四十岁得了冠心病，五十岁患了"三高"，刚过六十又有了前列腺问题。平时他爱听河南坠子，也爱唱，"往东能望到东洋大海，往西望见了鬼门三关……"如今他一只脚进了鬼门关。事儿不摊在谁家，谁不知道难；病不得在谁身上，谁不知道难受。他不懒，不馋，不贪，爱干活……好日子没过够，现如今还不想死。

两年前，他前列腺出了问题，是莱城县人民医院胖崔大夫给做的手术。崔大夫秃脑门、圆胖脸、八字眉，笑得甜甜的，是他的主治大夫。住院期间，他给周天顺开了很多进口药，虽然合作医疗不能报销，但听说能治好病，为了能健健康康地活着，周天顺咬咬牙花钱买了。住院十天，合作医疗报销后，还用去五万多块。住院的病人私下说，崔大夫是抹着蜜的尖刀，宰着人还让你觉着甜。周天顺只是觉着钱不好挣，至于"尖刀"抹没抹蜜，他倒不太在乎。他感觉，能治好病就没啥话说。

出院后，他听一位"高人"说，"人这一辈子挣的钱到最后都得送给医院"，心里便冒出一股凉气。看来病这一回还不算完，他是农民，挣个钱就像从开水锅里往外捞铜板一样，实在不容易。

出院才一年多，他的前列腺毛病又犯了，又住进了莱城县医院。尿滴沥，滴得比秋天连绵的雨点还小。现在他有一个迫切的需求，马上打通"尿道"，把迈入鬼门关的那只脚拽出来。

他捂着肚子呻吟，老伴儿拉着他手落泪，孙子拽着他的衣襟哭泣。胖崔大夫歪歪左嘴角，摇摇头："病很严重，只能做留置手术了，就是找到省医院的石豪大夫也无能为力。"周天顺一听，顿时感觉脑袋被戳了个洞，空空荡荡的，还疼得厉害。他见过一个做留置手术的人，老远就闻到一股异味，人们都躲他远远的。周天顺爱凑人跟前说话，他想做不用体外排液的那种手术。胖崔大夫摊开双手摇摇头，又深深叹口气，一幅回天乏术的无奈相。

儿子执意将他转省医院去，托了开软卧客车的同学小军。小军又联系了他舅舅——省医院的石大夫。周天顺疑虑重重，他估计去省医院治病效果不好说，反正花钱一定会加一大捆，家里的钱可不是秋天的毛毛雨，多得没完没了。儿子说钱不用他操心，已经凑好了。临行，胖崔大夫问了车牌号，说他提前打电话，让省医院多照顾。

周天顺放心地乘上儿子同学小军的晚班软卧客车，往省城赶。客车行到鲁豫两省交界处的杨村十字路口停下来，前面的车就像畅流的水突然遇到截流的堤坝一样越聚越多，渐渐地积成了"湖"。

已是暮秋天气，气温随着车外"呼呼"的风声下降。周天顺在车里却急得满脸的汗珠像豆粒那么大。他不住吵嚷，要看看停车是啥情况。儿子探路回来说，交警查车呢。

好容易快挨到了软卧客车通过。强光灯下，墨镜交警一挥手过一辆，像极了威风凛凛的门神"关二爷"。他看看小军的车牌号，又看看驾驶证："你是新手吧？"

小军说："见习一年多了。"

"你这车有毛病。"墨镜左嘴角往上挑两挑。

"这是辆新车，才上的手续。"

"把车开到前院里接受《汽车安检标准》《交通道路行驶规则》检查，那么多条，我就不信没一条符合你的。"

汽车被抛在路边一个停满车的大院子里，墨镜不知去向。乘客们都很着急。最着急的还属周天顺，他只盼快点到省城医院，马上解决"内急"问题。他不住催问小军："咋回事？天明还能赶到省医院吗？"

小军说："他是想叫我在驾驶证里夹钱，没门儿。我舅石大夫说了，绝不能助长歪风邪气。"

周天顺儿子找来了墨镜，问："啥时检查，多长时间能检查完？"墨镜说："快说也得一天多。"乘客吵嚷误了时间，吵得急了。墨镜在车后面站站、看看，说后尾灯线断了，罚款！小军一调车上监控，说是他剪断的，有监控记录，随即打了"夜间市长热线"。墨镜说："看在众乘客面上放行。"

周天顺才长出口气，感叹过了"一关"。但心情并没轻松多少，因为到省城还有更大的"难关"等他过。

黎明，软卧客车到了省城。

省医院就是比县城医院大。仅临街的高楼就有一里长。门诊大楼十层，一楼大厅里排着多条长队。

周天顺坐着小军找的手推车，进了电梯门，再出电梯门，随小军走了好几道过廊，才找到了泌尿科。石大夫诊室门口也排着老长的队。周天顺不住叹气："真是河里没鱼市上看，在家没见有多少病人，医院里咋恁多呀！"

直到下午四点才叫到了周天顺的号。

石豪大夫瘦高个，一脸铁青的胡茬，眼镜片里闪着深邃犀利的光。他仔细看看周天顺的片子，诊断后安排他住了院。

病房宽敞、洁净，三张床位，桌凳、空调、平板电视、传呼电铃、洗手间……全显示着高档气派。

先来了个戴眼镜托着卡本的白大褂说，40 床交两万住院押金。周天顺心里一沉，一住院就让交两万块钱，不知还得交几个两万呢？又来了个白大褂给铺好床。他刚躺下，进来个护士给量体温。量体温的护士刚走，几个眼镜医生来查看片子，石豪大夫开个单子对周天顺儿子说："快到收款处去划账，把病人积液问题解决了。"周天顺心里一沉：交上钱就划账，"小刀"磨得够快的！从治疗室出来，周天顺感觉肚子轻松了，心情却更沉重了，最后叹口气：反正生病住了院，就伸出脖子任人家砍吧，治病重要。

又来了个白大褂预订饭，一连向周天顺推荐了几样营养餐。开饭时，有人推车送饭到病房。周天顺想："档次越高花钱越多，羊毛出在羊身上。"他摸摸压在枕头下的钱包，重重地叹了口气。

第二天做了多项检查。下午石豪大夫来病房说："明天我给你做手术，先让家人去签字，你的病很严重，手术治疗得做两方面准备，治疗效果可能很好，也可能不理想……"

周天顺听过好多次这样的话了，他有在县医院住院的"丰富经验"，忙给儿子使个眼色，儿子把预备好的千元红包塞给了石大夫，送红包的指向是明确的，求手术效果向好的一面呗！

石大夫捏捏红包皱皱浓眉，把红包递给周天顺："这是干啥？太小看我了，这是不正之风啊！"

周天顺想："省医院红包比县医院多一半还送不出手，难呢！"他叮嘱儿子不要小看了石豪大夫，再加些钱给小军，让小军转送给他舅。这种"曲线送礼"的做法让人比较容易接受。

第二天上午九点，石豪大夫给周天顺做了手术。两小时后，周天顺被推回了病房。十一点半，石大夫来到病房，看看悬挂的输液袋，闪动着深邃的目光说："手术很成功，只要配合治疗，估计七八天就能出院了。"

周天顺明白"手术很成功"与"配合治疗"的意思，那时候崔大夫也是这样说的。他艰难地睁开眼说，有好药……尽……开，又给儿子使个眼色。儿子说："石大夫，今天中午我请客，你们辛苦了！"

石大夫严肃地说："救死扶伤是医生的天职，病人本来就花很多钱，决不能再搞不正之风了。"

周天顺心里清楚得很，那时崔大夫也是这样说的，除了请吃饭，又额外给他加了个红包。周天顺强打精神："这是俺……心意……"活下去是他的第一选择，他认为，对掌着生死簿的阎罗王不惧怕的人很少。

石大夫闪着深黑的眸子说："听我外甥说，你们在莱城县医院又送礼又请客的，病不照样犯？"周天顺感觉，石大夫这样说是想向人表明他很"另类"，不与那些人"同流合污"，这反而更让人难以拿捏。连傻子都能猜出，一个掌握着病人生死"命门"的大夫，不吃请也不收红包，会没啥图谋？这不难理解，收红包还是大的好呗！

手术后第三天，眼镜护士又托着卡本说："四十床再交两万！"

周天顺本来小肚子就疼，听了这话头皮一麻就更疼了。来时共带七万，看来还得往家打电话，再求亲戚告邻居借钱呢！但是为了治病，再难也得往前走。

手术后第四天，周天顺突然发了烧。石大夫检查后说："你们一定要配合好，按医生护士的要求做。"周天顺知道，自己的做法不大合医生护士的"要求"，做手术缺个大红包，还缺顿饭。他也想送个大红包，让石大夫捏捏能满意地接受，可他是个农民，罗锅上树——钱（前）紧呢！

下午小军来看望他，周天顺咬咬牙让儿子包个两千元红包，转交给石大夫。经过一番拉扯，小军还是把红包拿去了。当晚，石大夫又针对他的病情开了药，半夜后，"烧"就鬼使神差地退去了。

手术第五天，周天顺能顺畅地小便了，他估计眼镜医生又该托着卡本催款了。手术第六天，他估计一定会催款，可一直到半夜都没人催。手术第七天下午五点，护士长通知第二天八点拆线，办出院手续。

周天顺儿子说："让我再住几天巩固巩固呗。"

护士长说："病好了就得出院，许多预约病人还在外面等床位呢。"

晚饭后，周天顺拉开窗帘，周围大楼灯光璀璨，楼下大街彩灯通明。周天顺小便顺畅了，刀口不痛了，他想哼两句坠子："往东能望见东洋大海……"但一想到明天出院结账的事，心里又像压上了一块磨盘大的石头。

晚上周天顺一闭眼就做梦，梦见儿子冒着蒙蒙秋雨去借钱，衣服淋得湿湿漉漉的像个落汤鸡，眉头皱得沟沟坎坎的像浓缩版的丘陵地带；老伴儿把枕头里的钱都给了他，孙子拿出了压岁钱；客车艰难地行进，墨镜歪着嘴使劲往后拽……

天明吃早饭，周天顺喝着营养粥很不顺口。

护士长拿着单子进来："四十号家属去结账。"周天顺的心"咚咚"跳两下，颤抖着把枕头下的钱全部拿给了儿子。他担心带的钱全交上还不够，那可就遇上大麻烦了，在省城无亲无故的。

儿子说您老放心，小军在楼下等咱，说好了，钱不够向他借。

一会儿，儿子结账后满面春风地回来了，说入院交四万，合作医疗报销后还剩五千多块呢。周天顺喜出望外，他没想到在省城医院治病比在县医院花得还少。他想，通过小军给石大夫送了两千元红包，送得值，送得心甘情愿。

一切手续办好，周天顺让儿子给石豪大夫告个别。儿子回来说，值班医生说，省卫生厅开展医院纠风活动，莱城县医院是省医院的下属医院，石大夫是省医院纠风办副主任，他下莱城医院整顿去了。

周天顺若有所思地"哦"了一声，他听人说，贪污犯大都喜欢讲廉洁，而且讲得让人感觉他本人像水洗的白菜一样。

回家仍乘小军的软卧客车，周天顺真诚地说："小军，谢谢你跟你舅了！"

到杨村没见着"墨镜"查车。周天顺问："那个歪嘴墨镜咋没拦车？"

小军笑笑："大爷，你猜他是谁？他是咱县医院崔大夫的儿子，你看他俩嘴都往一边歪是不？听人说，胖崔大夫对你转院很不满意，就是他打电话故意查车刁难咱也不好说。"

周天顺说："要真是这样，就太那个了。"

"崔大夫开后门让他当了协警，我打市长热线的第二天他就被辞退了。"

"好好！这样的人就该辞退。"

临下车时，小军把那个红包又还给了周天顺，说："我舅担心在医院退回红包你们会有顾虑，让我回到家才给您，并叫我嘱咐你们，风气清正靠大家，人人都不能助长歪风邪气。"

周天顺很激动，他感觉天是蓝的，风是爽的。他回到家，吃嘛嘛香，小便顺畅，他知道迈进鬼门关的那只脚被石豪大夫拽回来了。

秋日当空，天高气爽。

院中树叶泛着金黄色，村中树叶也是金黄色的。秋风吹来，树叶翩翩落下，像极了金色的蝴蝶，很美！他治好了病，感觉生活非常美好。

他坐院里听河南坠子，也学着唱，唱词变了："往东能望见东洋大海，往西望不见鬼门三关……"

那片桑林

一

草宽三十九岁这一年的春天，在职工体检时查出了肺癌。他像突然被抛到了荒岛上，遍地的毒蛇猛兽一起向他袭来。他惊慌、痛苦、恐惧……他真相信了那句名言：生活永远是美好的，人的痛苦却时时发生。临死前，什么也不顾忌了，他一定要见见心爱的女人。

熟悉他的人都说他是幸运儿。他爸原来当军官，后转到县政府部门当公务员。他妈原来是农民，初中文化，随军时在他爸所在城市的纸厂上班，后转到地方在自来水公司坐办公室。用他妈的话定性，他家完全成了干部家庭。他十八岁参军，二十三岁转业到县城邮政局任职，娶了个同事媳妇，媳妇生了个儿子，儿子上着初中。可他一直感叹命运最爱作弄人。

检查出这病，经过两天的恐慌，他很无奈地接受了残酷的现实。人活百岁也是死，死就死吧。可他内心深处一直藏着桑林的秘密，准确地说是留有一个深深的遗憾。因此，草宽想在去京城医院动手术前去见她一面。他对她一直怀有愧疚、遗憾、留恋的感情。

她叫杏晓红，农民，今年三十八岁；婆家在贺庄，住庄西头；男人是县棉厂下岗职工，又在上海找了个什么事儿干；有个儿子，上高一……

这些情况是他事先做了"功课"的，现在，草宽正开车往贺庄去。

阳春三月，路边是北方大平原千篇一律的景象：麦苗葱绿，地里开着零碎的花朵，还有大片黄澄澄的油菜花。农村景色说不上不美，反正没引起草宽半点愉悦的情绪。

小时候的生活才叫美呢！一幕幕甜蜜的场景，像一幅幅美丽的图画展现在眼前……

二

他老家是一个叫桑湾庄的乡村。他出生在这里，童年生活在这里。村北有一湾河水，其他三面全是碧绿的田野，这景色是他随军的城市和现在的县城所缺少的。他记得小时候，常常跟奶奶或妈妈到黄河湾边看三条桅杆的大船顺流而下。

有一回，大人干活，他跟晓红在河边捡杏核。晓红说："咱坐船顺着河走，不知道很远的地方是啥样？"

他说："外面哪有咱这好啊！"

暑天他喜欢在桑树林里摸"知了猴"（又名"爬叉"）。一次，他与晓红捉了一罐头瓶爬叉。晓红妈，他的近门表姑用油炸一炸，香得很，他俩吃得津津有味。

　　桑湾庄人家家养蚕，村里村外满是桑树。麦黄时节，桑树绿叶中满是紫红的葚子。少年的他爬到弯杈树上，树下的杏晓红，跳着脚要桑葚吃。他折一枝给她。他在树上笑着吃得嘴巴紫红，下面的她，乐得脸也变成了"花脸谱"。他更怀念与她一起吃杏子。

　　九岁时他跟妈妈随军，十四岁随爸转业回到县城。每逢节假日，常被爸妈送回老家跟奶奶一起生活。只要回老家，他特别喜欢去村南避水台的桑树林。那里桑树遮天蔽日。夏天，树荫下长满小草，小草丛里开着小花。夏日的桑林下草垛里，藏有他二十多年没告诉任何人的秘密。

　　草宽十五岁那年的五一节，学校放七天假。那天午后，妈妈把他送回了桑湾庄。奶奶家住村南头。草宽一到老家便发现向村南去的路加宽了。与城里的柏油路不同，以前乡村路是泥土铺成的，新修的路面有一层细腻的沙土。草宽从小就爱光着脚丫蹚沙土玩。等妈妈一走，他跟奶奶打个招呼，便光着脚顺着大路向南边跑。

　　夏风吹着，西半天的太阳照着泛黄的麦子，广袤的田野金浪滚滚，杜鹃的歌声回响在田野的上空。

　　桑湾庄村南有一片高起的土丘，二十世纪八十年代，政府又组织人力垫土加高，栽种上桑树来养蚕、固台、御洪。三五年后，避水台树木成荫。中心大桑树上挂了个铜钟，这里是上工集合与社员晚上开会的场地。台上还建有生产队的牲口屋、仓库。房子东南角堆着几垛草。

　　草垛下面有个叫"小杏洲"的村子。桑湾庄户户养蚕卖茧子，"小杏洲"家家种杏树卖杏子。草宽近门的表姑家住村西头。这位表姑与草家已经出了五伏，他娘家没人，按门第数他家最亲，也就成了亲戚。当然，他来不是为了看表姑，是想见小表妹杏晓红。

他来到小杏洲村西头表姑家的篱笆墙外，院子里静悄悄的。杏树下，表妹正坐在小桌旁学习。他悄悄打开木栅门，蹑手蹑脚走过去，从后面捂住了她的眼睛，感觉软绵绵、热乎乎的。她乌黑的短剪发贴着草宽的肚脐眼，肚脐眼感觉滑溜溜的。他装着大人的腔调问："你猜猜……我是谁？"

她掰开他的手："刚才就看到你了，你是宽子哥……"她爱这样叫他，话没说完，先"嘀嘀"地笑了。她站起来："我给你打杏子吃。"

草宽望着院里几树橙黄的杏子，马上流出了口水。

杏晓红拿起一根竹竿，踮起脚来扬着双手打高处熟透的杏子，随着手的一扬一落，小褂子衣襟下白生生的肚皮也一露一掩的……她拾起来打落的杏子在碗里洗了洗，挑几个拿走了，将剩下的给草宽。草宽拿一个就咬，顿时酸得咧着嘴哈气，牙根都酸倒了。杏晓红又是一串"嘀嘀"的笑声。她拿一个杏子大大方方咬一口就吃。草宽知道上当了，她已经把熟透的杏子全挑走了。他追她，她笑着往屋里跑，草宽追她到屋里。杏晓红站在床边举着手，草宽扬手夺。他比她大一岁，高半头。一挤一夺，杏晓红仰面躺在了床上。

杏晓红说："你听，来人了吗？"

他看着她乌黑的头发、红扑扑的圆脸蛋、黑溜溜的眼珠，感觉很快乐。

她往上拱拱身子："咱俩去防汛台牲口屋的桑树林吧，别让大人回来看到了。"

他说："好。"

二人来到了避水台的桑树下，社员们在西南地栽红薯，牲口还在田里耕着地。桑树林里很静，有软绵绵的草。两人在这里吃了杏子，杏子很甜。以后，又在这里甜蜜地吃了好几次。当然，赶上桑葚熟了，两人也采摘黑紫的桑葚吃……

三

草宽十七岁那年，与妈一起回桑湾庄给奶奶收麦子。

红彤彤的太阳映红了一望无垠的麦田。妈妈在前边用木叉把麦子整成堆，表姑父赶着自家的黑骡子木架车负责装拉麦子，表姑与杏晓红在车后用竹耙子搂麦。草宽前两天铲麦时，手上磨出两个血泡子，在后面跟着拾麦穗。麦车装满走了，妈妈跟车去了麦场里。他与表姑、杏晓红坐麦铺上说话。

表姑说："晓红常给我说，她天天都想跟表哥在一块儿，她盼你以后走到哪儿，把她带到哪儿。"杏晓红脸红扑扑的，看着天边的云朵笑。

他点点头说："我长大了像爸爸一样参军，爸把妈带到军队给她安排了工作，我参了军也给晓红安排个工作。"

晓红脸红红地问："表哥说话算数？"

他说："一定算数。不过现在不行。单位分给爸的房子太小，爸妈一间，我一间，晓红去了除了跟我一间没地方住……"

杏晓红脸更红了，抱怨他："谁说现在就跟你了……"表姑笑出了泪。

四

表姑打麦堆去了。杏晓红说，"我有个事想请表哥帮忙。"他拍着胸脯打包票。她说："我晚上找你，你帮我写份入团申请书。"他笑话她进步晚，还说她都是初中生了竟然不会写入团申请书。她笑眯眯地看着他："我一个小初中生当然没你这大高中生有学问啰……"

晚饭后，二人在奶奶家当门昏黄的电灯下，他坐在床边趴桌子上写申请书，她坐他身边说着情况看着他。奶奶睡东间，一会儿就响起了鼾声。妈妈睡西间，一会出来好几次，一脸厌恶的表情，完全没有了拉麦子时的满面春风。

写好后，她拉拉他的手，附他耳边："你送送我，我怕黑。"他点点头。二人轻手轻脚刚要出屋门时，妈妈从西间走出来，大声说："雷雷，黑天半夜的，你送不合适，还是我送送晓红吧。"她用力推回了儿子，拉着杏晓红出了门。

下弦月洒下朦胧的银辉，杏晓红临出奶奶的篱笆门扭头往后看他一眼，眼里似乎噙满透明的泪花。

到门口，他听到了妈的说话声，也好像是说给他听的："晓红啊，你要真喜欢表哥就离开他，你是农民家庭，俺是干部家庭，你俩走一块儿会影响你表哥进步的……"他隐约听到了杏晓红微弱的抽泣声。再过一会儿，一切声响都消失在了沉静的夜里……

草宽跟着出了村头。昏黄的月光下，一胖一瘦两个人影顺着向南的宽土路慢慢移动。胖的像押解一个瘦身俘虏。直到二人的身影在生产队牲口屋的那片桑树林里消失了，草宽才回到屋内。他拿起杏晓红落下的桃木木梳，想着杏晓红乌黑的头发、红红的圆脸蛋、黑亮的眼珠、白生生的肚皮，心里像喝了泡着铅块的醋水，又酸又沉的。夜空里响起了杜鹃的叫声，他感到叫声不美，声音是凄凉的。

他回到屋里把木梳藏好，然后呆愣愣地坐着。过一个时辰，妈妈回屋里叫他，他噘着嘴把头拧向一边。妈又给他讲了杏晓红家是农民家庭的事情。妈妈在桑湾庄生活了十来年，直到随军才到了爸爸军队所在的城市。那时候，她干完生产队的活儿也养蚕。她了解桑湾庄各家情况，谁家有人当干部了，谁谁吃商品粮了……

妈妈说："我是为你的前途考虑，是对你好，大了你就明白了。"草宽长大了很久，到底也没弄明白妈妈的好来。

那晚后，杏晓红刻意躲避他，他只要回来看奶奶，就顺着土路往南走，去牲口屋避水台的桑树林里转悠，甚至去她家找她，可直到下年阳历年参军走，再也没能见上她一面。

他高中毕业后参了军，走时带着那把桃木梳子，给她去了几封信，都"查无此人"被退回。草宽气得摔了几次茶杯。幸亏那杯子是钢制的。

退伍后他参加了工作，这次他准备与妈妈"对抗到底"，可一打听，杏晓红上一年就已经结婚了。在妈妈的关心下，他娶了个同单位的胖媳妇，胖媳妇说不上好看，也说不上不好看，关键是胖媳妇的爸爸是个胖局长。胖媳妇又生了个胖儿子，胖儿子当然好看了。但他仍然忘不了杏晓红，想见她，不断打听她的消息。陆陆续续了解到，她自那晚后便辍了学，后来找了个在棉厂工作的对象。她对象下了岗，常年去外地打工。她生了个儿子后得了心脏病……他听到她的坏消息就越发想见她一面……

五

他问到了她婆家在贺庄，她住村西头。又打听到了她的手机号码。他先打通了电话。接通后她一听是他，挂断好几次，最后还是接了。他说："我想去看你。"她说："你还想着给我打电话，我就心满意足了。"他说："我在去你庄的路上。"她挂了电话。

汽车到了贺庄西头。他停了车，庄头有两个老头靠着墙根儿晒太阳。他问了她家，提着礼品到她家大门口。铁门暗锁着。他敲门，没人应；打电话，无人接。他发去信息：不开门，我一直在外面站着。

停了一会儿，门开了。他走进去，对她说，插上门。她犹豫一下，把大门插上了。进了堂屋，当门壁橱、条桌、沙发很干净。他坐当门沙发上，她倒了茶水靠门边站着。他说他一直想着她，那时他拗不过强势的妈妈……她泪水成串地往下落。他说，几天前体检查出他患了肺癌，要去京城医院做手术，很有可能回不来了。她掩面哭泣。

她流着泪说："我不能激动，我心脏受不了。后天去上海看病……这一辈子，你还想着我，还能来看看我，我真的心满意足了。"

他说："我临死前见见你也心满意足了。"

她捂住他的嘴："不许胡说，你一定会回来的！"

他像小时候那样看着她。她三十八岁了，头发仍然乌黑发亮，脸还是红润的，眼珠还是黑溜溜的。他重重地叹口气："唉！都怪我那时没坚持，我对你有愧！"

她哭着说："都过去了，别再说了……"

他哭着离开了贺庄，第二天在家人的陪伴下去了京城大医院。在大医院对身体做了系统、全面、细致的检查。戴眼镜的白发老专家一脸严肃地说："根本不是肺癌，就是普通的肺炎。用不着住院，开点药回去吃吃就好了……"谢天谢地，这错得也太离谱了吧！他一开心，逛了北京许多景点，感觉京城是那样的美，生活是这样的好……

他回到县城，正常上班了。领导、同事、同学、亲戚、朋友纷纷前来探望、祝贺。在众亲朋频频举杯与朗朗的说笑声中，草宽浑身是劲，热血沸腾，眼里闪着激动欣喜的泪花。

在桑湾庄宗亲来探望时，他发出了叹息："多少美好的东西消失和毁灭了，世界还像什么事情也没有发生一样。"一会儿他喝高了。

　　等宗亲走后，他哭得死去活来。妈妈和胖媳妇问他没有大病还为啥哭，他咬紧牙关不说话。哭的原因是万万不能讲明的，他听老家人说了一个不幸的消息：杏晓红在上海心肌梗死去世了，死后，根据她的遗嘱，骨灰被埋在了她一直刻在心中的那片桑林里……

归 宿

临近新年，已过耳顺之年的姜大妈心里又翻过一波焦虑的涟漪。

她年年一个人孤零零地过年，年年感觉格外清冷。今年秋后，她吞咽困难，想来在世的日子不多了，就软缠硬磨让儿子一家回家过回年，好让他们看看农村新房，好留住他们的心。

国庆节，老塘村村民搬进了新居。老塘村啥样？曲街弯巷参差不齐，老房新屋破旧掺杂，槐榆杨柳姿态各异。土里土气的。新塘村啥样？宽街直巷路灯华丽，座座别墅新颖精致，冬青墨松盎然吐绿。比城市还美丽。

姜大妈的新家，也就是儿子名下的二层楼，处在湖水盈盈、花树丛丛的公园北面。四室两厅两厨两卫的小楼里，新的柜橱、沙发像刚娶来的儿媳妇那样耐看，刚置办的炊台、灶具像刚理过头发的儿子一样喜人，才安装的窗帘、布幔像孙子孙女一样可心。这些家具都是她花尽积蓄为儿子置办的。

当门挂了张全家福相片：五岁的孙女，眼睛明朗朗的，活泼可爱；刚出生的孙子，大眼清澈澈的，虎头虎脑。她从微信视频上看到孙女在幼儿园跳舞写字，看到孙子在婴儿床上摇铃耍笑，像沐浴了三月的春风。

她想起年轻时抱着小儿子的情形，那时他刚会叫娘，舌头像伸不直似的，"娘"后紧跟一个"唉"音，让她听了心醉。春节，她就能抱着孙子，带着孙女，走东街串西巷，好好过把抱孙瘾了。

老头走的早，儿子人小志大，小学大学一路走出去，本科毕业了在深圳开了家公司。儿子出息了，出息得见不着他了。儿子娶了个城里姑娘，回家办了酒席。媳妇说话是从鼻腔发出的音，眯着眼擦脚上的土。

后来，她想儿子望眼欲穿，就去了儿子所在的城市，儿媳嫌她有异味，让她住旅馆。儿子有了闺女，她去了想抱抱孙女，儿媳怕孩子学会了乡下话，硬是不让见。儿媳的眼神是眯着的，说话是鼻音腔。

现在新村落成了，她穿上了新衣服，又刷牙又抹油，见年轻人就学普通话，无异味不老土了吧……

姜大妈从一楼到二楼，收拾了再收拾。她住一楼，二楼让儿子住。儿子房间的地面拖得映人影，柜子擦得手打滑，被褥晒得软乎乎。孙子的娃娃车，车沿插的风轱辘，车里放的小布马，孙女的布娃娃、皮狗熊，大小玩具，摆桌上，挪床上。她喜得合不拢嘴，逢人便说："我儿子一家人要回来过年了……"

太阳出来又落下，冬风刮了停，雪下了歇。日子慢得像被拴在了石桩上。大年三十，儿子突然打来电话，说公司临时出了事情，不回来过年了，以后有空再来。正烧肉的姜大妈一屁股蹲到地上，希望的火花再次熄灭，"再"勾起了她无数次的希望。她感觉头上的血液极快地往下落，迅速流到心里，又从心里源源不断地聚到沉甸甸的下腹，化成水液凉凉的冰到棉裤裆里……

大年三十晚上，外面炸出一天烟花。被窝里泪迹斑斑的姜大妈，恍惚中看到活泼可爱的小孙女头扎小歪辫，虎里虎气的孙子手捧大奶瓶，架着天使般的双翅飞来了。"奶——奶——"孙女童声清脆。小孙子也会跑了，奶声奶气："嫲——嫲——"她接住了俩孙子，一腿坐一个，"来，吃小奶糖，大三刀！孙子，给你坦克，开去！孙女，给你花朵，戴上！"

"奶奶，我爸妈在后面呢，马上就到……"孙女摇着小辫子。

"好哇！好哇！我儿子来了！儿媳妇来了！"她扬起双臂，"咚"俩孩子从腿上掉了下来。她一机灵，醒了。

她起床看看小楼，楼上楼下，还是崭新的，却空空荡荡的。她看到当门桌子上摆着的丈夫的遗像：浓密的眉毛，明亮的眼神。这眼神像在召唤她，让她想起俩人在旧村生活时香甜的炊烟味道，让她想起那时他经常为她拍打没灰尘的后衣襟。她泪眼朦胧地想：他才是我最亲近的人，他待的地方才是我最好的归宿。

老头子从来没嫌过她有异味，不嫌弃自己也得讲究些。

　　她从柜子里拿出来一身最好的衣服，到了洗漱间，打开了没舍得用过的"浴霸"。几分钟，洗漱间变暖和了。她冲着热水，从头到脚，从前身到后背，洗得干干净净。她擦干身子，换上了那身好衣服。她看看儿子孙子的相片，从枕边拿出来一个精致的盒子，从盒子里捏出一个塑料纸裹着的纸包，把纸包里白色的粉末倒进一杯水里……

　　鞭炮炸响。东天边一轮红日喷薄而出，新年了……

磕磕绊绊的日子

一

我十来岁时，见东邻居家娶了个漂亮如花的媳妇，就萌生了娶个俊老婆的强烈愿望。

一天，村里来个相面先生，坐当街大榆树下为人看相，几个老头老太太围着。我正好放学从那儿经过，相面先生翻着白眼说我："这小孩长大克媳妇。"惹得他们乱笑，笑得我很不好意思。心里话，克媳妇比怕老婆有男子汉味道吧。

十七岁那年暮春的一个上午，应父母之命、媒妁之言，我与一个叫雁的女孩，在大堤坡上相亲。她依株柳树面向东南，只能看见她苗条的背影。见她这样，我便靠棵杨树脸朝西北表示对等"反击"，可眼角始终瞄着她。她突然转身看我，被我看个正着。她鹅蛋脸，尖下颌，双目灵动。咦，我喜欢！订婚时，我家送她一身的确良布，她家回我一双尼龙袜子。

可订婚不到一年，还是春寒料峭的时候，雁就稀里糊涂"飞"走了，让我伤心了好长时间：难道我真的克媳妇？最后，我归咎到父母给我取的名字不吉利上——克人，你想啊，咋会不出人命呢！这事先由一个快嘴老婆向乡邻说了相面先生对我评价的话，一传十，十传百，在俺附近几个村庄形成了强大的轰动效应，十里八乡的人都知道了我克妻命的事情，因此我便成了家乡"名人"。姑娘无论高矮丑俊，见我如遇瘟神唯恐避之不急。

我直到考上了大学，才有个大胆的姑娘主动向我示爱。

那年，我在Q市师范大学总务处办理入学手续时，前面的女生一回头，竟然是高中同班的文竹，我们都吃惊地张大了嘴巴。万万没想到距家千里能与老乡同班，这纯属巧合。

高中时俺俩就一个班，她爱写诗，校刊、墙报上常有她的"大作"。平时戴着眼镜，一副文质彬彬的模样。男生私下里叫她"诗人"。我们的村庄原本很近，但一直并无交往。原因颇多：那时男女生中间好似隔着一道电网，我又性格内向，再加上有克妻心理障碍，一见姑娘，就像进入了三伏天一样大汗淋漓。

大学期间，我过的是三点一线的生活，与她接触不多。每次回家或返校，她都约我同行。俺俩说话少，坐站都保持一米以上距离，可是我仍然免不了浑身冒汗。

临近毕业。一天晚上，我正在图书馆为写毕业论文查阅资料。她红着脸塞给我一张纸条跑了。我忐忑不安，看上面写道："天旷白云游，地阔暗绿洲，风雨凄婉鸣，孤独一沙鸥。"

我在感情方面虽然迟钝，但还是隐约懂她的意思，因自有"隐"情，见面时只敷衍地夸她几句诗写得好，并未传递半点儿"别的信息"。那年我二十三岁，本是自我意识膨胀的年华，可内心挥之不去的"克妻"阴影固执地抑制了我的激情。

过几天，她又塞给我一张纸条："广宇乌帷蒙，独对窗前灯。花墙竹影动，叹是一阵风。"

我并不是不喜欢她——当然，我私下里对女孩早就有一定的审美标准。比如短发、瓜子面脸、细腰型的，我就喜欢——她短发还算利索，圆四方脸也很耐看，戴着眼镜目露深沉，微胖身材亦显青春。我只是对她的生命负责，担心万一会"克"住她，才装聋作哑的。并非像梁山伯那样榆木疙瘩脑袋不开窍。

下周，她又塞给我一张纸条："朝朝立学堂，代代结鸳鸯。前朝梁伯去，仍怜旧同窗。"后缀："傻帽！"

真是天大的冤枉啊！请允许我严正声明：我要是傻帽，天底下聪明男人就绝对少了一个翘楚，这点自信我还是有的。先前雁的死，与我订婚是否有直接关系，虽然没有实质性的证明，但人命关天，万不能儿戏，前车之鉴总不能不借吧？

我猜，我们两村距离不到三里，她家人该知道我克妻的传闻，难道天下还真有不畏死的主儿？我决定找个机会给她郑重说明，她如果真不怕我"克"，我就有一百二十个胆子娶她。

下课后，我偷偷塞她笔记本里一张纸条：下周日甚望能在人民公园单独会面，请回复。放完纸条，我一直惴惴不安。晚饭时，她附我耳边吟句诗：月似故人能赴约。我高兴得捂住嘴，直到晚休后躲被窝里还偷笑了好一阵。

二

周日那天，原定早饭后就去人民公园。可天公不作美，黎明时"哗哗"的大雨响着不变的节奏。一到星期天，同学都有很多事情忙活，我独在寝室啃方便面，无心看书，坐卧不安。

直到后半晌，西半天的太阳才从云缝里慢慢腾腾地露出了笑脸。

我忙下了宿舍楼，很担心她不赴约。见她正在甬道旁的树旁，向我的宿舍楼观望，我向她打个响指，她眼镜片朝我亮了一下，便出校门向西走了。我随后跟着出了学校大门，没事人似的往东走几步，然后再折向西去。那时大学严禁谈恋爱，学点儿"地下工作者"的经验决非可有可无的"摆设"。她走段路停下，我装找东西站住；她往前走了，我才随行。我暗暗叮嘱自己：影响还是得注意的，"逮不住黄鼠狼再弄身骚"的结果并非我的"美好愿望"。我想，到铁路桥西边的公园里，我再竹筒倒豆子——全抖搂出来，愿咋的咋的，该咋的咋的。

桥洞悠长，光线幽暗，积水泛着波光。我们本来该靠右边走，可左边才有窄窄的干路。文竹穿高跟鞋，提着裤腿小心翼翼地往前走。我双手插在裤兜里，很酷地甩了下偏分发，加快脚步跟上，想英雄护美呗。

不好！一个黑脸大汉张着双臂向她走来。"啊！"文竹惊叫一声双手抱头蹲下来。我头发竖起，血往上涌。虽然她不是我女友，但面对流氓"该出手时就出手"。我虽然瘦，但瘦得有气质，瘦得精神。我喜欢《少林寺》电影，平时学着电影偷偷练过两手，便使了个李连杰二踢脚的招数，箭步向前，"嗖"的一个飞脚。只听"哗啦"一声，玻璃碎了一地。原来那大汉张着双臂端块玻璃过桥洞呢。

实在尴尬。映着波动的水光，看到鲜血染红了大汉的双手。我赶忙道歉，拉他到附近卫生室处理伤口，把仅有的几元钱赔给了他。文竹也连声说对不起。

"突发事件"平息，我们进了人民公园，在花亭中的石凳上坐下来。

周围一片雨后的葱绿，再配着小桥流水、花红鸟鸣——风景着实迷人。我指着亭边的榆叶梅说："这种花树咱老家没有啊。"

她擦擦眼镜片瞟我一眼低下头："是……没有……"

我感觉她看我的眼神有点呆滞："俺家在村南头，院里长着棵老榆树，你见过吗？"

"俺娘见过。"

"俺家情况你了解？"

"了解。"

"先前我订了婚，相面……"

文竹"啊"了一声，她戴上眼镜，目光又闪出了原有的灵动。原来，我的腿出了血。她忙搀我去了刚才去的那家卫生室，给我包扎伤口。"偶发事件"一来二去，弄得我话没能说明，看看天色已晚，我们就回学校了。

第二天下晚自习，她塞给我一张纸条："雨后知草劲，桥洞见真情。海枯志不渝，只栖一梧桐。"

我想："既然她这样大无畏，既然把话说到这份儿上了，我再拒绝真比梁兄还傻帽了。"我擦下额头汗水，把心一横给她回个字条："谁反悔谁是癞皮狗！"

三

大学毕业后，俺俩分配到一个中学。

第二年五一节，我们喜结连理。结婚头天晚上，我心里一直像揣个小兔怦怦乱跳。刚眯上眼就梦见文竹成了阎王奶奶的客人。

第二天，两个同事胸戴大红花，骑自行车接她。我胆战心惊，总算见她平安到了俺家，不争气的泪水笑着跳出了眼眶。

单位分给我们两间宿舍，我们便开始了新的生活。我内心时常拉张弓，弦绷得紧紧的。日后，相"克"的事还是不期而至了。

婚前看她温柔，婚后才知柔中藏着"刚"性；婚前看她勤快，婚后才知是个懒虫。我是"大男子主义"，她是"巾帼英雄"。我不爱做饭，她说一进厨房就头疼，这些还能通过"AA"制解决。最让我头大的是，她有写诗的嗜好，竟然严令我们用诗句进行日常交流，否则井水不犯河水，我还做我的光棍汉去。别看她戴上眼镜有诗人灵动的目光，摘下眼镜我才发现,她眼珠外鼓,看人眯着眼,这一点让我心里疙疙瘩瘩的。

清晨,伴着乌鸦的叫声我被打醒,有令传来:"天都啼金鸡,东隅过白驹。呼君御厨去,洞房饿娇妻。"

没法子,我轮值。

上午放学后,我浑身散了架,躺床上刚想眯一会儿。又来一支令:"教学日到午,汗滴桌上书。唤郎送餐来,腹内直咕噜。"我无语。

晚上,我正专心致志批改学生作文,无心听近处虫吟,没意闻校外狗吠,一支令来:"残月挂西楼,嬴女玉箫休,青鸾思携手,条溪盼鱼游。"我果断回言:"残月西斜星光明,嬴女新停洞箫声。吴刚一日御厨事,无意再奉玉酒盅。"

磕磕绊绊的日子里,我总有挥之不去的克妻阴影。结婚两年后,在那间职工宿舍里,她生下一个白胖小子。同事都夸儿子直挺的鼻梁像我,学生说儿子忽灵灵的大眼像她。我在高兴之余,常常被一种惴惴不安的情愫所袭扰。我不断暗暗安慰自己:"作为一个教师怎会相信相面先生的胡言乱语呢?"

儿子两岁那年的年假里,文竹得了急性阑尾炎,上吐下泻。她入院动了手术,我心里像压了个秤砣,一直沉甸甸的。住院的第八天晚上,医生说,文竹病好了,天明就可出院。可晚饭后,她毫无征兆地发起高烧来。我忙叫来医生,开方,取药,挂吊瓶。

电灯光下,她喘着粗气,脸红得像块老红布,仍吵着搂儿子睡。那时候，县级医院还没有空调，她不顾天寒将扎着针的手放外边，喂儿子吃奶。她一晚上尽说胡话，"克人哪，我给你养个小子……没坑你吧？你要照护好咱儿子……等他大了，才娶……。有后妈就有……"

我吵她，胡咧咧个啥！想着克死她后儿子哭闹着向我要妈的情形，我忙把脸扭向暗处，泪水像堵不住的涌泉，一个劲儿地往外流。我一次次给她量体温，一遍遍默默祈祷："等儿子大了才克死她吧！"那一晚，我给她换药，敷热毛巾，一晚没睡，哭红了双眼。

黎明时，她烧退了。八点，医生查房时，她吃嘛嘛香，嘛事没有。下午五点出了院，我才松了一口气。

晚上，我端给她一碗香喷喷的面条，她给我一张纸条："仲卿怜兰芝，生当死别离。此伤比翼鸟，彼损连理枝。"我有种想哭的冲动，忙把脸扭一边。在她出院后两周里，我全包了家务，无怨无悔。

以后的日子里，仍少不了磕磕绊绊。我一直本着大丈夫能屈能伸的原则，有时让着她，但与怕老婆没一点儿关系。

儿子慢慢长大了，我常暗暗祷告，千万别出事，等儿子结了婚才有个好歹吧！

终于盼到了儿子大学毕业、结婚。春节前一个星期连"忙"带"喜"，我一紧张突然失去知觉。醒来时，见文竹抓着我挂吊瓶的手，隔着镜片能看到她眼睛哭得像两颗红葡萄。出院后我给她胡诌几句："青青蔓草思秀芳，滔滔河水见情长。爱心莫与草争发，一段河水一段伤。"或许是被我的诗情所动，或是给儿媳做示范，出院三周她都没让我干家务。儿媳妇帮着切菜、刷碗。我与儿子过上了"男主外"的甜蜜舒坦的小日子。

儿子儿媳上班走后，她镜片一闪说："该干嘛干嘛。"

四

两年后，文竹又得了一次病。又让我担心得坐卧不安。她住了两周院，痊愈了。

她退休比我早，我很担心在我退休前她会出啥幺蛾子。终于我也退休了，一切如愿。

事实无可辩驳地证明，"克妻"之说纯属无稽之谈。年纪一大把了就算真克妻又能咋的。既然这样，对不起！即使乱了大谋我也"小"不忍了。再来字令，我大吼："收起你的鸟语，请讲人话！"我向她申明："从今以后就是不做饭，就是不洗碗，就是不扫地，就是不用诗句交流，有本事你向法院告呗！"她一脸委屈，我满脸坏笑。

但有时候我仍免不了说些软话什么的，那不过只是一种与她周旋的策略，再次申明：与怕老婆无关。男子汉大丈夫，顺时而动。你想啊，按武术套路说，不回拳能打痛人吗？

那天，几个文友在天香公园举行"文会"。其间刮了阵凉风，几片木叶飘到近处的菊花瓣上。我禁不住打了个喷嚏，看看旁人都穿着绒线衣，便给她一道"令"："亲爱的，烦劳你送来上衣一件。"久无回音。我知道，该出"绝招"了，便瞎诌几句发去:"天香环水流诗盅,长幼贤才聚兰亭。黄叶卷地知风凉,孟姜女贤送暖情。"

不一会儿,她骑电动车屁颠屁颠地送来了上衣,兜中仍少不了一张纸条:"西叶落兰亭,东楼媪大惊,不是诗园友,谁肯送衫绫?"

文友无不羡慕我们夫妻恩爱。其实鞋合不合适只有脚知道,邻居可以作证,我们关系那是相当紧张。一次,为了让她洗几件衣服,我讨好她写了几句顺口溜。她看后乐了,不仅给我洗了一堆衣物,当我用"跪地板"的新法锻炼身体时,还热情地替我捶背。不巧让对门二嫂闯个正着。那二嫂是有名的"小广播",马上宣扬开去,传得沸反盈天的。大家普遍认为,我退休后患了标准的"妻管严"症。

她为了减去一身赘肉,每天清晨六点就开始跑步。公园拐弯处,几家的狗狗常友好地狂吠着"迎接"她,她便严令我"护驾"。不得已,她在前边跑,我只好举棍随后跟。路人见了无不唏嘘,评论我是典型的"虐妻狂"。

结婚纪念日,我再也不藏着掖着了,讲了我克妻命的事。她笑喷了饭:"你那点儿破事,谁人不晓?你是出名的克妻人,我可是个隐蔽的克夫命,只有我妈知道。后来,我大胆决定嫁给你了。"

"真邪门了!啥意思?"

"这道理有五个心眼都能想明白。哲学上,对立有统一;化学上,酸碱可中和;数学上,负负化为正:夫妻本是相克命,磕磕绊绊见真情……"

选点检查

一

一年一度的全市中学综合评估检查开始了。这本来是再平常不过的事情，可在苗校长看来，这种检查不亚于一场热带风暴，让他焦虑不安，忧心忡忡。因为暑假后他就像飞机临了机场，到了安全着陆的关键时刻。关键时刻若出了差池，就毁了他一世英名。

周一上午，他去县教育局参加了全县中学校长会议。教育局大肚子常务司局长、第二副局长、第三副局长、分管各口工作的科长，分别从形而上角度、微观角度、专业角度，对检查内容作了权威性解读。午饭后，"敢于拍板"的一把手高局长从宏观角度作了全面总结。高局强调，此次检查是抓阄选点，评估不过八十分的校长一律降级；不过七十分的校长，就地免职；前三年选点没到位的学校，这次市检查组百分之百莅临检查。

苗校长心里像被人狠敲了几锤。他是八中第一责任人，东城县八中恰好前三年选点检查没到位，因此最担心评估检查出现问题，以致在临着陆时折翼坠尾什么的。

检查内容分好些大项，大项里又包括众多小项，仅评估文件就有两万多字。他把自己管的学校与评估内容粗略一对照，就吓一大跳，竟然有诸多缺项。最主要的是安全方面的破电线、泥土路问题与素质教育方面各种记录问题都比较严重，他心里堵得慌。

县里会议一直开到太阳打瞌睡时才结束。

回到八中，他连夜召开了校领导会议。苗校长深谙管理之道，一个高明的领导，管理的重心不是管住人，而在于提高人的内动力。他不能自己拿出弥补漏洞的办法——那样会生出弄虚作假之嫌，应该让下属自己"想出"弥补的办法。像处理这种满天星斗样的事务，一个人即使有三头六臂也忙不过来。于是，他把文件分发给学校业务、政教、后勤三部门领导，鼓励人人发言，献计献策，然后把任务层层落实。学校领导会议又开到夜色如浓稠的墨汁，浓得扯不开的时候。

苗校长散会到家，仍反复思考检查的事，把临时想起的两个问题，马上记到了随身携带的记事本上。一晚上惊醒好几次，他感觉像有人用锋利的匕首朝他右脑袋使劲刺了两下，接着又有无数针尖直刺头皮。他知道偏头疼病又犯了，坐起身子直拍脑袋。

妻子嘟嘟囔囔："睡吧！我看你真没个正形，连头痛都成了偏的，快成神经病了。"

二

周二早晨，苗校长安排学生都停了早操与自习，全员打扫卫生。

早饭后，苗校长如坐针毡，他真怕市检查组给他来个"当头炮"，让他措手不及，因为学校迎检准备工作尚有盆口大的漏洞。

上午八点，一辆黑色轿车与一辆银色汽车停在学校办公楼前。苗校长心惊肉跳地带领全校领导迎上前去。原来是县教育局三个督导员与镇宣传委员、抓文教工作的镇长来了。苗校长对领导的大力支持表示备感荣光。

九点钟，司局长来电话说，今天抓阄抓住了一中、二中、三中，要求苗校长利用这一天时间，把八中迎检工作全部做到位。苗校长舒了口气，心里直庆幸得了个弥补缺失的机会。

他们一行人马上深入第一线督促指导，先到了学校教务处。教务处"总课程表"两旁挂满了写有各种规章制度的镜框。业务校长、教务主任正领着教研组长制定"第二课堂活动计划"，誊写"家长访谈记录""教师业务活动记录"；政工处，政工校长、政教主任领着班主任填写"学生工作各项活动记录表""学生跳高跳远百米赛成绩表""学生社会调查活动表"……后勤处，后勤主任领着勤杂人员在道旁树上悬挂红布标语，"热烈欢迎市综合评估办公室领导莅临指导"的横幅红标在阳光下折射出熠熠光彩，赤色光彩映红了靠近条幅的片片绿叶，为学校增添了几分喜庆气氛。

　　总务校长在苗校长授意下，向镇领导郑重反映，校园内部分电线老化（其时校建归镇政府）。人们瞧去，沿围墙上架的电线皮确实像干死的蛇身，露着节节银色的"骨头"。文教镇长当即表示，回去马上汇报，力争尽快解决。

　　总务校长又反映，从教学楼与宿舍楼去餐厅的土路一下雨泥泞不堪。人们望去，那两段人字形土路像懒汉的两条长着疮疤的光腿，疤疤瘌瘌的。镇宣委说，要相信镇领导一定会给个满意的答复。

　　县督导员反复强调，对于这次评估检查要高度重视，软件硬件都要抓，有条件要上，没条件创造条件也要上。

　　下午三四节课，八中全校停课，全员迎检。苗校长与办公室主任小马巡视检查。各分管校长、分管主任在各自岗位上指挥，班主任领着学生忙活，教师继续干着没忙好的事务。

　　办公楼一楼大厅里，贴满诸如"光荣榜""规划""校歌"之类的图片。大厅廊道两边，新摆上了学生书法、绘画及各种手工制品。不知是美术老师还是学生临摹的达·芬奇名画《救世主》，特别是那只右手交叉的食指与中指，给人一种栩栩如生的立体感。

　　"物理实验室""化学实验室"里，有人在打扫卫生、摆放器材；"图书室""阅览室"里，有人在擦拭桌凳、摆放图书；教室里，女生整理书、扫地，男生擦玻璃窗、擦门；寝室里，学生在生活教师带领下，拖地板，整理被褥、衣物……

教室前走廊上，一个男生站在凳上举着长竹竿绑的笤帚扫顶上的蜘蛛网，由于廊顶高了那么一点点，怎么也够不着，想一走了之。苗校长发挥了个高优势，要过竹竿扫下蜘蛛网。他严厉地说："迎检无小事，半点儿问题出不得！"吓得学生直吐舌头。

过道、操场、花畦，处处有人声……

学校各部门对苗校长的指示落实很到位，苗校长欣慰地点点头：众人补漏缺口平，安全着陆有保证。

晚饭后，为了安全起见，苗校长还是急着想得到检查实况的第一手材料，便接连拨了一中、二中、三中校长的电话。一中二中校长没接，三中校长接通后不说话，能听见有讲话声。直到晚上十点才与县一中教务主任通了电话。主任喘着粗气说，查得很细、很严……

苗校长胸口一阵疼痛，一晚上辗转反侧，难以入眠。他暗暗安慰自己，让人焦虑的时光就是一阵飓风，很快便会过去的……

三

周三上午八点，督导员按时来八中督导，并带来昨天的评估结果，一中、二中、三中全部过关，二中分数最低，也过了八十分。苗校长暗暗祈祷，能保住八十分就万事大吉了。

九点钟，司局长火急火燎地打来电话："刚才抓阄抓的是七中、八中、九中，快，做好迎检准备！"

苗校长的心"突突"跳起来。让小马催促三个副校长，赶快安排好自己的分管工作，特别是讲课老师、卫生、伙食、安全……他缓口气，吃几粒丹参滴丸，又想起来，忙让小马派几个学生看看办公楼前有无"偷袭"来的纸片。

十点钟，司局长来电话说，市检查组长临时决定，今天检查四中、五中、六中，以便收到"突袭"效果。

苗校长松了口气。但他并不喜欢这种声东击西的"突袭"，他盼望检查快点儿来，查过了，悬着的心也就落地了。他问司局长具体检查细节。

司局长说，检查组对照文件上规定的内容一项不漏地查验。具体流程：听取汇报，实地查看，抽卷调查。司局长传达了高局长的最新指示：对检查到的内容，务必落实到位；卫生无死角，安全无漏洞；特别注意调查问卷……

苗校长问，能确定明天来八中不？

司局长说，极有可能明天检查七中、八中、九中。又强调，对于正常检查不用太紧张。

苗校长手颤抖着倒出一粒速效救心丸，把它压到舌根下。他得高血压冠心病好几年了，每逢学校综合年检时，更是药不离身。他让小马通知校委会领导来小会议室开会，让大家再次对照文件查缺补漏。他特别强调了高局安排的注意调查问卷问题。

总务校长说，电线老化与两段道路泥泞问题如果不解决，会被扣十分。苗校长打通了文教镇长电话，强调了老化电线与泥路段问题的紧迫性、重要性……文教镇长说，已经反映给书记与镇长了，一定会有切实有效的措施。

为防疏漏于万一，苗校长极不情愿地下令，下午三、四节全校再次停课，做迎检工作。只有这样做，他心里才能得到丝丝宽慰：人都忙着呢！

于是校园内又是一派繁忙景象。

他与小马仍巡视全校。老师焦急地问："校长，啥时检查呀？让人提心吊胆的。"

"可能明天。眼下紧张点儿，把舒服留给日后休息时吧。"他勉强笑笑，随即皱起了眉头。因为他看见一只纸飞机像只鹰隼，盘旋着划过廊柱，落到不远处开得正艳的花畦里。苗校长大发雷霆："谁投的？会扣二分的！"

四

周四上午八点，县局督导员一下车就说，市检查组在五中查出了问题，估计五中最轻得挨通报批评。

苗校长紧张得出了一头汗，心中默默祷告：千万不能临退休再挨通报批评啊！他请督导员把把关，看八中还有无问题。督导员又把"皮球"踢回来，说文件要求很明确，高局要求自查自改。

九点钟，司局长来电话说，检查组去十一中、十二中、十三中了，明天一定去七中、八中、九中。

苗校长心里有些恼火，可他是个把乐观写在脸上，把烦恼埋在心里的人。当校长办公室剩他一人时，他才小声抱怨：

"检查咋像热带风暴一样飘忽不定呢！"他真想躺下睡一觉，能一觉把检查"睡"过去，甚至抱怨，自己还没远古的类人猿生活在树上自在呢！

下午三、四节，师生重复着昨天的故事。苗校长与小马例行巡视。学生喊喊喳喳地问，校长，啥时检查呀？功课都落下了。他说，局长说明天一定来，功课以后再补吧。

晚饭时，司局长打来电话说，市领导明天上午或下午到你校检查。并传达了高局长的指示：一、明天学校一切恢复常态，不能让领导发现有任何迎接检查的痕迹；二、招待四菜一汤，不能破格，但一个餐盘可放三样大菜。

苗校长的心又剧烈地跳起来。他马上打通了文教镇长电话，再次强调了悬而待决的老化电线与土路问题，并说市领导明天前来检查，县里领导必定陪同。既然县领导陪同，镇领导就不能不到场。两人商量了招待用餐的地点，最后定在镇西"海滋味餐厅"，那里卫生，包间多，拼盘上档次。

快下晚自习时，苗校长接到城北区七中、九中、十中校长的电话，叫他去县城北关的园林饭庄"哥俩好"餐厅聚聚。聚聚的目的是，集体敲定一下明天的迎检方案。

苗校长忙叫小马开车送他到了园林饭庄。

餐厅里橘红色灯光非常柔和，柔和得能让人联想到莫扎特舒缓的小夜曲。

圆餐桌旁坐着三个人。由于熬夜，他们都有了国宝熊猫一样的黑眼圈。菜已上桌，筷子躺着没动，那三人还等着苗校长这个城北区中学的"自然领袖"。

初夏阴沉的夜，添了几分温热。

苗校长故意微笑着脱下外套，小马接过来把外套挂到墙壁衣钩上。大家坐下来，不住地抱怨当校长难。苗校长啜口茶，用手理理偏分背头说："幼儿园好混，我们总不能一辈子待在幼儿园吧！"说完苗校长笑笑，其实他这种笑只是个习惯性表情，很多时候与快乐并无必然性联系。

先到的三个校长请苗校长介绍迎检工作经验。苗校长谈了八中的做法，让他们都说说各校的做法，以便取长补短。大家边吃边谈，从检查说到了餐馆，从餐馆说到了招待领导的标准菜，从标准菜说到了通过迎接检查，确实促进了学校的工作开展……

餐毕到家又是夜间十二点了，苗校长吃了几片治"三高"的药，躺下后仔细考虑着明天迎接检查的每一个细节。他有长期的实践经验，工作有时就像一部电脑，说死机就死机，因此他办大事前总是瞻前顾后的。

五

周五早上七点钟，市里工作的儿子来电话说，小宙壹大便干结，住进了市西关儿童医院。小宙壹是苗校长的宝贝孙子，他停下吃饭，询问了孙子的病情，说，让你妈先过去，今天检查完我马上去医院。他挂了电话，不放心，又给儿子打过去，对孙子住院作了多条"重要指示"：给孙子治病是重中之重，与学校评估检查一样具有时效性，务必当成头等大事来抓……他用手捂住胸口，面色有些发白，忙挂了电话。妻子把一粒速效救心丸塞到他嘴里，唠叨着："唉！校长座椅是皇上龙椅呀？"

上午八点，苗校长擦拭一下眼镜片，瞪起酸涩的眼睛看着三位副校长的汇报材料。县督导员来了，随后镇宣传委员与文教镇长也到了。苗校长让副校长倒上茶水，派小马去门卫室瞭望，叮咛小马，见市检查领导来了立刻打来电话告知。

八点半钟，小马打电话说来了一辆轿车，他们忙起身走到楼梯口。小马又说，不用急，是镇政府通讯员来了。一会儿，通讯员气喘吁吁地跑过来，送来两页加盖镇政府大印的公文。文教镇长看后递给苗校长。苗校长接过来看，一页写的是镇政府已派专人去采购电线、闸刀等物，定于明天趁周末全部换掉学校破损电线。另一页写的是施工队在路上，将利用周末时间硬化校内两段土路。苗校长把公文纸递给总务校长说，检查时把这东西交给检查人员，文件规定对采取措施的问题会少扣分的。

九点钟，小马打电话说，来了一辆橘红色轿车。几个人走到办公楼大厅门口，小马又说，是县图书馆来送乡土教材，他已让教务主任迅速发给每位学生，不误市里检查。

十点钟，苗校长不放心，隔着玻璃窗往大门口看，见来了一辆米黄色汽车，忙打小马手机询问情况。小马说下午过周末，有个家长想提前接走学生，家里有喜事，想让学生赴宴。苗校长说不行，检查期间绝对不行。

十一点，小马来电话说，来了一辆黑色轿车停在学校电动栅栏大门前。

苗校长说，别慌张，骑白马的不一定都是王子，也可能是唐僧，看仔细点！

小马说，车不开门，也不落蓝窗玻璃，只一个劲儿按喇叭，估计是市检查组人员。他们忙下二楼到办公楼门前广场迎接。

广场上，红绿交错的仿古莲花纹地板砖，镶着黄色双道停车线，对古色古香的办公楼起到了极佳的映衬作用。廊道上写有"欢迎指导"字样的红色条幅又平添了一道亮丽风景。

黑色轿车径直开到办公楼前广场。

几个人忙围上去。司机下车，用右手护住车门楣。一双穿着锃亮皮鞋的双脚先放到地板砖上，而后一个大肚子艰难地挤出了车门。看到他，人们极易想到儿童电视剧里的变形金刚。

镇宣传委员与文教镇长马上迎上去与他亲切握手，并连声不迭地说："欢迎领导，光临指导！"

"大肚子"亲切地点点头："都是自家人，不客气！"

苗校长急步走上前去与他握手，向他分别介绍了镇领导与三个副校长，又转身向大家介绍了"大肚子"，说这位领导是县教育局极有魄力的司副局长。

司副局长向大家传达了高局长的指示，这次市里下来是选点检查，检查组本来定的七中、八中、九中，由于八中在县城最北端，就临时换成了十中。今天检查完那仨学校，就去其他县了。

人们都长出了一口气。苗校长也长长出了一口气，心里像卸去一块巨石，谢天谢地，自己不会被免职了。可他轻松只有几秒钟，又增添了另一种不安：全校师生连续四年迎接评估检查，都没被检查过一次。特别是今年，大家郑重其事地准备了四天，又没来人。像一个剧团，演员反复排练一出戏，结果没来观众，演员产生失落感是极自然的事。再从迎接检查工作本身考量，先是大张旗鼓，结果不了了之，难免给人一种虎头蛇尾的印象。

"大肚子"说，市评估检查组把余下的检查委托给了县教育局，高局长又派我与督导员评估检查八中。八中是县教育局信得过单位，我们也就不再检查了。

"别……"苗校长诚恳地说，"市里领导不来，司局长带领各位领导检查指导一下吧！"

在苗校长再三要求下，检查工作正式开始：教育局司副局长挺着大肚子在前，三个督导员紧随其后，而后是镇宣传委员与文教镇长，再后面是八中三位副校长。苗校长走在司副局长左侧引路，办公室主任小马在五米远的前面开道（有检查都这样），他间断的咳嗽代替了鸣锣。

铅块般的乌云布满天空，楼道的热风让人憋闷。

一行人雄赳赳、气昂昂地先检查了教师办公室。已是上午第四节课了，没课的教师仍坚守岗位，或埋头写着教案，或细心批改作业（平时学校准许第四节无课老师回家做饭）。

一行人顺着楼道从教室前经过。教室里上课的教师态度严肃，声音提高了两分贝。学生腰板挺直，目光斜视，斜视的余光全都流露着异样的光波，那分明是演员有了观众的欣慰。检查队伍一路检查下去。他们沿着"懒汉的一条泥腿"来到了宿舍大楼，几个寝室管理员站在新摆的花卉盆景的楼梯口，微笑着弯腰作个"请"的姿势，像极了泰山上的迎客松。

检查队伍沿着"懒汉的另一条泥腿"，到了食堂餐厅。炊事员全戴着白帽，蒙着口罩，身穿白大褂，气质压过了正规医院的医护人员。地板光滑的餐厅里，桌凳整洁。操作间，炊具干净，饭菜飘香……

在上午放学前十分钟，检查人员大汗淋漓，终于严肃地完成了这次重要的检查，然后乘车到了镇西"海滋味餐馆"，按规定用了四菜一汤。

饭后送走了领导，苗校长松了一口气。

突然炸个惊雷，那暴雨似排山倒海之势倾泻而下……

苗校长随即又生出一种新的焦虑，他想起了住院的孙子……此时手机响了，门卫报告，他巡逻时发现，想回家吃宴的学生跳墙时触电……

苗校长一下瘫在地上。

三天后，他被免职。

曹廓·著

SIJI FANGCAODI

四季芳草地

风雪夜归人

中国出版集团

研究出版社

图书在版编目（CIP）数据

四季芳草地 / 曹廓著. -- 北京：研究出版社，
2022.9
ISBN 978-7-5199-1331-1

Ⅰ.①四… Ⅱ.①曹… Ⅲ.①中篇小说 - 小说集 - 中
国 - 当代②长篇小说 - 中国 - 当代 Ⅳ.①I247.5

中国版本图书馆CIP数据核字(2022)第172612号

出 品 人：赵卜慧
出版统筹：张高里　丁波
责任编辑：范存刚
助理编辑：何雨格

四季芳草地

SIJI FANGCAODI

曹廓　著

研究出版社 出版发行

（100006　北京市东城区灯市口大街 100 号华腾商务楼）

廊坊市伍福印刷有限公司　新华书店经销

2022 年 9 月第 1 版　2022 年 9 月第 1 次印刷

开本：145 毫米 ×210 毫米　1/32　印张：20

字数：427 千字

ISBN 978-7-5199-1331-1　定价：136.00 元（全两册）

电话（010）64217619　64217612（发行部）

自 序

　　我于 1973 年任北王庄联中教师，开始业余创作。1981 年 10 月加入山东菏泽地区作家协会。1982 年在山东菏泽教育学院进修。1984 年 8 月考上山东曹县师范。1986 年 8 月担任东明八中语文教师。1988 年 8 月在山东曲阜师范大学汉语言文学专业进修，获本科毕业证书。长期从事高三语文教学工作，后因教学任务繁重，停写。2013 年退休后拾笔。

　　我出身贫苦，上小学时捡烟盒纸写字，或用树枝在地上写画。从小受父亲影响，喜欢读书，上小学四年级开始喜欢上了小说，借书读了欧阳山的《三家巷》《苦斗》，冯德英的《迎春花》，周立波的《暴风骤雨》……只要哪个同学有书，我就去借，对有书的人十分羡慕。

　　年龄大些，我闹母亲买书。母亲卖了鸡蛋给我买了曲波的《林海雪原》、刘流的《烈火金钢》。我反复读，拿书与别人交换着看。我常常被小说里的人物所感动，总是一边吃饭，一边看书。《烈火金刚》里的肖飞、史更新，四大名著里的各色人物，至今仍鲜活地出现在眼前。

我从小爱讲故事。小时候与伙伴去割草，身边常围着一群人听故事。当教师后给学生讲，离开学校给身边人讲，在家给儿子、孙子讲。

小时候，我盼望长大当图书售货员，好免费看书，还想当个作家。

上小学三年级时，一次听人讲了香箔的来历，大意是古时候两人行骗，一人装死，另一人烧香箔纸，结果人"活"了，民间才兴起了烧香烧箔的习俗。我写了《香箔的来历》，受到了老师的表扬，心里美滋滋的。从此，到上初中到上高中，最喜欢语文，尤其喜欢作文，我的作文常常得到语文老师的表扬，被老师当作范文读。

高中毕业后，当了民办教师。我一边教学，一边抽空读书写作。从十六岁到二十六，练写了许多篇短篇小说，还写了一部长篇小说《曲折的爱》，当时仅草稿纸就写了一包袱。

那一年，黄河秋汛涨水，我到河西买玉米。机驳船走到河中心发生了故障。我看见一个人皱着眉头坐在前舱，一会儿看看远方的天空，一会儿低头写着什么。我怀疑他在写遗书，写完便会跳进浑浊的河水中。我上前跟那人讲，遇事看开一点。那人停下笔笑了，说他在创作，问我是干什么工作的。我说了自己的写作情况。他说他叫王若芳，是菏泽地区戏研室主任。他说："你开始应先练短篇，有了名气，才写长篇小说。不能盲目写，得有名人指导。你是东明县人，去找县文化馆的杨洁，他专门辅导业余作者写作，你就说是王若芳让找他的。"

　　我就去县文化馆向杨洁老师请教。杨洁当时是副馆长、青年文学作家、戏剧作家，发表了很多文学作品。从那时起，我开始系统地学习小说创作的文学理论。培训班一般由杨洁讲课，有时候，朱希江老师也来讲课。朱希江是菏泽地区《牡丹》文学刊物的主编。我把习作拿给老师们看，受到了他们的表扬。县里编了一些刊物，像《星光》《诗刊》《东明文艺》等，我的作品得以发表。后来，我在《牡丹》文学刊物上发表了两篇小说。在杨洁老师的推荐下，加入了菏泽地区作协。

　　恢复高考后，我考上了一所师范学校，毕业后开始当公立教师，在东明八中当毕业班、复习班语文教师。全县几十所中学竞赛，我教的班级名次大都是前三名，即使哪年差了，也在五名以前。我先后任语文教研组长、副教导主任、教导主任、副校长。业务职称，从中教二级到中教一级，再到中教高级。

　　2003年，我从副校长位子内退下来，到菏泽市成诚高中任常务校长、党支部书记，兼任两个高三班的语文教师。后来又到曹县北城中学当业务校长，教高三复习班语文。高考评比，我所教班级的语文成绩也是二、三名，一直教到退休。

　　我从小喜欢写作，而教学是为了生计，每年带毕业班压力很大，停了写作。退休后，我立即开始写作。

　　在菏泽教学时，由于有共同爱好，我跟省作协会员刘广胜老师关系很好。退休后，我俩去济南找刘照如，听他讲写小说。刘照如是《当代小说》杂志主编，中国著名作家，济南市作家协会副主席，曾两次获得山东省泰山文艺奖和短篇小说奖。他是著名的短篇小说家。我俩虚心向他学习，在他指导下开始写作。

我每次写好小说草稿，爱找人给提意见。其间，得到了菏泽市作家协会主席赵统斌、副主席孟中文、山东作家刘广胜、东明县退休老作家杨洁、东明县作协主席王奇才等老师的指导与帮助。我还常让语文老师给我提意见，李继红老师、赵百岁、菏泽华新书店的刘经理，对我的帮助最大。借此机会，对在文学上给予我热心帮助的人，一并致以诚挚的感谢！

2019年9月，我的第一篇短篇小说《黄雀》发表在《当代小说》上。而后，一批作品在《牡丹文学》《青年文学家》《鸭绿江》《中国艺术家》《花溪》《名家名作》《菏泽日报》《菏泽文化报》等报刊上发表。我加入了省作协、山东省散文学会、山东省老干部诗词学会、中国作家文学协会……

我的写作之路充满坎坷，感觉自己属于笨鸟，写作并非一帆风顺，常常陷入困惑、犹豫、矛盾中……对于"文章的主题不能直白，不能说一片树叶是绿的，写人性，写出诗意……"等小说方面的特殊要求，我感觉很难做到。我用自己的滴滴汗水，滴湿了写小说的道路。

我盼望在写作方面有所建树，有些成就。这一直是我的愿望，叫夙愿吧。这个夙愿一直鼓励着我，催我发愤写作。我盼望努力写出优秀作品，来影响人们，教育人们，感动人们……

承蒙李晓玲主席把我退休后七八年写成的中短篇小说结集成册。我特邀请中国作协著名作家、书画家、菏泽市作协

主席赵统斌老师和中国文艺评论家蒋九贞老师写序，在此，
对他们，对参与审稿的编辑老师致以深深的谢意！

曹 廓

2022 年 1 月 12 日

目 录

CONTENTS

山花烂漫时

一

大学毕业时，我真犯了难。谈好的对象山花通过了省委组织部选聘大学生到村任职的考试，要去猴山乡前山村担任党支部副书记。

离校前，俺俩在农科大校内植物园僻静处，吵了整整一宿。

我的理由是，大学生当村干部是就业方向的一种选择，并不能代表全部。例如，我毕业后到东昌市一家种子研究所上班，学以致用，也是蛮不错的。再说，即使到农村当村干部，也不一定非得去猴山乡前山村，农村是一个广阔的天地，到哪里都是可以大有作为的。不瞒您，猴山乡前山村是我家乡。村主任是我爸，我爸是"雷暴雨"脾气，他那粗眉毛一扬，充满血丝的大眼一瞪，我就不可抑制地颤抖。一个准儿媳妇去我村当副支书与我爸是不可能相处融洽的。他俩一闹僵，我会老鼠钻进风箱洞——两头受气。再说，俺那儿的情况——山陡，交通不便，没企业，梯田少，地难种，居家分散，年轻人时兴外出打工，劳力少……村干部不好当啊。直白地说，我不想让她当村干部，更不想让她到我村当村干部。

我与山花的感情是上大学时建立的。她家在我家东面的大岭乡里，我去县城乘火车往返"农科大"，正好路过她家门口，常给她背东西，背来背去就背出了爱情。在大学里俺俩很亲密，亲密得不分你我。我曾跟她打趣：结婚后有了孩子，女孩叫侯山花，男孩叫侯山华。这名字爸妈的名姓兼顾，又顺口又好听。她笑着追打我。

她的优点是，坚强，话少；她的缺点是，脾气犟，不好与人沟通。她给我的理由："七十二行，她就喜欢上了当村干部这一行。到猴山乡前山村担任党支部副书记是组织的安排，组织的安排就得无条件服从。"

几年的交往证明，我常常是"被领导者"，要改变"领导的决议"是非常困难的。我说："你要去俺村当村干部，我就得跟家人公开关系。我们家族人多，你能取得强有力的支持。"

她脸涨红了："你敢公开关系，我就与你拜拜。"

她态度坚决，要"独闯天下"。面对这棘手的问题，我很无奈。吵归吵，到天明，我还是送她上了返乡的火车，我直接去东昌市那家种子研究所上了班。

我挂念她，总想抽时间回去看望她，又不能一上班就请假，只能通过微信关心她，询问她，了解她的情况。她总说挺好的。我不断旁敲侧击地通过问我爸我妈村里的情况了解她的情况。

我爸说："你小子啥时候关心起穷山沟了？上级分来个女副支书。"

我忙问："她怎样？"

"怎样？"爸爸说，"还不是年轻人都有的通病，眼高手低呗，想法虽好，就是不接地气。"

我追问："咋眼高手低、不接地气了？"

我爸还是那种看透一切而又非常自信的腔调："什么搞科学种植啦，修村公路啦……我让她先抓一下村貌卫生工作……对，你小子咋关心起村里的事情啦？"

我说："我听说来咱村一个女村干部，看能给我介绍成对象不，你安排一下家人，都对她好点儿。"

"你小子消息蛮灵通的哈，净想好事，就你那猴样，咋配得上人家上级派来的女干部啊！"听声音像有人找爸爸，他挂了电话。

那晚，我睡不着，给山花打了几个视频电话，都被她拒绝啦。过了很长时间，山花来了视频。才几个星期，她明显瘦了，黑了。

我关切地问："住哪里啦？吃得咋样？"

她狡黠地笑笑："怕你担心，就住你家了。我对你爸说，侯村干部，把我安排在你家住吧，你家的房间多，石头围墙坚固，不怕夜里猴子捣乱……你爸说，来村前你做过调查了？就给我安排了。我不想在你家吃饭，村部有原来包村干部做饭用的锅灶，我就在那做着吃。"说完，她"咯咯"地笑了。

我也笑了，这是我提前给她提供的情报："在我家吃呗，早晚是一家人，还客气啥！"

她说："少贫！"

我又问她:"工作咋样?"

她饶有趣味地谈了她进村后的事情:"我白天走村入户、嘘寒问暖,和村民们交谈,了解村情、民情,听取他们的想法、建议、要求。夜晚就在你住的屋子里学习政策法规、实用技术。我发现,你们猴山乡前山村的山比俺大岭乡的山陡峭得多,能种植的土地比俺大岭乡还少,还难种。你村的居民分散,家家还是过去的石墙石院,住房少。要带领你们村的人脱贫致富奔小康实在太难了……"

我听着别扭:"你别你们、你村的行不?要说咱,例如,咱爸、咱妈、咱爷爷、咱奶奶、咱村、咱屋子……反正是早晚的事。"

"去!去!"

"那时不让你逞能,偏不听,回来吧,东昌市这家种子研究所还缺人手……"

"我是打退堂鼓的人吗?'家底'算是摸清了,我给侯敦实支书与你爸提出了我的建议。我说,得想办法改善村里基础条件,拓宽村民增收门路,让大家树起奔小康的信心来。我还对他俩说,要让群众致富,就得先统一村干部思想,我建议组织村干部和党员利用夜晚搞培训。还没等支书开口,你爸首先否决了,他说别整那没用的,要干就出些好点子,或者向上级要点钱来。我提出了养殖、种植、修路等设想,话还没讲完,又被你爸一票否决了。他说,你们年轻人总爱把问题想得简单,我刚从部队回来时也是一腔热血,想办养殖厂、加工厂……都失败了。我看山书记先把上级交给咱村的卫生工作抓起来，等你把这项工作搞好啦，再有啥好方案提出来，我们会全力支持你的……支书侯敦实也点头称是。我的所有提议都没通过，只好先抓村里的卫生工作了……"

我太了解我爸了，他很自大，自以为经验丰富，看不起别人，还脾气暴躁，容不得别人说话。老支书侯敦实大伯好脾气，处处让着我爸。实际上，我们猴山乡前山村八百多口人，我爸一人说了算。山花到俺村，是很难开展工作的。我夹在中间，一个是老子，一个是未婚妻，谁都惹不起，既惹不起也躲不起，这尴尬局面都是山花的倔脾气造成的。我估计爸把山花"晾一边"绝不是他俩最大的分歧。难唱的曲还在后头呢！

二

我虽与山花身处两地，可心里始终牵挂着她，不断地去信息问候。她也不说过多的事情。我只好向我妈打听情况。妈说山花向她抱怨过，自己在村里"小事用不着，大事干不了"，就下决心做卫生工作了。

我心里明镜一般，这都是爸爸不支持她的结果。

山花跟我说，她扑下身子，走街串户，与村民倾心交流，说农家事，拉农家话，在入户与村民的交往中，她渐渐感受到了村民的淳朴、善良，同时也发现了他们思想上的保守、信息上的闭塞。她说，一定为老百姓做些实实在在的事情。

这次没有"你、你"的说，我明显感觉出她对俺村感情的变化。

妈与山花还有爸说的内容都是支离破碎的，我整理一下大致情况：山花每天上门向村民发放"卫生公约明白纸"。

"你咋老到俺家来送废纸？俺又不认字儿！"一个老太太翻着白眼嚷。

山花耐心解释："大娘，这是'卫生公约明白纸'，可不是废纸呀！咱现在村子又脏又乱，就连个干净的街道也没有，这张纸就是告诉大家，从今儿起，各家各户都要注意环境卫生，村子变干净了，咱生活的心情也畅快了，是不！"

不用我妈说我就能猜出，这位说呛话的一定是俺二大娘。她额头突出，颧骨凹陷，在前山村爱说头荏话，得理不饶人，无理辩三分。俺二大爷怕她就像一贴老膏药似的，就俺爸爸能降服她。看她这拦路虎当的，真有点莫名其妙。

老支书看山花一天天下来嗓子都哑了，劝她劳逸结合。村干部见她一个女孩子每天从前山村部翻山越岭走家串户宣传，就劝她悠着点。她坚定地说："环境卫生整治，是我负责的工作，我一定干好！"

我爷爷让我奶奶给山花做好吃的，我妈妈每日都对她嘘寒问暖，我爸天天虎着脸。其实我爸这人吧，心眼不坏，就是个性强，自认为是前山村的"功臣"。依我看，他从部队回到俺村并没有做出光辉耀眼的成绩。他养活了我，孝敬了俺爷俺奶奶，这不能算为村里做了什么工作吧？他带领俺村人在山上种了树，使原来的荒山野岭成了绿洲，但并没带来多少经济效益。他组织村民修了去镇上的山路——那路也只是比原来好走些。如今骑自行车到陡坡前还得下来推着上，骑功率小的电动车遇陡坡都爬不上去，更别说开汽车了。他还带头搞过养殖，曾大面积培植过食用菌类，一开始各家都干，刮过"一阵风"，还受到了乡政府领导表扬。但由于没有优良的品种，缺乏科学化的管理，效益不太好，现在只剩些零散小户在种了。我感觉，就他那雷暴脾气，"暴"的理由不充分。

听俺妈说，山花每到一家，都耐心细致地跟村民唠嗑，用家常话摆理儿说事儿，把"卫生公约明白纸"的内容讲给乡亲们听。以前村民习惯把垃圾随手扔到小街里、山沟里、山路上。清理山道两侧杂物的工作量很大，一些村民不愿配合。

她徒步走遍了前山村的沟沟坎坎，自己打扫卫生，派人打扫卫生，见谁家乱扔垃圾就上门做思想工作。有时遇到固执的村民，她常常耐心地花好几个小时，一次做不通，她就去第二次，直到群众心甘情愿地遵守卫生公约为止。村民都不得不佩服这个女孩的执着。

听俺妈说，俺二大娘反对清理她家门前的砖堆，干脆躺在地上耍赖。一会儿聚拢一群人，大家要看看这位大学生村干部如何对付"母老虎"。

山花快步走上前，附在二大娘耳边轻声说："大娘，咱可别为一点小事伤了身子骨儿，您看，您的小孙子在一边看着呢。您躺在地上，衣服弄得脏兮兮的，多不雅观呀！"见说得二大娘有些动心，山花顺势扶起她，为她掸去身上的尘土，说："大娘，啥也不用您干，等我们清理好了您再来看，如果不满意，就冲着我说！"

那一个回合，算暂时"治住"了二大娘。山花再领着村民打扫卫生路过二大娘家门口，她满脸堆笑："闺女，你真好！"她从墙上挂着的塑料袋子里拿出干山枣、干桑葚让山花吃。

山花还组织村里的年轻媳妇，在山路两旁栽树1300余棵，让山路出现了一道美丽的绿色风景线。

在前山村摸爬滚打了半年多，山花用实实在在的工作成绩赢得了群众的认可。

猴山乡对各村开展卫生工作评比，前山村获第一。

我听到这消息直想笑，暗想，山花还真有能力，过去以为她只能制服我，还真是小瞧她了。这结果，看我爸还有何话说。

三

我暗暗替山花高兴，不失时机地给她打了视频电话，向她表示祝贺。她只是问一下我的工作情况，对她的事谈得很少。

我说："有难事跟我说。"

她说："啥事情都找你，我就不是山花了。"

周六晚上，我给爷爷、奶奶、妈妈分别打了视频电话。爷爷奶奶坐在俺家当门客厅看电视，我同他们简单聊了几句，让妈妈把手机传给我爸，听我妈喊："侯山给你视频呢。"俺爸的声音传来："就说我很好，不用视频了。"我坚持让妈把手机转给我爸。

我叫声"爸"，看他正躺在里间床上夹着香烟吞云吐雾呢。他没正眼看我，说："家里很好，没事，挂了吧。"

我说："我让你操心介绍当村干部的女大学生做对象的事，情况咋样啊？"

他皱皱眉头说："你小子还当真了！那女孩倔得很，别胡思乱想啦，世界这么大，女孩那么多，你咋隔着千山万水会异想天开跟她结合呢！挂了。"

我说："我的工作情况还得向你汇报呢。"我见他正眼看我了，就说："我们单位的马主任，自己不懂技术，还光想压住我，处处限制我，让我心里很不舒服。"

他瞪起眼训斥我："看你能的！上两天大学就不知道天高地厚了？你要记住，想干好工作，先要学会尊重老同志。老同志走的桥比你们年轻人走的路都多，吃的盐比你们年轻人吃的饭都多……"

这话我都听腻了，我感觉俺爷俩很难谈得拢，就挂了视频电话。

我是九月份上的班，公司到腊月二十六才放年假，回家得坐一天多火车，估计腊月二十八下午到家。我早早把消息发给了山花。她说到腊月二十九才离开前山村。我想念山花，盼着到家还能见到她，就匆匆忙忙往家赶。在上大学的四年里，俺俩从来没分别过这么长时间。

我腊月二十八下午三点从县城乘公交到了猴山乡集镇，到前山村还有十多里崎岖不平的山路。我发信息让山花骑三轮电车来接我，她发来一条信息："乡里有紧急任务，不能接你了。"我很窝火，给她打去电话，她那边挂了。我发去信息：一当官不想要咱的小家庭了？她隔了一会儿，回个信息：忙得焦头烂额，何以家为？我很生气，就不再给她发信息了。

我只好给我爸打了电话，让他骑电动车到乡政府所在地猴山集来接我。他抱怨：你不是说有同学接吗？

回村的山路与街道比原来干净多了，但依然坎坷难行。我问爸："村里工作咋样？"

他问："你指哪方面？"

我说："我问的是当村干部的女大学生干得咋样。"

爸朝路旁吐口唾沫道："卫生工作是抓上去了，就是爱突发奇想，总是异想天开。她去农贸市场调查一番，又去外地参观了几回，就确定要在前山村的山岭上种植橘树。还要修路，甚至计划到乡镇开阔地带建新村……你想啊，种橘树，咱这山坡陡，那时候我领着种树难得头拱地，树苗钱、浇水、人力、财力……说起来容易做起来难呢，橘子三年才结果，果子卖给谁？如果失败了，砍掉村民的树咋赔？树苗钱、人工费从哪儿出……还有修路的事，修路的钱是国家拿一部分，县乡政府拿一部分，群众自筹一部分。群众自筹钱就是难题……用你们年轻人常说的话叫啥，对，叫理想很丰满，现实很骨感。"

我不觉心中一沉，替山花担心起来。

到家的几天里，我每天都给山花发去无数条信息，她回的很少，说连春节都回不了家啦，正在外地学习橘树栽培技术。她说，猴山乡地处长江边，常年温暖湿润，极适宜种橘树。她计划年后在前山村的山上都种上橘树苗，然后从前山村到乡政府修条能通汽车的山路，再修建一个橘子批发市场……从她飞跳的文字里，我似乎看到了她由于兴奋而满面红润的神气。我感觉出来她的冲动，作为一个深爱她的人，我有必要给她降降温，便说了爸爸讲的困难，说她把卫生工作抓起来已经十分不易，就别急功冒进了。她说，如果停滞不前那就不是我山花了，你知道我的性格……

她要当个好村干部，想干出一番事业，我百分之百支持她。我只是想让她把困难想得多一点，步子迈得小一点。俺俩相处四年，凭经验，我要说服她，不是三言两语就能见效的。我决定，无论如何要趁假期见她一面，跟她好好谈谈。再说，想见她还有点儿别的事商量，这个得保密。

山区里过春节，由于家家住得分散，年年都比较冷清，听说山花成立了一个腰鼓队。她过年离开，我爸也不热心，腰鼓队的几个妇女在大年初一系着红彩带，只围着村部扭了几趟，便"偃旗息鼓"了。我走了几家亲戚，怀疑山花说外出学习是故意躲着我。我计划在回东昌市上班前，到她家一趟，与她长谈一番。我主意打定，当即给她发去信息。她回信息说，我真的在外地学习栽培橘树技术，元宵节前我就回前山村啦，到时候再见面吧。我只想骂，跟你说了我正月初七得赶到单位，你十五才回到前山村，真是正月十五贴门神——晚了半个月了。

临离开家时，我思忖再三，不知道如何安排家人，拿不准该怎样支持山花。我发信息给山花商量，是否跟家人说你是我女朋友，她坚决反对。说："依靠未来的老公公一家人支持才搞好工作，不是我喜欢的方式。再说，咱俩也不过是八字才刚有一撇，另一捺画不画还没最后定论，不宜过早暴露关系。"

她说的什么话！咋？想让我的"侯山花"或"侯山华"不见世面？我不知道如何跟家人说。只是说，我到如今没订上婚，想利用女大学生在咱村当村干部、住咱家的机会，待人家好点，多支持她，看能不能把她介绍给我。

爷爷、奶奶、妈妈都很同意，纷纷表示喜欢山花。爸爸一听火了，训斥我："以前给你介绍那么多对象你小子咋不见？真是邪了门了，咋会想着娶她！你想一辈子受尽压迫呀……"

四

回到单位不久，从我妈的口中探知，过了年的党支部选举中，山花当选为村支书，原支书敦实大伯改任村民委员会主任，我爸爸成了副主任。我猜，爸平时对村职务很看重，他一定会窝火。他一窝火，就有可能在工作中给山花使些绊子，一使绊子，我日后的生活可能会遇到些麻烦。我忙打电话安慰爸爸："工作职务变动是再正常不过的事情了，职务不在大小，关键在于……"

我爸早已不耐烦了："你啰嗦个啥！谁当'官'我当谁的民。你还担心我看不开！我走过的路比你……"我捂住了耳朵，反而无话可说了。

我妈在视频里说，山花当了前山村党支部书记，领着村干部到外地参观学习，大家看到了种橘子的经济效益,动了心。山花回到前山村又走家串户说服了村民，还帮困难户贷了款。大家同意在山上种橘树了……

我很为山花取得的成绩高兴，想祝贺她。

那天上午，我正上着班，她突然来了视频电话，在视频电话里哭得一塌糊涂，哭得我毛骨悚然。我忙躲进厕所里，她的视频背景是俺村的南山头，她身后不远处是一些村民指指点点比比画画的身影，村民旁边有一捆捆树苗。我们一起上大学时，我没见她哭过，在我的印象里，她是个很有男孩个性的女孩。我猜不出她究竟出了什么事。若在她身边，我一定会拍着她的脊背，或者握住她的手搓揉。可视频近在咫尺，人却在千里之遥，我干着急没办法。我忙安慰她，问她咋了。她哭啊哭啊，我在视频里一个劲儿地叫她，她止住了哭。我问："你到底咋了？"我连最坏的事情都猜了，担心她的人身安全是否出了什么事。

她擦把泪说："我磨破嘴皮，好说歹说，村里人才同意在山上种橘树苗了。村民们正栽树时，你二大娘突然连哭带闹，说啥也不让在她承包的山地上种橘树了。她一闹，又有几家也不种了。我与乡政府立了军令状，把橘树苗也买来了，甚至连三年后与买橘子公司的合同都签了，他们说不种就不种了，叫我咋办哪！"

我长长舒了一口气，说："我当是多大的事啊，原来这点小事哟。他们不种就不种呗，还值得哭鼻子……"

山花瞪着眼看我，好像不认识我似的："你站着说话不腰疼！村民不种了，我的脱贫规划就没法完成，规划完不成前山村还是以前的老样子，让我如何向组织交代？"此时，看身影像侯敦实大伯过来了，她擦了泪，挂了视频电话。

我思考怎样帮山花。眼前的情况，我心里明镜一般，砍掉山林种橘树，我爸爸肯定第一个不情愿，那是他的"政绩"、他的骄傲。明里是我二大娘几个人反对，暗里有没有我爸的"煽风点火"就很难说啦。我是这样分析的：我爸这人讲究"吐口唾沫是颗钉"，那时他答应山花，只要山花把村里卫生工作搞上去，就全力支持她。山花圆满完成了卫生工作，我爸不好意思跟山花公开"叫板"了，暗里使些绊子也不是没有可能。在家里，我人微言轻，没法强迫爸爸做什么，心里还偏向山花，那只能想法绕着圈子帮她了。她是我的未婚妻，我不心疼谁心疼，我不帮她谁帮她？我开始严密地逻辑推理：我二大娘怕我爸爸，我爸爸怕我爷爷，我直接找爷爷帮忙，让爷爷逼爸爸阻止我二大娘，问题不就解决了。我很高兴，这也算"曲线救山花"吧。

我一拍大腿高兴得跳起来，"啪"的一声，由于裤子下落腰带扣头碰到了瓷砖地面。忘了，我还在厕所里"假出恭"呢。

晚上，我打通了妈妈的视频电话，妈接了视频还笑个不停，我猜妈刚才还看着抖音呢，她最爱一边看抖音一边笑了。我问：

"我爸在家干啥呢？"妈回："去村部参加会了。"我让妈把手机给我爷爷。

我爷爷八成是看县电视台直播的老年人爱看的"花鼓戏"或者"扇子戏"呢，他看地方戏时，总是笑眯眯的。我先问他好，问我奶奶好。然后转入正题。我说我年龄老大不小了，想讨个媳妇，我喜欢上当村干部的那个女孩了。那个女孩在咱村遇到难事了……

我巧妙地把山花搞工作遇到的困难与我娶媳妇掺合到一块，这样就引起了我爷爷的高度重视。只要我回家，爷爷奶奶见我就吵吵着要抱重孙子，谁影响他抱重孙子他就对谁不客气，这是不容置疑的。他连夸女大学生懂事，满口应承下来。他捋着胡子说，我看你二大娘要成精了，哼……

到第三天我妈跟我说，问题解决了，村里人都同意种橘树了。

我暗暗自豪，感叹自己有"运筹于帷幄之中，决胜于千里之外"的能力。

我仍然挂念着山花，不断从与爸爸、妈妈、山花的闲聊中，了解她的一些情况。整个春天，山花带领前山村村民种好了橘树，接着就是修到猴山乡集的盘山公路了。

修公路时村民没钱。山花说，村党支部书记就应该在群众最需要的时候站出来，设身处地为他们排忧解难。她"很会说"，我感觉会说也是一门学问，"耐磨"是做好村民思想工作的保证。她跟村民说，修路个人交费先贷款，橘子丰收了才还账。如果种橘子赔了钱，她包赔村民的全部损失。

她的话让村民吃下了定心丸。

为了帮村民贷款，她多次找乡镇农商银行分行有关负责人，苦口婆心地讲村里的建设规划，讲村民的实际困难和他们的诚实和守信。她的辛苦没白费，贷款的事情最终定了下来。一个星期后，银行派来了信贷员，专程来村为申请贷款的村民现场办理贷款手续。

我还听妈说，在修路资金最紧张时，山花把她家里的积蓄拿出来，还找亲戚、同学帮忙凑。

从前山村到猴山乡集，这中间有十多里崎岖的山路，近距离修路就得穿过猴尾岭。在开山放炮打隧洞的日子里，我妈说，山花很苦，很累，身体更瘦了，嘴唇都出了血泡……我妈说她每次见山花从工地上回来，都心疼地给她烧碗鸡蛋茶。

我妈心疼她，我更心疼她。我连忙跟山花打视频电话，她要么不接，接了也是牙咬下唇，眼睛里明显含着转圈的泪珠。她生闷气时或跟我闹别扭时都是这个"熊样"。她的确像我妈说的那样，更黑，更瘦，嘴唇出血，我心疼地想哭。我说，有难事你说话，我还想吹吹牛，吹我有决胜千里的能力……她阻住了我滔滔不绝的话头："你打住，我一定独立完成我的规划……"

后来听我妈说，她搬到村部住了，我不知道她为什么不住我家了。

到我快放年假时，山花打来视频电话说，腊月二十六要召开前山村公路竣工庆祝会，会议结束她就调走了。我忙问，调哪里了？她回，不清楚。看她对我态度冷冷的，我心里有点发怵，担心她那一捺不给画了。我提前回家，决定参加庆祝会，再与山花强化一下关系，别让捧在我手里的花儿再开到别家去！

<h1 style="text-align:center">五</h1>

我请假提前两天回老家，先乘火车再坐公交到了猴山乡集，山花来电话说，她正迎接上级领导，会议马上开始了，根本没时间接我。还是我爸来接的，我爸虽然还有军人笔直的腰杆，但白发明显增多了。我问村里修路的事情，他说了句后生可畏，就再也不言语了。

新修的水泥路大约有六米宽，两边与中间画的黄白标志线还没完全干透，路上还有没除去的点点白漆花点。山道两边新栽了风景树，在旁边山头上的褐色橘子小树干衬托下，形成立体的风景画。过猴尾山的隧道灯光明亮，给人一种走进桃花源的神秘感。

爸爸骑着他的三轮电动车，沿着新修的公路走，十多里路不到半小时就赶到了前山村庆祝会场。会场场地是一块足有几亩大的平地。这块平地是把村部旁边山坳用土石填充形成的，场地全被硬化了，周围种着风景树，里面有画好的停车线。村里男女老少坐在会场里。最前面靠着陡峭的山壁临时搭建了主席台，主席台上悬挂一条红色横幅，横幅上"热烈祝贺猴山乡前山村公路竣工"的大字在阳光下金光闪闪。

主席台上坐着县乡领导。电视台记者扛着摄影机忙活着拍照。

我在人群后面站下。我说："爸，耽误你开会了，你快上主席台吧。"

我爸的脸红了，他嘟囔一句："我……辞职了。"我感到很吃惊。

二大娘叫我："三猴子，坐我这来。"我一看，二大娘的长凳子空着一半位置。她难惹，村里人大多都远远地躲着她。我坐过去。

主席台中间，坐着一位穿黑色外衣、梳着马尾辫的二十四五岁的女孩，她就是山花。一年零六个月前，山花身上还留着书本的馨香，她怀揣着绚丽的梦想，从知识的殿堂来到前山村，开始了她人生另外的课堂。在我的家乡，她用坚强的毅力，留下了自己人生旅途中闪亮的轨迹。我激动得想跑过去……

她旁边一位戴眼镜的领导正慷慨激昂地讲话："……现在的前山村，处处皆风景，这风景与蔬菜大棚有关，与前山村山岭上的橘树有关，与刚修好的前山村公路有关，更与家喻户晓的山花的名字有关。猴山乡前山村是由一个叫山花的大学生担任村干部的村子，她经过调查研究，利用前山村优越的'区位优势'，大力开展橘树种植。在她的带领下，在村委同志的配合下，经过全村村民的共同努力，种植山橘三百八十亩，修建村公路六公里……"

山花讲了话："……前山村山高路陡，交通不便，群众生产、生活困难。我想修条路，想种植橘树，还想建新村，可现实太难了。当我思想有了纠结，犹豫是否留在前山村时，老支书侯敦实大叔与很多村民挽留我，给我出点子，提建议；乡党委政府关键时刻给我指明方向；当工作遭到个别不理解的人反对时，村委领导与大多数村民总是给我最大的支持与帮助。在前山村，我没有任何亲属关系，也无意建立任何亲属关系，我就是我，我是党组织经过考核选派过来的村干部……"

我心里嘀咕，她讲这话，啥意思？

下面几个老汉议论："咱前山村有了新变化，全靠政府给派了一个好当家人。"

几个女人嘀咕："这大学生女村干部，俺满意。可有人到处说，山花是向三猴子求婚得到了侯家的支持才把规划完成的……"

我的脸"腾"地红了，这，这，这话从何说起呢！我旁边的二大娘也极不自然地干咳两声。

散了会，乡领导帮山花把行李装到车上。几个年轻妇女拉着山花的手："山书记，我们不舍得让你走……"

我的头"嗡"了一声，咋啦？原来我们说好的，我叫侯山，她叫山花，以后生个男孩叫侯山华，生个女孩叫侯山花，难道她不想让俩孩子出世了？乡里的车在前面走，很多人送山花，山花劝村民站住，侯敦实大伯也不断劝人留步。

我不失时机地挤过去："山花！山花！"她走过来，拉我到一边说："你问问你家人是咋说的。你二大娘到处宣传，说我干不成工作了，就向你家求婚让你家人支持我。我在村委会上说了这件事。你爸吼开了，说，俺侯山高攀不上你这样厉害的大学生……"

我说："我二大娘和我爸能代表我呀？又不是我的错？党的政策不是一人做事一人担吗？"

她冷静地说："我给你提两个条件，你办得到，我们再说以后的事。"

我坚定地说："你讲，别说两个条件，就是提个十个八个的，都没问题。"

她说："第一，你辞职回村来当村主任，接着干我没完成的规划，能做到吗？"

我略一迟疑，忙举起右手："我向组织保证，能做到！"

她说："好！第二条，让你爸当着村民的面把定亲礼品交给我，说喜欢我做侯家媳妇。"

"这个嘛……"我挠挠头，"我想办法办。"还得依靠我爷爷……

她转身坐上乡政府的车走了。

"山花……"我连忙骑上我爸的三轮电动车要去追赶。我爸铁青着脸问："干啥去？"

我说："想跟山花搞对象。"

"回来！你挤扁脑袋找气受，贱骨头！"

"这是哪儿跟哪儿呀？"我从小怕我爸，只好乖乖地跟他回了家。我脸色不好看，爷爷奶奶问我是不是坐火车感冒了，我妈一遍遍问我咋的啦。我努力挤出点笑，说没事。

我爸接个电话走了。

　　我草草吃过晚饭，趁家人不注意，骑上我妈的两轮电动车溜出来，离开家一百多米心还"咚咚"地跳，怕我爸会突然出来大吼一声："回来！"

　　我加大电门顺着才修好的公路飞驰，耳边的风"呼呼"作响。

　　我赶到猴山乡政府所在地时，只见政府办公楼一层靠楼道的那间房里亮着灯光。二层大楼会议室里也亮着灯光。我打山花的电话，显示关机。我敲响一楼亮灯光的房门。里面出来一个小伙子，他大概是值班的。我问："前山村女大学生书记在哪儿？"

　　他说："你是说山花副乡长吧？她现在被组织任命为副乡长了。他们几个领导正吃晚饭呢。我叫她下来吧？"

　　我示意不用，急急忙忙跑向二楼会议室门口，心"咚咚"地直跳。我隔着玻璃窗往里观看，乡"一把手"王书记，"二把手"张乡长，还有山花，正围着桌子吃酸辣粉。王书记与张乡长下乡检查时都在俺家吃过饭。我瞪大了眼睛，怎么我爸也背对着窗户坐在里面。

　　山花说："侯主任，感谢一年多来你家人对我的照顾！感谢你一年多来对我工作的支持！"

　　我爸说："我没配合好山乡长的工作。"

　　王书记说："老侯啊，你还不知道吧？山花乡长是你儿子侯山的对象，你有这样的好儿媳，喜欢吗？"

　　我爸先是一愣，接着大笑："好！好！我喜欢！我儿那浑小子就得有山乡长这样有本事的女子管着……"

张乡长说："山花乡长让俺俩做你的思想工作，想让你儿子回来当你村村主任，继续完成她未完成的规划，你同意不同意？"

我爸笑了："同意！同意！知子莫若父，我了解侯山，在山花领导下，他回来一定能干好……"

我心里一沉：爸都批准了，看来我继续做山花的"下级"是没问题了。她乡长，我主任，只是"级别"比以前差别更大了……

王书记与张乡长笑了。

我在窗外也笑了……

靠 山

一

临近年底考核，东山县富达康养殖公司表面上风平浪静，实则暗流涌动。分管人事的副总经理退休，总公司决定再提拔一个高级、两个一级技师。在公司工作的精英阶层，面对晋升，谁不怦然心动？

公司里普遍认为，一向工作兢兢业业的业务部门经理木二线是潜力股。他畜牧大学毕业，来公司十年，任业务部门经理五年，且年富力强，任劳任怨，业绩一流。木二线自己也跃跃欲试。在养殖公司里他年年评先进，人缘好，又有外人不知道的靠山。富达康养殖公司"一把手"申总经理是他母亲娘家堂弟，二线能进富达康养殖公司工作，又当上部门经理，都是堂舅一手安排的。木二线的目标，不仅仅是高级技师，更重要的是副总经理。

三九天午后冷飕飕的日光，被办公室热烘烘的暖气融化了。办公桌映出的光晕与桌旁君子兰的生机衬托着木二线眉目清秀的脸庞。他无缘由地想起了"动物世界"纪录片，总觉着人活在世上有点儿像动物，更具体地说，就像他们公司各分厂喂养的猪，为了生存，或追或逃，或抢或夺，或攻或藏，都在宇宙法则的限制中艰难度日。他清楚，要登一座高塔，每一步都须有一个坚实的脚印。

他刚想平静一下心绪，防疫组长请示要下分公司检查疫情，饲料组长报告到各养殖场送饲料。木二线点头应允。他知道，他们已经请示了分管业务的宽容温和的单总经理。跟他说说只是走个过场，或者是保留点儿小猪崽"哼哼"乖叫般的殷勤，内里是否冲着"一级技师指标""表现"一下也很难说。

两人走后，木二线泡杯铁观音茶，心不在焉地看报，"追求进步"的念头像雨后的春草一样自由蔓生。分管人事的经理滑银升端着很少离手的希诺玻璃茶杯，笑着走进来："昨晚我去富豪电影院看'4D电影'，你猜见到谁了？"木二线友好地笑笑，表示自己是只呆头鹅。滑银升喝口茶："咱老同学张利拥着娇妻，那日子真叫甜呢！"

张利，木二线大学时的铁哥们，娶了"班花"，现任富达康养殖公司董事会办公室主任，是挺让人艳羡的。木二线附和着笑笑。滑银升眯眯眼，不断制造热门话题，小声说："老同学，预祝你晋升高级技师！"木二线总感觉他镜片后飘忽不定的目光暗藏着豺狼猎食时的冰冷与犀利。木二线知道，他说的除了假话就是假话，真话寥若晨星，在滑银升面前，脑子明显不够用了。八年前，就是这位学长将他的恋人季春鸽收入囊中。那时木二线深爱着季春鸽，可季春鸽没能经住"糖衣炮弹"的进攻，攀上滑银升这根高枝。木二线自我安慰好几年：“能让人夺走的就不是恋人！”可总觉得脸没处放，心中的阴影一直挥之不去。他竭力平和地说："我对眼下很知足了，在咱养殖公司里各项条件优秀的人有的是，我不奢望什么高级了。"他说的也是实话，养殖公司副总经理与高级技师相比，他宁肯不要技师职称。

下午六点，养殖公司办公室人员检查卫生。木二线打了卡刚要回家，攻关部门经理季秋鸽进来了，说要点儿茶叶。她是季春鸽的妹妹，颜值很高，眉毛弯而细，标准到了刻板的程度。眯笑的眼睛给人一种心里装着全体男人可唯独没有她自己的联想。她缠着木二线为她晋升高级技师帮忙，木二线木然地点点头。他一直后悔那年与她一起下乡防治禽流感，不该接受她的热情，毕竟自己不是"单身狗"了。最要命的是在县一实验小学当教务主任的妻子李瑞红，仿佛有"葫芦娃"的千里眼和顺风耳。只要他与季秋鸽一接触，哪怕是近距离说上两句话，她都能了如指掌，并能及时采取必要的"反制措施"。木二线赶忙哄季秋鸽：“行，我想办法。”

季秋鸽走了，木二线看看办公楼道，那头有个人影一闪不见了。木二线重重叹口气，假如能摆脱季秋鸽鹰似的贪婪缠绕，他宁愿捐献自己不太丰富的臀肌。

二

下班到家。母亲正哄着儿子虎子做作业，厨房飘来一缕饭菜香。木二线走进厨房洗手盛饭，妻子像母鹿吃了醋叶似的撇撇嘴："我知道你又与那啥派对了！"木二线不接话茬，小声说了自己的"提升行动方案"，巧妙转移了话题。"听说你堂舅要升副董了，关键时刻得拜访一下他，其他副总经理不用去。还得依靠张利找找董事长。"在家中，小他三岁的妻子似乎比他更成熟，每次妻子的意见都是"最后的拍板"。

晚饭后，根据妻子的安排，两人用羽绒袄帽与口罩"密封"着，带着"便捷礼品"去看堂舅申总经理。到了总经理套房别墅区，木二线按响了门铃。小保姆认识他霍霍闪光的眼睛，开了门。穿过丛松蜡梅蓊郁的宽敞院落，进了花草亮艳的大客厅。两人摘下帽与口罩，厅中的暖气早把寒冷挤到了门外。年轻的烫发堂舅母暂停了电视剧，热情地招呼他俩。拉了会儿闲篇，她小声说："你舅今晚有应酬，他经常夸二线人品好，有能力，提拔养殖公司副总与晋升高级技师报的都是你，千万严守秘密！"木二线一阵欢喜，他无法不喜欢有眼光的堂舅。心中又一阵激动，暗叹自己靠山的稳固……

第二天上午，申总经理把木二线叫到他办公室，关上门，小声说："你在养殖公司里历练十来年了，应该明白，当经理这门学问深奥得很呢！你见过猎豹捕羊前的若无其事吗？要有城府，心中想的不能让任何人看出来。"二线看着堂舅镜片后狐狸一样的明眸，心里打着"小九九"。他听说邱董事长指派的考核组人员很快就来了，他想报复一下养殖公司里某些小人，话到嘴里却说："我担心某些小人会使绊子。"申总经理老道地说："不反击是最好的反击，行动要建立在自己绝对安全的前提下……"木二线激动地点点头，大有醍醐灌顶的感觉。他十分钦佩申总经理，产生了与圣人谈上一席话，胜读十年圣贤书的欣慰。

与申总见面后，他故意迟到了两次，挨了顿"剋"。当养殖公司里有人说高级技师非他莫属时，木二线一副漫不经心的表情："原来俺家里很穷，一次我丢了一毛钱，气得一天没吃饭。能到今天的地步，我早心满意足了！"

不几日，董事会派人来富达康养殖公司考核，查看档案材料，与每个人都谈了话。轮到木二线时，他赞扬各总经理领导有方，养殖公司里各项工作开展得有声有色；说各部门经理、同事都能力强、积极肯干；重点夸了季秋鸽，说她是典型的技术人才；最后检讨了自己诸方面的不足。

三

考核三天后，木二线约了任办公室主任的铁哥们张利聚聚，想打听点儿"内部消息"。两人在约定的聚餐地点——郊区一处很浪漫的"农家情缘餐馆"——见了面。这几年上级要求很严，反对大吃大喝，他们吃喝玩乐都转入了"地下"。席间，张利"无意间"透露，富达康养殖公司推荐木二线任副总经理。不利的方面，考核时有人反映，木二线有男女作风问题。木二线感觉一股冷气从骨缝里冒出来，暗恨该挨千刀的人竟然有鲨鱼般的狡猾与凶残！这种捕风捉影的下三烂手段毫无创意，谁见他"怎么着"了？他是个有修养的人，瞬间便恢复了平静，忙表白："纯粹胡说八道！咋办？有补救措施吗？"张利沉稳地说："正巧，邱董事长妹妹的孩子转到了咱县上学，邱董事长不屑出面，让我联系学校。许多人想给邱董事长办事还沾不上边呢。你让嫂子安排她到县第一实验小学上学，我趁机解释一下，说你原来与一个姑娘谈恋爱，婚后就再无来往了。"木二线连忙自罚三杯，又敬酒三杯。

事情进展还算顺利。邱董事长妹妹的孩子入学问题很快得到了解决，并且安排到了重点班。木二线副总经理职务得到了公示，一周后便能正式下文。他的高级技师职称也报到了市主管部门。养殖公司里许多人很"前卫"地朝他点头哈腰。木二线表面上一副苦大仇深的表情，其实心里早有了副总经理与高级技师的优越感。关系好的同事半公开地吵着要喝他的双喜临门酒。滑银升拍着胸脯说如何打了老同学的优秀票，说庆祝酒一定喝个天昏地暗。木二线恰到好处地支配着表情，始终露着很受用、很感激的谦逊。

在正式下文前的周六上午，木二线主动在养殖公司里加班。他坐在办公室喝茶，感觉时间像听乏味的长篇报告一样漫长。

董事会办公室的人送来通知，值班的单副总经理表情凝重地拿信函让木二线看了：公司员工对木二线男女作风问题反映强烈，经董事会研究决定取消其副总经理任命资格，由作风过硬的滑银升同志担任。又由于木二线同志曾经治死过西河镇养殖分厂两头荷兰母猪，影响极坏，经研究撤销该同志高级技师申报资格，由技术过硬的季秋鸽同志顶替。

　　一百八十度的大转弯，让他的牙不服管束地磕碰，双腿不由自主地颤抖。他深深理解了"职场如战场"的含义。木二线极勉强地笑笑，快速回了家。他进了书房，关上门。一股怒火由心底燃起，小事他可以放小人一马，但他绝不是专职放马的！他愤怒得想杀人，痛苦得想喝敌敌畏。他推下了桌上的兰花瓶，扔了书报，踢翻了桌凳，重重地在伏床上哭了。十几年来，他压抑性格，如履薄冰……

　　母亲哭着不住问咋了。小儿子拍着他不让哭。他强忍着止住了呜咽。鬓角星星的母亲与虎头虎脑的儿子，像一双止泪钳有效地控制了他的泪腺。在家里，木二线没有发泄悲情的自由。他哄他们离开了书房，他需要静静。加班回来的妻子打扫好卫生，轻轻地抚着他的背，用教师特有的口气劝慰："上善若水，水善利万物而不争。非己之不可强也。"

　　经过一夜思考，木二线想明白了，看开了，平静了。妻子帮他厘清了思路，决定好了下一步的行动方案。首先，无论成功与否，都要感谢一下堂舅的知遇之恩。其次，要把真实的情况向二把手单副总经理汇报一下。最重要的是给邱董事长写封信，说明情况，信让张利转交去。木二线坚定地认为，邱董事长是值得信赖的。那次他来富达康养殖公司检查工作，作了"两面论"与"否定之否定"的专题报告，木二线看着他大太阳型的脑门，轻易就联想到了一生为共产主义事业奋斗的马克思。他应该写信向邱董事长澄清一下，结婚前曾谈过恋爱，与一个姑娘有过拥抱行为，结婚后就再没往来了。这一情况组织可作进一步调查。关于治死荷兰猪的事实是：西河镇养猪分厂两头荷兰母猪出圈误食了老乡下到田里的鼠药，当他接到求救电话赶去时，两头猪已奄奄一息。在刘厂长的再三恳求下，他才死猪当成活猪医，给两猪开刀洗胃。他救活一只，另一只没能救活。这些情况可由富达康养殖公司司机李师傅与马头镇养猪分厂刘厂长作证。

晚饭后，按计划他先到了堂舅家。申总经理正红光满面地在客厅打电话。等电话结束，木二线平静地向堂舅表示了感谢，说没有申总经理，就没有他的今天。申总经理说："你能有这态度我就放心了。前几年你总爱獠牙外露，流点儿血就成熟了。失败并不可怕，关键是能否把失败变成成功它娘！任何人都不是被别人打败的，而是败给了自己。你还年轻，好好干，有我在，你进步机会有的是！"申总经理压低声音说，"给你透个底，滑银升的靠山是邱董事长的父亲，季秋鸽的靠山是邱董事长的母亲。我能顶替开发区张总任副董事长，都离不开他俩的帮助……"木二线若有所悟地点点头，这也是职场"等价交换"的非主流潜规则。

按计划，木二线当晚分别见了单总经理与办公室主任张利，回到家睡得很安稳。

四

周一，木二线面带微笑正常上班，主动招呼想躲开的同事。没人说他被"撸"的事，他也像没发生任何事一样。木二线甚至主动找滑银升与季秋鸽要酒喝，只是没见着。他请示单总经理，举办了一个全公司各分公司各养殖场预防猪流感的电视讲座。

下午传来个爆炸性新闻：昨晚，申副董事长、滑副总经理、高级技师季秋鸽，在从"爱你夜总会"开车回来的路上，由于滑银升酒后失控，飞驶的汽车栽到了高海公路岔路口的幸福河里。当被打捞出来时，三人已气绝身亡。申副董事长还紧紧地抱着季秋鸽，明眼人一看就知道，他临死前还奋不顾身地给季秋鸽做着人工呼吸……

木二线听到此消息刚想露出一丝窃喜，但笑意马上被绷直的嘴唇拽走了，因为他失去了坚实的靠山。

一周后，董事会重新下了任免令：原富达康养殖公司申总经理，贪污受贿，免除他副董事长职务，由单副总经理接任总经理职务。富达康养殖公司滑银升用不正当手段窃取副总经理职务，予以免除。富达康养殖公司季秋鸽用不正当手段获取高级技师申报资格，报有关部门予以撤销。任命业务部门经理木二线为富达康养殖公司副总经理，并推荐该同志申报高级技师……

木二线头晕乎乎的。

一片叶子

一

叶欣欣一睁眼，看看时间，还是五点半，这是她长期养成的生活习惯。

以前上班时，每天的时间点都是固定的，这天与那天都相差无几：早晨五点半起床、打扫卫生、洗衣、做饭……饭后，备课、上课、考试、改试卷，送走一批高三学生，再来一批……每年、每天压力都很大。教高三时，她既有"公信力"，又有"权威性"，是优秀教师。今年整个春天，她一边忙碌着，一边思考着退休后不再"努力创造生活"了，得清闲地"享受一下生活"。就像在电脑上制作课件图片一样，慢慢地敲击出退休生活的轮廓：每天睡到自然醒，早饭后就与闺蜜红姐与蓝妹跳广场舞。等老严也退了休，不让他舞剑，"命令"他陪自己一起跳舞，到九点才吃早饭……

今年六月，她送走了最后一个高三毕业班，真正退休了。一退休，反而空虚起来。就像爬到外架上的丝瓜，也学会了往外"溜"。早饭后，老严上班走了，她刷了锅，洗了脸，看着镜子里的额头想：这些皱纹是无情的岁月与艰苦的工作日积月累留下的痕迹，的确到了该休养的人生阶段了。

她到春花广场跳了会儿广场舞，又到超市买了菜，回到家拖了已经拖了三遍的地面，家具擦洗好几遍，炊具收拾了好几遍，然后又空虚起来。先看会儿电视剧，够了；想躺到床上休息，上班时她多需要补觉啊，可这会儿一躺床上睡意全跑光了。她不住地埋怨自己就是有点儿"贱"，简直成了不会享受的怪人。

上班时，她不爱与老严说"废话"，可如今却主动想与他聊天。他倒拿捏起来："一个老娘们打听公司的事干啥！"语气里明显表现出不满。

午饭后，她无聊地来到"好事多"超市，其实她满可以不来的，昨天来了三次，今天上午来了一次，光顺带买的菜大小冰柜都塞得满满的。她现在来不是为了买东西，是来排遣寂寞的。

她遇到了红姐、蓝妹。她俩原先在银行工作，早她两年退休，如今是跳广场舞的"师傅"，五十多了还像娃娃一样白胖；她是跳广场舞的"学徒"。原先她与红姐、蓝妹都是市一中的同学，那时候的许多事情到如今都成了记忆的碎片。唯有上学时的称谓，她叫她俩"红姐""蓝妹"，她俩叫她"欣欣妹"或"欣欣姐"，直到现在自己的孩子都大学毕业参加工作了还这样叫着。

"红姐，蓝妹，你们买菜呀？"

"欣欣姐好！""欣欣妹哟，这里又凉快又热闹……"她俩走过来。三人在儿童游乐场门口，扯开了话题。她俩说到华尔兹慢三步的旋律，夸这种舞蹈轻盈流畅，一起一伏犹如连绵不断的波涛……说着说着三人竟不由自主地舞了起来。叶欣欣回忆起上学时代的生活，三人形影不离，简直充满诗意。大学毕业后，她当了教师，她俩去银行上了班，接触的机会少了。退休后，就到了把记忆里储存的同学友谊再继续储存升息的时候了。

叶欣欣从超市回到家，感觉心里舒畅多了。她学着电视里教的做菜方法，炒了鱼肚烧猪爪，又做了酱爆小八爪鱼，还做了一甜一咸两个汤。

老严下班回来，叨嘴菜，喝口汤，动动嘴巴"哈"了一下，就像狐狸吃到了鲜鸡肉那样满足："还是老婆退休了好……"叶欣欣想："难道自己以后的成就只能听老公表扬厨艺吗？"

午饭后，叶欣欣睡了会儿午觉，睡得很不踏实，梦见自己上课迟到了，猛地醒过来。她愣愣地看看老严已经上班走了，看看表，时间已经到了两点半钟，不禁狠狠地打下自己的头："我咋这样贪睡，误了上课点了！"忙下床穿上鞋，没顾上洗脸，手忙脚乱地找装教科书的提包。最后在橱子里找到了，才想起来自己退休了，那种紧张而愉快的教学生活已成为过去时，她松了口气，提起的劲儿慢慢落下来了。

她慢悠悠地拉展被单，又叠了毛巾被；看看吃饭的桌子还有点儿浸渍，用卫生纸擦拭干净；又洗了脸，愣愣地坐着，心里空虚得像一望无边的海洋。她打了女儿的电话："英英，几天没来电话了？你咋像空腹的衣柜一样啊，没心没肺的？你那边没事吧？妈想你了。哦，上着班呢，好，挂了。"

她想去街上转转，一出门，一股热浪劈头盖脸地袭来。她马上撤回来。原先上着班时，她整天像铆足劲儿的发条，从家到学校，从学校到家，骑着电动车来回跑，浑身是劲，也没觉着有多热。

她退回屋，从外客厅到卧室，那几盆花卉不能再浇水了。再到厨房，炊具已经擦洗多遍。从厨房来到书房，再从书房到二楼，从二楼到阳台，看到楼下的花草树木都显得空虚、孤独、寂寞。她听人说，退休后，人一般要进入"退休精神危机"期，人需要培养多样化爱好，开辟丰富多彩的新形式的生活。只有被另一种形态的生活吸引住，才能战胜由退休造成的"精神空虚"。

手机响了。她一看，是腾飞教育邵主任的，便接了。邵主任说："有个新高二学生叫鲍一明，高一语文课没学好。听说你是长期教高三的高级教师，具有丰富的教学经验，又退休了，点名让你为他补课。"

叶欣欣以前教邵主任儿子，在一次家长会上认识了她。那时邵主任说，她负责一家培训机构，希望叶老师能利用星期天帮忙。她怕纠风办查到，放着钱没敢去挣，关键是她家不缺钱。到这时候，叶欣欣有了上课的冲动。她现在缺钱吗？仍然不缺，但她需要排遣内心的空虚。她最有兴趣做的事就是上课，所以也就需要给学生补课。叶欣欣说，让我看看补课的学生。

邵主任打来了视频电话。他是个十五六岁的男孩，脸瘦、白皙，眼神忧郁……坐在沙发上的他微微向她点点头："叶老师，您是市一中高三把关教师，我上年没学好，希望您能给补补高一的语文。"

叶欣欣想"看样子这学生是可造之才"，便说："把电话给邵主任。"

邵主任问："咋样？能上吗？要上从明天开始，一天连上两节，具体上课时间随便你挑。"

叶欣欣考虑了一下，腾飞教育离她家不远，腾飞教育南面就是她们跳舞的春花广场。她可以早饭后先跳一小时广场舞，然后上两节课，回来还不耽误做午饭。她说，自己最适的上课时间是上午九点到十一点。邵主任满口答应。补课的事情也就定了下来。

二

第二天早饭后，老严临上班时说，你想"化作春泥更护花"，我不反对，但不能耽误了做午饭。叶欣欣拿上提包推出电动车说，走你的吧。

她到了春花广场，姊妹们正随着乐曲跳"华尔兹慢三步舞"。退休后，她学了几天，但舞跳得与她们相比，还是小儿科。无论跳得好坏，当太阳照在春花广场时，她就想来跳舞，在跳舞的那一段时间，她就感觉轻松、愉快、幸福。当闻着周围的花草树木发出的芳香味道时，她感觉芳香里混有甜甜的味道。

舞跳完一段后歇息，大家三五成群聚在一起，东家长、西家短说说笑笑。叶欣欣看看表，八点五十分，便去了腾飞教育。她以前上课养成了习惯，提前两分钟站在教室门口候课。她到了指定教室看看表，提前了六分钟，松了口气。

她打开课本，朝周围看看，培训机构教室自有它的独特风格：大教室用透明隔音玻璃镶成了许多小的授课间。授课间玻璃墙壁上张贴着"学习进步层次"宣传画，从不会到熟练，中间有一道蜗牛爬过的痕迹。学习间内有一桌两凳，上面有中央空调，温度适中。到九点六分，那学生才到。那学生礼貌地微微弯下腰："老师好！"叶欣欣点点头，感觉他比视频上看着还白还瘦弱，并且白中含有不易察觉的青色。她问："你叫鲍一明？"他点点头。"我早到六分钟，你晚到六分钟，十二分钟能做多少事情啊！""老师，对不起！昨晚没休息好，今天起晚了。"

叶欣欣根据课程内容，把昨天自己制订好的授课计划，征求一下他的意见。他说，听老师的。叶欣欣开始上课，不一会儿就进入了角色，像给五十多名学生上课一样，讲解，提问，解答，兴致勃勃。授课时间紧，任务重，今天又耽误了六分钟，她有连节上课的习惯，给高三学生评讲试卷常常把两节合一块儿，可还不到一节课的时间，她看着学生目光游弋，身子晃动，一副跟不上她思路的状态，便停下来，问："你有事？""老师，我想去洗手间。""好，你去吧。"

叶欣欣喝口茶水，才感觉到停歇一下也是不错的。十分钟过去了，十五分钟过去了，仍不见学生回来。叶欣欣坐不住了，她让邵主任找学生，最后在厕所里找到了他。

他过来，垂手站立，完全是一副犯了错误准备挨批的架势。叶欣欣吸吸鼻子，感觉有股怪怪的味道，又没看出啥问题，严厉地说："以后休息十分钟。"他说："对不起老师，我拉肚子了，是我喝药的味道。"叶欣欣开始继续上课，不到半小时，他说："老师，我去下洗……"话没说完跑走了。等他回来，离十一点不到五分钟。叶欣欣想省去提问环节，给他快一些讲完。他说，老师，您辛苦了，下课吧。鲍一明签好课时单走了。学生一走，叶欣欣有种被"下课"的感觉。

她回到家，做好午饭，与老严一块儿吃。教学任务没完成的不爽，好像调皮的英英小时候死死地拽着她。她一边吃着饭，一边喋喋不休地抱怨叫鲍一明的学生学习积极性不高。老严洒脱地问："鲍一明，是老包的包吗？"叶欣欣说："《国际歌》作者鲍狄埃的鲍。"老严劝她："你退休了，就得改改太认真的毛病。他既不是老包公，又不是鲍狄埃，还不是你班的学生，只是临时上上课，你想一下子改了他的缺点，不成神仙了。"叶欣欣想想也是，反正自己尽力了也就无愧于心了。

老严吃饭爱吧唧嘴，让人感觉他有大快朵颐的快感。看着他的吃相，自己不爽的味儿淡了，感觉虽然教学任务没完成，但比一天无所事事吃闲饭有味道多了。

午饭后，叶欣欣一觉睡到下午三点，醒后猛地一惊，一想自己退休了。她起来洗洗脸，又干了会儿家务，看看时间还早，就骑上电动车去了好事多超市——这也是听了红姐的话，有合适的菜就买，没有就当转转开开心。

她到超市里买了两袋鲜奶，割了二斤猪腿精肉。她一扭头，看见两个穿连衣裙的身影，忙叫："红姐，蓝妹。"

两个女人走过来。叶欣欣看看她俩穿的连衣裙，真丝的，V型领口，半截袖，孔雀蓝、玛瑙红的卵形叶图案。人与连衣裙相配，就像白云镶了一圈金边儿。再配上垂金项链，显得高贵、大方、秀气。叶欣欣上班时，不是讲究吃穿的人，也不算是会吃穿的人。可退休后看见别人穿了好看的衣服，心里就自然而然地长出了喜欢。她说，来，我为你俩拍个照。她仔细拍了她们的全身相，又特意拍了牌号商标。

回到家，她给女儿发去照片，让女儿在网上给她买一件这种款式的连衣裙。女儿说："妈，你等一下，我下了班就找。"

老严下了班，叶欣欣又让老严看照片："老严，我穿上这种款式的连衣裙咋样？"老严心不在焉地喝口茶："美，美得很，我们叶老师是大美女，穿什么衣服都美。"

临睡觉时，女儿来了电话，说："妈，我找了很长时间都没找到，也许红阿姨与蓝阿姨是定做的，你问问她俩不就行了，钱我出。"她说："好的，乖女儿。"其实，她根本用不着女儿出钱，不算存款，光她每月的退休金也花不完。

三

第二天，叶欣欣早早吃了饭，来到春花广场上，到场的人还不多。叶欣欣一边与人说话，一边不住地寻找红姐、蓝妹。音乐响了，今天跳的是她才学的快四步舞，好几次该转身她还扭着头找人，脚步都乱了。

蓝妹、红姐姗姗来迟，在后面随队跳。叶欣欣跑过去，挨着红姐跳。"红姐，你俩穿的连衣裙子真好看，哪儿买的？"红姐正好落下蝴蝶展翅的双臂，脸转过来："蜜姐给买的。咱市最大的桂花丝绸加工厂专门做丝绸衣服出口的。""贵吗？""啥贵不贵，你上几节补习课不就挣来了？""如今补习学生可不好教。""钱好挣就行了呗，下午我带你去找蜜姐。"

临结束时，叶欣欣郑重地对红姐说："今下午我开车跟你们找蜜姐，买你俩穿的连衣裙。"红姐说："像咱这年龄，就得多跑步，我领你步行去吧。"

八点五十五分，她到了腾飞教育，鲍一明仍迟到十多分钟，他还是虔诚地认错。学生蹲厕所时，她想："纵然是世界上真的有鬼，连鬼都不信他是拉肚子。"可她偏偏是个负责的老师，完不成教学任务她心里就不踏实。等鲍一明回来，她严厉地说："我发现你很聪明，但行为习惯还得锻炼，这边天堂，那边就是地狱……"鲍一明像一只即将被屠宰的鸡，眼里溢满泪水，脸更是煞白。叶欣欣感觉他是玻璃门上的泥点子，看到他就想把他擦掉。

下午，叶欣欣开车去找红姐时，还带着一肚子气。蓝妹也跟着，她俩坐后排。蓝妹说："买件衣服，不值得找老板，找蜜姐就办了。"叶欣欣想着她俩穿着真丝连衣裙上车时飘飘的样子，气泄去了多半。

三人到丝绸厂办公楼，轻车熟路找到了蜜姐。蜜姐眉间长一颗美人痣，身着红梅花瓣的真丝旗袍，坐办公室的椅子上，给人一种高雅的气质。叶欣欣想，年轻时她一定是个美人。

蓝妹说，这位是好友欣欣姐，想要身红苹果牌连衣裙。蜜姐说，三位好姐妹千万别对外人说，红苹果丝绸厂的制品，专门出口的。如果我内部处理的多了，老板会有意见的。她打电话叫来了剪裁部主任，让她亲自给叶欣欣量体，又让叶欣欣挑选丝布。叶欣欣说，跟她俩一样的布料就行。蜜姐说，你真有眼光，那是上等的丝品。

回来，红姐、蓝妹又带她做了美容。叶欣欣说："要做那种漂亮不失去自我的美容，不能太那个了。"蓝妹说："做做美容，严哥会更喜欢你，咋会失去了自我？"

星期日发本周补课工资。叶欣欣拿着不菲的收入很是不安，她感觉自己的教学实效与所给的工资不成正比例。她暗想，如果本周他再学不好，自己就撤。

周一她本来带着愉快的心情跳完舞，又提前五分钟到了腾飞教育，等了十多分钟还不见鲍一明来。邵主任给学生打了电话，他回话，昨晚喝酒了，今天没法上课了。叶欣欣老师霎时脸红了，看起来认为他是"可造之才"是误判了形势。她是又一次被学生"晾一边"了，自尊心被浪水冲得七零八落，瞬间失去了存在感。用教师使用的高频词形容就是，"他太不尊重教师的劳动"了，最后生出一股怒火。

邵主任连声道歉，说工资照发。

叶欣欣极勉强地挤出一点儿笑，说："谢谢邵主任！这不是工资的事，你再找人吧，我能力欠缺，不堪此任。"说完，头也不回地回家了。

到晚饭时，喝着莲子汤也不觉得甜，火苗还从心里直往外窜。邵主任打来电话，说这次让教个女孩。这女孩肯学、听话，指名道姓让你教，万望答应。叶欣欣说，退休了，教学教乏味了。实在被缠得没法，她说，让学生与我视频一下。

镜头里出现个女孩。她的头发向两边分开，上面黑，挨近下颚部分是黄色的，眉毛粗弯，睫毛长，目光下视，给人一种心事重重的印象，让人凭空生出一种与怜悯沾边的亲切感。

叶欣欣问她："学几年级的课？""高一语文""你能做到不迟到不早退吗？""能。""能做到有事情提前请假吗？""能。""好，明天九点上课。"

四

第二天，叶欣欣提前三分钟到授课间时，那女孩已坐在里面等她了。叶欣欣很高兴，问："你叫什么名字？"她微笑着回答："老师，我叫秘雯雯。"叶欣欣问，是北方的北，还是被子的被？"她用笔写出"秘"。叶欣欣想，这个字姓氏读"被"，她还是才知道。

开始上课，她讲，雯雯仔细做笔记；她提问，雯雯认真回答，并且回答得非常好。叶欣欣感觉又回到了市一中的课堂，又教起来原先孜孜不倦求学的学生。这个学生的悟性，还有她的温柔，都让叶欣欣非常满意。上完课，雯雯最后签上名字亲自把课时单送到"课时存放箱"，挺懂事的。让叶欣欣不满意的是，雯雯上课有点儿精神疲倦，好像已经学会了。一提问，她真的会了。

叶欣欣老师问她："高一的你要会了，我教你高二的行不？"她说："不用了，老师。"

第二周上课，叶欣欣感觉给这个学生上课就是一种艺术享受。她一教，她就会，并且还能做到触类旁通。第二周领工资，叶欣欣感觉很有成就感，像把天下所有的快乐都据为己有了。

周六早饭后去跳舞，叶欣欣刚到广场，就看见俩密友向她招手。她走过去，蓝妹递过来一个盒子。叶欣欣打开一看，是她定做的与俩姐妹一样的连衣裙。叶欣欣用手摸摸，滑溜溜的，冰凉凉的。红姐说："这衣服汗水浸不湿，不沾皮肤。"叶欣欣愉快的情绪像开闸的水，挡也挡不住。

她急不可耐地回家换上了连衣裙，再出来，真是让人眼睛一亮。

三个好友，穿一样的连衣裙，跳一样的舞步，在春花广场舞队里，成了草卉中的丽花。叶欣欣侧目看看自己的下身，腰束得紧紧的，特别凸显了体形的曲线美。这跳舞的情景太让她喜欢了。周围的花草、风景树、楼构成了和谐的美景，变成了动人的童话，全都聚在舞者眼前。

跳舞结束后，叶欣欣感觉不尽兴，仍有一种想继续跳下去的冲动。朋友间的友谊好像酒，只有不断发酵，才能越久越香。否则，好友便互相遗忘了。她给红姐、蓝妹说，她请客，叫上蜜姐聚聚。红姐打通了蜜姐的电话，电话里蜜姐说："正好，她也要请叶老师吃饭。"当场定了地点——状元村饭庄，时间——上午十一点半。叶欣欣听说过状元村饭庄，从来没去过。红姐说她与蜜姐去那里吃过好几回了，蓝妹说她也去过好几次，她提议提前去，到那儿转转看看。

叶欣欣给老严打了个电话，说她与闺密吃饭，让他上午自己对付一顿。老严电话里作了难："我吃啥呀？"她调皮地回："你不会像狐狸一样偷吃炸鸡腿吗？"

这次蓝妹开车，三人十点半就到了地方。原来状元村饭庄在市东南万亩荷塘里的岛上。

车停在荷塘外边的停车场，她们又乘船去水中岛。万亩荷塘一望无涯，碧水荡漾，荷叶苍碧。虽是暑天，却凉风习习，春天一般。

下了船，三个女人在老人葵树下的鹅卵石路上散步。鹅卵石小路随着老人葵树丛蜿蜒，像一条裙子系在水岛沿岸，在水中倒映出一款清晰的影子。成群的水鸟在荷塘上飞翔集栖。叶欣欣止不住感慨："你俩不愧是达人，我天天在学校，闭塞得很。这地方我还是第一次看到它长啥样，这里不仅有美丽景观，还是天然的避暑胜地……"

蓝妹神秘地眨眨她那微微上弯的桃花眼："欣欣姐一来，还惊动了大人物相陪，福气呀！"

叶欣欣暗想："蜜姐能算是大人物吗？"

三人飘着裙子逛了游乐场，提着裙子踏了日光浴场。红姐看看表："快走吧，蜜姐很守时的。"

　　三人说说笑笑，过了一溜足浴、洗浴、健身房，进了状元村饭庄，在大屏幕上找到了她们的餐位——二楼桂花厅。

　　她们乘电梯上了二楼，围着天井走廊转了半圈，找到了桂花厅。桂花厅里立着一张绘有一棵桂花树的屏风，四壁是蓝天、玉兔、吴刚、桂花树的壁画。进到里面，好像走进了月宫里。蜜姐已经到了，脸上早准备好了丰满的笑，站在圆桌旁，热情地让座，让叶欣欣坐上席。

　　叶欣欣说："蜜姐，连衣裙款式、做工、布料，都是上乘，拿的钱又少，今天我做东，蜜姐坐上席。"

　　蜜姐说："现在都兴东道主坐上席，欣欣姐别客气了。"

　　四人落座。叶欣欣说："蜜姐，你点菜，我买单。"

　　蜜姐说："我点过了。"

　　叶欣欣笑着说："好，太好了！"

　　一会儿，服务生上了一个笼蒸肘子，两个电火汤锅，七个大盘，还有好几小盘水果。叶欣欣暗暗抱怨："四个人，要这么多菜，蜜姐也忒不把自己当外人了。"丰盛的菜肴把她的愉快挤走了，她努力掩饰不快，不好意思说花费多了少了，忙调动情绪往外挤笑。结束了笑的动作后，就劝菜让酒。四个女人在一块儿，话匣子一打开没有停歇的意思。

　　外面传来音乐声。蜜姐说："表演开始了，走，看看去。"

　　四人端着红酒高脚杯站在天井围廊上，二楼、三楼、四楼各个厅的客人站在各层楼天井围廊上观看。

　　一楼正中的舞台慢慢升高，从一楼到三楼，再慢慢地从三楼降到一楼。随着婉转的音乐，身着古装的女子翩翩起舞。

蜜姐解释："这是唐朝宫廷舞。"叶欣欣想，别说唐朝宫廷舞，就是现代广场舞我也是才学会几曲，但感觉在这用餐很高档，很有面子。

看完表演，四人回去继续用餐，蜜姐说："叶老师，状元村饭庄的老板就是桂花丝绸加工厂的老板，今天这顿饭是他请的客。他说，你给他办了件大事，治好了他的心病。本来老板要亲自来给你倒酒的，临时被市委领导叫走了。"

叶欣欣被蜜姐说得一头雾水，她压根不认识桂花丝绸加工厂老板，更别说给他办过什么事情了。饭钱一千多，宴毕，叶欣欣带点小情绪去收银台结账，值班员说老板早结过了。

叶欣欣回到家，让老严看看她的连衣裙美不美。老严像只棕熊一样坐在沙发上看电视，发福得像个馒头，连连夸奖她五十五岁长了个二十五岁姑娘的脸。叶欣欣说："醒醒吧老严，别打马虎眼，我是问连衣裙好看吗？"老严一边看着中央新闻，一边心不在焉地说："好看，真好看——好，这就够 M 国喝一壶的了。"

叶欣欣不满地说："你说的哪儿跟哪儿呀？"她又给女儿发了视频。女儿马上惊叹："妈穿上这款连衣裙，气质高雅，至少年轻了二十岁。"

叶欣欣睡梦里还甜蜜蜜地笑，但同时有些疑惑："我与状元村老板有啥关系呀？"这种疑惑像幽灵一样在梦里游荡。

五

第三周周一上课，叶欣欣等雯雯十分钟都没见她来。

一会儿，邵主任过来，面带愧疚："雯雯病了，叶老师，对不起！今天工资照发。"

叶欣欣陡然添了严肃的表情，心里的不愉快透过骨骼，穿过肌肉，钻出毛孔。她愤怒地想："为啥不提前请假，分明是不把老师放在眼里。"她走过值班室时，被里面熟悉的声音拽住了。她敲敲门进去，见秘雯雯哭得一把鼻涕一把泪的，还不住地呕吐。椅子上坐着的老师严厉地说："你是个女学生，咋能喝酒？咋能跟男孩子喝一晚上酒？……"

叶欣欣彻底崩溃了，这样的学生有什么值得留恋的呢！她发挥余热的劲头像学校过廊架上的藤萝，本来还生机勃勃的，突然遇到一场酷霜变得枯萎了。她头也不回地离开了腾飞教育。回到家，缺少了给邵主任打招呼的愿望，把她的电话拉黑了。

晚饭时，老严来了电话，说电器总公司有紧急事情不回来吃饭了。

"嘀嘀"门铃响了。叶欣欣开门一看，是红姐、蜜姐与蓝妹，忙请她仨进屋，又让座，又倒茶。红姐说："欣妹别忙活了，给你说件事情，鲍老板的儿子鲍一明吸白粉，不学习。鲍老板托人找你给他儿子补课，他儿子不想上课，就硬让秘姐上高二的女儿秘雯雯替他上课，替他签字，应付他爸的检查。叶妹妹，鲍老板托俺仨求求你，让你辅导一下俩孩子，让他俩进步……"

老严来了电话，说鲍老板给他打了电话，你就吃吃苦辅导一下那俩孩子吧。

送走她仨，一股激动的潮水溢满叶老师心头。

她想着秘雯雯那可爱的模样，想着鲍一明那惨白的脸，内心一阵酸疼，随即产生了共情心理。

叶欣欣看着电灯光下枝条上原本该绿的几片叶子，由边沿向里慢慢变黄了，并且飘飘欲坠，心里塞满了同情与自责。

她痛苦地思考：谁来拯救那片枯萎的叶子……

伞柄菜

午时，带着"膨胀钱袋"欲望的童芡在东月县红山镇下了车。长虹街的路南，一家"伞柄菜酒店"红字招牌十分醒目。他看了光想笑，伞柄做菜不会硌掉大牙？

他走进去，见一个蒜头鼻子、大嘴巴、溢着甜甜微笑的漂亮女人，站在洁净明亮的玻璃柜台旁。他感觉像在哪儿见过她，心里嘀咕：会不会是老同学？他点一份蒸米，一份炒伞柄。

饭菜上桌。黄绿片菜像坏了伞骨瘪进一面的彩伞，再配以红辣椒，色味诱人。他尝一片，嫩香中略含甘苦，说："这不是竹笋吗？"她说："苦竹别名叫伞柄，具有清热……"

他会心地笑笑，吃了饭打听去竹寨村的路。她说："俺娘家在西竹寨，婆家是东竹寨，你找谁吧？""朱乐。""他是西竹寨的，在俺娘家东边住，向西行步行五里地。"

童芡想，去见有头脸的老同学不能寒碜，就打的去了。

童芡是西月县人，二十多年前在东月县一中复读高三时结识了朱乐。朱乐高个子，八字眉，凹鼻子，上下牙不是常人的拱形，而是两排齐板。他微笑着说话时，上下牙不住地磕碰，很像说山东快书人边说边敲鸳鸯板。他俩同桌，那时，众多学生打菜拥挤成道道人墙。童茕因瘦小常被挤成牧羊犬，朱乐主动承担起打菜任务："啊……啊斗……你个低，我……我打菜。"那一年他能热菜热饭吃着，朱乐帮了大忙。他两次发烧咳嗽，都是朱乐拿药、送饭照顾着。

一年后，学友像集栖的鸟儿四处分飞了，他心中的朱乐一直是一座乐观自信的高山。

童茕五一登泰山，站在碧霞元君祠台阶上，正展目俯瞰泰山下的小山头，有人拍他肩头。他一看，竟然是朱乐。朱乐笑着说，他随企业组织的两日免费游，登泰山散散心。童茕问他工作情况，朱乐"啊斗啊斗"地讲个不停。大意说，在家乡竹寨办个植物加工厂，年纯收入过千万。朱乐扬扬八字眉挤挤眼一副"很快乐"的模样说："咱都四十多了，该注意养生了。人长寿的关键是心情舒坦，心情舒坦得有美女陪伴。我光"小三"就四个呢。"朱乐晒了手机里一个美女艳照：蒜头鼻子，稍大的嘴唇溢着甜甜的笑，挺吸引眼球的……童茕从他眼神中却察觉到一种含蓄的失意。

正巧，童茕堂侄想叫他入股办植物加工厂，任小职员的他想起了大老板朱乐，促成了这次考查。

竹寨不愧是竹寨，村外、村里，房前、屋后，高高低低，到处都是淡绿色齿形叶的竹子。童茕向街边带孩子的妇女打听去植物加工厂的路，她们一脸茫然。又问朱乐家在哪儿，她们指点，顺这条东西大街往东走，最东头路北第一家便是。

他走过去。路北第一家竹篱墙小院，竹栅大门。院里有撕碎的纸片，两溜歪斜的羊粪蛋。一只母鸡正在右边靠门口的厨房内锅台上，叨啄盆里的剩米饭。鸡见人来，架翅"咯嗒咯嗒"地飞到院里，吓他一大跳。他疑心走错了人家，看悬疑片似的生出一种突起的荒芜感。他朝屋里问，是朱乐家吗？

从挂"低保户"木牌的门口走出个目光呆滞的男孩，他口辞含糊地说着奶……狗啥的。一个老太婆搀着个四十多岁头发蓬乱的妇女跟着出来。妇女口角流着涎水。老太婆说，你找朱乐呀，他在后院装竹篾（竹长条皮，编席用）子。

他迟疑地把礼物放院中小桌上，从堂屋西侧到了后院。后院不大，靠西墙边搭个石棉瓦小敞棚。隔着竹丛能看到敞棚里放了一些竹篾子。童芙瞪大了眼睛，感觉热情的浪花一下子跌入低谷，真是朱乐！他光着黑脊梁，正跟人在竹篾子车两边捆绳子。朱乐说："啊斗煞……啊斗煞……"车那边的人"欬……欬……"地用劲拽绳子。朱乐一扬胳膊跳起来："啊斗……煞住手了！"他第一次看到朱乐很不快乐地翕动着小凹鼻喘粗气，有节奏地敲着牙齿鸳鸯板："啊斗……啊斗……我手……出血了……""欬……欬……你叫煞……欬……我才煞……"

两结巴吵架，让他几乎笑出声来，忙捂严嘴。眼前朱乐的情形与想象中的大老板有天壤之别。他知道，朱乐极爱面子，突然造访会让他难堪。是留是撤？他体味到了冷雨打湿鸿鸟似的凄楚滋味。他悄悄回到前院，见那男孩正撕开桌上的礼物狼吞虎咽，脸、鼻子上满是奶油。他想帮帮朱乐，摸摸衣袋现款不多，对老太太说，我借朱乐哥一些钱，您收下。

老太婆把钱攥手里说，家有病人，孩子又傻，前年借给三瘸子的钱到现在都没还呢！

童茕失落地步行回到了红山镇。见夕阳落入竹林，就宿进了"伞柄菜酒店"。晚饭时，他越看站柜台的漂亮女人越像朱乐手机里那张美女照。这一发现简直让他生出哥伦布发现新大陆一样的兴奋。趁客少时，他故意坐到玻璃柜台旁，一边喝茶一边没话找话与她闲聊，由苦竹聊到了竹篾，由竹篾聊到了朱乐。

她说："朱乐爹妈死得早，他寡妇姨把他养大成人。因为穷、结巴，无人提亲，他姨把女儿嫁给了他。婚后领个儿子是白痴，媳妇又得了脑血栓，成了半残人。他苦苦支撑着残破的家。朱乐加工些竹篾子，心肠软，好帮人。他有吹牛的毛病，常炫耀钱多美女多，他是心里苦啊！俺俩是同学，他见我常落泪，我怜悯他。包送竹笋时，我宽慰他，他委屈了常打电话给我说，我觉得朱乐是个硬汉子……"

下弦月照着静静的竹影，童茕想到了顽强的苦竹，用它的伞柄撑起一把遮风避雨的伞盖。他感觉心被一根瘦竹竿敲击着，久久不能入眠，几乎能听到自己如凉露从竹叶坠地般的心跳。

债

一

　　唉！李海宽后悔死了，赶个早集就丢钱了——整整五块啊！在 20 世纪 70 年代初期，五块钱可不是个小数目。

　　李海宽家住大平原的李庄。村里土街蜿蜒，坯屋低矮，满是榆柳树干，古朴美中透着贫穷。

　　李庄西头路北是他家的小院，墙院是一圈篱笆，院中厨房前有一棵石榴树，石榴树朝南凸着两枝隆起的枝丫，像极了一个女人的高颧骨。李海宽就坐在石榴树旁的双层石磨上，捧着头，一根连一根抽"一头拧（自卷的土烟）"，烟雾缭绕。小儿子根生怯怯地哭，高颧骨"母老虎"马环口喷唾沫星："我天天侍候几只老母鸡，卖鸡蛋才攒五块钱，本打算扯布给儿做衣服、给你做鞋哩，赶个集就丢了，要你这样的男人烧着吃呀？仁柴无用囊饭材！"

　　马环，可是李庄人惹不起的角色，人高马大，大炮筒子脾气，一言不合，便火冒三丈。李海宽也是李庄有名的一根筋。从他那倒八字眉、蒜头鼻子、大嘴巴的相貌和他一烦一拧头的样子，就能看出八八九九来。两人一块过日子，那是富人家的厨子——一天三小吵（炒），两天一大吵（炒）。惹得半街人经常在他家篱笆墙周围"看戏"。

这次吵架，李海宽输了理，原本是发面团扯丝——瓢劲了。无奈马环把李家八辈老坟都掘个遍，李海宽实在忍无可忍，咧咧嘴、咬咬牙，巴掌光顾了马环的脸。马环扑过来一头撞到他前胸上，挥舞着两胳膊，又拧又掐还带咬，被邻人拉住了。

"嗤！挣了钱还你！"李海宽满腔怒火。马环大他三岁，常言说女大三抱金砖，哪承想金砖成了大炮弹。大炮弹一炸，谁受得了？他到屋里用布袋装上被子、衣物，一拧头离开了家。走了好远，还听到母老虎的吼叫："你滚！你滚！滚得越远越好！"

李海宽回头狠狠地说："让我滚，我滚了；想让回来，对不起，我滚远了！"其实他早有了离开家门到外面闯闯的打算。去哪儿？枣村。干吗？挖煤。路费呢？找牛老师借。李海宽经过简单思考，作出了影响他一生命运的决定。

他来到村南小学，那是由一家富户仓库改建的学堂，他曾在这里读过三年小学。牛老师正抽着旱烟改作业。李海宽吞吞吐吐说明了来意。牛老师笑了："好！想当工人好啊！你从小有志气。"牛老师十分爽快地给了他两张印有"微笑的女拖拉机手"图案的一元人民币。李海宽嘴唇颤抖着："嗤！老师，挣了钱我一定还你！"

他到大队部开了介绍信，毅然离开了二十四年来从未远离过的李庄。

李海宽过了村南水塘，步行三十里，到了县城，烂棉靴里两个探头探脑的脚指头都冒了热气。进北关，过老衙门，走过衙门前的石狮子，再经过大隅首的两层百货大楼，到了五四路南的汽车站。

红袖章妇女检查了他的破布袋。"去哪儿？""枣村。""当盲流？"李海宽皱两下倒八字眉："嘻！你到俺村打听打听，看我流氓谁家女人了！""我问你外出干啥。"李海宽亮出大队介绍信："到枣村挖煤。"

李海宽坐上长途汽车，一路颠簸，下午两点到了枣村市。他一下汽车，便看到车站门口旁矮山墙前摆张桌子，桌子外沿压张土色草纸，草纸最上面歪歪扭扭地写着"招工"两字。下面写着待遇要求什么的，很多字他都觉着面孔陌生。一个尖嘴猴腮的人坐桌中间，旁边坐个黑脸汉。

他走过去。尖嘴猴问："嗯，想挖煤吗？"声音尖细，很有戏文中的太监味。

李海宽点点头："嗯。"

尖嘴猴说："挖煤可是两块石头夹块肉的活，你怕不？"李海宽说只要能挣钱就不怕。尖嘴猴问他有没有力气。李海宽说在李庄，三个人也近不了我身。尖嘴猴用细长的手指一戳问：这铁架车能搬得动吗？李海宽一打量，铁架，铁腿，铁轮，铁四方斗，少说有二百斤。他说："嘻！从早起到现在，肚里没下一粒米，饿得前胸直贴后背。要给几个馍，猪八戒掂铁耙——手到擒来。"

黑脸汉说："别倒腾了猴队长，看这年轻银（人）有把子劲，小心弄坏了他身子骨。"

尖嘴猴说："嗯，别，给他馍，咱可不要熊包，刘矿长要怨我了。"他从沾满煤屑的布袋里掏出俩窝窝头，递过来。

李海宽把馍一掰四楞，嚼两下一伸脖子咽下了。尖嘴猴问："嗯，咋样？饱了吧？"李海宽眨巴眨巴嘴："嘻！还不够塞牙缝呢！"尖嘴猴又掏一个："嗯，我说你小子将就着吧！"李海宽吃完馍，勒紧腰带，弯腰抓住两车帮，双臂一用劲，说声："起！"轻轻搬起铁车，又转一圈，慢慢放下。脸不变色，气不发喘。

黑汉子与桌后墙根蹲着的三个人，连同近处几个看热闹的都连声称赞："好！好！""嗯，好力气！收了！"尖嘴猴说，"工资一月九块，你干不？"

李海宽问："能管饱饭吗？"

"黑窝头就咸菜随便吃。"

"嘻！干！"他想，一月工资给母老虎五块，再还牛老师两块还有余头呢！

"嗯，好，收了！"

黑脸汉给他介绍："这位是队长猴大竿。"李海宽忙说："猴队长好！""嗯，机灵！"猴大竿看了大队介绍信，给他填了表，姓名、性别、成分、年龄、民族、住址……

尖嘴猴拖着太监腔："我那个采煤队，昨天开了四个人，今招了三个再加上你正好够了。进了采煤队你们都得服从我领导。现在点名，答声有，每人发个馍，回矿。大磨刀、二反抗、四麻利、李海宽。"每人应声"啊……有！""有！"

接个馍。这几个人的长相与名字很有关联性，叫磨刀的窝囊，叫二反抗的斜楞眼，叫麻利的瘦高挑。

李海宽伸手要馍，尖嘴猴说："嗯，你小子吃伩了，馍没有，行李都归你推了。"李海宽吧唧吧唧嘴，咽口唾沫。

一行人离开汽车站，出了枣村市，向西步行十多里，到了西矿区乌青砖墙大院前。门口墙上挂个木牌，上写"枣村市西矿区革命委员会"。院墙里，全是乌鸦毛颜色，连空气都飘着黑粉末。进黑大门，顺着黑路往北拐，先是黑不溜秋的开水房、卫生室，再到一溜黑黢黢的毛坯房。尖嘴猴队长说："嗯，那四人铺位你们睡着，他们的碗筷你们用着，渴了到郝师傅开水房喝水，听到电铃响去北边大食堂吃饭，明天上班挖煤。"

李海宽铺好床侧身躺被子上，支楞着耳朵听电铃，好不容易挨到晚饭时，他跑到食堂，一会儿吃了十二个窝头，喝了五大瓷缸饭，又去拿馍盛锅根。饭厅人都惊叹他肚子简直是个无底洞。尖嘴猴内行地说："嗯，他是空肚子，填几天就下不多货了。"

晚饭后，李海宽端个大瓷缸到水房冒着热气的大缸里盛了水，报名时见的那个黑脸汉走过来："哎呀！李兄弟，我姓郝，以后有事言语声。挖煤的脏衣服懒得洗就叫咱姑娘洗。她叫月莲，政府安排招工，刚从东北老家来。快叫李叔！"

李海宽望去，煤池旁叫郝月莲的女孩二十来岁，黄发略显稀疏，脸上沾满煤灰，身材很是单薄。她停住铲煤，扭过脸来，有些害羞："嗯哪！李叔好！"

　　李海宽当时变成了关公脸："嘻！郝师傅，您四十多了，我才二十多岁，叫哥就中。"

　　第二天，东天边刚亮起一抹橘红，早饭电铃响了。李海宽喝下第五瓷缸饭，刚抓起第十三个窝头，猴队长太监嗓门就喊了："嗯，新工人到司务处领工作服。"李海宽在大水锅里涮了一下缸子，吃着馍随他们去了大门口南边的一排整齐的砖瓦房，砖瓦房各门口都挂着木牌，上写某某办公室。司务处在最西头。按点名册每人发两套蓝色显白丝线的工作服外套，一个有头灯的安全帽，一双长筒胶鞋，一双解放布鞋。李海宽憋不住笑着穿了。他拍拍身上的工作服，跺跺脚上的新胶鞋，走路时脚抬得高高的，感觉骑着车子撞墙头——猛一抖（陡），心里像抹了蜜一样，甜滋滋的。心想："母老虎，我离开你就不活了！嘿！咱活得更美好！气死你！"

　　李海宽所在的采煤队是二〇队，连猴队长共十三人。工人集合后，尖嘴猴队长先讲了一通安全问题，又指指身边国字脸的人介绍："嗯，这是杨副队长，生产上大家要听他指挥。下面由杨副队长讲话。"

　　杨副队长动动厚嘴唇："那啥，下煤窑千万记住，除了注意安全外，还不能说忌语。像砸、压、挤、落、塌，就说成冒顶、裂帮。井下杜绝吸烟，防止瓦斯爆炸。看见漏水，顶柱裂纹，听见异响及时报告。新工人一定要多请教老工人，下井别乱跑，在井下一迷，瞎摸几天也出不了煤窑……"

　　他们进了写有"安全生产"字样的高顶敞房，坐罐车下到了大巷。井底下比地面上暖和，但感觉湿漉漉的。大巷里闪着黄晕的电灯光，大巷两旁是横七竖八弯弯曲曲的小巷。李海宽紧随老工人往前走，步行到了二〇队采煤巷。这里放着乱七八糟的铁锨、煤车等劳动工具，还能嗅到丝丝火药味。在矿帽灯下，煤块黝黝放亮。杨副队长分工，两人一辆车，装满后一推一拉，把煤送到运输巷的煤斗里。李海宽与杨副队长一组，两人话说得少，活干得多。二反抗斜楞着眼报告，说他的搭档耍滑头，装煤叫他一人干，拉车绳子荡秋千。杨副队长瞪起眼："猴三竿，那啥，你进矿一年多了，要给新工人做榜样，咋偷奸耍滑？"

叫猴三竿的尖嘴猴，龇着牙指着二反抗："这新工人是刺头，自己干不好反诬赖人。副队长不信，问问大磨刀！"大磨刀磕碰着牙齿声音低低地说："啊……啊斗……那是。"二反抗气得直喘气："这是压迫人，哪里有压迫，哪里就有反抗。我就是为了反抗老爹才出来挖煤的。想压迫我，回家碰到山墙上——没门！"猴三竿指着他说："你小子牛气，晚上再理论！""理论就理论！"

杨副队长说："猴三竿，那啥，我最看不惯仗势欺人的德行，干活去！"猴三竿龇龇牙："看不惯凑合着看吧！"

杨副队长说："那啥，谁再找事，我扣谁工资。"

幽暗的矿道内，帽矿灯一明一暗，伴有铁锨、车子的"叮当"声。一直到下班，没再发生摩擦。

下班出了矿井，李海宽一瞅大伙忍不住笑了，人除了牙白，其余全是黑的，像极了幻灯片上的非洲兄弟。他想："煤矿工人叫煤黑子大概就是这个原因吧。"

洗脸时，黑汉子郝师傅对大伙说："哎呀，中华人民共和国成立前我在这挖煤，下井光屁股，拉煤用筐子，渴了喝煤水，出井穿黑衣，那罪受的真是稀屎拉到鞋后跟——没法提。如今你们出井能洗热水澡，换了这身穿那身，馍饭尽管吃，工资到月就领，贼享福了。"

李海宽洗完澡换上另一身工作服，他想："黑工作服洗净了下井还得脏，干脆出井穿这身，下井穿那身。"他很为自己合理的安排而得意。郝师傅的女儿郝月莲说："嗯哪，李叔，洗洗吧！再穿汗煤衣服会生病的。"说着拿起他的脏衣服就要去洗。李海宽忙说："嘻！庄稼人哪有那么娇气，在家我都是十天半月不洗一回呢。""那可不行，那会儿你是农民，现在你是工银（人），差老鼻子了，得讲卫生。"李海宽心想："洗一次二分钱也太费了，还是自力更生艰苦奋斗好。"他忙夺过黑煤工作服罩衣进了水房在水池里捞两水，水让衣服染黑了。

二反抗吃得快，早早回了宿舍。一会儿，猴三竿把大磨刀、四麻利叫走了。

李海宽饭量大吃得慢，吃完饭向宿舍走，远远听见宿舍有打骂声。他一进门，见大磨刀、四麻利按住二反抗，猴三竿用鞋底揍二反抗屁股："让你逞能！让你逞能！"二反抗一边骂着一边拼命反抗。李海宽倒八字眉皱两下，咧开大嘴咬咬牙，放下瓷缸大吼一声："嘻！仨人欺负一个人算什么好汉！"李海宽一伸胳膊把猴三竿摔到屋外，一拳打倒了大磨刀，一脚踹倒了四麻利。猴三竿进到屋里擦擦汗，指着李海宽说："你小子能耐，看看是你厉害，还是俺仨厉害。弟兄们，都给我上！"李海宽一起身靠住墙，猴三竿、大磨刀、四麻利三面围住了他。猴三竿说："四麻利，上！"

"嘻！拼他个龟孙！"李海宽一拳打倒了猴三竿，大磨刀与四麻利只是高喊"打，打！"，就是不往上冲，他们见识过李海宽搬铁车的力量。猴三竿说："好小子，你等着。"跑走了。

不大会儿，外面传来个娘娘腔，"谁呀！这样厉害？"猴队长进了屋，"嗯，我说李海宽，你力大是来挖煤的不是让你打架的。刚上班就打架，嗯，你不想干了？"

李海宽瞪着眼："仨打一个，欺负人，我看不惯！"

猴队长说："嗯，你是领导还是保卫科？你和二反抗各扣一天工资，再打架，你俩屎壳郎搬家——滚蛋出球（臭）！"

李海宽说："嘻！他仨打人就没错了？"

"那啥，这样处理不公正！"杨副队长进到了宿舍内，"井下的事是猴三竿挑起的，该重点处理他！"

猴队长不屑地说："嗯，正队长是你还是我？你身为副队长，出这事也得扣你一天工资。三竿你们仨要写出深刻的检查！"

杨副队长拧着眉头说："那啥，我有责任，处理我没有意见。但必须惩罚猴三竿他仨！要不我就告到矿总部。"

猴队长狠狠瞪猴三竿一眼："嗯，以后少给我惹事，你仨也扣一天工资。"

猴三竿狠狠瞪一眼李海宽，鼻子里发出冷笑。

李海宽接开水时，郝师傅小声对他说："哎呀，我看你是犟犊子，往后多长心眼。猴队长与刘矿长是亲戚，猴三竿是猴队长的亲堂弟，大磨刀、四麻利跟猴队长是一个嘎达的。原来那四个银（人）就是受不了憋屈才滚犊子的。"

李海宽感激地看看郝师傅，心想："看起来在这儿站住脚还挺难的。干一天扣一天工资，不白忙活了。还账不是想象中那样容易的事。"

二

进矿一个月，李海宽明显胖了，同时来的几个人也都胖了。郝月莲原来的黄发，渐渐有了黑色；蜡黄的脸慢慢添了红晕。西矿区除了几个女干部外，全是男爷们。郝月莲的存在突显了异性相吸定律的正确性，为西矿区增添了不少活力，整天都有来洗或来取衣服的年轻人。

第一个月份李海宽被扣一天工资，领了八元七角。他止不住暗暗高兴，心里盘算着还了母老虎五元与牛老师两元，还剩一元七角呢！他发现枣村人爱抽毛丝烟，又省钱又方便，便买了一袋毛烟与一根芦梗烟袋，花去几毛钱。

第二个月，李海宽极不情愿地请了一天假，主要是拉肚子了。头天晚上他没吃饱，吃了食堂一碗剩饭，当夜就拉了几趟稀。第二天上班腿像坠着两个石门墩子，拉也拉不动。杨副队长见他病得厉害，批给他一天假。白天，工友一上工，毛坯房里空荡荡的。李海宽又渴又饿，郝师傅给他送水打饭，郝月莲免费给他洗了衣服。李海宽很感激，一人在外，举目无亲，他感觉郝师傅父女俩热心肠，是好人。

第二个月底，他又领了八元七角工资，感觉钱宽裕多了。照这样计算，他春节回到家还上七元钱账，再交上生产队的缺粮款，说不定还能修缮一下房顶呢！李海宽对郝师傅父女过意不去，花一块钱买了一斤枣村老白干、一斤虾仁花生米。他请了郝师傅，两人边吃边聊，聊得很投缘。郝师傅问他："哎呀，海宽兄弟多大了？""嘻！二十四了。""娶老娘们了吗？"李海宽心想，不提母老虎也罢，便说："嘻！我十岁丧父，十五丧母，家穷得叮当响，谁看得上我。""哎呀，家中可有兄弟姐妹？"李海宽叹口气："嘻！光杆司令一个，一人吃饱，全家不饥。"郝师傅说："哎呀！年假到俺木里镇转悠转悠行不，俺那嘎达在东北最边沿，过了红河市还得步行三十里……""中，中。"

李海宽在矿上挖煤挣钱不是很顺当，进了矿就与猴三竿合不来。准确地说，在西煤矿他并没有取得一席安稳的生存之地。他对猴三竿采取"三不"原则：不理他，不惹他，也不过分迁就他。自从上次打了架，两人关系一直紧张，大有一触即发、兵戎相见之势。李海宽常用旁敲侧击战术，给猴三竿讲："日本帝国主义是纸老虎，美帝国主义是纸老虎，一切反动派都是纸老虎！"

有一回，猴三竿装作没看见，故意拍李海宽一铁锹。李海宽狠狠抓住猴三竿的手，抓得他直咧嘴。李海宽帽灯照住猴三竿脸："别让矿领导知道，要不服抽空咱俩过两招。你可以叫上三人战我一个,我拼他个龟孙!"这招对猴三竿确实起到了很大的震慑作用,猴三竿在他面前不再那么趾高气扬了。

猴三竿照样欺负二反抗,二反抗照样反抗。实在看不下去,李海宽也免不了"伸张一下正义"。

这天李海宽出了矿井,洗澡后正准备去食堂吃饭,猴三竿把他从土坯房里拉出来,神秘兮兮地说:"唉!海宽哥,今晚我请你吃饭。"这话让李海宽听着很不舒服,自打入矿以来,猴三竿就没正眼看过他,对他的称谓都是"唉!我说你呀!"跟老家的"母老虎"一个口吻。尽管经过几次暗中较量,近几个月猴三竿对他客气了许多,但李海宽仍忘不了他给猴三竿说过单挑的话。他猜,猴三竿一定是叫他"单挑"的。男子汉大丈夫,一言既出,驷马难追,他记得牛老师说过这样的话。只要不让矿领导知道,只要不影响挣钱,他也很想与猴三竿比画比画,他打心底看不惯猴三竿高人一等的熊样。他咧咧嘴、咬咬牙,握紧拳头说:"等我吃几个馍、喝几碗饭再去,不去算孬种!"猴三竿干笑两声:"我也没吃呢,再说吃个饭也不用多大劲呀。""嘻!走就走!"李海宽头一拧跟了出来。

猴三竿在前头走,李海宽警惕地随后跟着。他不时朝两边瞄瞄,煤屑道旁,煤堆连着煤堆。他俩顺着煤屑路拐几个弯,来到煤场西南角两棵梧桐树下。这里有一个大土窑门,门口蹲着一个人。借着傍晚的霞光,能望见那人脚下有许多片被秋风吹落的梧桐黄叶。猴三竿给那人打个招呼,那人推开木板门让他俩进去。

李海宽说："嘻！里面场地窄，叫你的人出来，咱在这空地上练练！"他想，一会儿把你们打成树下的梧桐叶。

猴三竿龇牙笑笑，拉他进了屋内。李海宽一看，土窑最里头有一张土炕，土炕上放一张炕桌，炕桌上点着两只大蜡烛。桌一边坐的是猴队长，另一边坐个露着两颗大金牙的人。炕前放两张桌子，两桌都坐着几个人。左面桌上的人李海宽认识，有大磨刀、四麻利，没见二反抗与杨副队长。

猴三竿给大金牙说："报告王主管！他叫李海宽，我把他叫来了。"

大金牙说："听说你小子有把子劲，想与猴三竿单挑？"李海宽确认了他眼神以后点点头。"今天我要试试你力气，你若能打过一个人就算有能耐。"大金牙一挥手："金刚钻，上！"炕边站着的车轱辘汉子来到门口，对李海宽抱抱拳。李海宽眍视他一眼，对这低个子根本没瞧上眼："嘻！我从来不跟没欺负过我的人干仗。"

大金牙笑笑："那就让他欺负欺负你，你俩就在那空地上摔跤，三打两胜。"

李海宽说："嘻！我刚出井，没吃饭，饿着不摔跤。"

大金牙说："摔完跤有你小子吃的。"

李海宽脖子一拧："吃完才摔。"

大金牙说："好！先给他拿两个武大郎烧饼。"有人拿来两个烧饼递给他，李海宽把一个分成几块，狼吞虎咽，几嘴就下肚了。大金牙说："开始吧！"李海宽说不中，吃俩跟不吃一个样。大金牙一挥手,再来两个。

　　李海宽又吃了两个,然后紧紧腰带,那车轱辘伸开双臂抓住李海宽两条胳膊,李海宽反手抓住他双肩。车轱辘使劲推推李海宽,李海宽一扎架没动。李海宽用劲推推车轱辘,他两条腿像铁棍,也没推动。李海宽心中暗想:"别看这小子是个低低炮,还真有把子蛮劲哩!"就在李海宽想的工夫,车轱辘汉子一用力,推得李海宽退后三步,李海宽一用劲又推他退三步。那小子顺势一拉,李海宽忙跟步站稳。李海宽抓住他的肩膀用力把他提离地面向旁边一摔,那汉子双脚落地稳稳站住了。李海宽心中暗暗赞叹,在他们村跟他摔跤没人能过三圈的。李海宽用力把他往身边一带,把腿放他腿后使个绊子又用力往前一推。那小子就势一扎架用肩头顶住李海宽下腹"嗨"的一声,李海宽被摔个仰面朝天。地窖人都拍手叫:"好!金刚钻,不愧是金刚钻!"旁桌的壮汉喊得最响,猴三竿高兴得跟孙猴子似的手舞足蹈。李海宽面红耳赤,这是他记事以来,第一次被小矮人摔倒,真是谷杆子捆老头——丢大人了。

　　他一个鲤鱼打挺站起身来,深吸两口气,皱皱倒八字眉,咧嘴咬咬牙。心想:这回被摔倒是轻敌的缘故,自古将军骄多败;三打两胜还有两局,下两场在战略上要藐视对手,在战术上一定高度重视车轱辘,非摔倒他不可。两人重新站位,出手,开始还是第一局的老套路:你进两步,我退两步;你左摔我左腾身,你右摔我右跳步;谁也摔不倒谁。金刚钻侧身向前跨步,李海宽眼疾手快一抹身,猛地裹住他双臂抱起了他。李海宽知道金刚钻"腿功硬"，只要把他抱离地，那小子就没招了。果然，金刚钻头往后磕，李海宽头贴住他耳朵碰不着。他两胳膊朝后捣，李海宽抱得紧紧的，无济于事。他两腿往后乱跺，由于两人贴着身子，也无多大效力。李海宽往上一抱往下一摔，那家伙双脚着地没摔倒。李海宽又摔两次，车轱辘腿像铁棍似的都稳稳地站在地上。李海宽又抱起他往前猛一扑，金刚钻忙随着往前跑，无奈由于惯性定律，车轱辘上身向前运动了，下身稍迟一步被重重地摔倒在地上，大大方方啃了一嘴泥。

"啧啧！能把金刚钻摔倒，这小子真够厉害的！"临桌一高一矮两人连连惊叹。

金刚钻像条被李海宽逮住的鱼，在下面乱扑腾。李海宽搂得紧紧的，压得狠狠的。

猴队长拖着太监腔："嗯，起来！一直压着算咋回事？"

两人被人拉起来。金刚钻一握拳，筋骨"咯吱咯吱"响动："不摔跤了，散打！"李海宽头一拧："嘻！散打就散打！"猴三竿把李海宽拉到大磨刀、四麻利那一桌。

大金牙挥挥手："平手，都是自家兄弟，别伤了和气，毁了身体。下面请刘矿长训话，大家欢迎了！"人们鼓起了掌。炕头后侧门一开，出来个高胖子、偏背头、鼓腮帮的人，坐到了炕桌后正中间。李海宽感觉在电影上见过这人，对，他像极了《小兵张嘎》里的胖翻译官。反正这种型号的脸，他是比较熟悉的。李海宽记起来了，那次去大门南边一溜砖瓦房领工作服时见过大金牙，也见过这个高胖子。

猴大竿拖着太监腔："嗯，今天入会的，添三个新成员，和大家一样都是西矿区骨干工人，以后大家都要绝对服从刘矿长与王主管的领导！矿里有什么好事少不了大家的。嗯，不过，别得了便宜还卖乖……"

李海宽心想："当工人咋能不听矿长的，听说靠边站的常书记复职了，他比矿长官大。"他记得有一天休班，他与二反抗逛大街，到枣村市一座大楼前，二反抗说这里是矿总部，里面有个最大的官叫常书记，他管着东西两矿区。

刘矿长干咳两声："各位兄弟，我们干的是两块石头夹块肉的营生，要同打虎、共吃肉。以后让骨干工人夜间值班，每次都发奖金。只要跟着我刘某干，保证让各位吃香的，喝辣的！今天请大家来打打牙祭，羊肉汤管够，武大郎烧饼随便吃。上汤！倒酒！"

内侧门打开，一股羊肉汤香味溢满土窑。两个系白围裙的人抬出个大桶来，有人送来碗与烧饼。白围裙先盛上几碗，由金刚钻接过递到炕桌上。白围裙再挨桌盛汤、发烧饼，一桌人上一大碗酒。李海宽喝一口，感觉辣嗓子。他不大爱喝酒，在老家李庄逢年过节才骑自行车载一布袋地瓜干到几十里远的牡丹市酒厂换十来斤地瓜烧酒，那酒喝一口咽到肚里头就蒙，这酒只辣嘴、不晕头。老家金县城里金家羊肉汤最有名，也很少喝。这晚他连喝五大碗，又吃八个烧饼，觉着才半饱，怕人笑话，放下了碗筷。

他还是蛮喜欢的，心想，成了骨干工人，以后挣的钱就会多得像家院中石榴树上的果子，一嘟噜一嘟噜的，哪用愁还不上账？修缮房屋也不是老光棍做梦娶媳妇——尽想好事了……

三

那晚以后，李海宽的心情像东风吹走了乌云，晴朗温暖起来了。这不仅仅因为吃饱了，吃胖了，最主要是他在矿上取得了一席生存之地，能安心挣钱了。挣了钱还上账，再修缮一下屋顶，堵住母老虎嘴巴，他就能挺起胸脯做爷们了。

猴三竿对他客气了许多，派他与大磨刀到西矿区与城里的通道上值班，嘱咐，见着枣村城来人或来车就立即放两个炮仗。李海宽不知道值啥班，为啥见人就放炮仗。问大磨刀，大磨刀结结巴巴地说："王主管……嘱咐……了，啊……啊斗……不该知道的……少打听，知道多了……就……就……危险了。"李海宽看着瞪眼张嘴说不出话的大磨刀，都替他着急。他想向杨副队长或郝师傅打听一下，又想起猴队长让守秘的话，就没多问。两次值班后，猴三竿给他十元钱，说是加班费。李海宽高兴得哼起了"山东梆子"："自幼儿——读过了——噢——书文卷——哎——哎——我本是红门的——一生员——哎——"

十一月下了场大雪，近处的煤堆、远处的田野都被厚厚的白雪所覆盖。

这天，李海宽下了班，洗了澡，换好衣服，打算去食堂吃晚饭，见郝师傅的女儿郝月莲一人忙活，关切地问："嗐！

郝师傅呢？""嗯哪，看病去了。"她铲着煤，头发往下垂着，脸、鼻子全是煤泥。"嘻！咋了？啥病？""嗯哪，中华人民共和国成立前，他左腿受过伤，一遇冷天腿就贼疼，常书记让去看病。"

李海宽想：人不能当白眼狼，郝师傅帮过我，他病了，我也得帮帮他。忙夺过郝月莲的铁锨，和几池煤泥，把火炉填满，才去吃饭。一到餐厅，猴三竿拍拍他肩膀，使个眼色拉他到墙角里说，今晚有行动。李海宽说今晚有事，不能参加了。猴三竿问："啥事？比挣钱还当紧？你误一回等于少领一月工资！"李海宽心想："钱很重要，为了五块钱母老虎骂了他祖宗八代，但人不能光图钱。"他心平气和地向猴三竿表示了感谢，编个理由搪塞了过去。

晚饭后，李海宽和煤泥，烧锅炉。郝月莲过意不去，要给他洗脏衣服，李海宽执意不肯，把脏衣放进洗衣池里洗两水，从黑水中捞出来晾上了。郝月莲看看，又拿去冲洗了。

晚十点封了锅炉。李海宽知道，就是郝师傅在家，按矿规定也不再供水了。他忙完，要回宿舍睡觉。郝月莲羞羞答答地叫住了他，叫他睡水房里给她做伴，说一人在水房里怕。李海宽背脸笑笑没吱声，心想：二十岁的大姑娘了还像个孩子，一个大活人有啥好怕的！

郝月莲拴住水房木栅门："嗯哪，李叔，你睡隔壁俺爹房间吧。"李海宽说："嘻！我比你大不几岁，叫哥就中。""嗯哪。"郝月莲进自己屋里"咔"地顶住门。李海宽进了郝师傅房间，随手把门一关，带着衣服盖上被子就睡了。他睡性极好，常常是上句还说话，下句话就进了梦乡。

夜半时分，李海宽被一阵拉扯吵闹声惊醒，他咳嗽一声听听，的确不是梦。他猛地坐起来，刚要下床，一人推开门一头扎进他怀里，浑身颤得厉害。他越往外推，那人越往怀里钻。他拉开电灯一看是郝月莲，忙问："嘻！咋了？"她牙"咯咯"地碰："嗯哪，……进来个人……敲我门……又推我屋门，我往这屋跑，他使劲拉……"

李海宽心中生出一股无名怒火，他推开她，走到屋外。只见水房院里半死不活的电灯泡，在寒风中瑟瑟发抖。他查看了锅炉房、澡堂、洗衣间，都悄静无人。他看看木栅门，有两道栅栏竖杆变宽了，明显有人钻过的痕迹。来人应该不是个胖子。"会是谁呢？"可怀疑的年轻人很多。李海宽猜测着向远处观望，远处的夜像煤堆一样黑，更远处有狗叫声。他找到铁丝把木栅门扎牢了。

他对缩成一团的郝月莲说，你睡吧，我在水房院里坐着，看谁还敢来，我拼他个龟孙！月莲说，俺睡床里头，你坐床外头给俺做伴行不。李海宽说，行，你睡吧，别怕！郝月莲蒙住头在床里头睡了，李海宽穿上郝师傅的羊皮大衣坐在床外头，不一会儿就打起了鼾声。

第二天一出井，李海宽就往水房跑，一看，郝师傅穿着皮大衣坐水房院里喝茶呢。忙问病情。郝师傅笑笑说："没事，常书记叫动手术，可水房忙，我想干脆到年假才动吧。"李海宽说："没大病就好。"说完就帮着和煤泥。郝师傅说："正好，我从市里带些老钱家猪杂碎，晚饭你就在这儿吃，咱俩喝两盅唠唠嗑。"李海宽说:"算了吧郝师傅,就你那小锅,一锅饭我一人能包了圆,你爷俩就挨饿了。"郝师傅说:"一锅不够做两锅,包你可劲吃。"

李海宽洗完澡去了职工食堂,盛上一大瓷缸子玉米糁糊糊,一手抓两窝头、两片咸菜,刚坐长条桌上。郝月莲来了,说:"俺爹让你去吃饭,别磨叽了。"李海宽说:"你们先吃着,我先吃些垫垫底,一会儿就过去。"李海宽加快了吃饭速度,咬口咸菜,张开大嘴咬块馍嚼两下,嘴唇噙住碗边转半圈,"哧溜"一声馍饭菜都下了肚。他一会儿喝了三大缸子糊糊,吃了六个窝头,还留着在郝师傅家吃饭的肚子。李海宽知道郝师傅实在,他叫吃饭绝不是说场面话,不去就会失面子。

李海宽到郝师傅屋里,小方桌上放一小盆热气腾腾的猪脸肉、猪耳朵、猪大肠,菜肴溢着大料香味。郝师傅倒两半碗酒,一人一只碗,说:"先吃两口菜暖暖肚子再喝酒。"李海宽先叨两口菜,肉香香的,肥而不腻,又喝口酒,吧唧吧唧嘴,很内行地评价:"这酒比俺老家地瓜干酒味正道,不上头;比猴三竿让喝的酒劲还大。"郝师傅说这是正宗的东北高粱酒,六十五度呢!郝师傅喝一大口,说:"东北人能喝酒,还比不上老毛子呢。"李海宽问他见没见过老毛子。郝师傅说:"见过,俺老家木里镇与苏联维扬卡镇中间隔一条乌拉河。隔河能望见老毛子骑马,能望见他们村庄做饭的炊烟。"郝师傅夹口菜接着说,"在中苏友好时,冬天一结冰两国老百姓都互相赶集。俺村还有个老毛子女人呢。"李海宽问,老毛子长啥样？郝师傅嘴里咀嚼着，腮帮子鼓着青筋，说："他们一般比咱国人个高，黄头发，白皮肤，蓝眼睛，深眼窝，大鼻子……哎呀，你一个人回家过年没劲，放年假你到俺那嘎达转悠转悠吧。"

李海宽还真有去东北边陲看看的兴趣，可是自己不是真的光棍汉，还得回家还账啊。他问郝师傅："嘻！你咋大老远来这儿了？""哎呀，我父亲躲日本兵到这儿挖煤，我也跟着挖煤。他是共产党地下交通员，在一次送信途中牺牲了。我子承父业，一次给解放军送信时受了伤，组织上很照顾我，还安排我女儿上了班。"

李海宽对郝师傅肃然起敬，说："嘻！想不到您是老革命！"郝师傅笑笑说："哎呀，啥老革命，在那年代只是做了中国银（人）该做的事呗。"又小声对李海宽说："哎呀，你小子敞亮，平时多留心！咱矿区工人成分复杂，煤炭是国家战略物资，发现异常情况向我或向杨副队长报告。"李海宽张张嘴又合上了，他私下里对猴队长那些人有疑心，夜间让在矿区东面值班，见有人来让放炮是啥原因。他暗想，以后还真得多留个心眼……

说着说着旧历年快到了，煤矿工人放年假，从腊月二十八放到来年正月初六。

李海宽不断梦见儿子根生跑丢了，自己四处寻找，他想儿子了。但真的回家，一想起那个高颧骨、大炮仗脾气的母老虎，就头疼。他想自己当了工人回家，可以说是荣归故里。原来牛老师说过，刘邦当了皇上还衣锦还乡呢！他想着，这一年挣一百多块，应该先到牛老师家，借他两块还四块。然后才回家，先摔给母老虎五十元，再把屋顶修缮了，然后板着脸训她一顿，再问问她，我是不是窝囊废。李海宽吐口长气，像真的摔了钱训斥了马环一样舒畅。

腊月二十八，李海宽换身新工作服，坐上长途汽车一路颠簸，颠簸着他一路复杂的感情。下午两点到了县城五四路南的汽车站，还是那个戴红袖章的妇女在盘查。李海宽笑笑："我不是盲流。"那妇女笑笑："工人老大哥，免检。"

李海宽到大颐首"金家羊肉汤馆"花五毛钱喝碗羊肉汤，吃两烧饼垫巴垫巴，连加三碗白汤，回味无穷。又到两层百货楼里，花一元给牛老师称二斤点心，花三毛钱给根生称一包糖梨糕。他把钱用手绢包好放进袄内襟口袋里，带着东西走到百货楼门口，被人撞了一下。那人连连道歉。李海宽很是狐疑，感觉为芝麻点小事道歉，这歉道得有点可笑。

李海宽过了北关老衙门的石狮子，顺着土官道往李庄走。北风像刀子，路旁麦苗瑟瑟发抖，村南水塘结了厚厚的冰。他心里热腾腾的，还有点儿对母老虎厌恶的丝丝凉意。他进了李庄，先到了庄南头牛老师家。

牛老师见到李海宽很高兴，忙放下书本倒开水，让儿子牛根抱来豆桔梗烤火，连连夸李海宽有志气，当上了工人。李海宽说："嗐！我不喝扉（水），牛老师，你佛（说）我胖没？"故意把"水"说成"扉"，把"说"说成"佛"，用枣村人口音，显示自己"见过大世面"。说完就掏钱，借两元还四元。他一摸袄里襟，顿时吓得出一头汗，因为袄襟烂了个口子。他脱下袄翻个遍，那一卷票子不翼而飞了。牛老师说，快穿上袄，小心感冒了，资助的路费要啥要。

李海宽往家走着，气得直打脸，甚至想跳进村南池塘里，想发疯，想与扒手"拼他个龟孙"！从年初的一元没有，到年终的不名一文，他命苦得像黄连，不，比黄连还苦十倍。火气一下，他像泄了气的皮球，头耷拉下来了。院墙还是他用高粱秆编的院墙，院大门还是他做的木栅门，石磨还是他垒的双层石磨。

李海宽怔在了院里，望着那棵石榴树，不知道是站院里好还是进屋里好。正犹豫时，堂屋门"哗啦"一声开了。人高马大的马环大炮嗓门开了腔："你不是走了？能耐了！一辈子别进这个家门！"李海宽原想着他走了这么长时间，家里肯定是七事八务的，她再领个占手的孩子也够难的，他这次一回家，说不定她还会服软呢，最起码态度要好些。真想不到，她麻雀掉到水缸里——还毛湿嘴硬。自己倒了八辈子霉，又丢一回钱。丢了钱就失去了与她耍横的资本，双腿像捆着两根木棒，直挺挺地进了堂屋，犹如一蹦一蹦的僵尸。马环抱着孩子伸出一只手："拿来，先把缺粮款交上！再把屋顶修缮一下，一下雨满屋漏，我给儿子顶个洗衣盆。"李海宽低着头，心如刀割一般："嘻！给孩子买梨糕时钱被偷了。""撒谎骗到老娘我头上了，瞧你那熊样，八成是要着饭回来的。"马环放下孩子一拍大腿，拉个开战的架势，破口大骂，"你滚！滚他奶奶个腿！"

李海宽咧开大嘴咬咬牙，握紧了拳头，深吸口气后又把拳松开了。他明白,与马环过这两年多的日子证明,他是不能用武力征服她的。他俩是针尖对麦芒,必须有一个人先瘪劲,日子才能往前奔。他不服软,他不是那性格。要让她软,除非太阳打西边出来。他看看篱笆墙周围,估计已经聚满看"戏"的人。原先他无意间听见邻居说,到村西头海宽家看戏了。她们看见他,匆匆过去了。

根生"哇"地哭了。李海宽抱起儿子去了厨房,拿梨糕点心哄他。马环夺过来扔一块梨糕:"咱不吃窝囊废的东西!"根生又哭了。

李海宽咬咬牙:"嘻!别吵了。咱俩脾气不对路,好搁伙不如好散,离婚吧!"

"离就离,不离是妮子生的!"她拿两床破被子扔厨房灶火里,"想离婚别睡堂屋里!"

李海宽没再言语。他肚子饿得咕咕叫,摸摸锅,锅没一点儿温气。厨房没门,就着院里夜光,他摊开灶里的树叶,铺上一床被子,盖上一床,便和衣睡了。"爹!"他迷迷糊糊听见儿子叫,睁眼一看,在黑沉沉的夜里,站着一岁多的小儿子。他忙抱住了他:"你咋不睡?""爹……抱""儿子跟我睡吧。""要……娘。"李海宽抱着儿子进到堂屋东间,里面煤油灯亮着,见马环的被子头动了一下。他给儿子脱了衣服,掀开被子把儿子放到马环身子里边。

第二天,两人谁也没提离婚的事,还像以前那样,各忙各的,谁也不理谁。

正月初六一大早,李海宽找牛老师借三元路费,牛老师又给他一张"井冈山龙源口后桥图案"的三元币，李海宽拿在手中郑重地说："老师，我一定还您！"他回到家亲了亲儿子，一扭头出了院门。

马环追到大门口："这回走了，要有种一辈子别进家门！"

"嘻！丢你五块，春节回来还你五十，再把房顶修缮了，看你还癞蛤蟆蹲在水埝上叫唤个啥！"李海宽头也不回地走了。

四

正月初七李海宽回到了枣村煤矿，一下井，人一忙，他就忘了家里的烦心事。到阳春三月，西矿区人事发生了变动：候队长升为副矿长，猴三竿当了安全技术员，杨副队长成了正队长，他提议让李海宽当了副队长。

当时国家建设需要大量煤炭，煤炭战线提出"多挖、快运、支援国家建设！"的口号。杨队长身先士卒，李海宽也不惜力，再加上又新招了几名工人，二〇采煤队人心齐、干劲足，迈入先进行列。

一天，杨队长对李海宽说："那啥，海宽你是个好材料，要多向党组织靠拢，你写'入党申请书'吧，我和郝师傅做你的入党介绍人。"

李海宽高兴得打了个"二踢脚"。在他们李庄，党员个个过得潇洒，活得光荣，人人敬慕。

晚饭后，李海宽找郝师傅说了想入党的事。郝师傅说：

"我与杨队长交换过意见，认为你是个好犊子，愿做你的入党介绍银（人）。"

李海宽为难地说："嘻！我只上了三年小学，字认识我，我不认识字呀！"

郝师傅说："哎呀，月莲上了五年小学，比你多识俩字，让她帮你写。"

李海宽说"好"，动手和了两池煤泥，又到洗衣房帮月莲忙活了一大阵，两人回到郝月莲房间。她拿出几张信纸伏饭桌上帮他写入党申请书，字歪歪扭扭的，但写得很认真，遇到不会的字就问李海宽。李海宽想起一个字来也是缺胳膊少腿的。

等写好入党申请书，下弦月已挂上中天了。昏黄的月光下，枣村煤矿西矿区很静。宿舍区、食堂餐厅、大片煤堆，都沉浸在睡梦里。大门南办公区与出煤处还亮着电灯光，偶尔传来运煤车拖斗碰撞的"叮当"声。

李海宽出了木栅门伸个懒腰，感觉夜很美。

"嗯哪，海宽哥！"郝月莲也出了木栅门，低头站着，不安地看着划地的脚。

海宽问："有事呀，月莲？你说。"

"那晚的事你得向我保证不跟外银（人）扯，要瞎白话俺可给你急眼了！"

李海宽一愣，猛然想起，月莲说的可能是她害怕扑到自己怀里的事，便举起右手："嘻！我保证！"

"嗯哪，还有，还有，你入了党不能看不起俺！""不会！""拉钩！""好，拉钩！"

他感觉她的手虽然像"母老虎"的手一样硬，但比母老虎的手肉多、温热、滑溜，不像母老虎的手疙疙瘩瘩的。

这天上工刚进大巷，李海宽领工人往里走，猴三竿叫住了他。猴三竿戴着有矿灯的安全帽，手拿锤子，背个仪器。他的任务是排查安全隐患。他对李海宽说："你们队生产巷去运煤巷的通道上有两根顶柱压力过大，敲着声音发沉，我已经通知安全队了，再加密顶柱，让大家通过时小心！"李海宽说"中"，刚要过去。猴三竿小声对他说："今晚有值班任务，你与大磨刀去。"猴三竿再三叮咛他："嘴要严谨。"李海宽觉着晚上值班偷偷摸摸的，钱来得不地道，但钱是硬头货，还账、交缺粮款、修缮房屋，哪一样缺它都不行，便又去值了班。值了班又领了五块钱，比娶了马环还高兴，钱可不是他厌恶的大炮眼。

杨队长送来了午饭，招呼大家坐在安全巷用餐。趁这时间，他传达了矿党委"三抓一注意"会议精神：抓安全、抓学习、抓生产，党员干部带头，密切注意阶级斗争新动向。最后说："那啥，五一节快到了，矿党委要求每个采煤队选一名劳动模范，大家看谁合适呢？"静一会，李海宽说："嘻！杨队长吃苦耐劳、以身作则，我看选他最合适。"大家都说"中"。杨队长说："那啥，队长不参评。我观察了，李海宽同志性格耿直，吃苦在前，我提议选李海宽，大家说中不中？"

二反抗说："中，李海宽干活不惜力，还能伸张正义。"新来的工人说："李副队长关心工人，俺赞成！"大磨刀磕磕牙说："啊……服。"四麻利说："行，海宽哥还救过俺呢，那次俺俩在生产巷走，突然落个石头，要不是他拉一把，我小命早没了。"全员通过。

李海宽急出了汗："嘻！我真的不行，还是选二反抗吧，哪里有压迫，他就在哪里反抗。"大家都笑了。

五一节那天，枣村煤矿全员停产，工人都到枣村市大剧院开会。先是拉歌。"东矿区来一个！"东边会场歌声响起："高楼万丈平地起，盘龙卧虎高山顶……""西矿区来一个！"西边会场的人接唱："解放区呀么呼嗨！"

而后表彰模范发奖。李海宽满面通红，胸戴大红花，站在主席台上的受奖人中间。常书记亲自为他们发奖。李海宽领一张奖状，还领了带有奖字的脸盆、牙缸、毛巾。主席台下响起雷鸣般的掌声。

发奖后，工人们看电视剧《小兵张嘎》。李海宽觉着下面的手被人握住了，一看，是邻座的郝月莲，忙抽出来。她附他耳边小声说："嗯哪，俺稀罕你，俺看你是张嘎子，俺是英子……""嘻！净瞎说，张嘎子才多大个屁孩。"

郝师傅又去检查身体了。郝月莲让下矿的杨队长给上夜班的李海宽捎信，让他来开水房帮忙。夜间十点封住火，郝月莲看看仍没见李海宽的身影，便锁住了木栅门，用木棍顶住了屋门，忐忑不安地睡了。

过一会儿，一个身影贼头贼脑地四处瞅瞅，扒了扒木栅门，然后上到木栅门旁砖墙上，轻轻跳到了水房院，蹑手蹑脚地走到郝月莲门前。

　　郝月莲听到了动静，以为是李海宽来了，便轻轻打开了房门，黑影趁机闯进了屋里，一下将她按倒在床上……

　　这天轮到夜班，李海宽正与二反抗往运输巷推煤，杨队长拍拍他肩膀："郝师傅去检查身体了，我散会下井时，月莲让你去水房帮忙，你快去吧！"

　　李海宽想起郝师傅上次看病有人拉月莲的事，不由得担心起来。他到生产巷把煤倒到车拖斗里，正好运煤拖斗车起动，他坐上拖斗车上到了地面。

　　工人进出矿口敞房离水房近，出煤口在西矿区大院的西北角。电灯光下，工人们把出井的一斗斗煤运到大煤堆上。煤堆西边停着几辆一拖一挂的运煤汽车。

　　月色朦胧，初夏的夜尚有几分凉意。

　　李海宽顺着煤屑路，走过备战煤区，走过工业煤区，走过燃料煤区，走过了寂静的工人宿舍，大约走了二里路到了水房。

　　水房院灯泛着昏黄的光晕，与天上朦胧的月光相融了。木栅门反锁着，水房院里静悄悄的。

　　李海宽笑笑，风平浪静的，哪有什么事？他甚至感觉从井下出来是多此一举。他想再返到矿井下，忽听到一阵"呜呜"的声音。他疑心听错了，侧耳听听，四面看看，"呜呜"的声音又消失了。他摇摇头，暗笑自己疑神疑鬼。李海宽刚要转身离开，一阵大的"呜呜"声传来，他感觉心跳加速，头发竖起，因为他听得真真切切，"呜呜"声是从水房院传来的。

一刻也不能再犹豫了，他立刻从木栅门旁的砖墙跳到院里，飞快来到郝月莲房前。房门半掩着，"呜呜"声的确是里面传出的。李海宽推门进屋，趁着院灯透进屋内黯淡的光，模模糊糊看见一个人在床上骑着另一个人，一只手捂着下面人的嘴，另一只手撕衣服。下面的人发疯似的乱抓，两只脚一伸一蜷地乱踢。

李海宽一个箭步向前，一只手抓住上面人的头发，把他拉下了床，另一只手"咚咚"朝那人背上打。

"嗯，别打！是我！"太监腔求饶。李海宽一听竟然是猴大竿子："你墙上贴驴皮不像画（话）！"猴大竿子跪地求饶，"嗯，我真心想娶她……"

李海宽指着床角蜷作一团、瑟瑟发抖的郝月莲气愤地说："嘻！想娶她也不能霸王硬上弓啊！"

猴大竿子苦苦哀求："嗯，看在我……招你工的份儿上，饶……我！千万……别对外人说！"

李海宽说："这次饶你，若有下次，打死你个龟孙子！"

"没下次了，不会了。"李海宽松了手，猴大竿子老鼠似的顺着墙根溜跑了。

郝月莲猛地扑到他怀里，海宽拍着她的脊背安慰道："别怕，我来了，没谁敢再欺负你了。我一身煤灰，快松手！我洗完澡在郝师傅那屋睡，给你做伴。"

五

转眼进了腊月。吃晚饭时，杨队长给李海宽说，那啥，郝师傅看上了你，要招你做乘龙快婿，春节喝你与郝月莲喜酒。李海宽估计，郝月莲由于怀孕急着结婚了，可自己并没想好怎样与马环作了断，便嘴里半截肚里半截哼叽几句。杨队长说，多好的媒茬呀！那啥，你小子还不乐意？

这天，李海宽吃过晚饭，给临床的工友四麻利捎了饭。真是好汉子搁不住三拉稀，一拉肚子，躺床上的四麻利眼都塌坑了。李海宽给他拿了药。睡到半夜时，四麻利叫醒了他，小声对他说："副队长待我亲如兄弟，我嘱咐你句话。若有人让你去哪儿取东西，你千万不要向那儿去！"李海宽细问原因，四麻利说："记住我的话就中了，千万别对外人讲，一讲咱俩都危险了。"说得李海宽晕乎乎的。

过两天下井时，李海宽给杨队长说，他与二反抗的运煤车不知让谁弄坏了。杨队长出个条子让他去井下仓库取。仓库保管员说，七号巷放着几辆新车，你去取吧。李海宽到了七号巷口，就着不远处的电灯光，看见七号巷口地面上垂着一条断了的红绳子，躺几块歪歪斜斜的大石块。他小心翼翼地走进去，里面没有电灯，只有他头上的帽矿灯照着幽深的巷道。愈往里走，他愈觉得憋闷，猛然记起了四麻利那晚嘱咐的话，半信半疑地退回来，到大巷正好碰见二反抗。二反抗说："杨队长说找到了车子让你回去。"又吃惊地问："你咋来七号巷，里面瓦斯超标昨天封闭了。"李海宽吸口凉气，继而生出一股怒火，到仓库找那人理论，可那人不在，另一人说，你一定听错了，这一带方言七与十分不清，一定是让你去十号巷。"他气得像被吹鼓的猪，一敲肚子"砰砰"的，还恶心头疼，可又无法发泄。

又一天下班时，大磨刀对李海宽眨巴眨巴眼，小声说："西大巷……五号洞……凸堆……啊……啊斗……松动，过时……要……要……要当心！"李海宽都替他结巴嘴心急。他知道那个凸堆，本是花岗岩质地，他每天都从那儿过，并无无松动迹象啊？

作为副队长，他每次都是收拾好工具最后一个离开。他走到五号洞凸堆旁，想起了刚才大磨刀的话，神神秘秘的，不禁提了小心。

大巷的灯昏暗晃动，远远地能看到凸堆像个孕妇挺着个大肚子静悄悄地站立着。

李海宽向前面的大巷望去，大巷里静悄悄的。他左顾右盼小心翼翼地向前走，感觉自己有点像鬼子进村怕踏到地雷那样滑稽。当他走到凸堆旁时，上面一个斗大的石头"吱"的一声滚下来。幸亏早有提防，他一激灵一个箭步跨了过去。那大石头在他身后"咣"的一声砸在地面上，又向前滚动几步碰住巷壁，"咚——咣——"发出令人恐怖的碰撞声。

李海宽余光瞥见凸堆后面有个人影一闪，进了前面的生产巷。一股怒火勃然而生，他明白，是有人暗中想把他置于死地。他最看不起这种打闷棍的小人行为，有本事当面鼓对面锣干一仗！他咧咧嘴、咬咬牙大吼一声："有种的出来！我拼你个龟孙！"怒吼声在大巷中生出洪亮的回响。

"吵什么？"从前面生产巷中闪出一高一矮两个黑衣人，两人没戴矿灯，脸蒙得严严的。

李海宽厉声问："刚才是你俩推下的石头？"

高个子说："不是咋的？是又咋的？"

李海宽说："咱有何怨何仇？你俩为何害我？"

低个子说："咱无怨仇，是你得罪了不该得罪的人。"

"谁？"

"少废话！"高个挥下手，"上！"两人从两面向他围来。李海宽微微蹲下身子，等高个子冲来，他一侧身使个绊脚，双手用力一推把高个子摔倒在地。低个子从侧身抱住了他，李海宽转身猛地一抢，又趁势用手狠推低个子的头，低个子也摔倒了。

高个子爬起来说声"撤！"，扭头就跑。李海宽后面追："有种别跑！"

两个黑衣人跑进生产巷："你有种进来！"

"龟孙子才怕你们！"李海宽追进生产巷，忽然被人一把拉住。李海宽刚要出手，"是我！"四麻利压低声音说，"快回去！前面有五个人等着你！"李海宽问："你在这儿干啥？"四麻利说："别问了，快走！"

李海宽仍想冲进里面与他们较量，心想，就是死了也不能怕他们。

四麻利递给李海宽一根支柱，附在他耳边小声说："你若去，他们就会用石头把你砸死的，然后报个意外事故，快走！"

李海宽并不害怕，转念想想，好汉不吃眼前亏，逞一时之强也没多大必要，就转身往大巷通往出井缆车处走。

"没进来……快追！""噜噜……"后面响起一阵杂乱的脚步声。李海宽回头一看，从生产巷追出几个人来，他们个个抄着家伙。李海宽背靠凸堆，握紧顶柱。来的几个人都身穿黑衣，蒙着头脸，就着大巷昏黄的电灯光，能看到面罩眼洞里闪动的眼珠。内中一人低声说："往死里打！"两人举棍打来，李海宽用支柱相迎，挥棍打倒两个。其他人乱棍一齐朝他猛抡。李海宽挥舞支柱奋力抵挡，头上、两腿挨了几棍，胸口挨了一石块。

"李海宽——"杨队长的声音。

"撤！"几个人跑了。

"我在这儿。"李海宽应一声。杨队长领着二〇采煤队的人来了。李海宽松口气，放下支柱，心里暗暗感激杨队长，他们简直是场及时雨，救了他这棵濒临死亡的禾苗一命。

杨队长说："刚才听见你大喊大叫的，出啥事了？"

"没啥，碰见几只大老鼠。"李海宽随大家往大巷口走，他不愿讲刚才的事，丢人。心里不住地猜测着，是谁在害他？隐约感觉害他的人似乎有一定势力，今天这伙人的行动，完全是有预谋、有组织、有计划的。他明白以后在矿上混下去风险极大，时刻都得提防着。也就是说有人要切断他在煤矿挣钱的路，要想在煤矿继续谋生，他必须想法完胜谋害他的人。

这天晚饭，李海宽第一次少吃了两个窝头。他睡床上才感觉到了挨打后的疼痛。他摸摸，头上、大腿、胸口都起了包。他躺下后仍苦苦思索着走出险境的办法。首要的得保住"吃饭的家伙"（脑袋），在井上是朗朗乾坤，下井后就有了危险，以后再单独行动就不好说了。其次，解决郝月莲的问题是一件很棘手的事情。要与她结婚，就得与母老虎离婚，真与母老虎离婚，他还有些不忍心。他记得戏文上唱过"糟糠之妻不下堂"，更何况还有儿子根生。他怕李庄人骂他是陈世美，虽然他只是个普通采煤工人，并没考取状元做上高官。不娶郝月莲，他就会欠下她沉重的债。上上策就是不与郝月莲发生关系，可当时淫心一动走了一步臭棋，他不得不接着把这盘臭棋走下去。

眼下最需要考虑的是如何征服打闷棍的人。他忽然想起了猴三竿让他吃饭值班的事，他总感觉有些蹊跷，刘矿长怎么会特别看重那十来个人？他怎么会被叫去吃饭？深更半夜值班防枣村市方向来人是啥意思？这里面一定有猫腻。应该尽快向领导反映。反映给西矿区领导肯定是不行的，最好反映给常书记。"五一"表模会上常书记亲手给他发了奖，他认识常书记，可常书记不认识他呀！他想起了入党介绍人杨队长与郝师傅，对！他俩是"党里人"，向他俩反映情况应该是不会错的。他悄悄起了床。

过了腊八正是滴水成冰的天气。李海宽打个寒战，走到水房木栅门前，压低声音喊："郝师傅！郝师傅！"

随着咳嗽声，屋里面灯亮了，不一会儿，郝师傅来到木栅门一看："哎呀，海宽呢！你干啥？进来吧！"李海宽随他进了屋。郝师傅拿出毛烟与芦根烟锅，递给李海宽："杨队长给你说了吧？是想说与月莲结婚的事吧？"

李海宽干咳两声："这事先放放，我有重要情况向你反映……"隔壁郝月莲房间有响动，李海宽压低声音把他如何被叫去吃饭、夜间如何在矿东边值班又领到加班费的事，一五一十讲了一遍。

郝师傅咳嗽一声，小声说："哎呀，这事很可疑。你不是外银（人），把我说的话烂到肚里。常书记早怀疑西矿区有问题，让我与杨队长盯着，发现情况及时报告。给你仓库钥匙，你带四麻利、大磨刀在那儿喝点酒，看能不能从他俩嘴里忽悠出点啥情况。"

"好。"李海宽就像战争年代接受了地下党组织交给的任务那样，心里生出一阵莫名的兴奋。他感觉这次行动与他要战胜对手或许有着某种天然的联系。

六

第二天下班吃了晚饭，李海宽买了二斤炒花生，打二斤枣村老白干，叫上了四麻利与大磨刀。他感觉两人对他有救命之恩，也该对他俩意思意思。三人到仓库拉明电灯，坐一张破毡布上边喝边聊。李海宽感谢他俩，让他免遭了灾难。大磨刀说："弟兄们……得……得……互相照应。"四麻利说他不忘李海宽对他的好处。三人剥着花生喝着老白干，一瓶酒下肚，四麻利打开了话匣子。他说："海宽哥为人仗义，对你下不了手，你不该得罪厉害人，不过你命大，几道关口都闯过来了……"大磨刀给四麻利使了眼色，连说："喝……喝……喝酒"四麻利住了口。

李海宽喝口酒，叹口气说："以后啥也不想了，就一门心思挣钱了，有账要还，房子漏两年雨了需要修缮，有值班的活，言语一声。"四麻利说："明晚就有活，不过猴三竿说你靠不住。"李海宽说："我咋靠不住了，去年与大磨刀值了几次班，我哪回偷懒了？"大磨刀瞪四麻利一眼："没……没……没有的事，净……瞎说！"

喝完酒，李海宽趁着与四麻利撒尿的机会说："啥时有活了你言语一声，我不显山不露水，直接找刘矿长要活。"

一连几天没动静。再有十多天就该回家过年了，如果事情无结果，好像自己撒了谎、吹了牛一样，对郝师傅不好交代，自己过年也不痛快。他抽空问了四麻利，四麻利说："上次行动取消了。"

这天下班时，四麻利小声对李海宽说："今晚有值班活，你私下找刘矿长吧。"李海宽说："你可别撒谎！"四麻利赌咒，撒谎是王八蛋。李海宽出了井，洗了澡，吃了晚饭，想想这回可能是真的，把消息报告给了郝师傅。郝师傅埋怨他没早说，派人到矿总部送去消息，总部再派人绕远路过来，一去一来得两三个小时。这样吧，我先让杨队长派人去给常书记报信，咱仨再去西大门树林里看看是啥情况。

晚饭后，李海宽跟郝师傅、杨队长出了东大门。杨队长问：郝师傅，那啥，还用叫上几个人不？郝师傅说不用，常书记让观察情况报告他，银（人）多了目标大，以免打草惊蛇。三人顺着南围墙转到西大门西边的树林里。

夜黑黢黢的，北风"嗖嗖"地吹。

西北方的土公路上有游动的灯火，灯光渐渐近了，传来了马达声。五辆汽车开进了矿区西大门，就着里面的电灯光，能看到从煤井里拉出的煤正一斗一斗往汽车里倒。

杨队长说："他们一定是偷卖煤。"郝师傅说："别声张！"

过一会儿，一辆汽车装满了，打开车灯"嗡"地开出西大门走了。

李海宽说："怎能眼看着有人偷运公家煤不管？"郝师傅说："常书记只让留意观察随时报告，并没让咱制止。估计常书记派的银（人）该到了。"

一会儿，又一辆汽车装满开走了。杨队长说："那啥，等汽车都开走了没啥证据，我们再说什么也不顶用了。"郝师傅犹豫一下，等第四辆车要往外开时，他一挥手说声"滚犊子！"，三人迅速冲到了大门内，挡住了汽车的出路。

猴三竿走过来："郝师傅，杨队长，你们这是干啥？"

郝师傅问："汽车拉煤有总矿三联发货单吗？没三联单就岔劈（错误）了。"猴三竿说："你个烧锅炉的，这事用得着你管？"杨队长说："不过地磅，就是私运煤，私运煤任何一个煤矿工人都有权管。""哟嗬！一个采煤队长权力大到天上去了！"短平头王主管龇着一明一明的金牙，"闪开！"见他们三人不动，"来人！拉走！"王主管话音一落，旁边闪出六个人来，两个人拉一个。李海宽使一个别子摔倒一个高个子，又一个别子摔倒了一个低个子，帮着郝师傅、杨队长又推倒了两个。

短平头龇着大金牙："你小子，果然厉害！金刚钻，上！"话音刚落，李海宽感觉屁股被人狠狠踢了一脚，刚一转身，"叭"脸上挨了一巴掌，只觉得脸上火辣辣地疼。李海宽一看，打他的人正是那晚摔跤的车轱辘汉子金刚钻，不由得怒火中烧。他"唰"地踢过去一脚。要是一般人他一脚就能踹倒一个，一拳打倒一个，可金刚钻眼疾手快抓住了李海宽的脚，李海宽另一条腿趁势往前一跳，右手撕住了金刚钻头发用力往下一按，左手一掌打去，"叭"打在了他脸上。李海宽同时右腿一用力，撤下来。金刚钻低着头双手乱抓乱打，李海宽往后闪着身子使劲按住他的头，左手不住地揍他的头扣脊背。

郝师傅喊："海宽，快来，车要溜犊子！"

李海宽一侧身一脚踹倒金刚钻，回身打倒了按着郝师傅的两个人。

有人喊："公安来了！"

猴大竿子拖着太监腔："开车！轧死他们！"见司机不往前开，又喊："给我用棍子狠狠打！打死他们！"

李海宽一看，猴三竿举棍子要打杨队长，他冲过去一脚把猴三竿踹倒在地。杨队长与另一个人厮打。身后郝师傅大喊："海宽，当心！"李海宽耳听"呜"的一声，棍子带着风声抢来，忙回头一看，"叭"的一声金刚钻抢的棍子正好砸在扑过来的郝师傅头上。李海宽抱住郝师傅，见他后脑勺出了血，急忙高喊："来人呢！出人命了！"杨队长推倒一个人往这边跑，被猴三竿举棍打倒了。李海宽肩膀挨了两棍子。

大门口响起了警笛。"撤！"短平头王主管一挥手，装煤的人连同司机瞬间如鸟兽散尽。

公安的车过来了，二反抗从车上跳下来问李海宽："我去矿总部叫来了人，啥情况？"

李海宽说："郝师傅与杨队长都被打伤了。"

一个公安人员说："小刘，你把两位受伤的工人送到医院，其他人跟我抓坏人！"

李海宽与二反抗跟车去了市医院。

枣村市人民医院急救室门口，医生护士进进出出。郝月莲不住地哭泣，李海宽捧着脑袋蹲地上恨得直咬牙。当夜，郝师傅颅内大出血做了开颅手术，杨队长颈椎错位，紧急做了复位手术。医生禁止家属探望。常书记与矿领导来了，作了安排又静静地走了，西矿区的工人代表默默站了一会儿也走了。

整个夜晚，李海宽与二反抗一直在急救室外走廊上陪着郝月莲和杨队长的家人。郝师傅是为救他而负的伤，李海宽心里像有一股冰泉在汩汩地流动，感到冷刺刺地疼，浑身不住地颤抖。

病房走廊窗外的天空亮了。

一个白大褂轻声问："谁叫郝月莲？谁叫李海宽？来

一下！"

李海宽与郝月莲随护士过了一道布帘门，又过了一道自动开关玻璃门，进了第二急救室。屋内小车上斜放着两个氧气瓶，病床旁立着两个吊瓶架，摆着叫不出名的仪器。几个白大褂围着郝师傅的病床。

两人来到郝师傅病床前，郝月莲早已泣不成声了。

郝师傅身上、鼻子里插着管子，睁着水汪汪的眼睛，嘴唇动了动。李海宽凑过去耳朵，他好像说的是坏人抓住了吗？李海宽使劲点点头，其实外面的情况他一点儿也不知道。

郝师傅艰难地说："海宽……你敞亮……靠得住……月莲稀罕你……托给你了！我还有……六十多岁……老母……月莲……她娘，你俩要……"

李海宽抓住郝师傅扎着吊针的手，含泪叫一声郝师傅，伏到了床沿上："我……我一定……"

医生让他俩离开急救室。李海宽揽着哭成泪人的郝月莲，附她耳边小声说："月莲，我一定会好好待你和你家人……"

郝月莲哭着说："都是你害了俺，叫俺咋整？"

出了急救室门，两个公安人员与一名矿领导走过来："你是李海宽吗？""是。""跟我们走一趟。"李海宽随他俩出了病房，走廊外停了一辆公安专用三轮摩托车。李海宽上了摩托车斗，一个公安人员驾驶，另一个公安人员坐旁边，给他戴上了手铐。

"李副队长……"二反抗跑出来。郝月莲追到廊下，手扶廊柱，北风吹乱了她的头发。

李海宽大声说："我没事，二反抗，照护点。"

李海宽坐三轮摩托到了枣村市公安局，被押进审讯室里，又被两公安人员架到一张平凳上。对面亮起两盏刺眼的电灯，灯光齐聚在他身上，照得睁不开眼。

"姓名——"一个声音严厉地问。

李海宽眯眼望去，桌对面坐着三个大盖帽。问声是居中人发出的。

年龄、成分、籍贯、职业，李海宽据实回答。

"你们一共偷运多少回煤？老实交代！"

"我从来没偷运过煤。"

"已经有人供出你了，坦白从宽，抗拒从严！"

"谁供的可当面对质。"

"你一共放过几回哨？"

"猴三竿派我与大磨刀值过四回班？"

"分多少赃款？"

"没分赃款，领四回值班费，共二十元。"

"你家有无妻子？叫什么名字？"

李海宽脸唰地红了，结结巴巴地回答："有——叫——马环。"

"你有妻子，再与别的女性发生不正当关系，是何行为？"

李海宽低下了头，用戴手铐的手捂住了脑门。

"回去好好反省，老实交代！"

一个公安人员拿笔录让他看后签名，李海宽本来识字不多，就歪歪扭扭写上了自己的名字。

李海宽被带回拘留所，在拘留所一共待了十天，被提审八次。第二次提审，他如实交代了与郝月莲发生关系的事实，并说自己主动向郝师傅反映情况并参加了拦运煤车行动。这事郝师傅与杨队长可作证。

公安人员厉声呵斥："不要认为郝师傅牺牲、杨队长昏迷不醒你就可以欺骗政府，告诉你，有人揭发那晚你给偷煤车装煤，并打死了郝师傅。为了掩盖罪行你才送郝师傅与杨队长的。"

"冤枉，天大的冤枉！请你们查清，如果我参与了偷煤，打死了郝师傅，那我就不是人，枪毙我好了。"

"要相信政府，不冤枉一个好人，也决不会放过一个坏人。"

十天后，李海宽被带到枣村市煤矿总部，总部领导宣布了对他的处罚决定：李海宽身为采煤队副队长，不明就里稀里糊涂为西矿区盗煤犯罪集团站岗放哨、领取赃款。作为有妇之夫犯流氓罪，鉴于李海宽劳动积极，免于刑事处罚，给予开除工作籍、罚款一百二十元、押送原籍劳动改造的处理。

李海宽焦急地问："郝师傅与杨队长怎样啦？我想到医院看看他俩。"

"郝师傅牺牲了，骨灰盒由他女儿带回东北老家了。杨队长转到了省医院。你哪儿都不能去，收拾好行李，把罚款交清。由煤矿总部保卫人员押送你返乡，把你交给地方政府，进行监督劳动改造。"

李海宽一听郝师傅死了，禁不住放声痛哭："郝师傅——

你是为了救我才死的呀，我李海宽对你有愧呀！"

矿总部保安员用专车把李海宽送到了李庄，把枣村市煤矿总部对李海宽的处罚决定书转交给了地方政府。治安主任严厉地与他谈了话，只准老老实实，不准乱说乱动！离开村一步，都必须向他报告，否则，按逃跑拒绝改造处理。

不到天黑，李海宽的事在李庄传得沸沸扬扬：偷卖煤炭，乱搞女人，被押回李庄，监督劳动改造。李海宽走在街上没人搭理，甚至不少人向他吐唾沫。

李海宽看着被晚霞余晖拉长的身影想：对不起，让你跟着我受委屈了！他万没想到第二年挖煤会是这个结果，成了穷忙一族不说，还像"黑五类分子"一样背个监督劳动改造的罪名。还马环与牛老师钱的事已化作泡影，交一年缺粮款的计划泡汤了，修缮房屋的事更无从说起。他像条被掐败的狗，耷拉着脑袋灰溜溜地回了家。

"你还有脸回家？"马环双手掐腰，眼喷火焰，明显进入非理性亢奋状态。等他走近，"叭叭"两声长着疙瘩肉的巴掌极不友好地"亲吻"了他的左右脸颊，唾沫十分热情地"访问"了他的额头，"给你相好的过呗，还有脸回家？"李海宽拧拧头，心想："难道我的脸是专门用来挨女人巴掌的？"论打架，马环根本不是他的对手，只是这回又输了理，并且输大发了。常言说"人怕输理，狗怕夹尾"，他一头扎到堂屋里，任凭她打骂，一声不吭。李海宽清楚，此时篱笆墙外一定站满了"看戏"的人，男子汉大丈夫能屈能伸，不该出手就不出手。此时，他如果一闹，就更"惹"人笑话了。

马环哭着闹着一定要与他离婚，晚饭也没让他吃，一晚上骂个不停。说两年没拿家一分钱，都给相好的了，缺粮款交不上只分人口粮，根生连个净面馍都吃不上。屋顶从里往外能看见天上的星星了。吃苦受罪她不怕，她不能容忍他在外面乱搞女人，不离婚除非大白天能出来星星。

李海宽抽了一晚上丝烟，觉着以后在李庄很难搁下自己这张脸了，他要报郝师傅救命之恩，还要寻找仇人为郝师傅与杨队长报仇，他必须鞋底抹油——溜之大吉。

第二天，他答应了马环的强烈要求——离婚，并且净身出户。公社支持妇女"与监督劳动改造对象划清界限"的正当离婚诉求，婚离得非常利索，一点儿也没拖泥带水的。

离婚后的当天晚上，天气非常冷，街上静悄悄的。李海宽像只过街老鼠沿着街边，躲躲闪闪到了牛老师家。

牛老师正在灯下看报，他瞪着眼生气地说："看你小时候挺有志气的，当了煤矿工人放着好日子不过，咋办那事？"

李海宽感觉自己百口难辩，无须多讲。他诚恳地说，老师相信我，有冤枉我的地方。我不能在家混了，再借我十元钱，麻烦您开个牛根出门的介绍信，我得离开李庄，不能当个监督劳动改造对象天天挨批斗，跑到外地不混出个人模样一辈子不进李庄。

牛老师哆哆嗦嗦给了他十块钱，叹口气说，你等着，我去大队部开介绍信，不能眼看你遭罪啊！

当晚半夜，李海宽偷偷离开了李庄。他走到村南水塘边，水塘上是明晃晃的冰凌。水塘芦丛里有水鸭的凄鸣。他回头望望静悄悄的李庄，不知不觉流出痛苦的泪水。他很难过，真想一头扎到水塘里到龙王那里混日子去。

但很快打消了这个念头，他是死不起的。丢马环五块钱得还上，又借了牛老师十块，连前两次一共十五元，他都得加倍还，漏屋是必须修的，郝师傅与杨队长的仇是一定要报的。郝月莲与她的家人需要他帮衬，还有李庄的小儿子根生需要他照管。他是死不起的。

他感觉，人一生大概有两种命运，要么死，要么活；对他来说，死似乎是一件很容易做到的事，可活下来就十分艰难了，他勇敢地选择了第二种命运。

七

在人们喜迎新年的日子里，他与母老虎离了婚，狠心撇下小儿子根生，带着牛老师开的牛根外出的介绍信，后半夜悄悄离开了李庄。

他步行三十里，过了老衙门前的两个大石狮子，过了大隅首两层百货大楼，第二天早上七点，坐上汽车到枣村。再从枣村坐火车，经过济州、兖州、泰州，一路向东北，中间倒了四次车，走了四天四夜，来到东北边陲红河市。

他还记得，原先郝师傅与月莲说过，他们家过了红河市往北还有三十里路程，村名叫木里镇。

当年的红河市一带蒿草遍地，百废待兴。李海宽走走问问，又搭乘了一段老莫赶的拥军爬犁。老莫，四十多岁，皮帽上有两个鹿角模样的装饰，偏大襟长衫的腰间系一条黄色丝带，后背一杆猎枪。到太阳快落山时，老莫领他到了木里镇北头的郝师傅家。

石头院墙，木质大门，木里镇百姓的住房建筑几乎是千篇一律。李海宽拍拍门板，过了一会儿，门"吱"地开了，郝月莲一看是李海宽，"嘭"一声关上了门，里面传出"呜呜"的哭声："你走吧！"

李海宽像遭了电击一般，顿觉头皮发麻。老家李庄难以生存，他为报恩千里迢迢来到这人地两生的地方，盘缠花光了，如果郝月莲不接受他，他可真是上天无路入地无门了。他手拍门板："嘻！月莲，天要黑了，你忍心把我抛到荒山野岭啊？求求你，开门让我进去吧！"

"来戚（客人）了？""呜呜——"

门开了，走出个白发苍苍的老太婆与一个中年妇女，两人都手托长烟袋锅。老太太问："你干啥？"

"我是李海宽。"

"你鳖犊子还有脸来？进屋吧。"

李海宽随她们进了屋。老太太说："不是我说叨你，一个有妇之夫，不能磕碜银（人），知道不？你住一宿明儿个溜奔（回去）吧。俺月莲是黄花大姑娘，又是新社会，不能给你当二房知道不？"

李海宽忙解释："我离婚了。"

"离婚了也得看俺家姑娘啥意思。"

李海宽一看，当门桌上立一个镜框，镜框里是郝师傅的遗像：黝黑的脸膛，明亮的大眼，紧绷的嘴角，镜框上面搭着黑纱。李海宽睹物思人，止不住扔下行李，"扑通"一声跪在遗像前放声痛哭："郝师傅——您救了我，临死前把郝家人托付给了我，我一定诚心对待郝家老少！若有三心二意，天打五雷把我轰！"

李海宽是学说的坠子书上的戏词，别的他也不会说啥，但说的全是掏心窝子的话。惹得郝家三个女人都哭了。郝老太太拉起了他，连连劝他止悲。

晚饭时，郝月莲端了一筐窝窝头，一海碗苞米碴糊糊，外加一盆酸菜饨粉条。李海宽几天没吃好饭了，一会儿吃下四个窝头、半盆菜，又喝两碗饭，眨眨嘴停下了。

月莲妈又盛碗饭，递个馍说："月莲说你饭量大，可劲吃吧。"

晚饭后，郝家三个女人在里间嘀咕了一阵，来到堂房当门。郝老太太问："你真打八刀（离婚）了？可不能瞎扯。"

"没打八刀，离婚了。"

郝老太太吸口烟袋："月莲说你敞亮。我儿走了，你能在这疙瘩住一辈子不回关内不？我担心你与俺姑娘过几年再秃噜（半道变故）了，咋整？"

李海宽说："现在我是净身出户，无家可归，这里就是我的家，我来这就是报答郝师傅救命之恩的。"

郝老太吐口烟连声说："好！好！我们这嘎达兴入赘，你愿意不？"

李海宽挠挠头："啥叫入赘？"

郝老太太说:"就是男改女家姓,做上门女婿,下辈孩子都姓郝。在郝家只管干活不管钱粮……"

李海宽心想:枣村煤矿将我开除,在老家李庄又成了监督改造对象,李海宽这个名字存在世上实在无多大意义了。说:"只要让我吃饱就中。"

郝家三个女人面露喜色。

当晚,李海宽与郝家三个女人睡在一个火炕上,炕热得烫人,他感觉很别扭。

第二天,月莲娘去大队给月莲开了介绍信,又带着李海宽与女儿去了木里镇人民公社大院。先到派出所给李海宽安了户口。20世纪70年代年代户口管理不太严格,李海宽带着牛根的介绍信:下中农成分,爸又是教师,再加上郝家是当地老住户,派出所顺利地给李海宽安上了入赘户口,改名郝根。月莲娘又领他俩找公社民政员登了记,大年三十两人举行了婚礼。大小队干部、前后邻居,都来贺喜。

席间按当地规矩除了吃喝,还有人演文艺节目。一个金黄头发、深邃眼窝、高挺鼻梁的俄罗斯女人,跳起了俄罗斯舞。她穿着皮鞋,脚尖脚跟交替击打地面,发出有节奏的踢踏声,再佩以胳膊起落、腰肢扭动,舞姿矫健优美。月莲贴近他耳朵介绍,这俄罗斯妇女的男人原是东北抗联的金连长,金连长是木里镇人,后来战死了,她留在了木里镇。我们这里都叫她俄罗斯金夫人。

有唱二人转的,一男一女,两人手绢舞得像飞动的圆盘子,"日落西山黑了天呢,家家户户把门闩啊……"声调圆润悠长。

还有唱歌的，都是 70 年代的红歌。一个十八九岁的姑娘舞跳得很特别，一会儿像孔雀开屏，一会儿如长颈鹿吃草。

郝月莲说，跳舞的姑娘是拥军组组长莫大叔的女儿莫金花，她跳的是鄂伦春族舞蹈。李海宽在老家只听过山东梆子、河南豫剧、枣梆、坠子什么的，对东北人的表演感觉很新鲜。

人们举起酒杯："祝郝根与月莲新婚幸福！"

李海宽听着人们说郝根，感觉很陌生，猛然想起这是自己入赘的名字，忙与郝月莲挨桌敬酒，也算是郝家赘婿与木里镇人初次见面的必要礼节。

他不习惯东北一家人睡通炕的习惯，烧了西屋的小炕，把西屋收拾成新房。郝老太嫌费柴草，李海宽说，过了年我就去打柴。

人们都走了，新房里只剩下他与郝月莲，他把耳朵贴到她肚子上："让我听听咱儿子笑没。"

月莲说："嗯哪，孩子都姓郝一准让你憋屈了！"

李海宽说："我比你大四岁，娶了你我高兴还来不及呢！一点儿都不委屈！""可不兴瞎白话""真不委屈。""我知道你是个犟驴，老人百年后，你愿改姓我随你。"他喘起了粗气："你真是我的好媳妇！""一边去！我问你，你真与马环离婚了？""她把我甩了。""老儿子呢？"

李海宽眉毛立成倒八字。郝月莲安慰他："嗯哪，我一准应着他，行不？"

他抱起月莲轻轻把她放到被窝里，眼里酸溜溜的，此时他有一种想到没人的地方痛哭一场的冲动。

春节这天，月莲娘领着他与月莲挨家拜年，反复说着一成不变的话："他是俺家赘婿郝根，以后少不了叨扰大家！"

李海宽戴着郝师傅生前的皮帽子，穿着郝师傅原先穿的皮袄、毡靴，外表俨然成了东北汉子。别人叫他郝根，他心里像被乱针扎着一样不自在。

近晌午，他们才往家走。月莲妈指着村北乌拉河对岸：那就是苏联的维扬卡小镇。以前冬天木里镇和维扬卡的老百姓都沿冰赶集，现在可千万别往乌拉河岸跑，老毛子会开枪杀人的！

李海宽放眼望去，隐隐约约看到小河对岸精致的小木屋与城堡式建筑。异国小镇充满神秘色彩。他暗想，有机会一定要去那边看看！

李海宽在木里镇生活了一些日子才知道，这里与关内生活习惯很不相同。在老家李庄，过了元宵节枝条都慢慢变青了，一进二月，杏花、桃花、梨花相继开放，人们就开始做农事了。可这里过了春节还冷到零下二十多度，男人女人都猫在炕上边抽汉烟边唠嗑。他试着把水洒到空中，空中瞬间现出焰火一样的冰雾。李海宽是个闲不惯的人，一过元宵节便要去附近山上打柴。月莲不让去，说有张山儿（狼）。李海宽"嗤"一声，别说张三，连李四、王五加一块我都不怕。郝月莲说，俺这嘎达叫狼张山儿。李海宽说，有狼我打死吃肉。他便到山上打柴，不几天，郝家小院里堆满了柴。郝老太与月莲娘托着长烟袋乐呵呵地说："家里就该有个男人！"

无论月莲怎么劝，李海宽就是不忍心放开肚子吃，他知道郝家日子并不宽裕，也只是指望郝师傅的遗属补助与边陲补助维持生活，是养不起他这个"大肚汉"的。

有柴烧了，他催月莲娘到生产队给找活干。催的次数多了，月莲娘就求生产队佟队长，给他找了"拥军服务"的事做。拥军小组组长是莫大叔，鄂伦春族，四十多岁。莫大叔说他原先打猎。李海宽来木里镇坐的就是莫大叔的爬犁。一个叫朴海镇的是朝鲜族，还有个叫乌红旗的是蒙古族。他们三家都是孩子多工分少的缺粮户，生产队给他们个多挣工分的机会。拥军组的任务是赶着生产队的爬犁到红河市军需处给西山老林里隐蔽的驻军拉生活用品，部队管他们饭，生产队给记工分。他们早晨在家吃，上午在红河市军需处吃，晚饭在西山驻军食堂吃。土豆烧肉块，不用客气。李海宽为了节省，不吃早饭，上午与晚上每顿都吃一盆高粱米、半盆炒土豆，人们惊讶地说："郝根真是个吃货！"若比力量别人就更望尘莫及了。二百多斤大麻袋，李海宽背起来就走，还能一个胳肢窝夹一包。

他们天蒙蒙亮出发，到日落西山才回家。早起与傍晚，李海宽经常看到路边树丛里有黄色灯火不住地闪烁，还能听到阴森的怪叫。他惊奇地问那是啥东西？莫大叔告诉他，那一明一明的是张山儿（狼）的眼，叫声是张山儿在呼唤家人朋友呢。李海宽想，看起来，月莲说有狼并不是吓唬他，禁不住惊叹东北人面对野兽竟然如此淡定！莫大叔猎枪不离身，他嘱咐李海宽，出门一定要带防身武器，并再三叮嘱如果有人背后拍肩膀千万别回头，很可能是黑瞎子。你只要一回头它便一口咬住你的喉咙。还嘱咐他，在东北千万不能拍人后背，因为东北人走路都带把尖刀，他们会误意为是黑瞎子，便反手捅来一刀。

李海宽外出就带把尖刀插毡靴里，见顶大门的铁棍很是得手，像孙悟空得到了如意金箍棒一样不离身。

三月三，关内已是花红柳绿，东北边陲才刚刚有些暖意。那天，一轮红日怕冷似的早早躲进了西山。他们四人装货晚了，到这时还行在去军营的路上。两拖犁前面走，莫大叔驱赶着爬犁随后行，李海宽坐在中间的爬犁上。忽听后面"砰"的一枪，李海宽回头一看，只见后面枣红马浑身打战，一只黑牛犊样的动物被打中了一枪。它会站着走，一只蒲扇掌子鲜血淋漓。它顺着火烟冲上去一掌打倒了莫大叔。李海宽急忙操起铁棍跳下爬犁冲过去，朝黑家伙屁股就是一家伙，只听"嘭"的一声，像打在皮球上。黑家伙头也不回地朝莫大叔扑，莫大叔打个滚，后面是拖犁，已无地方可退，他端着猎枪杆与它对峙。李海宽对准黑家伙的眼猛擂一铁棍。黑家伙放开莫大叔朝李海宽扑来，李海宽朝它另一只眼又捅一铁棍。它双眼流血，像个发疯的盲人，挥舞着两只蒲扇掌子，"嗷嗷"地叫着向李海宽扑来。李海宽忙闪身躲过，举起铁棍对准它耳朵就是一铁棍。它摇摇脑袋又朝李海宽扑来。李海宽忙一腾身，举起铁棍朝它头部又是一棍。那黑家伙"呜"了两声倒下了。

乌红旗与朴海镇也挥着尖刀前来助阵。

"别打了！"伤痕累累的莫大叔连声高喊。李海宽怕它再咬人，又朝它脖子捅了几刀，黑家伙脑袋开了花，脖子出了血。

莫大叔惋惜地说："这是只雌熊，一定是熊崽饿极了才出洞觅食的，我原想打伤吓跑它，谁知这货与银（人）死磕（打斗）……"

李海宽平静后感觉很是不安，后悔不该打有幼崽的黑熊。到军营，军医给莫大叔包扎好，晚饭后，李海宽把莫大叔送到家。莫大婶哭着说郝根是他们家的救命恩银（人），让女儿儿子给他磕头。李海宽手忙脚乱，连声说："这可使不得！这可使不得！"

郝根成了木里镇关注度极高的名人，人人都知道郝家女婿是"打熊英雄"！英名堪比景阳冈打虎英雄武松！一说起他，木里镇人就说，俺嘎达赘婿郝根打死一只黑熊。那种自豪仿佛熊就是他们自己打死的。

八

一成英雄，众多喜事纷至沓来。第一件，李海宽当选第六队生产队长。木里镇共六个生产队，人口一千五百多。汉族占六成，他们基本上是民国时期从山东、河南、河北三省迁徙过来的。以前的六队佟队长是满族人，东北的满族人大都有土著意识，言行有时偏激，这样就让其他民族的社员有了意见。六队荒了许多土地，工分值比其他队低。大队提议撤掉佟队长领导职务，让"打熊英雄"郝根（李海宽）当队长，让社员选举评议。李海宽的拥军小组成员莫大叔、朴海镇、乌红旗，义务为他宣传，夸他陈世美他爹掉井里——老（捞）美了！选举顺利通过。李海宽感激佟队长让进拥军小组的恩德，提议让他当了政治副队长。

关内是秋分种麦子，东北到谷雨后才种。土豆、玉米、大豆、高粱的种植时间，也就是再晚个十来天。总之，到了阴历四月，农活都来了。这里与关内比有明显的优势，20世纪70年代，关内耕地主要靠蓄耕，这里全部实行了机耕。只有播种时才用畜力、人力。李海宽根据拥军小组队员的参谋意见，重新评议了社员工分，全部耕种了荒地。他在老家种地就是行家里手，扬场、放磙、播种样样在行，再加上能吃苦，让社员鼓足了干劲。六队当年就取得了大丰收，工分值合到一块，高出其他五个生产队一倍，高出老家李庄四倍。交完公粮，六队社员分的口粮最多。他虽是大肚汉，也不再委屈肚皮了。

第二件喜事。到六月份，郝月莲生了个白胖小子，郝老太为他取名郝土豆，李海宽为他取名本生，他暗里是随着老家的儿子根生取的，但上户口仍得姓郝，听着人叫郝本生就像听别人喊他郝队长一样别扭。但毕竟生个儿子，用东北话形容就是他贼毙（得意高兴）了。他请了客，大小队干部，街坊邻居，他的拥军小组的同伴，纷纷前来庆贺！莫大叔的女儿莫金花跳起了鄂伦春族"红普嫩舞"，俄罗斯金夫人跳了俄罗斯的"独舞"，有两个人唱了东北"二人转"，男唱："正月里来正月正。"女唱："家家户户挂红灯。"人们嚷着："郝队长，来一个！"李海宽（或者称郝根）被逼得没法，就胡乱唱了几句"山东梆子"《反徐州》里徐达的一段唱:"自幼儿读过了书文卷……"他感觉自己唱得简直是磨扇压住狗耳朵——没有人腔。可汉族人听个回味,少数民族听个稀罕。他的没腔没板的调子,他们以为原本就该这样唱。看着队长脸红脖子粗的样子,都纷纷鼓掌叫好。

第三件喜事。八月,枣村煤矿西矿区来人了,二反抗与矿总部领导送来了郝师傅的烈士证与抚恤金。郝师傅被评为烈士,郝家三个女人高兴得哭了。二反抗见了李海宽又惊又喜,仍称他李副队长。两人又是叫又是笑。二反抗讲了杨队长的情况,当时,他被打蒙了,一直不省人事,直到两个月后才恢复了知觉。他醒后证明李海宽参加了护煤斗争。矿总部研究撤销了对他"开除工作籍监督劳动改造"的决定,矿里派人把决定书送到了李庄,大队领导说你畏罪潜逃不知去向了,原来你小子藏到郝家了。李海宽很高兴,自己终于洗去了"偷盗"的罪名,但"男女作风"问题像一顶铁帽子牢牢扣在他头上,无论在矿上还是在老家,很难摘下来了。

来慰问的总部领导说,他可以回李庄开个证明信再到西煤矿上班,郝月莲也能上班。李海宽想,现在回到李庄,他仍会被村民指指点点,说不定大队还会因为他"畏罪潜逃",让他戴高帽子游街呢!原先他见过一对男女因为相好游街,两人脖子各挂一圈破鞋,就像拉车的辕马挂圈铃铛,招摇得很。看热闹的人纷纷朝他俩吐唾沫、投瓦片。李海宽说在这儿过日子挺好的,不再干"两块石头夹块肉"的工作了。郝月莲说孩他爹不去,她也不去了。

　　李海宽问，对那些坏人是咋惩罚的。矿领导说，刘矿长与王主管原是国民党兵痞，有命案，后来混入了革命队伍，事发后被枪决了。猴大竿被判了七年有期徒刑。金刚钻打死了郝师傅，判了死缓。猴三竿打昏了杨队长，再加上盗窃，判了十五年。大磨刀、四麻利等人因参与了偷煤，全被开除了。李海宽感觉金刚钻与猴三竿都该判死刑，并立即执行。对猴大竿处理太轻了。对大磨刀、四麻利处理得太重了，他仍怀念他俩对他的好。

　　第四件……

　　到年底，木里大队组织演出队，到西山驻军处慰问演出。演出队成员有莫金花、金夫人，还有几个唱二人转的、唱歌的。大队点名让六队队长郝根参加，理由是他会唱山东梆子。要在李庄，怎么也挨不到他参加演出队。生儿子根生时，他在野地里亮几声公驴似的嗓门，吓跑了一群啃草的雌性纯种青山羊。李海宽也乐意参加演出。去部队慰问演出能挣工分，还能可劲吃军营里的高粱米与土豆炖肉块；再说大家一块儿说说笑笑比憋炕上畅快。

　　演出共七天。莫大叔的女儿莫金花，漂亮，能歌善舞。李海宽救过莫大叔，她对李海宽最好，吃饭她给他端，等他唱完山东梆子给他倒茶。莫金花眼里像燃着火，看李海宽的眼火辣辣的，看得李海宽心里直发毛。

　　最后那天晚上，演出队在师部演出大厅表演慰问。莫金花演完了节目叫李海宽做伴，到剧场外的厕所小解。

　　夜漠漠的黑。

"郝根哥，快来！看那黑松下是啥玩意儿？"李海宽犹疑地过去，就着剧院外的电灯光仔细瞅瞅，见女厕所门口几棵黑松下边，蹲着一个黄球形的动物，那动物两眼闪着金子般的光。李海宽说，金花，出来吧，像是个山狸子！我给你看着！金花说，我怕！李海宽狠狠踢去，那黄球拉成长条影子"吱"的一声窜进了女厕。莫金花"啊"了一声跳出来扑到了李海宽怀里，浑身发抖。李海宽也吓得打个冷战，真是"一朝被蛇咬，十年怕井绳"。枣村煤矿对他男女作风的处分到现在还没撤销，就像一个带病之身是经不起再来一场瘟疫的。他使劲往外推她："金花，别怕！一只山狸子。"金花死死抱住他："根哥，抱紧我！"李海宽越往外推，她越往他怀里钻，反而抱他抱得更紧了。

"你们咋在这儿亲吻！应该到房子里去！"身材高大的金夫人摊着两手说。

李海宽感觉全身温度瞬间降到了冰点，真是怕啥来啥。他知道这女人最是心直口快，并且与月莲娘过往甚密，难免会纸包不住火，郝家三个女人还不把他吃了！

完成演出回到家，李海宽总觉着会有大事发生，处处留心，时时赔着笑脸。其实那笑脸比哭还难看。那天，他参加完大队召开的生产队干部会刚进家门，迎面碰见了出门的金夫人，头皮不由自主地发了麻。月莲妈把他叫到堂屋，郝老太太板着脸喷着唾沫星子训斥："那时你刚来，我法眼一看，就知道你小子是个花心萝卜，吃着自己碗里的还惦着别人锅里的！你比俺姑娘大四五岁，还是二婚头，她可是个黄花大姑娘，你给我滚犊子！"

李海宽摊开两手解释，指着上天表白，郝老太抽着烟袋，脸朝向了墙。李海宽感觉浑身是嘴也说不清，就给月莲妈解释。月莲妈也板着脸："想不走，看俺姑娘啥态度吧。"

李海宽越想金夫人越像个大紫梨，他真想削她！他犹犹豫豫掀开布门帘进了西屋。他已经充分地做好了心理准备，到现在他还记得清清楚楚，他赶早集丢五块钱与他被西矿开除，两次被马环打骂。他决心这次对郝月莲要比对马环态度更谦虚，更友好，更顺从，一定保持"打不还手骂不还口"的君子作风，并且给她作出深刻的检查，承认面对美色当时立场不够坚定，没有像秋风扫落叶那样残酷无情！但他可以对着月亮发誓：与莫金花绝对没有实质性内容。

郝月莲在炕上抱着熟睡的儿子落泪，泪水像断了线的珠子。李海宽走过去，伏下身子小声哄她："月莲，那晚金花看见个山狸子害怕了……"月莲哭着用手点着他的额头："我把自己交给了你，就把一生托付给你了知道不！你倒好……啥玩意儿！""我……我……""我这次饶了你，你以后还花心不？"李海宽连声说："我对天盟誓：这次没花……永远不花！要花心他就变成该捶蛋的黑牤牛！"郝月莲破涕为笑了。他想着凶神恶煞的大炮眼马环，看着眼前通情达理的郝月莲，心想：人和人差别咋这么大呢！

经过对郝家三个女人一番求媳妇告奶奶的周旋，一场风波终于过去了。事后，郝老太与月莲娘对他约法三章：一、以后与女人接触保持一米以外的安全距离。二、一辈子不能欺负月莲。三、一切收入交郝家。他无条件地全盘接受，心里止不住感叹：中华人民共和国建立都二十多年了，他这个中国人的头上咋又压上了"三座大山"呢？

李海宽在东北边陲木里镇有了郝根的合法身份，当了生产队长。他不止一次私下里想，再约法三章，我也得想法还上马环与牛老师的二十块钱。如果条件允许的话，还得多汇些，让马环把屋顶修缮一下。可人算不如天算，岁月流水般的过去了四年，他不但没汇去钱，在木里镇又欠了累累卵石般的新债。

九

他当了九年生产队长，解决了温饱问题。工分结算钱款全由郝老太掌管，他没多占，但多吃了。在家多吃，在队里多吃。李海宽当队长爱请众人吃饭，老家李庄俗称"打平伙"。第六生产队仓库富足，他请队委会干部，请贫下中农代表，请耧把式，请大鞭（驱使牲口的人），有时请全队社员吃饭……；烙饼、捞面、炸油条、炖肉……他总是一边吃一边让：大家辛苦了，吃！他一会儿吃得一头汗。他喜欢吃，不喜欢往家拿。就连外出开会剩几毛生活费郝老太也会拨拉着算盘给他要回去。

80年代初期，木里镇实行了生产责任制。李海宽承包的土地最多，再加上他勤快，又开了许多无人耕种的荒地，当年交完公粮，家里剩的粮食大囤尖小囤流。吃不完就卖余粮，有一次，他截留了七块八角的零头。郝老太要过来卖粮单据，算盘珠一拨拉，又让"吐"了出来，弄得他脸红得像块酱紫布。他感觉郝老太简直有慈禧太后那老娘们的精明，那拨算珠的手巧得都能赶上外星人了。要不是看在郝师傅的面上，他的巴掌很想"慰问"一下她的巧手。这件事证明，在精明的郝老太面前，他想通过卖余粮存点积蓄的打算，幼稚得有点儿可笑，眼前横亘的"大山"向他宣示：此路不通！

20世纪90年代，中俄关系缓和了。乘着改革开放的春风，李海宽又做起了买卖。农闲时，月莲娘让他与金夫人到俄罗斯经商。那边化工产品贵，他们去俄罗斯时带些塑料梳子、碗筷等生活用品。俄罗斯毛皮便宜，回来时带些皮货。

他俩先到最近的维扬卡镇做买卖，后来又去了俄罗斯的柏林城、共青城。俄罗斯大街两旁一律是米黄色有浮雕的建筑，大斜面帐幕样式的屋顶，屋内有麂皮沙发、胡桃木家具、酱黄色木质地板，让他感觉很是新奇。俄罗斯男人，直率、硬气、能喝高度白酒。俄罗斯女人热情、认真、爱干净。年轻姑娘热情奔放，李海宽始终注意与她们保持一米以上距离，他富有赏花的热情，缺少摘花的勇气。贸易能使一个人的状况变好，是经济学基本原理之一。他把心思全部专注在赚钱上，那真是绕着山梁赶集——赚（转）大发了。他乐得直嘚瑟，心里得意地想：做自己的买卖，赚俄罗斯的钱，让贫穷见鬼去吧！一次分了款，李海宽少交了一千元，打算偷偷寄到李庄去。当晚，月莲娘拨拉着算盘珠给他要走了，又弄了他个大红脸。他气恼得真想骂一句月莲她娘的棉裤腰，看在月莲对他的情分上，伸伸脖子又咽下去了。事后才知道，金夫人早把账单给了月莲娘。气得李海宽直想骂金夫人："你这无耻的叛徒！"想想不妥，因为两人原本不是一个党派，叛徒之论无从说起。

郝家女人好似有千里眼、顺风耳，他藏不住任何秘密。这种带着脚镣跳舞似的生活，让他备感委屈。晚上，他禁不住给月莲发牢骚，一家人像在生产队一样花钱交单据、记账，并且每一笔收入都有人给郝家汇报，木里镇人为啥都像防贼一样防他？郝月莲开心地笑了，说："是我安排的，怕你拿钱跑了知道不！"弄得李海宽哭笑不得。他狠狠地对郝月莲说："请以后管好你的嘴！"郝月莲狠狠瞪他一眼，问他咋了？李海宽忙说："因为我随时都想吻它。"

世间原本就有许多钱，挣的多了也便增加了郝家的财富；虽说他没有支配权，最起码在外表上郝根还是成了"万元户"（那时农民有一万元很少见）。在木里镇，他家第一个建了小洋楼，盖上了高头门楼，安上了烤漆铜帽双环钢板门。

李海宽四十三岁那年倒了霉。八十五岁的郝老太得病，住了一个月医院后离世了。

郝家高门楼大门旁树起了白幡。满院都是穿孝衣放悲声的人。按东北风俗，停灵，持扁担指路，守灵，开光，入殓，出殡，破土文，下葬。他披麻戴孝，替郝师傅尽了孝心。他按照莫大叔的指引，木然地进行着仪式。对于老人的死，他生出一种"去掉"了头上一座"大山"的轻松。看到月莲妈哭得拉一尺长鼻涕，看到月莲哭红了双眼，特别是看到自己两个儿子哭得泪流满面，他马上想到了郝老太对他的好，催他穿衣，让他吃喝，泪水便不由自主地往下流。

圆坟后，月莲妈也住了二十多天的医院，又花了千把块。

郝老太下世，女二号月莲娘掌了郝家经济大权。李海宽有时宽慰自己，吃不到葡萄也说葡萄是甜的。就像他不当家，自有不当家的好处。两个儿子上大学、娶媳妇、生孙子，他一点心思没费都完事了，倒也落个清静自在。镇里人有时候笑他是拉磨驴，只挣钱，不当家。他风趣地说："我到太平间吼一声，没有一个敢出气的，谁说我不当家……"

有时候他也很满足，与马环生了一个男孩，在老家李庄撑着一片天。在木里镇与郝月莲生了俩儿子，大儿本生在木里镇中学教学，二儿子系生在红河市政府工作。下有两孙子、一个孙女。凭谁说他也得算是儿孙满堂的命。

李海宽当生产队长也好，任村民组长也罢，在木里镇人缘不错。郝老太太离世后，他与佟队长闹了点儿不愉快。郝老太精明强势，在木里镇无人敢惹，李海宽在东北生活了几十年，深有体会。东北女人大部分都不好惹。与郝老太比，月莲娘属于精明弱势的那类人。佟队长死了老伴，没人时便对月莲娘动手动脚的，开始李海宽保持沉默。他真实的想法是，只要月莲娘愿意，他巴不得佟队长能把她娶走，全当是帮他搬走一座压在头顶上的大山了，他感谢还来不及呢！佟队长的调戏惹得月莲娘哭了几次，这下激怒了李海宽。他认为，佟大叔不能违背月莲娘的意愿，强行胡来就是不把他郝根（李海宽）放在眼里，"打熊英雄"是可以随便让人蔑视的吗！就在佟队长又一次对炕上的月莲娘调戏时，李海宽心里的火山终于在沉默中爆发了，他举起佟队长把他摔到了大门外。佟队长爬起来指着他："你小子等着……"一歪一斜地走了。李海宽冲着他的背影吐口唾沫："有本事你调你的正红旗骑兵来！"

那年刚进九月就下了一场大雪。一个滴水成冰的晚上，他院里柴垛着了火。李海宽与家人救火时，墙外飞来一块石头，正好砸在他脊背上。救完火郝月莲一看，他背上起了一个馒头样的大包。

过后，郝月莲每晚都做噩梦，梦见李海宽从山崖上摔下来，常常从梦中惊醒。李海宽见着佟队长，立眉瞪眼挥几回拳头：一切反动派，都是纸老虎！

九月的一天，吃过晚饭，李海宽（当时任村民组长）到村部交公粮条，回来正准备拴住大铁门，坐热炕上看电视剧《宰相刘罗锅》。

莫金花气喘吁吁地跑来："郝根哥，金夫人让我告诉你，有人要害你！"

李海宽笑笑："害我？我脚踢养老院，拳打幼儿园，就算和坤派大内高手来，也休想近我身！"这话决非吹牛，他壮得还像头牤牛。

莫金花婆家在木里镇，与金夫人近邻。当时开放搞活了，金夫人雇了几个俄罗斯姑娘，在木里镇开了个"民族旅馆"。去俄罗斯做买卖的，都喜欢到此一住，提前感受一下俄罗斯人的热情。莫金花与金夫人合得来，喜欢在一块唠嗑、跳舞。

这天，金夫人告诉她一〇六房间住的客人很可疑。听那几个人说，有人透信了……不共戴天，……命大……没烧死，……瞅机会从悬崖上摔下去……这些话引起了金夫人的警觉，这二年木里镇有三家失火的，她估计那些人说的是你，也可能不是你，让我给你报信，叫你防着点，小心无过错。

李海宽一听，一股怒火从心里"腾"地冒出来，他皱起倒八字眉，咧开大嘴咬咬牙想："在木里镇生活三十多年，还没怕过谁。你佟队长与我有多大的仇恨，这么些年过去了，竟还要置我死地！我必须看个明白，取得证据，从根本上解决问题。"他转身往外走，莫金花拉住了他："你一人去会吃亏！"李海宽说："没事，我要会会他们，看看是哪路神仙！""我去叫人！"

李海宽基本上没来过金夫人的"民族旅馆"，一是避嫌，二是他心里一直对金夫人疙疙瘩瘩的。他曾经警告过她：你若是男人，纵然引起国际纠纷，我也得扁你一顿！这次他不得不来。刚一进大门，金夫人便把他拉到卧室，用生硬的中国话说，他们一共六个人，不是本地人，住一〇六房间，住过两回了。李海宽说，我去看看。金夫人说，他们人多，你不是敌手。李海宽说没事。

李海宽来到一〇六房门前，听听屋里有人说话，"哼哼叽叽"听不清字脉。他掀开布门帘推推门，里面倒插着。他敲敲，里面停止了说话，一人拖着悠悠的长腔问："嗯，谁呀？"他答："我。""有事吗？""想谈笔生意。"门开了一道缝，李海宽用力一挤，进去了。令他万万没想到的是，屋里竟然是他的仇人。猴大竿居中，猴三竿与金刚钻分坐两旁，一个壮汉坐炕沿倒酒。他们边吃菜肴边喝酒。李海宽心想，他们不是判刑了吗？

猴大竿喝口酒拖着太监腔："嗯，这位朋友，你想谈什么生意？先喝碗酒。"

李海宽脱下了皮袄，摘下了帽子皱皱倒八字眉说："嘻，咱有笔旧账还没算清呢！我本想到号子里找你们算，想不到你们到了我家门口。"

几个人瞪大了眼睛。金刚钻呷口酒，慢腾腾地说："老子是进去了，那也是你害的！可老子表现好又出来了。"

猴大竿悠悠地说："嗯，想当年我把你招进去，又请你吃喝，让你值班领奖金。你反而告发我，简直是白眼狼！"

李海宽皱皱倒八字眉，咧咧大嘴，咬咬牙，愤怒地握紧了拳头："是谁让我进毒气洞！是谁对我砸石头、打闷棍！又是谁打伤了杨队长，打死了郝师傅！你们比豺狼还狠！拼他个龟孙！"

猴大竿拖着太监腔用手一指："嗯，不是冤家不聚头。你坏了我的好事又抢了我的女人，还打我，是我狠还是你狠！我们去李庄没能找到你，听说你小子在木里镇。上次没能砸死你，也算是老天爷有眼，让你自己送上了门，给我拿下！"

李海宽刚要往前冲，被身后两人拧住了胳膊。他用力一抡左胳膊打倒一个，一抡右胳膊又打倒一个。先倒地的那个人抱住了他左腿，后倒地的抱住了他右腿。金刚钻、猴三竿还有那个壮汉一齐跳下炕围住了他。炕前空间狭窄根本施展不开，李海宽两条腿被地上的两人死死拽住。真是好汉难敌四手，恶虎也怕群狼，经过一番打斗，李海宽被他们摁倒在地。

猴大竿拖着太监腔说："嗯，把他给我捆上装进麻袋里，扔西山沟里去！"

李海宽手脚被捆上，嘴被塞上，整个人被装进了麻袋里。他很懊丧，事隔这么久，反被仇人拿下了！

"猴队长，这么多年过去了，求你把孩他爹放了！如果你仍怀恨在心，一切都是由俺所起，愿杀愿砍冲我来！"

李海宽一听是郝月莲来了，"呜呜"两声，心中止不住泛起一股悲哀："嗐！你来凑啥热闹！"

"吆喝！想不到你也送上门了！三十多年没见着，今个正好碰上了！在西煤矿时，我原计划稳住李海宽再与你好，想不到你是个扫帚星！嗯，正好，给我装起来！可别伤着她，我猴大竿还要了却最后一桩心愿呢！"

"求你们……"郝月莲嘴被堵上了。

猴大竿说："嗯，咱们连夜走！把李海宽扔山涧里喂狼，把郝月莲带到关内！"

李海宽被人抬起来。他出气不畅，双腿不停地伸蜷，但毫无作用。到这时他才懂得了什么叫束手无策。他抱怨郝月莲不该贸然前来，这些像苍蝇与大粪搅在一起的人，靠哀求顶屁用。他们心狠手毒，你就得做个比他更心狠手毒的人。可悲的是，他被这些人装在了袋子里。对死他并不怕，只是遗憾月莲娘年事已高，自己死了，没有最终完成郝师傅临终的嘱托，又让郝月莲蒙难。他又想起了牛老师，想起了母老虎马环。自己活着囊中羞涩，死后两手空空。若将来他们死后在阴间相见，他有何面目抬头？最起码欠老师个诚信，欠马环个尊严……

听到金夫人一声顿喝："不许胡来！你们会遭报应的！"

"你一个俄罗斯老太太，管什么中国的闲事！滚开！"

"姑娘们，拦下来，不能让他们把人带走，带走就没命了！"

"嗯，撒手！死老婆子，多管闲事！嗯，姑娘们，你们又热情又善解人意，快撒手！不撒手给我打！""叭""唉哟！""沙巴卡"（俄语：豺狼）"快来人哪！""沙巴卡"（俄语：豺狼）

"就是这儿！""站住！""站住！"许多人吵嚷，传来激烈的打斗声。

李海宽觉着有人解开了麻袋绳把他放出来，掏出了他口中的毛巾。他一看是莫金花，忙喘口气说："那个袋子装的是你嫂子，快把她放出来！"莫金花放出了郝月莲。

满院都是打斗的人，有莫大叔、佟队长、朴海镇、乌红旗，四周邻居，男的女的，几个人围打一个人。

李海宽深吸几口气，大声喊："把他们抓住捆起来，送镇派出所！"

人们很快制服了猴大竿、猴三竿等四人，还剩金刚钻与一个壮汉在顽抗。李海宽走到壮汉身后，运口气一拳把他打倒在地，朴海镇与莫大叔上去捆住了他。李海宽说："大叔，捆结实！"莫大叔说："放心，保管他挣不脱！"

　　李海宽来到金刚钻旁边，乌红旗正与金刚钻厮打，佟队长在旁边帮手。李海宽躲过金刚钻一脚，反手一掌打在他脸上，只听"叭"的一声，金刚钻身子歪了两歪。李海宽又飞起一脚，金刚钻仰面朝天了。乌红旗压住他两条腿，佟队长抓住他一条胳膊，李海宽单脚死死踏住他另一只胳膊，两巴掌交替打他的脸。

　　"公安来了！"

　　一个公安人员制止了李海宽，给金刚钻戴上了手铐。

　　郝月莲发疯似的冲到猴大竿跟前："在煤矿我感觉你像猪狗，到现在才知道你猪狗不如！啥玩意儿！"不住地抓他脸，吐他唾沫，也被公安人员阻止了。

　　李海宽看金夫人受了伤，佟队长受了伤，还有许多人也受了伤，旅馆院里一片狼藉。他说："谢谢老少爷们！大家受的伤，医疗费都归我出，所有损失都归我赔。我还要请大家喝酒，感谢大家救命之恩！"金夫人说："月莲娘吓病了，你快回去照顾她吧！"莫大叔说："帮忙还不是应该的，别胡咧咧了！"人们都散去了。

　　李海宽咬咬牙，望着金夫人，看着佟队长，心想："嘻！这次欠木里镇人的重债一定要还！"

　　等两个儿子赶来，已经收锣罢鼓了。

　　后来，在红河市工作的儿子系生带来消息说："那伙恶人做的是贩毒生意，再加上谋害人命，案情重大，估计他们这辈子也难出狱了！"

　　教书的儿子本生说："天作孽，犹可恕；人作孽，不可活。

这也是罪有应得了！"

时间像流水一样逝去。

今年五月的一天，八十六岁的月莲娘临睡前把存折与仓库钥匙交给了女儿郝月莲，含着泪对他俩说："我年龄大了，你俩领着孩子好好过……"天明，再没醒过来。

李海宽禁不住生出"去掉"了头上另一座"大山"的轻松。他披麻戴孝，看着郝师傅与月莲娘的遗像，看着月莲与孙子痛苦落泪的样子，又记起了郝师傅的救命之恩，记起了月莲娘平日里嘘寒问暖的情景，止不住大放悲声。东北人爱说，儿哭得惊天动地，姑娘哭得实心实意，女婿哭得野驴放屁。可他哭得却是又响又痛，没一点儿驴屁味。

月莲娘"一七"那天，月莲把"权"交给了他。所谓"权"就是以往的存折连同拆迁补助的存折，还有仓库的钥匙都交给了他。他有一种翻身做了主人的喜悦，但是他希望一直被最后这座山"压"着。

李海宽是个一根竿子插到底的人，李庄人叫他一根筋，东北人叫他犟死驴。月莲娘百日祭那天，他宣布了一个重大决定，他要只身回关内老家，完成他的心愿。这无疑似在平静的水面上扔了一块石头，在郝家激起了巨大的波澜。全家人都大吃一惊，原想着四十年来他从没提过回关内老家的事，都认为他早把李庄忘了。想不到这头默默耕耘的犟驴竟藏得这么深！本生觉得他六十有五，体力大不如前，离家去关内多有不便。系生觉得路途遥远，人心复杂，出行不宜。月莲则从两人关系角度分析，"你走了俺咋整"。

李海宽归心似箭，盼望明早醒来，自己就在老家篱笆墙的小院里，摔张百元大钞，正好砸到高颧骨、大炮眼的脸上。

十

李海宽老汉顺着红河市火车站站台跑几步回头劝两句，到了动车软卧02车门口，对气喘吁吁的妻子说："嘻！你回吧，不是执意要去关内，我总不能背着债去见阎王奶奶吧。""嗯哪！那……俺家的债你还清了？"李老汉笑笑："债主就在眼前，你又小我四岁，只怕是到地下休息前也难还清了。"

李海宽老汉向列车员出示了火车票，上了火车，找到10号下铺，放下行李，返回廊道上，擦擦车窗玻璃的雾气，见妻子正在站台上拭泪。他看看铁道护墙外高高的楼群，望望远处山上的皑皑白雪，心里油然生出一阵酸楚。

车轮滚动，妻子的身影渐行渐远，直至消失……

他回到室内，坐到铺上。刚来东北时，郊野荒草丛生，如今铁道旁绿树丛丛，远处，白雪覆盖着千里沃野。四十多年，真是弹指一挥间呀！

一路上，妻子的电话，儿子的电话，孙子的电话，接二连三，嘘寒问暖。

列车员报，到山海关了。

李海宽向车窗外望去，西天红日如血，山海关门楼更显金碧辉煌。他心潮翻滚，过了山海关，如同到了老家一样亲切。四十多年了，他去过哈尔滨、长春、沈阳，还去过俄罗斯，可从来没有回过关内。老家李庄，一直是他魂牵梦绕的地方！

D5188动车飞驰在华北平原上，铁路旁草木蓊郁，花色斑驳。李海宽老汉心想，秋天就该是这样，东北的冬天总是来得太着急。

火车运行十多个小时，天明六点，李海宽在枣村火车站下了车。他好不容易找到了钱家杂碎，又买了武大郎烧饼就着吃，吃四个烧饼就饱了。他饭量早不如以前了，用郝月莲的话说，他是只猪，肚子被好料填实了。

李海宽一心想见老工友，他计划，见到杨队长、二反抗等老工友后，就选家高档餐馆，大家一边喝着小酒，一边回味往昔岁月，那才叫惬意呢。

早饭后，他问路乘16路公交车观看了西煤矿遗址：那里只留座写有"安全生产"的进出井的高顶敞房，周围用铁栅栏围着。敞房外面变成了花树映衬的街道，鳞次栉比的大楼。没见到昔日的土坯宿舍与火炉房。没见到昔日的杨队长、二反抗与其他工友。他听人说二十年前煤矿就停挖了，据说是煤采完了，工人们都去了外地煤矿。

李海宽有种被冷落的难过，眼里像飞进了虫子，感觉涩溜溜地疼。他无意在枣村逗留，要去此行的第二站——故乡李庄。

下午一点，他在金阳县城汽车站下了车。他打听了一下，如今的汽车站在黄河路与曙光路交界的西北角。原来五四路南面的老车站，在二十年前改建成了农贸商场，当然他也没见到戴红袖章负责检查的妇女。

他问着路，找到了"金家羊肉汤馆"，要了一碗羊肉汤、一张香油饼，感觉缺少了原来那种诱人的香味。

他一边喝着羊肉汤，一边计划着到李庄后的事宜。见着牛老师要双手递上礼品，再递上银行卡。至于对马环的态度，需根据具体情况而定：如果她心平气和，就给她留点面子，四十多年来一直要说的那句话就咽回肚子里；如果她仍老硬不瓤劲，或者再无理取闹，他就毫不客气地把钱摔在桌上，当面质问她，我是不是个窝囊废！他想，多预备几套行动方案总是用得着的。

他向人打听，坐上了去李庄的公共汽车，经过开阔明朗、草绿花红的大隅首，没见到那座两层百货大楼。到北关，也没见着老衙门与老衙门前的两个大石狮子，没见到原来回李庄路旁满是绿禾的土官道。

公交车经过一片片小区，驶过一处处工业园，行了一段栽有合欢树的柏油路，经过波光粼粼的南水塘，来到了耸立着座座别墅楼的李庄。李庄没有了令他怀念的蜿蜒土街、榆柳树干、低矮坯屋……街上碰到的大姑娘、小伙子，没一个认识的。他想，不认识也好，省得有人指指点点说，这人就是犯有男女作风错误的李海宽。

他问路找到了牛老师家，金漆亭顶两层楼，颇有俄罗斯建筑风味。他对牛根还有印象，可到屋里没见到牛老师。牛根给他倒杯茶，他刚坐下，便迫不及待地献上了特意带给牛老师的老山参、熊皮坎肩、貂皮护膝，外加一张银行卡。

牛根说："用不着了。我父亲送走你后，挨了几次批斗，第二年就离世了……"

茶杯落到地上碎了。当门墙壁挂着牛老师的遗像：大背头，炯炯有神的眼睛露着严肃亲切的光芒，还像当年活着一样，四十年前的情景仿佛就在眼前。李海宽老汉感觉像有一桶满满的冰水瞬间浇到了头上，他内疚，痛苦，成串的泪水顺着鼻洼流到不停抽搐的嘴角边。他对着牛老师的遗像默默念叨："老师啊！您教我识字，三次借给我钱，没有您那十五块钱，我早饿死了！您那时一月工资才二十三块五角，是用来养家糊口的呀！因为我，让您受了牵连——我连杯酒都没机会敬您！我对不住您呀老师！"

李海宽迈着沉重的脚步跟牛根到了村西头儿子根生家。木栅门换成了新式高门楼，高门楼安装着花平板钢料大门，篱笆墙换成了瓷砖墙。

牛根按响了门铃，一个十多岁的男孩开了门。李海宽仔细看看，孩子的剑眉像根生，或者说他像李海宽。

他打量一下院子，没有了双层石磨，没有了石榴树，彩砖地面上的花池里生长着富贵竹与月季。他四下看看，仍担心马环会"嗷"的一声跳出来。

牛根喊："根生，你看谁来了！"

屋里走出来一男一女两个中年人，他们疑惑地看着，把他让进客厅里，给倒上茶。李海宽坐站不是，感觉自己是八竿子打不着的外人。

牛根对根生说："这位是海宽大哥……"

根生夫妇惊愕地睁大了眼睛，尴尬得说不出话来。根生媳妇反应快，忙拉过儿子："孩子，他是你爷爷，从你爸两岁多，你爷爷每年都以煤矿名义给你爸汇钱，一直汇到他二十八岁。"

根生说："我小时候，年年收到外地汇来的款，娘说是您汇的。我长大了，到枣村煤矿找了您两趟，他们都说您离开矿回老家了。"

李海宽很震惊，心里像涌起一股暖流，迅速流遍全身。他清楚，那钱肯定是郝月莲家汇的。想不到郝家"三座大山"外表冰冷坚固，内里还存有暖人的温热啊！他叹口气说："嘻！事情都过去了，那时都怨我年轻气盛，脾气太犟。"

根生媳妇说："快，叫爷爷！"

孩子怯生生地叫了声"爷爷！"

李海宽把孙子揽在怀里："我这个爷爷不合格，对你没尽心，爷爷愧疚啊！"

牛根介绍："你家现在富了，你儿子任村工厂厂长，你儿媳妇任村小学教师，你孙子十岁了，上着小学五年级，年年三好生。"

李海宽老汉连连赞叹："好！好！"

晚饭时，李海宽一边吃饭，眼还不住四下瞅着，没见着人高马大的母老虎，心中不住地猜想，走娘家了，还是躲着不见？他很担心正吃着饭她突然闯进来，连骂带打，一会儿就搅来一大帮看"戏"的街邻。

晚饭后，牛根说："你离家几年后，马环嫂子精神慢慢

出了毛病，天天穿上你的破蓝褂子到村南水塘边接你，嘴里
不停地念叨，海宽来了，海宽来了！一会儿在路边收堆土，
插上柳条，不停地磕头作揖祷告，说都是我的错，老天爷保
佑海宽，让他平平安安地回家来吧！都怨我了，老天爷保佑
海宽平安回家来！根生把她叫回家，她一会儿又去了，还是
不停地烧香，磕头，整天疯疯癫癫的……大前年，你孙子在
南塘边玩耍，不小心掉进了水里，马环嫂子跳到塘里救出了
孙子，她却没能再上岸来……"

"啊！"李海宽感觉胸口被马环撞了一头。

"……再加上近十多年你毫无音讯，根生以为你不在人
世了，就做了个空棺，放一件马环嫂子一直保存的你那件蓝
褂子，与马环嫂子合葬了……坟在村南水塘西岸的公墓里，
离她下水救孙子的地方不远。"

根生夫妇背过脸擦泪。

李海宽皱皱倒八字眉，内心像打翻了五味瓶……

根生从里间掂出来个鼓囊囊的印花大包袱。李海宽记得，
这包袱是结婚那年马环娘家陪送的，深蓝底上印有白色荷花
花瓣的图案。当年马环来回走娘家总是行不离身……根生解
开包袱，里面是一双双布鞋，有单有棉，都是千层白底，黑
布鞋面，针脚细密，还有一双没上好的。

根生媳妇说："这包袱本该埋空棺里的，可俺想留个
念想。"

根生说："您走后俺娘很后悔，说那时不该一点儿情面
不给您留。她每年都给您做一双单鞋一双棉鞋，她说您将来

一定会回来的，到时让我亲手把鞋交给您……"

李海宽老汉双手颤抖着拿起那双还未上好的鞋，托在手中，像托着一座大山。他仔细打量，像把玩一件件稀世珍宝。他把鞋一双一双看过，又一双一双放到包袱里，要了一捆香箔纸，然后背上包袱发疯似的向外跑去。

他跑出院门，跑出村庄，任凭儿叫，任凭孙喊，头也不回地跑向水塘西面的公墓。冷冰冰的月光涂白了一地银霜，"先考李海宽、先妣马环之墓"的石碑泛着寒光，静静地立着。

李海宽"咚"地放下印花包袱，手抚石碑，弯下身子高喊一声："根儿他娘……我来看你了……"止不住哭出声来。四十多年了，今晚才找到一个可以放声痛哭的地方，几十年的苦水一下子倾倒了出来："海宽欠你的不单单是五块钱呀……这重若丘山的债叫我怎么还得起啊……"

树林不远处响起"呜呜"的哭声。

李海宽一边哭着，一边从印花包袱里掏出所有的鞋，一双一双摆成个房子样，把香箔纸填到"屋子"里，手抖着打着了火机，一缕青烟徐徐升起。

霜月下，墓园中，纸烟似带，飘绕坟茔。李老汉，伏碑班，悲涛泪雨草木惊。

他痛苦地想：这几十年的时光，自己都是在努力还债中度过的，可遗憾的是，他没能还上众多的压在心中的债……

四老牛的超人梦

烂漫童年

四老牛者，鲁西南大平原梁庄人也。姓梁，名喜，行四。四老牛自幼黑胖，黑红脸蛋，愣愣眼，一恼爱咬牙，黑牤牛犊一般，力大无比，人们送他外号"四老牛"。他的头很硬，从小练就能在头上摔瓦片的本领，眉头不皱一下，因此还有人叫他"四铁头"。但还是四老牛的外号响亮，梁庄大人孩子没有不知道的。可若问梁四喜是谁，知道的人就不多了。

从他记事起，家里有四口人：母亲，二哥二喜，二姥娘三姨家小他两岁的陈小霜。四老牛从小就想做个身怀绝技，能八步登空、飞檐走壁的好汉，这是受他师父老瓜匠"飞来风"影响的结果。

四老牛童年时的一个晚上，月亮分外圆，分外明。静谧的夜，不时传来黄鹂婉转的歌唱。夏夜正是孩子们开心玩耍的时候，大家玩得又累又渴，梁庄孩子王大孬下了命令："二喜、四老牛、三枪、四海，去摘几个西瓜去。"

"芝麻茬——芝麻茬——"大孬、黑蛋站树杈上一递一声喊。四老牛带头，二喜随后，而后三枪、四海。他们顺着玉米垄往西瓜地爬。玉米叶的露珠打湿了衣服，凉丝丝的。

"花褥子——花被子——"大孬在树上大声喊。快到瓜地了，四老牛心里止不住一阵紧张。

四老牛爬得快，刚进西瓜地正准备摘瓜。玉米丛里飞出个白衣人："看见你了，站住！"四老牛起身要跑，被老瓜匠"飞来风"几步就抓住了胳膊："哪儿跑！"四老牛瞪着眼看他。

"偷几次了？"老瓜匠"飞来风"眼里布满血丝。"一……一次。""几个人？"四老牛回头看看没抓住旁人："我自……自个儿。""谁派你偷的？""我……自个儿。"

老瓜匠"飞来风"把四老牛拉到瓜棚里，摘个表青里甜的瓜让他吃："孩子，想吃瓜来找我，别听大孬、黑蛋的。跑得再快的孩子也逃不脱我手心。"四老牛吃着瓜，看着老瓜匠"飞来风"得意扬扬的样子，梁庄大人都说他会轻功，跑过江湖，打过日本鬼子。四老牛猜他是位能飞檐走壁的好汉，要不他刚才咋跑得像飞毛腿一样快？

"爷爷，您会武吗？"老瓜匠"飞来风"得意地眯眯眼说："当然会了。大红拳、小红拳、伏汉拳，拳拳都会；刀枪剑戟，样样精通；轻功硬功，都很在行。"老瓜匠"飞来风"又说，武无止境，孙悟空会七十二变化，一个跟头十万八千里不是常人所能比的……四老牛对他佩服得简直五体投地了，想拜他为师。四老牛诚心提出跟他学武。老瓜匠"飞来风"很喜欢四老牛，当场答应了他的请求。四老牛从七岁到十三岁跟随老瓜匠"飞来风"学武，直到老瓜匠"飞来风"去世。

老瓜匠"飞来风"在 1949 年以前是江湖艺人，确实有些本领，在他训练下，四老牛身强体壮，力量超出同龄孩子。刮大风追"牤牛蛋"，他比二喜跑得都快；站木桩倒滚翻，黑蛋也不沾边；论"铁头功"抵架，连大孬都不是他对手。他仨都比四老牛大两三岁。与他同龄的三枪、四海更不在话下。

一次捉迷藏，四老牛在不大的空闲院子里藏起来，另一班孩子怎么也找不到。院中只有几棵大树，两片低树丛，他能藏哪儿？别说是孩子，就是只兔子也该能找到。有孩子报告了四老牛娘，可把梁母吓坏了，她央求四邻帮着找。原来四老牛为了炫耀轻功，爬到院中又高又滑的树杈里睡着了。

可他脑袋却不争气地长成了"榆木疙瘩"，七岁还查不清牛腿数。大人见他就问："四铁头，一头牛几条腿？"他数好几遍："四条。""路上走的一头牛几条腿？"他追着查了一会儿："五条。"在场的人都笑了。他看人笑，估计查错了，红着脸很不服气地说："牛腿乱动怎么数得清。"众人又一阵哄笑。四老牛家喂十一只小鸡，每到傍晚，梁母让他查点，看全宿窝了没。他查个鸡缩个手指头，最后一个无手指可缩，气得非摔死那只鸡不可。直到小霜再帮着缩个指头才算完事。邻人笑话四老牛数牛腿、查鸡的事，他常瞪着眼说："笑啥！查错有这么好笑吗？到时候我练成英雄武功，成为顶级英雄，你们求着拜我为师，我还不一定能看上你们呢！"

入学读书

四老牛自小爱武，会打"二起脚"，会打"车轱辘""后滚翻"，还能走几趟拳路。后来他看了战斗影片，英雄的理想便进一步明朗化了，就是做个不同凡响的军人：为了祖国，为了人民，在硝烟弥漫的战场上，手握钢枪冲锋陷阵，那才真是盖世英雄！

王老师、陈老师领学生三番五次来他家动员他上学，他最怕学数学，担心像查牛腿一样出错，便说："学文有鸟用，我的理想是学武做个军人。"陈老师说："有了文化才能参军。"他迟疑地看陈老师坚定地点了头，才很勉强地与小霜上了学。

谁知一上学，他感觉很是别扭。往年一进三月，他就裸着身子，腰上系个破腰带，破腰带上别个"盒子枪"，带着三枪、四海，一边跑一边随手把"枪"拔出来，眯上眼大喊一声："冲啊！"然后"叭叭"打两"枪"。或是打车轱辘、翻跟头，麻利得很。后院赵支书媳妇赵大婶一见他就喊："四老牛，不害臊，把鸡鸡给你掐了。"四老牛一见她就往蓖麻棵里藏。

上学后，四老牛被逼着穿上了裤子，被逼着洗了脸，但无论如何不穿褂子，嫌不利落。四老牛光着沾满土灰的大脑袋，光着黑不溜秋的脊梁，背个破毛蓝布改做的书包，下面耷拉着大裤腰，大裤腰上别个"盒子枪"，滑稽得可笑。

梁庄小学两间教室，原是"户家"的前后堂房，在梁庄中心，土改后改成了学堂。学校两位教师。王老师四十多岁，大背头，常绷着脸。另一位姓陈，二十一二岁，偏分头，总是乐呵呵的。全校四十多名学生，两个混合班。王老师教一、四年级，陈老师教二、三年级。

让四老牛很没面子的是，上一年学，到底没弄明白加与减是啥意思。小白兔运来八棵白菜，小熊又抱走两棵。他想，运来了再抱走，吃饱撑着了？有那闲工夫还不如练练二踢脚呢！他写字也是缺胳膊少腿的，没少挨王老师批评。

一次，大孬故意倒写个人字让他认，四老牛认了半天说是"八"。三枪、四海捂住嘴笑。四老牛握起拳头一瞪眼："笑谁？"他俩说笑狗掐架呢。大孬说他是高级笨蛋葫芦头，四老牛瞪着眼说，"你才是高级笨蛋葫芦头呢！"

上完三年级，四老牛乘法口诀还背得丢三落四的。一次，大孬突然问他三乘七得几，他极力想证明自己背得熟，一抢答竟说成二十四。过了好多年，梁庄还传着四老牛三七二十四的笑话。

为了挽回面子，他努力做遵守纪律的模范。上课倒背手，认真听讲不说话。努力做劳动标兵。四老牛家在梁庄南头，顺着两边长满蓖麻棵的土街往北去，到池塘南边朝西拐，再到汉井那向北走，拐弯抹角少说也有一里路。可他每次都第一个到校，一放下书包就打扫卫生。每到节假日，四老牛还领着三枪、四海、小霜，学雷锋做好事，扫大街，帮军属、五保户打水扫地。为此他曾多次受到老师表扬。

后来，大孬、黑蛋、二喜的班乱，换王老师教。重新编班，四老牛成了"双差生"。王老师该给大孬班上课，让低年级学生写字。一到这时，四老牛就一蹦一跳地笑得前仰后合，为此，多次挨了王老师的批评。王老师回头在黑板上一写字，四老牛又"哈哈"大笑了，惹得全体学生跟着笑。王老师气得满面通红，要罚四老牛站，四老牛指着后面的大孬、黑蛋说："他俩用鸡毛划我胳肢窝。"大孬、黑蛋罚站一节课。

高年级梁鸿喜毕了业，大孬成了梁庄小学的"司令"，黑蛋是"军师"。这次四老牛让他俩挨了罚，算是捅了马蜂窝，四老牛的倒霉事便接踵而至了。

一次，王老师要坐椅子上改作业，被平放的帽子钉扎了。他勃然大怒，要捉拿"元凶"。大孬、黑蛋拍着胸脯说，亲眼看见四老牛放了帽子钉。四老牛瞪大了眼睛："不……"大孬吐口唾沫："不什么不！不想改？"黑蛋眨两下眼问四老牛："四老牛，我问你，刚才玩帽子钉没？"四老牛满脸通红："玩儿了……"没顾得上说你给的，又要走了，被大孬、黑蛋截住了话头，"是他！""就是他！"四老牛挨了顿严厉批评。

这天早饭后，四老牛与小霜来到学校，见大孬、黑蛋在教室门外坏坏地笑。他心里犯了嘀咕："这两货咋来恁早？"他推开教室门，"哗啦……"笤帚、瓦片、沙土，从上面落下来，弄得四老牛成了泥猪。小霜也被瓦片砸了一下，揉眼哭了。四老牛拍打拍打土，给小霜揉揉头，狠狠瞪了大孬、黑蛋一眼，想起老瓜匠"飞来风""习武之人必须制怒"的教导，咬咬牙忍住了。

四老牛与小霜在教室里打扫卫生。大孬、黑蛋远远看见王老师来了，又把笤帚和一包土放到半掩的门上远远躲去了。王老师一推门"哗啦"一声当了回"土地爷"。大孬、黑蛋躲在校园远处几棵枣树后捂着嘴笑。二喜愣愣地在教室门口站着。王老师脸色铁青，厉声呵斥："谁的事？"四老牛说："是大孬、黑蛋使的坏。"王老师招来了远处的大孬、黑蛋，厉声问："为何使坏？"大孬伸出食指坚定地指着四老牛："俺俩离得远，是四老牛干的！"黑蛋也拍着胸脯眨眨眼发誓："就是四老牛！不信你问二喜。"王老师犹豫不定，对二喜说："你把人给我指出来！"二喜看看大孬，又看看黑蛋，伸出手指犹犹豫豫地转了一圈，最后无力地停到了四老牛脚下。"不……不……"四老牛脸憋得通红，被王老师严厉批评后又罚站一节课。大孬、黑蛋高兴得连蹦带跳的。四老牛对大孬、黑蛋挥挥拳头，吐二喜一口吐沫，又咬咬牙忍住了。

美丽的春天去了，葱茏的夏天来了。

夏天天长，下午太阳还在村西柳林上空两竿子高时，梁庄小学就放了学。

四老牛扫完了地，挎书包回家。他让三枪、四海、小霜跟他排成队，一起唱着"雄赳赳，气昂昂，跨过鸭绿江……"过了土井，远远听见池塘边有人哭。到近旁一看，只见大孬、黑蛋正用泥巴投二喜，用脚踹二喜肚子。二喜弯腰捂着肚子哭。四老牛瞪起了眼，喘起了粗气："他妈拉个巴子！"箭一般地冲过去，一头把大孬顶到了水里。往后一撤身又把黑蛋抵到了塘中。

大孬在水中喊："敢打俺俩，不想在梁庄混了！"黑蛋也喊："敢玩阴的，水平蛮高的哈！"四老牛也不言语，站在水塘边双手掐着腰呼呼地喘粗气。大孬刚爬上岸立足未稳，四老牛一推又把大孬推到水中。黑蛋刚上岸也被四老牛一腿踹到水中。如此三四个回合，大孬在水中抹把脸偏着头吐口唾沫喊："王八蛋，有种你下来！"四老牛从小爱游泳，他想："师父老瓜匠'飞来风'武艺超群。我是他的高徒，还怕你们两个毛贼。"他一脱衣服大声喊道："他妈拉个巴的，有种等着！"

大孬、黑蛋忙从坑北沿爬上岸，鞋底抹油——溜了。

"池塘风波"过后，四老牛一人战败大孬与黑蛋的事流传开来，传得神乎其神：什么四老牛武艺天下无双，铁头功刀枪不入……许多学生撵着他拜师学艺。四老牛俨然武术大师派头："想学武，得到地下（老瓜匠'飞来风'已离世）问问俺师父答应不。"他们不愿去地下问，上下学抢着替四老牛背书包。大孬、黑蛋见了四老牛躲着走。就连软弱的二喜也挺起了胸膛："再欺负我，叫四老牛揍你！"

四老牛感觉自己会"武"，当个军人条件足够了，只盼快快长大，身着草绿色军装，手握锃亮钢枪，守卫边防，要多威武有多威武，要多漂亮有多漂亮。

评上劳模

四老牛虽然会点儿"武"，在学校又是个劳动模范、纪律标兵，可在学习上却一塌糊涂，这让他很丢脸。就像一个受人追捧的武林高手一个武术架式没练好一样，显着很不完美。

十三岁那年，他"罢"了一次学，没如愿。原因是母亲不答应，他的师父老瓜匠"飞来风"也不同意。

那一年冬天，天寒地冻。师父病了，晚上他去看师父。师父嘱咐他，想参军既要练好武更要学好文，要走好自己的人生路。当天晚上，师父离世，他哭得一把鼻涕一把泪。

师父"飞来风"一走，他到底没学会飞檐走壁、八步蹬空的本领，不住抱怨师父走得太早了。

十四岁那年，他又一次因为怕学习离开了学校。王老师、陈老师来他家反复给他讲，学不好文化就不能参军，再加上母亲吵闹，他才返回了学校。他一共上六年学，按当时学制也该是高小生了，可留两次级，到最后不上时只读到七册，因此落个"老七册"的诨号。

那年，四老牛十六岁，个头高、力气大，当社员也算勉强合格了。可他的目标并不是当个社员，而是参军当兵。可惜年龄不够，他就找民兵连长梁鸿喜，想当民兵。梁鸿喜问他："你的人生理想是什么？"他回答："当英雄。""什么是英雄？""军人。""好，有志气！批准你参加梁庄民兵连。"

他高兴地唱："……练一练手中枪刺刀手榴弹……"

第一生产队队长二栓叔考虑到四老牛读到了"老七册"，在生产队也算是半个秀才，就让他当了记工员。

别看四老牛黑眉大眼厚嘴唇，外表像个猛张飞，可他粗中有细。全队男女劳力百十口，每晌只要看一眼，谁来谁没来参加劳动，他都一清二楚。下午后半晌休息时记工分，来人展开记工本不用报，他都记得准确无误。大柱嫂说："好四弟，把嫂子今上午的工记上。"

四老牛瞪她一眼："不行！上午你走娘家了，下午还晚来一会儿呢。"

大柱嫂说："老七册，算数都是三七二十四，这么多社员你咋记恁准？"

四老牛一瞪眼："光记不来的、来晚的，还不好记！"

日子像流水般一天天过去了。四老牛感觉每天过得很充实：日出而作，日落而息；参加民兵打靶训练，热情主动；吃着杂交高粱窝头，想着共产主义美丽前景；与天地斗争，其乐无穷。

四老牛十七岁就报名参军，一心想成为光荣的解放军战士，当一位英雄。他成天想象着自己身着草绿军装，手握冲锋钢枪，威风凛凛的模样。与年轻人一块去县城检查身体时，他踩着皑皑白雪连说带笑，回来时却顶着响鼻子北风放声痛哭，由于色盲，他在五官科被刷了下来。四老牛回到家一天没吃饭，哭红了双眼。十八岁又报名参军，仍是因为色盲，又没当成，两天没吃饭，再次哭红了双眼。一直报名到二十二岁，直到公社武装部长看见四老牛名字就画去才作罢。

后来四老牛看开了。《地雷战》电影里的雷主任，《小兵张嘎》里的区队长、罗金保，他们不都是"土八路"吗？经过分析，他得出一个结论：土八路照样是兵，照样能保家卫国，照样能成英雄。实弹打靶，用防护棍练拼刺刀，去公社比武他荣获第一名。四老牛得了一张奖状、一块白羊肚毛巾、一只喷着大红奖字的军用瓷缸。"我是一个兵，来自老百姓……"的歌更是不离口了。后来他又当上了第一生产队民兵排长，他感觉自己不仅是兵，而且成了"领导"，整天喜滋滋的。

四老牛对当生产队副队长、高人一等的大孬很是看不上眼。大孬对他说："你当个民兵排长牛什么牛，在正规部队只算是个小班长，与当仓库保管员的黑蛋一个级别。我当副队长是高于你的副排长级，你有本事当上大队民兵连长试试。"这让四老牛很没面子，"混"到现在连大孬都不如，呸，丢人。四老牛暗暗下定决心，不压住大孬绝不罢休。

四老牛喜欢参加农田基本建设的大兵团作战，场面、气氛都与战争年代的战斗场面相似。最让四老牛自豪的是十九岁那年修水库，他担任青年突击队队长，过了一把打仗的瘾。

外出修水库，生产队长二栓叔派副队长大孬担任第一生产队突击队小队长，大孬说他拉肚子。二栓叔又派仓库保管员黑蛋去，黑蛋说感冒了。他俩一起举荐四老牛，说四老牛是谷子地里的一棵高粱——非常突出。于是四老牛担任了第一队青年突击队小队长。

　　大兵团作战的地点在梁庄西南十里的余家洼。民兵修建水库和战争年代军人战斗生活相似。在东西两华里南北一华里的周围，按男女民兵分开，搭满草庵与塑料帐篷。每天随着嘹亮的军号统一作息，完全是准军事化管理。

　　每天，东方刚泛起一抹橘红，青年民兵上操的队列就整整齐齐，口号声此起彼伏。上工时，围着水库堤岸，铁锨飞舞，车轮滚滚，劳动的人群像蚂蚁搬家一样稠密。不断有县与公社领导骑着自行车带着铁锨来参加劳动的，就像当年"首长"亲临前沿阵地。还不断有工人代表队、医生代表队、学生代表队……参加劳动，像战争年代的支援队。堤坝周围炊烟袅袅，像千军万马的宿营地。晚上，宿营地灯火辉煌。远看像灿烂的繁星，近听歌声似阵阵浪涛。这边唱"革命军人各个要牢记……"，那边又响起"东风吹，战鼓擂，现在世界上究竟谁怕谁……"这场景让人看了就止不住心潮澎湃，斗志昂扬。

　　二月清晨，春寒料峭，日头怕冷似地赖在云窝里，可冷气早被青年突击队员的热汗赶跑了。四老牛身穿单褂，热气腾腾，弓着背在后面推着独轮平车。三枪、四海在前面拉车。确切地说一车土是被他们"抬"上了堤堰。

　　梁庄工地旁边是东新庄青年突击队的工地，队长是个女的，叫于红英。她齐耳短发，身穿绿军衣，飒爽的身影像燕子，清脆的声音赛百灵，明亮的目光给附近男青年倾注了活力。

　　三枪说："四哥，都是你推，换换我。"四老牛摘下襻搭在三枪脖子上。三枪一扎步，弓起腰："走了！"没走几步车子就翻了。"哈哈哈"引得附近人一阵大笑。"三枪，窝囊废！"三枪红着脸抱怨："车装得太多了！"

每天评比，四老牛领导的第一突击小队都是第一。

工程不到一半的时候，梁庄大队民兵连长兼大队突击队长的梁鸿喜补充年前的名额参军走了，他推荐四老牛担任梁庄大队青年突击队队长。

那晚告别时，在营地旁一棵大柳树下，梁鸿喜把自己戴的军帽、穿的军褂、扎的武装带都送给了四老牛。四老牛抱着军衣在星光下哭了半宿。

第二天，四老牛头戴军帽，身穿军褂，威风凛凛。梁庄大队青年突击队在四老牛带领下，荣获"老虎队"的光荣称号。

麦梢黄了，远处翠柳上传来黄鹂的歌声。余家洼水库工地竣工。水库里，荡漾的碧波像一块飘动的巨形蓝色锦缎。堤岸上，行行新柳像给蓝色锦缎镶上几道翠绿的花边儿。余家洼水库美得成了风景区。

随着阵阵鞭炮声与锣鼓声，表彰会上，几十个劳模胸戴大红花，站在领奖台上。四老牛站第一排中间，与东新庄青年突击队女队长于红英并肩站立。于红英看着四老牛的奖状小声问："你叫梁四喜？"

"嗯。"四老牛脸红了，他很少跟女孩子说话。

于红英把自己的奖状拿给四老牛看，四老牛斜眼看一下，心想："你于红英大名鼎鼎，谁人不知。"

下了颁奖台，于红英拉拉四老牛的衣襟："喂……明天返乡了，我想让你给俺带着行李，行不？"

"行。"四老牛低着头。

"到底是猛虎队队长，觉悟就是高！"

返乡分别，人们依依不舍，女青年更是泪水涟涟。

四老牛推着满满一车行李，挺着腰板健步如飞地走在返乡队伍最前面。于红英一溜小跑才跟得上。

于红英家住东新庄最西头路北，高高的土围墙，双扇大木门。院内地面干净，院西南角一个猪圈，东配房窗下有个鸡窝。

"大木门挺漂亮的！院子挺干净的。"四老牛一边喝水一边没话找话。

"我爸是木匠，很勤快。"于红英捋一下刘海，很自豪。

家里没别人，两人静静地在院中"哧溜""哧溜"地喝白开水。于红英说："你穿军衣很英俊，开始在我们工地上看你是粗眉毛黑红脸膛，后来风刮雨淋成老包公了。"四老牛知道她是把开始见的梁鸿喜当成他了。他与梁鸿喜是二辈堂兄弟，个头模样相似。四老牛红着脸说："你……黑黑的，挺让人喜欢看的。"分别时，于红英大方地伸过来手："四喜哥，谢谢你！"四老牛像触了电似地把手缩回来，脸红到了耳根，心"怦怦"乱跳，结结巴巴地说："于红英同志，再……再见！"他首长似地扬起手来挥了挥，推起车逃似的去了。出了大门还想着她的瓜子脸，刘海下明亮的大眼睛。

煦风送来麦田的香味，碧空中飞着一行白鹭，身后传来于红英银铃般的笑声："还猛虎队长呢……"

　　四老牛参加大兵团作战这几个月，梁庄出了一起不雅的事件。因为敌特分子从高空撒传单，上级指示民兵夜间加强巡逻。第一生产队副队长大孬与仓库保管员黑蛋利用夜间值班的机会，偷出生产队仓库的大豆，卖钱吃喝，恰巧被夜间查班的支书赵万停逮个正着。经研究免除了二人领导职务。大孬、黑蛋自觉在梁庄混不下去了，便离家出走了。四老牛回村后，卸任青年突击队队长的临时职务，经支书赵万停提议，四老牛担任了梁庄大队民兵连连长职务。

　　四老牛担任民兵连长后，胸脯挺得高高的，心想："他奶奶的大孬，你俩职务被撸了，我当了大队民兵连长，你还是不行吧！"他整天军帽、军褂不离身，高兴得像打了胜仗似的，心里快乐的春水满满地溢出来。他感觉，自己的职务与《平原游击队》的李向阳、《地道战》中的民兵队长高传宝相同，他自豪，他骄傲。在公社武装部领导下，四老牛领着民兵巡逻，野营拉练，实弹射击，拼刺，泅渡……他每天精神抖擞。他再次感到自己"土八路照样是兵，照样能保家卫国，照样能当英雄"结论的正确性。

　　但他仍感觉美中不足，"官"似乎小了那么一点儿，当然这话是万万不能对外人说的，就连三枪、四海、小霜都不能讲，只能作为他下一个奋斗的目标。

任村主任

　　一个月明星稀的夜晚，四老牛在大队部统计好各民兵排实弹射击的成绩，回到家刷刷牙正准备睡觉，土围墙的木栅门"吱"地开了，他以为是代课教师二哥教夜校下班了，就没在意。

"四弟——"随着叫声门被推开一道缝。

四老牛映着灯光一看，前面的人偏分头戴墨镜，有几分熟悉，后边跟的人没看清。"你是谁？"四老牛很警惕地握起了拳头，余光瞥见枕头边放着一个练习的木制手榴弹。他想："是不是国民党特务？"

那两人侧身进到屋里，神秘兮兮地关了门。来人摘下墨镜。哦，前面的是大孬，后面的是黑蛋。这是四老牛从他俩消失后第一次见到他们，很鄙夷地扫他俩一眼说："你俩咋办那事，啥觉悟？"连座都懒得让。

大孬打开明晃晃的烟盒，叼出一根烟，打着火机点燃，很潇洒地吐串烟圈，连连摆手示意："别哪壶不开提哪壶哈！人非圣贤，孰能无过？"然后大大咧咧地坐在长条凳子上说，"俺俩在牡丹市当了力车厂工人，现在当了战斗团团长，属于副营级干部。上次要不是俺俩把挖河美差送给你，你能当上突击队长？能当上民兵连长？"

四老牛听着这狗屁话很不舒服："有事情快讲，别藏着掖着。"

大孬说："无事不登三宝殿，我们是请四弟出山的。"

四老牛说："咱这平原地带，出哪门子山？"

"让你当大队一把手，你干不干？你现在虽然是民兵连长，可按正规编制，只能算副连级。若当了大队一把手，就转成正连级了。"

听说让当"正连级干部"，四老牛心跳了几下。其实从想参军开始，他就暗暗有了当"连长"的愿望。看着支书、大队长在梁庄有头有脸的，就像看见美女红英一样心向往之。但碍于支书、大队长待自己不薄的情分上，他不好意思取而代之。这时大孬、黑蛋让他当，心里不免像十五只吊桶打水——七上八下的。

大孬偏着头吐口唾沫："好事还不干，不想混了？"

"水平还蛮高的嘛！现在赵支书跟梁大队长犯了错误，你是民兵连长就该你顶上。"黑蛋补充说。

四老牛想想，他俩若真犯了错误，又该我顶上那就得顶上。还是点了头，但头点得有些拖泥带水的。

第二天，支书赵大叔，大队长老梁大爷，被宣布"靠边站"了。大孬送来了盖有公社印章的升他为主任的任命书。这种毫无过渡的角色转换让四老牛感到很不适应。常常怀疑："我是梁庄一把手了？"

第三天，大孬传达了公社下发的"战斗任务"："一、召开大会让他俩扛铁棍站前面，揭发他俩的错误；二、要揭发王老师、陈老师的错误。"

四老牛坐在大队部里，理了会儿头绪，认为自己掌了"权"，不能做大孬、黑蛋的傀儡。他找来三枪、四海、小霜一块商量，最后他拍板决定："他妈拉个巴子！赵大叔、梁大爷没错误，不批；王老师、陈老师天天辛辛苦苦教育学生，更挨不上号。"

晚上，四老牛亲自主持召开了批斗坏分子王虎的大会，因为王虎散布了"老蒋要光复大陆"的反动言论。

学校院里，汽油灯通明。坏分子王虎弯腰站着，群情激愤得像开闸的水，发言热烈得如同炸鞭炮。"打倒坏分子王虎！"口号直冲云霄。

四老牛说斗王虎就斗王虎，说散会就散会，四老牛才知道，自己真的有"权"了。

几天后，黑蛋领一队人，进驻了梁庄。

四老牛与三枪、四海、小霜商量对策，认为黑蛋屎壳郎滚球球——包藏祸心，不得不防。

四老牛当了一把手，整天穿着绿军装，腰扎武装带，参加各种会议，安排农业生产，指导民兵训练，忙得开心，忙得团团转，忙得浑身是劲。四老牛从小喜欢军旅生活，喜欢带领民兵夜间训练，喜欢搜敌特传单。这种半军事化生活，让他充满激情。

他从小爱劳动。这天上午参观回来后喝了两大碗蒜调剩面条，然后就抄起镰刀、镢头，到他承包的第一生产队参加劳动去了。

他跑过一片雪白的棉田，"四老牛，帮我们摘棉花吧，人都去开会了……"他没顾上回应丁三嫂的招呼，继续向前找男劳力。

他又穿过粗壮叶子迎风"哗哗"作响的老玉米地，"四兄弟，来，掰玉米吧，你看都没几个人了。"他没理胖大柱嫂的茬儿。

南地里，大豆一片金黄，只有几个人在收豆子。

四老牛从后数了三耧，挥动镰刀，开割，他是个干农活的"行家"，一袋烟功夫，便赶上了前边的二栓叔。

"人都去哪儿了？"他问二栓叔。

"黑蛋组织开会了。"

"主任，不好了，有人干仗了！"四老牛跟着报告人快步跑到大队部的院子里。

三枪与黑蛋分别站在两张桌子上，正吵得面红耳赤。会场里，四海正领着人跟黑蛋带来的人吵架。并且有的人已经动手打了。

"住手！"四老牛健步向前，挺起腰杆首长似地挥挥手大声宣布："谁打架我就把谁捆起来，送到公社派出所。"会场静下来了。

四老牛大手一挥："我宣布辩论会到此结束，大家都参加劳动去！"

双方悻悻地离开了会场。

四老牛再次感觉到了自己的"权力"。

四老牛晚上回到家，躺在床上辗转反侧难以入眠。他认为与自己亲近的人跟黑蛋的人干仗，严重影响自己"权力"的稳定性，必须制止。他分析，要制止，就得把"头头"调开。他当即向公社领导写了信，建议撤走黑蛋。恰好，第二天，公社送来了通知：县里翻砂厂、力车厂招收工人，要求派"根红苗正""觉悟高"的人支援工业战线。四老牛先找黑蛋谈话，黑蛋说："你水平还蛮高的！我原本就是市里工人，不去。"

四老牛又找来了三枪、四海，耐心地做了他俩的"思想工作"，讲了"工人阶级是领导阶级"的道理，两人勉强同意离开梁庄进城当工人了。过两天，县里方便面厂又招女工，四老牛又把小霜打发走了。

他仨走了不久，四老牛很快感到自己的安排大错特错了。因为失去了强有力的支持者，黑蛋处处跟他作对，自己就孤立了。他虽是村里"一把手"，却有种被架空的忧虑。

刚过春节，四老牛坐在大队部办公桌前正计划民兵训练的事，大孬送来了公社的一纸调令："据群众反映，四老牛同志不具备领导能力，特免去其现任一切职务。又念他过去大兵团作战有功，特委任四老牛同志担任梁庄运输队队长一职，带领民工去新市搞副业生产。"

大孬又让四老牛看一个文件：经玉黄公社委员会研究决定，由张大闹同志代理梁庄主任职务，由贺旦同志担任梁庄大队民兵连长职务。

四老牛说，给我保留个民兵副连长职务行不，我不想去搞副业生产。大孬说，这不是由你说了算的……四老牛出了大队部门口，心想，他妈拉个巴子！还真不知道大孬叫大闹，黑蛋叫贺旦呢，分明是对我打击报复，这回是那俩小子使的坏，职务说解除就解除了。丢了"官"他没得到"一身轻"的感觉，心情却反而变得十分沉重："参军不成，当个主任又被撤了职。离开家乡担任运输队长到大城市搞运输，分明是靠边站了。"老娘又数落他，都二十多了，还没个媳妇……英雄没当成，结果成了狗熊。作为一个失败者，他太具有典型意义了。"人生啊！"他愣愣眼咬咬牙仰天长叹……

大孬担任了梁庄主任后，狠批了赵支书与梁大队长，学校的王老师与陈老师也挨了批斗。

进城运输

玉黄公社安排民工去新市搞副业生产，每个大队去一个运输队，凡是去的人一人一辆地排车。待遇：运输费百分之十归个人，百分之九十归集体，大队根据每人交钱数补给工分。梁庄去了二十多人，像丁三、赵支书的儿子赵成、大队长儿子梁二柱，都是与四老牛亲近的人，也是大孬、黑蛋的眼中钉、肉中刺。

地排车队歪歪扭扭的，在四老牛眼里，他们这班人分明是一队残兵败将，无论数量还是气势上，都没参加余家洼水库大兵团作战的队伍威风。他感觉，那次是进攻，这次是退却。无奈事情的发展不以个人意志为转移，他左右不了自己的命运。

他们拉车步行两天一夜，第二天晚霞与街灯相映时到了新市。他们边走边问，找到了新市火车站货场附近的住地。挂有"新市集体民营运输站"木字牌的红铁大门里，有两排青砖蓝瓦房，近大门口的几间房挂着个小小的黄色横木字牌，木字牌上写着"传达室""会计室""办公室"字样。再往里是住房与停地排车的地方。梁庄运输队分到两间房子，房子里面打着大通铺。他们把碗筷放桌上，再铺上床铺就算安家了。

运输站的任务是把火车站货场的化肥、农药等农用物资，用地排车运送到附近各公社供销社。每天早晨新市一景：送货的地排车队从火车站货场走向四面八方。

其他大队的运输队长只负责领任务分活儿。但四老牛除管事外还照样拉车送货。他认为，原来是大队一把手，现在成了只管二十多人的运输队小队长，自己已经是被连降了三级，按军队编制算，连个排长都不是，还摆什么"官架子"。他力气大，比别人拉的还多。这也是四老牛的一贯作风，诸事都要胜过别人。

过段日子，四老牛又乐观起来。在运输队，虽然职务降了，但没有了梁庄千头万绪的棘手事，也不用再跟大孬、黑蛋像公鸡一样见面就叨架了。站上伙食不错。早晚在食堂吃，早饭咸菜，晚饭炒菜，窝头管饱，小米粥随便喝。上午在路上吃，捎着站内的大馍。站上每人送一趟货补三毛钱，花两毛喝碗羊肉汤或丸子汤，两样都准许加两次白汤。剩一毛还能买包"红灯记"牌香烟呢。有时候四老牛想，自己天生不是当大官的材料，现在领二十多个人，也算是人尽其才了。四老牛拉着车，想着淮海战役车轮滚滚的支前情形，又精神起来。送货回来时就舒服了。两人搁伙，轮流拉车，轮流坐车，还能躺着做部队行军的梦呢。遇到顺风，他们便拉起篷布帆，两车把一并系一块儿，一人睡觉，另一人掌把，就像开军车一样过瘾。

生活稳定后，四老牛分别给二哥、小霜去了信，他担心母亲的身体。不久，二喜回了信，说母亲安康，天天忙里忙外乐呵呵的。还说他正与初中同学小艾谈恋爱，单等送去彩礼便可结婚。小霜也回了信，说三枪、四海都成了正式工人，吃了商品粮，过星期天都骑着崭新的自行车回家，村里人可羡慕了。又说方便面厂小，没转正指标。四老牛看了信，难过了好几天。原先三枪、四海归他领导，现在他俩当了正式工人，自己还是农民工。二喜都谈成了恋爱，自己的另一半还不知在哪个旮旯儿呢！他想起了于红英，她黑里透红的瓜子脸，刘海下明亮的大眼睛，挺让人喜欢的。他想若能娶了她，在梁庄也是出人一头了。他可以自豪地说，谁的媳妇有我的老婆美？四老牛做贼似的给于红英写了信，不会的字问赵成、二柱。他俩很好奇，四哥啥时成了学文化的标兵？四老牛用七八天时间，绞尽脑汁才写了封一百多字的信，大意说余家洼水库工地大兵团作战很有革命意义，对她印象深刻，最后说很喜欢她，想与她一块沿着康庄大道携手并肩，高歌猛进……写完信犹豫好几天，最后凑个闲空到邮局，看看四处无人把信投到了信箱里，心还跳了好长时间。信邮去后，四老牛又后悔了，他担心于红英会臭骂他一顿。

入冬的一天，他们空车回来时，在新市人民路路口，见几个人围着一个歪倒在路旁面色蜡黄的老太婆，指手画脚地谈论着。四老牛停车问："咋了？"有人说："一辆马车把她撞倒了，我们正想截个自行车追那人呢！"四老牛问："大娘，你家住哪儿？""……解放大街安车巷。""正好，安车巷在俺运输站附近。您坐我的车，我送您。只是地排车有点脏。"

他在车上铺上自己的棉袄，袄上再铺上拉车用的围裙，让老太太躺上面。解放路与前进路交叉路口西南角有家"新东方骨科医院",四老牛给老太太看了病,拿了药。

根据老太太的指引,四老牛把她送到安车巷 10—28 号。他敲响了小红铁门。红铁门一开,出来个四十多岁国字脸男人。

老太太伸出胳膊:"得方……得方……"

"娘,您咋了?"

"我出了人民公园在路上走,被一辆马车碰倒了……"

"啊……"

"多亏这小伙子了,带我到医院看病,又把我送回来……"

"快接你奶奶!"说话间,出来个中年妇女和一个男青年。两人把老太太搀到了屋内。国字脸拉住四老牛:"屋里坐,你是雷锋式的好青年,我得谢谢你!"

四老牛平和地笑笑:"大叔,这是应该的。志愿军战士连朝鲜老乡都救……"四老牛推脱有事想回站里,最后推辞不过随国字脸进了屋,拘束地喝着茶,结结巴巴回答了自己的姓名、住址,来新市的工作情况。

国字脸脸放红光:"我叫张得方,咱俩是老乡。我的老家张寨公社,你知道不?在玉黄公社余家洼水库西南,咱是近邻呀!我由副连长退伍安排到了新市火车站,我儿子张军在市二轻局工作,有事千万言语声。"

四老牛在老乡家吃了晚饭,喝了两盅酒,喝得黑脸像块绛紫布。他问了张得方部队生活,两人聊得很投缘。四老牛暗想,你原先是正规部队副连长,我原先是民兵连正连长,也算是平级了。临回时,张得方塞给四老牛二十元钱。四老牛急了，首长似的挥挥手，把钱扔沙发上："咱部队有规定，帮助人不能收钱物。""药钱我得拿。"四老牛只收了一元药钱。

事后，张得方断不了叫四老牛回他家吃饭，四老牛喜欢听他讲军旅生活，在新市的日子也增添了不少乐趣。

临近春节，四老牛收到一封信，看时，字潦草，认不全，下面署名像是于红英，内心禁不住"咚咚"直跳。他从头看到尾，不像有骂他的话。只好硬着头皮让二柱看，嘱咐他严守机密。二柱看后大叫："四哥，大喜事，东新庄于红英看上你了。""胡咧咧啥！"赵成又夺去看，笑着说："真的，反正人家惦记你，让你过年去她家一趟，八成是让你送彩礼的。"四老牛问，还写了啥？赵成说："还写了农业取得了大丰收，我国卫星上天了，这是举国欢庆的大事……"

四老牛脸红了，心里像烧了锅开水，滚烫滚烫的。他又学着字回了信，大意说春节一定去东新庄见她。最后写道，珍宝岛战役胜利的消息传来，运输队成员直呼口号……

他写信很困难，暗下决心："以后有空就学认字，才方便看信写信，不至于落在于红英后面。"正像王老师说的，"书到用时方恨少"，他很后悔上学时没下苦功学习。

这以后，四老牛拉着车学念墙上的标语。他看一眼，低下头拉着车记一条，"抓革命，促生产"，这"抓"字他总写成"瓜"。"农业学大寨，工业学大庆"的农字斜钩处他爱少那一撇。

到过年回家时，张得方给四老牛买了火车票，还送给他二斤红糖，两封点心，一包糖果，四条饼干，一块花布，一块黑条绒布。四老牛很是过意不去。

张得方说："你是俺家恩人，春节了，不表点心意，俺一家人春节都过不愉快。"

四老牛推辞不过，只得收了。他想着，在新市认了个当领导的老乡，回到家能一脸光辉地去见于红英。他很想娶个媳妇，人一到年龄了谁不想？

交上女友

过春节回家时，四老牛与梁庄运输队员乘火车回家。原来他在战斗片里看过士兵们迎着连天的炮火坐火车的情景，现在自己真的坐上了火车，望着窗外树一棵连一棵地往后跑，感觉自己挺了不起的。到县城下了车，四老牛让大家排着队步行回家，原先离家时残兵败将的感觉一扫而空了，他坚定地认为这次回家是战士的凯旋。

腊月二十七，当夕霞映红村西柳林时，他们一行人回到了梁庄。四老牛见着村人就学着新市口音说，"我们乘火车回来的"进了自家门，家里喜气洋洋的。母亲精神矍铄。二哥依然瘦，但眉宇间也露着隐藏不住的喜气。小霜当了方便面厂工人，两辫子成了圆剪发，黄黄的四方脸添了红晕，两条细长的眼里流动着溪水般清澈的光波。

四老牛把黑条绒布给了母亲，让她做个裤子。把花布送给小霜，让她做个袄罩。四老牛把吃的东西交给母亲，向家人汇报了新市生活情况，说无意间认了个当领导的老乡，最后红着脸说了于红英的事。

梁母说："你的婚事我早有安排，你不用着急，东新庄于红英的事先放放吧，家里眼下最要紧的是办你二哥的婚事。你二哥调到了玉黄完小，他与小艾在镇上安家置办嫁妆得花不少钱，你与小霜挣的钱都给你二哥，让他先把婚事办了，回头他再帮你俩。"

"中。"四老牛把一年挣的钱留下一点儿给娘，其余的都给了二喜。小霜也把钱给了二喜。

娘拿出一身军装，说鸿喜阳历年探家送给他的。四老牛忙穿上，对着镜子左看右瞧，到院里来回正步走，敬礼，连打两个车轱辘。

四老牛吃过晚饭，叫小霜到自己东屋里："小霜，你教教我信上的字，可不兴笑话四哥。"小霜读着于红英的信，教着字，嘬着嘴说："这么简单的字都不会，亏你还是老七册呢！""看看，还是笑话我了不是！"四老牛咧咧嘴，记下不会的字，然后笨拙地写，写的字像鬼画符似的。

"四弟回来了！"大孬、黑蛋随声进屋。

小霜出去了，四老牛让座。

大孬抢过桌上的信看后大笑，偏着头吐口唾沫："别看四老牛黑不溜秋的，却赢得了东新庄女民兵连长的青睐，艳福不浅哈！"

黑蛋挤挤眼看了信说："水平还蛮高的！"

四老牛夺过信来："滚蛋！"

大孬偏着头吐口唾沫，收住笑："俺俩来通知你，大队干部全年满工是三千四百八十分，给你满工。明天上午到一队去领工分粮款。"

"两位领导辛苦了，对我挺照顾的。"四老牛极勉强地客气了两句。

黑蛋挤挤眼："四弟从新市回来没带点儿土特产啥的？新市的毛锅烟丝、卞塔香烟、新市老窖酒啥的，水平蛮高的……"

四老牛明白，俩货想要"礼"，他心生厌恶，又不好发觉，说："他妈拉个巴子！这次来得匆忙，下次捎些。"两人悻悻地走了。

第二天早饭后，四老牛给母亲说，想去东新庄见于红英，是上午去还是下午去好？梁母说："不让你去你偏去，儿大不由娘。下午去人家好应承。去时把那两块布带着，你诚心不让俺俩穿……"

上午，四老牛领工分粮款回来，去军属家打水、扫地，回到家从屋内到屋外来个卫生大扫除。地上残雪，院角枯叶，打扫得干干净净。

"四哥回来了？"随着自行车铃声，三枪推辆"凤凰"，四海推辆"永久"，来到了院里。自行车停后车圈一明一明地放光，车轮还"得得"地响着转。那"得得"声本来清脆悦耳，却震得四老牛的心像微微颤动的豆腐脑。他感觉自己的"下属"都有了自行车，这让他在人前很没面子。

四老牛拍拍新弹簧车座，按按锃亮车把："不赖！多少钱？"四海说："一百多块，凭票买的，三枪哥的比我的还贵十多元呢！"三枪从车夹兜里拿出两瓶酒、两包菜进到东屋："四哥，放年假，咱仁喝两盅。"

四老牛从厨房拿来三双筷子、一个碗。三人落座。四海摆上花生仁、虾米。三枪一边开酒瓶盖一边说："茅台以下，鸭溪平坝。今天俺俩拿最好的酒，感谢四哥提拔俺当了国营厂工人，吃上了商品粮。"四海也伸出手，两人捧起酒碗敬四老牛。四老牛接过碗："咱仁是大兵团战友，又是同一战壕战友，客气啥！轮着喝。"

三人吃着、喝着、唠着，从小时捉迷藏，到上学时水塘大战；从梁庄辩论会，到工厂上班；三枪特别说了他们政治学习的内容：我国制造出了万吨水压机……显着很有水平。四老牛就海吹了新市的美景。不知不觉天已午时。梁大娘为他们做了鸡蛋面。四老牛酒量小，一喝酒就头晕脸红出气粗："下午我还得去东新庄见于红英，不喝了。"三枪说："四哥骑我的凤凰车去。"四海说："结婚别忘了请俺俩喝喜酒。"

午饭后，四老牛穿上梁鸿喜给的军装，扎上武装带，骑着三枪的自行车去东新庄见于红英。头懵懵的自行车光想歪倒，他两次都用脚支住了地。

到了东新庄西头路北第一家，在木门前四老牛按响了车铃："于红英在家吗？"

"谁呀？"从里面走出个五十多岁的妇女。她用毛巾拍打着衣服，"你是……""俺是梁庄的四老牛。""哦，快进家，红英说了这两天你来，外边天冷，屋里坐。"

四老牛随她进了院："这些东西您老收下。""来就来呗，还带礼物干啥咧！"

当门八仙桌油漆光亮，四把斗椅排列两旁。

红英妈到厨房忙活一阵，端来碗鸡蛋茶："天冷，刚加了红糖、芝麻油，你趁热喝。"

四老牛忙起身接过来："大娘，刚吃过午饭，您老别客气。""红英常夸你，说你人品好，积极上进。我和她爸寻思，你俩也老大不小了，你们家要没啥意见，就把婚订下来。"四老牛红着脸，结结巴巴："俺……没……意见，您红英……才优秀哩！"红英娘说："……农村都兴了，订婚得有三转一拧（自行车、缝纫机、手表、收音机）啥的，反正结婚后还带到你家。你把彩礼置办齐先订了婚，下年春节把婚结了，也了却俺老两口一桩心事。"

"中……"四老牛心里一沉，心想："可钱都给二哥了……结婚还得先尽着他呀！"

"嘀嘀——"外面传来妇女的笑声："大婶子，叫红英男朋友出来呗！"

红英娘忙抓一把糖块分散给她们："别胡说，还没订婚呢！"又朝四老牛喊："四喜，不瞎不瘸的，出来让几个嫂子看看。"

四老牛只好硬着头皮走出堂屋："各位嫂子……好！"

"嘀嘀，黑不溜秋怪好看哩！""哟，还是个军人呢！退伍了吧，帽上咋没红五星呀？""瞪瞪的眼睛不算小，打炮好样的！""别胡说！看看新凤凰自行车都推来了！"

四老牛红着脸问："大娘，红英呢？""前几天公社组织民兵比武，她们女民兵没拿第一，这会在村西南靶场训练呢。""我去看看。"四老牛推起自行车逃也似地出了大门。身后传来笑声："哟！还没结婚呢先惦记上了……""哈哈哈。"

四老牛没到西南靶场，远远听到那边传来了歌声："飒爽英姿五尺枪，曙光初照演兵场……"四老牛走到近处，被眼前的情景深深地感动了。一溜靶牌立在土堤前，靶牌的两边各插三面红旗；"提高警惕保卫祖国"的红字圆木牌分插训练场两边。冬阳给训练场涂上了一层杏黄色。于红英腰系武装带，挥舞双臂，正指挥女民兵唱歌。四老牛停住自行车，挺胸站在队伍前。面对此景，他生出一种神圣的感觉，仿佛置身于军旅中，自己就是一名光荣的人民战士，或者是个检阅女兵的"首长"。

歌声停止。于红英从她们的眼神中知道有人来了，转身见是四老牛，小步跑来，向他敬个标准的军礼："报告梁连长！东新庄女子民兵连正在训练，请指示！"又转向队伍"欢迎梁连长，大兵团作战的猛虎队队长讲话！""哗——"掌声热烈。

四老牛红着脸向前跨了一步，学着电影里首长的样子挥挥手："同志们！人民解放军的全体指挥员、战斗员，绝对不可以稍微松懈自己的战斗意志……我是向你们学习来了……嗯……"没词了。"哈哈哈……"她们都笑弯了腰。

于红英一挥手："严肃点！""是！""继续操练！""是！"
女民兵们随着口令，前刺，后挡，左刺，右挡，动作标准，
整齐划一。四老牛看看身旁的于红英，发自内心赞叹："强
将手下无弱兵，向于连长学习！""向梁连长学习！"红英
问了四老牛在新市的工作情况。四老牛突出强调了他在城市
开阔了眼界，并重点讲述了他救老人认老乡的事……

离开时，四老牛推着自行车，于红英送他。四老牛趁着
酒意抓了一下她暖暖的手，忙撤了。他红着脸问，你对俺有
意见吗？于红英红着脸笑着说："傻样，有意见还给你回
信。"四老牛说："今年我二哥结婚，挣的钱都给他。三
转一拧得好几百块，我再挣一年钱，到下年春节咱再订婚行
吗？"于红英捋一把头发："那都是老人的意见，老封建！
我啥也不要。"四老牛说："那可不中，农村都兴，明年春
节前我一定办齐。你留步。"红英说："四老牛同志，再见！"
四老牛说："于红英同志，我给你提个意见，请你以后写信
把字写工整，我水平洼，字草看不懂。找别人看容易暴露军
事秘密……""是！"于红英敬个军礼，又很自然地向他伸
出手。四老牛还个军礼，又触了一次电，电麻遍了全身。

生产队正月初六开始学大寨深翻土地，四老牛他们初六
返回了新市。临走时，二喜带给四老牛两瓶香油、几斤花生
米："这是你二嫂从供销社买的，让你带给新市老乡张得方
家，就说是家乡土特产，与他家搞好关系，日后有事好让人
家帮忙。"

四老牛离开梁庄回新市，一路上眼前不断出现于红英率

领民兵训练的身影，她是那样敏捷英武、美丽，自己娶了她，就是牛郎在鹊桥上迎见了织女，村里人谁不羡慕。他感觉自己比他率领的运输队员都优越，止不住笑出声来。他听人说，拿不到手不能算钱财，娶不到家不能叫媳妇。那他这一年就得抓紧……

误失女友

四老牛回到新市，当天晚上就去看了张得方。按哥嫂教的话说带了点儿家乡土特产，不成敬意。张得方很高兴，说农村人不容易，万万不该破费。张得方儿子张军说："运输站要添名调度员，负责整个运输站分派活。我安排好了，让四哥负责调度。站里出钱，补给你们公社、大队，给你也额外再发份补助。"四老牛搓着手看着张军粗眉毛里的瘊子说："给老乡添麻烦了！"张得方说："别客气，有事尽管说。"

第二天上工，四老牛穿上了站领导穿的统一制服，坐到了办公室。办公桌上配一部电话机，还有一个女记账员。

这以后，各队队长为了争到好活，都给他送烟、送酒，请他下馆子。四老牛瞪起了眼："我们都是来自五湖四海，为了一个共同的革命目标，走到一起来了。用不着这一套！"每次分活他都把好活匀活匀开分。丁三说："四弟掌权了，还不照顾咱队点。"四老牛说："三哥不想想，我当调度员，有多少双眼睛盯着。再说，我也不想掌点小权就行私。"

一个月后，站领导问调度员工作咋样，各运输队长们都夸四老牛公正无私。

　　四老牛是个闲不住的人，极不适应坐办公室喝茶水闲聊天的日子。这次回新市，他比以往多了个心思，想多挣钱，因为想订婚送彩礼没有钞票是不行的。分配好任务后，有短途的货他就自己送，只为了多挣点钱。办公室的人夸他"身居领导岗位，仍保持劳动人民本色……"。他知道，这些夸他的人是咬着牙根从鼻腔里发出的声音，话里西北风刮冰凌连讽（风）带刺的。但他需要钱，该挣就得挣。四老牛对拉短途活的额外收入感到有些不安，就像吃完自己碗里的饭又扒拉了别人盘子里的菜一样。他买些男同胞爱抽的烟、女同胞爱吃的糖果放在办公室里堵堵他们的嘴。只要一有闲空，四老牛就在停车场练刺杀，走正步，然后再去打扫站内卫生，这样博得了站值班人员的好感。

　　于红英给他来过几封信，字写得一笔一画的。四老牛买了本字典，看一封信就像学习一篇生课文，但毕竟比找人看信能守住秘密了。只要收到信，四老牛就一定回。对他来说，回信绝不是件容易的事，感觉还没拉车货轻松。于红英来信总是讲农业战线形势一派大好，四老牛回信每次都谈当月他们运输站超额完成了多少任务，有时海吹一下新市风景。其实新市很多景点他只是听说，并未亲见。他见过运输站附近和送货沿途的风光：很多路变宽了，上了柏油，路边种上了花树；土屋变成了楼房，用一句戏词形容，叫"祖国的大建设一日千里……"

　　入冬时于红英来了一封信，大意是，梁庄主任张大闹托人来她家求婚。她爹去梁庄看了他们两家，说张大闹家是三间"浑砖垛"（砖墙），加三间砖瓦配房。你家是三间土坯屋两间土坯配房。俺爹相中了张大闹家。她坚决同意四老牛，她爸妈催着要"三转一拧"的彩礼，说一样都不能少。外加六十元见面钱，一桌，一柜，一柜橱。她也实在没法，来信让四老牛赶快置办，以防夜长梦多。

四老牛禁不住暗恨起大孬来，那家伙就像突然飞来的一只恶老雕，专门抢掠别人的食物。他回信打保票，让红英百分之百放心，到农历十一月底，钱就绰绰有余了，已经让二嫂在供销社弄到了买货的票。

进入十一月，下了场大雪，天寒地冻。朔风像脱缰的野马，在大平原疾驰。

于红英又来了封信，说张大闹派人把彩礼送到了她家，她爸妈很乐意地接收了，让她连哭带闹退了回去。她没办法，催四老牛抓紧时间置办彩礼，引用了名诗句"一万年太久，只争朝夕"催促。四老牛查着字典看完信很激动，认为于红英确实"立场坚定，爱憎分明"。她那黑里透红的瓜子脸与那刘海下明亮的大眼睛，让他朝思暮想。他很着急，马上回信，说阴历十一月底工资一发，钱就够了，他一定抓紧办，决不让土窝子飞跑了金凤凰。他给于红英回信，也引用了伟人的诗句：忆往昔峥嵘岁月稠，展望未来，前程似锦美无限……

十一月底发工资前几天，四老牛突然接到二哥发来的电报：母亲患病速回县医院。四老牛知道，母亲平时有点儿头疼脑热的从不吃药。说病了，一定不轻。他立即向领导请假，安排了一些需要紧急处理的事情，迅速乘上了去家乡县城的火车，火车"咔嗒嗒，咔嗒嗒"的响声，他听着是"快回家、快回家"。

他回到了县人民医院。

母亲静静地躺在病床上，四老牛大步走到病床前，跪下身子抓住娘的手。他去新市时老人家还身板硬朗有说有笑，现在她脸罩一层青黄色，瘦削不堪，躺在床上像用白被子包根竹竿。四老牛着急地问："娘！您咋了？"梁母艰难地笑笑："四儿……娘……没事。"

小霜含着泪说："春天我见俺姨吞咽困难，问她哪儿不舒服。她说没事，吃得急噎住了。她不让告诉你。这两月见她吃饭下咽困难，给她买了挂面，煮成糊糊也咽不下去。你来信询问，她不让给你说，怕影响你工作。"

四老牛喂了母亲水，母亲喝一点儿就呛了。四老牛望着面容消瘦的母亲，心里一阵酸楚：父亲下世早，二十多年来，为了把他仨养大成人，老人家吃苦受罪，没闲过一会儿，没享一天福……

梁二喜拍拍四老牛，把他叫到病房走廊尽头，小声说："咱娘得咽食（食道癌）好几个月了，已经到了晚期。医生说花几百块动手术没有多大意义。我结婚买房还欠别人一百多块，你还得订婚、结婚。我与你二嫂的意见是不动手术，给咱娘买点好吃的养着……"

"滚蛋！"四老牛睁大眼睛仔细打量二哥，"真想不到你会说出这种话！咱娘一把屎一把尿把咱养大容易吗，有一线希望也得治！"

二喜蹲下身子捧起头"呜呜"地哭了："二哥对不住你呀，欠你的钱还不上，你二嫂……"

"别说了！咱就这一个娘，你不当家，我花钱治！"

四老牛找到主治医生，说了自己的意见，不管花多少钱，坚决动手术治疗。主治大夫安排：先让病人吃药打针养养身体，等各项指标符合要求了再动手术。

四老牛给二喜、小霜说，我在新市的事都安排好了，能全天守护，你俩该上班上班，有空再来医院。小霜说她星期天与上班时间的晚上都能来伺候。二喜说他学校忙，尽量抽空来。

三枪、四海下午下班后一起来了病房，带了鸡蛋、挂面。四海说力车厂就在医院对门，他住的地方有煤气灶，到他那儿做饭能省些钱。

小霜买来了她们厂生产的挂面，四老牛用二哥送的购物券买了羊肉、小磨香油，到四海那给娘做饭吃。他看着娘吞咽困难，就背着脸落泪。他自己买个窝头就着咸菜吃。

四老牛回来七八天后，手术时间定在了下个周二。那天二喜夫妻俩、小霜、三枪、四海都请了假。四老牛推着母亲进手术室，一边走一边落泪，小霜也不住地抽泣。他们几个在手术室门前等候。

四老牛感觉时间慢得像蜗牛爬行，从早晨八点一直到上午十二点，手术室门开了，从里边出来个医生，四老牛他们都围了上去。医生说："手术顺利，家属接病人回病房。"

手术室门一开，几个白大褂推着病床车出来了。四老牛忙接过来手推病床车，看着像熟睡了一样的母亲，松了一口气。

傍晚时分，母亲皱着眉头醒来。四老牛忙叫："娘！您醒了？"听她说渴，就赶忙用棉球蘸水抹她嘴唇。母亲一会儿一皱眉头，四老牛估计她一定很疼，站在床边不住挠头。如果能替，他会把疼痛全移到自己身上。晚饭时，小霜买了饭让四老牛吃，他干嚼就是咽不下。

直到三天后，母亲能翻身了，能喝稀饭了，四老牛心中压的石头才减去几块。

手术后第九天，母亲拆了线，第十天医生让出院。四老牛结了账，共住二十一天院，一年挣的钱都用完了。连他自己都忘了，他误了一件天大的事。

痛苦婚姻

腊月十八，四海借厂里个地排车，用自行车后座拖住车把，三枪与二喜各骑一辆自行车用绳子在前面拉着，把梁大娘送回了梁庄。邻里纷纷前来探望，感动得四老牛掉了几次泪。下午半晌才静下来。四老牛让小霜看着母亲，自己一松劲便躺到东屋睡着了。

不知睡了多久，四老牛被小霜的喊叫声惊醒，昏昏沉沉地坐起来。

"四老牛，你啥意思？你答应得好好的，给你连去五封信，二十多天不回一封，你啥意思？"四老牛看着于红英怒目圆睁，嘴巴不住地一张一合，他迷迷糊糊地猜测：于红英为啥发这么大的火？她几乎是大喊大叫："我算瞎了鼻子烂了眼了！原以为你是负责任的男人，现在才知道你狗屁不是！你不愿意早说话！""叭"地甩过来几封信与去年年前送去的两块布，转身哭着走了。

"红英姐！红英姐！"小霜追去了。

四老牛怔了一会才醒悟过来，看看桌上的信，全是红英向新市寄给他又退回来的信。四老牛打开看看，第一封写的是催他十一月底快买好彩礼送她家。第二封信报怨他不办彩礼也不回信。第三封信写她不答应与大闹的婚事，她爹训斥她，她妈闹着要喝"敌敌畏"，家里闹翻天了。第四封信说四老牛当上调度员，看不上她了，让四老牛早说话！第五封信告诉四老牛，她与张大闹的结婚日期定在腊月二十六，请他去喝喜酒……

四老牛一拍脑袋，这时才记起答应十一月底订婚的事。他赶忙穿上鞋去追于红英。小霜回来了，埋怨说："红英姐眼泡都哭肿了，这事都怨你。定好送彩礼的日期不送，总该给她说句话吧！我给她讲了俺姨动手术的事，她让你今天晚上去她家。"

四老牛回到屋里再看看信，又打脑袋几巴掌，叹了一阵气。他光顾给娘治病了，竟然把婚姻大事忘到了脑后！

小霜做好了晚饭，四老牛伺候娘吃过饭，让她喝了药。天完全黑了，他拿了些鸡蛋，步行到东新庄去见于红英。

腊月十八的夜晚，冷得树枝"吱吱"作响。街里早没了人影。

四老牛来到于红英家大门外，见堂屋黑乎乎的，东屋亮着灯，两扇木大门开着一道缝。四老牛内心止不住"咚咚"直跳，他不知道是直接进去好，还是先喊红英好，更不知道见了红英该怎么解释。

于红英闪身从里面出来，一把把他拉进院里，"嘭"地关上木大门，插上门栓，又上了锁。她拉他到东屋里，又拴上了东屋门。四老牛把鸡蛋放桌上，刚要给她解释。于红英一下扑到他怀里哭了，一边哭着还一边拍他的脊背："你为啥不给俺来信？为啥不给俺说明情况？"

四老牛垂着胳膊，感觉头"嗡嗡"地转，他不知说什么才能让红英消气。过了一会儿，他轻轻拍她的背："对不起于红英同志！我把给你攒的钱都给俺娘看病了。我……"

于红英哭着说："这事都怪大孬横插一杠子！也怪我，没有调查就没有发言权，我只当你不回信是变心了。再加上俺爹吵，俺娘闹，我一气就同意了跟张大闹的婚事。想着反正你不愿意了，不论是你还是张大闹，好歹把自己嫁出去算了！"

四老牛恨大孬恨得咬牙切齿，简直有找他拼命的冲动。可话说回来，自己也有责任，由于没及时向红英说明原因，就给了大孬可乘之机。他真诚地说："都怨我，于红英同志，求你千万别甩了我，我心里只有你，时刻想与你成婚。"

于红英说："你说咋办，都与他订好了！"四老牛说，难道没有机会了？红英说，婚期都定好了，哪还有什么机会！

四老牛蹲下身子打自己的头。他哀叹上天不公,为什么失败的总是自己。满想着在婚姻方面胜过村人,可到头来煮熟的鸭子又飞了……

于红英拉住了他打头的手说,小霜讲了大娘病的事,俺对不起你,俺真的喜欢你……俺姥娘病了,俺爹俺娘去她家了。现在家里就俺一人,今晚俺是你的人……"

"我……我不敢……"

红英拉灭了灯,"拿出冲锋的勇气!"四老牛想,媳妇没要上,今晚得到了她,她也算是我的人了。

四老牛刚迷糊会,听到窗下的公鸡鸣啼了,忙坐起来。于红英拉明了电灯。四老牛穿上衣服:"红英,我……走了……你甭起了,我踏着猪圈墙跳出去,省得你受冻了。"红英拽住了他的手,四老牛紧紧握了握,出了东屋门。他看看银白的缺月挂到了西南角的椿树梢上,估计天快亮了。

四老牛踏上猪圈围墙,听见"哼"一声,吓一跳。他四面看看没动静。于红英走出门小声说:"还民兵连长呢,连猪都怕。"

于红英开了门锁附他耳边说:"啥时再见面?"

四老牛又抱紧她亲了又亲,恋恋不舍地出了木大门,朝于红英首长似地挥挥手,走上了正西通往梁庄的官道,回想着夜晚幸福的情景,直想痛哭一场。

正月二十六,四老牛听着大孬家"噼里啪啦"的鞭炮声,在东屋里用被子蒙住头偷哭。他听见几个女人说着话向堂屋走。"大孬媳妇怪俊哩!""一下车就哭,结婚一场大喜,有啥好哭的！""女人嘛！ 哪有不嫁人的！"还夹杂着男人的咳嗽声。

一会二喜喊他："四儿，起来去堂屋，咱娘叫你。"

四老牛起了床，擦擦泪，来到堂屋。母亲在东间床上半躺着。赵大婶，梁鸿喜娘梁大娘，丁三嫂，大柱嫂，还有第一生产队长二栓叔，坐一屋子人。

有件四老牛不能接受的事，娘劝他几天了，他就是不同意。他觉着，事情要按娘的意见办了，他在梁庄就很没面子。四老牛估计娘请邻居来一定是说那件事情的，或者是当着众人面给他下"最后通牒"的。

梁母说："四儿，今个叫邻居来，就是说说你的婚姻大事。当年你二姥娘家你三姨死时，同着你爹都说好了，长大后让小霜做你媳妇，西间小霜床头放的一柜一橱一桌，都是你三姨给小霜留的嫁妆。定这事时，这些邻居都在场。你赵大叔、梁大爷正挨着批斗不便出面，你婶子你大娘来了，当时你二栓叔也在场。今个当着大家的面，把这事说明……"梁母有点发喘，"我这一病，把你的婚姻大事办了，走着也放心了。"

四老牛一瞪眼："我说娘啊，都解放二十多年了，您咋还包办婚姻？我说多少遍了，不同意就是不同意！"

梁母说："我没包办婚姻。小霜十五岁时我就跟她说了，前几天我又问了她，她说喜欢你。再说，小霜也是个好孩子，是我看着长大的。"

"好是好，可……可她是我妹妹呀，咋行？"

二栓叔说："四儿，别胡说了！ 你二姥爷与你姥爷伙一个老爷，到你俩这一代早出五服了，咋不行啊？""就是。"
许多人帮腔。

赵大婶说："四儿啊，别挑三拣四了，小霜是个好姑娘，
娶了她你是烧了八辈子高香。"

鸿喜娘说："四儿，你和鸿喜、二柱还伙一个老爷呢，
我不会坑你吧？你娘病得不轻，趁春节你俩结了婚，一冲喜
你娘的病就好了。"

"反正不中！"四老牛捧着脑袋蹲在门口。丁三嫂、大
柱嫂直拍打四老牛："俺看你是昏了头了！"

小霜抽抽搭搭地哭了："叫俺以后咋见人呢！"

"四小，你想气死我呀！"梁母气得说不出话了，吓得
众人乱叫。四老牛也吓了一大跳，忙跑到床边叫："娘，娘
啊！"梁母紧锁眉头，脸色蜡黄，不说一句话。四老牛吓哭了：
"娘！娘！您老千万别生气……"四老牛担心把娘气出个好
歹来，虽然心里只喜欢于红英，虽然对小霜没一点儿感觉，
最后还是勉强同意了。

根据二栓叔的安排，二喜负责到村委会开结婚登记介绍
信，第二天二栓叔领着四老牛和小霜到公社登了记，结婚日
子订在腊月二十九，堂屋西间当新房。

三枪、四海帮着布置新房。西间用席子搭了顶棚，梁母
早准备好了新被褥。小学陈老师写了红红的对联：一对生产
能手，两个革命模范。横批：永结同心。

腊月二十九，陈老师主持了四老牛与陈小霜的婚礼。三
枪点响了大红火鞭，大柱嫂子向空中撒着红碎纸片与麦麸子。

随着孩子们的吵闹声与大人们的说笑声，新娘子陈小霜蒙着红盖头，被丁三嫂与二栓婶搀着走上了红踏布，迈过红火盆，越过搭着红布的马鞍子，与四老牛并肩给伟人像敬礼，拜过高堂，夫妻握手……结婚仪式新老结合，好不热闹。亲戚，邻居，好友，喜笑颜开。上午，每人一碗白菜粉条炖肉片，俩馒头，爱喝酒的品两口曹州地瓜干白酒。

四老牛忙到半夜，看望一下母亲，就回东屋睡了。小霜左等右等不见四老牛来新房，就摘下红头布到东屋小声哭泣："结婚第一天你总不能让我守空房吧……"

四老牛说："一想你是我妹妹就……"

"谁是你妹妹？都登了记拜了天地，俺是你媳妇中不？你不去那屋，我来这屋睡。"

四老牛没法，就嘱咐小霜："一会我问你是谁，你就说是于红英。"小霜勉强同意了。两人脱了衣服钻到被窝里，四老牛关了灯问："你是谁？"小霜在下面答："我是……小……英……"

"嘭嘭"窗外响起了拍打声与"嘀嘀"的笑声，屋里没了动静……

四老牛难过好几天，没参上军，也没娶上于红英，他感觉自己是倒霉蛋，命运真的太会捉弄人了。他很茫然，不知道自己的人生会是什么样。

正式工人

过了春节，四老牛见娘病情好转，结婚又借了三枪、四海些钱，就与小霜商量，想去新市上班。小霜说："你走吧，娘由我照顾着。"

回到新市，四老牛仍当调度员，仍然每天练正步、拼刺刀，义务打扫站里的卫生，仍抽空拉零活。其间与小霜通信，询问娘的病情。小霜来信说，娘身体渐渐康复，能自理了，她也去县方便面厂上了班。

四老牛收到于红英三封信，第一封信上说，大孬爱赌博，劝他也不听。第二封信说，大孬花心萝卜，与三寡妇有一腿，她都快气死了。第三封信说，她给大孬洗衣服时见他有本"恩仇录"，才知道大孬是个心胸像针眼一样小的人。四老牛每次看完信看看周围没人，都深情地吻一吻光滑的信纸。他想着于红英躺着笑的模样，吻信纸如同吻人。然后把信都锁在了床下的木箱子里。

小霜来信说，"大姨妈"不见三月了，到医院一查，她怀上了。四老牛很高兴，天天都憋不住想笑。他想，没参上军，一定让儿子完成自己的心愿。他一有空就唱："革命军人各个要牢记……"。

小霜来信说她的钱攒够了，想买辆自行车，主要是方便来回跑着照顾婆婆。四老牛早就打算买辆自行车了，三枪、四海都有了崭新的自行车，他毕竟原来是他们领导，买辆自行车也算是向他俩看齐了。四老牛赶忙回信"照准"。

到阴历十月，小霜产下一子。四老牛请假回了家。母亲脸笑成了一朵花，催他看看自己的儿子。四老牛进到西间，咧着嘴笑。经小霜同意，他抱起出生不久的儿子，大声喊："我有儿子了！我有儿子了！长大当兵！"高兴得流出来两串泪水。母亲训斥他别吓着孩子，抱孩子时得托住头。扎头巾的小霜一脸幸福的笑。小家伙睁着圆眼看四老牛，四老牛更是高兴得嘴像锯开的瓢，再也合不上了。给小子取名叫梁越。他张开大嘴唱："革命军人……"

大孬早四老牛几天生个儿子，取名张记，据传是于红英起的。

母亲给四老牛说："头几天大孬找你喝喜酒，你回来了送他些礼吧，人家当着官，是官刁死民。"四老牛装没听见。

这次回家，四老牛是钥匙挂在胸口上——开心：还清了借款，添了个儿子，还添辆永久牌自行车，双喜临门呢！

四老牛办完酒席，年前回新市又干了一个多月。

到年底，运输站出现了变化。原来运输站归二轻局管，属集体经营。年后这个大院归了交通局下辖的第二运输公司，全部改成汽车运输，变成了国家企业。原有的各地民工全部返乡。梁庄二十多人都很高兴，回生产队劳动，大人孩子能在一块了。四老牛也很高兴，他感觉在运输站坐办公室分分活、喝喝茶的生活就像粗瓷碗边上的蓝线条一样刻板单调，回村当民兵练练武，参加大兵团作战（很多人集合起来一起搞农业工程）要比在新市的生活意义大得多。

临回家前一天，运输站给民工额外发十元钱，放一天假，让大家在新市玩玩。站里的领导请各运输队长吃了顿饭。梁庄运输队被评为模范运输队，得锦旗一面。

晚饭后，四老牛买了些礼品，与赵成、丁三、梁二柱看望了老乡，与张得方一家告别。张得方母亲拉着四老牛的胳膊，眼泪汪汪地说："俺离开老家十多年了，你们一走啊，再想见老家人就难了，孩子呀，啥时来新市千万往家拐。"丁三他仁纷纷表示："一定！一定来看望您老人家！"四老牛被老太太说得想掉泪，不知说啥好。

张得方给四老牛二十元钱，说："你们走了，不知啥时才能见面，这二十元你们走在路上用，全当我的一点儿心意。"四老牛坚决不要，张得方说："不收钱就是不认我这个老乡了。"四老牛没法，只好收了钱。

回到站里，丁三、二柱他们归心似箭，第二天东方刚发白，他们就往家赶了。与来时一样两人结伴轮流拉车、轮流睡觉。到第二天西半天布满红霞、鸟儿喳喳叫着宿窝时，他们回到了梁庄。还没进村，各家的大人孩子都到了村口。

小霜接四老牛回了家。四老牛见了母亲，看了儿子，晚饭后刷着牙还哼着歌。小霜哄儿子快睡觉，说四老牛一路奔波，也该早休息了。四老牛明白她的意思，赶忙刷牙。他刚放下牙缸正要上床，三枪、四海来找他说话，三人天南海北扯个没完。小霜说："俺家公鸡病了。"三枪、四海问咋了？小霜说那公鸡到半夜了还不知道睡觉哩。三枪、四海忙说不能影响四哥四嫂的"正常工作"，笑着走了。

夜里，远处传来零星的爆竹声，空气里洋溢着迎新年的喜气。

小霜睡南头靠窗户，四老牛在床北头睡。一会小霜哄睡着孩子，钻四老牛被窝里。四老牛让她去拉灭灯，小霜拉了灯又回到了床北头。四老牛例行"公事"，小声问："你啥时候在工厂里学会了巧话？我还真以为咱的小鸡病了呢。""少废话，干正事。""你是谁？""我是小霜。""再说这我起床走啦！"四老牛又问："你是谁？""我是……红英……"

按梁庄风俗，大年三十兴洗衣服，好洗去一年的晦气。小霜找四老牛的衣服，在箱子里翻到了于红英的信，又哭又闹："原先你看不上俺，现在当爹了还花心！"四老牛忙捂住了她的嘴："别胡说！外人听见了，还让我出门不？她来信，我没回。"小霜仍不依不饶，非让四老牛发誓，从今以后心里只能装她一个人。直到四老牛发了誓，她才破涕为笑。

梁庄人的春节过得愉快、祥和。人们五更起来吃饭，饭后串门拜年问好。初二开始，人人扛着装有馒头、点心的巴斗串亲戚，瞧朋友。

初五那天吃着早饭，四老牛心中盘算，一回到梁庄，运输队长职务就自动免除了，应该参加哪个生产队，自己还是不是个"官"？有人在门口喊："四老牛同志，村主任请你去大队部。"

四老牛到了梁庄中心的大队部，大门口墙上悬挂的"玉黄公社梁庄村委会"的木字牌还是他原先钉上的。四老牛进了大队部办公室，交上了在新市得的锦旗。黑蛋挤挤眼："水平还蛮高哈。"大孬坐在四老牛原先坐的椅子上，一边眯着眼睛吐着烟圈，一边晃着二郎腿。赵成、梁二柱在桌子外边低头站着。四老牛见外边放条凳子，就挺着腰板坐了下来。

大孬晃着腿偏着头吐口唾沫："四老牛，刚才我给他俩说了，有人举报你仨在新市参加了反动组织，我也不相信。但这是大事，你们仨必须到新市开出证明，才能进生产队劳动。"

四老牛瞪起了眼，咬咬牙："他妈拉个巴子！谁胡咧咧的？我们要参加了反动组织，早在新市就被抓起来了……"

黑蛋弹弹烟灰挤挤眼："水平蛮高哩！"

大孬一拍桌子："你骂谁？信不信，我现在就让民兵把你仨捆起来！"

"捆捆试试！"四老牛站起身来，瞪大眼睛，喘起了粗气，拳头也紧紧地握起来。赵成、二柱忙把他拉到院里："四哥，咱开证明去吧。"四老牛领赵成与梁二柱先到了玉黄公社，找到了公社主任。主任严肃地说："四老牛同志，这次群众检举，若你不是劳模、不是原梁庄主任，公社绝不会给你们留开证明信的机会。赶快开去吧！"四老牛说："啥举报！分明是大孬整俺仨！"

赵成、二柱又拉四老牛到院里说："四哥，咱开信去吧。"四老牛对他俩说："我去开信，你俩在家等消息吧。"

四老牛回到家拉小霜到东屋里，小声讲了情况。小霜说，谁会诬告，分明是大孬打击报复咱呢！四老牛咬咬牙："他妈了个巴的！"小霜说："要开不来证明咋办呢？"说着说着就要哭。"别哭，小心咱娘……"话没说完，梁母已到了门口："出事了不是？你小时候就给大孬、黑蛋打架，大了还是合不来。你要有个好歹，俺娘仁咋过呀！"话没说完掉了泪。四老牛鼻子一酸，他想，自己是男子汉，是顶梁柱，绝不能哭。他努力笑笑说："娘，放心，我绝没参加什么反动组织！"

四老牛乘火车返回了新市。一路上净叹气，自己一心想着做超人，当英雄，胜过别人，到现在连梁庄都待不成了，简直是盲人骑个瞎驴，黑夜又到了深水塘的边沿。

他在新市火车站下了车，顺着解放路找到了原来的运输站。大门口换了牌子"新市二运公司委员会"。四老牛向门卫说明情况，进到了院内。里面停着三十多辆大大小小的拖斗汽车，办公室里坐的人他一个都不认识。四老牛说明了开证明信的事。一个领导说，原来的办事机构撤销了，我们没权力开这样的证明，你得去找二轻局领导。

四老牛苦苦地想，难道没有我能走通的路了？难道有家真的不能回了？他想起了老乡张得方，看来这事还得找他。下午后半晌，四老牛到了张得方家。张得方母亲高兴得合不拢嘴，忙给他做了饭。说，等儿子、孙子下班回来让他们办。

晚上，张得方了解了原委，说："他们是故意刁难你们仁的，让张军给你办。"张军说："四哥别回去了，我安排你去二运当正式工人吧。一个月二十多元工资，比挣工分强多了！"

四老牛盯着他粗眉毛里的瘊子，高兴得心脏都想跳出来，但想想仍有不妥，说："我留下当了工人，可赵成、二柱咋办？"张军说："解决一个人好办，解决仨有难度。"张得方说："有难度也得解决，不能让老乡作难！"张军说："明天上午我办，你在家等消息。"

第二天上午下了班，张军说都办好了。我把你们三个在运输站填的表转到二运了。

四老牛高兴极了，他想，大孬，你夺走了我的妻子，还想把我从梁庄赶出来，可我吃了商品粮，当了正式工人，气死你！他连忙给赵成、梁二柱发去了电报：速回运输站当正式工人。到第二天，他俩赶过来，三人检查了身体，便到了新市第二运输公司，当上了正式工人，吃上了商品粮。

四老牛给家去信，说他仨当了正式工人，不回去了。

半月后，玉黄公社来人调查他仨情况，二轻局出了证明：四老牛、赵成、梁二柱三位同志，在运输站工作期间，服从领导，任劳任怨，立场坚定，没有参加反动组织。

四老牛下决心抓住机会，一定混出个模样来，让大孬、黑蛋瞧瞧，让梁庄人瞧瞧，他是好样的。

寻找大孬

四老牛感觉，自己的命运就像个马鞍子，高峰低谷相迭。这次来新市，他的身份与以前是天壤之别了。原来在运输站虽当调度员，但仍是农民工。现在成了正式工，吃了商品粮，比三枪、四海月工资还高二元五角呢。这个情况与原来的"级别"就吻合了。四老牛转正后，及时把喜讯告诉了家人，让家人多宣传宣传，气一气大夯，也算是扬眉吐气了一回。他嘱咐小霜，娘身体不好，再加上孩子小，有时间就参加生产队劳动，挣点工分，就别去方便面厂上班了。小霜回信说全听当家的。她还说，村里人纷纷议论，大夯、黑蛋想整四老牛反而把他"整"成正式工了。四老牛听了笑出了声，心里十分得意。但对大夯的恨一点没减，他愣愣眼，骂一声：妈拉个巴子！

四老牛他仨原先从来没摸过汽车，现在成了司机，都乐得合不拢嘴。赵成说，学会驾驶了咱开车回家，在村里几道街转几圈兜兜风。 四老牛扶着空方向盘学着电影《英雄坦克手》中的张勇："冲啊！……练一练手中枪，刺刀手榴弹……"

四老牛学开车不是忘了挂挡就是忘了松离合，但摇车打火二运所有工人与他比，都是戴着硬壳草帽亲吻——不沾边。一有打不着火的车，人们就会说"去找四老牛"。四老牛臂力过人，把袄一抢，摇柄都能随着硬压几个"过"。有一次四老牛竟然把车摇把子都别弯了。汽车"隆隆"响了，四老牛也刷了一把存在感。他仍想着自己是个兵，汽车兵，脑子里想的全是与汽车兵有关的镜头。他不穿工作服，整天军装不离身。

四老牛真正学会开汽车是三个月后的事了。他前几次开车送货，都有师父跟着，这一次因为路熟，就一人驾驶。他学着军人在货车上插些柳枝，架着方向盘仍想着志愿军汽车兵迎着敌机前进的镜头。过城郊十字路口，那里没有交警指挥，由于色盲，他不知是红灯还是绿灯。看看十字路口既无车又无人，就减速开车往前走。偏巧从右街口过来一辆开得很快急着转弯的砖车，两车发生了亲吻。经过警察处理，四老牛闯红灯负全责。他心里很难过，向领导说明了自己色盲的情况，结果受个警告处分。

二运领导根据四老牛色盲但摇车在行的实际情况，安排他学习修车。四老牛学修车，虚心刻苦，半年后会修小毛病，到年底就带了两徒弟。随着"二运"运输任务的增加，汽车越添越多。维修人员也随着增多，公司专门成立了维修车间。四老牛干维修早，技术过硬，自然当了车间主任。这很是让他自豪了一把。他想，自己不仅成了正式工，还当了车间主任，这身份放到梁庄也算是"高级领导"了。大孬当个主任算个球，不照样吃农业粮。为了突显出来自己卓越的领导能力，他规定，维修车间人员每天上班前，先集合训练队列：站队、立正、稍息、报数……有空就搞军训。赶巧，新市企业单位民兵搞练武比赛，四老牛的车间工人代表二运公司参加比武，获了第一名，又火了一把。

这年九月，小霜又生了个女儿，四老牛乐得满脸都是春风吹开的花朵。他给女儿取名梁慧。

到十一月，小霜来信说，大孬来过家两次，一见她就不怀好意地笑。四老牛回信说，别让他进家门，他坏你就骂。大孬是弹簧，你弱他就强。

于红英也来了两封信。第一封信说，支书、村主任复职，大闹（大孬）主任解职，整天沉迷赌博，越赌越大，越赌越输，把家里的钱都输光了，从黑蛋那儿借了几十元也输了。

第二封信说，有一天晚上，她梦见了四老牛。在打靶场上，他跑上了土岭，她追到了土岭；他藏到了靶后，她找到了靶后。最后她终于找到了他，都哭醒了。恰好那晚大闹抽闷烟，说她梦里不住地喊四老牛，于是对她生了疑心。他后来又听人说你去过俺家，就更是怀疑。经常吵着儿子的大眼越看越像四老牛。一次他喝醉后说要报复小霜，捞个"够本"。红英来信让四老牛嘱咐小霜，让她一定提高警惕，提防大孬使坏……

四老牛看信后怒火中烧："他妈拉个巴子！"他看看身旁没人又吻了那光滑的信纸，仿佛再次吻了于红英光滑的脸，对她产生了浓烈的"一日夫妻百日恩"的思恋。他拿着信，不知放哪儿安全，最后还是把信放到了床下的红皮箱里，把原来的小锁换了把大三环锁。

四老牛及时给小霜去了信，让她时刻提防大孬。说他灰老鼠长翅膀——不是什么好鸟，这次春节回去，他得收拾收拾那小子！

临近年底，二哥来封电报，让四老牛见电速回。四老牛估计可能是母亲病重了，马上请假回了家。

他一进家门，见母亲泪流满面。问她，不答话。他到了堂屋西间，孩子睡着了，小霜披头散发的，用被子蒙着头哭。四老牛厉声问："家里出了啥事？"小霜只哭不答。四老牛大怒，把小霜拉到东屋，一拍桌子："啥事？天塌了我顶着！"小霜哭哭啼啼地说了三天前晚上的事。那天晚上，大孬醉醺醺地，一摇三摆从外边过来，说是看望老人家。东拉西扯多半天，临出门非让小霜送他到大门口，后来把小霜拉到四老牛原来住的东屋的床上，连亲带啃。小霜拼命反抗。老母亲拖着病身子，拿笤帚打大孬。大孬这才放了小霜。他临出门又碰倒了老娘……

四老牛血贯面门，瞪大了眼睛咬咬牙，喘起了粗气："他妈拉个巴子！"他想起了民兵训练时武装部长经常讲："我们是希望和平的，但是敌人胆敢侵犯，就干净、彻底地把他消灭……"

四老牛握着拳头到大孬家、小餐馆找了个遍。凡是大孬可能去的地方都找了，就是不见他的踪影。四老牛眼睛通红："兔崽子，钻到地缝里也得把你揪出来！"

梁庄好事儿的妇女见四老牛脸色不对，知道有大事发生，就跟着四老牛。有劝的，有看热闹的……

傍晚时分，黑蛋拿着礼品来看四老牛，想"和和稀泥"，大事化小，小事化了。四老牛说，我必须见到大孬，当面听他解释。

黑蛋领着四老牛到了村南野地里的第一生产队菜园。大孬在菜园屋里吸着烟，偏着头吐口唾沫："听说你满街找我，想文了，还是武了？"

四老牛喘着粗气："文了怎讲？武了咋说？"

大孬说："文了，我给你赔个不是，过往之事永不再提。武了，今天让你挨顿现成的！"

四老牛气得发抖："你他妈不是人！"

大孬偏着头吐口唾沫："我看你是不想在梁庄混了，来人！""咚咚"从菜园屋旁进来两个人，一个歪戴帽子，一个斜楞眼。两人分站四老牛前后，大孬、黑蛋分站四老牛两边。四人对他形成合围之势。

四老牛想，自己的武功很久没用过，今天正好跟他们四个练练手脚。他大吼一声："再捣乱！再失败！"侧身一拳把大孬打倒在地。斜楞眼一上前就让四老牛一脚踩个仰面朝天。歪帽子没动，黑蛋只是劝几句。大孬一看局势不妙，像兔子一样撒腿就跑。四老牛随后紧追，一边追一边喊："再捣乱，再失败！"路边看热闹的妇女大笑："大孬怂了！"

四老牛追了大孬几条街，加上邻居拦挡，大孬不见了踪影。四老牛领着小霜，告到了公社派出所。公安人员在大年三十晚上抓走了大孬。

从此，大孬又一次从梁庄人的视野中消失了。人们传嚷，他被派出所处理后，嫌丢人又一次离家出走了。这次离家出走距他上次与黑蛋偷粮换吃喝那次离家，十个年头过去了。

正月初五晚上，小霜正整理他外出的行李。于红英哭着跑来找四老牛："快帮帮我四喜哥！大闹赌博把我押上输了，两个人拿着字据来领人呢！"

四老牛喘起了粗气："他妈拉个巴子！解放三十年了，两弹一星都造出来了，竟然还有这等胆大妄为之徒！走！"

四老牛跟于红英到了她家，一看，歪帽子、斜楞眼两人吵着要人，大孬父亲苦苦哀求，让他俩高抬贵手，赌债可用屋子顶账，人是万万不能带走的。

四老牛一拳打倒一个，又厉声呵斥："有种别走，把你俩抓起来送派出所！"俩货一看，论打架与四老牛不在一个档次上，便撒腿跑了。

当晚，大孬爹被气得一口气没上来，走了。四老牛出于邻里情，也为了帮红英，把大孬爹的丧事办了，迟两天回了新市。到新市他还想着，有朝一日逮住大孬，他定要给他点儿颜色看看！大孬跑了，他有责任对红英好点，她毕竟是……怎么说呢？

妻走英来

四老牛回到新市上班，一忙，就丢开了乌七八糟的烦心事。他早上训队列，白天修车、保养车，兢兢业业。晚上活动活动筋骨走几趟拳脚，练练拼刺……

让他添堵的是，梁庄家中就像有一团理不清的乱麻。小霜来信说，厨房不知是她还是娘没收拾好，失了两次火，让邻居救下了。儿子梁越感冒了两次。他母亲吞咽又困难了……

四老牛总是心神不宁，晚上一合眼就梦见一只狼眼闪着绿光，与他眈眈相向。

六月份，三枪来封信说，大好消息，大孬在外地出了车祸，头压得血肉模糊……四老牛心想：这种恶人，阎王早该收走了。听到这消息，反倒浑身没了劲。就像一个武林高手，没有了对手，一下子松懈下来了。

八月份，二哥发来加急电报：小霜不见了，速回。这消息就像晴天炸个响雷，四老牛大惊失色，头猛地感觉有簸斗那么大。春节后他就一直担心，结果祸事还是不期而至了。

老母亲有病，一大一小俩孩子，小霜好好的一个人，又不是空气，咋会说不见就不见了呢？

他心急如焚，请假后火速赶到了家。一进家门，母亲正掉泪哭泣，俩孩子抱住四老牛的腿哭着要娘。

四老牛问母亲："小霜啥时走的，走时说没说啥话？"母亲说："前天下午她扫树叶回来得很急，我问啥事，她说有急事出去一趟，晚饭前就回来了。孩子醒了叫我照护着。可一走，再也没回来。邻居帮着四处寻找，也没见影儿……"

四老牛哄了孩子，到派出所报了案，他四处找寻。田野，菜园，水井，余家洼水库，小霜原来上班的工厂，车站，码头……都找个遍，可小霜真像刮走的一阵风，杳无踪迹了。四老牛生出不祥的预感。

梁母本来年后身体就弱，遇上这档子事一生气，茶饭难咽，连打七天吊针。那天，她有了气力，喝了半碗稀饭，给二喜夫妇说："你俩都能挣钱，孩子也离了手脚，小霜要回不来，你们要帮帮四喜，他正难……"又转向四老牛："你爹走的早，我……吃苦受罪，不挺过来了吗……再难也得把俩孩子养大成人……"四老牛含泪点头答应。梁母看着孙儿、孙女，脸上现出慈祥的微笑。当晚，撒手人寰。

秋叶簌簌飘落，唢呐悲戚呜咽。四老牛痛苦万分，两个孩子正靠人操扯的时候，媳妇不知去向，老娘又走了，他觉着自己是天下最倒霉的倒霉蛋，是最苦最苦的苦人。

母亲的丧事办得比较隆重。六寸棺木，纸糊的花楼子、墩子人、钱箱子、摇钱树……头天晚上照当地规矩给逝者"送路"。梁家孝子从二喜开始，挑个白纸幡，围着香火锅转。二喜一边转着一边说："娘，我送你嘞！"转三圈磕个头，然后换四老牛送路。四老牛一个娘字未出口，就大放悲声了。他一哭，他的儿子女儿也哭，哭得周围人纷纷落泪。他一边转着一边想着母亲的音容笑貌，好像真的在为老人家送行。他想，娘要听见他与孩子哭，一定会醒过来的。

出殡时，梁家孝子一大片，三枪、四海……全都穿孝衣，哀声阵阵。大队长梁大爷主持丧礼。四老牛哭着，两个孩子哭着，看出殡的人都觉得可怜，可怜四老牛一个人领俩孩子，太难了，纷纷同情落泪。于红英躲在人群后，泪水像没关紧的水龙头，滴滴下落。她咬住自己衣袖，努力不哭出声来。

三天圆了坟。三枪、四海，怕四老牛伤心过度，正好村里演样板戏《红灯记》，就带着四老牛与俩孩子去看戏。饰铁梅的演员父亲去世不久，唱"十七年的教养，恩深如海洋……"哭得唱不成调了，台下的人都听哭了，四老牛哭得最痛，两个小孩也随着哭泣。三枪、四海赶快把四老牛拉回了家。四老牛哄睡了孩子，听到木栅门有响动，出门一看，惨白的月光下，一个人穿着大褂子，戴着大沿草帽东张西望地站着。四老牛有些疑心，仔细一看是红英女扮男装过来的。两人来到东屋里，红英说，我看见你哭，我就想哭，可又无法帮你。她握住了四老牛的手，四老牛觉着她的几句暖心话，就像大雪天的一盆暖烘烘的炭火……

母亲去世后第五天，梁二喜送四老牛与俩孩子去新市，村中很多人为他送行。四老牛看着哭泣的孩子，看看自己的老屋，心里沉甸甸的。梁大娘、赵大婶感叹说："前不久还火炭似的一家人，说散就散了……"

到了新市，张得方帮他赁了个民房小院，又给他找个孤寡老太帮着照料孩子，生活才算稳定下来。可两个孩子天天闹着要娘，闹得四老牛心神不宁。四老牛给二喜写信，叫他不断到派出所打听小霜消息。二喜回信总是说，没有消息。四老牛感觉事情很蹊跷，小霜老实本分的，没娘家，也没亲戚，能去哪儿？

于红英来信说，在梁庄住着，半夜里不断有人敲门，她害怕，就把红缨枪放床头。后来，她爹来叫她，她带孩子回娘家东新庄住了。他给红英去信说，小霜也不知去向了，日子过得好像雪上又加了一层霜，没女人的日子就不叫日子。红英来信说，你的心思俺懂，俺早想去你那儿了，可俺爹坚决反对俺去你那儿，说你有媳妇，就算走丢了还是有媳妇的人。他看完信，又亲了亲那光滑的信纸。晚上他做个梦，梦里他看见一枝美丽的花束，他很喜欢。只是那花开在雾中，朦朦胧胧的就是够不到手。

到春节放假，四老牛给二喜去信说，带两个孩子回老家过年多有不便，就不回去了。春节时老太太被她的外甥接走过年了，四老牛自己动手，安排过年，割肉买菜，给孩子添置新衣。

新年那天，张军让他领孩子去他家过年。四老牛带了些礼品，领两个孩子去老乡家。孩子"爷爷奶奶"叫着，增添了一点儿欢乐气氛。

初五后半晌，四老牛正训练俩孩子站军姿，门卫找他说，有人到运输公司找他，问见不见。四老牛说，有人找咋不见，咱虽是个主任，又不是日理万机地忙。四老牛赁的小院离"二运"不远，就领两个孩子去了。出乎意料，来人竟然是于红英和她母亲，还带着张记。四老牛梦幻一般，高兴得心微微发颤，忙让孩子叫于红英大娘，叫红英母亲姥姥。

红英娘把四老牛拉到背场说："俺老两口想让红英嫁人，她坚决不肯；让她回梁庄住，她坚决不回；整天哭着闹着要来你这儿。俺俩实在没法，先让她在这住着照料孩子。等小霜回来了，再让她回东新庄，反正不能眼看着她哭死呀！四老牛心里很乐意，故意沉下脸来说："中是中，俺大爷愿意不？"红英娘说："他也没法，心疼女儿，终归是同意了。"

四老牛领她娘仨回了租赁的院子。把生活安顿好，红英刷锅做饭、扫地买菜，有了笑意……

两个星期后，红英娘吵着回老家。红英说："让她回吧，她挂念俺爹。"四老牛趁星期天，领着红英娘看了新市的公园、动物园，送她到火车上，说好的，到老家县城红英爹接。

于红英让张记叫四老牛爸爸，四老牛说，还是叫叔吧。红英说："他是你儿子，看看他粗眉大眼四方嘴，老虎似的，像你不？"四老牛照镜子看看，还真像。红英叫儿子梁记，儿子也吵着："他俩都姓梁，凭啥我姓张？"四老牛心里盘算，既然儿子是自己的，那就该姓梁。于红英让梁越、梁慧叫她妈，俩孩子也乐意叫。

四老牛想："我不能干预孩子叫她妈的自由吧？"

于红英一来，孩子有了照应，玩耍有了伴，天天说说笑笑。四老牛让红英对孩子进行军事训练，说，孩子长大都参军。

半年后，于红英稀疏的黄发稠密发亮了，像冬天的小枝圆柱形茉莉灌木遇到春天一样，又开出了惹人喜爱的花朵。四老牛天天有红英照顾，小肚子也增加了半斤脂肪。

于红英想找个工作，可新市规定，给工人家属安排工作得有结婚证。于红英催着登记，四老牛说啥也不同意。他说，小霜下落不明，他作为一个车间主任，不能犯重婚罪吧。

四老牛回家给母亲过三周年纪念，红英闹着参加。四老牛说不行，外人会说长道短的。红英说，看你胆小的，刷自己的锅，过自己的日子，让别人说去吧！她哭了好几场，非要个名分不可。四老牛耐心劝她："我已经娶了小霜，现在还不知道她是死是活，没法给你名分，我的于红英同志！"红英说："她一辈子不来，我就一辈子给你当老妈子？"四老牛张张嘴，像被大风噎住了一样说不出话来。

四老牛回家给母亲过三周年，把于红英的事跟支书赵大叔、大队长梁大爷说了。他俩说小霜走三年了，没有一点儿音讯，你可先到法院提出离婚，等离婚后再与红英结婚就合法了。

四老牛想到小霜确实无音讯，就诉求离婚。费了不少周折，终于与于红英领了结婚证，在新市办了结婚典礼，有情人终成眷属，四老牛也算是因祸得福了。他想娶了于红英，往梁庄大街上一站，大声对人说，谁的媳妇有我媳妇可人！我自豪，我骄傲！他担心，若有人质问他，你第一个媳妇咋跑了？他会立刻灰下脸来，哎！真是守着秃子光说灯泡，别耻笑人了，中不大哥？

二次结婚

四老牛第二次结婚地点定在新市租赁的小院里。老家人、厂里人、张得方夫妇，站满了小院。鞭炮声又引来了附近的妇女与孩子。人们说说笑笑，小院仿佛一下子变成了早饭后热闹的超市。

结婚仪式由赵成主持。拜高堂时，红英父母、四老牛家代表梁大爷夫妇，端坐连椅上，两人恭恭敬敬给老人们鞠了躬。夫妻对拜时，由于站得近，他俩一弯腰鞠躬，头"砰"地碰在了一起。四老牛有铁头功没事，碰得于红英直哎哟，惹得众人哄堂大笑。

结婚仪式临时出两插曲。

一是，公司的年轻领导让二人介绍恋爱经过，点名让四老牛先讲。四老牛红着脸挠挠短平头："其实吧……修余家洼水库时我就喜欢上她了……""哈哈哈！早打上新娘子的主意了！你喜欢她什么？"四老牛结结巴巴地说："我喜欢她……短发腰系武装带，一幅军人气派……"年轻领导又让于红英谈恋爱经过。红英甩下刘海儿："我也是从修水库时喜欢上他的。""喜欢他什么？""喜欢他有军人气质……上坡弓腰推平顶车劲大……"赵成、二柱连四老牛的徒弟都鼓着掌，重复他的话"上坡弓腰推平顶车劲大！"拍得于红英脸通红，她说，好话也让你们想歪了。

二是，张得方夫妇、厂里人，向两人献了贺礼，祝新婚夫妇白头偕老。两人鞠躬致谢。

三是，四老牛两个徒弟向领导建议，让两位新人胸戴大红花坐车兜几圈风，领导当即批准。两徒弟开来一辆刚修好的拖斗汽车，让参加婚礼的人都坐上。新郎新娘站前面，其他人站两边。让几位老人坐连椅上，仨孩子在老人怀里。

"嘀——嘀——"汽车鸣着喇叭在柏油路上行驶。路两边风景树上的鸟儿唱着欢快的歌。街旁楼房一座连一座，远处的工厂徐徐地冒着青烟。四老牛一个徒弟爱唱歌，汽车一上公路他就即兴唱起了"逛新城"："雪山升起的红太阳……翻身农奴巧梳妆……电线杆子行对行，纳金日夜发电忙……"三个孩子拍着手笑，一车人喜笑颜开。年轻领导让四老牛唱个歌，逼得没法，四老牛就唱了"说打就打，说练就练……"年轻领导说，你俩说练就练行，可不能说打就打……大家又是一阵欢笑。

晚上，四老牛跟红英商量，说运输公司主任级别的人都戴着手表，他也想买一块。红英全力支持，说丈夫戴手表，妻子也荣耀。

第二天，四老牛就花三十元买了块钟山牌手表，添了个捋胳膊挽袖子的习惯。

仨孩子够入学年龄，先后就近上了红星小学。两人第一次送孩子上学，四老牛在老师面前一会看了三次手表。他与红英离开学校时，梁记梁越叫声爹、娘，一个女老师笑弯了腰。上午放了学，两人便让孩子改口叫爸妈。梁越很听话，梁慧也懂事，就梁记头硬脾气大。于红英说："就仿你，头硬！"四老牛说："就仿你，蛮不讲理。"

　　于红英吵着上班。四老牛到二运公司开了家属待业证明信，又到交通局加盖了公章，把信转到了轻工业局。张军出面，让于红英填表检查身体，很快把她安排到了新市第二纺织厂。

　　于红英头戴白色工作帽，身穿白色工作服，迈着轻盈的脚步，往来于"隆隆"的机器间。她整天哼着曲儿上下班："祖国的大建设一日千里，唱不完说不尽的，胜利的消息咿呀咿呀咿……"

　　一年后她被评为劳动模范。受奖照片，她的白工作帽配着黑红的瓜子脸，带着甜蜜蜜的笑……四老牛有机会就拿着照片给人介绍："她是俺媳妇，新市第二纺织车优秀工人。俺俩双职工，我主任级别的工资比她高五块两毛五。"说完习惯性地看看手表。

　　节假日，四老牛带一家人"野营拉练"。像《打击侵略者》中的战士一样，一家人戴柳条帽，背水壶，挎着包……四老牛说："你仨长大都要参军，保家卫国，完成爸妈未成的心愿！"梁记晃晃大脑袋敬个军礼："是！"梁越说，我要当军医。梁慧含着手指头笑。

　　爬山时，于红英在最前面，仨孩子在中间，四老牛殿后。两个儿子学着解放军的样子："冲啊！"女儿也不甘示弱。到了山顶，一家人俯瞰四周迤逦的山峦与葱绿的树木，跳着高喊："胜利了！我们胜利了！"四老牛看看手表，这次比上次爬山快了三分钟。于红英问四老牛幸福不？四老牛说幸福。他又想起了小霜，心中像晴空中飞来了乌云，不免又阴沉起来。于红英问："你与大闹有啥仇啊，他那样恨你？"

四老牛说:"没啥仇。小时候打过架,都是过往之事了。他爱欺负人,梁庄人都叫他大孬。"于红英说:"叫他大孬不亏,他就是孬!那时我整天为你担心,担心有一天他会杀了你!"四老牛不以为然:"他欺负小霜,我那样恨他还没想杀他呢。"

红英说:"反正人都死了,不提他也罢,咱们安心过咱的日子。"

幸福的日子像流水一样,转眼间六个年头过去了。许是盛极必衰使然,四老牛的生活又走了下坡路。先是纺织厂让个人承包了,于红英下了岗,她就在街上卖服装。市里出现许多私人运营车,二运公司慢慢无"输"可运了。后来二运也让个人承包了,四老牛也下了岗。这让四老牛非常忧虑,自己引以为傲的工人身份连同车间主任,都化成馍笼上的水汽蒸发掉了。不少下岗工人到街里卖起了饮食。可四老牛放不下身价,不屑与小贩为伍。红英让他去卖服装,四老牛也不去。红英说,你长得比我漂亮还是咋的?四老牛说,我一个大主任,怎能干那营生。

正好,二喜来信说家里分了十几亩责任田,他教学没空种,小艾做服装批发生意也不想种,想让四老牛回家种地。四老牛比较喜欢农村生活,就与红英商量回老家去。红英说,嫁鸡随鸡,听当家的呗!

四老牛领着一家老少,又回到了阔别二十年的梁庄。村里人问他,好好的城市咋不待了。他看看手表说,城市空气没农村新鲜。到老家后,他常摆一副很富有的谱儿。三枪、四海请他喝接风酒,两人倒酒时都露出了上海全钢三防手表。

他俩也下了岗，但搞个体户赚了不少钱。四老牛又一次感觉比下属落伍了，他自小当英雄的理想具体到了"多挣钱、比同村人富有"的目标上。

他翻盖了旧房子，在后墙临街建个"修配部"搞修配、电焊：修大车、小车、拖拉机、摩托……他感觉自己不仅仅是车间主任，也可以说是经理。修配部的门一开，来修车的、电焊的络绎不绝，钱袋子越来越鼓囊。不久他也买一块上海三防全自动夜光手表，不断向人介绍这款手表的优点。

四老牛在梁庄第一个买了拖拉机与客货两用汽车，耕种收获都很方便。他修配是个行家，种地也是把好手，十几亩地他一人很轻松地侍弄了。在收麦、打场、交公粮时，才需要红英搭把手。农忙时四老牛把自家地耕种好了，就帮乡邻耕地、播种，当然他也收费。实在困难的，他就义务帮忙。交公粮是个大事，四老牛早早把麦子晒干扬净，交上自家应交的一千五百多斤小麦，再帮助困难户交。他又买了部十四英寸黑白电视机，晚上很多人在修配部门口看电视。他回到老家，年龄大了，民兵没训练任务了。但仍穿军装，仍身板笔挺，他自己或带领家人仍然军训。外人送号"军人迷"。

于红英在家闲不住，就赶集卖服装。

两人勤劳能干，家庭用度富富有裕，小日子红红火火。梁记考上了军事院校，梁越考上了医科大学，梁慧考上了师范大学。这让四老牛很是骄傲，见熟人就夸三个孩子。他说梁记毕业当军官，梁越毕业当医生，梁慧毕业当教师。大家以后有事需帮忙尽可说话，说完习惯性地看看手表。

四老牛仍有不称心的事，晚上还经常梦见小霜，梦见她披头散发成了傻子，一边走一边叫："馍！我要馍！"四老牛哭醒好几回。这一壶不开，他不好意思给人提。

恶性报复

于红英回到老家开始卖服装。那天她卖衣服，隐约觉得一个白胡子白头发老人看她的眼神怪怪的，他不买东西也不说话，只是在她摊前来回转悠。下了集，于红英骑着大三轮车往家走。突然一个穿制服斜楞眼的人截住了她，说她车上有违禁品。旁边还站着上午见的白发老头。

于红英问他俩是干什么的？说自己卖服也不违法。斜楞眼说："我是工商所的。你卖违禁品就违法了。"于红英说："你出示了证件就让检查。"

白头发跟斜楞眼耳语两句，斜楞眼推起于红英的车就走。于红英拼命拉住车。白发老头狠狠打她一巴掌，拉住她向树林里走。于红英喊着骂着与他俩厮打，幸亏她原来在民兵训练时学过两手，又赶巧三枪、四海赶集回来，斜楞眼与白发人匆匆逃跑了。

回到家，于红英把这事给四老牛说了，四老牛气得满脸通红，愣愣眼，咬咬牙骂道："他妈拉个巴子的，朗朗乾坤，胆敢拦路抢劫！"

三枪说："四哥，现在个别人一心向钱看，咱县近年发生多起拦路抢劫事件，得提高警惕。"

四海说："你暗中跟着嫂子赶两趟集，看能不能碰上那俩坏小子。"

四老牛说："行，要碰我手上，非把他俩揍扁不可！"那以后，四老牛就隔三岔五地赶个集，在暗中盯着，但始终没见斜楞眼与白发人。

冬天的一个晚上，北风怒号，月亮闪着寒冷的光。四老牛看望患病的老岳父回来晚了，他开着客货两用汽车，快到自家屋后时，借着车灯远远看见两个人影在屋后晃动。他以为是三枪、四海。那两人见到车灯撒腿分两个方向跑了。这引起了四老牛的警惕，难道是敌特分子搞破坏？借着车灯光，他看见一个人跑时被修配部门口的黑槐树枝挂掉帽子，一头白发。四老牛想，这人是不是抢劫红英的白头发老头？忙按喇叭，跳下车高喊："抓坏人了！抓坏人了！"撒腿追去。那人先顺着四老牛家西边的南北胡同向南跑，四老牛随后紧追。白发人到村南头的东西路向东跑，一出村便跑向了麦田地，四老牛穷追不舍也跟到了麦田。四老牛本来带着手机，情况紧急，他没时间拨打110。他想，自己会武，除了揍过大孬、斜楞眼，还没派上过用场，这次他要亲手抓住可恨的白发人。

月色朦胧，朔风似刀。

四老牛追着前边的白发人，大声喊着："哪里逃！"那人顺着麦田跑一阵，就顺着去东新庄的路跑，四老牛穷追不舍。越追越近，四老牛能看清那人确实一头白发。他有点儿疑惑，白发老头咋跑恁快？

白发人一拐弯，顺着麦田跑向了东新庄西南的打靶场，四老牛追了过去。如今的打靶场成了一片菜地，白发人被什么东西绊了一脚倒在了地上，四老牛喘着粗气追到了他跟前。白发人喘着粗气，打个滚站起来，手持明晃晃的尖刀，向四老牛扎来。四老牛闪身一躲，感觉胳膊麻了一下。

那人转身继续向前跑，四老牛继续向前追。白发人跑到靶台处，倚着土台"呼哧呼哧"喘粗气，手握着尖刀瞪着眼看着四老牛。北风吹得他的白发不住飘动。四老牛也喘着粗气。四老牛瞪着眼愤怒地看着白发人，回忆着师父教的白手夺刀的技法，无一点儿怯意。他觉着北风在后面吹着，就像一个人给他助力。两人对峙了十秒钟，四老牛想："如果硬往上冲，必定遭到他尖刀的袭击，还是找个武器稳妥。"他一边警惕地看着白发人，一边用眼睛的余光扫视周围。借着朦胧的月光，他发现，在他脚边不远的地方，有个棍样的黑影。他猛地走过去，极快地抓起来，原来是一根破旧的红缨枪杆，沉甸甸的。四老牛感觉像多了个战友。就在四老牛拾东西时，白发人攒足了劲猛地举刀刺来。四老牛顺势用枪杆一拨，白发人一怔，停下手来。四老牛端起红缨枪做好了拼刺的准备："举起手来！缴刀不杀！"白发人握着尖刀，瞪眼看着四老牛。四老牛当民兵连长时经常带领民兵训练，对刺杀要领熟记于心。他怒目圆睁，大吼一声："杀！杀！"上刺，下刺，左挑，右刺，"招家伙！"一下扎住了白发人的大腿。白发人"哟"了一声，瘸了一下腿，又继续握紧尖刀与四老牛对峙。

四老牛重新收势，再喊"杀！杀！杀！"重来几个冲刺动作，"咚"刺住了白发人胸膛。白发人后撤一下身子，另只手捂捂胸脯，重新握紧尖刀，再次与他对峙。

四老牛重新收势，再喊"杀！杀！杀！"再次来几个冲刺动作，最后虚晃一枪直奔白发人面门。白发人用尖刀拨一下枪杆没有拨开。"咚"的一声，"唉哟！"白发人蹲下身子捂住了脸。四老牛用红缨枪对着他，厉声呵斥："交出武器！"白发人一挥胳膊把尖刀甩向了四老牛，四老牛一偏身，尖刀正扎住了他的右臂。四老牛拔下尖刀，端起红缨枪狠狠捅一下白发人的胸脯："站起来！走！"

白发人瞪着眼看着四老牛，手在地上不住地乱摸。四老牛又朝他胳膊上捅了一下，他突然抓住四老牛的枪杆，极快地站起身来朝四老牛头上狠狠挥了下手。只听"叭"的一声，四老牛感觉头麻一下，大概是块瓦片粉碎了。幸亏四老牛有铁头功夫，他咬咬牙挺住身，边骂边狠狠地戳他一枪又踹他一脚，把白发踩个仰面朝天。四老牛端着红缨枪杆大吼一声："走！再捣乱，再失败，直至灭亡！"那人磨磨蹭蹭向南走，四老牛厉声顿喝："向西走。"

白发人哆哆嗦嗦地前面走，四老牛警惕地在后面紧跟，不住地用红缨枪捣着白发人的脊背。四老牛感觉双臂发麻，他想，这时候必须强打精神，不能让白发人看出他受伤的半点破绽。否则白发人便会乘机反抗或逃跑。

离梁庄越来越近了，远远看到有人晃着手电筒走过来。那人捂着脸赖着不走了。

四老牛抖起精神厉声喝道："走！"狠狠捣他的脊背。白发人弯着腰哆哆嗦嗦地向前挪步。

"这边有坏蛋！"四老牛拼命朝着西边的人喊。喊声被大风刮跑了。

白发人猛地向南跑去，四老牛咬着牙猛追几步"咚"的一声将他捅倒在地。

"走！"四老牛咬着牙喊。那人趴在地上捂着脸再也不走了。

远处的人许是发现了这边的情况，晃着手电筒向这边走来。近了，原来是支书赵大叔、大队长梁大爷，还有三枪、四海、二柱、赵成、丁三……好大一群人。

大家用绳子捆住了白发人。四老牛一松劲，红缨枪杆掉到了地上。他们押着白发人回了梁庄。

二柱说，我正睡着，听见四哥喊一声，起来一看，你家堂屋门被人锁上了，屋后还放着一塑料壶汽油，感觉事情很严重，忙叫给了赵大叔和三枪、四海。于红英说，我听见喊就起来，就是打不开门。

赵大叔说，这是蓄意谋杀。他打了110，公安人员连夜派人把白发人押送到了公社派出所。

人们到了四老牛家，就着灯光，于红英猛一惊："血！"可不，四老牛左肩膀处的袄都露出了棉花，白棉花都被血染成了红色。他的右胳膊顺着手也往下滴血。三枪很快叫来了村医生。村医生给四老牛做了简单包扎，说，得去公社卫生院缝针。三枪、四海急忙把四老牛送到了公社卫生院。

四老牛叹口气："这是一起重大的恶性事件，要不是他看老岳父及时回来，要是他在屋里睡着觉，这么大的北风，汽油一燃，门又锁着，说不定一家人都被烧死了。白发人与我有何冤何仇，竟下如此毒手？"他一直关注着对白发人的处罚。

真相大白

公社派出所向梁庄通报，大孬还活着。这消息让梁庄人炸了锅，更让四老牛大吃一惊。

梁庄是方圆有名的大村子，梁姓居多，第二姓张，其他赵、丁、杨，人数较少。张大孬两岁母亲下世，他父亲治家有方，但脾气粗暴。大孬从小淘气，爱打架。

大孬是个睚眦必报的人。公安人员从他身上搜出一本"恩仇录"，里面写着王老师、陈老师批评过他几次，他已经双倍报复了。赵支书、梁大队长那次对他与黑蛋换吃喝的处理，他把他俩狠加批判，又让他们多次扛了铁棍。

本上写着，他最恨四老牛，小时候在水塘边揍他，让他颜面丢尽。长大他夺了四老牛快要到手的媳妇，也算出了口恶气。可红英说梦话光叫四老牛，儿子越大越像四老牛。四老牛从新市返乡，他原本计划"御四喜于梁庄村门之外"，反而让他当上了正式工。想调戏小霜捞个够本，却没打住黄鼠狼弄了一身臊。这仇恨已经到了他无法再忍的地步，他要杀了四老牛……

大孬两次离开梁庄。第一次离家三年，他当上了梁庄主任。第二次离家，他派了两个赌友，以要赌债为名想把于红英叫出来带她远走高飞，谁知四老牛一出面让他的"戏"演砸了。这还不算，反而把老父亲也气死了。真是"赔了夫人又折爹"。

那天大孬赌了一晚上，黎明时分，去睡觉的路上遇到一起车祸，一个人的头被压得血肉模糊。他翻翻那人的衣兜，翻出十二元六角钱与一个身份证。他顿生一计，看看个头与自己相似，就把自己的身份证装到死者兜里，把钱与那人的身份证装起来。离开压死的人，他到理发店染成白发，沾上白胡子。他想，从此张大闹"死"了，他可以用任何手段报复四老牛，还能逍遥法外。他报仇的计划是，让四老牛家破人亡后，自己再"复活"。

大孬"死"了之后，他派人点了四老牛两次房子，可火都被人救下了。

那天午饭后，小霜侍候婆婆吃了药，孩子也睡着了，她到村头路边扫树叶，准备积肥挣工分。正扫着，一个斜楞眼男人下了自行车问："大妹子，四老牛家住哪儿？"小霜看看那人，有些疑心，问："你找他有啥事？"斜楞眼说："我从新市来，四老牛病了，正在玉黄公社卫生院治疗，让他媳妇去看看。"

小霜听后吓得脸色惨白，哆哆嗦嗦地说："你等着，我到家拿些东西就来。"小霜急急忙忙到家，拿了钱与丈夫换洗的衣物。她没跟婆婆说实话，只说有急事去玉黄集一趟，怕她担心。她一心惦着四老牛，骑上自行车跟那人上了路。

从梁庄往南走到玉黄公社卫生院约七里路，中间路东有片树林，树林里有一片院落，叫丰产房。这些房子是"大

跃进"时期作指挥部用的，后来改建成了联办初中。这天
是星期天，无人。

小霜正骑车走着，听见"嗯"的一声，头一蒙，顿时失
去了知觉。当她醒来时，发现手脚被捆绑，嘴被堵上。她睁
眼一看，一个是斜楞眼，另一个是满头白发长着白胡子的人。
白发人就是大孬，大孬很自信，别说小霜，就是他亲爹也保
准认不出他。他拿捏着腔调说："别跟四老牛过了，跟他过
你不少受罪。斜楞眼家在山里，世外桃源，你若嫁给他，要
风得风，要雨得雨，一辈子净享清福。"

小霜拼命挣扎，拼命摇头"呜呜"地表示强烈反对。

大孬命令斜楞眼："扯出她口中的毛巾，捂住她鼻子，
给她灌下这杯忘情水。"

小霜一觉醒来，以往的事情迷迷糊糊记不起来了。她被
一个斜楞眼男人领进了山区。

四老牛住了几天院，伤口全愈了。皮外伤，再加上四老
牛身体硬朗，又没伤着筋骨，好得快。

四老牛出院后，公社派出所来人问四老牛："陈小霜是
你什么人？"四老牛说："是我前妻，她走失三十多年了，
当时就报了案。"公安人员说："找到了，在西山里一个叫
山岽村的地方。"四老牛大吃一惊："她怎么会去那里了？"

公安人员介绍了案情：白发人就是梁庄张大闹，诈死化
装成白发人，欺骗陈小霜上当，强行给陈小霜灌了苯二氮卓
迷药，把她卖到了山区……"

"他妈拉个巴子！"四老牛气红了双眼，愣愣眼，咬咬

牙，握紧了拳头，心想，那晚要知道是他，就用绝招了。

四老牛坐着公安车进了山区，在当地公安人员带领下，又步行越过一道山梁，找到了叫山峁村的小村子。远远看见一个衣服褴褛、头发散乱、又黑又瘦的妇女，走在石头路上，身后跟几个孩子。那些孩子叫着"傻子！傻子！"追着投她。村干部说："这位就是你们要找的人。斜楞眼被抓走了，你们把她带走吧！"

四老牛快步跑过去："小霜，我来迟了，让你受苦了……"四老牛猜测，小霜见了他一定又哭又闹，甚至打他几巴掌。可她像没听见一样继续走路，嘴里念念有词："药儿……祸儿……"四老牛想：小霜可能傻了。他暗下决心，从今以后，决不能叫她再吃二遍苦受二茬罪，无论花多少钱一定给她治好病。

四老牛拉拉小霜，小霜不跟他走。四老牛硬拽，她就一边挣扎一边"呜呜"地哭叫。四老牛背起她，她在背上连打带叫。四老牛背她走过山梁，把她带到公安车上。

公安车直接把小霜送到了梁庄。四老牛在认领书上签了字，激动得想给公安人员磕头，拉住公安人员要管饭。

四老牛家门口聚了许多人，左邻右舍听说小霜回来了，都想见见她，说说掏心窝子的话。小霜一下车，西邻居梁大娘抓住她的手，含着泪问她这些年到哪儿去了？是谁把她弄走的？小霜目光呆滞，面无表情。大柱媳妇、丁三嫂子不住叹息："苦命的小霜！"赵大婶子也落了泪。

于红英先给小霜做了鸡蛋面，等到不冷不热了端给她。

小霜一气吃了三大碗。四老牛说："别撑着她了！"于红英掉了泪："看把小霜妹妹饿成啥样了！"饭后，于红英给她洗了澡，让她换了干净衣服。

四老牛给儿子梁越、女儿梁慧打了电话，说他们生母找到了。梁慧师范大学毕业后在县城一中教高中，离家最近，很快就回到了梁庄。她看着自己的亲生母亲，拉住她的手叫声娘，小霜只是傻笑。梁慧红着眼圈说："她走时我才两岁多，一点儿不记得了！"又拉住于红英的手，"只记得你这位妈！"于红英落了泪。

梁越医大毕业后，在东南沿海大城市的一家医院工作。四老牛给他打去电话，第二天他就带着媳妇回来了。梁越一进门就走到母亲身边，拉着她的胳膊说："娘走时，我能记事了，记得你背着妹妹扯着我干家务，侍候奶奶。一次生产队分红薯，您推着车子，我跟妹妹坐两边。车子翻了，我跟妹妹在地上哭，您抱着俺俩哭……"他拉起娘的手问，"娘！您还记得吗？"

小霜只是傻笑。

梁越哭着说："娘，那年冬天一个晚上，我发了烧，您背着我去村卫生室看病，突然冲出一条狗，您一受惊吓绊倒了。您爬起来问我疼不疼，俺爸不在家，您又当爹又当娘，一天福没享过，这些年您去哪儿了？是谁害了您？"

小霜傻笑着："药儿！祸儿！"

"娘啊！"梁越"咚"地跪到地上，"不孝儿让您受苦了！"

"娘——"一声长啼，梁慧也哭着跪到了地上。

梁越妻子拉着梁越，也哭着跪下了。

于红英一手拉着梁越媳妇，另一只手拉着梁慧也止不住哭了。

四老牛抹把泪说："孩子，都别哭了，我一定给你娘把病治好，让她过上好日子！"

在场的人都落了泪。

过了很长时间，大家情绪才平静下来。梁越给四老牛和于红英说："爸，妈，俺俩商量好了，这次回来把娘接到俺那个医院，想办法看能不能给她把病治好。"

逮住大孬三个月后，玉黄公社在镇露天大剧院召开了审判大会。舞台前廊柱扎条横幅：严打狠惩，除暴安良，建设平安和谐美好家园。舞台前，人山人海。参加会议的有机关干部、各村村民，各校学生……

上午九时，从戏院大门口开进来一辆大卡车。武警从汽车上把犯人押上戏台。几个犯人低着头一字排开，每人身后站一名武警。大孬站戏台中间，他偏头吐口唾沫，扬起脸看看台下，被身后的武警按下了头。会场的人，议论纷纷，说着某某犯人是哪庄的，犯了何罪……

大喇叭一响，会场静下来。身着制服的法院院长，戴着眼镜一明一明地高声宣判："张大闹，系玉黄镇梁庄人氏。该犯杀人放火，强奸民女，偷运烟土，贩卖人口，赌博偷盗，无恶不作，罪恶滔天，不杀不足以平民愤……依法判处该犯死刑，立即执行！"

大孬站在戏台中间前排被武警押着，武警给他插上了打着红"×"写有"立即枪决"字样的亡命牌。他颤抖着再次偏头吐口唾沫，扬起脸看看台下，又被武警按下了头。

还有拦路抢劫的，一个妇女害死丈夫的……

宣判完毕，人们拍手称快。特别是梁庄人，感觉出了口恶气，格外扬眉吐气。人们纷纷说："再也不怕他当村干部欺负人了……"

大孬被枪决后，四老牛长出口气："他妈拉个巴子，罪有应得！"

三枪、四海、赵成、二柱、丁三……都吵着回家放盘火鞭，庆贺庆贺。赵支书对身边人说："善有善报，恶有恶报。时候一到，一定要报。"

根据四老牛的表现，上级对四老牛颁发了"见义勇为奖"：一张奖状一个证书，一个带有奖字的瓷盆，外加五百元现金。赵支书带领梁庄学校师生，敲锣打鼓地把奖状奖品送到了四老牛家。四老牛把钱捐给了公社派出所。见义勇为奖对四老牛来说是很大的安慰，更何况这奖的起由还是他完胜大孬。他骄傲，他自豪！于红英看着四老牛不住地笑，没人时连亲他好几口。四老牛想，自己的人生也够可以的了，你大孬有资格与我比吗？比得上吗？

终成超人

四老牛五十五岁这一年，国家有政策让下岗工人买养老保险。国家交一部分、个人交一部分。四老牛两口买了两份，后来又找了很多部门证明小霜是方便面厂工人，给她也买了一份。到六十岁，四老牛领了退休工资。于红英、小霜比他还早领几年。四老牛见熟人就说退休金领多些，或者说主任级别涨多少钱。以此证明他过去是个有"级别"的人。

进入新世纪后，国家实行粮农补助政策，农民不用交公粮了，还能领到各种农业补贴。孩子们都有了工作，不让老人再受累了。四老牛就关了维修部的门。于红英高血压，有时头晕，也收了卖衣服的摊。两人退休工资几千元，孩子不给钱也有剩余，更何况这个给买衣服，那个给买吃的，还隔三岔五给钱花。别人问维修部咋不开了，四老牛说，领着退休金，仨孩子都给汇钱不让干了。他想做超人的思想也随着年龄变大改成了注重养生、旅游，以表现自己的与众不同。

梁记打电话，让二老到他那儿去住。四老牛和于红英打算去体验一把军旅生活。年轻时四老牛与于红英都想成为军人，可美好的理想都成了美丽的肥皂泡。

两人到梁记那第二天，就吵着去靶场过过枪瘾。梁记说，你们民兵训练时用的是半自动步枪，现代军人用的都是尖端武器，你们根本不会用。再说军队有纪律，不像咱家的拖拉机，谁愿意开谁开。

四老牛坚持，不让打枪就到训练场饱饱眼福。梁记拗不过，让他俩看了立体化军事演习镜头：天上飞机盘旋投弹，地上排炮射出千万条火龙，水里航母、舰艇破浪前进……四老牛仍觉着不过瘾，非要看看真实训练。梁记是营长，让通讯员开车带两位老人下连队去看军姿训练：操场上，年轻军人容光焕发，队列整齐，摆手抬腿成行成列，非昔日他们"土八路"所能比。从训练场回来，四老牛夫妇激动了好几天。两人带着孙儿玩，还断不了哼军歌。

三枪来电话让四老牛回家，说家中合村并点了。各村拆迁并庄。梁庄、东新庄，好几个村全部搬到了玉黄镇上。

四老牛与于红英回了家。原有的房子补助了一笔钱，在新村回迁时又回迁两座漂亮的二层楼。新居距余家洼水库风景区不远。平时四老牛和于红英喜欢去水库广场练军姿，两个"老军迷"的"军训"成了水库风景区一道特别风景。别人夸："你们穿军装挺漂亮的。"四老牛说："大儿梁记都当营长了，比我当民兵连长还高一个级别呢！"

四老牛自己去梁越那儿两次，主要是看看小霜。他心里一直挂念她。小霜仍不认识他，但精神比原来好多了，就是还是不说话。梁越说，他娘不全是喝苯二氮卓迷药的问题，失忆主要是精神抑郁造成的。他不懂，只说好好给你娘治病，让她恢复正常。

四老牛从梁越那儿回来，已进入了农历十月，鲁西南天气有些冷了。于红英说："梁记多次来电话，叫咱去他那儿过冬，说南方冬天暖和。我看咱还是去吧，春节再回家过年。"

四老牛不想去，一是因为梁记部队事多，整天忙；再就是他住不惯高层，每天上下楼都得坐电梯。最后折中一下，四老牛把老伴儿送到地方，在那儿住几天他提前回家。

事情按原计划进行。四老牛在大儿梁记那儿住了几天一人回了家。来家第五天，梁记来电话说："妈整天惦记爸吃不好，吵着回家，过两天我把妈送家去。"四老牛说："这样也好，让她回来吧，省得我一人孤孤单单的。"

晚上四老牛手机充电关了机，到天明他去余家洼水库风景区跑操回来，倒上一杯水喝。有养生专家说，空腹喝白开水有益健康。他喝着水，打开了手机。一看信息通知，梁记昨晚打了几十个电话，他忙回电话。电话一接通，马上传来梁记号啕大哭的声音："我妈昨晚脑梗抢救无效，天明五点去世了。"

"砰"茶杯掉到瓷砖地面上，碎了。这实在意外得让他难以接受，于红英外出时还有说有笑的，咋说死就死了！这噩耗太突然了，一下子把四老牛打蒙了。

一开始两天，四老牛不哭不说话，不吃东西。三个孩子只好给他挂了吊瓶。丧事由三个孩子操办。到下葬那天，四老牛突然哭出了声，哭得死去活来。众人拉也拉不住，非跳坑里与于红英一块走不可。在场的人都感动得落下泪来。下葬三天了，四老牛仍不吃不喝，蒙头哭泣。三个孩子都劝跟他们走，可四老牛哪儿都不去，他说："你妈一定回来找我，我一走，她就找不到我了！"

这次意外变故，对四老牛的打击比任何一次都严重。七十来岁，本来还挺硬朗的，说驼背，背就驼了。

梁越来电话，说他娘的病比原来轻多了，虽不认识人，但基本上能自理了，想叫四老牛回他那儿去住。四老牛说："送你娘回来吧，正好让我侍候侍候她。"梁越就把母亲送回了老家。

小霜确实好多了，不吵、不闹，不哭、不笑，许是药物反应，只是爱睡，不爱说话。有时候她还是小声念叨："药儿，祸儿！"

四老牛侍候她吃饭、吃药，没事就领着她到余家洼水库风景区转转。

这年冬季的一天，没刮风，冬阳舒展开了身子。四老牛扯着小霜在风景区散步。他拉她坐石凳上，指着水库中心闪着光的冰说："当年修水库时，那场面红火着呢！"

"药儿，祸儿！"小霜盯着远方喃喃地说。

过来个人问："你是四喜哥吧？"

四老牛看看来人，鸭舌帽，大眼睛，粗眉毛头处有个瘊子："你是张军兄弟！"二人亲切握手。四老牛说："我还是去年中秋节时去新市看了得方叔呢！老人家现在九十多了，身体还好得很呢！"

"我父亲还扎扎实实的。"

"四爷，你认识我吧？咱还一个庄的呢！俺爷叫贺旦。"年轻女子梳着烫发。

张军说："她是我大孙媳妇，和孙子都在咱县民政局上班。"

"哦！"四老牛心想："听说黑蛋有个孙女大学毕业在城里上班……"忙说："知道，知道。"四老牛看看她扯的孩子，那孩子虎头虎脑的，穿着有红火箭标志的天蓝色羽绒服："几岁了？"

"三岁了。"

四老牛感叹："看看得方叔多有福，都见曾孙了！"

张军问："四哥，还种地吗？"

四老牛说："农村土地流转了，田地作业全部实行了大机械化，早让人承包了！"

"四哥今年七十四了吧？"

"虚岁七十五了。"

··········

这一年年底，四老牛与三枪、四海、赵成、二柱等领退休工资的人商量，凑钱给玉黄集镇中心小学捐了一万元的书。

过了年，春天来得特别早。正月十五余家洼水库靠边还有冰，中心的冰全化成了碧波。靠堤坝边的冰上飞动着白鹤，湖心水中游着自在的野鸭。

正月十六元宵节，玉黄集附近的人都到余家洼水库风景区游玩。踩高跷的，舞狮子的，扭秧歌的，好不热闹。

上午十点，四老牛带着小霜沿着堤坝走。堤坝上的垂柳枝条泛青了。

"药儿，祸儿！"小霜望着远方念叨。

四老牛整天琢磨小霜说这话的意思，他猛地想起来："小霜，你说的是不是找梁越、梁慧呀？"

小霜眼放了光："你见到越儿慧儿了？"

"见着了，他们都好好的呢！你看我是谁？"

小霜茫然地摇摇头。四老牛说："我是你四喜哥！"小霜呆呆地看着他。四老牛说："有个叫梁四喜的人，你还记得吗？"小霜呆呆地看着他不言语。四喜说："你再想想，有个人叫四老牛你知道不？"小霜眼放了光。四老牛说："你看看我是谁？我就是四老牛哇！"小霜怔怔地看看他摇摇头："你不是四老牛，你是……四老牛他爹！"四老牛哭笑不得。

"救命啊！有人掉到冰里了！""救命啊！有人掉到水里了！"

四老牛一看，就在他脚下的堤坝岸边，站着一群人，他们高声呼喊着。四老牛赶忙拉起小霜往出事点跑。

水中，一个烫发头的年轻女子拍打着水，一个穿红火箭标志天蓝羽绒服的孩子抓着女子的衣服哭一声沉水中喝口水，再沉到水下，冒出头来再哭一声……四老牛一看，那女子是黑蛋孙女，那穿着有红火箭标志的羽绒服的正是张军的孙子。

岸上的人有的打急救电话，有的在呼救。

四老牛跑到近前对几个小伙子说："光喊有啥用？快跳水救人呢！"

年轻人面露难色，说不会游泳不敢下水。

四老牛想到自己会游泳，当年在这里参加民兵游泳比赛，他曾获得全县第二名呢！情况万分紧急，救人要紧！他没顾脱衣服，沿着冰凌往里跑，"咔嚓！"他掉到水里了。他游过去，感觉自己正作为罗盛教式的英雄在冲锋。他拉住了孩子往外游，孩子拉着他妈。这样，四老牛十分费力。那年轻女子甩开了孩子的手在水中挣扎。四老牛游到冰边，把孩子托到冰上，自己沉下去喝了几口冰冷的水，冰凌烂了。四老牛再往上托，孩子终于被人救上去了。

有人喊："大爷，上来吧！"

梁四喜也感觉身体有些僵硬，直往水下沉。他看看挣扎的年轻女子，他知道，那女子是黑蛋的孙女，张军的小儿媳妇。四老牛又奋力游去。冲啊！他感觉自己是在冲锋。他喊一声"下定决心！"往前推她一把，自己往下沉一下，喝口水。他又喊句"不怕牺牲！"又往前推她一把，自己又往下沉一下，又喝了口水。他把她推到水边时，张着嘴已经发不出声音了。他自己没了一点儿气力，就像甲午风云中失去了动力的致远舰，身体慢慢下沉。他觉着自己是一名军人，作为一个战士向前冲锋……他迷迷糊糊看到小霜跳了下来，拉住了他的手，往外边拉几下，与他一起沉了下去……

粼粼的水面泛起几朵浪花，漂浮起一件绿军褂上衣……水面渐渐恢复了平静。四老牛用自己的生命完成了他人生意义的升华……

第二年，就在四老牛救人的堤岸处，立了一块石牌，上写：革命烈士梁四喜同志永垂不朽……这碑，与战争年代烈士纪念碑立在一起。

立碑时，许多人进行了隆重的祭祀。

每年的清明，梁四喜的儿子、女儿，孙子、孙女，来给他烧纸。三枪、四海、赵成、二柱……他生前的好友前来凭吊。张得方在儿子的搀扶下，带着孙子、孙女，重孙子、重孙女，前来悼念四老牛。九十多岁的张得方，抚着四老牛的石碑，叫一声"恩人哪！"，泣不成声……

小风水先生

凄楚的哀乐敲击着在场每个人的心弦，富裕新村村主任沉痛的哀悼词更让人怆然涕下："老风水先生不幸逝世，给新村建设带来了无法弥补的损失……"村人排成几队，鞠躬，再鞠躬，都眼泪汪汪的。是的，老风水先生参与了新村建设的精准规划后，新村人才辈出，新村人寿年丰，走上了康庄大道。现今他撒手人寰了，不知以后村里会不会变糟糕，会糟糕成啥模样，大家心里一点儿谱都没有。

万没想到，这损失一年后竟然被老风水先生的儿子弥补了。

老风水先生的儿子叫李然，他瘦瘦的身材、简单的衣着，体现了他事事追求简单的性格。上学时他害怕一大堆复杂的公式定理，初二便羞与学校为友了。对于老爸"天干地支""五行八卦"那套玄奥理论，他更是唯恐避之不及。他爸拉着他强行搞填鸭式教学，他捂上耳朵撒腿跑了。但这并不等于李然简单得连钱都懒得捡，老爸死后，他想当风水先生的念头便油然而生了。

　　想干任何事，都得先拿出由实力打造的"干货"让人信服。村东头张奶奶从城里回来养老不到半年肺病就犯了。李然免费给她看了风水，又是罗盘测量，又是红绳缠绕。他郑重地对她说，把西大门改成朝东开，半年后便可自愈，信不信在你。张奶奶犹犹豫豫地改了大门。还真神了，不到三个月，她胸闷气短的症状就消失了。张奶奶逢人便夸李然手段高强。

　　住庄南头的村主任听说了此事，也动了心思，他天天为儿子升迁的事情犯愁。他小儿子大学毕业后考上了县政府公务员，老村主任盼他升职，可他工作上却屡屡受挫。老村主任就把李然找来，让他给看看风水，权当是死马当作活马医吧。李然又是忙了一通，最后对村主任说，你在大门过道一米七三的墙面上安个拦门红漆横圆木，一年后你儿自然就官运亨通。村主任半信半疑地照着做了，一年后小儿子果然升了副科级。

　　村主任的赞美，让村里人都信了李然，大家都称他小风水先生。住村中心的赵二叔带着厚礼求他看风水，他儿子结婚三年没有收获，想要个子嗣。李然看看院子，用罗盘定好方向，让他在儿子住的东屋平房顶上安个长方形电动天窗，并再三嘱咐，你们家人在春三月夜间八点坚持一人不缺地静坐看半小时电动天窗，一年坚持十天，最多坚持三年便可子嗣兴旺。赵二叔照着做了，不到两载，儿媳果然生了个胖小子。

　　一传十，十传百，李然成了"青出于蓝而胜于蓝"的高人。于是十里八乡的人纷纷求他看风水。闲暇无事，李然打着饱嗝数着票子笑，吸口春风，爽心的花香沁人心脾。

村主任见了他，爱探问风水的奥秘。李然听见他问，便仰着头眯着眼看天，谈论天气或者收成，故意把话题岔开。他那副高深莫测的做派，更让人生出他能挥剑成河呼风唤雨的神秘感。

一天，李然听说村主任领一个来新村参观懂园林建筑的老者去他治宅的人家检验他的本事，便微微一笑，心想：自己是按照科学道理做事，真金不怕火炼，难道会出"纰漏"吗？

村主任领老者先去了村东头张奶奶家探问改门缘由。老者说，原大门朝西与西邻大门咬牙，损主人健康，改了大门后紫气东来进入院中，当然疾病全无了。

村主任领他看了求子人家的宅子。老者说，此家居在村正中心，周围房高，阴气太盛，对女子生育不利。东屋顶安上天窗，吸进阳光以悦女心，这样宜于子嗣繁衍。

村主任领老者看了自家宅院。老者说，你家门楼太高，又是南向，南山风烈，你家二小命主南山，这样就妨碍了他的发展。安上红漆圆木缓冲了南来之气，对你小儿成长有益。老者结论，能用此等破凶宅之法者，实非等闲之辈！

从此村主任对李然更是深信不疑，全村人都对他奉若神明。村主任听老风水先生说过，风水轮流转，富裕新村日后建设规划都离不开李然指点。在一个阴雨连绵的空闲日子，村主任带着好酒佳肴贵礼到李然家，希望他能为以后的新村扩建规划出谋献策。在李然家大客厅里，在最新定制的沙发条桌旁，村主任一边喝酒，一边请教风水学问。李然说话谨小慎微，只是吐露三分意思，一副见首不见尾的神龙状。村主任充分发挥自己的长项，实行各种酒令，"划拳""对数""飞鸟"，对李然百般献殷勤……李然渐渐忘乎所以地生出了"君临天下"的优越感。再加上酒精作用，话就像开闸的水喷薄而出了。他舌根僵硬地说，风水道理其实简单得很哩。就说张奶奶家吧，她原来与李奶奶天天吵架才去了城里，到儿子家住着。回来后两人仍像叨架的公鸡一样斗个不停，天天生气哪有不病的道理。大门改朝东开，东胡同王奶奶与善良平和的钱大娘好相处，出门又有小广场可锻炼身体，张奶奶身体当然就渐渐硬朗了。

外面的雨"唰唰"地下着，村主任听得一愣一愣的，筷子停在空中忘记了夹菜。

李然喝口酒，又拿起筷子夹口菜，津津有味地嚼，伸长脖子咽下，接着说，你家道理也很简单。你小儿一米八个头儿，受你影响爱仰头看天，一副目空一切的模样，在咱村有你罩着行得通，到政府部门咋行！据说，刘墉能当宰相就与他罗锅腰很有关系。你小儿孝顺，每星期都回来看你，红圆木专碰高个儿的头。你小儿碰头一年，自然就养成了低头的习惯，低头的习惯一养成，人生自然就顺畅了呗。

村主任听得瞪大了眼睛，目不转睛地盯着李然。

李然又喝口酒，咂咂嘴咽下，说，赵二叔要孙子的道理就更简单了。他儿子结婚三年都是光春节来家住几天，冬天不宜怀孕，再加上夫妻分居，就难有收获。我让春三月全家人晚饭后看半小时电动天窗，小两口不就团圆了？再说，根据孩子习性推理，屋顶上的电动玻璃像个手机大彩屏，眼下的娃都喜欢看彩屏玩游戏，我推测，看到那又大又美的玩意，孩娃儿还有不向他家去的道理……

说完，李然鼾声如雷，梦中露出惬意的微笑。

村主任惊愕地摔了筷子：早知道你这样看风水，还用得着请你？我根据事理推断，比你强多了……

心 病

一

阳春三月，早八点绚丽的阳光透过洁净的玻璃窗，照在正梳妆的资深美女严峻漂亮的脸蛋儿上。她浓而弯的眉毛与微微眯起的眼睛流露着掩饰不住的喜悦。今天，她要考验一下自己比较满意的叫甘永泉的男友，只要他能通过考验，她就治愈了自己暗存很久的心病，放心地与他携手走进幸福的婚姻殿堂。

"甘永泉一定能通过考验！"严峻胸有成竹地想。但考验仍需如期进行，因为这是她自己设定的结婚前必须进行的最后一道程序，就像买个保险箱必须设个开锁密码一样。

严峻今年二十八岁，在牡丹市一家知名度很高的网络公司当主管。她学历高，颜值高，心气高，是个喜欢追求完美的姑娘。从上中学到上大学，再到参加工作，变着法儿追求她的男士合在一起，可组成一个加强连。可她真正能看上的简直是寥若晨星。有的人不懂否定之否定规律，有的人不知道马尔克斯长篇小说《百年孤独》的深刻内涵，甚至竟然有人看不出蒙娜丽莎微笑中含有的恐怖……高雅姑娘的心，是凡夫俗子所不明白的。其实她并非是对婚姻不放心上的单身主义者，相反，她火急火燎地想找个如意郎君，好尽快把自己嫁出去。只是芸芸众生知音难觅罢了。她总不能因为急着嫁人，就随手薅棵狗尾巴草放进竹篮里当成珍贵的燕窝吧。老天不负有心人，直到去年春天，总算遇上了一家有业务关系公司的业务主管甘永泉，她才萌动了芳心。

甘永泉高高的个子，瘦瘦的身材，睿智的眼睛……无论长相还是能力，都跟她挺般配的。最让她满意的是：她严肃，他活泼；她沉默，他多语；她慵懒，他勤快。两人是人们常说的能长厮守的那种互补型性格。

经过一年相处，甘永泉言谈举止、生活习惯，都表明他是个爱情专一并且脱离了低级趣味的人。但是严峻还有一点点不放心，她感觉甘永泉看到红票子时射出的眼光含着热烈贪婪的颜色，好像眼里带着一把钩子，想一下子把钱全搂到自己篮子里一样。昨晚她与好友曲华精心设计了考验甘永泉的每一个细节。这个周末是个不同寻常的日子，将决定着甘永泉在她人生历程中的去与留。

严峻抹抹脸颊，用唇轻轻吮吸一下口红纸片，看了镜子里的自己最后一眼，满意地离开梳妆台。她打通了好友曲华的电话："好妹妹，安排妥当了吗？""两套方案都布置完毕，单等你的甘君入瓮了。"电话里传来曲华银铃般的笑声，"峻姐，我看你好像得了病，甘永泉是个优秀的青年，别多此一举地考验了。你要知道，一般情况下人性是经不住考验的。"严峻淡淡地笑笑："我要的是二般下的情况，考验是必须的。"她挎上心爱的金利来牌蓝色女士挎包，兴冲冲地出了家门。

严峻刚进电梯，手机响了。她不用看就知道是在楼下等她的甘永泉的电话，故意懒洋洋地接听："喂……"字音拖得老长。手机里传来甘永泉温和的声音："亲爱的，我在楼下恭候多时了，请领导照顾一下我的感受……"严峻没等他说完便挂了电话。出了电梯门，她径直走到甘永泉红色越野车旁，故意冷冰冰地说："不耐烦了是不？不愿意等我可以走人。"

"哪能呢。"甘永泉满面微笑，右手拉开副驾驶车门，左手遮住车门上部门沿，像忠诚的下属对待尊重的上司那样毕恭毕敬的，"我只是说可否考虑，当然啰，考不考虑那是领导的事，群众只是提个建议。请上车！"严峻微笑一下，又迅速绷直了嘴角。她就是要在甘永泉面前摆出威严的表情，并希望这种表情一直保持到两鬓星星。

汽车在电子导航的引导下，在轻柔的乐曲声中，顺着树绿花红的柏油道无声地飞驶。"牡丹公园到了，此次导航结束。"甘永泉把车停在牡丹公园广场的车位上，真诚地对严峻说："宝贝，你让我苦等到何时？咱们结婚吧！"严峻产生出一阵抑制不住的兴奋与激动，但她还是本能地皱起了眉头："干什么呀甘永泉，你有病啊？要是你的表现让我满意，结婚还是可以考虑的。"说着严峻出了车门，甘永泉也锁上车到售票口买了票，二人进了牡丹公园。

园里，牡丹盛开，争奇斗艳；三三两两的游人，悠闲自在。

严峻领甘永泉到一个僻静的花圃旁。甘永泉说："亲爱的，你是让我摘天上的星星，还是让我捞水中的月亮？我都毫不犹豫！只求能尽快走上幸福的红地毯……"严峻说："严肃点！你在这等我，我去下洗手间。""是，领导！"

严峻到了洗手间前的竹丛旁，见了在那等她的好友曲华。曲华与严峻都是披肩发，都是高挑身材。只是曲华比严峻小两岁，脂肪略略丰富一些，微笑多那么一点点。曲华说："峻姐，你这是多此一举。你俩是天生的一对，别犯病了！"严峻说："婚姻大事岂可儿戏？开始吧，华妹！""唉！"曲华笑一下去了。

严峻打开了手机屏幕，心里暗自祈祷："甘永泉呀甘永泉，但愿你能闯过此关！"屏幕上：一个姑娘在甘永泉不远处"不小心"掉下个钱包。甘永泉望着蓝天做仰俯活动，他怡然地弯腰，仰身，再弯腰，再仰身……动作潇洒自然。严峻打去电话："永泉，你来一下，看我的证件丢路上了吗？"而他来的路上，正好会"碰"到那个钱包。"好的。"甘永泉一边回答着一边往前走，他偏偏在放钱包的地方望了望远处的飞鸽，走过去了。"丢钱包"的人拣起了那个没人"拣"的钱包。严峻坚定地认为，甘永泉并非真正意义上地通过了考验，只是没见到罢了。

二

严峻迎着甘永泉走出来，说证件找到了。她和甘永泉到公园广场看了会儿体操舞，听了会儿自由唱，坐了回游乐场的"登月火箭"，荡了牡丹公园中心湖的鸳鸯游船……"嘟"，严峻手机来了条微信，是曲华的："好姐姐，见到心上人把我忘了？考验还进行不？烦死人了！"严峻马上回："好妹妹，我领他到约定地点，开始第二套方案。"

正巧，甘永泉去了洗手间。严峻在假山的花亭上，给曲华打了电话："好妹妹，他去中心池塘旁的洗手间，你在他回来的那片花台旁进行测试。""唉！真是病了！"电话里传来曲华不满的叹气声。

严峻调好云视频，手机屏幕上：甘永泉从洗手间出来往这边走，到花台旁边，一个女孩举着钱包喊住了他。这一切都是严峻与曲华精心设计好的，一切都在监控中。那个女孩说的话，严峻像台词一样背得滚瓜烂熟："叔叔，我看到您的钱包从裤兜里掉出来了。"甘永泉犹疑了一下还是接住了，等那女孩离开，他迅速看看包里的钱，环顾了一下四周，忙离开了那个地方。严峻心里像被重锤无情地撞击了一下，"霍"地疼了一阵：万没想到，洒脱帅气的甘永泉，竟然做了一千元的俘虏！

甘永泉坦然地回到了严峻身边，表情沉静得像眼前荷叶田田的湖面，波澜不惊的。在餐馆吃饭时，甘永泉表现得格外大方，一下点了好几个大菜，还不住地给严峻夹菜倒水。可严峻像走进了冰窖，浑身冰冷得直打冷战。

严峻耐心地等了一周，甘永泉对得到的那笔意外之财没有任何反应。严峻痛苦地做出了与他分手的决定，她绝不能容忍自己的另一半是个泼留希金一样的金钱奴仆。

星期天下午，严峻约甘永泉到了剑门路十字路口。这里的剑麻条条斜刺的叶锋代表着她的心。严峻眼里喷着火挑明了让人"丢钱"的真相："想不到堂堂的甘永泉，"严峻指一指胸口，"这里患有严重的疾病，竟然是一个见钱眼开的卑鄙小人！"她把甘永泉送给她的礼物一股脑儿摔到甘永泉脚下。甘永泉羞得满脸通红，恨得直打自己的嘴巴。严峻头不回地到了家，关上门哭了一夜，眼都红肿了。

三

大自然的春天还在，可严峻感觉自己人生的春天已经成为冰冷的严冬。

与甘永泉分手后，严峻好长时间都心灰意冷。闺蜜曲华无论怎样逗她、安慰她，严峻始终没露过半个笑脸。直到结识了高长博，她心里才重新燃起了希望的火苗。

认识高长博是在一个业务谈判的饭局上。高长博是牡丹市另一家大公司的副总经理，与甘永泉一样高挑英俊，但不像甘永泉那样整天乐呵呵的，而是一脸孤高的冷峻。这在别人看来是极大的缺点，可在严峻眼里却是天大的优点，因为正与她性格相合。据说人的感情是同极排斥、异极吸引的磁铁，可他们二人都同时被对方的冷峻所折服，好像终于找到了志同道合的人一样。严峻重新有了自信，有了激情，有了不易察觉的微挑嘴角，让人感觉像是嘲笑的笑意。两人在一起谈乐了，经常是一样的眯眼仰首望天微笑。

两人结交几个月后，也就是严峻与甘永泉分手后的下一年阳春三月的一天，在公园的僻静处，高长博说："昨夜我做个梦，梦见我对你说，我真的很喜欢你！想与你一生结伴而行。你高傲地望着天空一言不发。我又说，我想抱抱你，你仍一脸高深地不置可否。我就大着胆子抱了你……""别胡说！高长博，你有病啊？"严峻呆愣地望着他那张严肃的脸，郑重地问他："高长博，请你举起右手回答我，你能保证一生只爱我一个人吗？"高长博举起右手信誓旦旦地说："能，一定能！因为你是冰山上的雪莲，娶到你，是我一生中最大的满足，绝不敢也不会再有奢望。"严峻听后流下了幸福的眼泪。

严峻想，大龄女子的婚姻是没时间拖延的。经过观察，她认为高长博是一个具有高尚情操的人。他绝没有甘永泉看到钱后那种热辣辣的钩子光。她敢肯定地说，高长博绝不会是贪财的人。但严峻仍不放心，她从他看俊秀姑娘呆愣愣的眼神中读出了点儿什么。她感觉高长博心里也似乎患着说不出的某种疾病，不能不对他进行最后一次考验，然后再决定是否嫁给他。

从公园与高长博分别后回到住处，严峻给曲华打了电话，让她过来一下。近段时间曲华正与恋人闹别扭，接了严峻电话慢腾腾地来到严峻房间。严峻取了一罐饮料，拉开罐盖递给她："怎么了乐天派，一脸痛苦相，得病了？是不是那个家伙惹了你？告诉我，看姐姐怎么收拾他！"

曲华岔开了话题："怎么了姐，火急火燎的，啥事？"

严峻一脸坏笑地对曲华耳语一番。曲华忸怩地说："这怎么行！我看你真是病得不轻，朋友妻不可欺，朋友夫怎可抚……再说我周六晚上有约会。"

严峻抱住曲华："好妹妹，姐求你了！"

"姐姐，我再给你说一遍，这种考验毫无意义。"

严峻握住曲华的手："好妹妹，这是最后一次了。"

"好吧！真希望你快嫁出去，省得再烦我！"

按计划，对高长博的考验如期进行。周六晚上，严峻、曲华、高长博在"爱你哟餐馆"共进晚餐。三人本来就熟悉，在一块儿边吃边谈，很是融洽。他们从公司的战略定位谈到人生像狗舔饭碗，再扯到欧洲感伤主义文学。三人兴致高，情味浓，酒不醉人人自醉。严峻桌下踢踢曲华，一人去了洗手间。她打开了云视频，屏幕上，曲华脱下了外套，露出了显着一抹白肚皮与一道深乳沟的粉红色内衣。高长博瞪起了死鱼眼，呆呆地盯着曲华丰满的胸……严峻也像吃了死鱼一样恶心。

严峻闷闷不乐地回到了包间。高长博冷静地望望严峻，不安地问："怎么了，亲爱的？"严峻哼哼鼻子，眯眼斜望着屋顶的彩灯说："大概是吃了不该吃的东西吧。该散场了。"

高长博连干了两大杯酒结账去了。严峻认为，高长博根本没通过考验，特别是那双盯曲华乳沟的眼，像病态的鱼。严峻决定，必须再对他进行一次最后的考验，直到彻底认清他的人性为止。严峻再次亲热地拉住了曲华的手："好妹妹！姐姐求你再试他一次。为了姐的终身幸福，一会儿你送他到房间里，再挑逗他一下，看看他还有没有最后挽救的希望。"

曲华哀求说："峻姐，你饶了我吧！我真的不愿意那样做。"

"好妹妹，姐求你了！看在多年姐妹情分上，求你最后再帮一次，行吗？"

"好吧，我看你真是病得无药可救了。这可真的是最后一次，哪怕你一辈子嫁不出去也别再找我。"

"好，一言为定。"

四

她俩商定后，来到餐馆大厅。高长博结了账，三人来到停车场。严峻对站立不稳的高长博说："你喝高了，坐我的车回去吧。"高长博醉醺醺地上了车。

严峻开车送他到那座别致的楼下说："我身体不舒服，华妹，你送长博上楼，再给他倒杯水。"曲华抱怨地瞪严峻一眼，极不情愿地搀着高长博进了电梯。

严峻打开了手机屏幕：高长博几乎是被曲华拖着进了屋，说实在的，他两个还挺般配的，甚至让严峻醋意大发。

曲华扶高长博躺下，给他脱了鞋，盖上被子。又转身给他倒杯水，临别时挑逗性地摸了摸高长博的脸。高长博刚开始只是像死鱼一样瞪着眼，死死地盯着曲华，后来一件白衬衣划过一道弧线飞到床那头栏杆上，而后屏黑了⋯⋯

两人的"病"在一瞬间全表现出来了。严峻头懵了一下，不知道怎样回到了住处。到屋里她发疯似地摔杯子、撕衣服，一边哭着一边骂："卑鄙！下流！没良心！猪狗不如！"

高长博不再找她了。严峻打了他的电话，想约他见面狠狠骂他一顿："你不是说一生只爱我一人吗？"然后再吐他一脸唾沫，以解心头之恨。可对方电话已停机。曲华也不再找她了。严峻打了她的电话，想见面后毫不留情地质问她："我们还是好姐妹吗！你不是说朋友夫不能抚吗！是我有病还是你有病？"可曲华的电话也是"您拨打的电话已停机"。

两周后，严峻接到了高长博与曲华托人捎来的他们结婚典礼的请柬。严峻把它撕得粉碎，哭得眼睛像两个红桃子。

追求完美的严峻这次真的病了，是难以根治的心病。她始终盼望能找到完美丈夫，残酷的现实再一次把她的美梦撕裂了。

直到现在，美丽动人的严峻还是一个人单着。她一直期望着能有一个完美的男人向她求婚，这种期望像熊熊燃烧的火焰那样剧烈⋯⋯

我很好

南方 S 市的冬天像北方的春天一样：蓝天、白云、暖风、绿树、鲜花……

"接虾仔（孩子）哟，奶奶？"一个老太太翘着舌头从后鼻根发音问胡奶奶。

胡奶奶正坐在红星学校大门一边的台阶上等孙子放学，看着叫她奶奶的人，先是一愣，接着吃惊地睁大了眼睛。那老太太满头白发，前牙龇着，牙缝里嵌着肉丝残渣。胡奶奶感觉两人年龄相近，她叫自己奶奶，这辈分从何论起呀。

她按北方习惯回话："大姐，我接孙子。你呢？"

"你是北佬吧？看你面，靓女时遭罪多多啰。"翘舌根老太太喃喃地说，让人听起来有一种"吼喽吼喽"的尾音，有一个省的广播员就是这个腔调。

她慢条斯理地说着普通话，听着虽别扭，可胡奶奶还是能懂的。她有主见，不像别的老太太，见面便把家中乱七八糟的事情像竹筒倒豆子——全抖搂出来。她见人总是说，儿子媳妇孝顺，孙子孙女听话，我很好了。她从不给外人说，年轻时她吃的苦比谁都多，一说起来就想哭……

她年轻时，男人二十九岁上了大学，家中六十多岁的老公公体弱多病。俩孩子大的两岁多，小的六个月。她还种着十多亩责任田。忘不了那一年干旱，过了谷雨季节，一块地还白着。她用布单把二小捆到背后，弯着腰在旱井台上打水点种，见的人都大惊失色："胡大姐（北方辈分高的人称晚辈媳妇为大姐），小心别把孩子掉到井水里……"她擦把泪："没法子呀……"

她忘不了那一年，大儿咽喉肿痛。下着雨，她跑了三家借了几块钱，踏泥步行到八里外的东台寺拿药，回来天快黑了，"轰隆隆"的雷声在头顶炸响，瓢泼大雨迎面打来。她一路上歪倒好几次，弄得浑身泥水……回到家刚给大儿上了嗓子药，一看，老公公又拉了一裤子。忙给老公公擦好洗了裤子，老人与两小儿子还眼巴巴地等着吃饭呢，又忙去厨房做饭……

她忘不了那一年，一岁的二小发烧咳嗽，到半夜闷得张着嘴喘气……她慌了，忙敲响开代销店那家的门，借了十多元钱，又叫了丈夫的一个好兄弟，连夜去了茶集医院。医生说是急性肺炎，幸亏来得早，否则性命难保……

她吃的苦说不尽，啥时想起来啥时想掉泪……挖河时别人完工走了，她还得一人在大北滩的沟里往上撩泥土。麦季，白天收割，晚上打场，常常与孩子困倒在麦堆上。交公粮……

"奶奶，你咋来哩度（这里）了？"翘舌根老太太没话找话说。

她淡淡地说："给二小看孩子……"实际上在家生气的事不能给外人说。生气是因为大孙女。大孙女刚上学不守纪律，老师跟家长说，大儿媳妇脾气好，对孩子没严管。老师又说给胡奶奶听，她回："俺大儿媳不会发急，管不住孩子……"上午她刚一进家门，大儿子铁青着脸，指指点点地吼："你在外边胡嗒嗒啥啦！说儿媳妇的坏话你还多光荣啊……"

她受不了了，心想，一把鼻涕一把泪把儿养大，自己舍不得吃，给孙子买吃的。儿子没给过一分钱，没送过一嘴好吃的。有时候从外面带一兜东西都背着身子过去，大儿还不断红着脸吵她。她实在受不了了，给大儿吵："我说啥了？你们小时候有点儿好吃的，我都让你们先给你爷爷，伺候老人养育后代我哪点做错了？"在外面教学的老伴在电话里训斥了大儿。大儿给她赔了礼，说："我就这一个娘，气死了就再也没有娘了……"

"来哩度（这里）咋（习）惯吗？"翘舌根老太太悠悠地问。

她问清她说的意思，擦擦泪说："习惯，习惯，俺二小从来没大声给我说过话，俺二儿媳妇舍得让俺吃，给俺买衣服……"她说的是实话，二儿夫妇确实孝顺，但她心里仍有苦恼。那次，她本想与孙女一块吃饭，可见孙女摇着头浑身颤抖不动筷子。她问："咋了……"孙女说："我不想跟奶奶一块吃饭……"当时她的心就像被人砸了两铁锤，她万没想到会是这样……在家她天天想见大城市的孙女，孙女却连饭都不愿意跟自己一块吃……是嫌自己脏吗？她每天都洗澡，一天洗好多遍手。还有，孙女不吃她做的饭，连她煮的鸡蛋都不吃……她难过，她觉着自己没有用。她给二小说了。二小不以为然："这是小事，她不愿吃就不吃呗，要发展孩子的个性……"她觉着自己活着很没意思……

"放学时间到了，老师，你们辛苦了……"红星小学喇叭响了，学生排着队出了校门。

胡奶奶才想到问翘舌根老太太："老大姐。你咋叫我奶奶？"

翘舌根老太太笑了："我们依虾仔（孩子）呼大人的，我虾仔叫你奶奶，我就称你奶奶。"

胡奶奶问："你儿媳妇叫你儿子爸爸呀？"

"当然啰。"啰音拉得很长。

胡奶奶心想："还是这儿的人看重孩子，连称呼都依着下一代。"

翘舌根老太太的孙子出来了，他指着老太太说："给我买红娘鱼！"

"回家吃米行不行？"

"不嘛！就不嘛！脏老婆，不讲理！"

"啪！"翘舌根老太太朝孙子屁股就是一巴掌："食蕉（吃粪便）了你？"

胡奶奶拉住了她："老大姐，你不能打孙子，要发展孩子个性……"

"虾仔不及（知）道尊嗹（老）呕（爱）幼，性几（子）

强作恶多哟……"

过几年，老伴死了，胡奶奶不吃不喝。埋葬老伴后的第二天，胡奶奶一天没开门。晚饭时，大儿媳妇叫她吃饭，半天叫不应。大儿打开门，她安静地躺在床上，浑身冰凉。桌上放张纸，上面歪歪扭扭地写着两行字："我这样没本事的人能儿孙满堂，已经很好了……我走了……再也不麻烦你们了……"

纸上一个开口的老鼠药瓶歪倒了……

神秘电话

一

进入秋天，天高云淡。可同鑫并未气爽。

同鑫是城北二十里大同庄人，年轻时在当时很吃香的供销社上班。后来供销社解散了，他做了个体经商户，赚了不少钱。不幸的是八年前家中遭了一场灾难。

都是那场灾难惹的祸。妻子任美一到入秋就住院，一住院就得住个十天半月的。邻居都说同鑫壮得像头牦牛，他妻子弱得病快快。同鑫明白：要不是强撑着照顾她，自己早就趴下了。

同鑫从住院部药房取了一编织袋药，刚到护士室门口，手机响了。他把药交给护士，到走廊尽头富贵竹盆景背面接了电话："我是您儿子，被车撞了，快往卡里打钱……"对方的声音低沉、浑厚、沙哑，透着痛苦。

同鑫最初的反应是一惊，接着两手发麻、双腿战栗，随后有了一种模糊的惊喜和混沌的梦幻感，临了生出再听一遍那个声音的强烈愿望。他手抖抖地拨了回去："孩子，再叫声爸……"

"爸……"

同鑫浑身打战，的确像儿子的声音，他太熟悉了。真是奇了怪了，儿子八年前就不在人世了。同鑫上过中学，当然不相信人死八年后还能复生的鬼话，但听了声音，他还是兴奋了，兴奋得像结婚那天晚上喝了一斤二锅头。

同鑫眼前出现了儿子同刚的样子：高高的个子，黑红的国字脸，额头有个小时候不慎磕碰留下的杏核样的疤痕，浓眉毛，大眼睛，高鼻子，大嘴巴。儿子说话的声音低沉、浑厚、沙哑，慢声慢语的。儿媳妇整天一说两笑，不急不躁的。他还有个孙子叫同良，很像同刚。十二岁长成一米六的个头，也是国字脸，浓浓的眉毛下一双明亮的大眼睛，同样高鼻梁、大嘴巴。孙子爱学习，体谅人，脾气好，这也与他爸爸小时候一样……

同鑫快步跑回病房，附到妻子耳边："任美，我听到儿子说话了……"

"你说啥？"任美正愁眉苦脸地躺在心肺科病床上，这消息让她惊异得瞪大了眼睛。她吃惊地坐起来："发烧了吧，你？"

病房里有个腿脚瘫痪的病人让家人喂饭，另一个病人在锻炼抓手。同鑫搀着妻子走到走廊尽头富贵竹盆景旁，告诉妻子，他千真万确听到有个像儿子声音的人叫了他爸爸。说被车撞了，叫住他卡里存钱……

任美白皙的面部有了一点儿血色，她让同鑫打通那人电话，想听听八年没听过的儿子的声音。

同鑫拨通了那个电话，对方只响两声便挂了。再打就是忙音。他对任美说，那人让存钱，明显是骗子，现在高科技任何声音都能模拟。任美绷绷嘴角咬咬牙说，就算让他骗一回，也想听听他的声音怎么像儿子。同鑫说：你头发长见识短……

护士喊，十六床，打针……

二

算上今天，妻子住了五天院，上午要输三瓶液。从八点半挂上吊瓶，一直到上午十一点才输完。护士一拔针，任美就坐起来，说，病好了，咱去见那人。

这八年来同鑫都是迁就着她过来的，他不是拗不过她，是不跟她拗。他顺从地搀着她乘电梯从八楼下到一楼餐厅。餐厅旁边是个小花园，园里有花草、花亭、栓皮栎树。栓皮栎树下有几排连椅。同鑫劝老伴吃点儿东西，妻子说听儿子的声音比吃饭重要。同鑫只好领她到离人远的冬青畦背面，在花瓷砖台阶上坐下来。同鑫打去了电话，关机。再打，还是关机。同鑫说："也许他正吃午饭，咱也吃点儿饭吧。"

"没胃口。"

太阳像钉在了病房的大楼顶上，一动不动的。栅栏外梦蝶大街宽阔的马路上，汽车连成双向的三四条时断时续的长龙。花园里的栓皮栎树落下几片上尖下阔披针形苍黄的叶片。有一片正好落在了台阶的赤红瓷砖上，叶片旁边，有一只蚂蚁孤独地左顾右盼地爬行……

为了存不存钱，两人"充分交换了意见"。这几年同鑫处处让着任美，是看在她有病的份上，与"怕媳妇"没有半毛钱关系。

医院大门对过，就是一家"农商银行"。同鑫让银行值班员在自动存款机旁指导着，按手机上的卡号存了一百元。老两口到外面再打那个电话，还真通了。一个低沉、浑厚、沙哑，慢声慢语的声音说："存一百元，还不够一晌挂吊瓶的……"

同鑫马上颤抖了，他咳嗽两声稳稳情绪，看看任美，对电话里说，想让存钱，可我不会操作，到银行还得找人办理，加个微信存钱更方便些。同鑫提出加微信，实际上是想看看那人。他报去了微信号，很快就收到一个号码。他加好微信，马上打去了视频。但对方切换成了语音通话："快从微信上……转钱！"

同鑫咳嗽两声，说，看看你才存钱。不让看老婆子不出钱。平时凡是有人借钱，他总是拿老伴儿说事。

同鑫打去视频，老两口头挤一块看手机屏幕：雪白的墙壁，雪白的床单，一张国字脸，浓浓的眉毛，额头上有个小疤痕。镜头一晃不见了。

两人浑身颤抖，脸色同时变了。"还真像儿子！"同鑫手捂住胸口，怔了好长时间。任美十分肯定地说："像！再发去一百元，给他说见见面。咱干脆认他当干儿子算了。"同鑫心动了，假如那人同意，他愿意让他继承家中全部财产。

同鑫给那人又拨通了视频，那人又换成了语音通话："欠钱耍赖咋的？"

同鑫说："我不欠你钱，只想见见你，你在哪儿？"

"我，不想见你……"

"孩子，只要让俺见了，俺就给你很多钱，你的具体地点？"

那边电话挂了。任美眉毛收紧，嘴角下撇："我太想见他一面了。"

同鑫说："我也是……"

同鑫做出决定：要想见他，就报案告他诈骗，再向派出所提出见他一面的要求。

三

同鑫报案后开始替老伴着急了。老伴病情加重了，比原来喘得更厉害，干张嘴吸不进气来。她昏迷了三天才醒来。在她醒后的那天上午，城区派出所王警官打来了电话，说，"那人抓到了。他被车撞了，住着院，又是残疾人，行骗金额不大，判了他拘留十天的刑事处罚，还得等他出院后执行。"

同鑫向王警官提出要求，现在想去医院见人。

王警官说，现在你俩谁都不能见。你们要想见他，等他拘留期满去县城西南的拘留所大门口等他。到时候我提前通知你们……

同鑫在医院又照护老伴七八天，一共住了半月医院。回到家，老同又迷上了下象棋。遭遇了那场灾难后，老同就有了下象棋的习惯，因为一下象棋啥不如意的事情都忘了。他"放松"不到两天，就遭到了任美的强烈反对。同鑫说："这几年我晕倒过好几次，说不定哪天就不行了，你不让我趁活着跟棋友玩玩，非让我到地下跟阎王爷去下棋吗？"任美说："你玩，我不反对，但不能误了正事。"

同鑫进城办了几趟"正事"。城区派出所王警官回复：等消息。可连等二十多天，天天没有消息。

天气一天天转凉。同鑫被老伴吵得急了："别以为我怕你，你病快快的，是让着你。我下象棋也是为了活下来，活下来也是为了照顾你……"同鑫说的是真话，他早就感觉，自己已经不是邻居说的牤牛了，而是一匹强力驮架子的毛驴，说不定哪天就趴下了。

任美抱怨说："我活着为了谁呀？"

中秋节那天，邻居家都喜洋洋地庆团圆，同鑫夫妇孤零零地到了村北白榆林。这里原是一片盐碱地，平时很少有人来。两人步行到树林中间，沙岗前凸着两个坟头，土坟上长满了泛黄的杂草。

他们带来了油炸的食品和家中小院石榴树结的果子，虔诚地尚飨逝者。老两口不由得放声痛哭，哭后再互相劝慰，越劝慰越是一个比一个哭得伤心……

深秋的一天下午，同鑫接了个电话。王警官通知他：明天上午九点可以去见人。

一晚上两人激动得没合眼。刚天明，同鑫夫妇就到了县城西南的拘留所大门口。高高的印有盾牌图案的钢制大门紧闭着，门外是淌着一弯秋水的洙赵新河。

两人坐在桥帮上，有一搭没一搭地说话。同鑫望着洙赵新河与河外的阴林公路，心总是不安地跳动。他把目光移向拘留所门口，门口绛紫色警戒线被阳光照得格外刺眼。这儿寂静得连个麻雀都没有。偶尔进出一辆警车，大门又迅速关闭了。

直到十点，王警官才把那人从里面接出来。

那人低着头，头发蓬乱。他上身穿一件红白相间的秋衣，秋衣的下边开缝处露出原有的绛红底色。一只袖子空着，在风中不安地飘动。

同鑫亲切地说："孩子啊，俺俩没顾上吃早饭赶到这里，就是想见你一面。你抬起头来，让俺看看。"

那人低着头，一只手抓着空袖子揉搓着，抬头看他俩一眼，目光又移到地面。他的国字脸有点发白，额头上有个疤痕，浓眉毛，大眼睛，抬头时眼睛射出两缕冷光，高鼻子，大嘴巴……同鑫夫妇睁大了眼睛，泪水大滴大滴地往下落。任美抓住了他的手："孩子啊，你受苦了……"

那人怯怯地往后撤着身子。

任美说："孩子啊，你特别像俺死去的儿子，你愿意做俺的干儿子不？"

同鑫摆手训斥她话说得太早，应该先问明情况。

那人说他叫强虎，是城南强庄的，八年前被人打成了残疾，两个儿子被人追打逃跑时让车轧死了……

"啊……你……不是死了吗？"同鑫瞪大了眼睛，脸色瞬时成了白纸一般，嘴巴大张着，浑身颤抖得厉害。任美嘴唇也哆嗦起来。

"没……躺了半年，活过来了。老先生希望我死啊？"

任美号啕大哭："你这个猪狗不如的东西，想不到还活着！你该向俺家赔罪呀……"说得强虎一愣一愣的。

同鑫语气坚定地说："你不是缺钱花吗？只要你跟俺到那个地方真诚地赔了罪，我可以给你八万块钱，甚至更多。"

强虎眨巴眨巴眼："说话作数？"

同鑫郑重地点点头："我最厌恶不诚实的人。"

"你是哪庄的？只要我错了就赔罪。"

"去了就明白了。"

三人上了同鑫的电动汽车。汽车沿着阴林柏油路向北驶去，一小时后到了大同庄南边的荷塘。强虎脸色变了："停车，我不去这个村……"

同鑫皱着眉头不作声，开车绕过荷塘，直接去了村北的白榆树林。树林中间两座坟墓旁边树上的乌鸦见有人来，"哇呀哇呀"地叫着飞走了。

四

三人站在两座荒凉的坟前。深秋的风冷意袭人。

同鑫让强虎对着小土坟鞠躬赔罪，说，你赔完罪我再替大坟里的人给你赔罪。强虎拧拧头。

同鑫望着小土坟声泪俱下："想不到我还能得个诉冤的机会。这是我孙子同良的坟。他从小乖巧听话，十二岁上了初中。八月二十六号新初一新生开学，第一天下了晚自习，你两个儿子到我孙子同良寝室要钱。我孙子不给，你俩儿子把他打了两顿，还不让他报告老师……"

任美指着强虎的鼻子吼："你儿子凭什么打人？凭什么要钱？难道不是你教育不当的过失吗？"

强虎翻翻眼低下了头。

同鑫沉痛地说："我儿子、儿媳都在外地打工，学校通知我去了学校。我到了寝室，见我孙子用被子蒙着头，在床上蜷缩成一团，浑身颤抖。我一叫他，他哭着一头扎到我怀里，一个劲地躲藏。你能想到我当时有多痛心吗？我强压怒火，带着孙子回家了。我以为孙子到家休息两天就好了。谁知他到家还是一个劲地颤抖哭泣，不吃饭，惊梦。第二天我和他奶奶带他去县医院看了大夫。精神科医生开了点药，说我孙子属于深度惊吓，让我们去省医院看大夫……

"傍晚，我儿子、儿媳回来了。我孙子一米六多的个子蜷着身子瘫在床上，胳膊腿都失去了知觉，连翻身都不会了。我们一家人围着他痛哭。当天晚上儿子报了警，提出让打人孩子的家长带着打俺孙的孩子来道个歉。我们当时想，同良是被吓着了，你带着孩子来啦，让我们假装揍他俩一顿，好让同良感觉伸张了正义，抚慰一下他受到创伤的心灵，让他壮起胆来。可你始终没进俺家门一步……"

强虎怯怯地说："有人告诉俺，我孩子才十三四岁，不用承担法律责任。如果一出面，麻烦就大了……"

一旁"呜呜"哭泣的任美喊叫："你还有点儿人性没？你只考虑自己，替俺家想了吗？俺孙子本是个活泼可爱的孩子，被你的孩子打成了残疾。你想过吗？那些日子俺一家人是咋过的吗？整天以泪洗面呀！"

同鑫擦了把泪："俺孙子在省医院住了二十多天医院，最后骨瘦如柴。回家两天……死了啊……我和他奶奶病倒了……我儿媳妇喝药跳进村南池塘死了……你……你才被公安人员逼着拿出八万元……就是八十万八百万能买回我孙子的命吗？能买回我知冷知热的儿媳吗？我问你，你的心是肉长的还是铁打的？你欠不欠个赔罪！你……跪下……"

强虎双腿颤抖着跪下，低着头哭了："俺难呢！"

同鑫到孙子坟旁抓起一把泥土拍着坟头说："孙子啊，打你的家人给你赔罪了……"

任美拍打着坟哭："孙子啊……你可以安心地……睡了……"

强虎跪着哭了一会，又倔强地站起来，指着同鑫怒吼："你儿子趁下晚自习，在林荫路上把我打残，又追俺俩儿子打，他俩跑得急，被汽车轧死了……你不该给俺赔罪吗？"

任美愤怒地喊："我儿子是老实人，都是你们逼的，可怜他也跳进洙赵新河死了……"

同鑫感觉强虎两个儿子死了，他也成了残疾，也挺可怜的，他想起一个疑惑问题，问他咋知道自己的电话号码。

强虎说，他母亲去年过世时，给了这个号码。她说："我死了，你又残疾，若遇到特大困难，就打这个号码。叫他爸。他欠咱钱……""我被汽车撞了，身无分文，就……"

同鑫回忆了一下，八年前发生灾难时，有个女人打电话，求同鑫看在她的面上饶恕她儿子，家穷，拿不出钱……他问："你妈叫啥？"

"相彩云。"

"啊……"同鑫记起来了，当年在供销社时，相彩云与他好，后来怀孕了，又被她家人逼着嫁到了强庄。同鑫头蒙了一下，感觉天旋地转，眼前的是他亲儿子，被车轧死的是他的两个亲孙子啊！他拉下嘴角，对妻子说："……把钱给他……"话没说完，脸黄得像一张金箔纸……

"老头子……你咋了……我离不开你呀！"

"我在那边……等你……与咱的……儿子……孙子……见……面……"

凄惨的秋风，吹落了一地秋叶……

博 弈

一

公元 213 年，汉献帝派御史大夫郗虑册封曹操为魏王，把冀州、并州等十郡作为魏国封地。曹操被封享有天子之制，获得"参拜不名、剑履上殿"的至高权力。

东汉建安二十一年（216 年）夏四月，汉天子加封魏王曹操食邑三万户，位在诸侯王上。他可奏事不称臣，受诏不拜，以天子旒冕、车服、旌旗、礼乐郊祀天地，魏王子皆为列侯，出入得称警跸，宗庙、祖、腊等皆如汉制。魏国国都在邺城。此时曹操名义上为汉臣，实际上已拥有皇帝的职权与地位。

到十月，汉廷更进一步准许魏王曹操使用的王冕规格与皇帝等同。

庆典这天，曹操头戴黑色垂有玉制十二旒冕的王冠。冕冠两侧，各有一孔，用以穿插玉笄，与发髻拴结。并在笄的两侧系上丝带，在颔下系结。在丝带上的两耳处，还各垂一颗珠玉，名叫"允耳"。"允耳"不塞入耳内，只系挂耳旁，是用来提醒戴冠者勿听信谗言。他身着绘有章纹的上衣，黑色下裳，红色佩有蔽膝、佩绶、赤舄的冕服，乘金根车、六马驱策。这些穿戴衣着车具与天子等同。

卞夫人头上梳着插髻的云鬟，身着上身青色下身浅黄的蚕服，坐在副车上。她感觉自己的夫君八面威风，自己也是威风凛凛的。她朦朦胧胧地想，自己从小盼望的也许是眼下的情景，也许不是。她隐隐约约地看到丁夫人、环夫人正虎视眈眈地盯着她，心里不禁激灵灵打个寒噤。

曹丕见父亲成了王爷，做王储的心像阳光下的向日葵花蓦然开放了。他从小总想胜过别人，现在才明白，自己眼下就是想当太子，继而成为魏王。曹丕是这样认为的："如果哥哥曹昂在世，他做储子，自己绝没怨言。曹昂已经离世，自己是嫡子中的'老大'，本该属于自己的东西，如被别人拿去，世人会如何看待自己。用老家谯县人评价，"这人非呆既颠，若是一服中药也是二货渣滓"他丢不起人！

曹操虽然获得封王殊荣，却整日闷闷不乐。卞夫人问道："夫君，如今，家庭兴旺，国泰民安，您终日闷闷不乐，所为何事？"

曹操道："夫人只知其一，不知其二。如今诸侯割据，群雄逐鹿，天下鼎沸。人活在世就是一场残酷的博弈。我虽被封为魏王，汉室尚未统一，黎民依然生活在水深火热之中。我的两个爱子都先后离我而去了。现在需要考虑在子桓、子文、子建之中选太子的事情，他仨虽然比其他诸子优秀，但都缺点明显，这让我很是忧愁不安啊。"

卞夫人看着七尺身材，细长眼睛射出犀利深沉智慧的目光，不怒自威的丈夫，他头发稀疏，粗粗的眉毛与三绺长长的胡须已经多杂斑白，悲悯的情绪像一股涓涓溪水流满心田："夫君已经近于知天命的年纪了，确实需要一个儿子替他抗一抗……可这事还有什么为难的吗？现成的人选就在那儿。她的曹植儿聪明伶俐，学富五车，仁心宽厚，不就是当太子的材料嘛？"她心里这样想，可嘴里可没这样说："这是家国大事，还须夫君定夺，臣妾无法相助。"话说回来，她也很想得开，可口的柿饼子不能让自己全咬了：能让亲生的三个儿子任何一个做太子，自己就能立于不败之地。当然，若能立自己最喜欢的儿子曹植做太子，以后的日子就更加称心如意了。

卞夫人趁曹操去许都，叫来曹植，小声嘱咐："你要小心翼翼地做事，千万把嗜酒的毛病改了，以博得你父王的欢心，这内中缘由可自行体味……"

曹植给母亲捶着背，道："母亲教诲得极是，孩儿定铭记于心。母亲大人，您老人家年轻时没少吃苦，现在我们长大了，您别再劳累了。"

卞夫人爱抚地说："这才是我知冷知热的好儿子！"

卞夫人又着意安排了曹丕、曹彰，大意是让他们弟兄三人团结一心，做好魏王交代的事情，你们弟兄三个谁能担负大任，我都高兴！决不能重权旁落……

曹丕从母亲的谆谆嘱托中体味到了她的护犊之情。但是他不能完全接受母亲的安排，好像他们弟兄三个谁都可做太子似的。做太子的只能是他曹丕，这是不容更改的结果，一定的！

曹丕要做太子，就要胜过那一大群兄弟。令他惊讶的是，他的头号政敌居然是小小年纪的曹冲。曹冲是曹丕的同父异母弟弟，容貌俊美，仪表不凡，聪敏早熟，五六岁时就表现出成年人的才识和智慧，因而最得曹操欢心。曹操经常在朝臣面前称赞他，夸他既有才识，又有仁心，言辞中透露出要立曹冲为嗣的意思。

曹丕对父亲这样的评价很不以为然："就凭一个屁点大的庶出弟弟就能做王太子，他一万个不服气！"

卞夫人与曹丕的担心不久便解除了。

208 年，曹冲称象后不久患了急病。

孔融行刑前那一天，曹操还在许都的时候，从邺城来的一个快马骑士带来一个令他不安的消息：他最喜爱的儿子曹冲得了重病，卧床不起，危在旦夕！曹操着急得竟没有进宫向皇帝辞行，只是给有司下发了逮捕并处决孔融的政令，就匆匆返回了邺城。

曹冲躺在床上，满面潮红，神志不清。平日里的聪明伶俐的样子全然不见了，嘴里"呜噜呜噜"地不知说些什么。他的手脚不住地抽搐着，忽而剧烈地摇动，忽而痉挛着微微颤抖，牙关咬得格格地响……叫人看着揪心似的难受。

床榻前围了一群人，请来的医生坐在床前把着脉，脸色惨白，渗着冷汗，把脉的手也微微地抖动，紧张得眼珠如同固定了一般……

环夫人哭得眼睛红肿，拉着曹冲的手，连连呼唤："冲儿，冲儿，娘在这儿呢！快醒醒跟娘句话吧！冲儿，可怜可怜娘吧，快睁开眼睛看看娘呀……"这一声声带着祈求的呼喊像用刀剐着人的心。

曹操奔进来时，环夫人才止了声，众人顾不得行礼，鸦雀无声，都定定地盯着曹操。曹操看众人表情，明白事态很严重，奔到床前，看着曹冲红烫烫的脸，心里"咯噔"一下，忙俯下身子，轻轻地唤着曹冲的乳名："仓舒，仓舒……"

曹冲不答，干裂的嘴唇抖动着，发出琐碎急促像说悄悄话似的絮语。

曹操把耳朵贴在他的唇边，听了好一会儿，眉头皱成了疙瘩。

环夫人忙问："他说了些什么？他要怎样？"

曹操摇摇头，问道："冲儿几时得的病？我走几天，咋一下病得如此严重？"

环夫人道："前个夜晚他在书房里读书写字，还好好的呢，写字写了半截，说心里发闷，周不疑陪他到园里耍。两人在园里走了一遭，时辰也不大，就回来了……谁想冲儿夜里突然发了病，今早就不省人事了……"

曹操这才看到侍立在床侧的曹冲的陪读周不疑，那少年穿着绿色的罗绮小袄，低着头，用手帕不断地为曹冲擦脸上的汗水，贴近他的耳畔，连连呼着："公子，公子，丞相回来了，快醒来吧！"曹冲不应，呼吸急促，胸脯剧烈地起伏着，喉咙里"呼噜呼噜"地响。

曹操又问了把脉的医生。医生吓得说不成连贯的话了，见曹操脸色阴沉，更加惶乱，只是木讷地回："中焦人盛，邪气攻心……攻，攻心……"

曹操叫环夫人和他同去书房，再问一通曹冲得病的原委，也没有什么新的发现。环夫人只是说，怕是在园子里中了邪祟吧，不然如何能病得这样凶呢！快请巫师道士作法驱鬼吧！

曹操沉吟不语，抚慰了环夫人几句，叫她先退下。

曹操请王宫医生为曹冲治病，约有十几名医生奉命来到，全聚在屋子里，轮番到曹冲卧榻前，望闻问切，人人心里都像揣着个兔子"砰砰"地跳，生怕说错了话，惹来祸端。曹操令医生立刻开方子，马上煎药，为曹冲灌服。医生商议着，开过几个方子，用了些奇奇怪怪的引子，配了些神神道道的药；又有大胆想邀功的，提出针刺艾灸之法。曹操都一一过问，和医生探讨明白了，选了几个方子的药，为曹冲煎服了。

曹操亲自把煎好的药吹凉，送到他的嘴边，曹冲牙关紧咬，却怎么也灌不进药。曹操焦急地用毛巾为他擦去流到嘴边的药液，直到喂了曹冲些药，才离去。他走几步又回头看了几眼。

曹冲昏沉沉睡到日落。

日落后，环夫人住的春棋苑燃起大火，火苗在墙上映出摇摆不定的影子。火被扑灭后，满院如同白昼，人走路都屏声敛气。

建安十三年（208年）七月初九戌时，曹冲在曹操与环夫人无比悲痛中,走了。

宛若一阵狂暴的风雨,吹折了林中的佳木,枝头最宝贵的果子坠落了。

二

曹操对曹冲的死十分悲痛,不吃饭,不睡觉,不说话,只是泪流不止。

聪明伶俐的儿子曹冲 13 岁就病死了,两次失去爱子,曹操都难过了很长时间。

卞夫人对于曹冲的死,感情是复杂的,悲喜参半。她心情晴朗了,流着泪劝了环夫人好几回。

曹丕悲伤地劝慰父亲节哀。

曹操痛哭流涕:"昂儿、冲儿离我而去,是我的不幸,却是你们兄弟仨的大幸。"

曹丕、曹彰、曹植,都是卞氏所生,全有曹操的风姿,皆英武多才,均天下闻名。曹丕在曹昂去世后,成为事实上的嫡长子,且文武双全,博闻强识,擅长诗文辞赋,他的名作《燕歌行》《与吴质书》当世文人皆知。

曹植也是曹操嫡子,他才思敏捷,出口成章,诗词歌赋造诣极高,是建安文学的代表人物以及集大成者,他的作品脍炙人口,流传极广。

这时,曹丕虽为曹操嫡长子,文武双全,却文不如曹子建,武不如曹子文,在继承王位的事情上处于比较尴尬的地位。

曹操被封为魏王后，在立嗣问题上举棋不定。或者是因为儿子都太优秀了，或者是因为他们都有缺点，都让曹操不太满意。

立嗣应以嫡长子为先，但曹操嫌曹丕为人阴沉，且嫉妒心太强。曹操认为，曹丕为人不露心志，心装秤砣，说话阴阳怪气。一句话，他不太喜欢曹丕。

曹丕自小就不甘人下。对父亲他可以俯首帖耳，如果有曹昂哥哥在世，他敬佩他，自会力保他。但是，本该属于自己的，谁想夺走他都不答应。他有自己的打算。他认为要登上太子宝座，首先要压住弟弟曹彰，因为父亲很喜欢他。

曹操问诸子志向时，曹彰说"好为将"，得到父亲曹操的赞赏。他胡须黄色，被父亲称为"黄须儿"。曹操劝曹彰，多读《尚书》《战国策》，仅"好为将"不行，劝诫中饱含一个父亲对爱子的殷切期望。

曹彰膂力过人，手能擒虎，武艺惊人，能征善战，志意慷慨。在著名的曹刘争夺汉中战役中，曹彰一人力战张飞、马超、黄忠、赵云、向宠、严颜、阳群、张苞、王平、马岱十人，且愈战愈勇，打得两军将士都瞠目结舌。

曹彰使一条浑铁长戟，大败刘封，杀死蜀将吴兰。超过常例几倍地犒赏将士，全军没有不佩服的。

北乌桓无臣氏（能臣氏）等人造反时，曹操任命曹彰担任北中郎将，行使骁骑将军的职权。临出发以前，曹操告诫曹彰说："我们在家是父子，接受了命令就是君臣了，你一举一动都要按王法行事，千万谨慎行事呀！"

曹彰北征进入涿郡的境内，叛逆北乌桓无臣氏的几千骑兵攻到，当时曹彰的兵马尚未集结，只有步兵一千人，战马几百匹。曹彰对身边的人说："大丈夫应当做卫青、霍去病那样的大将军，率领十万之众在沙漠上驰骋，驱逐戎狄，建功立业，哪能做文人博士呢？"

曹彰用田豫的计策，坚守要冲。等敌人溃败逃散时，下令追击。他拉弓状如满月箭射敌骑，应声而倒的前后连成一串。曹彰的铠甲中了几箭，但气势更加雄壮，乘胜追击，一直到桑干河边，距离代郡有二百多里的地方。军中长史和众将都认为部队远道而来，人困马乏，又有曹操"不许过代郡、不许深入敌境"的命令，劝他切莫违令轻敌。

曹彰挥动长戟道："各位将士，我率军出征，只是为了取胜，为什么要接受我父王限制呢？敌人尚未跑远，追上去就能击溃他们。服从命令却放跑敌人，绝不是良将。继续追杀！建功立业！"他在马上挥动长戟，气宇轩昂，命令部队："落后者斩！"一天一夜追上了敌人，大获全胜，斩乌桓首领，俘虏兵士几千人。

当时鲜卑族的首领轲比能率领几万人马观望双方强弱，看到曹彰奋力冲杀、所向披靡的豪气，便请求臣服。北方很快得以平定。

曹彰先后被封为鄢陵侯、北中郎将，行骁骑将军职权，接着率军征讨乌桓，又降服辽东鲜卑大人轲比能。

曹彰北征时，曹操在长安指挥汉中部队与蜀军鏖战。

刘备栖军于山头上，命刘封下山挑战。曹操骂道："你这个卖草鞋的小子，竟然派义子领兵来抵抗我，操要派亲生的黄须儿来收拾你。"于是下令召刚在北方取胜的曹彰到自己的行营助战。

曹仁劝曹彰道："贤侄刚立了功，面见主公，注意不要骄傲自夸，回答问题要表现得谦虚。"

曹彰按照堂叔曹仁教的，把功劳都归于众将。

曹操很高兴，捋着曹彰的胡子说："黄须儿居然大不简单。"

曹操东还后，让曹彰行越骑将军职权，留守长安。

这些情况，曹丕看在眼里，思在心中：汉代由于武功卓著被立为王的大有人在，韩信、彭越、英布是也。曹彰武功卓著，又深得父亲喜爱，曹丕不得不担心。

三

曹丕要做太子的另一个劲敌是四弟曹植。

曹植生于 192 年，比曹丕小 5 岁。曹植自小就善于作诗写文；十来岁，就诵读诗辞歌赋数十万言。

曹植在家中有母亲做他的后盾。曹植从小胖乎乎的，讨人喜欢。母亲说植儿像她，父亲说植儿像他。曹丕暗恨自己长得谁都不太像。曹植从小就乖，给父亲捶腿，给母亲揉肩，一揉就揉了二十年。揉得父亲欢心，揉得母亲宠爱。曹丕也试图给父亲捶腿，给母亲揉肩。父亲嫌他捶得不解乏，母亲怨他揉得太狠。曹植虽为王子，却性情坦率自然，能容人容事，不讲究庄重的仪容，不摆架子，平易近人。他的车马服饰，不崇尚华丽。这自然很合曹操的口味，深受提倡简朴的曹操与卞夫人的喜爱。

曹植长大后有杨修、丁仪和丁廙兄弟、王凌等多位铁杆支持者。

丁仪、丁廙兄弟与曹丕原本就有私怨，事件的起因是曹操有感于丁仪父亲劝自己迎汉献帝的功德，便想把女儿清河公主嫁给丁仪，曹丕劝阻说丁仪眼睛一大一小，并且斜视，邺城人叫"阁僚眼"。曹操也知道邺城人的顺口溜："阁僚眼，去赶集，偷人的柿子拿人梨。"顺口溜的意思是说，眼斜的人心术不正。曹操笑笑作罢。丁仪没能娶到魏公主，便怀恨在心，开始大力支持曹植夺嫡。杨修作为曹操身边的亲信，必定是曹植和曹丕的争夺对象。曹植作为一个名闻天下的才子，性格爽直随便，更对杨修的胃口。再加上曹植"特见宠爱"，又主动向他示好，杨修便顺水推舟站到了曹植一方，参与了曹丕与曹植之间的残酷的夺嫡之争。

曹植也是在跟随父亲四处征战中成长起来的，同样文武双全，胸怀大志，并且才思敏捷，比曹丕更有文采，更有名气。210年，曹操在邺城（今河北临漳县）筑铜雀台，这就是后来唐代大诗人杜牧在《赤壁怀古》中写"铜雀春深锁二乔"的铜雀台。曹操带着儿子们登台做赋，其时，曹植一挥而就，文辞通达优美，令曹操惊异赞叹。曹植心思一股脑儿全放在政事上，也意在太子之位。曹操每次问他国事，他都对答如流。再加上曹洪、夏侯渊、荀彧等许多大臣劝魏王立曹植为太子，因而曹操对曹植很满意。

一次，曹操看曹植的文章，捋着胡须赞道："我植儿的文章像美人一样讨人喜欢！"

曹植跪下道："父亲大人，我言出为论，下笔成章，自可当面试验，为何说孩儿的文章像美人呢？"

曹操听后哈哈大笑。

曹植思路敏捷，谈锋健锐，进见曹操时，每被提问常常应声而对，出口成章。曹操曾经看了曹植写的文章，惊喜地问他："你是请人代写的吧？"

曹植答道："父亲可当面考试，何必请人代作呢！"

曹操捋须频频点头。

这一年，曹操东征孙权，令曹植留守邺城，告诫他："当年我担任顿邱令的时候二十三岁，回想起那时候的所作所为，至今都不曾后悔。如今你也是二十三岁，怎能不发愤图强呢！"

曹植忙点头应允。

渐渐地，曹操把注意力转移到了曹植身上。

曹植因为有才而受宠，曹操有好几次几乎要立曹植为太子了，但犹豫有废长立幼之嫌，仍没最后下定决心。

四

曹丕，字子恒，中平四年（187年）生于沛国谯县（今安徽亳州谯城）。他5岁就开始学习骑马射箭，跟随父亲曹操南征北战，在马背上长大。他后来的卓越学识大多来自这一段马背上的生活，他超人的胆识也与戎马生涯磨炼有关。

建安二年（197 年），曹操与张绣作战，曹军被围，曹操的长子曹昂和侄子曹安民，以及他手下猛将典韦都战死了。随军出征的曹丕却骑马突围脱身，那年他才 11 岁，实在令人称奇。

曹丕十七八岁就开始领兵打仗，并屡建奇功。像他这样文武双全的少年英雄，在历史上也并不多见。要说曹丕一点也不讨父母喜欢，也不符合事实，只不过父母的天平更倾向曹植罢了。

曹操"挟天子以令诸侯"，以汉丞相的名义征讨四方。在剪除异己的过程中，曹操的实力迅速壮大，成了实际上的中原霸主。曹丕的其他兄弟也是在征战中成长的。他们与曹丕一样，都文武双全，且都有政治野心。

这些客观情况表明，曹丕争夺立太子之路，注定不是平坦的。

曹丕为了夺得储王之位，努力讨取曹操的欢心。曹操每次出征时，他总是跪在地上哭泣。曹操崇尚节俭，他就穿带补丁的衣服。床帐破了也不换新的，让甄氏补一补再用。

曹丕有司马懿、陈群、吴质、朱铄四友辅佐，看曹植风头正盛，不敢掉以轻心，就与亲信精心规划。曹丕听从谋士贾诩的建议，厉行节俭，待人宽厚，做事兢兢业业。

这样渐渐引起了曹操对他的关注。

曹丕善击剑骑射，好博弈弹琴。他在《典论》的自序中更自诩有非凡箭艺，能"左右射"，可谓文武兼备。

有一次，曹丕和平虏将军刘勋、奋威将军邓展共同饮宴。曹丕先前听说邓展精研武术，擅于运用各种兵器，而且能空手夺白刃，就和邓展谈论剑术。曹丕直率地道："我过去对剑术曾经有过研究，而且得到高师的传授，我觉得你刚才所说的话有不妥的地方。"

邓展喘起了粗气，瞪起了眼："剑术的高下不在怎么说，更在于如何练，王子，我斗胆邀您比试比试。"

此时，正是酒酣耳热之时，大家正在吃甘蔗，于是二人就以甘蔗为剑，下殿后对练起来。几个回合下来，曹丕连续三次击中邓展手臂，左右皆大笑起来。

邓展不觉脸红，更不服气，要求再来一次。

曹丕故意道："我的剑快而集中，很难击中对方的面部，因此只是打中了你的手臂。"

邓展道："别说废话了，王子，请！"

曹丕知道这次邓展一定会突然间向中路猛攻，就假装不经意地向邓展进击。邓展果然如曹丕所料，猛地冲杀过来，曹丕便迅速退步闪过。他出手如风，从上方截击，一下打中邓展的额角，这一下让一同喝酒的人都禁不住惊叫起来。

比剑结束，曹丕和邓展二人入座继续畅饮。曹丕笑着对邓展道："从前有一个名医叫杨庆，他曾叫淳于意将自己的旧秘方全部抛弃，另外教授他的秘术，我看邓将军还是把旧技抛弃，学习接受新的击剑术吧。"

话音刚落，满座人禁不住欢笑起来。

曹操听说了此事，很为儿子自豪，便安置曹丕在永始台修文习武。永始台原是汉魏故都丞府建筑群的一部分，曹丕娶郭女王后，便将她安排在此处居住，时刻让她伴于身边。

郭女王与曹丕情义相投，恩爱异常。可是时间一长，郭女王愁容渐生。曹丕不知何故。郭女王道："妾出身寒微，自知不配伴君，今虽乐，恐难长久。"

曹丕向郭女王立誓："吾爱卿出自诚心，今生生死与共，永远如初，以此台为证。"这座殿台遂被人称作永始台。

建安二十二年（217年），建安七子之一的王粲去世，曹丕与王粲交情非常深厚，亲临哭吊。在灵堂上，曹丕建议："仲宣（王粲字）生前喜欢驴叫，我们就各学一声驴叫来为他送行吧！"

随同曹丕祭吊的人纷纷学驴叫，此事一时传为佳话。

曹操听说后，暴跳如雷，大骂曹丕无状："如此形状，怎堪担当大任！"

曹丕吓得直吐舌头。

曹彰高兴得呼朋畅饮，曹植喜得作诗吟诵。

五

七月，金风习习。曹操在邺城大殿正式立卞夫人为魏王后。曹操发布文书昭告天下："夫人卞氏，数年来辛勤抚养各位王子，大有慈母之风范。今特晋位为王后，特命诸侯王与各大臣陪位，百官为之上寿。国内犯人死罪各减一等，以示庆贺。"

　　卞王后头戴山形额饰，身穿龙凤图案的长冠服，坐在曹操身旁，一脸幸福的微笑，她终于能与夫君并肩而坐了。她回想着自己从二十岁进曹家，受婆婆轻视，遭丁夫人压制，遇众多人的冷眼……不禁流出了幸福的泪花。她忘不了，自己生了儿子，给祖上磕头都得让着大夫人；为公婆穿孝，自己连穿麻布孝衣的资格都没有……

　　她坐在宫殿上想到了丁夫人，继而就想到了立太子的事情。她再一次坚定地认为，别看自己已经被立为王后了，但依然有危险存在。无论如何，都要保证是自己的亲生儿子被立为储君，只有这样，她才能避免由于其他夫人的复起带来的危险。但她更盼望能立子建（曹植），她感觉这孩子的秀面、细腰、宽膀，像她的地方多，只有声雄力猛才像他爹。子建不像子桓（曹丕）那样阴沉，也不像子文（曹彰）那样粗心，他的善良阳光的性格让她喜欢。

　　曹操受卞夫人影响，心中有些偏爱子建，但依然有些顾虑，想考察一下曹丕、曹彰、曹植，好在他仨中间选定继承人选。

　　曹丕对母亲被立为王后，焦虑大于喜欢，他知道，母亲偏向弟弟曹植。母亲的地位越高，对自己越不利。

　　丞相府内，曹操最信任的是主簿杨修，军国大事都让杨修具体办理。当时曹植结交了许多文士名人。曹操还有一些亲信幕僚也同曹植十分交好，他们天天在曹操面前称赞曹子建的才能。曹操每有询问，他们都先向曹植通报消息，让他有所准备，以便魏王问难时能够对答如流。受众人影响，曹操常常夸奖曹植能成大事。

曹丕结交的武将比较多。他担心自己不得立，就问计于友人。吴质让他剑走偏锋，以短制长。贾诩与司马懿也给曹丕出了不少主意。从此但凡魏王出征，诸子为父送行，有人关心父亲健康，有人体贴父王饮食，曹子建称述父亲功德，出言成章。唯曹丕辞父，只是流泪而拜，左右都被感动。曹丕又派人买通父王的近侍，近侍都对魏王夸奖曹丕富有盛德。

一天，曹操命令曹丕与曹植出邺城办事，私下派人吩咐看守大门的卫士，不准他俩出行。

曹丕先到，被门军阻拦，他好说歹讲，卫士就是不让通行。曹丕只得无奈退回。

曹植听说后，向杨修请教。杨修分析，魏王可能是考验他们兄弟二人的机智果断，就给曹植出了主意：军令如山，令行禁止，你应该先发制人，不择手段达到目的。曹植问具体应该如何做。杨修道："你奉王命出城，如果有敢阻拦的，尽可斩首。"

曹植到了城门，遇到了士兵的阻拦。他叱骂道："我奉王命出门，谁敢阻拦，我定斩不饶！"随即就颤抖着斩杀了一个坚持拦他的士兵，率然出城。

曹操知道了二人的结果，虽然表面上不置可否，但心里很不满意。他既不喜欢曹丕的无奈而返，更不赞成曹植的杀人出城。

六

曹丕的宠妃郭女王，是安平广宗人，安平在现在的河北威县东。郭女王的父亲郭永，官至南郡太守，母亲董氏被封为堂阳君。郭氏小时候特别聪明伶俐，郭永为她取名为郭女王，意为女中佼佼者。

汉末，北方战乱期间，郭永受到迫害，家破人亡。郭女王没入铜鞮侯家为奴。有一次，曹丕偶然见到了她，深深被她的妖娆美貌所吸引，就报父母同意，把她纳入府中为妾。

郭女王同甄氏全然不同，她不光是个美女，还智多谋广，工于心计。在曹植与曹丕争夺的时候，郭女王为了同甄氏争宠，投曹丕所好，帮他出了不少主意，被曹丕引为心腹。甄氏由于曹丕不听劝告，便失去了为他出谋划策的热情，这样就渐渐被曹丕疏远了。

对曹植的屡屡得意，曹丕看在眼里，忧心如焚。晚上，郭女王闪动着长而密的睫毛附在曹丕耳边道："夫君可在内府多下点儿功夫，凡是父亲大人喜欢的姬妾、侍从、婢仆，都多给些馈赠，她们可为你进些好言，或通报一些有用的消息，以便筹划对策……"曹丕很欣赏地看着她，抱起她就地转了几个圈儿……

第二天，曹丕给父亲最宠爱的环夫人、王夫人，每人送了一对双身兽面玉璧、两只金凤凰发钗。曹丕着意亲近王夫人的儿子曹干，从曹干那里听到了不少内幕消息。

郭女王又向曹丕献计，请朝歌长吴质进邺城为他出谋划策。朝歌以前是商纣王的别都，在现在的河南淇县。曹丕急欲与朝歌长吴质商量对策，但无缘无故，吴质无法进邺宫，还担心请吴质会被父王发现，就把吴质藏在运货的竹篓里，以买东西为名，用大车运进邺城。吴质藏在货车里，进入曹丕府中。二友相见，格外高兴，饮酒密谈，兴致如春天的流水，温暖而涓涓不断。吴质建议曹丕设法揭穿杨修、贾逵、王凌等人私通曹植的不法行为，让魏王不再信任杨修，继而怀疑子建。

曹丕就派人报告父亲："子建每次都能对答如流，是杨修、贾逵、王凌、丁仪等人提醒的原因。"

曹操大怒，对曹植有了成见。再加上杨修出主意让曹植杀人出城也让曹操很不满意。曹操考察的是他们弟兄二人的品行心智。那次曹丕受阻而返，并没有苛责下人，表现出宅心仁厚的善良品质。曹操不太满意曹丕的无能而返，也勉强接受了他的仁德；而曹植视人命如草芥，表现出传说中的残忍，让曹操十分不满。曹植像一个应考的学生，由于做错了题目而失分不少。

杨修打听到了曹丕请吴质问计的事，马上报告了曹操。曹操大怒，他最恨自己的儿子和外臣勾结，马上派人严查曹丕的杂物车。

他命令卫队校尉，若发现异常便可借机搜查曹丕府。

曹丕听说父亲生了气，吓得面色煞白，忙向吴质问计。吴质沉着地说道："这好办，不要着急。您按时再让杂物车拉相同的东西，继续用竹筐载着丝绢入府，杨修必然再次去向魏王报告，到时候卫队什么也查不到，魏王就会怀疑杨修了。"吴质马上乘空车回了朝歌。

第二天，曹丕的货车回到府院，货车连同曹丕宅院都受到了魏王卫队的仔细检查，篓子里只有绸缎，没有吴质。结果同吴质预料的一样，杨修诬告曹丕，引起魏王对他的怀疑。

当时杨修、贾逵、王凌同为主簿，每当有事估计曹操会考核曹丕、曹植的时候，杨修他们便预先猜测魏王的意思，提前给曹植作好答案。魏王一旦询问事情，曹植便立刻给出一个成熟的答复，这让魏王感到他过于敏捷。再加上接到曹丕派人报告杨修出主意的消息，魏王便立即对此事进行了追查，才发现他们果真合伙作弊，曹植自然便不太受宠了。

卞夫人暗地里训斥了曹植好几回，道："你父王是可以随便糊弄的人吗？你给他耍心眼只能是搬起石头砸自己的脚……"她劝曹植稳重诚实，不轻信别人的话。

七

晚饭后，郭女王附曹丕耳旁得意地诉说了一件曹彰弄巧成拙的事情。曹丕咧开嘴小声"嘿嘿"笑了两声，见甄氏给他倒茶，马上忍住笑，虎起了脸。

甄氏走后，郭女王又小声说了一件曹彰的事情，立刻引起了曹丕的注意。曹丕对曹彰打仗立功博得父亲好感的事早就不舒服了。他看着父亲亲切地叫曹彰"黄须儿"，气就不打一处来。郭女王给他说的这件事好像与他无关，其实又与他很有关系，是一件让他高兴的事情。

曹彰打仗归来，在邺城休息，整天郁闷不乐。自幼就跟着曹操东征西战的曹彰，或许也正是在这种多年的耳濡目染中，更享受冲锋陷阵的乐趣。是的，对于一个久经沙场的将帅来说，他的乐趣、爱好全在沙场。沙场上，他看惯了边关的秋月、雪山、大漠、孤城、风沙苍凉荒寒的情景；听惯了金鼓敲击、旌旗猎猎、烽火燃烧、戈矛剑戟相击、飞箭走马的声响；他睡梦中还在骑马驰骋、奋勇杀敌。对于曹彰来说，没有仗打，生活便像一碗白开水一样淡然无味。

他早起给父母请安回来，命家人炒了几个菜。美妾小玉知道他要喝酒了，劝道："家主，早起喝酒损身。"

他瞪起眼，拍拍胸脯："在军中我每天都喝酒，你看，我壮得像头牛。倒酒来！"

小玉道："家主现在是在邺城，不是在军中。再说，母亲大人特别讨厌喝酒，训斥了子建好几次，你还是不喝为好。"

"别婆婆妈妈的！"

小玉打个寒噤，忙给他倒上曹家九坛春酒。

饭后，曹彰在邺城练兵场上练几趟拳脚，耍几路兵刃，仍不尽兴。他看到了兵场门口台阶旁有对石狮子威风凛凛的，便走过去，弯下身子一用力，抱起石狮子围兵场转了一圈，轻轻把石狮子放回原处。他脸不变色，气不发喘。

惹得站岗士兵拍手称赞。

　　曹彰身着便装，走出邺城练兵场，顺着王宫街大道信步走去，一路上走走看看。大街两旁，铺户买卖，茶馆酒肆，男女老少，挑担推车，好不热闹。

　　忽然，他眼睛一亮，见一人骑一匹骏马从身旁经过。那骏马通身蜡黄，头如满月，小耳直立，耳旁长有白毛，从头顶到鼻头生有白色剑形图案。肚子和两肋处多有白点。下有健腿利蹄。曹彰听说过此类马，名曰"透骨龙"，日飞千里，夜行八百。

　　曹彰十分喜爱，忙拦住那人："兄长慢走。"

　　那人下马："兄弟可有事情？"

　　曹彰道："我是军人，需要好马，兄长可否将此马卖给我？"

　　马主人道："此马是我所爱，是不卖外人的。"

　　曹彰问："你可要金银，随便出数。"

　　那人摆手。

　　"可要古玩？"

　　那人摇头。

　　曹彰道："我有三个美妾可与你交换，随你挑选一个。"

　　马主人本是贪色之徒，眼睛放亮，点头应允。

　　曹彰领他来到自家庭院，叫出三个美妾，道："兄长可随意。"

　　那人眼珠骨碌碌乱转，最后便指定一妾。那妾正是小玉。

　　曹彰对小玉道："我看上了这匹骏马，要骑它驰骋疆场。可这位兄台不要金钱古玩，只爱美女，你随他去吧。"

小玉一听大哭："我自来到你曹家，勤心做事，细心照料将军。家主看我哪些事情做错，自可惩罚，只求别把我卖掉。"

曹彰道："小玉莫怪我心狠，我并没有厌弃你。只是男子汉立于人世，当爱戎装，岂能终日抱着美妾快活！"

吵闹哭啼声惊来看客。恰巧曹操老仆人曹知年老无事，受曹丕优待，专门替曹丕盯着曹彰、曹植，早饭后他在曹彰府前转悠，正好遇见此事，忙报给曹丕。曹丕让曹知快去报告父王。

曹操相信曹知不会撒谎，便勃然大怒，命亲卫道："唤曹彰那厮过来。"

曹彰随亲卫来到母亲卞王后庭院，只见父亲怒目射出剑似的寒光，心中不觉一凉。

曹操道："大胆逆子，给我跪下！"

曹彰看看母亲，母亲看着旁处，自己感到莫名其妙，也就稀里糊涂地跪下了。

曹操怒道："你头脑简单，四肢发达，做事最欠思量。良马可用金银珍宝买取，怎可用人交换。"曹操把曹彰好一顿臭骂，骂得曹彰抬不起头来。

曹彰道："孩儿换马，也是为了驰骋疆场，并非为了个人。"

"大胆逆子，还不知错！来人，重打二十刑杖！"

"父亲息怒，孩儿知错了……哇……"曹彰吐了一地酒菜。

曹操气得一挥手："带走！"

曹彰挨了二十刑杖，虽然行刑武士手下留情，但是他感觉丢了脸面，怒气难消。晚饭又喝了些酒，饭后，他偷偷溜出府来到魏王卫队住处，找到那位行刑武士道："我在长安，身为主帅，怒吼一声可使风云变色，却让你小子挨二十刑杖，实在可恼！"

行刑武士道："我奉王命行事，没有过错。再说，行刑时我已经对你手下留情，再来寻我，毫无道理！"

曹彰乘着酒劲，怒火中烧，吐那武士两口唾沫，甩他两个嘴巴。

行刑武士怒道："我奉王命行刑，你对我有怨，就是对魏王不敬。"他马上报告了魏王。

曹操大怒，派人把曹彰押来，亲自行刑。曹操把曹彰屁股打得肿起老高，又把他押进狱圈，当场提拔行刑武士为左督候。

曹操回到内廷，想起在曹彰年幼的时候，曾问过他的理想是什么，他回答得非常干脆，就是要做将军。曹操本以为他和其他的孩子一样，只是羡慕马上将军的威风，可是儿子曹彰接下来的话却让曹操惊讶不已。"做将军，就要临危受命、披坚执锐、身先士卒，还要做到奖赏分明。"还说，"大丈夫应当做卫青、霍去病那样的大将军，率领十万之众在沙漠上驰骋，驱逐戎狄，建功立业，哪能作博士呢？"

曹操重重叹口气，彰儿虽然有练武的天赋，自小就擅长骑射，还能左右开弓，剑术也是极强的。虽然他力大无比，徒手就能与猛兽搏斗，但是他只能做个将军，仅此而已。现在回想起曹彰的行事，让曹操明白这个儿子是真的有当将军的天赋，但是不具备驾驭群臣的本领，根本不能让他驾驭群臣。

曹彰在父亲心中的形象轰然倒塌。曹彰从小淘气，不受卞王后待见。曹操对卞王后说曹彰四肢发达，头脑简单。卞王后不置可否，没替曹彰说一句好话。

曹丕听说了父母对曹彰的态度，暗暗想道：自己少了一个强劲的竞争对手，轻松地吐了口气。但他马上又皱紧眉头，因为四弟曹植，才是个难对付的人。

八

赤壁之战后，刘备取得了荆州南部四郡之地，拥有了人生中第一个稳定的地盘。刘备又攻取了益州，再夺汉中，将势力发展到了巅峰。北伐，似乎就是蜀汉接下来势在必行的事。刘备派关羽北伐，一开始进程十分顺利，关羽一路北上，不但打败了于禁、庞德的救援军队，还把曹魏军事集团在襄樊一带的重要军事人物曹仁围困。

当时关羽水淹七军，还把宛城也给淹了，曹仁的处境十分不妙，要是真的守不住，很有可能被关羽拿来祭刀，成为下一个庞德。

曹操收到战报后，知道局势危急，立刻颁下命令，派出几路援军。曹操喜欢曹植，想让他锻炼锻炼，派曹植率兵出征。头一天，曹操把兵符、印信都交到了曹植手上，封曹植为南中郎将，行使征虏将军的职务，领兵救援曹仁。曹操交代了相关事宜，号令三军明天辰时起兵出征。

在将行前的夜晚，曹植在军中忙活。军中的事务繁多，有很多事情必须由曹植亲自处理。忙完了，他还有很多个人私事要办：给父母问安，与朋友告别，与妻子吻别……总之，曹植雄心勃勃，要指挥好部队，打败关羽，建功立业，实现自己伟大的抱负。

忽然，来了两个差役，说曹丕有请。曹植有些狐疑，这个时候二哥传唤有何事情。曹植道："麻烦二位差役回复我二哥，说我正准备出发事情，等从前线回来再会他。"

二位差役走没一时，曹丕亲自来到军营，抓住曹植的手，道："四弟上阵杀敌，不知何时回还，因此，想与弟一叙，万望弟弟赏光。"

曹植不好再行推托，简单安排一下军务，只好与曹丕去了。

曹丕客厅里打扫得十分净洁，简案素席，粗杯劣盘，显着十分寒碜。盘碗里鸡鸭鹅鱼，肉香菜艳。

兄弟二人分主宾入座。曹丕执壶，亲自倒酒，"来来，咱兄弟二人平时事务在身，很少一聚。今日四弟出征，愚兄略备薄宴为弟弟送行，请！"曹丕展袖掩面喝下，"还是咱老曹家九坛春酒好喝！"

曹植也展袖掩面喝下，道："好喝！好喝！想必是二哥这酒是陈年老窖，味道特别，浓香可口！"

曹丕道："实不相瞒，只是几年前伐北时，我与夏侯渊表叔押运粮草，粮草运迟挨罚，我带轻兵帮助夏侯渊表叔破敌有功，父亲奖我一坛存放二十年的陈年老窖，平时不舍得喝，今天为弟弟饯行才拿出来喝的。来，咱兄弟俩一醉方休！"曹丕又仰面喝下。

曹植连夸好酒，也仰面喝下。

酒过三巡，菜过五味。曹植道："兄长，军务繁忙，我先告辞了。"

曹丕说："兄弟刚刚当了三军主帅就瞧不起哥哥了，日后兄弟若是当了魏王，恐怕连哥哥站脚的地方也没有了，还能顾什么同胞手足的情意呀。"

曹植在曹丕的府中本来打算少喝一点儿就退出来，可曹丕把话说到这个份上，也就只得留了下来饮酒。兄弟二人边喝边聊，一起回忆小时候天真烂漫的日子，如在昨天。从小时候又聊到了诗歌，各有各的见解。兄弟二人越聊越投机，越喝越兴奋，曹植又是性情中人，爱喝酒，不知不觉已经醺醺大醉。

第二天，规定辰时出发，将士们早已在校场列好了队，专等着主帅一到就启程出征。

太阳升起两竹竿高了，还不见主帅踪影。将士们等得不耐烦了，军容开始不整并有些骚动。监军向曹操做了汇报，曹操气得火冒三丈，派人去叫曹植，连催几次，曹植酒醉未醒。

有人报告魏王，昨晚二公子找元帅喝酒。曹操派人找来曹丕，气恼地问他："昨天晚上你为什么让他喝酒，居心何在？"

曹丕跪道:"父王冤枉儿臣了,昨天晚上弟弟说出征前要与我一醉方休。您知道我弟弟的脾气,一喝起酒来拦也拦不住,喝得烂醉,又哭又闹。我最怕弟弟发酒疯,一直陪在他身旁,喂水灌汤,打扫呕物,一夜未睡……"

曹操要召见曹植,醉成烂泥的曹植不能接受命令。曹操传令把曹植抓来杀头,多亏程昱等谋士劝住曹操。又有诸将替曹植讲情。有人提议让曹彰替曹植出征。曹操对曹彰用侍妾换马的事情还记恨在心,就让曹彰写了悔过书,曹操把他官降一级,以先锋官的身份去了前线。

事后,卞王后把曹植叫过来哭着训斥了半晌,骂他因为嗜酒误了多少事情:"你成事成到诗上,败事败到贪杯上,难道离了酒你不能活命?"

曹植恨得直打脑袋,发誓日后滴酒不沾……

卞王后说他,啥时戒了酒啥时就不做傻事了。嘱咐他赶快向魏王赔罪,表决心,从此戒酒。

曹植马上找父亲赔罪,跪着发誓,从此滴酒不沾。

曹操训斥了曹植半晌,讲了最高指挥机关"霸府",管理中卫军、地方军、屯田军的"十七禁律""五十四斩"。讲了元帅升帐,误一卯(第一次点名不到)要打四十军棍,误两卯要打八十军棍,误三卯要斩首,元帅误三卯与将士同罪。曹操越说越气,最后声泪俱下:"植儿啊,你……你……你辜负了我对你的信任呀!"

曹植跪着爬到曹操脚下,哭着抱住父亲双腿:"千错万错怪我一人,孩儿让你生气了。只求父亲不生气,我愿接受一切惩罚……”

曹操拍着曹植的头，泪流不止……

事后，卞王后劝曹操：“植儿已经知错，你就饶恕他吧。”

曹操默然。

在遴选太子的大事上，卞王后自己不越雷池半步，一直坚持只管家庭内务不参与政事的态度，置身事外沉默不语，没有为自己喜欢的曹植去明着争取，没向曹操吹过一次枕边风。

曹操对卞王后很是满意。卞王后劝他道："夫君，这事别听外人言语，他们各怀心思。按你的想法安排就行了，相信我的夫君是最明智的。"她嘴上这样说，心里比她的儿子曹植还着急。因为只有最后确定她的儿子坐上太子位，她的地位才得以巩固。自从夫君被封为魏王之后，他便又在长安、洛阳建了两处王府。连同原来在许昌、邺城、谯县老家的共有五处王宫，根据战争的需要，魏王说不定在哪个宫殿居住。卞王后常常几个月见不到他的人影。说不定哪一天魏王喜欢哪位夫人，喜欢上了哪位夫人的儿子，事情就会发生变数。因此，卞王后的心始终都是悬着。

九

卞夫人先前，常常瞒着曹操派人赠送丁氏东西。一是她有时觉得丁夫人挺可怜的；二是这样做也是对丁氏的一种暗示，暗示她不要生出异心。卞淑曼被册封为王后，便派人把丁氏接来。卞王后亲自到魏王府大门口迎接丁夫人,搀她下了车,携着丁夫人的手走进自己的屋里。还像以前那样,自己坐下位,让丁夫人坐上位。卞王后心想:"庆祝丕儿两月生日时,你铁青着脸不往前站;现在,我是笑着让你往前面站的。常言说得好,风水轮流转,转成我是主人,你是宾客了……"

丁夫人很歉意:"我本是被废之人,卞王后如此待我,让我诚惶诚恐……"

卞王后对丁氏的话还是很受用的,表面故作谦恭地说:"大夫人先进曹家门庭,我理应如此。"卞王后心想:"原来我称呼你大夫人,你就斥责我。现在我叫你大夫人,也算是高看你了。你不是夫人了,我却成了王后。这人哪,得意时就得悠着点,不能太张狂了。"卞王后还像以前那样侍奉丁夫人。用完晚餐,卞王后亲自把丁氏送到给她安排的临时住处,脸上的表情,既有慈善、甜蜜,还有几分惬意。

曹操对卞王后的处事非常满意,其他侍妾都夸奖卞王后胸襟博大,她们一点儿也不担心王后会对她们有什么恶意。曹府上下人等纷纷称赞卞王后心地和善。

曹嬷嬷小声对曹知说:"我们王后是在回应先前被羞辱之怨呢!"

曹知说:"休要胡说八道,我比你能看透事情,像咱夫人根本不是那种小心眼的人。"

卞王后依然自律,依然俭省,家人感觉卞王后还是以前的卞夫人,还是那样和蔼可亲。

　　魏王又出征了，卞王后天天惦念。她担心自己被冷落了。

　　那天，早起喜鹊就站在院外柳树枝上"喳喳"地叫。

　　半下午，魏王出征回府，喜气洋洋地叫卞王后："夫人，夫君要送给你们一些礼物。你看，我带来了什么？"他打开一个精致的掐丝宝盒，映着窗外的阳光，盒子里的宝珠荧光闪闪。"

　　卞王后正在做针线，忙放下针线给夫君倒茶。

　　曹操爱抚地拉过夫人的手："夫人先选。"

　　卞王后笑笑道："我有你原来送我的凤玉，一直佩戴在身，无论再好的宝物，我都不稀罕了。"

　　曹操坚持让她挑选，她随便选两个中等的宝珠，而后把盒子盖上递给魏王："多谢王爷抬爱。"

　　曹操问她为什么不挑选最好的。

　　她回道："选上等的显着贪心，选下等的那是虚伪，所以选中等的。"

　　曹操听后亲切地抚着她的后背："我的夫人真是通达事理的人呢。"

　　晚饭后，曹操读了一会儿书，拉着夫人入睡，看见床上换了新被褥，问道："咱以前用的被子呢？"

　　卞王后笑笑："那些被子太旧了，我自己用。今天王爷回来了，我特意换了新的。"

　　曹操坚持用原来的旧被子："夫人知道我的习惯，对自己用过的衣服被褥，像对自己反复把玩过的诗歌一样，越久越有感情，从来不想轻易舍弃。衣服被褥破了烂了，我总是让你洗洗补补，接着再用。怎么能说换就换呢？"

卞王后怎么会不知道呢，许多普通官员人家都燃烧香料来除秽气，可魏王府却不准家里燃熏香料，把香料搁在衣服里面也不行，只许用廉价的枫胶、蕙草作为香料的替代品。卞王后总是夫唱妇随，她从来不穿上等丝绢衣料。从嫁给曹操时起，衣服上都没有过什么花边装饰，房间从来不摆珠宝玉石。与其他侍妾比，甚至连曹操都觉得她俭省得有点过分了。她不争强好胜、待人热情大方。这种做法，她认为对于丈夫在乱世中树立清廉形象，成就他的事业，能起到一定的辅助作用。她叠好新被子放起来，又拿出晒好的旧被子铺到床上。

曹操捋着胡须夸她："我的王后怒不变容，喜不失节，见宝不贪，实在是最为难得。"

那天，卞王后的弟弟卞秉来看望她，卞秉哭着向姐姐诉苦："我一直随魏王南征北战。虽然军功卓著，官职却一直得不到提升。功劳不如我的人都封了侯，我却只当了个别部司马。"

卞王后听了也止不住流了泪，这可是她的亲弟弟呀！

现在夫君出征回来了，她忍不住向丈夫提出了给弟弟加官的请求。

曹操答道："他是我的妻弟，所以我不能给他太大的官爵。"

卞王后也不好再说弟弟官职的事了。她想起，弟弟看望她的几天后，她到弟弟家去了一趟，安慰了弟弟。那天，她见弟弟由于官职卑微生活确实有些拮据，很不忍心。

　　她又试探着对曹操说："王爷，既然不能授卞秉与他功劳相符的官职，就赐给他些财物吧。"

　　曹操说道："你私下里给他些东西，也就行了。要我公开赏赐，有些不妥，怕众将不服啊。"

　　卞王后看曹操是这种态度，心里很是委屈，感觉又不能当真自行做主给弟弟什么财物，委屈得背过身子落泪了。

　　曹操抚着她的背安慰："不要难过，我会选择合适的机会考虑这件事的。"

　　卞王后晚上做了个梦：他弟弟卞秉与儿子曹植同时掉进了涡河里，两人都在一露头一露头地挣扎，都奄奄一息。她手拿一根长竹竿，想同时救出他俩，可两人分别在两处。她把竹竿递给了儿子曹植。梦醒后，她发现鼻洼里还有两道热泪……

　　第二天，她派曹植到弟弟府上作了抚慰，没再向魏王替弟弟求请封赏，生怕说多了魏王会生气。

　　曹操对卞王后的处事很满意。

　　卞王后看曹操高兴，就拿出两颗山参说："这是植儿送给你的，让你保养好身体，求你原谅他……"

　　曹操沉默良久。

十

　　一天，卞王后正在后宫缝补自己的内衣，曹嬷嬷对她说："有人送信来，老家那棵桃树枯死了。"卞王后一愣神，针扎了手指。她吸吮了一下指头。

第二天，曹嬷嬷小声道："丁夫人离世了，魏王正在书馆落泪呢……"

卞王后高挑一下嘴角又迅速拉直了，她说不清自己此时是什么样的心情，除了高兴以外，似乎还有点淡淡的悲伤。她忙放下活计，快步到了书馆。

曹操的确很难过。他听到丁夫人离世的消息，心里好像赤壁之战后站在空旷的战场上，又遭遇了一场朔风那样，感到孤独、凄冷、悲伤。那时他独自呆坐了好长时间。现在，他想一个人找个无人的地方痛哭一场。他想到自从纳了卞淑曼后，丁氏所表现出的蛮横、强势、无礼……当时丁氏的作为是让曹操对她吃惊、不满甚至讨厌的……可由于昂儿出事了，让这一切情绪化为乌有。他疼爱昂儿，继而就产生了对养育儿子的母亲的歉意。这也许正是人们常说的爱屋及乌吧。对丁夫人的去世他非常痛心，感慨曹昂的死自己有很大的责任，丁氏一死，自己再无赎罪的机会了。曹操常常梦见丁氏，常常梦到昂儿。听到丁夫人去世的消息，大滴的泪水顺着曹操的长髯一滴一滴往下滴，他想："日后我到了阴曹地府遇到子脩（曹昂的字），他若问我'我的母亲在哪里？'我该怎么回答呢？"曹操作为三国时期的政治家、军事家、诗人，刘备被他追来赶去，孙权被他逼得出不了江东，智计百出的诸葛亮也对他束手无策，然而，他的糟糠之妻丁夫人，不但不怕他，而且在他面前蛮横无理，却仍然让他抱憾终身。

卞王后看着流泪的夫君，自己也禁不住落了泪，忙走上前去安慰他。这时，她对丁夫人的一切抱怨、警惕、仇恨，随着她的离世也统统化为乌有了。卞王后心里常常绷直的那根弦彻底地松懈下来了。她主动提出要亲自给丁夫人办理丧事。

经得曹操许可，卞王后安排人把丁夫人的尸体移到许昌，亲自为丁夫人选择了墓地，安排了祭祀活动，整整忙了半个多月，把丁夫人安葬在了许昌城南。

卞王后站在丁夫人蒙着新土的墓前，心中默默念叨："人死为大，最后再叫你一声大夫人，那时，你做事也太过分了。我们几个是妾，但是我们一样有给婆母上坟的权利。你好不该那样侮辱我们，现在轮到我给你上坟了，你终究不能再……"卞王后对于丁氏的死，感觉头顶上吹走了一片乌云，空旷之后心里却迅速产生了一阵空虚感。在丁氏活着的时候，她天天小心翼翼，担心丁氏随时会代替自己的位置。这种担心反而让她时刻保持一种动力，一种精气神儿，正是这种动力与精气神儿催促她努力把事情做得更好。现在一旦全身轻松，也许未必是一件好事……

她痛哭了一场。她在为自己一路走来的坎坷而哭泣。她觉得，自己的荣耀，自己头上的光环，都应该是丁夫人的。就像谯县东庄园中的那棵石榴树，本来它生长在那棵桃花树下，石榴树的开花结果都受到了限制。可桃花树不自重，不珍惜，不遵守大自然法则，在一番怒放吐芳之后，经过衰败、枯萎，最后自然而然地枯亡了，这又能怪谁呢！

许昌看出殡的一街两巷的人，都纷纷谈论着原先卞王后与丁夫人的关系，不住地称赞卞王后不计前嫌，宽怀大度。

曹丕听说母亲办完丧事回到了邺城，忙去问安。走到门口，听到父亲和母亲正在说话。只听父亲说："我对你做事非常满意，这件事让我进一步看到了你宽容善良的心……"

母亲说："有句话我早想给你说，说了怕你生气。"

"放心讲。"

"咱植儿像你爱喝酒，优点还是很多的。你原谅他了吧？"

"自己儿子，还有不犯错的，我早原谅他了……"

"你感觉咱植儿比其他儿子怎样？"

"除了爱喝酒，比其他孩子还是优秀的。"

接着是母亲欣慰的笑声。

曹丕心里"咯噔"一声，母亲始终偏向弟弟曹植，这将对自己登上太子之位非常不利。他感到很委屈，反思自己，对父母一直小心谨慎行事，为什么就不能博得父母的欢心呢？曹丕想起父亲常说的"人生就是一场残酷的博弈"的话，感觉自己在博弈中总是处于下风。他生出一种悲伤的情愫，用力睁两下眼，泪没掉出来。

十一

真正成为司马懿人生转折点的是毛玠的举荐。

毛玠提出"奉天子以令不臣，修耕植，畜军资"的战略规划，得到了曹操的赞赏。曹操特别委派毛玠与崔琰负责举荐人才，两人有人事权，可不受曹操干预。毛玠与崔琰主持选举，所举用的都是清廉正直之士。这样，弘扬了天下廉洁之风，一改朝中奢华风气。曹操获封魏公后，毛玠改任尚书仆射，再主持选举。曹操曾感叹毛玠与崔琰用人能让天下人自治，自己省心省力。

司马懿一直受到崔琰赞誉。崔琰十分耿直，赞誉司马懿只是看中他的才智。在这一背景下，司马懿从闲职议郎被崔琰推举担任了丞相东曹属，经过不断升迁，担任了曹操的主簿。此时，曹操身为丞相，主簿也是很有实权的要职，曹操器重荀彧、毛玠和崔琰，也开始重用司马懿。

建安二十年（215年），曹操征讨张鲁，让司马懿做随军参议。司马懿暗暗高兴，机会难得：一是满足了他从事军务的愿望；二是他可接近曹操，便于取得曹操信任，利于日后的仕途晋升。他私下里计划，一定充分施展才能，获得曹丞相信任。司马懿常主动替曹操谋国事，多出奇策。

他详细研究了南方各派势力的各种情况，给曹操提出建议："刘备用诡计俘虏了刘璋，在蜀人没有归附的情况下又去争夺遥远的江陵，这是破蜀的大好机会。今若在汉中陈兵示威，益州就会震动不安，再进兵威逼，蜀兵势必瓦解，趁这个好机会，大事可成。圣人不能违时，机会不可失去，相同的时机不会再来。"

曹操望着眼光凌厉的司马懿，冷冷道："人苦于不知足，既得陇，复欲得蜀。"未从其计。

司马懿感觉一盆热火被一盆冷水泼灭了，内心哇凉哇凉的。

结果，曹操失去了破蜀的良机。刘备夺去了江陵，扩大了掌控的地盘。

张鲁出降曹操，汉中遂为曹操所占有。司马懿称赞曹操英明，祝贺曹操的战绩。

司马懿劝曹操：荆州刺史胡修粗暴，南乡太守傅方骄奢，他俩不适合驻守边防。

曹操未予以重视。

建安二十年（215 年）六月，刘备继取汉中后，派孟达、刘封攻占汉中郡东部的房陵、上庸等地，势力进一步扩展。

七月，孙权欲攻合肥，魏军大部调动淮南防备吴军。镇守荆州的关羽，乘此机率主力北攻荆襄。胡、傅二人果然降蜀。

曹操暗暗赞叹司马懿有眼光。

当时，关羽声势"威震华夏"。因汉献帝在许县，距樊城很近，曹操感到威胁，为避关羽锋芒，准备迁都黄河以北。

司马懿劝阻说："于禁被水军所淹，不是战守上的失误，对于国家的大局并没有大损失，为此而迁都，显着是向敌人示弱，又会使淮河、汉水一带人心不稳；刘备、孙权外亲内疏，现在关羽坐大，孙权必定更不高兴，把这事告诉孙权，让他牵制关羽，则樊城之围自解。"

这次，曹操听从了司马懿的计策。

十月，曹操从关中赶到洛阳，亲自指挥救援樊城。

孙权因关羽处在他的上游，很不愿意让关羽势力发展，而且他早已有攻取荆州之心，于是联合曹操，准备派大将吕蒙偷袭荆州要地江陵。

曹操接信后，将这一消息通知了曹仁，命他继续坚守，自己进至摩陂（今河南郏县东南），临近指挥，又派兵十二营增援徐晃，命他反击关羽。不久，吕蒙偷袭江陵得手。关羽撤兵，路上被孙权军擒杀。

曹操在孙权擒杀关羽、取得荆州后，封孙权为骠骑将军、荆州牧。孙权遣使入贡，向曹操称臣，并劝曹操取代汉朝自称大魏皇帝。群臣乘机劝进。

曹操拒绝称帝，私下说："他是把我放火炉上烤啊！"

司马懿称赞曹操英明。曹操认为此战利用孙、刘争夺荆州的矛盾，充分运用外交谋略，坐收渔利，挫败关羽的强大攻势，解除了樊城之围，而且使诸葛亮原定的一路向宛洛、出秦川的两面钳击中原的计划无法实现。更重要的是破坏孙、刘联盟，改变了当时的战略格局，掌握了主动权。曹操很赞赏司马懿的料事如神，不久，提拔他为丞相军司马。

司马懿建议屯田解决粮食问题，得到曹操的采纳。

曹操认为荆州遗民及在颍川屯田的军民逼近南方寇贼，想把他们迁走。

司马懿认为："荆楚轻脱，易动难安。关羽新破，诸为恶者藏窜观望。今徙其善者，既伤其意，将令去者不敢复还。"

曹操听了他的建议，没有移民。之前藏窜逃亡者果然都复出归化。

在曹操与孙权议和时，曹操将孙权来书遍示内外群臣，考察大家，众人都说汉祚已尽，劝曹操称帝。

司马懿顺着曹操的意思讲了一通不称帝的好处，称赞了周文王的圣德，与曹操想做周文王的意思相同，而且表示不反对代汉，得到了曹操进一步的信任。曹操也因为司马懿谋略和才能出众更加器重他。秦朝与汉初，只有统兵时才可以设司马这个职务。司马仅次于将军的幕僚，专门负责军事。自从荀彧任司马职务后，曹操将司马一职专用宗族担任，直到此时，曹操才任命司马懿接替夏侯尚担任了司马，让他负责军事。曹操还特意设立了督军职务由司马懿担任，地位高于御史中丞。司马懿也更尽心竭力辅佐曹操，多次献良策，帮助曹操制定联合孙权对抗刘备，成为曹魏最重要的谋臣之一。

司马懿私下里很关心魏王立储的事情。他感觉曹彰头脑简单，脾气暴躁，难成大事，且在他手下既得不到应有的尊重，也施展不开自己的才能。曹植文采好，忠厚，但酒后轻狂，注定惨败。曹丕虽文不如曹植，武不如曹彰，被立为太子的事似乎很渺茫；但司马懿从曹丕忧郁的眼神里看出了他的城府、智慧、沉着、毅力。他在与曹丕的交往中，得到了尊重。司马懿坚定地选择支持曹丕，不断地向曹丕汇报魏王近况与想法，利用一切机会，变着法向魏王赞美曹丕的仁德、忠厚、稳重，常常让曹操沉思良久。

十二

建安二十二年（217 年）八月中秋夜晚，曹丕的客厅里，烛光闪耀。

父母亲两天前去了洛阳，曹丕乘机约来了司马懿、陈群、吴质、朱铄。司马懿、陈群的政治才能以及谋略公认的是汉魏谋士和大臣中的上上人选。吴质心计深沉，文才也佳，朱铄的官位是中领军，身居要职。

曹操平时在家，严禁王子与朝臣私交。今晚五人难得一聚，恰逢中秋，五人格外兴奋。烛光映着五人额头放亮。随着筷子的摆动与酒杯的起落，客厅里伴随着"吧唧吧唧"的咀嚼声与"哧溜哧溜"的饮酒声，五人悄悄地话语像窗外习习的秋风不断。

消瘦的朱铄"咕咚"饮口酒，咧开嘴"哈"了一声道："我守卫邺城，最看不惯杨修、丁仪，自以为结交了平原侯子建，眼睛都翘到天上了，一副谁也瞧不上的模样……"

司马懿拉拉朱铄衣角，吴质摆了一下手，两人几乎同时制止朱铄："小声，以防隔墙有耳。"

司马懿讲了魏王的情况与他在魏王身边对曹丕的赞美。

御史中丞陈群谈了他向魏王提建议加重刑罚时，趁机谈了中郎将（曹丕）治理邺城的成效。

迁为元城令来邺城述职的吴质，透露了曹植曾写《与吴季重书》，期冀我能为他张目，我即作《答东阿王书》，申明"伏虚槛于前殿，临曲池而行觞"，借"儒墨不同，实难从命"搪塞过去。

曹丕忽灵灵地转着眼珠看着大家，给每人倒酒表示感谢。

人情亲密，喝酒开怀，气氛融洽，曹丕不知不觉喝高了。他喟叹由于瘟疫，徐干、陈琳、应场、刘桢都相继去世，说着说着竟然号啕大哭。哭得鼻涕扯得长长的："……我空活三十余载，徒有大志，一事无成……"

四人开导他，劝他节哀。司马懿安慰道："曹公子才能出众，仁慈宽厚。魏王只是觉得你的诗赋不如临淄侯，我会趁合适的时候把你写的《燕歌行》与《与吴质书》让魏王看，他就不会小看你的文学才能了。"

同一天晚上，曹植的客厅里，也是烛光摇曳。

客厅里坐着杨修、邯郸淳、丁仪、丁仪弟弟丁廙。曹植带头喝，五人兴致高，谈兴浓。

曹植一边饮酒一边吟诗，慷慨激昂："……戮力上国，流惠下民，建永世之业，流金石之功……羽檄从北来，厉马登高堤。长驱蹈匈奴，左顾凌鲜卑。……捐躯赴国难，视死忽如归。"

杨修邯郸淳四人拍手叫好，举杯相庆。

杨修赞道："好诗好诗！不加雕琢，音节婉约，情致流转，诗中含有伟大的理想和抱负，洋溢着乐观、浪漫的情调！"杨修在曹操身边办事，对曹操的言行举动、思想感情最了解，深知曹植的文采受到了曹操赏识。曹植也知道杨修的地位和作用，并钦慕他的才智。双方主动靠拢，建立起不同寻常的友谊。曹植曾在给杨修的信中说："数日不见，我无时无刻不在思念你，我们两人的愁思应该是相同的。"

邯郸淳赞道："子健聪明通达，学富五车，才华卓异，文章真是美妙绝伦。"

丁廙夸道："平原侯的诗歌，前无古人，后无来者。又有宽厚仁慈的胸怀。魏王百年之后，平原侯若能为王，实乃魏国臣民之福哇！"

曹植"哈哈"大笑："喝酒，我敬各位一杯，先喝为敬，我先干了。"言毕掩袖仰面喝下。

丁仪道："我一直倾心于平原侯，不断向魏王进言，立子建为太子。我弟弟丁廙很有才学，深被魏王赏识。弟弟丁廙向魏王进言，'普天之下的贤人君子不问少长，都愿意为平原侯效死。这是上天的赐予，愿事事绵延，永无穷尽'。这话说到了魏王心坎上，说得他哈哈大笑。"

曹植道："今天中秋之夜，花好月圆，良辰美景不可虚度。我们到院中一边饮酒一边赏月岂不快哉！"

众人响应。

曹植命人把酒菜移到院中葡萄架下。

月至中天，空中似有千万根银丝飞动，月华如水。

曹植手把酒杯，吟道：

明月照高楼，流光正徘徊。

上有愁思妇，悲叹有余哀。

借问叹者谁，自云宕子妻。

君行逾十载，孤妾常独栖。

……

吟毕，举杯喝酒，酒顺着嘴角流下，下面的衣衫湿一大片。

邯郸淳鼓掌，杨修叫好。丁仪道："趁此机会，我献诗一首，供诸位欣赏。"他咳嗽一下，清清嗓门：

初秋凉气发。

庭树微销落。

凝霜依玉除。

清风飘飞阁。

朝云不归山。

霖雨成川泽……

丁廙摆手阻住丁仪："哥，这首诗是临淄侯赠你的诗，如何拿来装潢门面？"

邯郸淳道："丁仪的做法与我《笑林》中《山鸡献楚》一个味道，不辨真伪，以假当真。"

众人大笑。

曹植道："今夜好不尽兴，走，随我乘车赏月，彻夜不眠，如何？"

四人纷纷响应："好好！"他们搀着东倒西歪的曹植，随他到魏王宫门前。把门卫士上前拦阻，曹植道："你敢拦我，我杀城南门卫士的事，你难道没听说过吗？"

把门卫士任他们进入。

曹植领大家来到魏王宫后庭，命公车令套上王室的车马，要出门赏月。公车令不听，杨修道："连子建王子你也敢拦？还不照办！"

后庭侍卫套上车马，扶着曹植上车。曹植命侍卫驱车直奔邺城魏王宫西大门司马门而去。

杨修一看不妙，忙与邯郸淳、丁仪兄弟共同拦阻："魏王有令，司马门是禁门，只有帝王与魏王举行典礼才能行走。走此门，犯死罪。"

曹植"哈哈"大笑："诸位莫怕，帝王、魏王走得，我们为何走不得？但走无妨！"

丁仪一看劝阻不住，就知道曹植又喝醉啦。如不阻止，就会满盘皆输。他与杨修极力劝阻，遭到曹植高声谩骂。邯郸淳早派人叫曹丕去了。现在魏王夫妇不在家，估计能管住曹植的，唯有曹丕了。

一会儿，有来人报："二公子传话，平原侯性格乖张，他劝不了，各位如阻止不了，就任他所行吧……"

曹植乘马行至邺宫西门，喝令开门："我是魏王儿子，谁敢阻拦，格杀勿论！"

公车令害怕被他杀掉白白丢掉一条性命，先前他曾杀过南城门卫士，他说杀人，绝非儿戏。他命侍卫不再拦阻。守门侍卫不敢不开。但打开之后，公车令立即向曹丕报告。

杨修四人看劝说不住，怕牵连到自己，趁侍卫拦阻的工夫离他而去了。

曹植借着酒兴，私自坐着王室的车马，擅开邺城魏王宫西大门司马门，在禁道上纵情驰骋，一直游乐到金门……

曹植被凉风一吹，吐了两次，头脑清醒大半，发现自己已经从司马门跑到邺城的金明门了，吓得东倒西歪，赶紧回府。

中领军朱铄，根据曹丕命令，派快马到许昌报告魏王去了。

十三

虽然魏国首都名义上在洛阳，但是实际上权力中心在邺城。东汉皇都在许昌。

卞王后跟魏王来许都本无大事，魏王有大事奏报皇上，她便随夫君来到了许都。实际上，她来许都只不过是看看原来的老院落，散散心。但她并不十分开心，相反，一直惴惴不安。说到底，跟着夫君，她最牵挂的还是儿子，对曹丕她并不担心。曹丕不声不响的，一般不捅娄子。曹彰在长安，担心他脾气暴躁，杀人太多。最主要牵挂的还是曹植。这孩子不喝醉酒，要多懂事有多懂事。用卞王后骂曹植的话形容，这孩子四两猫尿一下肚，老天爷是老大，他就想盖住张玉皇了。

这天傍晚，有人骑快马来报，曹植醉酒后私自打开了一般人禁止通行的司马门，在天子与魏王专用的驰道上纵车飞奔。卞王后听了，吓得头蒙了一下，腿脚止不住哆嗦起来。私开司马门，在天子与魏王专用的驰道上纵车飞奔，这可不是小事，可上升为大逆不道之罪。

曹操听了气得浑身发抖，喘着粗气："可恶，该死！"

卞王后看到，觉得墙壁上壁画中的下山虎似乎发出了啸叫，她知道魏王要杀人了，脸色顿时煞白："王爷能否饶过子建？"曹操看着窗外不吐一字。

卞王后"咚"的一声跪倒在曹操脚下，哭着哀求："万望王爷看在我的份儿上，看在我已经死了一个熊儿的份儿上，饶过子建一命……"

曹操拉起来卞王后，说道："传令兵，回邺城。"

曹操人马回到邺城，曹植早哭着跪倒在他脚下。曹操打他几巴掌，踹他几脚，训斥道："男子汉大丈夫立于天地之间，任何人都不能整垮你，能整垮你的永远都是你自己。都怨你娘把你惯坏了，简直不知道天高地厚了！滚！"

曹植跪到王府大门外，品味着父亲"能整垮你的永远都是你自己"的话，不禁打了个寒战。

卞王后哭着训斥了他半天："嘱咐你多少遍了？不让你喝酒，不让你喝酒，你把我的话权当成耳旁风了！司马门是你走的？王室马车是你坐的？"

曹植哭着哀求："娘啊，千万救我，那晚喝醉了，我啥也不知道。要是知道，借我十个胆子也不敢任意乱行啊！"

卞王后道："上次喝醉你咋说的，以后滴酒不沾，你不仅喝酒，还喝醉，你……你……！"卞王后无奈，让曹丕替弟弟求情，曹丕在曹植旁边跪下了。曹植的妻子、儿子、女儿全跪下了。

曹植的支持者全出来求情，曹丕的支持者不言不语，静观其变。

卞王后哭着跪倒在曹操脚下："儿子千错万错，全是我这当娘的过错，是我惯坏了他。如果魏王不饶子建，那就连我一同处死……"

曹操眼睛湿润，搀起来这位陪他风风雨雨走了几十年的妻子，这个如今已经有了丝丝白发的女人。他长出了一口气，下令处死了掌管王室车马的公车令。从此加重对诸侯的法规禁令，对几个封了侯的儿子们严加管教。因为这件事，曹操竟然发布过两道公开命令，一道命令里有"自从平原侯曹植私自出行，开司马门到金门，让我对他另眼相看了。"

另一篇命令里："诸侯长史及帐下各吏，知道我外出为什么把儿子们带在身边了吧？自从子建私开司马门以后，我都不敢再相信他们了。我担心我刚刚离开，他们就私自外出，因此只好把他们都带在身边。"

曹操举行了大阅兵。在典礼上，曹植的妻子崔氏衣着华丽，在众多女眷中尤为醒目。曹操站在铜雀台上，曹植的事情仍让他怒气未消。他看到园林中游逛的曹植妻子崔氏绣花的绸衣，立即下令将她赐死。曹操一直倡导勤俭节约，约束家人不得铺张奢华，他认为奢华的生活会摧毁人的斗志。曹操非常节俭，不喜好华丽之物。他规定家属不准穿绣衣。他南下江陵，得了一批各种花色的丝鞋，带给家人，但明确规定，穿完为止，不准仿作。崔氏违背诫令，曹植有治家不严之责。

曹植的妻子崔氏，可不是普通人家的女子，而是出自清河名门崔家。

崔氏换上了朴素衣服，跪在曹植脚下："望夫君向魏王求情，饶我一死，我日后永不穿华丽衣服，一定俭省节约……"

夫妻二人抱头痛哭。

曹植找到了母亲卞王后，央求母亲替崔氏向父亲求情。

卞王后道："为了保你性命，我跪求你父王两次，这次，我没脸再说什么了。再说你媳妇平时高高在上，只觉得她出身士族，高贵无比，哪看得上我这个出身低微的婆婆啊！"

崔氏终究上吊而死。曹植万分悲痛，抱着死去的崔氏大放悲声。

崔琰听说了亲侄女崔氏被赐死，大骂曹操。曹操把他押进大牢，经过审问，以"傲世怨谤"的罪名毫不客气地把他杀掉了。

曹操了解当时氏族力量的强大，如果不加以打压，自己离世了，自己的后代一定会与士族经历激烈和残酷的政治斗争，才能稳固统治。

曹操的思想深受儒家影响。他崇尚仁义礼让，并试图用仁义、道德、礼让教民和行政，即"治定礼为首"。另外，曹操重法尚术，严刑峻法，史载甚明，这构成曹操思想的另一重要侧面。

曹操非常痛苦，深感孤独。他看着曹植，甚至感到很是陌生，不相信这就是他的优秀的儿子。在曹操的天平里，他认为继承王位者必须是文韬武略、知识储备面面俱到的人才，是具有全面统筹能力、能稳定局势的英才，还须是建国立业魄力过人的雄才。曹操渐渐感觉曹植性格过于张扬，有些恃才傲物，缺乏指挥若定的气魄和平定天下的武略，在当时局面并未全面稳定的形势下，让曹植当太子，很可能得不偿失。

曹丕与曹植相比，虽然曹植在文学才华上占优势，但在政治和军事才能上，曹丕略胜一筹。而且两人身边智囊集团的构成也不一样，曹植的智囊清一色的是文士，没有什么政治和军事经验，远不如司马懿、陈群、吴质老谋深算，这样在斗争中自然就差了一截。

曹植文人气较重，才子气太浓。他常常一时兴起，饮起酒来毫无节制，任性而行，不注意修饰约束自己，不拘小节，也不懂得掩饰自己的缺点。"司马门事件"让曹操对曹植感到失望，以致对曹植的宠爱日渐衰退。

十四

这次魏王在邺城住的时间比较长，他是铁了心要解决太子之位的事情。

司马懿认为火候到了，应该对曹丕伸出援手了。某日，他趁曹操高兴的时候让曹操看了曹丕的两篇文章。一篇是曹丕在担任五官中郎将期间所做的《燕歌行》。

曹丕爱好文学，并有相当高的成就。《燕歌行》是一篇优秀的七言诗。

别日何易会日难，山川悠远路漫漫。
郁陶思君未敢言，寄声浮云往不还。
涕零雨面毁形颜，谁能怀忧独不叹。

展诗清歌仰自宽，乐往哀来摧肺肝。

耿耿伏枕不能眠，披衣出户步东西。

仰看星月观云间，飞鸽晨鸣声可怜，留连顾怀不能存。

此诗从"思妇"的角度，反映了东汉末年战乱流离的现状，表达出被迫分离的男女内心的怨愤和惆怅。全诗用词不加雕琢，音节婉约，情致流转，被王夫之盛赞"倾情，倾度，倾色，倾声，古今无二"。曹丕的诗歌细腻清越，缠绵悱恻，为后人称道。

曹操观看品味，捻须颔首。

司马懿不失时机地又向曹操献上了曹丕的《与吴质书》：

二月三日，丕白。岁月易得，别来行复四年。三年不见，《东山》犹叹其远，况乃过之，思何可支！虽书疏往返，未足解其劳结。

昔年疾疫，亲故多离其灾，徐、陈、应、刘，一时俱逝，痛可言邪？昔日游处，行则连舆，止则接席，何曾须臾相失！每至觞酌流行，丝竹并奏，酒酣耳热，仰而赋诗，当此之时，忽然不自知乐也。谓百年己分，可长共相保，何图数年之间，零落略尽，言之伤心。顷撰其遗文，都为一集，观其姓名，已为鬼录。追思昔游，犹在心目，而此诸子，化为粪壤，可复道哉？

观古今文人，类不护细行，鲜能以名节自立。而伟长独怀文抱质，恬淡寡欲，有箕山之志，可谓彬彬君子者矣。著

《中论》二十余篇，成一家之言，词义典雅，足传于后，此子为不朽矣。德琏常斐然有述作之意，其才学足以著书，美志不遂，良可痛惜。间者历览诸子之文，对之拔泪，既痛逝者，行自念也。孔璋章表殊健，微为繁富。公干有逸气，但未道耳；其五言诗之善者，妙绝时人。元瑜书记翩翩，致足乐也。仲宣独自善于辞赋，惜其体弱，不足起其文，至于所善，古人无以远过。昔伯牙绝弦于钟期，仲尼覆醢于子路，痛知音之难遇，伤门人之莫逮。诸子但为未及古人，自一时之俊也，今之存者，已不逮矣。后生可畏，来者难诬，然恐吾与足下不及见也。

这篇文章，谈到建安七子中的四位以及其他亲友忽然遭瘟疫而死的情况，表现了直面死亡的勇气与内心更深一层的痛苦。一方面，他倾诉了对人间痛失才俊，自己痛失知音而感到难以抗拒的孤独与悲哀；另一方面，"既痛逝者，行自念也"，想到了自己的人生，年龄已经变大，心中所要办的事情千头万绪，时常有所思虑，以致整夜不眠，志向和意趣什么时候能再像过去那样高远呢？已经变成只不过没有白头发的老翁了。

此文贯串了《典论·论文》的精神，哀叹人生的短促，字里行间，充满着怀旧的真情实感。当然，在曹操依然掌握着大权的时候，曹丕只能向吴质这位同类坦露胸怀。

曹操看了曹丕的文章，深深被打动了，读了此文，他深受感染，不觉流下泪来，对曹丕有了新的看法。他对曹丕的文才武略比较喜欢，但总感觉他为人刻薄寡恩，阴沉多变。这一点，曹操从儿子的飘逸的头发，剑样的立眉，寒星般的眼光中看出得一二。

曹操仍然犹豫。贾诩老成持重，不偏不倚。于是，曹操召来贾诩，屏退左右，询问贾诩意见："我想立后嗣，当立者谁？"

贾诩城府甚深，平时内心倾向曹丕。他暗暗思忖："现在魏王当面发问，如果一味为曹丕说好话，结果会适得其反。"他便默然不答。

曹操问道："贾先生，我向你请教问题，你为何一言不发？是我的品行不能让先生信服吗？"

贾诩道："岂敢，岂敢。启禀魏王，臣下正在思考一个严肃的问题呢，所以不能立即回答您。"

曹操问道："你思考什么严肃的问题呢？"

贾诩说："臣下一直在想，当初袁绍、刘表父子由于立储不当，而使两个儿子反目成仇，导致失败。魏王应当吸取他们的教训啊。"

原来，袁绍有三个儿子，即袁谭、袁熙、袁尚。袁绍偏爱小儿子袁尚。袁绍死，未立嗣子。逢纪、审配与袁谭不谋，伪造遗命，立袁尚为主。到后来，兄弟分裂，袁谭、袁尚兵戎相见，互相攻杀，终于被曹操消灭。

刘表有两个儿子，即刘琦、刘琮。刘表先是偏爱刘琦，后来又不喜欢他了。刘表死，立刘琮为嗣主，刘琦十分不满。曹操南征，刘琮投降，刘琦追随刘备，兄弟俩分道扬镳。

对于袁绍父子、刘表父子之事，曹操洞若观火。贾诩含而不露，意思却十分明白，一是及早立嗣，避免是非；二是立长子、立嫡子，自然选择，避免争夺。曹操听后"哈哈"大笑，他明白贾诩的意思是劝他不要像袁绍那样废长立幼。

他反复思考，认为治理国家需要的是政治家，曹丕的性格也许更符加合治国的要求。再加上曹操出于长幼有序的考虑，确定了曹丕做王位的继承人。

晚饭时，曹操叹息着再次对前来问安的曹丕说："昂儿、冲儿早早离我而去，是我的不幸，却是你的大幸啊。"

十五

建安二十二年（217 年）10 月，天高云淡。魏王七尺银安宝殿内，大臣站立两旁，宫内一派肃静。

曹操头戴串珠冠帽，气宇轩昂地安坐在龙凤鸟兽纹路的银饰宝座上，发布了立太子令："立曹丕为魏国世子。"

曹操立曹丕为世子，何夔为太子傅，何夔与毛玠也是朋友，曹魏中的君子集团基本都成为曹丕的支持者。

这篇令文中的几句话，好像是说给曹植等人听的："当初诸子都被封为侯爵，唯独子桓没有受封，而任命他做了五官中郎将，这其实就是暗示他要被立为太子啊！"

东汉建安二十二年（217 年），31 岁的曹丕终于被曹操立为魏王太子。

曹丕被立为太子后，第二天早早来到专门为他建造的太子宫，身着太子冕服，玉质的冕旒珠在眼前晃来晃去，晃得他晕晕乎乎的。心中有一股欣喜的潮水几乎要溅出来。他想跳，想唱，想吼，他努力抑制住自己的激动情绪：自己在博弈中终于胜出，这本该属于他的，不应该也不能让人抢走。

侍中辛毗第一个来太子宫，向他表示祝贺。很多人帮曹丕坐太子位，辛毗是坚强支持者之一。曹丕看看四周无人，激动得抱住了他，兴奋地说："辛先生，谢谢大家对我的支持！"

曹丕成了太子后，曹操的侍妾连同佣人纷纷向卞王后表示祝贺。卞王后正在寝宫缝补曹操的衣服，她咬断线头很平静地说道："子桓被立为嗣子，是他父亲培养的结果。我作为母亲，在教导儿子方面没有犯什么过失就足够了。他是长子被立为太子也是自然的事，我们母子都没有什么功劳，没有值得让大家祝贺的。"

晚寝时，环夫人把卞王后的这番话传到了曹操的耳朵里，曹操动情地嘱咐道："你们都要学习卞王后博大的胸襟，她具有母仪天下的风度啊……"